경여년

오래된 신세계

 진실을 감당할 용기

경여년 : 오래된 신세계 하-2

Joy of Life by Maoni

慶余年
경여년

경여년 : 오래된 신세계

 진실을 감당할 용기

묘니(猫膩) 지음

경여년 각국 세력지도

경국

황제의 강한 통치 아래 가장 강한 세력을 갖고 있다. 지금의 황제가 태자일 당시,
경국은 북벌을 시작하여, 북위군을 상대로 한차례 처참히 패배했으나,
뒤 이은 북벌전쟁에서 첩보전을 통해 북위를 와해시켰다.

북제

북제의 전신은 북위로, 한 때 천하를 호령했다.
그러나 3차례에 이어진 경국의 북벌에 결국 북위는 패배하여 와해되었다.
그 후 북위는 여러 제후국으로 잘게 쪼개졌고, 쟌씨가 북제를 건국하였다.

동이성

경국과 북제 사이의 많은 제후국가 중 동쪽 해변과 맞닿은 부분의 가장 큰 항구도시.
왕은 없고 성주만 있다. 경국이 북벌하던 그 당시 동이성 만은 시종일관 중립을 지키며
전쟁을 피할 수 있었다.

서호

서쪽 지방의 오랑캐.

북만

북쪽 지방의 오랑캐.

남조국

경국 남쪽 지방에 위치한 경국의 신하국.

등장인물

🏛 판씨 집안

판시엔(范闲, 범한) 계속되는 위협과 혼란 속에서 자신의 길을 찾아 나아간다.

판지엔(范建, 범건) 판시엔의 양아버지. 경국 황제의 충신.

판뤄뤄(范若若, 범약약) 판지엔과 정실 부인의 딸. 판시엔을 따른다.

판스져(范思辙, 범사철) 판지엔 둘째 부인의 아들. 막내로 철이 없어 보이나 장사에 탁월한 소질을 갖고 있다.

🏛 판시엔의 조력자

우쥬(五竹, 오죽) 판시엔의 어머니 예칭메이의 호위무사.

왕치니엔(王启年, 왕계년) 판시엔의 제1심복. 감사원 관원, 추적술의 달인.

가오다(高达, 고달) 판지엔이 관리하는 황실의 암중 세력으로 판시엔의 호위를 맡는다.

양완리(杨万里, 양만리), **스챤리**(史阐立, 사천립), **호우지챵**(侯季常, 후계상), **청쟈린**(成佳林, 성가림)
춘시 4인방, 판시엔의 제자들.

왕13랑(王13郎, 왕13랑) 스구지엔의 마지막 제자. 본명은 왕시, 티에샹이라는 가명도 씀.

하이탕둬둬(海棠朵朵, 해당타타) 쿠허의 제자. 9품 고수.

샤치페이(夏栖飞, 하서비) 본명은 밍칭청. 밍씨 집안 일곱째, 사생아.

🏛 황실

경국 황제 황제는 모든 것을 알고 있다. 경국 절대권력의 상징.

장 공주(李云睿, 이운예/리윈루이) 황실 배후에서 판시엔과 대립하며 각종 일을 꾸민다.

태자(李承乾, 이승건/리청치엔) 황제 셋째 아들. 황권을 물려받을 예정.

2황자(李承泽, 이승택/리청저) 황제 둘째 아들. 태자와 황권을 두고 경쟁하는 사이.

대황자 황제 첫째 아들.

3황자(李承平, 이승평/리청핑) 황제의 막내 아들.

징왕 세자(李弘成, 이홍성/리홍청)
황제 동생 징왕의 아들. 2황자 편이었지만, 이후 판시엔의 친구가 된다.

🏛 황실 태감

작은 홍 태감(洪竹, 홍죽/홍쥬) 큰 홍 태감의 눈에 띄어 홍씨 성을 받고 황실 태감이 된다.

야오 태감, 다이 태감, 호우 태감 황실의 주요 태감들.

🏛 문하중서성

후 대학사 문하중서성을 이끄는 대학사의 수장.

허종웨이 황제의 편에 서서 판시엔과 척을 지는 인물.

🏛 감사원

쳰핑핑(陈萍萍, 진평평) 감사원 원장. 판시엔에게 감사원을 물려주려 한다.

옌빙윈(言冰云, 언빙운) 감사원 4처장. 판시엔의 책사 역할을 수행한다.

그림자 감사원 6처장. 감사원내 가장 강한 고수로 쳰핑핑의 심복, 판시엔을 돕는다.

덩즈위에(邓子越, 등자월) 감사원 4처.

수운마오(蘇文茂, 소문무) 감사원 관원. 내고 총괄.

징거(荆戈, 형과) 5처 흑기병 부통령. 판시엔이 이름을 지어줬다.

🏛 예씨 집안

예류윈(葉流雲, 엽류운) 대종사. 예중의 숙부.

예중(葉重, 엽중) 2황자 장인어른. 전임 징두 수비 통령. 현 추밀원 정사.

예링알(葉靈兒, 엽령아) 예중의 딸, 2황자비.

예완(葉完, 엽완) 예중의 아들.

🏛 옌징 군 세력

왕즈쿤(王志昆, 왕지곤) 옌징 군 대도독.

스페이(史飛, 사비) 왕즈쿤의 심복, 전임 창저우 군 통령, 예중을 이어 징두 수비 통령이 된다.

🏛 북제

북제 황제 북제의 황제. 어린 나이에 황제에 올라 북제를 통솔 중이다.

쿠허(苦荷,고하) 4대 종사 중 하나, 북제의 국사.

스리리(司理理,사리리) 북제 황제의 여자. 귀비.

샹산후(上杉虎,상삼호) 북제의 대장군. 북제 군대 내의 영향력이 막강하다.

🏛 동이성

스구지엔(四顧劍, 사고검) 대종사, 예칭메이의 친구.

윈즈란(雲之瀾, 운지란) 스구지엔의 수제자.

🏛 서호(서만족)

수비다(速必達, 속필달) 서호의 지배자 선우.

후거(胡歌, 호가) 서호 좌현왕 수하 제1고수.

제1장

오래된 복수

　그럼 또 어떤가.

　이 짧은 말이 군왕(君王)의 무정한 두 입술 사이로 흘러나오자, 전체 어서방 내에는 서리같이 차가운 기운이 한겹 또 한겹 쌓여갔다. 한없이 차가운 추위가 붉은 나무의 탁자를 얼려 버리고, 유리창을 뚫고 나가 차가운 얼음이 되어 하늘에 있는 검은 구름을 향해 올라가는 듯했다. 구름은 마치 놀란 작은 동물처럼 한기를 느끼며 몸과 마음이 바짝 움츠러들어, 어쩔 수 없이 깊이 품고 있던 습기를 밀어내고 있었다.

　'뚝, 뚝, 뚝뚝뚝…….'

습기는 물방울이 되고, 또 비가 되어, 천천히 하늘에서 떨어졌다. 징두 그리고 황궁에서 잠을 깬 모든 사람들은 초가을의 첫비를 보며 날씨가 곧 추워질 것을 예감하고 있었다.

천핑핑은 조용히 앉아 상대방의 다음 말을 기다리고 있었다. 황제는 당시 사건에 대해 어떠한 죄책감도, 아픔도 없었다. 무정함이 극에 이르러서야 세상에서 가장 결점 없는 사람이 되는 것인가. 누구든지 이 군왕(君王)의 앞에 서면 물러서고, 패하고, 굴복했지, 천핑핑처럼 냉랭한 눈빛으로 그를 바라볼 수 없었다.

천핑핑은 눈꼬리가 살짝 처졌다. 그리고 그는 알고 있었다. 황제의 마음이 정말로 천년 묵은 얼음처럼 차갑다면, 그 짧은 말을 내뱉지도 않았으리라는 것을.

황제가 진정으로 분노하는 점은, 그 사건이 아니라, 천핑핑의 눈에는 황제 자신이 예칭메이에 미치지 못함을 깨달았기 때문이리라.

"예칭메이가 폐하께 그저 지나가는 행인일 수는 없겠지요······."

천핑핑은 이 말을 뱉으며 두 눈은 황제의 어깨 너머 어서방의 벽을 보고 있었는데, 마치 그의 시선이 그 벽을 뚫고 나가 황궁 깊숙이 외진 곳에 위치한 그 작은 전각 안의 그림을 보고 있는 듯 보였다.

황제는 웃었고, 그 웃음에는 담백함, 냉정함, 자괴감 그리고 아픔이 담겨 있었다. 그는 한참 후 입을 열었다.

"짐은 과거의 일을 언급하고 싶지 않네."

"왜 그러실까요? 그녀가 너무 주목을 받아서? 폐하의 거만함을 완전히 제압해서? 그래서 마음이 그렇게 불편하셨던 것인가요?"

"예씨는 나서는 걸 좋아했던 사람이 아니었다."

"폐하께서도 알고 계셨군요. 그런데 무엇을 용납하기 힘드셨나요?"

"짐이 용납하지 않은 것이냐, 이 천하가 용납하지 않은 것이냐?"

황제는 고개를 들어 쳔핑핑의 두 눈을 보며 엄숙하게 말을 이었다.

"너희들은 지금까지 이 문제를 생각해 보지 않은 듯하구나."

"태후가 좋아하지 않았고, 왕공 귀족의 반발이 있었고, 거기에 폐하의 교만까지 더해져 이런 냉혈하고 무정한 결정을 내리신 건가요?"

"넌 어떤 것이 너에게 이런 대역무도한 결정을 내리게 한 것이냐? 너 같은 내시가 설마……그녀를 좋아한 것이었나?"

"내시라……."

쳔핑핑은 천천히 눈꺼풀을 내리며 말했다.

"어떤 이가 저에게 잘해 주면, 저도 잘해 줍니다. 그녀가 저에게 잘해 주었고, 전 그것을 마음에 새기고 있습니다. 그녀는 비참하게 죽었고, 의혹과 함께 사라졌고, 전 그것을 수십 년 간직하다 오늘 그녀 대신 폐하께 물은 것입니다."

"그럼 짐은 너에게 잘 못해 주었느냐? 짐은 너에게 무한한 영광을 주었고, 짐은 너에게 어떠한 신하도 이르지 못한 지위를 주었고, 짐은 너에게……신임을 주었다. 그런데 너는……죽은 지 이십 년이 지난 여인을 위해……짐에게 묻는 것이냐?"

"그녀가 저에게 잘해 준 것은, 친구로서 잘해 준 것이고, 폐하께서 저에게 잘해 준 것은 종에게 잘해 준 것인데, 어찌 같을 수 있겠습니까?"

황제는 피곤한 듯 손을 '휘휘' 저었다. 그는 근본적으로 이 답도 없는 문제를 말하고 싶지 않았다. 무릇 인생이란 기묘한 것이고, 특히 당시의 사건과 지금의 얽힘은 며칠 밤낮을 말해도 모자랄 것이었기 때문이다.

하지만 쳔핑핑은 고집스럽게 말했다.

"저는 그때 청왕 집안의 태감일 뿐이었지만, 그녀는 제 몸의 결함을 이유로 절 전혀 무시하지 않았지요. 그녀는 성심성의껏 저를 대했고, 저를 친구로 대했고……그것은 이 늙은 종이 평생 받아 보지 못할 대우였습니다. 그녀 전에도 없었고, 그녀가 떠난 후에도 없는……"

그는 엷은 미소를 지었다.

"생각해보니, 판시엔이 그녀와 닮았네요."

조용한 어서방 내에서 '판시엔' 이름 세 글자가, 강한 정신력으로 냉정을 유지하고 있던 황제의 귀를 찔렀다. 첸핑핑은 극도의 피곤한 목소리로 말을 이었다.

"그녀가 경국을 위해, 리씨 황족을 위해, 우리들을 위해 무엇을 했는지는 더 말하지 않겠습니다. 폐하께서도 당시 처음 황위에 오르셨고, 조정은 불안했고, 저도 감사원을 처음 맡아 징두가 불안했고, 태후는 항상 그녀의 입궁을 막았고……헌데, 정말 이해 안되는 것은, 그 바보 같은 황후가 당신에게 시집을 온 후, 왜 당신은 매일같이 궁에 있지 않고 태평별원 벽을 몰래 기어올랐습니까?"

"예칭메이가 폐하를 돕고자 한 것은, 딴저우 해변에서 도와주기로 한 것은 다 했지요. 예씨 집안은 민북 지방에 3대 공장을 만들었고, 그것은 경국의 근간을 튼튼히 했지요, 물론……그녀는 조정과 황실 입장에서 보면 불안 인자였고, 만약 그녀의 그림대로 계속 실행되다 보면, 경국은 지금의 경국이 아니었을 테니, 폐하가 그것을 용납할 수 없었겠지요. 천하의 관원들과 대신들의 미움을 사는 것은 당연지사고."

첸핑핑은 다시 한번 조소를 지으며 말했다.

"불세지공(不世之功)을 이루려면, 불세의 용기가 필요한데, 폐하께서는 그런 용기가 없었지요. 지금 가지고 있는 것을 포기하기 싫으니, 예칭메이가 죽기만 하면, 그녀가 폐하에게 준 모든 것을 누리기만 하고, 그녀가 가져올 어떠한 위험도 감당할 필요가 없으니…….”

“수천 개의 이유, 수만 개의 이유, 황위를 위해서, 경국을 위해서, 폐하의 야심을 위해서, 아니 무수한 이유로 그녀를 죽였겠지요.”

쳔핑핑은 고개를 저으며 말했다.

“하지만 그게 ‘너’였으면 안 돼, 너만은, 그렇게 할 어떤 자격도 없어.”

황제는 아득한 눈빛을 하고, 마치 쳔핑핑의 말을 하나도 듣지 않은 것처럼 천천히 대답했다.

“징왕 저택에 남겨둔 그 글귀를 기억할 것이다. 그녀의 그런 괴팍한 생각은, 설령 그것이 아무리 아름답다 하더라도, 그것은 확실히 독을 품은 꽃이었다. 경국의 논과 밭에 그 꽃이 피어나기 시작하면, 결국에는 경국을 무너뜨릴 꽃. 짐은 경국의 군주로서, 천하 백성들을 보살필 책임이 있다.”

“짐은, 평생 동안 그녀를 가장 아꼈다.”

황제는 고개를 돌려 차갑게 쳔핑핑을 바라보며 이어 말했다.

“짐은, 천하의 어느 누구보다, 그녀를 아꼈다.”

“폐하, 그렇게까지 변명하실 필요가 있겠습니까……폐하께서 용의가 탐나서, 폐하의 영웅심이 너무 커서, 또는 야심의 대가가 필요해서……그래서 그것들을 해할 수 있는 어떠한 것도 용납하실 수 없었고, 폐하께서는 그저……영원히 그녀가 암암리에 폐하를 압박하는 것을 견디지 못한 것이지요.”

황제는 침묵했지만, 그 침묵이 인정을 뜻하는지는 알 수 없었다.

그는 한참 후 다시 입을 열었다.

“짐의 야심과 영웅심은, 그녀가 짐에게 준 것이 아니더냐? 당시 볼품없던 쳥왕 세자인 내가 지금의 모든 것을 꿈이나 꿀 수 있었느냐? 그녀가, 판지엔이, 네가 그리고 많고 많은 사람들이 짐을 용의에 한 발짝씩 내딛도록 하지 않았느냐? 이 모든 것을 꿈꾸게 하고, 현실이 되도록 만들지 않았느냔 말이다."

황제는 날카로운 눈빛으로 목소리가 커지며 위력 있게 말했다.

"짐이 이미 용의에 앉은 이상, 당시 마음에 품은 생각을 완성할 것이고, 그게 누구라 하더라도, 어떠한 것도 막을 수 없다!"

"당시의 생각? 폐하, 그것을 기억은 하십니까?"

"짐은 네놈이 무슨 말을 하려는지 안다."

황제는 낮은 침대에 앉아, 두 팔을 벌려 용포를 거대한 구름처럼 펼치며, 온몸에 강대하고 장엄한 기운을 펼치며, 구름 사이에서 나타난 신(神)처럼 말했다.

"짐은 크고 넓은 강산을 만들 것이고, 짐은 천하를 통일할 것이다. 천하의 수많은 백성들이 전쟁의 혼란과 고통에 더 이상 빠지지 않게 할 것이고, 천년만년 태평성대를 유지할 것이다. 이것이 그녀의 바람 아니었느냐?"

황제의 목소리는 점점 더 커졌다.

"이런 대화가 정말 오랜만이구나. 짐은 오늘에서야 알았다. 이런 늙은 개 같은 네가, 한 사람을 못 잊는 못난 놈이었다는 것을. 하지만 잊지 말거라. 짐은 경국의 황제이니라. 짐은 근본적으로 당시에 어떤 약속을 했는지, 무엇을 어겼는지 개의치 않는다. 허나 짐은…… 그녀를 신경 쓴다. 짐이 그녀에게 약속한 일은 모두 하나씩 하나씩 이루어 가고 있다. 그러니 너든 판지엔이든, 설령 그녀가 살아 돌아와서 짐에게 묻는다 하더라도, 짐은 당당히 말할 수 있다. 이 짐만이, 이 모든 것을 이루어 낼 수 있다!"

천핑핑은 깊은 침묵에 빠졌다.

"그녀는 신비한 여인이었지. 하지만 그녀는 어쨌든 여자다. 그리고 유치했지. 그런데 짐은 정말 몰랐다. 너도 원래 그렇게 유치했음을……치국(治國)이라는 것은 꽃을 심는 일이 아니다. 군왕(君王)이 목표를 달성하기 위한 길 위에서는, 어떠한 사람도 죽을 수 있다."

황제는 천천히 눈을 감고 엄청난 한기를 내뿜으며 마지막 말을 반복했다.

"어떠한 사람도 죽을 수 있어."

"그래서 그녀가 죽었군요. 그렇죠, 모두 죽을 수 있죠. 허나, 이해가 안됩니다. 지금의 경국과 이전의 경국이 무슨 차이가 있는지……폐하께서는 목표를 위해 모든 것을 희생할 수 있다고 하셨는데, 만약 폐하께서 희생하셔야 하는 그 순간이 와도, 기꺼이 희생하실 수 있을까요?"

"짐은……천하의 주인이고, 인간 세상의 왕(王)이다. 짐이 있어야, 이 천하가 태평해질 수 있느니라."

"공허한 외침일 뿐이었군요……모든 사람은 언젠가는 죽는데, 폐하께서 죽으면 천하는 어떻게 될까요? 괜한 말을 했군요. 폐하, 전 폐하보다 조금 더 높은 곳을 봅니다. 폐하께서는 그저 야심으로 가득한 범인(凡人)일 뿐입니다. 대종사이든, 황제이든, 여전히 그것을 벗어날 수 없습니다."

"최소한 짐이 그녀에게 약속한 것은, 하나 하나 하고 있다."

"그렇습니까? 종이 죽기 전에 폐하께서 설명 좀 해주시지요. 제가 조금은 편안하게 죽을 수 있도록, 폐하께서 늙은 종에게 마지막 성은을 베풀어 주십시오."

"짐이 너 같은 내시 놈에게 설명해서 무엇하겠느냐, 짐이 죽은 후 그녀에게 가서 모든 것을 말해줄 것이다."

"폐하께서 그녀를 볼 낯이 있으십니까?"

"짐이 그녀를 못 볼 것은 또 무엇이냐."

"폐하께서 판시엔을, 폐하 자신을 설득할 수 있는지는 모르겠지만, 그 그림에 있는 그녀를 설득하지 못합니다. 단지 그녀가 말을 못할 뿐인데, 신기한 것은 폐하께서 저도 설득하지 못하는데, 저는 아직 말을 할 수 있다는 것입니다."

황제는 한참 침묵한 후 손가락을 미세하게 떨면서 고개를 들어 말했다.

"짐이 이 평생, 제일 안타깝게 생각하는 것이, 문무백관을 감찰하는 독립된 기구가 필요하다는 그녀의 말을 듣고, 모든 사람의 반대에도 불구하고, 태자로서 부황에게 상주문을 올려 감사원을 만든 것이다. 짐이 그때 그녀의 말을 듣지 않았다면, 너같이 성숙하지 못한 늙은 검은 개새끼가, 이렇게 온몸에 지린내가 나는 내시 놈이, 감사원 첫 번째 원장이 되지는 않았을 테니까."

"심지어 감사원조차도, 저 같은 늙은 개새끼가 목숨을 바치며 지켜온 감사원조차도, 그녀가 보고 싶어했던 감사원은 아닙니다. 그녀가 구상했던 감사원은 문무백관을 감찰하는 기구이지, 거대한 권력을 가진 기형적인 특무 기구가 아니었지요. 특히 폐하의 명을 받는 그런 기구는 더더욱 아니었고."

쳔핑핑은 갑자기 그에게서 보기 힘든 웃음을 짓고 황제의 얼굴을 빤히 쳐다보며 물었다.

"폐하, 감사원 돌비석에 새겨진 글귀를 기억은 하십니까?"

그것은 금빛으로 빛나는 글귀였고, 음산한 감사원 건축물 앞에서 영원히 빛나고 있는 글귀였고, 얼마나 많은 백성들의 시선을 끈지 모르는 글귀였지만, 아무도 그 글자가 가진 의미를 정확히 알지는 못했다. 심지어 감사원 관원들은 모두 그 문구를 정확히 외우고 있었지만, 그 뒤에 숨겨진 의미를 이해하지 못하고 있었다.

제일 중요한 것은, 마지막 문구가 훼손되었다는 사실조차 황제 혹은 훼손한 사람은 잊었을지 모르지만, 쳔핑핑과 감사원 원로 몇몇은 그 문구를 똑똑히 기억하고 있었다는 것이다.

"나는 경국 국민들 모두가 구속받지 않기를 바란다. 타인의 학대에 굴복하지 말고, 재난에 좌절하지 말고, 부정한 일에 대항해 바로잡기를 두려워하지 말며, 잔혹한 악인에게 아첨하지 말고⋯⋯."

지금 감사원의 비석에는 여기까지 적혀 있었지만, 예칭메이가 한 말은 이게 끝이 아니었다. 하지만 어떤 연유에서인지 마지막 두 마디는 역사에서 사라져 버렸는데, 쳔핑핑은 마른 입술을 떨며 한 자 한 자 기억해 내어 말했다.

"난 경국의 국민들 모두가 '왕'이 될 수 있기를 희망한다. 모두 각자 '자기'라는 영토를 통치하는 유일무이한 왕이 될 수 있다."

"폐하, 저의 왕이시여."

쳔핑핑은 작렬하는 눈빛으로, 모든 것을 대가로 치를 집념으로 말했다.

"감사원은 처음부터, 폐하를 감찰하기 위한 기구였습니다."

어서방이 다시 조용해졌다.

동트기 전 가장 어두운 때에서 태양이 대지를 비추기 시작할 때까지, 구름에 의해 새벽빛이 가려질 때부터 천천히 가을비가 오기 시작할 때까지. 때로는 크게 때로는 작게, 때로는 불같이 뜨겁게 때로는 얼음같이 차갑게.

어서방 내의 분위기는 달아오르다가 차가워지다가. 두 사람은 기억을 떠올리며 망연자실해졌다가, 옛일을 이야기하며 다시 차가워졌다가. 그렇게 황제와 쳔핑핑은 끊어내지 못할 것 같은 무한 반복의 고리에 빠져든 것 같았다.

황제와 쳔핑핑은 일반적인 군신 관계가 아니었으니, 두 사람의 전쟁도 일반적인 전쟁의 양상과 큰 차이가 있었다. 지금까지 천핑핑은 오로지 말로써, 또는 말이 대변하는 '신념'과 '의지'로 찌르고, 파고들고, 상대방의 약한 부분을 골라 신선한 상처를 내고 있었다.

결코 건강해 보이지 않는 창백함이 경국 황제의 두 뺨에서 오랫동안 사라지지 않았다. 그의 두 눈은 희뿌옇게 변해 공허해 보였고, 야위어 보이는 턱과 더불어 지금 그의 정신 상태를 더없이 명확하게 보여주고 있었다.

"넌 무엇을 근거로 짐을……감찰한다는 것이냐?"

그는 냉담한 말투로 이어 물었다.

"짐이 추구했던 것들, 그래서 어쩔 수 없이 버려야 했던 것들을 너희들이 어떻게 이해할 수 있다는 것이지?"

이것은 제왕이 늙은 검은 개에게 보내는 일종의 '멸시'였다. 하지만 천핑핑은 너무도 자연스럽게 검은색 바퀴의자의 팔걸이를 매만지며 담담히 황제를 바라보았는데, 그의 냉담한 눈에도 '멸시'가 담겨 있었다.

상호 '냉담'과 '멸시'. 이것이 어서방에 가득 차 있었다.

"폐하께서 아무리 강하시더라도, 경국이 아무리 강대하더라도, 폐하께서 '사실'을 바꾸실 수는 없습니다. 그것이 설령 폐하께서 가장 인정하고 싶지 않은 사실이라 하더라도."

"지금 경국의 강대함은 모두 그녀가 남긴 유산에 의거한 것입니다. 내고에서 황실에 지속적으로 공급하는 수혈, 감사원으로 비로소 맞추어지는 조정의 평형, 그리고 매년 이루어지는 국경의 확장, 이 모든 것이 경국을 지금까지 지탱해 준 근간입니다."

"폐하께서는 그녀가 없었더라도 이 모든 것을 이룰 수 있었다는 것을 증명하고 싶으시겠지만, 폐하께서 지금까지 증명하신 것은 폐하께서는 반드시 그녀에게 의존해야 한다는 '사실'뿐."

"폐하께서는 그녀의 발끝에도 미치지 못하는 존재입니다."

황제는 비 오는 날 밤, 그가 리원루이에게 했던 말이 떠올랐다.

'넌, 그녀 발끝에도 못 미쳐.'

"역사는 살아 있는 자에 의해 쓰여지는 것이다. 짐은 살았고, 그녀는 죽었다. 이것으로 충분하다."

"그런데 폐하께서는 뭘 그렇게 해명하시려고 합니까? 폐하께서는 그저 본인이 냉혈하고, 무정하고, 위선적이고, 열등감을 느끼고⋯⋯ 이것만 인정하시면 됩니다. 그것으로 충분합니다."

"그런 그녀는 밥도 안 먹고, 자애롭기만 한 선녀인 것 같으냐? 너뿐 아니라 판지엔, 징왕, 안쯔까지⋯⋯모두 짐은 냉혈하이고 무정한 사람이라 여기면서, 너희들 마음대로 상상하여 그녀를 아름답게 포장만 하지. 그녀는 그냥 짐을 포함하여 모든 사람들의 상상력이 그려낸 하나의 형상일 뿐이다."

"그것이 사실이 아님을 폐하께서 제일 잘 아실 것입니다."

"아니다! 상상력이 만들어 낸 허구일 뿐이야! 얼음같이 냉철한 이성을 가졌지만 음모를 꾸미지 않고, 인자함과 자비심을 가졌지만 세상 물정에 대해서는 전혀 모르는 여자. 이게 어떤 사람이냐. 아무런 결점과 빈틈이 없는 사람? 그런 사람이⋯⋯사람인가?"

"폐하, 정말 안타깝습니다. 그녀가 상상 속의 인물이라면, 어떻게 폐하의 손에 죽을 수 있었겠습니까?"

황제는 갑자기 사악한 웃음을 터트렸다.

"그래? 하하하하⋯⋯모든 사람이 자기만의 왕(王)이 될 수 있다고? 감사원은 짐을 감찰하기 위한 기구라고? 이런 미친 망상 같은 생각을⋯⋯짐은 오늘에서야 알았구나, 너 이 검은 개새끼가, 원래 그녀가 짐을 감찰하고 감시하기 위해 남긴 놈이라는 것을! 만약, 그녀가 당시에 짐을 의심하지 않았고, 짐을 경계하지 않았으면, 그런 말을 남기기나 했겠느냐?"

"폐하, 틀렸습니다. 감사원은 지금의 황제 폐하를 감찰하기 위한 기구가 아니라, 용의에 앉는 누구라도 감찰하기 위해 만들어진 것입니다."

"그럼 패도공결은 어떻게 된 것이냐!"

황제의 음성은 다소 높았지만 극도로 차갑고 어두워서, 마치 온기라고는 찾아볼 수 없는 지옥의 얼음물에 억만년이나 담겨 있던 검(劍)처럼 느껴졌다.

"그녀가 짐에게 패도공결을 주었을 때, 처음에는 그녀가 북제, 동이성과 균형을 맞추기 위해 짐에게 준 것으로 생각하여 깊이 감동했었다. 하지만 그 안에 엄청난 음모가 숨겨져 있음을 누가 알았겠느냐!"

황제는 한차례 분노를 표출한 후 이상할 정도로 냉정해지고 있었다.

"이 패도공결을 연마하여, 너와 예중, 왕즈쿤을 이끌고 천하를 누비고 다녔었지. 하지만 처음 북벌을 감행할 때, 짐의 체내 진기가 통제가 되지 않음을 느꼈고, 불안했지만 일은 멈출 수 없었기에 짐이 군대를 이끌고 잔칭펑과 큰 전쟁을 일으켰지. 하지만 그때 진기가 폭발해 버렸고, 짐 체내의 모든 경맥이⋯⋯끊어져 버렸다."

천핑핑은 이 사건을 누구보다 잘 아는 사람이었기에 묵묵히 다음 말을 기다리고 있었다.

"짐은 몸을 움직일 수도, 눈으로 볼 수도, 입으로 말할 수도 없었다. 체내에 무수한 작고 예리한 칼들이 오장육부, 살점, 뼈를 난도질하는 느낌이었다. 그런 고통, 그런 절망, 그런 고독, 그런 암흑은, 너같은 놈은 상상도 못하는 것이었다. 짐은 신념과 의지가 강한 사람이지만, 당시만은 자살하고 싶은 생각을 참기 힘들었을 정도이니⋯⋯

하지만 짐은 손가락 하나 까딱하지 못했기에, 죽고 싶어도 죽을 수가 없었다! 이 얼마나 슬프고 처참한 상황이냐."

황제는 냉정을 넘어 담담하게 쳔핑핑을 바라보았다.

"당시 네가 어떤 대가도 치를 각오로 짐을 구하지 않았다면, 짐은 아마 죽었을 것이다."

쳔핑핑은 침묵했다. 조소하지도, 호응하지도 않았다.

"하지만 하늘이 짐을 버리지 않았고, 수개월에 걸친 고통의 시간을 거친 후에 결국 짐은 깨어났고, 심지어 패도공결의 마지막 관문을 뛰어넘을 수 있었지."

황제는 몇십 년이 지난 일이었지만, 그 당시의 고통이 여전히 두려운 듯 목소리가 미세하게 떨렸다. 그는 다시 살짝 조롱하는 듯한 목소리로 쳔핑핑에게 물었다.

"그럼 그녀가 짐에게 패도공결을 준 의미는 무엇일까?"

"짐이 애당초 마지막 관문을 통과하는 방법을 물어보기도 했었다. 하지만 그녀는 모른다고 하더구나. 모른다고! 그녀는 쿠허를 만들었고, 스구지엔을 만들었는데, 그녀는 모른다고 했었어!"

황제는 크게 웃더니 다시 엄청난 한기를 내뿜었다.

"그녀는 짐의 급소를 쥐고 언젠가는 죽이고 싶었던 것이지. 이것이 짐이 본 그녀의 가장 잔인한 모습이었어. 하지만 하늘이 짐을 포기하지 않으니, 짐이 어떻게 스스로를 포기할 수 있겠느냐?"

조용히 침묵하던 쳔핑핑이 탄식을 한 후 고개를 저었다.

"의심도, 의심도……폐하, 평생 의심의 굴레를 벗어나지 못하시는군요."

쳔핑핑은 웃었지만, 그 웃음은 너무나도 슬펐다.

"변명은 변명을 낳고, 의심은 의심을 낳는 법. 폐하께서 그렇게 생각하시면, 판시엔도 패도공결을 수련했는데, 그럼 그녀가 아들을,

우쥬가 판시엔을 죽이고 싶어했다는 겁니까? 판시엔도 하이탕의 도움이 없었다면 그런 지옥에 떨어졌을 것입니다."

"〈천일도〉는 본래 그녀의 것인데, 짐에게는 주지 않았다."

"그것을 폐하께 드리면, 폐하는 영원히 9품의 경지에 머물 것인데, 폐하께서는 만족하셨을까요?"

쳔핑핑은 황제의 답변을 기다리지 않고 손을 저으며 탄식했다.

"과거의 일을 다시 언급할 필요가 없습니다. 폐하께서 그녀를 의심하고, 천하의 모든 사람을 의심하는데 무슨 대화가 되겠습니까……다만, 그런 의심은……너무 웃깁니다."

웃기다.

그래서 쳔핑핑은 맘 놓고 웃었다. 검은색 바퀴의자가 앞뒤로 흔들릴 정도로 마음껏 웃었다.

"넌 짐의 개였는데, 되려 네가 그녀를 대신하여 짐에게 물으러 왔다니, 짐이 너에게 알려 주려는 것뿐이었다. 네가 지키고 보호하고자 하는 여주인이, 네가 생각하는 것처럼 속세를 떠난 선녀가 아니라는 사실을."

쳔핑핑은 웃음을 멈추고 침착하게 황제를 바라보았다.

"폐하, 이 종은 성인(聖人)도 아니고, 성인이 될 자격도 없습니다. 지금까지 폐하께 드린 말씀은 천하의 백성을 위한 것이 아니라, 단지 그녀의 남은 한을 풀어주기 위함이었습니다. 폐하, 오늘 늙은 종이 한 모든 일은, 그저 사적인 원한 때문이었습니다."

쳔핑핑은 이상하리만큼 침착해졌다.

"당신이 그녀를 죽여서 내가 그녀의 복수를 하러 온 것이야. 대의 같은 것은 없어. 이런 간단한 이유에 특별한 대의를 말할 필요도 없고. 난 처음부터 그녀가 어떤 사람이었는지 관심 없었어. 그녀가 선녀이든, 악녀이든 그게 무슨 상관이지?"

쳔핑핑은 단호하지만 천천히 말했다.

"그녀는 예칭메이야. 그것으로 충분해."

황제는 오래된 '전우'를 아주 오랫동안 바라보며, 가벼운 탄식을 하기도, 엷은 미소를 짓기도 하였다. 하지만 그의 눈에 이 검은 개는 이미 죽어 있었다.

"정말 기이하고 황당하구만. 일국의 군주를 감찰한다, 내시가 여인을 못 잊는다⋯⋯넌 오랜 전부터 이미 미쳐 있었구나. 그래, 짐이 인정하지. 짐이 미친 너에게 아주 오랫동안 속아 왔다는 것을. 감사원에는 지금까지도 쳔핑핑만 있지 짐은 없겠지. 허나, 물어보자. 넌 도대체 어떻게 복수를 하려고 하는 것이냐? 네가 지금 무엇을 할 수 있다고 그러는 것이냐? 설마 이게⋯⋯끝이냐?"

황제는 이 말과 함께 경멸하는 눈빛으로 쳔핑핑을 바라보며, 앞에 있는 다 식어버린 차를 한 모금 마셨다.

쳔핑핑도 바퀴의자 팔걸이 앞에 있던 찻잔을 들어 마른 입술을 적시며 가볍게 말했다.

"옌빙윈이 폐하를 대신하여 감사원을 통제하고 있겠지요."

황제는 찻잔 안에 이미 노랗게 변해버린 차를 보다 살짝 미간을 찌푸렸으나 곧바로 평정을 찾았다.

"제가 홀로 징두에 온 것은, 이 늙은 종의 복수로 경국이 혼란에 빠지지 않게 하기 위함이었습니다. 그렇기에 옌빙윈은 애당초 신경도 쓰지 않았습니다."

"기개 있게 죽으러 온 것이, 고작 짐에게 욕이나 퍼붓기 위해?"

"폐하께서 절 너무 잘 이해하고 계시니까, 곧 죽을 저와 함께 이렇게 오랜 시간 동안 한담을 나누어 주신 것이겠지요. 왜냐하면⋯⋯ 당신은 지금 나의 마지막 패가 무엇인지 모르니까. 그러니 당신은 날 당장 죽이고 싶어도, 내가 할 말을 다 할 때까지 죽이지 못한 것이지.”

“말할 게 아직 남았느냐? 짐은 너의 마지막 패가 무엇인지 보고 싶구나.”

황제의 말은 온화했다. 이미 그는 격동치는 감정에서 벗어나 침착하고 강대한 제왕의 모습으로 다시 돌아와 있었다.

천핑핑은 대답하지 않았고, 의미심장한 눈빛으로 황제를 바라보며 갑자기 다른 화제를 꺼냈다.

“20년 동안 제가 폐하와 함께 이렇게 많은 일을 했는데, 폐하께서는 아직도 저를 이해하지 못하십니까?”

“회춘약방의 불은 감사원이 질렀고, 태자의 약은 페이지에가 만든 것입니다. 물론 페이지에는 이미 대륙을 떠나서 폐하께서도 죄를 다스릴 방법이 없습니다.”

“장 공주와 태자의 불륜은 사실 제가 약간 도움은 주었지만 저도 방관만 했습니다. 물론 폐하께 알리기 위해 최선을 다하긴 했습니다.”

황제의 찻잔을 돌리던 손가락이 멈추었다.

“비 내리던 그날 밤. 폐하께서는 광신궁에서 추태를 보이셨을 텐데, 늙은 종이 직접 보지는 못했지만, 그 장면만 상상하면 마음이 너무 즐거워집니다. 폐하, 장 공주와 태자가 그런 것에 폐하께서 왜 그렇게 화를 내셨습니까? 그건 그녀가 항상 폐하의 여인이라 생각한 건 아니십니까? 하지만 명군(明君)이 되기 위해서 그런 짓을 할 수는 없으셨겠지요. 그런데 태자가 해버릴 줄 누가 알았겠습니까. 황제가 못 하는 일을 감히 태자가. 그러니 폐하께서 화가 나실 수밖에. 그러니 그들도 죽을 수밖에. 태자도 죽고, 장 공주도 죽고, 황후도 죽고, 태후도 죽고, 둘째도 죽었습니다.”

천핑핑은 날카로운 눈빛으로 황제를 바라보았다.

"당신 주위의 모든 가족들은 당신의 손에 죽을 날만 기다리고 있어. 당신은 천하에서 가장 이기적이고 독한 군주야. 당신 이기심 때문에 모든 가족들이 죽어 나간 것이지."

황제의 찻잔을 쥔 손가락이 떨렸고, 손톱이 찻잔에 부딪혀 가볍고 맑은 소리를 냈다. 쳔핑핑은 그 소리보다도 더 맑게, 더 차갑게 말했다.

"늙은 종에게 마지막 패는 없습니다. 늙은 종이 돌아온 것은, 폐하께 그저 한마디 하려는 것이었습니다. 폐하께서 그녀를 외롭고 고독하게 죽였으니, 그 고독의 맛이라도 보여드리려고 했습니다⋯⋯내가 당신을 죽일 방법은 없지만, 당신이 고독을 맛보며 계속 살게 하는 것이 더 아름다운 수(數) 아닐까?"

"짐은 좋은 아들이 더 있다. 네가 셋째까지 죽이려 한 것을 보고 너의 깊은 한(恨)에 놀랐다."

"황궁에서 리씨 성을 가진 사람은 다 죽어야지."

"안쯔는?"

찻잔을 두드리던 황제의 손가락이 멈추었다.

"그는 짐과 예칭메이의 아들이다. 넌 그녀에게 그렇게 충성한다면서, 그녀의 아들은 죽이려 한 것이냐? 안쯔가 그 사실을 알면 어떠할지 궁금하구나."

쳔핑핑은 더 사납고 차가운 목소리로 말했다.

"판시엔은 일종의 잡종인데⋯⋯당신이 어떻게 그녀 아들의 아버지가 될 자격이 있지? 판시엔의 존재는 그녀에게, 모욕적이고 부끄러운 낙인 같은 거야. 난 처음 볼 때부터 그가 눈에 거슬렸었지."

"아주 좋아. 역시 변태 같은 내시답군. 짐이 이대로 널 죽이면, 너의 바람대로 해 주는 것 같아 걱정이다."

"어떻게 죽든 상관없어. 난 복수를 했으니, 그것으로 족해."

황제는 찻잔을 손에 들고 생각하다 나지막이 말했다.

"짐은 아직 아들이 셋이나 있다……."

"그런데 어떡하지? 내가 돌아왔으니, 그 세 아들이 여전히 당신의 아들로 남을 수 있을까? 내가 당신의 손에 죽으면, 판시엔은 어떻게 할까? 당신은 그에게 뭐라고 해명하려고? 내가 그의 어미를 위해 복수하다 죽었다고 하려고? 대황자는 당신을 어떻게 볼까?"

쳔핑핑의 눈에서 한기가 뿜어져 나왔고 얼굴은 창백해졌다.

"백성이 등을 돌리고 가족이 떠날 것이다. 고독의 한가운데에서 천하를 바라보았으나 아무것도 없구나."

"감히!"

황제는 두 아들과 쳔핑핑의 관계를 떠올리다 극도의 분노를 느끼며 얼굴이 쳔핑핑과 같이 창백해졌다. 쳔핑핑이 스스로의 죽음을 이용하여 황실에 어둡고도 사나운 마지막 공격을 퍼붓고 있다는 것을 알아차렸기 때문이다.

"넌 죽길 원하나, 짐은 절대 네가 쉽게 죽도록 하지 않을 것이다."

황제는 창백한 얼굴로, 공허한 눈빛으로, 마치 분노를 강하게 억누르고 있는 신(神)처럼, 냉정하게 말했다.

"짐은 너를 황성 광장에 묶고 너의 옷을 벗겨, 늙은 검은 개가 불알도 없는 내시임을 만천하에 알릴 것이다. 짐은 무수한 사람의 시선이 너의 가랑이 사이를 지켜보게 할 것이고, 원한이 맺힌 내시가, 썩어 문드러진 가랑이로, 어떻게 악독한 음모를 꾸몄는지 똑똑히 보게 할 것이다."

황제의 어투는 침착했지만, 끝없는 원망, 무한의 치욕, 절망적인 분노를 담고 있었다.

"짐은 너의 살점을 하나하나 칼로 잘라 능지처참할 것이며, 모든 경국의 백성들에게 한 점씩 물어뜯게 할 것이고, 너의 머리뼈를 내고 옆에 묻어서, 짐이 어떻게 그녀를 죽였는지, 짐이 어떻게 너를 죽였는지 보게 할 것이며, 짐이 그녀가 남긴 것을 이용하여 어떻게 천하를 통일하는지, 어떻게 불세지공(不世之功)을 세우는지 보게 할 것이다."

"너희들은 어둠 속에서 눈물 흘리고, 발버둥 치고, 후회하고……."

황제의 얼굴은 갈수록 창백해졌지만, 그의 어투는 갈수록 침착해졌다. 그리고 그의 눈동자는 갈수록 공허해졌고, 그는 갈수록 더욱 더 살아있는 사람처럼 느껴지지 않았다.

군신(君臣) 두 사람이 서로의 언어로 서로의 마음을 베고, 온몸에 상처가 나 피범벅이 될 때까지, 마치 영혼을 집어 삼키는 창백한 귀신들처럼 상대방의 영혼을 삼키고 있었다.

쳔핑핑은 천천히, 하지만 힘겹게 몸을 구부려 찻잔을 땅에 놓았다. 그리고 양 손으로 바퀴의자 팔걸이의 앞부분을 잡고서, 양 팔꿈치를 축으로 하여 두 팔을 부드럽고 편안하게, 검은빛이 나는 매끄러운 팔걸이 위에 올려 놓았다.

그는 너무나 자연스럽게, 아주 오랜 시간 무수히 반복한 습관적인 동작처럼, 이 모든 동작을 했다.

그의 시선은 황제의 창백한 얼굴을 스치고, 날카롭고 강대한 두 눈썹을 스치고, 어서방의 뒷벽을 주시하고 있었다. 그 눈빛은 마치 그 벽을 뚫고 후궁 너머 작은 나무 전각에 걸려 있는 그림을 보는 것 같았다. 옅은 황색 옷을 입은 여인의 외로운 뒷모습을, 산 아래 큰강의 제방을 쌓고 있는 백성의 모습을.

쳔핑핑은, 오래오래, 그렇게, 있었다.

'이만하면 됐어. 이만하면 됐어……'

"아가씨?"

천핑핑의 입꼬리가 올라가며 그의 얼굴에 엷은 미소가 지어졌다. 어서방 뒤편, 그의 시선이 머무는 곳에서, 작은 아가씨가 나타났다.

그 아가씨가 한참을 고민하다 그를 보며 물었다.

"너 진짜 태감이야? 그럼 우리는 자매라고 불러야 하나? 아님 어떻게 할까?"

"아가씨?"

황제는 천핑핑이 내뱉은 이 소리를 들었다. 그 이름은 그의 마음속에 아주 오랜 시간 있었는데, 마치 부적과 같이 그의 마음 한 구석에 남아 있었다. 그리고 기억도 안 날 정도로 오랜 시간 떠올리지 않았음에도, 그가 아직도 잊어버리지 않았다는 생각이 들자, 저도 모르게 한 줄기 의혹, 한 줄기 슬픔, 한 줄기 자괴감이 얼굴에 스쳐갔다.

그는 무의식 중에 천핑핑의 시선이 향하는 곳으로 고개를 돌렸다.

'펑!'

'펑!'

그리고 크나큰 폭발음을 들었다.

두 번의 광풍이 지나가는 소리.

엄청난 위력의 화약, 철가루, 탄알이 폭발하는 기류가 맹렬하게 황제의 몸을 덮쳤다!

의심할 여지없이 천핑핑은 고수다. 정확히 말하면, 고수였다. 좀 더 정확히 말하자면, 그가 황실의 작은태감일 당시, 큰 홍 태감에 비할 바는 아니었지만, 손에 꼽을 정도로 무공의 강자였다.

강자가 아니었다면, 어떻게 천하가 요동치던 그때, 북위 샤오은에 대항하여 감사원을 진두지휘할 수 있었겠는가. 스스로 지킬 힘도 없었다면, 어떻게 흑기병을 이끌고 폭풍처럼 대륙을 가로질러 천리 길의 습격을 진행할 수 있었겠는가.

물론 안타깝게도 쳔핑핑은 그 공격에서 두 다리를 잃었고, 더 안타깝게도 쳔핑핑은 늙어, 그의 진기마저 세월의 비바람에 쓸려 나가 이미 반도 안 남아있었다.

이 역사는 경국 백성 모두가 알고 있는 사실이었고, 안타깝지만 한편으로는 기뻐하는 사실이었다. 그들은 쳔핑핑이 이미 폐인에 가까워 근본적으로 개인적인 힘을 가지고 있지 않다는 것을 알고 있었다. 그들이 두려운 것은 그의 음모를 꾸밀 수 있는 지략과 그가 통제하고 있는 감사원의 힘이었지, 그 '자체'는 아니었다.

그래서 쳔핑핑이 홀로 외로이 징두로 돌아왔을 때, 사람들은 의외라 생각했지만, 안심하며 이후의 일을 걱정하지 않았다. 예중, 공디엔, 스페이 그리고 허종웨이 모두 안도의 한숨을 내쉴 수 있는 이유였다.

습관의 힘은 강하다.

쳔핑핑이 검은색 바퀴의자를 타고 들어갔을 때, 그들은 모두 바퀴의자와 청색 돌바닥이 내는 일정한 주기의 마찰음을 들으며 안심하고 있었다. 모두가 바퀴의자에 익숙해져 있었고, 그들은 그것을 쳔핑핑과 '한몸'으로 여겼다.

습관의 힘은 강하다.

쳔핑핑이 '아가씨'를 불렀을 때, 경국 황제는 이미 긴 대화 후 침착한 심리 상태를 유지하고 있었지만, 그럼에도 저도 모르게 쳔핑핑의 시선이 향하는 곳으로 고개를 돌렸다. 심지어 쳔핑핑이 바퀴의자 팔걸이에 팔을 올리는 동작은 너무 익숙해서 조금도 신경 쓰지 않았다.

어렸을 때 해 본 유치한 장난이었다.

어린아이가 허공에 대고 '선생님'을 부른다. 친구는 습관적으로, 무의식적으로 고개를 돌려 그곳을 바라본다. 친구가 아무도 없는 것을 확인하고 고개를 다시 돌렸을 때 기다리고 있는 것은 뺨을 찌르는 손가락. 그렇게 하나는 속였다는 생각에 웃으며, 하나는 속았다는 생각에 화를 내며 마당을 뛰어다닌다.

지금 천하에서 황제를 해할 수 있는 '사람'은 없다. 하이탕, 왕13랑, 윈즈란, 랑타오, 그림자 심지어 판시엔까지 여섯 명이 어서방에 한꺼번에 나타나 동시에 공격을 하더라도, 대종사 경국 황제는 눈썹도 하나 까딱하지 않을 것이다.

경국 황제가 고개를 돌려 눈처럼 하얀 벽, 텅 빈 공간을 보았을 때 눈동자가 살짝 움츠러들었다. 그리고 다시 고개를 돌려 바퀴의자에 앉아 있는 천핑핑을 보았을 때, 줄곧 바퀴의자 팔걸이 앞을 잡고 있던 천핑핑의 두 손을 보았을 때, 대화하는 내내 팔걸이 위에 올려져 있던 천핑핑의 작은 두 팔을 보았을 때 '움찔'했다.

천핑핑의 두 손이 강하게 팔걸이 앞 부분의 안쪽을 눌렀으며, 그 반동으로 천핑핑의 작은 두 팔이 뒤쪽으로 수축했다.

'펑!'

'펑!'

깔끔했고, 질질 끌지 않았고, 냉혹했다.

천핑핑은 오래된 습관처럼 수십 년간 매만지던 바퀴의자 팔걸이의 방아쇠를 당겼다.

검은색의 휠체어가 두 줄기 화려한 불꽃을 내뿜었다!

무수한 철가루, 탄알이 강력한 화약의 분사력에 힘입어 황제의 몸을 덮쳤다.

황제를 해칠 수 있는 '사람'은 없지만, '사물'은 있다.

황제와 천핑핑 모두 신비롭기 그지없는 그 검은 상자가 그런 작용을 할 수 있다고 생각했다. 그런데 오늘, 천핑핑이 수십 년간 앉아 있던 검은색 바퀴의자가 그 상자와 매우 비슷한 능력을 발휘했다.

검은색 바퀴의자는 수십 년 전에 내고와 감사원 3처가 심혈을 기울여 만든 것이었다. 하지만 한쌍의 무시무시한 분노를 담은 화기의 존재는 수십 년간 세상에 드러나지 않았다. 그것은 이미 오래전에 죽은 여인이 천핑핑을 위해 친히 만들어 준 선물이었기 때문이다.

천핑핑이 두 다리를 잃고 절름발이가 되었을 때, 그녀는 그의 안위를 걱정하여, 그녀의 모든 능력을 쏟아 부어, 그의 생명을 지켜줄 수 있는 보물 같은 기계를 극비에 부쳐 친히 만들어 주었다. 지금까지 검은색 바퀴의자의 등받이, 바퀴가 몇 번이나 바뀌었는지 모르겠지만, 팔걸이는 단 한번도 바뀐 적이 없었다.

많은 사람들은 천핑핑의 습관적인 동작을 알고 있었다. 그는 이 매끄럽게 광이 나는 팔걸이를 가볍게 매만지는 것을 너무나도 좋아했다. 그리고 판시엔처럼 그와 가까운 사람들은, 그가 외롭게 고독을 즐길 때, 항상 이 팔걸이를 손가락으로 가볍게 두드린다는 것도 알고 있었다.

'탁, 탁.'

'윙, 윙.'

손가락을 두드리면, 마치 속이 비어 있는 오래된 대나무 줄기처럼, 맑고 경쾌한 소리가 울렸다.

대나무는 절개가 있고, 고집이 있고, 힘이 있다.

천핑핑도 그렇다.

두 개의 불꽃이 팔걸이 앞에서 피어났다 바로 사그라졌다.

두 번의 커다란 소리가 난 후, 무수한 철가루와 탄알이 존귀하신 경국 황제의 몸에 박히는 소리가 들렸다. 그것은 마치 거대한 비가 모래사장을 때리는 소리, 혹은 우박이 땅에 부딪히는 소리, 혹은 수

많은 파초 잎을 꺾는 소리 같았고, 그 소리와 함께 황제의 몸에 셀 수 없는 구멍이 생겼다.

어서방 내 자욱했던 연기가 이상하리만큼 빨리 흩어졌다.

그리고 낮은 침대에 앉아 있던 황제의 그림자가 나타났다.

황제는 대종사였지만, 그렇다고 신이 될 수는 없었다. 대종사의 신체는 여전히 범인(凡人)의 신체다. 그들의 신념과 의지가 아무리 강할지라도 신(神)처럼 반응할 수는 없다.

그리고 천핑핑이 방아쇠를 당겼을 때, 그와 황제의 거리가 너무 가까웠다. 그리고 팔걸이에서 나오던 그 산탄(霰彈)은 범위도 너무 넓어 공간의 절반 정도를 모두 덮었기에, 황제가 설령 신(神)처럼 반응한다 하더라도 그 범위를 벗어날 수 없었다.

그래서 황제는, 피하지 않았다.

황제는 여전히, 그 자리에 앉아 있었다.

그의 주변 벽들은 마치 피부에 궤양이 생긴 것처럼 변했고, 떨어져 나온 회색 돌의 파편들이 공중에 휘날렸고, 그가 앉아 있던 낮은 침대는 반파되었으며, 그의 앞에 있던 탁자는 이미 수많은 나무 파편들로 변해 있었다.

황제의 용포에는 셀 수 없는, 미세하지만 일정하지 않은 크기의 구멍이 나 있었는데, 그 구멍 앞에는 새까만 철가루들이 붙어 있어 마치 동굴 앞에 있는 암초를 보는 것 같았다.

황제의 두 손은 그의 얼굴 앞에 있었는데, 왼손의 집게 손가락은 살짝 구부러져 있고, 엄지 손가락은 살짝 펴져 있었다. 그리고 두 손가락 사이에 쥐어져 있던 비취색 도자기로 된 작은 찻잔이 그의 급소를 방어하며 조금도 움직이지 않고 있었다.

찻잔은 깨지지 않았고, 천자의 용안은 그대로였다.

이 일이 벌어지는 아주 짧은 찰나의 순간.

황제는 온몸의 진기를 운용했고, 그 진기가 그의 몸을 바람처럼 감싸며 '휙휙' 소리를 내고 있었다.

'휘이익.'

그리고 손에 든 찻잔이 바람을 가르며 앞으로 날아갔다!

'ㅊㅊㅊㅊㅊㅊㅊㅊ……'

두 번의 거대한 폭발음이 들린 후, 검은색 바퀴의자는 거대한 반발력에 의해 빠른 속도로 뒤로 퉁겨 나갔고, 커다란 바퀴 두 개가 어서방의 바닥과 마찰하며, 두 가닥의 불꽃선을 만들어 내고 있었다.

'펑!'

바퀴의자는 어서방 뒤쪽 벽에 부딪히며 다시 한번 커다란 소리를 냈고, 그와 동시에 쳔핑핑은 눈동자가 움츠러들며, 근본적으로 어떠한 동작을 할 새도 없이 눈앞에 나타난 비취색을 바라보고만 있었다.

'뻐걱……'

하늘 밖에서 날아온 듯한 찻잔이, 쳔핑핑의 가슴에 사납게 박히며, 그의 가슴뼈를 몇 개나 부수고 있는지 알 수 없었다. 그리고 수천 개의 조각으로 산산조각 난 찻잔의 파편들이, 마치 수천 개의 침처럼 쳔핑핑의 몸에 일제히 박혔다.

"푸!"

쳔핑핑이 검은 피를 토해냈고, 그 피는 그의 몸을 검게 물들였다. 그리고 형체도 실체도 없는 엄청난 진기가, 그의 체내에 아직 부서지지 않고 남아 있던 경맥들을 모두 통제하였다. 일순간 쳔핑핑은 말을 할 수도, 몸을 움직일 수도, 자신의 생명을 통제할 수도 없게 되었다.

사나움이 극에 달한 왕도(王道) 진기가 그의 몸으로 스며들어 제멋대로 그의 경맥을 운용하기 시작했고, 그가 어서방에 들어오기 전에 먹어 두었던 독을 천천히 밖으로 배출시키기 시작했다. 그리고 마치 거대한 무형의 손이 그의 몸을 잡고 움직이는 듯, 그는 바퀴의자에서 일으켜 세워졌고, 곧 그의 몸은 공중에 떠 있게 되었다.

천핑핑의 하얗게 새어 버린 머리카락은 그의 깊은 얼굴 주름 앞에서 어지럽게 날렸고, 그가 걸친 옷은 사나운 짐승이 발톱으로 할퀸 듯 이리저리 찢어져 있었고, 이미 그의 생명의 기운은 죽음의 경계까지 와 있는 듯 보였다.

하지만 이 늙은이의 눈빛은 차가웠고, 냉랭했고, 일말의 공포도 없었고, 조금의 안타까움과 초연함이 있었지만, 이마저도 점점 사라져 평온함만 남겨졌다.

'턱, 턱, 턱⋯⋯.'

무거운 발걸음 소리. 황제는 바닥에 널브러진 파편들은 개의치 않는 듯, 천천히 안정적으로 그에게 걸어갔다.

황제는 오른 손바닥을 펼치고 있었고, 그곳에서 뿜어져 나오는 진기를 이용해 그의 몸을 공중에 잡아 올려 놓고 있었다.

황제의 냉정한 눈에는 분노의 핏줄이 서 있었다.

황제의 두 손은 떨리고 있었는데, 두 손 모두 공포스러울 정도로 처참해 보이는 상처에서 피가 '뚝뚝' 떨어지고 있었다.

그의 용포(龍袍) 위의 수많은 작은 구멍에서는 밖으로 피가 흐르고 있었고, 그 피는 구멍 앞에 암초처럼 붙어 있던 검은 철가루와 섞여 그의 용포를 검붉게 물들이고 있었다.

황제는 중상을 입었다. 그리고 그의 몸에는 탄알이 박혀 있었다.

하지만 그는⋯⋯죽지 않았다.

황제는 천핑핑 앞으로 걸어갔다. 그의 가슴은 천천히 들썩거리고 있었으며, 군신(君臣) 두 명은 온몸에 찢어진 상처를 입고 가장 깊은 곳에서부터 아픔을 느끼고 있었다. 그곳에서 피가 멈추지 않고 흘러 나오는 모습이 무척이나 닮아 보였다.

황제는 고개를 숙여 자신의 가슴과 복부에 난 상처를 보며 입술이 미세하게 떨렸다. 그가 지금까지 살아오면서 자신을 이렇게 죽음 가까이 몰고간 사람이 없었기 때문이다. 억제할 수 없는 원한과 분노가 군주(君主)의 몸 깊은 곳부터 발효되어 솟아오르기 시작하였다.

황제는 손으로 쳔핑핑의 목덜미를 잡으며 그의 눈을 바라보았다.

"짐이 죽이기 전까지, 넌 죽을 수 없다."

어서방의 유리창으로 회색 그림자 몇 개가 스치며 지나갔고, 곧이어 몇 명이 어서방의 나무문을 거세게 밀치고 튀어 들어왔다. 예중, 야오 태감을 비롯한 몇은 어서방에서 멀리 떨어진 구석에 서 있다 엄청난 굉음을 듣고 가장 빠른 속도로 황제를 구하기 위해서 달려왔으나, 그 또한 시간을 맞추지는 못한 것이다.

예중이 가장 빨랐고, 야오 태감이 그 뒤를 이었다. 그들은 어서방에 들어서자마자 침묵에 빠져들었고, 앞에 펼쳐진 광경은 그들의 가슴에 타는 듯한 고통을 주었다.

온몸에 피를 뒤집어쓴 황제, 피칠갑이 된 쳔 원장의 목을 움켜쥐고 있는 황제의 손. 그들은 놀람을 넘어 어떤 언어로도 이 광경을 표현할 수 없을 듯했다.

제2장

감사원장 천핑핑

'쿵.'

황제가 손에 힘을 풀자 천핑핑의 몸이 손에서 벗어나 바닥에 나가떨어졌다. 그는 발 밑의 옛 전우를 기괴한 눈초리로 바라보며 입을 열었다.

"감사원으로 압송하고, 내일 능지처참에 처하라. 만약 3만6천 번의 칼이 그의 살점을 베어 내기 전에 이 늙은 개가 죽으면, 너희들과 태의원은 이놈과 함께 순장될 것이다."

능지처참.

죄인을 묶어 놓고 포를 뜨듯 살점을 베어 내되, 한꺼번에 많이 베어 내서 과다출혈로 죽지 않도록 조금씩 베어, 참을 수 없는 고통 속에서 죽음에 이르도록 하는 형벌.

예중과 야오 태감은 얼음장처럼 굳었고, 황급히 어서방으로 뛰어오던 허종웨이도 밖에서 이 말을 듣고 저도 모르게 전신이 떨리기 시작했다.

능지처참, 황제의 분노, 황제의 한기 때문이 아니었다.

그 상대가, 쳰핑핑이었기 때문이다.

세 사람은 아무 말도 하지 못한 채 바로 무릎을 꿇고 감히 어떠한 간언도 하지 못했다. 하지만 쳰핑핑은 마지막까지 비웃는 눈빛으로 황제를 바라보았고, 그 순간 황제는 가슴에서 타는 듯한 통증을 느꼈다.

'짐이 아마 몇 년 동안이나 상처를 입은 적이 없었지?'

휘청.

황제의 몸이 흔들렸다.

"폐하께서 습격을 당하셨다. 태의를 불러라!"

허종웨이의 다급한 목소리가 울려 퍼졌다. 이때 예중은 폐하의 옥체를 부축하고 있었는데, 그 소리와 함께 허 대학사를 사나운 눈빛으로 죽일 듯이 노려봤다.

황궁 일대 큰 혼란이 일었고, 태의들이 궁전으로 물고기 떼처럼 들어갔다 나왔고, 시시각각 창백한 얼굴의 궁녀와 태감이 황동으로 된 대야를 들고 들락거렸다. 그리고 그들이 나올 때마다 대야에 담긴 물은 붉게 물들어 있었다.

야오 태감은 궁전 내에서 황제를 근접 호위했고, 공디엔은 금군을 이끌고 황성을 봉쇄했으며, 예중은 추밀원에 명을 내려 황성 밖을 호위했다. 태의가 전신에 땀을 흘리며 궁전 밖으로 나오자 예중은 차갑게 그를 바라보며 물었다.

"폐하는 어떠하신가?"

"폐하께서 부상을 입으셨지만, 아직 맥이 강하시니 큰 문제는 없을 듯한데, 다만……."

"다만 뭔가?"

"다만……몸에 붙은 철가루는 모두 제거했으나, 폐하 몸의 상처 부위에 날카로운 물건이 안에 들어 있어 그것들이 폐하의 내장에 상처를 입히고 있어서, 만약에 그것을 꺼내지 않으면 혹시……."

"혹시 뭐? 설마 폐하께서 위험하기라도 하단 말인가?"

"폐하께서는 하늘의 복을 받으시고, 범인(凡人)과 달라……."

태의는 떨리는 목소리로 '대종사'를 다른 방식으로 표현했다.

"문제는 없을 것입니다. 하지만 그것들이 어떻게 영향을 끼칠지는 아직 어느 누구도 알 수가 없습니다."

"아직 그것들을 꺼낼 방법을 생각하지 않았느냐!"

"소신은……아직 그런 재주가 없습니다."

예중의 얼굴은 점점 더 일그러졌다.

"하지만 판 대인이 당시 이런 비슷한 상황에서 어떤 의술을 펼친 적이 있으니, 최대한 빨리 판 대인을 징두로 부르는 것이 후환을 남기지 않을 최선의 방법으로 생각됩니다."

"담박공?"

예중은 너무 경황이 없어 황제의 안전 외에는 아무것도 생각하지 못하다, 판시엔의 이름을 듣자마자 앞으로 이 일이 몰고 올 후폭풍이 걱정되기 시작했다.

예중은 바짝 마른 입술로 천천히 물었다.

"판 대인이 바로 오지는 못할 텐데, 다른 방법이 있는가?"

"판씨 집안 아가씨가 청산에서 의술을 전수받았고, 판 대인의 친동생이기도……."

"빨리 그녀를 입궁시켜라!"

태의가 황실 호위들을 데리고 물러가고 나서야 예중은 자신의 등에 식은땀이 흥건히 흘렀음을 알아차렸다.

'판시엔이 만약 쳔핑핑이 황제의 명에 따라 능지처참에 처해져 죽었다는 것을 알게 되면 어떻게 반응할 것인가……'

한기가 예중의 온몸을 덮치고 있을 때, 중상을 입은 쳔핑핑의 목숨은 촌각을 다투고 있었고, 또 한 무리의 태의에게 둘러싸여 치료를 받고 있었다. 급한 치료만 끝나면 그는 오늘 밤 감사원 감옥으로 압송될 것이었다.

예중은 쳔핑핑을 감사원 감옥에 가두라는 황제의 명을 떠올리며, 다시 한번 그 잔혹함에 몸이 떨렸다.

'만약 감사원이 들고 일어나면, 난 어떻게 해야 하지?'

예중은 성지를 거역하지도, 거역할 생각도 없었다. 황제와 쳔핑핑 사이에 무슨 일이 있었는지는 몰라도, 지금 이 순간 어느 누구도 쳔핑핑의 입장에서 말을 할 수는 없었다. 폐하를 암살하려 한 자는 당연히 능지처참에 처해야 한다.

하지만 최근 몇 년간 온화하고 인자하게 변한 황제를 생각했을 때 이해가 되지는 않았다. 징두 모반 사건 때에도 능지처참에 처해진 이는 13성문사 통령 하나뿐이었다. 황제의 쳔핑핑에 대한 총애를 생각하면, 장더칭은 아무것도 아니었다.

예중은 눈을 감고 어서방 문 앞에서 허종웨이가 소리를 지르던 모습을 떠올리며 저도 모르게 입가에 한기가 서렸다.

'허종웨이……교활하기 그지없어. 그렇게 소리를 질러 황궁에 알리지 않았다면, 폐하께서 침착함을 찾으신 후 조정의 안정이나 감사원과 판시엔의 입장을 생각해서, 또는 쳔 원장의 공을 생각해서……능지처참에 처하지 않으셨을 수도 있거늘.'

사형에 처하는 방법에는 어려가지가 있었다. 사약, 교수형, 참수형 등등. 하지만 쳰핑핑이 더없이 치욕적이고 잔인한 능지처참에 처하게 되었을 때, 대황자, 감사원 그리고 판시엔이 표출할 분노와 원한은 상상을 하기 힘들 터.

이 모든 것은 '절묘한 시점' 허종웨이의 외침 때문이었다.

'나와 스페이가 감사원 밖에 1만의 정예병을 배치하긴 했지만, 오늘밤 그 정방형의 건물에서 정말 대규모의 살육이 일어나야만 하는 것인가.'

예중은 추적추적 내리는 가을비를 보며 낯빛이 어두워졌다.

'앞으로 경국의 미래는 어떻게 될 것인가…….'

옌빙윈은 회색빛 정방형 건물 밀실 안에서 창을 통해 떨어지는 가을비를 보고 있었다. 창문에 쳐져 있던 검은 장막은 이미 그의 손에 의해 갈기갈기 찢어져 발 밑에 버려져 있었다.

그는 쳰핑핑과 판시엔의 신임을 얻어 감사원의 많은 역량을 이미 장악하고 있었지만, 감사원 내부에 여전히 타오르고 있는 귀신 같은 불씨를 잠재울 수 없었다.

검은색 관복을 입은 관원들의 마음에서 타오르고 있는 불씨.

다행히 그는 사전 준비를 철저히 하여, 쳰 원장에게 유독 충성심이 강했던 관원들을 미리 서량로와 강남, 동이성으로 보내 버렸다. 아니었다면 지금 이 순간 그가 할 수 있는 일이 아무것도 없을 수도 있었다.

황궁에서의 소식은 이미 감사원에 전해진 상태였다.

'폐하께서 중상을? 폐하께서 어떤 명분을 만드신 건가? 아니면 정말 내가 존경하고 심지어 숭배하던 쳰 원장이 감히 아무도 할 수 없는 그런 일을 했다는 것인가?'

사실 이 모든 것은 지금 중요하지 않았다. 그는 감사원 주변 골목에 흔적을 숨길 생각도 하지 않는 경국의 정예병들을 보며, 반드시 감사원을 지켜야 한다고 생각하고 있었다. 특히 쳰핑핑이 죽음을 피할 수 없다면, 판시엔이 돌아오기 전에 모든 것이 행해져야 한다고.

왜냐하면, 위대한 경국 황제를 대항할 수 있는 것은, 강대한 경국을 적으로 돌릴 수 있는 것은, 그것이 설령 감사원이라 하더라도 불가능하다고 생각했기 때문이다.

옌빙원은 고개를 돌려 밀실 내 여섯 명의 각 처 처장에게 말했다.

"인계할 준비를 하세요."

그는 눈썹을 찌푸렸고, 잠시 멈칫했다.

그리고 어렵게 말을 뱉었다.

"대역죄인 쳰핑핑을."

대역죄인. 이 단어가 옌빙원의 얇은 입술 사이에서 나오자 밀실 내 모든 사람들은 곧 미쳐 버릴 것 같았다. 그들의 얼굴은 침착했지만, 모두의 시선은 매섭게 옌빙원을 쳐다보며 마치 그를 조각조각 찢어버릴 것만 같았다.

옌빙원을 제외한 여섯의 처장들은 갑자기 일제히 자리에서 일어났고, 1처 처장 무티에는 분노에 가득차서 쉰 목소리로 포효하듯 외쳤다.

"옌 대인, 지금 뭘 하고 싶으신 겁니까?"

옌빙원은 눈썹이 살짝 떨렸지만 조금도 물러서지 않았다.

"쳰핑핑이 폐하를 암살하려 했습니다. 내일 능지처참에 처해질 것이고, 우리 감사원은 폐하의 성지에 따라 대역죄인을 감옥에 가둘 것입니다. 당신들은 지금······반역을 하고 싶은 겁니까?"

이 자리에 있는 여섯 명은 아무도 이 말을 믿을 수도, 믿고 싶지도 않았다. 그들이 옌빙원을 여전히 차갑게 바라보는 가운데, 무티에가 대노하며 외쳤다.

"원장 대인은 귀향길에 올랐었는데, 어떻게 지금 황궁에서 나타납니까? 폐하를 암살? 그건 누가 만들어 낸 유언비어인가요? 궁에서 도대체 무슨 일이 발생한 겁니까?!"

침묵하던 3처 처장이 천천히 고개를 저으며 입을 열었다.

"제가 생각하기에는 우선 상황을 명확하게……."

'퍽!'

옌빙원은 대노하여 탁자를 내리치며 사납게 말했다.

"폐하께서 직접 말씀하신 내용입니다! 그리고 예중 대인과 야오 공공, 허 대학사가 모두 직접 눈으로 봤는데, 조사? 뭘 더 조사합니까?"

가장 연장자인, 감사원에 가장 오래 있었던 2처 처장이 눈꺼풀을 늘어뜨리며 잠긴 목소리로 말했다.

"그들이 직접 본 게 대수인가요? 제가 보기에, 폐하께서는 감사원에 손을 쓰고 싶으신 겁니다. 폐하께서 사람을 죽이고 싶으시다면, 어떤 이유를 못 찾아내시겠습니까. 다만 이 일이 천 원장 대인 일이다 보니, 황제 암살 외에는 다른 죄명을 찾기 힘든 것이겠지요."

밀실에 침묵이 흘렀다. 창문을 항상 가리고 있던 검은 장막이 없어지자, 너무도 어색하게 빗속에서 서쪽으로 기울고 있던 태양 빛이 황궁을 어둡게 비추고, 또 감사원 밀실 내를 비추며 밀실을 은은하고 붉게 물들이고 있었다.

2처 처장이 옌빙원의 얼굴을 바라보며 말을 이었다.

"옌 대인, 아직 제사직이 공식적으로 내려지지 않았는데, 자네는 우리들에게 어떤 일을 지시할 자격이 없네. 그리고……검은 장막을 훼손할 자격도 없고."

이 말과 함께 처장들의 눈빛에는 의혹의 기색이 짙어지며 옌빙윈을 바라보는 시선이 더욱더 차가워지기 시작했다.

　"감사원의 모든 정보는 나의 손을 거쳐서 정리되지. 몇 일 전 징두 수비군이 징두를 떠나 실종되고, 금군과 황궁의 경계 등급이 올라가고, 추밀원에서 비밀리에 동원 명령을 내렸을 때……내가 그것을 자네에게 안건으로 올리지 않았나."

　2처 처장은 얼음같이 차가운 눈빛으로 이어 말했다.

　"이제 보니, 그것들은 폐하께서 쳔 원장에 대항하기 위한 수단들이었는데, 그때 자네는 왜……아무런 반응도 하지 않았나?"

　옌빙윈은 어느새 분노가 사라지고 온몸이 차가운 얼음 같았다.

　"옌 대인, 보름 동안 자네가 본원 사람들 절반을 서량로, 동이성으로 보냈는데, 그들이 없으니 지금 감사원의 실력이 평소의 삼 할밖에 안 될 텐데……자네는 도대체 무슨 생각을 하는 건가? 자네는 이 일을 알고 황실을 위하여 미리 준비를 한 건가?"

　"6처의 자객 절반도 이미 징두를 떠났지."

　그림자를 '대신'하여 6처를 맡고 있는 처장이 한 쌍의 검 같은 눈빛으로 옌빙윈을 바라보며 말했다.

　"자네는 우리들에게 해명을 해야 할 걸세."

　"저는 경국의 신하이고, 폐하의 신하이고, 감사원의 관원입니다."

　옌빙윈의 얼굴에 일말의 죄책감도 없었다.

　"당신들도 잊지 마십시오. 감사원에 처음 들어왔을 때 배웠던 한마디를!"

　옌빙윈은 한 자 한 자 똑똑히 말했다.

　"모든 것은 경국을 위해!"

　옌빙윈은 손을 한번 젓고 단호하게 말했다.

　"폐하께 충성하는 것, 우리들은 그것만 생각해야 합니다. 당신들이 좀 전에 한 말들은 모두 대역무도한 말들입니다. 저는 두 번은 듣고 싶지 않습니다."

옌빙윈은 발걸음을 창가로 옮긴 후 창밖의 황궁 처마에 비치는 태양을 보며 말을 이었다.

"쳰핑핑은 폐하를 암살하려 했고, 모반을 시도했습니다. 당신들이 만약 저와 다른 뜻이 있어 이런 대역죄인과 결탁하여 일을 벌이려 한다면, 본관이 무정하게⋯⋯."

다시 한번 침묵이 흘렀다.

6처 대리 처장은 허리춤에 있는 쇠막대기를 천천히 움켜 쥐었다.

"네가 내 수하들을 다른 곳으로 보냈다지만, 남아 있는 인원만으로도 널 죽이는 건 어렵지 않다."

"절 죽이면 달라집니까?"

옌빙윈은 느껴지는 살기는 개의치 않고 말했다.

"모반을 하시려구요? 당신의 가족은? 당신 심복의 가족은? 바깥에 1만 명의 대군이 에워싸고 있습니다. 당신이 설령 쳰 원장을 구해낸다 해도, 그들을 모두 죽일 수 있으십니까?"

옌빙윈은 숨길 수 없는 복잡한 심경의 표정을 하고 천천히 고개를 돌리며 냉정하게 말했다.

"폐하의 성지가 이미 내려졌고, 제 손에 판 원장의 친필 명령 문서가 있습니다. 지금부터 본관은 감사원의 세 번째 제사입니다! 본관의 명령을 따르지 않으면, 감사원의 규칙대로 처리하겠습니다."

"옌 대인, 난 자네가 무슨 생각을 가지고 있는지 모르겠네."

무티에가 갑자기 진지하고 침착한 목소리로 입을 열었다.

"그래, 6처 자객들이 기껏해야 쳰 원장의 목숨을 구할 수 있고, 성공한다 해도 쳰 원장을 징두 밖으로 빼낼 수 없네. 하지만!"

무티에는 눈을 번뜩였다.

"우리 1처도 있네! 그리고 감사원의 여덟 개 부처가 모두 힘을 합친다면, 징두에서 못 해낼 일도 없네! 1처는 모든 관아에 밀정이 있고, 4처는 분명 징두 밖 대비를 할 수 있을 거네. 옌 대인 자네는 그런 방법이 없을지라도……자네 부친은 분명 방법을 가지고 계실 거네. 8처는 태학을 이용해 이유를 불문하고 징두를 혼란에 빠지게 할 수 있고, 3처가 손을 쓰면 징두의 상수원을 독으로 오염시킬 수도 있으니, 내일이 되면 징두성은 반드시 성문을 열 수밖에 없을 것이야. 감사원이 쳰 원장 하나 구하는 게 어려운 일이 아니야."

악독한 생각이었고, 감사원만 생각할 수 있는 계획이었다.

"징두 상수원에 독을 탄다? 지금 대인은 감사원 관원들의 가족들과, 징두 백성 모두를……쳰핑핑 대신 죽이겠다는 것인가요?"

2처 처장이 담담하게 대신 대답했다.

"우리 감사원의 능력이라면 징두를 폐허로 만들 수도 있지. 쳰 원장이 살 수만 있다면, 십만 명이 죽는 게 뭐 대수인가?"

옌빙윈은 심장이 떨리기 시작했다.

'내가 일평생을 몸바친 감사원이……원래 이들에게 폐하의 존재는 없었어. 쳰핑핑만 있었지……이들은 정말 그를 위해서라면, 미치광이처럼 어떤 수단을 써도 괜찮다는 말인가?'

"전 당신들에게 어떤 기회도 줄 수 없습니다."

그는 이 말과 함께 가볍게 탁자 위의 종을 눌렀다.

'칭.'

밀실 밖에서 황급한 발걸음 소리가 들리자 처장들의 낯빛이 순식간에 변했고, 무티에는 손가락을 떨며 더욱더 흥분하여 큰 소리로 외쳤다.

"네놈이 진짜 두 눈을 뜨고, 내일 쳰 원장이 치욕스럽게 능지처참당하면서 죽는 것을 보겠다는 것이냐!"

옌빙원은 냉정한 얼굴로 한마디도 하지 않았다.

'끼익.'

밀실의 문이 열리고, 감사원 체포 관원들이 줄줄이 들어와 순식간에 밀실 곳곳을 통제했다. 옌빙원은 그답게 사전에 준비를 철저하게 했다. 밀실을 통제하는 것과 동시에 1만 명의 경국 군대 정예병 중 1천 명을 별도 부대로 편성하여 감사원을 근접 감시하게 했다. 이 시각 갑옷의 금속이 부딪히는 소리가 이미 감사원 대청에서 들리고 있었다.

6처 처장은 쇠막대기를 더욱 '꽉' 쥐며, 밀실에 누가 들어왔는지, 밖에서 어떤 소리가 나는지 전혀 개의치 않고 옌빙원만 바라보았다.

그리고 다른 다섯의 처장들도 원망의 눈빛으로 그만 쳐다보았다.

옌빙원은 믿을 수 없다는 표정을 하고 있는 무티에게 말했다.

"징두에서 1처가 장악하고 있는 관원들이 가장 많으니, 본관은 대인을 내보낼 수 없습니다. 억울하겠지만, 감사원 감옥에 좀 계시지요."

'어떻게 이놈이 자신의 부귀 영화를 위해 첸 원장의 등에 칼을 꽂을 수가……!'

2처 처장은 정보를 분석하듯 바깥에서 들려오는 소리와 방 안의 형세를 살피고, 처량한 눈빛으로 탄식을 한 후 6처 임시 처장의 어깨를 토닥이며 말했다.

"하지 말게."

그리고 옌빙원에게 고개를 돌리며 담담하게 말했다.

"우리들은 곧 죽겠구만."

"첸핑핑이 폐하를 암살하려 했으나, 당신들은 그것에 관여한 바가 없는 듯 보이니, 당신들이 이후에 잘못된 선택만 하지 않는다면 목숨은 살려드리겠습니다."

2처 처장은 희끗해진 자신의 머리칼을 만지며 무엇을 생각하는지 자조 섞인 웃음을 지었다.

"옌뤄하이 형님이 오늘 일을 알면 어떻게 생각하실까 궁금하네. 옌 대인, 내가 충고하지. 자네는 우리들을 모두 죽이는 게 나아. 아니면 자네가 앞으로 잠이라도 자겠나?"

이것은 위협이 아니었다. 일종의 성의 있고 진정성이 담긴, 하지만 적나라한 충고였다. 이 일이 천핑핑에 충성하는 관원들의 귀에 들어가면, 옌빙윈은 조만간 천핑핑의 죽음에 따른 그들의 불 같은 분노를 맞이해야 할 것이었다.

그런 관원들이 몇이나 될까? 아무도 모른다.

그 분노가 옌빙윈을 몇 번 죽일까? 상상할 수 없었다.

이 '충고'를 끝으로 2처 처장은 체포 관원들에 끌려 문밖으로 나갔다. 그의 등은 살짝 굽어 있어서 암담한 분위기를 풍겼는데, 그것은 그가 하옥된다는 사실에 절망한 것이 아니라, 천 원장이 곧 죽을 것이라는 생각이 들었기 때문이다.

6처 대리 처장의 몸에서 쇠막대기, 암궁, 비수, 독약 분말 등 살인에 쓰이는 모든 것이 해체되었다. 그는 냉정한 얼굴로 어떠한 반항도 하지 않았다. 다만, 그가 관원들에 끌려 옌빙윈 앞을 지나갈 때 옌빙윈의 얼굴에 침을 뱉었을 뿐이다.

옌빙윈은 눈같이 하얀 소매로 가볍게 침을 닦으며 말했다.

"기왕 본관을 죽일 생각을 하셨으면서, 왜 죽이지도 반항하지도 않으셨나요?"

"난 아직 죽고 싶지 않아. 왜냐하면 난 너 같은 반역자 새끼가 마지막에 어떻게 죽는지 봐야 하니까."

그때 끌려가던 무티에가 고개를 돌려 말을 덧붙였다.

"우리들은 판 대인이 돌아온 후, 네놈이 얼마나 처참하게 죽는지 보고 싶을 뿐이야.”

옌빙원은 낯빛이 살짝 변했지만 여전히 침묵했다.

딩저우군, 금군, 징두 수비군 중 정예병으로만 추려진 선봉대 1천. 그들은 이미 몇 명의 태감들, 조정 대신들과 함께 감사원 건물로 들어서고 있었다. 모든 감사원 관원들은 이 모습을 지켜보고만 있었다. 아무도 반항하고 싶지 않았던 것이 아니라, 지금 무슨 일이 벌어지고 있는지 몰랐기 때문이다.

감사원의 건축물이 세워진 이래 처음으로, 감사원은 굴욕적으로 점령당하고 있었다. 그동안 추밀원이든, 문하중서성이든, 군대든 간에 어느 누구도 이곳에 한 발짝도 발을 들여놓을 수 없었다.

이유는 단 하나. 바퀴의자에 앉은 절름발이 늙은이 때문에.

계단에서 빽빽한 발걸음 소리가 울리고, 한 무리가 체포되어 감사원 건물 윗층에서부터 아래로 내려오고 있었다. 모든 감사원 관원들은 그들이 각 처 처장인 것을 알아차리고, 결연한 눈빛으로 웅성거리며 한 발짝 앞으로 나왔다.

옌빙원은 그 무리의 가장 뒤에서 나타났는데, 주위의 움직임을 살피고 그의 심복들의 호위를 받으며 금군 앞에 있는 태감과 대신들로 향했다.

금군을 이끌고 감사원에 온 이는, 허종웨이. 그는 얼음같이 차가운 옌빙원을 보며 감사의 표시로 고개를 끄덕였다. 그리고 옆에 있던 태감 하나가 몸을 숙이며 옌빙원에게 공손히 말했다.

“이제 성지를 읽어도 되겠습니까?”

“우선 병사들에게 칼과 창을 내려놓으라 하게.”

태감은 살짝 놀라 허종웨이를 보았는데, 그가 눈짓으로 허락의 의사 표시를 하자 1천의 병사들에게 옌빙원의 지시에 따르라 명을 전달했다.

긴장된 분위기가 살짝 누그러졌다.

옌빙윈은 허리를 굽히며 태감에게 예를 올렸다.

태감은 떨리는 몸으로 감사원 2백여 명의 관원들 앞으로 가, 목을 한번 가다듬고 천천히 성지를 읽기 시작했다.

"천핑핑은 모반을……폐하를 암살……."

분위기가 순식간에 달아오르며, 감사원 관원들의 얼굴에서 놀람과 함께 의혹, 분노의 기색이 점점 더 진해졌다. 태감의 목소리는 점점 작아졌고, 점점 흐트러졌고, 점점 빨라졌다.

1천의 경국 군대 병사들은 긴장하기 시작했다.

비록 지금 성지를 듣고 있는 관원들의 대부분이 문관직 관원이었지만 이들이 이전에 어떤 이력을 가지고 있을지는 모를 일이었기 때문이다. 왕치니엔처럼.

심지어 3처는 무기 하나 없이 모두를 죽일 수도 있지 않은가.

하지만 그들은 아무도 움직이지 않았다. 그들은 감사원 관원이고, 상관의 명령이 있을 때까지 기다릴 수 있었다. 무수한 눈빛이 가장 앞에 있는 옌빙윈에게로 쏠렸다.

하지만 옌빙윈은 여전히 입을 열지 않았다.

그는 명령을 내리지도, 일절 해명도 하지 않고, 묵묵히 병사들이 만들어 놓은 통로를 바라보기만 했다.

태의 몇, 태감 몇이, 황실 호위들이 들고 있는 들것과 함께 나타났다. 하얗게 새어버린 머리를 한 수척한 노인이 들것에 실려 있었는데, 전신에 있는 상처에서 피는 이미 멎었지만 이제 곧 혼수 상태에 빠질 것처럼 보였다.

감사원의 조상, 암흑의 제왕 천핑핑이 다시 한번 그가 일평생 일군, 그가 가장 좋아하는 회색빛 정방형 건물로 돌아왔다. 하지만 그와 한몸이었던 검은색 바퀴의자도, 그 의자가 만들어 내는 익숙한 소리도 들리지 않았다.

그는 고독하게 들것에 누워있었다.

초가을 감사원 정원의 맑은 연못에는 흰 모래 위로 물고기들이 여전히 자유롭게 헤엄치고 있었지만, 천핑핑은 두 눈을 뜨지 못해 그곳을 바라볼 수가 없었다.

옌빙윈은 창(槍)처럼 곧게 몸을 세우고 점점 더 가까워지는 들것을 바라보며 뒷짐을 진 손이 떨려 왔지만 이내 침착을 되찾았다. 그는 황제가 천핑핑을 감사원으로 보내면서 노리고 있는 것이 무엇인지 정확히 알고 있었기 때문이다.

지금이 가장 중요한 순간이었다.

황제는 곧 죽음을 맞이할 천핑핑을 이용하여, 곧 능지처참 당할 천핑핑을 검처럼 이용하여, 감사원 관원들의 마음을 찌르고 있었다.

황제는 감사원이 천핑핑의 것인지, 자신의 것인지 알고 싶은 것이다. 만약 감사원이 더 이상 자신의 것이 아니라고 판단되면, 냉정하고 무정한 황제는 수만의 군대로 회색빛 건물을 폐허로 만드는 것을 전혀 개의치 않을 것이다.

황제는 감사원 관원들의 반응을 지켜보고 있었다. 자신의 강력하고 위대한 황권과, 천핑핑의 숭고한 위엄과 명망이 충돌하는 것을 주시하고 있는 것이었다.

들것이 천천히 이동함에 따라, 감사원 관원들의 시선도 이동했고, 그들의 시선은 슬픔, 격동, 분노, 절망의 감정이 뒤섞여 복잡해졌다. 그들이 존경하고 공경하는 어른이, 암담하게 들것에 실려가, 내일의 처참하고 비참한 죽음을 준비하러 가고 있었다.

"원장 대인!"

누군가 털썩 주저앉아 무릎을 꿇으며 참지 못하고 외쳤다.

"원장 대인!"

"원장 대인!"

일순간 모든 감사원 관원들이 무릎을 꿇었고, 황제의 성지가 천핑핑을 대역죄인이라 명백히 밝혔음에도 그들은 모두 참지 못하고 무릎을 꿇었다.

그리고 몇몇의 관원이, 들것을 향해 달려들었다!

'번쩍!'

'펑!'

몇 번의 섬광이 번쩍이고, 공기 중의 파동이 거대한 가을바람을 만들어 냈다.

먼지가 사라졌을 때, 네 명의 감사원 관원이 쓰러져 있었다.

군대 고수 몇과 황실 고수들이 그들의 손을 묶었다.

옌빙원은 눈썹을 미세하게 떨며 입을 열었다.

"끌고 가라. 반역을 하는 자는, 감사원 규칙에 따라 처리하라."

원망과 분노가 담긴 무수한 눈빛이 옌빙원에게로 향했다. 하지만 그는 조금의 움직임도 없이 냉정하게 말했다.

"너희들의 사명을 생각하라. 너희들은 경국의 신하다. 모반을 하려는 것이냐."

그의 옆에 있던 허종웨이가 나지막이 입을 열었다.

"몇을 죽여 공포심을 주는 게 가장 좋은 방법이네."

"제가 일을 하는데, 언제부터 당신이 말을 섞었지요?"

옌빙원의 말이 허종웨이를 침묵시킬 수는 있었지만, 감사원 관원들을 침묵시킬 수는 없었다. 감사원 관원들은 천천히 일어나 옌빙원을 죽은 사람처럼 냉랭하게 바라보다, 일제히 들것을 향해 뛰어 들었다!

'역시 나의 힘만으로는 안 되는 것이었구나……'

수척한 손가락 하나가 펴졌다.

그리고 고요한 침묵이 흘렀다.

모든 관원들이 동작을 멈추고 들것 위에 펼쳐진 손가락 하나만 바라보았다.

손가락이 미세하게 움직였다.

"대기!"

2처 관원 하나가 슬픔이 가득한 목소리로, 이미 눈에는 눈물이 그렁그렁 맺힌 채, 비애 섞인 분노의 목소리로 소리치며, 두 무릎을 무겁게 바닥에 떨어뜨렸다.

"대기!"

"대기!"

수척한 손가락이 살짝 흔들리자, 감사원 내 무수한 '대기'의 외침이 울려 퍼졌다. 대기는 침묵이며, 대기는 기다림이며, 대기는 인내며, 대기는 부득이한 포기였다.

'대기'는 그 자리에 남아 있는 것이다.

모든 감사원 관원은 자신이 서 있는 자리에 그대로 남아, 한 번의 '대기' 외침, 두 방울의 눈물과 함께, 거대한 산처럼 무릎을 세차게 바닥에 부딪히며 꿇고, 모든 시선을 앞에 있는 '그분'에게 보냈다.

황실 고수, 태감, 정예병들은 감동한 눈빛으로 이 광경을 바라보았고, 허종웨이의 얼굴은 하얗게 질렸으며, 옌빙위안의 몸은 '휘청' 하였다.

어떠한 방법으로도 억제시킬 수 없었던 관원들의 불 같은 분노가, 이 초췌한 늙은이의 손가락 하나로, 어떤 이유와 명분도 없이 꺼져 버렸다.

이것은 어느 정도의 위신인가. 아니, 어느 정도의 신앙인가!

옌빙윈은 마지막 황제와 쳰 원장의 대결에서, 표면적으로는 황제가 감사원 관원들을 굴복시키며 끝난 것으로 보였지만, 사실상 쳰 원장이 이겼다는 것을 알았다.

들것은 천천히 감사원 감옥을 향해 나아갔다.

허종웨이는 이 장면을 보면서, 자신의 마음을 조금이라도 편하게 할 목적인지, 자신에게 감사원의 위력이 별 볼 일 없다는 것을 설득시키려 할 목적인지 몰랐지만 무의식적으로 혼잣말을 했다.

"역시 감사원은 명령 하나로 간단히 정리가 되네. 이 사람들의 저항이 생각보다 약하구만."

옌빙윈은 고개를 '휙' 돌려 잠시 멈칫하다 말했다.

"만약 제가 이 정도로 후안무치하지 않았다면, 그나마 쳰 원장이 손가락이라도 움직일 수 있어서 다행이지……아니었다면, 저와 당신이 이곳에서 살아나갈 수 없었을 겁니다."

이 말과 함께 옌빙윈은 더 이상 허종웨이를 거들떠보지도 않고, 들것을 따라 적막하고 쓸쓸하게 감사원의 감옥으로 향했다.

감사원 내에서 배반, 승복, 붕괴의 연극이 상연되고 있을 때, 징두 전체에는 기이하고 억압적인 분위기가 감돌았다. 조정의 조회는 열리지 않았고, 각부 관아들은 의례적으로 문을 열었지만 황궁에서 들려온 경천동지할 소식에 경국 관원 모두는 벌벌 떨고 있었다. 누구도 정무에 신경 쓸 수도, 사적으로 그 사건에 대해 속삭이지도 못했다.

폐하가 암살 시도를 당했다!

대역죄인은 쳰 원장이다!

이 소식은 모두를 경악하게 했지만, 정확히 이야기하면 그들의 마음속에 어처구니없는 충격과 의혹, 그리고 앞으로 펼쳐질 상황에 대한 우려로 가득 찼다. 다행히 각 부 상서, 국공 집안과 문하중서성의 어른들이 황궁으로 달려갔고, 허종웨이만 감사원에 남겨진 채 나머지 사람들은 재빨리 나와 정무를 챙기기 시작했다.

현재 조정에서 가장 중요한 일은 당연히 쳔핑핑의 모반죄를 심사하는 것이다. 각 부 관아들은 신속하게 움직이기 시작했고, 이번이 감사원의 눈을 벗어난 독립성을 가진 첫 심사였기 때문에, 관원들은 한편으로 편안하다 생각하기도 했다. 그리고 황제의 성지가 매우 명확했기 때문에, 소위 심사라는 것은 요식 행위에 불과했다.

두 시진이 안 되어 대리사를 필두로 한 조정의 관원들은 쳔핑핑 대역죄의 항목들을 황궁에 보고했는데, 이들은 모두 순식간에 거절되었다. 황제의 분노를, 중상을 입고 아직 완쾌도 되지 않은 황제의 분노를 잠재우기에는 부족해 보였기 때문이다.

황제는 쳔핑핑이 편안한 죽음을 맞이하게 할 수 없었다.

쳔핑핑이 황제에게 '정의'를 명분으로 복수를 했으니, 황제는 쳔핑핑의 명분을 갈갈이 찢어 가장 모욕적이고 치욕스러운 죄명으로 죽음에 이르게 해야 했다.

죄명을 꾸며내는 일이 뭐가 어렵겠는가. 그것을 쳔핑핑에게 뒤집어 씌워야 하는 관원들이 후환을 두려워하고 있을 뿐. 그럼에도 어느 누구도 반대 의견을 내지는 못했고, 역사서에서 나왔던 간악하고 대역무도한 모든 죄명을 찾아내고 있었다.

드디어 열세 개의 죄명이 정리되었고, 쳔핑핑은 유사 이래 가장 크고 사악한 대역죄인이 되었고, 그렇게 쳔핑핑이 '죽어 마땅한 신하'가 된 이후에서야 황실에서 고개를 끄덕였다.

원래 이 정도의 대역죄 사건이면, 조사하는 데에만 몇 년이 걸릴 것이고, 쳔 원장이 주범이라면 그를 죽이지 않고 심문하여 이 사건과 연관된 모든 관원들을 찾아내고 멸문지화를 시킬 일이었다.

하지만 이 사건은 하루 만에 모든 조사와 결정이 끝났다.

황제의 모든 분노가 쳔핑핑만 겨냥하고 있었기 때문이다.

모든 관원들이 상황을 이해하고 안도의 한숨을 내쉬고 있을 때쯤, 몇몇의 총명한 이들은 또 다른 생각에 두려움이 엄습하고 있었다.

쳔핑핑은 단지 '개인' 쳔핑핑이 아니었기 때문이다. 쳔핑핑은 감사원을 대표하고 있었고, 감사원의 새로운 원장은 권세가 하늘을 찌를 듯한 판 대인이었고, 그가 지금 동이성에서 징두로 돌아오는 길이었다.

물론 아무리 권력 있는 신하라 해도 지금 상황에서 황제는 어떤 것도 신경 쓰지 않을 것이었다. 심지어 잔혹하게 그지없이 그 신하에게 상사였던 쳔핑핑의 죽음을 똑바로 보게 하며 경각심을 심어줬을 것이다. 하지만 그 신하는 판시엔이었다. 그가 가지고 있는 권력이 너무 컸고, 심지어 그 권력은 황제가 경국의 미래를 생각할 때 고려해야 할 정도였고, 제일 중요한 것은 그가……황제의 아들이었다.

황제는 자신의 분노를 풀어내기 위해 쳔핑핑을 잔혹하게, 무수한 치욕을 주며 죽여야 했다. 하지만 그 일은 판시엔이 징두로 돌아오기 전에 모두 처리되어야 했다.

그것은 돌이킬 수 없는 '사실'이 되어야 했다.

조정이 모두 요동치고 있을 때, 정문의 사자상이 무심한 눈빛으로 세상사를 바라보고 있는 한 저택은 기괴한 침묵에 빠져들었다.

정오가 지난 시점, 황실에서 황제가 암살 시도를 당했다는 소식이 외부로 알려졌을 때, 하지만 쳔핑핑이 아직 감사원의 감옥으로 압송되기 전에, 태감 하나가 이 저택으로 성지를 들고 왔다.

모든 절차가 생략되었고, 심지어 판씨 저택에 있는 모든 사람들은 점심 식사를 하던 중 갑자기 태감이 전하는 황제의 성지를 듣게 되었다. 그들의 얼굴은 갈수록 창백해지고 있었고, 성지를 모두 들은 후 이 저택의 여주인인 린완알은 천천히 몸을 일으켜 태감을 보며 똑똑히 말했다.

"한 번 더 읽어주게."

태감은 화를 내지는 않았지만, 매우 다급한 목소리로 다시 읽었다.

린완알은 두려움이 섞인 눈으로 저도 모르게 옆에 있는 아가씨를 바라보았다. 판뤄뤄의 얼굴빛은 살짝 창백해졌는데, 이 두 여자는 서로 말은 안했지만 이 순간 생각하는 바는 비슷했다. 황제이든, 지금 생사조차 알 수 없는 천핑핑이든, 판씨 집안과는 뗄 수 없는 너무 긴밀한 관계의 사람이었기 때문이다.

판뤄뤄는 젓가락을 놓았고, 새언니를 바라본 후, 입술을 굳게 다문 채, 손가락만 미세하게 떨었다.

완알은 최대한 침착함을 유지하며 태감에게 물었다.

"폐하께서는 위독하신가?"

태감은 공포에 질린 채 고개를 살짝 저었다. 사실 그도 황제의 상태를 몰랐고, 그는 단지 예중 대인의 명에 따라 성지를 들고 판씨 아가씨를 궁으로 데리고 가기 위해 이곳에 왔기 때문이다.

완알이 다시 뤄뤄를 쳐다보자, 뤄뤄는 망설임 없이 일어났다.

"제가 입궁할게요."

이 말과 함께 뤄뤄는 태감, 호위들과 함께 집을 나서서, 자신의 의관에 있는 상자를 챙기러 갔다. 완알은 그녀의 뒷모습을 바라보았고, 눈동자에 짙은 불안과 우려의 기색이 드리워지며 옆에 있는 텅즈징 부인에게 말했다.

"민첩한 하인 몇을 궁으로 보내서 소식이 들리는 대로 보고하라 해줘."

"네."

"텅즈징도 징두로 돌아오라 하고."

린완알은 심각한 표정으로 조금 긴장하고 있었지만, 긴장보다는 걱정이 더 컸다. 그녀는 황궁에서 정확히 무슨 일이 벌어졌는지, 왜 그런 일이 벌어졌는지 몰랐지만, 황제가 천 원장에게 어떠한 살길도 내주지 않을 것이라는 것은 알고 있었다.

그리고 판시엔에게 천핑핑의 마지막을 보게 해서는 안 된다고 생각했다. 그녀는 천 원장에 대한 그의 태도를 누구보다 잘 알고 있었고, 판씨 집안이 이 사건에서 조심하지 않는다면 회복할 수 없는 해를 입을 수 있다 생각했기 때문이다.

완알은 고개를 돌려 스스에게 가벼운 목소리로 부탁했다.

"텅즈징이 징두로 오면 그에게 너를 데리고 징두를 나가라고 할 거야. 그럼 넌 슈닝과 량을 데리고 판씨 장원으로 가 숨어 있어."

"천 원장 대인은 도련님에게 은인 같은 분이잖아요."

"이렇게 큰 일을 누가 바꿀 수 있겠어. 더 말 말고, 우선 짐부터 챙기고 빨리 저택을 나가."

"이미 성문이 닫히지 않았을까요? 설령 열려 있더라도, 텅즈징이 절 데리고 가면 더 못 나갈 것 같은데요."

완알과 스스는 그동안 함께 항저우회를 돌보며 호흡을 맞춰왔고, 그렇기에 스스는 완알의 뜻을 바로 알아채고 세심하게 자신의 의견을 제시한 것이다.

"그러니까 서둘러야지."

이때, 검은색 관복을 입은 사람이 거실로 들어왔다. 완알은 그를 보며 놀라지 않는데, 뤄뤄를 배웅할 때 이미 자신을 보호하고 있는 왕치니엔 조직원에게 비밀리에 오라고 명을 내린 상태였기 때문이다.

"사정은 다 들었지? 자네는 빨리 감사원으로 사람을 보내 동향을 파악하고, 스스가 안전하게 징두를 나갈 수 있도록 조치해 주게."

그는 이 임무가 만만치 않다는 것을 알았기에 진중하게 뒤에 있는 심복들에게 지시를 내렸다. 완알은 그 모습을 본 후 다시 명을 내렸다.

"그리고 옌징으로 사람을 보내고, 만약 그 길에서 부군을 만난다면……."

완알은 멈칫하며 잠시 생각에 빠졌고, 감사원 관원은 긴장하며 그녀의 마지막 결정을 기다렸다.

"그에게 '사실대로' 말해줘. 쳔 원장이……곧 죽을 거라고."

관원은 크게 안도의 한숨을 내쉬었고, 감동하는 눈빛으로 그녀에게 예를 올린 후 일을 처리하러 떠났다. 판씨 저택의 모든 사람들이 일사불란하게 움직이기 시작했고, 고독하게 혼자 남겨진 완알은 갑자기 불어오는 차가운 바람에 저도 모르게 몸을 떨었다.

그녀는 이미 항저우회와 집안일을 맡고 있는 명실상부한 판씨 집안의 '여주인'이 되어 있었다.

후원에서 어멈이 그녀의 자식 둘을 데리고 나오자, 그녀는 두 아이를 번갈아 안으며 입맞춤을 했고, 스스에게 몇 마디 분부를 내린 후 그들을 재빨리 마차에 태웠다. 옆에서 모든 것을 챙기던 텅즈징이 조심스럽게 그녀에게 말했다.

"지금 징두를 나가면 너무 눈에 띄지 않을까요?"

"설령 그렇다 하더라도, 일단 징두를 벗어나야 하네."

완알은 그 이유에 대해 더 많은 설명 없이 다시 말을 이었다.

"자네는 징두를 나가면 이곳 사정은 신경 쓰지 말게. 이후에 내가 직접 입궁해서 한번 살펴보겠네."

이 말과 함께 그녀는 텅즈징에게 붙일 수 있는 사람들을 생각해 봤는데, 그마저 몇 없음을 깨달았다. 판씨 집안에 있는 왕치니엔 조직원들은 원래 많지 않았고, 6처의 자객들은 몇 있었지만 그들은 집 안의 안전을 책임져야 했고, 심지어 어제 귀뚜라미를 잡으러 린씨 저택으로 간 큰보배를 데려와야 했기 때문이다.

그때, 그녀는 머릿속에 어떤 생각이 스치며 왕치니엔 조직원을 불러 나지막이 명했다.

"감사원 1처에도 사람을 보내게. 다만, 아무것도 하지 말고, 이곳과 연락만 끊기지 않게 해달라고 부탁하게."

완알은 이로써 그녀가 지금 해야 할 일은 다했다고 생각했다. 이모든 준비는 판시엔을 위한 것이었고, 그 주요한 목적은 판시엔이 징두로 돌아온 후 '진상(眞相)'을 알게 하기 위함이었다. 설령 판시엔이 아무리 위험한 일을 벌이려 하더라도, 그녀는 그의 부인으로서 그 '미친 짓'을 위한 사전 준비를 해야 한다 생각한 것이다.

그녀는 모든 명을 내린 후 큰 대문을 굳게 닫고 다른 이들의 방문을 엄격히 금한 뒤, 일찍부터 준비해 놓은 마차에 올라 오늘따라 더욱 스산해 보이는 황궁을 향해 나아갔다.

완알의 마차는 황궁 앞에서 멈춰겼다. 그녀는 황실의 자손으로 황궁을 드나드는 일은 자유로운 편이었지만, 오늘만은 그녀도 예외 없이 황궁 앞에서 멈춰 세워겼다.

"궁을 봉쇄하라는 폐하의 엄명이 있었습니다."

완알은 복잡한 눈빛을 한 금군 통령 공디엔을 바라보며 대답했다.

"폐하께서 암살 시도를 당하셨다는데, 군주(郡主)인 제가 가서 살펴봐야 하지 않을까요?"

당연한 말이었다. 하지만 그녀의 신분은 군주(郡主)이기도 했지만, 감사원 현임 원장 판시엔의 부인이기도 했다.

"본관은 폐하께서 군주 마마를 보시고 싶어하실지 모르겠습니다."

완알은 최대한 억지로 웃으려 노력하며 말했다.

"대학사들도 입궁했고, 징왕도 입궁했다 들었는데, 저도 들어가서 보고싶네요. 걱정 마세요. 저도 지킬 선은 아는 사람이에요."

공디엔은 한숨을 지었지만 결국 길을 열어주었다.

완알은 황성 문을 들어서자마자 최대한 빠른 걸음으로 후궁으로 향했고, 그녀가 황제의 침궁 앞에 다다랐을 때에는 그녀의 뺨이 빨갛게 상기되었고 코끝에는 땀이 송글송글 맺혀 있었다.

침궁 앞에는 이미 이 귀비가 셋째의 손을 잡고 서서 걱정스러운 눈빛으로 굳게 닫힌 궁을 바라보고 있는 반면, 대황자의 생모 닝 재인은 침착하고 차가운 얼굴로 고독하게 서 있었다. 그리고 징왕도 그 앞에 서서 예중과 어떤 대화를 나누고 있었다. 대학사도 있었는데, 허종웨이는 지금 감사원에 있었기에 그곳에는 나이 든 대학사 둘만 초조한 눈빛으로 대기하고 있었다.

완알이 그곳에 도착하자, 모두가 다가와 예를 올렸는데 특히 후 대학사가 그녀를 바라보는 눈빛에는 공디엔과 같은 걱정의 기색이 짙게 배어 있었다. 그들 중 완알이 가장 편하게 생각하는 이는 닝 재인이었지만, 완알은 그녀의 표정이 오늘따라 심상치 않다는 것을 느끼고 곧바로 징왕 옆으로 갔다.

"뤼뤄가 들어간 지 반 시진 지났어. 폐하께서 그녀 외에 아무도 보지 않겠다는 뜻을 밝히셨으니, 너도 폐하의 총애 따위를 명분으로 억지로 들어가 그 늙은 개에 대한 선처를 빌지는 말아라."

완알은 징왕의 말을 들으며 암담한 마음으로 나지막이 물었다.

"폐하께서 위험하실 수도 있는 거예요?"

"폐하께서 어떤 분이신데 쉽게 돌아가시겠느냐."

"궁으로 오는 길에 들었는데, 능지처참을 명하셨다고……."

"감사원이 오늘 완전 봉쇄되었다던데, 판시엔이 그래도 너에게는 몇을 남겨두었나 보구나. 그래, 황제 형님의 뜻은 분명하시다."

"예외적으로 성은을 내리실 수도 있지 않을까요? 쳔 원장은……특별한 사람이잖아요."

"네가 뭘 걱정하는지, 저기 있는 사람들이 무엇을 걱정하는지 나도 잘 안다. 하지만 그 늙은 개가 밉보인 사람들이 너무 많아서 문관들은 아무도 폐하께 그런 말을 하지 않을 거야. 다만, 판시엔 이놈이 지랄 발광을 할까 걱정이지."

징왕은 비통한 표정으로 고개를 저으며 이어 말했다.

"폐하께서 아무도 보지 않겠다 하신 것을 보면, 이미 마음의 결정을 내리신 듯 보이는 구나."

'능지처참 형(刑)만 아니어도 상공이…….'

"오늘 닝 이모가 조금……이상해 보여요."

징왕은 살짝 얼굴색이 변했지만, 대답은 하지 않았다. 그의 세대에서 끝날 수 있는 일을 군이 아래 세대나 남에게 알릴 필요 없다고 생각했기 때문이다. 그는 닝 재인의, 특히 최근 몇 년 동안, 황제를 향한 마음이 진실하더라도, 오늘까지도 그녀는 늙은 절름발이를 잊지 않았다 확신하고 있었다.

해가 서쪽으로 기울고 황혼이 질 때쯤, 푸른 돌바닥에는 아직 아침에 내린 비의 물자국이 있었기에 붉은빛이 물에 반사되고 있었다. 햇빛은 점점 사라졌지만, 물방울은 여전히 빛나고 있었는데, 황궁의 모든 곳에서 등이 밝게 켜졌기 때문이다.

완알은 그 장면을 보며 가슴이 철렁하였는데, 몇 년 전 상공이 중상을 입었을 때 이렇게 밝은 불이 켜졌었고, 그때도 아가씨가 궁으로 들어와 판시엔에게 신기한 의술을 행했던 기억이 떠올랐기 때문이다.

뤼뤼의 이마에서 땀 한 방울이 떨어질 뻔했는데, 다행히 옆에 있던 궁녀 하나가 재빨리 손수건을 내밀어 받았다. 그 궁녀는 자신이 더 놀라 황급히 물러갔지만, 방 안 등불에 비친 뤼뤼의 얼굴은 여전히 침착했다.

그리고 그녀 손에 쥐어진 날카로운 칼도 여전히 움직이고 있었다.

황제는 딱딱한 침대에 반듯이 누워 두 눈을 감고 있었고, 그녀는 그의 오른쪽에서 침착하고 평온하게 앉아 있었다. 그녀 손의 작은 칼이 황제 몸 위를 미끄러지듯이 움직였다. 칼이 닿는 곳의 부드러운 피부가 갈라졌고, 갈라진 구멍에서 피가 흘러내렸고, 그녀는 안정된 손가락으로 집게를 들고 구멍 안으로 넣어, 작고 단단한 탄알을 밖으로 꺼내었다.

'팅.'

독이 발라진 작은 탄알 하나가 접시 위에 놓였다. 벌써 일곱 개째. 수술은 이미 반 이상 진행된 듯 보였다.

판뤼뤼는 깊은 숨을 한번 쉬고, 체내의 부드러운 천일도 진기를 천천히 운용시켜 최대한 침착을 유지하려고 노력하며 입을 열었다.

"남은 몇 개는 몸 깊숙이 박혀 있어 상당히 아프실 텐데, 이제 가라방을 사용할까요?"

지금까지 황제는 심지어 마취도 하지 않고 있었다!

황제는 마치 고통을 느끼지 못하는 듯 눈썹 하나도 까닥하지 않고 천천히 눈을 뜨며 말했다.

"계속하라."

그는 심지어 칼에 갈라진 피부가 자신의 것이 아니라는 듯, 생명을 빼앗아 갈 뻔한 탄알이 자신의 뼈와 살에 박혀 있지 않다는 듯 담담해 보였다.

뤼뤼는 살짝 고개를 끄덕이고, 작은 칼을 다시 잡고 고개를 숙여 진지하게 자신의 일을 계속했다. 그녀의 동작은 매우 자연스러웠고, 조금의 놀라는 기색도 없었다. 오히려 황제가 그녀의 모습을 신기하게 생각하며 물었다.

"이것들은 안쯔가 너에게 가르쳐준 것이냐?"

뤄뤄는 칼에 집중하며 황제의 물음에 답을 하지 않았다.

"너는 짐이 무섭지 않느냐?"

'팅.'

다시 하나의 탄알이 밖으로 나왔고, 그제서야 뤄뤄는 대답했다.

"폐하께서는 지금 환자이고, 전 지금 폐하께서 고통을 참지 못하셔서 저의 치료를 방해하실까 걱정될 뿐입니다."

"그것은 걱정 마라. 짐은 이보다 더한 고통도 느껴 봤었다."

황제는 경맥이 모두 끊겼었던 때를 말하고 있었지만, 그 일에 대해 아는 바가 없는 뤄뤄는 아무 말도 할 수 없었다. 황제는 다시 천천히 눈을 감으며 차갑게 말했다.

"오늘 칼이 짐의 몸을 가르는 고통을, 내일 그 내시 놈에게 열 배백 배 갚아줄 것이다."

지금까지 지극히 안정적이던 뤄뤄의 손이 미세하게 떨리며 그녀의 몸이 살짝 굳어졌다. 황제는 그 모습을 보고 나지막이 말했다.

"그 내시를 위해 사정할 생각 말거라. 그 생각만으로 대역죄이다."

황제는 여전히 침착한 얼굴로 그녀를 바라보며 말했다.

"징왕 이 쓸모 없는 놈, 이 귀비, 닝 재인, 대학사, 예중, 예링얼, 공디엔. 이들 모두 그 아이를 높게 평가하고, 쳔이는 그의 부인이고……너도 그의 누이인데, 언제부터 짐 곁의 모든 사람들이 그놈과 관계를 맺게 되었는지 모르겠구나."

화제가 판시엔으로 옮겨가자 뤄뤄는 마침내 수술칼을 든 그녀의 손을 잠시 멈추고 대답했다.

"그것은 모두 폐하께서 오라버니에게 내린 은총입니다."

황제의 상반신에서는 여전히 피가 흘러나오고 있었지만, 대종사인 그는 기본적으로 자신의 안전에는 걱정하지 않는 듯 말했다.

"너희들이 무슨 생각을 하고, 무엇을 걱정하는지 짐은 잘 안다. 허나 짐은, 그런 걱정들을 경멸할 수밖에 없다. 그는 짐의 친아들인데, 설마 종 하나 때문에 짐을 배반하겠느냐?"

불빛이 살짝 흔들렸지만, 등불은 오히려 더 밝아진 듯, 뤄뤄는 다시 말없이 황제의 몸에서 무엇을 가르고, 무엇을 째기 시작했다.

징두의 각 부 관아에는 모두 죄수를 수감할 수 있는 장소가 있다. 심지어 징두 관아에는 그런 곳이 일곱 군데나 있다. 하지만 죄가 중한 자들은 형부, 대리사, 감사원 감옥에 갇히는 것이 일반적이었다.

물론 그 중에서도 감사원 감옥이 가장 공포스러운 곳이라는 것에 이견은 없었다. '하늘의 감옥'이라고 불리는 이곳은, 감사원 정문을 나가 모퉁이를 돌면 무거운 철문 두 개와 함께 그 모습을 드러내었다. 그리고 감사원 안쪽에도 밀실 통로가 있었다.

어디로 들어가든 감사원 감옥을 들어가 처음으로 마주하는 장면은 깊고 깊은 통로이다. 지하 깊숙한 곳에 위치한 데다 극도로 삼엄한 경계를 하는 곳이라 근본적으로 탈옥 같은 것은 생각할 수도, 걱정할 필요도 없는 곳이었다.

복도를 따라 내려갈수록, 공기는 점점 희박해지고 불빛은 점점 희미해졌다. 아래쪽에도 괜찮은 통풍 설비가 있었지만, 수십 년 동안 배인 쾌쾌한 냄새는 항상 사람들에게 알 수 없는 공포를 느끼게 했다.

가장 깊은 곳으로 내려가 몇 개의 평범한 감방을 지나면 지상 감사원 건물 바로 아래에 위치한 두 개의 특수 감방이 있었다. 그곳은 평소 가장 경계가 삼엄한 곳이었는데, 오늘 그곳을 지키는 감사원 7처 소속 간수들의 표정은 복잡하다 못해 기괴하였고, 오늘은 그들 외에도 외부에서 온 많은 고수들이 그곳을 지켰다.

금군, 딩저우군, 황실에서 파견된 고수들과 함께 삿갓을 쓰고 삼베옷을 입은 신분을 알 수 없는 네 명의 낯선 사람들이 냉랭하게 그곳을 지키고 있었다. 그 넷은 모두 몸에서 강인한 기운이 뿜겨져 나왔으며 들리기로는 황제가 직접 파견한 사람들이라 했다.

오늘 이곳에 갇힌 죄수는 천핑핑. 그가 이 대단한 감옥을 설계할 때 자신도 이곳에 갇히게 될 것이라 상상이나 했을까.

황제는 잔인했다. 천핑핑을 감사원 감옥에 갇히게 한 것은, 그 경계의 삼엄함 때문이 아니라 감사원의 태도를 확인하고 싶었기 때문이다. 만약에 천하에 적이 있다면, 그들을 최대한 빨리, 최대한 높게 미쳐 날뛰게 만드는 것이 황제였다. 황제가 용의에 앉고 나서부터 대동산 사건에 이르기까지 항상 일관되게 취해온 전략이었다.

물론 이런 전략은 대종사와 황제라는 두 가지 신분을 모두 갖춘 괴물 같은 경국 황제밖에 쓸 수 없다.

하지만 황제의 도발은 천핑핑의 수척한 손가락 하나로 끝이 났고, 수많은 고수들이 지키는 감사원 감옥 안에서 아직까지 감사원이 모반을 일으키는 징후는 보이지 않았다.

가장 아래층 두 개의 감방은 지하 바닥의 화강암을 뚫어 만든 것이고, 그 깊이와 벽의 두께는 짐작도 하지 못할 정도였다. 감방 문은 두꺼운 철문이었는데, 그것은 감사원 감옥 정문 철문 두 개를 합친 것만큼 두꺼웠다.

하지만 역설적이게도 이곳에 갇힐 자격을 갖춘 이도 천하에서 몇 없었고, 지금까지 이 깊은 황천으로 가는 감방에 갇혀 있었던 이는 단 한 명이었다. 샤오은이라 불리우는 사람.

그런데 오늘 하나 더 추가된 것이다. 쳰핑핑이라 불리우는 사람. 오늘 이 방의 문은 닫히지 않았다.

그래서 감방 안의 배치가 훤히 들여다 보였는데, 침대 하나, 물이 든 대야 하나, 몇 개의 잡동사니. 하지만 사람들의 상상과 달리 더러운 방안에 쥐들이 돌아다니지는 않았고, 오히려 너무 깨끗해서 바퀴벌레 한 마리도 찾아볼 수 없었다.

쳰핑핑은 침대에 누워 눈을 감은 채로 천천히 숨을 쉬었다. 가슴의 상처는 이미 태의가 응급 치료한 후 천으로 감쌌지만, 그는 이미 피를 너무 많이 흘려 얼굴이 극도로 창백한 상태였다. 숨을 쉴 때마다 왜소한 가슴은 마치 고장난 기계처럼 삐걱거렸고, 목구멍에서는 깨진 풀무 같은 소리가 났다.

방 밖의 긴 의자에는 네 명이 앉아 그를 감시하고 있었다. 옌빙윈, 허종웨이, 태감, 태의. 그들은 반쯤 혼절한 이 노인이 죽지 않고 현재 상태를 유지하여, 내일 아침 황성 앞에서 모든 백성들이 지켜보는 가운데 황제의 노여움을 받게 할 임무를 수행하고 있었다.

허종웨이는 무심한 표정으로 노인을 바라보았는데, 그렇다고 자신의 임무에 대해 크게 걱정을 하지는 않았다. 다만, 이 모든 일의 시작은 자신의 판시엔에 대한 복수심이었는데, 그 일의 결말은 자신과 아무런 관련이 없어 보여 망연한 눈빛이었다.

'나도 이 암흑 같은 동굴을 계속 가다보면 그 끝에 다다를 수 있을까? 설령 그 끝을 발견하더라도, 이 절름발이 늙은이처럼 되는 것은 아닐까?'

허종웨이는 끝을 몰라도 앞으로 가야만 했다. 황제가 그를 중시하며 권력 균형을 위해 판시엔과의 대립을 종용했을 때부터, 그는 이미 물러설 곳이 없었다. 그래서 그는 어서방에서 그 장면을 보자마자 쳰핑핑의 대역죄를 '확정'하기 위해 소리를 질렀다. 쳰핑핑의 처참한 최후를 위해서. 판시엔의 지랄 발광을 위해서.

경국 문무백관들은 모두 판시엔의 '미친 짓'을 걱정하고 있었지만, 허종웨이는 그의 '미친 짓'을 바라고 있었다. 그가 정말로 이 모든 것을 받아들이며 쳔핑핑의 죽음과 감사원의 수모를 개의치 않는다면? 판시엔은 한 사람 밑에 있지만, 모든 사람 위에 있는 정정당당한 불세의 담박 공작이 될 것이다.

하지만 허종웨이는 담박(澹泊) 공작이 절대 담박(澹泊)하지 않다는 것을 알았다. 그는 뜨거운 피가 끓는 젊은 권신(權臣)이었고, 그렇기에 그는 이 사건을 통해 황제와 척을 질 것이라 확신했다. 또 그렇게 해야만 자신은 황제 뒤에 숨어 부귀영화를 누릴 수 있다고 생각했다.

무슨 생각을 하고 있는지 알 수 없는 옌빙윈이 깊은 생각에 빠져 있는 허종웨이에게 문득 말했다.

"허 대학사, 저 넷은 누구인지 모르겠네요."

허종웨이는 그를 힐끔 보고 말없이 고개를 저었다.

허종웨이는 옌빙윈을 은근히 무서워했다. 황제가 중용한 일곱 명의 젊은이 중에 징두 모반에 참여했던 친형을 제외한 여섯은 지금 모두 조정에서 빛을 발하고 있었고, 그 중 가장 높은 명망과 지위를 가지고 있는 사람은 허종웨이였다.

하지만 그런 허종웨이도 속내를 알 수 없는 옌빙윈을 무서워했다. 심지어 오늘 옌빙윈이 이 사건을 대하는 모습을 보면서, 자신보다 더 많은 것을 알고 있을 수도, 어쩌면 암암리에 황제가 그를 자신보다 더 신뢰할 수도 있다는 생각이 들었던 것이다.

옌빙윈은 허종웨이의 생각을 아는지 모르는지 다시 고개를 돌려 감방 안의 노인을 복잡하지만 침착한 눈으로 바라보았다. 그리고 그 눈빛에는 사람들이 쉽게 알아차리기 힘든 암담함이 스며져 있었다.

이때, 계속 혼절해 있던 천핑핑의 몸이 갑자기 움직였고, 태의는 황급히 달려가 진맥을 하였다. 한참이 지난 후 천핑핑은 아주 어렵게 두 눈을 뜨고 사방을 살폈다. 그는 이제서야 자신이 어디에 있는지 확인한듯, 마른 입술을 살짝 움직여 웃기 시작했다.

천핑핑의 눈빛은 혼탁해 보였으나, 옌빙윈을 바라봤을 때 그의 눈빛은 매우 냉담했다.

옌빙윈이 천핑핑을 보는 눈빛도 그만큼 냉담했다.

산 속에 있으면 세월을 느끼지 못한다고 한다. 지하도 마찬가지다. 얼마나 시간이 지났는지 몰랐고, 밝은 빛을 내고 있는 기름등은 자신의 생명을 유감없이 태우고 있었다. 감사원 감옥에 있던 모든 사람들은 극도의 긴장된 상태로 밤을 보낸 후 피곤한 기색을 최대한 억제하려 노력하고 있었다.

'터벅, 터벅, 터벅……'

뒤쪽 돌계단에서 발자국 소리가 들리기 시작했고, 작은태감 하나가 감방 밖에 도착했다. 허종웨이는 숙연했고, 태의는 안심했고, 호위를 맡은 이들은 긴장했고, 옌빙윈은 여전히 아무 표정이 없었다.

하지만 모두 알았다.

'때'가 되었다는 것을.

제3장

이상주의자

　동쪽의 한 줄기 붉은 빛이 구름 위로 솟아올라 징두의 모든 건물을 온화하게 비추고 있었다. 감옥에서 방금 나온 경국의 중요한 인물들도 붉은 새벽빛을 받으며 눈을 가늘게 떴다.

　허종웨이가 가볍게 손을 젓자 전신에 철갑을 두른 금군 수백의 호위를 받는 검은색 마차 하나가 감사원 감옥 정문 앞에 섰다. 그리고 들것에 누워 있는 천핑핑을 다시 한번 마차에 실어 올렸다.

　옌빙윈은 고개를 돌려 황성 방향을 바라보았다.

　'조정 회의는 이미 열렸을 것이고, 각 부의 대신들은 앞을 다투어 천핑핑의 대역죄를 피를 토하며 꾸짖고 있겠지. 그들이 수십 년간

준비해 온 죄명들을 결국 그 늙은 검은 개의 목에 뒤집어 씌울 기회라 생각하며…….'

마차가 천천히 움직였고, 옌빙원은 감사원의 심복 하나와 함께 가장 마지막으로 마차를 따라갔다. 그리고 소식 하나를 들었다.

천핑핑을 수십 년간 모신 늙은 하인이, 천핑핑이 징두로 돌아올 때 마차를 몰았던 그 늙은 하인이, 지난밤 감사원 감옥에 갇혀 있는 동안 자신이 수십 년간 모셔왔던 주인이 능지처참에 처해질 것이라는 소식을 들은 후, 감옥 벽에 머리를 처박고 목숨을 끊어 그 벽이 새빨간 피로 물들었다는 소식.

옌빙원의 눈가가 살짝 붉어졌지만, 최대한 억지로 그것을 참아내며 고개를 하늘로 치켜들었다. 다시는 그 황성을 보지 않기 위해. 복받쳐 오는 복잡한 감정 때문에 흘리는 눈물을 이 많은 사람들에게 보이지 않게 하기 위해.

그가 고개를 들자, 무수한 비구름들이 몰려 들며 땅의 속박에서 벗어난 지 얼마 되지 않은 붉은 해를 가렸고, 곧바로 음산한 분위기의 어둠이 징두의 모든 건축물과 푸른 나무들을 덮어버렸다.

또 다시 가을비가, 곧 떨어질 것 같았다.

'뚝, 뚝뚝…….'

쓸쓸한 가을비가 징두 푸른 나무들이 제 잎을 노랗게 물들이기도 전에 푸른 잎들을 떨어뜨려 버렸다. 가을비는 차가웠고, 가을바람은 매서웠다. 빗방울은 촉촉히 대지를 적셨지만, 살기 바쁜 징두 백성들은 모두 가을비를 싫어했다.

가을비가 지나가면 추위가 올 것이고, 그들은 추운 기운이 싫었다.

주홍색의 황궁 담벼락은 아무 감각이 없었고, 그들은 추위도 알지 못한 채 담담하게 가을비를 맞으며 씻겨 나갔다. 가을비가 웅장한 황성을 씻겨 내자, 밝고 아름다운 주홍 빛깔이 점점 더 깊어지고 점점 더 어두워져서 마치 검붉은 피의 흔적이 남겨진 것 같았다.

'끼이익.'

깊고 깊은 황궁 문이 천천히 열리고, 새로 수리한 지 얼마 되지 않은 문에 박혀 있는 황동 못이 번쩍이더니, 백여 명의 관원들이 복잡한 표정으로 줄줄이 밖으로 나왔다. 그들은 의장 깃발 아래 줄을 지어 황궁 광장의 깊은 곳으로 가 두 줄로 나누어 섰다.

경국 조정의 문무백관. 경국의 모든 사무와 민생을 책임지는 이들.

하지만 오늘 그들은 모두 침묵하는 방관자일 뿐.

'둥둥둥둥둥둥.'

문하중서성 소속 작은태감의 날카로운 외침과 함께 황성 자락 모처에서 북소리가 들렸고, 그 소리는 황성 위아래 모든 사람들의 심장을 요동치게 했다.

오늘의 조정 회의는 이미 끝났다.

오늘 회의 안건은 단 하나.

전임 감사원 원장 천핑핑 죄명의 확정.

황성 주위 사방의 골목에서 경국 백성들이 몰려들었다. 모두 다른 옷을 입고, 각기 다른 분위기를 한 사람들이, 황궁의 북소리를 듣고 천천히 황궁 앞 광장으로 몰려들었다. 사람들이 점점 많아질수록, 광활한 광장이 점점 더 빽빽이 채워졌고, 그 모습이 마치 검은 개미들같이 보였다.

칼끝이 자기에게로 향하지만 않으면, 백성들은 이런 광경을 구경하는 것을 항상 좋아했다. 더군다나 오늘 황제의 명에 따라 극형에 처해지는 사람이, 그동안 항상 신비에 싸여 있던 인물 전임 감사원 원장 천핑핑이었기에 모든 사람들은 극도로 흥분하여 그 순간을 기다리고 있었다.

천핑핑을 본 사람은 많지 않았다. 그래서 광장을 둘러싼 모든 사람들은 그 거물이 전설처럼 정말 머리가 세 개인지, 팔이 여덟 개인지, 전신에 검은 독무를 휘감은 악마인지 보고 싶어했다.

특히 이 악마가 미쳐서 위대하신, 백성을 아끼는 마음이 바다와 같으신 경국 황제를 암살하려 했다는 사실을 알고서는, 이 악마가 어떻게 정정당당한 황권에 의해 검은 연기로 변하게 되는지 보고 싶어하였다.

유사 이래로 민간에서 감사원의 명성은 항상 형편없었다. 감사원은 구타와 가혹 행위를 일삼고, 자백을 강요하고, 살인을 서슴지 않고 저지른다는 소문이 파다했다. 그리고 들리는 소문에 따르면 사람을 잡아먹고 뼈를 뱉지도 않는 관아라 했다.

판시엔이 제사를 맡으며 감사원의 어두운 기운이 다소 희미해졌지만, 그 기간이 짧았을 뿐 아니라 민간에 뿌리 깊게 박힌 감사원의 나쁜 인상을 바꾸기에는 역부족이었다.

백성들은 오늘 자신들의 눈앞에서 펼쳐질 통쾌한 광경을 상상하며 흥분하고 있었다. 그리고 그들이 이렇게 하는 것은 자연스러운 감정의 표출이었다. 전설 속에서만 존재하던 거물이 자신의 눈앞에서 비참하게 죽어가는 모습을 본다? 무미건조한 인생을 살아가는 그들의 인생에서 더없이 좋은 안줏거리였고, 나름대로 괜찮은 여가 활동이었다.

백성들은 분노하였고, 즐거워하였고, 흥분하였다.

긴장, 비애, 흥분, 무관심. 그들은 스스로 어떤 감정을 느끼는지도 모른 채 황궁 광장 안의 처형대를 둘러쌌고, 금군 관병들과 징두 관아의 관병들은 질서를 유지시키기 위해 사방에서 각고의 노력을 펼쳤다.

황성 아래에서 한 무리의 엄숙한 대오가 걸어 나왔고, 그들은 침묵으로 일관하며 방관하는 대신들을 지나, 그리 멀지 않은 호기심 어리고 긴장된 백성들의 시선 아래, 나무로 만들어진 처형대 앞에 섰다.

죄수를 실은 마차에서 들것이 꺼내졌고, 들것에는 노인이 누워있었고, 노인은 혼절한 상태여서 생사조차 알 수 없었다. 허종웨이는 황성 위를 한번 바라봤고, 이내 눈썹 끝이 살짝 올라가며 가볍게 손을 '휘휘'저었고, 들것이 처형대 위에 올려졌다.

"와!"

백성들은 오늘에서야 처음으로 극형에 처해질 전설 속의 암흑 마귀를 보게 되자 일제히 탄식을 내뱉었지만, 곧 침묵이 흐르며 미동도 하지 않는 노인을 보면서 마음을 졸였다.

'죽은 거 아닌가?'

검은 동굴 같은 황성 문 안에서 태감 셋이 걸어 나왔고, 왼쪽에 선 작은태감의 손에는 오늘 조정 회의에서 정해진 대역죄인의 죄명이, 오른쪽에 선 작은태감의 손에는 향안(香案, 향로, 촛대, 제물 등을 올려 놓는 탁자)이 들려 있었는데, 탁자 위에는 쳰핑핑을 능지처참에 처하라는 성지가 올려져 있었다.

중간에 굳은 얼굴을 한 태감은 야오 태감이었는데, 그는 두 손으로 작은 병 하나를 들고 있었다.

처형대는 이미 준비가 끝났고, 이미 죽은 듯한 쳰핑핑의 왜소한 신체는 처형대 위에서 비를 맞고 있었다. 야오 태감은 그의 곁으로 가 쪼그려 앉더니 태의의 도움 하에 그에게 환약을 먹이고, 그의 입술을 벌려 노인의 말라 버린 두 입술 사이로, 가지고 온 병에 든 끓인 탕을 조심스럽게 부었다.

잠시 후, 천핑핑은 유유히 깨어났지만, 피를 너무 흘린 탓에 목숨이 곧 꺼질 듯한 그의 얼굴은 매우 창백했고, 그 눈빛은 혼탁하고 힘이 없었다. 천핑핑은 옆에 있는 야오 태감을 보며 그의 마른 두 입술을 미세하게 벌리더니, 쉰 목소리로 어렵게 말했다.

"천년 묵은 산삼을……낭비했네."

야오 태감은 몸을 부들부들 떨며, 감히 아무 말도, 아무 행동도 못하고, 웃는 듯 우는 듯 천핑핑을 힐끔 보고, 몸을 굽혀 뒤로 물러나 처형대의 한 편에 섰다.

그 순간, 허종웨이 좌측에 서 있던 옌빙윈의 몸도 떨렸지만, 그는 이내 평정심을 찾았다. 그리고 무력하게 고개를 떨구었다. 그는 이곳에 오자마자 주위를 한번 훑어보았는데, 지금 이 상황은 천하의 누가 와도 바뀌지 않는다는 것을 알았기 때문이다.

빽빽하게 사방을 경계하고 있는 금군이 아니더라도, 곳곳에 흩어져서 주변을 살피고 있는 황실 고수가 아니더라도, 단지 삼베옷을 입고 삿갓을 쓴 그들만으로도 이곳에 엄청난 위력감을 부여해 주고 있었기 때문이다.

옌빙윈은 그들이 모두 머리카락이 없음을 알아차렸다. 그들은 세상에 퍼져 있는 경묘의 고행자들이었다.

'세상 일에 간섭하지 않는 그들이 왜 모습을 드러낸 것이지? 그것도 하필 천핑핑이 처형을 당하는 이 순간에…….'

옌빙윈은 마음속 깊은 곳에서 짙은 의혹이 들었다.

'경국 황제는 황제로서 천하의 권력을 가지고, 대종사로서 인간 정점의 경지에 오른 것에 더하여, 이미 경묘까지 그의 손에?'

"와아아아!"

옌빙윈이 속으로 탄식을 한번 내뱉을 찰나, 그는 천둥과 같은 함성 소리에 놀라 고개를 '번쩍' 들었다.

천핑핑의 수척하고 왜소한 신체는 나무로 된 처형대 위에 단단히 묶여 있었고, 그가 입고 있던 옷은 완전히 벗겨져 그의 창백한 몸을 적나라하게 노출시키고 있었다. 오래전 당한 사고로 그의 복부 밑으로는 유난히 왜소했는데, 그곳은 차가운 가을비와 함께 너무나도 쓸쓸하고 가련하게 보였다.

빗방울이 수척하고 아무런 생명의 기운도 느껴지지 않는 천핑핑의 몸을 때리고, 다시 몸을 타고 천천히 흘러내려, 흙과 먼지 속으로 돌아갔다.

"와아아아!"

천핑핑의 옷이 벗겨지는 순간 그 광경을 지켜보던 징두 백성들은 흥분을 참지 못하고 일어나 처형대로 다가왔으며, 묶여 있는 대역죄인의 알몸을 보며 우레와 같은 함성을 질렀고, 그 함성은 거대한 파도처럼 사방으로 퍼져 나갔다.

이어진 침묵.

함성이 침묵으로 변했다.

그리고 수근거림으로 변했다.

처형대와 가장 가까이 있던 사람부터 시작된 침묵은 순식간에 뒤로 이어졌고, 이어서 곳곳에서 수근거리는 소리가 들리더니 그 웅성거림은 번개와 같은 속도로 황성 광장 전체로 퍼져 나갔다.

다시 침묵.

하늘에서 신(神)이 명령이라도 내린 듯, 황성 위아래의 모든 사람들이 일제히 침묵에 빠져 버렸다. 얼마나 많은 사람들이 모인지도 모르는 황성 광장에 죽은 듯한 침묵이 흘렀고, 심지어 천핑핑의 몸을 묶고 있는, 새끼를 꼬아 만든 밧줄과 말뚝이 스치며 내는 바스락

거리는 소리까지 들리는 것 같았다.

놀란 사람은 백성들뿐만이 아니었다. 금군을 포함하여 형을 집행하는 관원, 황실의 태감, 감사원 관원 모두 처형대 위 늙은이의 알몸을 보고 놀라고 있었다.

수천 수만 쌍의 시선이 쳔핑핑의 가랑이 사이로 향했다.

'없다.'

'아무것도 없다.'

전설 속의 인물, 암흑의 지배자, 감사원 전 원장 쳔핑핑은 거세당한 내시였다!

한 편의 침묵, 수만 쌍의 시선, 셀 수 없는 감정의 조각들.

놀람, 의아, 가련, 부끄러움, 증오…….

옌빙윈은 결국 몸서리쳤다. 그는 고개를 숙였고, 두 눈에 핏발이 섰다. 그는 쳔 원장의 말 못할 사정, 이 비밀을 꿈에도 생각 못하고 있었다. 그는 지금 쳔 원장의 '그것'을 바라보는 시선들이 마치 자신을 바라보고 있는 것처럼 느껴졌다. 아니 모든 감사원 관원들을 바라보고 있다 생각했다.

말로 표현할 수 없는 수치, 굴욕.

그는 두 손을 꽉 쥐고, 손가락이 손바닥을 파고들듯이 주먹을 쥐고, 더 꽉 쥐었다. 그리고 이제서야 왜 황제가 모든 사람들이 보는 앞에서 쳔핑핑을 능지처참 시키려 했는지 알아차렸다.

육체상의 고통은 반드시 정신적인 굴욕을 동반해야 한다.

황제는 천하에 선포하고 싶었던 것이다.

'간이 부어올라 짐을 배반한 대인물이, 짐의 눈에는 종일 뿐이고, 한 마리의 개일 뿐이다. 그래서 짐이 그 개에게 어떤 굴욕을 주어도 그 개는 당할 수밖에 없다.'

황제는 쳔핑핑의 존엄을, 감사원의 존엄을, 천하의 백성들이 보는 앞에서 그의 발로 자근자근 밟고 싶었던 것이다.

그 장면을 바라보던 문무백관들의 눈빛에서, 조정 회의에서 천핑핑의 죄명을 정하면서도 여전히 두려움에 떨었던 그들의 눈빛에서, 궁을 나와 처형 장면을 바라보면서도 숙연함을 유지하고 곧 죽을 천핑핑에 대해 경외감을 가지고 있던 그들의 눈빛에서 일제히 '멸시'의 기색이 스쳐갔다.

"하나, 경력 7년 4월 20일, 역적은 음약(陰約)을 궁으로 들여보내 궁을 어지럽히고……."

"둘, 역적은 황자를 부추겨 부자(父子)가 서로 반목하게……."

"셋, 역적은 현공 사당에서 감사원 6처 처장을 이용해 황제 암살을 시도하고, 이어서 감사원 제사 판시엔 암살을 시도……."

"넷, 역적은 반역자 친예와 결탁하여 내고에서 수성용 강노를 훔쳐 징두 외곽 산골짜기에서 흠차 대신 판시엔 암살을 시도……."

"다섯, 역적은 자객을 입궁시켜, 3황자 암살을 시도……."

열세 가지의 대역죄는 어제 이미 각 관아에서 고안되었으나, 그 중 앞의 일곱 가지 항목은 황제가 대신들을 설득하기 위해 친필로 쓴 것이었다. 그래서 본래 죽음을 각오하고 천핑핑에 대한 선처를 빌려던 슈 대학사와 후 대학사도, 이 죄명을 듣고는 그 마음을 버리고 입을 다물어 버렸다.

뒤의 일곱 가지 죄는 토지를 착복하고, 사람들을 괴롭히고 등등 너무도 의례적인 내용이었지만, 열세 가지 항목 중 어느 하나의 항목으로도 사형을 면하지 못할 것이었다.

'웡웡웡웡웡…….'

야오 공공이 힘을 주어 대죄를 선포하는 목소리가 추적추적 내리는 가을비 소리와 함께 백성들의 귀에 들리기 시작하자, 죽은 듯한 침묵은 순식간에 깨져 버렸고, 사람들이 웅성대는 소리가 바다의 파도처럼 퍼지면서 이내 분노 섞인 욕지거리로 바뀌었다.

"죽여라!"

하지만 처형대 위의 쳔핑핑은 이미 모든 것을 간파한 듯 일말의 감정 동요도 없었고, 그의 두 눈동자에는 평정심만 남아 있었다. 그는 가을바람과 가을비를 맞으며, 창백한 얼굴과 검푸른 입술을 하고, 마치 아무 소리도 듣지 못하는 듯 힘겹게 고개만 살짝 돌렸다.

항상 승리하는, 영원히 승리할 '그분'을 마지막으로 보고싶은 듯.

높디높은 황성 성벽 정중앙에 황금색 용포를 입고 검은색 허리띠를 두른 황제가 고독하게 서 있었다. 그의 곁에는 아무도 없었고, 태감과 궁녀들도 멀리 떨어져 있었으며, 심지어 성지에 의해 강제로 끌려 나온 3황자도 먼발치에서 창백한 얼굴로 부황의 얼굴을 바라보고만 있었다.

황제는 너무 높이 서 있었고, 너무 멀리 있었다.

하지만 쳔핑핑의 눈에는 너무 생생하게 보였다.

어젯밤 대부분의 탄알을 뽑아 냈지만, 아직 황제의 몸에 있는 상처에서는 피가 흐르고 있었다. 그는 고통스러웠고, 용포는 피와 빗물에 젖어 있었지만, 그는 마치 어떠한 고통도 느끼지 못하는 듯 발아래 처참한 모습을 한 오래전 전우를 바라보고 있었다.

황제는 단지 전우가 더욱 고통스러웠으면 하는 바람뿐.

황제는 가볍게 고개를 끄덕였고, 열 장 정도 거리에서 성벽을 잡고 있던 3황자의 얼굴이 창백해졌고, 한참이 지난 후 3황자는 떨리는 목소리로 아래를 향해 외쳤다.

"처형을 시작하라."

이 소리와 함께 야오 태감은 마지막 성지를 읽기 시작했다. 이것은 황제가 어젯밤에 직접 쓴 성지였다.

"짐은 그대와 수십 년 알았고, 그대에게 의지했으나, 그대는 짐의 마음을 배반했다. 고통스럽고, 고통스럽다. 각각의 죄악을 3사가 심판하였고, 능지처참에 처한다. 경국의 법률에 의거하여 가속 중에 열여섯 이상은 참수하고, 열다섯 이하는 종으로 삼아야 하지만, 그대 하나를 처벌함으로써 다른 이의 죄는 묻지 않는다."

황제는 죄명을 말하지 않고 짐의 마음이 배반당했다고만 말했고, 엄연한 법률이 있지만 성은을 내려 예외적으로 '내시'의 가족에 대해서는 죄를 묻지 않겠다고 했다.

쳔핑핑은 가식적인 말을 들으며 엷게 미소 지었고, 고개를 돌려 숙이며 더 이상 황성 위의 황제를 보지 않았다.

처형이 시작되었다.

그물이 쳔핑핑의 수척한 알몸 위를 덮었고, 그물코 사이로 아주 어렵게 다 말라버린 피부의 살점이 튀어나왔다. 특수 제작된 한 자루의 예리한 칼이 천천히 그 위를 지나가며 살점과 늙은이의 신체를 분리하였다.

"와!"

첫 번째 칼질에 우레와 같은 함성 소리가 울려 퍼졌다!

살점이 바닥으로 떨어지고, 형부 관원 하나가 그것을 대야에 주워 담았다. 이상한 것은 살점이 떨어져 나간 상처는 하얗고, 말라 있었고, 그렇게 많은 피가 흐르지 않았다는 것이다. 마치 왜소한 역적 몸속에 있던 피는 이미 다 흘러나왔다는 듯, 그의 모든 피는 이미 어떤 일을 위해 모두 바쳐졌다는 듯.

칼을 들고 있는 형부의 나이든 관원은 오늘 이미 두 병의 독주를 마시고 왔지만 손이 떨리는 것을 주체할 수 없었다. 그의 앞에 있는 이 수척한 늙은이는 자신이 마주했던 수많은 사람들과 달리, 피가 없었고, 살점이 없었고, 마치 그의 몸에는 망령만이 깃들어 있는 듯 보였기 때문이다.

두 번째 칼.

살점이 떨어져 나가고, 담담한 몇 가닥의 피가 흘러나왔고, 다시 한번 큰 함성 소리가 울려 퍼졌다.

앞으로 몇 백, 몇 천, 몇 만의 칼이 남았는가.

천핑핑은 두 눈을 감고, 두 입술을 굳게 다물고, 마치 인간이 아닌 자만이 감당할 수 있는 고통을 즐기는 듯 몸을 떨고 있었다.

그가 갑자기 눈을 뜨더니 앞에 있는 망나니에게 말했다.

"자네 기술이……그렇게……좋지 않네."

'어디서 이런 인간이…….'

또 한 번의 칼, 또 한 번의 칼, 또 한 번의 칼.

함성, 또 함성, 또 함성.

하지만 그 함성 소리는 갈수록 작아졌고, 결국 처형 장면을 바라보던 모든 이의 입이 굳게 다물어졌다.

침묵.

슬픈 비명도 없었고, 울부짖음도 없었다.

용서를 빌지도, 죽음을 구하지도 않았고, 욕지거리도 없었다.

가을비를 맞으며 수천수만의 칼질을 당하는 노인은, 침묵했다.

죽지 않고, 죽은 듯이 침묵했다.

그래서 모든 사람이 침묵했다.

모두 원하지 않았지만, 모두 죽은 듯이 침묵했다.

몇 일 전.

이 대륙에는 첫 가을비가 내리지 않아 아직 마지막 더위가 남아 있었다. 아침저녁으로 불어오는 선선한 바람만이 언덕과 들녘 사이를 스쳐 지나가고 있었을 뿐이다.

판시엔은 마차 안에서 큰 걱정없이 눈을 감고 있었다. 잠을 자는 것은 아니었고, 체내의 성질이 전혀 다른 진기를 위아래로 운용하면서 몸을 추스르고 있었던 것이다. 천일도의 자연 진기가 부드럽고 순수하게 주변에 흐르고 있었지만, 그가 진짜 의지하는 것은 강하고 사나운 패도 진기였고, 그 진기는 그의 몸 안에서 사납게 움직이며 그의 마음을 두드리고 있었다.

스구지엔이 죽기 직전 쿠허가 선물로 준 책자의 문구가 판시엔의 머릿속에서 떠다니고 있었다. 그는 징두로 가는 길 내내 진기를 수련함과 동시에, 책자의 현묘한 문구를 떠올리며 마음을 열고 주변에 있는 '어떤 존재'를 깨달으려 하니, 어렴풋이 원기의 파동이 느껴지는 것 같기도 하였다. 아직 큰 진전은 없었지만, 그렇게 마음과 정신을 집중하니 외부 세계에 대한 민감성과 반응 속도가 훨씬 빨라진 것처럼 느껴졌다.

판시엔은 하루도 빠지지 않고 명상을 하였고, 수행을 하지 않은 날 또한 하루도 없었다. 이런 자세가 판시엔이 현재의 실력을 갖게 된 진정한 이유가 아닐까?

'펄럭.'

한 줄기 바람이 불어와 마차의 장막을 스치고 지나갔다.

차갑지도 않은 바람에 저도 모르게 몸이 떨리며 한기가 느껴졌다.

'무슨 일이지?'

그는 실눈을 뜨고 어둑어둑한 산과 들판을 바라보며 발산하던 진기와 마음을 서서히 거두었다. 모든 것이 안정적이고 평온했던 이 순간에 불길한 마음이 스쳤다. 판시엔은 창밖을 보고 있던 시선을 거두며 결심을 한 듯 마차 옆에 말을 타고 있던 무펑알에게 명했다.

"진형을 바꾼다. 주변 공격에 신경 쓰지 말고 최대한 빠른 속도로 옌징으로 들어간다.”

무평알은 마음 속으로 놀랐다. 만약 그렇게 전진을 한다면, 주변 급습에 더 많은 피해를 볼 수 있었기 때문이다. 하지만 판시엔의 진지한 눈빛을 보고는 아무 대꾸도 하지 않고 대오에 명을 전달했다.

'다그닥다그닥.'

말발굽 소리가 다급해지며, 마치 기병이 돌진하는 듯, 우레와 같은 소리가 울려 퍼지기 시작했다.

전력으로 달린 지 반 시진도 안 되어서 마차는 속도를 줄였다.

'휙!'

화살이 하나 날아왔다.

그동안 적지 않은 급습과 매복 공격을 받아온 마차 행렬이었기에 화살에 놀라지는 않았다. 하지만 이번 화살 공격은 조금 수상쩍었다. 더 이상 날아오지 않았기 때문이다. 그리고 마차 대열 전방에서부터 다급한 목소리가 뒤로 전달되고 있었다.

“대기!”

“대기!”

공격이 아니었다. 어떤 소식을 가지고 온 이가 쏘아 올린 신호였고, 전방에서 그 사람의 요패를 본 감사원 관원들은 그를 실수로 공격이라도 할까 봐 다급하게 명령을 뒤로 전달한 것이다.

소식을 전하는 이의 속도는 너무나 빨랐다.

“대기!”

마지막 목소리가 판시엔의 검은색 마차 옆에서 울릴 때, 옅은 회색빛의 그림자가 번개처럼 그의 마차 근처까지 이미 와 있었다. 실로 엄청난 속도였다. 그리고 그의 옷은 해어지고 찢겨서 차마 눈으로 봐 주기도 힘들 정도였다.

그 관원은 재빨리 판시엔의 마차로 들어가 무릎을 꿇고 예도 올리지 않은 채 쉰 목소리로 말했다.

"천 원장이 징두로 돌아갔고, 생사를 알 수 없습니다."

그 관원이 자신의 마차로 다가오고 있을 때 판시엔의 눈은 이미 빛나고 있었으며, 그가 가까이 오면 올수록 더욱더 빛났다. 판시엔은 그의 동작만으로도 누구인지 단번에 알아챘기 때문이다.

"왕 형……."

판시엔이 기쁨이 넘치는 얼굴로 '하하' 크게 웃었을 때, 그 관원이 들어왔고, 그의 이름을 처음 불렀을 때, 그 웃음은 이미 판시엔의 얼굴에서 사라져 있었다. 그 관원의 첫 마디가 귀에 들려왔기 때문이다.

판시엔은 마치 끓고 있는 얼음처럼, 무서울 정도로 뜨겁게, 두려울 정도로 차갑게 물었다.

"언제? 어디서?"

왕치니엔의 심장은 미친 듯이 뛰고 있었고, 가슴은 곧 죽을 것처럼 들썩이고 있었다. 다저우에서부터 이곳까지 한번도 쉬지 않고 달려온 그가 판시엔의 얼굴을 보자마자 모든 긴장이 풀렸기 때문이다.

"다저우, 이틀 전."

판시엔은 말없이 눈을 감았고, 재빠르게 머릿속에서 시간을 계산했다.

'시간을 맞출 수 있을까?'

판시엔은 눈을 번쩍 떴고, 그의 눈동자에 차가운 불꽃이 더욱더 커져갔고, 그는 당장이라도 숨이 멎을 것 같은 왕치니엔에게 더 이상 말 한마디 하지 않았다.

'내가 모든 역량을 집중해서 계획한 일인데, 어떻게 일이 이렇게 되었지? 황제 이 늙은이가!'

판시엔은 이 순간 다저우에서 발생한 일은 전혀 모르고 있었고, 천핑핑이 자진해서 징두로 돌아갔으리라고는 생각도 못했기에, 빨리 가서 황제에게 이 일에 대해 따질 생각뿐이었다.

'시간이 없다.'

판시엔은 얼음같이 차가운 얼굴이었지만 눈썹 사이에서는 불 같은 분노가 치솟았다.

그는 재빨리 창밖에 있는 무펑알에게 명을 내렸다.

"전원 동이성으로 돌아간다. 대황자 전하에게 나의 친필 서신이 없으면 절대 징두로 돌아오지 말라 전해라."

판시엔은 이 말을 마지막으로 물병을 하나 꺼내 허리춤에 묶은 후 일어나서 깊고 깊게 숨을 들이마셨다.

'펑!'

판시엔이 타고 있던 마차의 나무문이 산산조각 나고, 검은색 그림자 하나가 검은색 번개처럼 마차에서 튀어나가더니, 발 끝으로 말의 머리를 밟으며 전방으로 돌진했다.

일분일초가 아까웠기에, 판시엔은 체내의 패도 진기를 끝까지 끌어올렸고, 방금 깨닫기 시작한 서양 법술을 통해 자신이 끌어올릴 수 있는 자연의 모든 원기를 몸에 담아, 자신이 낼 수 있는 최대한의 속도로 앞으로 튀어나갔다.

'퍽.'

공중에 떠 있던 판시엔의 몸이 말 위로 안착했다. 이 대열에서 가장 좋은 전투마. 대황자가 붙여준 1천의 기마병 중 장군이 타고 있는 가장 좋은 말을 빼앗아, 한 손으로 말고삐를 잡고 다른 한 손으로 마황환을 말 입에 집어넣었다.

'이히힝!'

전투마는 앞발을 높이 한번 들고, 그 발이 땅에 닿자마자 대오를 이탈하여 앞으로 달려나갔고, 순식간에 검은 점이 되었고, 얼마 지나지 않아 사람들의 시야에서 사라졌다.

무펑알은 이 장면을 바라보며 놀라기도 했지만 그보다 판시엔의 명이 이해가 되지 않았다.

'다시 동이성으로 돌아가라고?'

그는 이미 판시엔의 마차로 날아 들어간 관원의 신분을 알아차렸고, 감사원 내에서 전기적인 인물인 그 사람에게 도대체 무슨 일이 벌어진 것인지 물어보려 했다. 하지만 그가 마차 안으로 시선을 돌렸을 때, 왕치니엔 대인은 이미 마차 바닥에 쓰러져 혼절해 있었다.

'이어달리기인가? 목숨을 담보로 한 이어달리기?'

'윙윙.'

차가운 가을 바람이 칼날처럼 판시엔의 얼굴을 때렸다. 그의 눈에 차가운 불꽃은 이미 사라졌고, 두려울 정도의 평온함만 남았다. 그에게 필요한 것은, 절름발이 늙은이에게 필요한 것은, 오로지 시간이었다. 이해할 수도 없고, 이해하고 싶지도 않았다. 하지만 그 늙은이가 징두로 간다면, 그건 죽으러 간 것이었다.

시간, 또 시간, 다시 시간.

다급한 마음이 산불처럼 번지고, 모래 시계 안의 모래처럼 자신의 마음을 채우고, 자신이 타고 있는 준마의 말발굽은 마치 구름을 밟고 달리는 듯 번개처럼 날아가고 있었다.

산안개를 뚫고 계곡을 지나 달을 어지럽힌 지 하루, 드디어 옌징에 도착했다. 하루 동안 한번도 말에서 내리지 않았고, 조금도 속도를 줄이지 않았고, 물 한 모금 마시는 것 외에는 어떠한 동작도 하지 않았다.

아직 거리가 있었고, 아직 시간이 필요했고, 아직 견뎌야 했다.

동이 트기 직전 그는 웅장한 옌징성을 보며, 한 발로 말등자에 발을 걸고 일어나 품에서 화살을 꺼내 손바닥의 진기를 이용해 하늘로 날려 보냈다.

'슝……펑!'

연화령의 아름다운 불꽃이 막 떠오르려는 태양의 모든 빛을 가려버렸다. 옌징성 백성 대부분은 잠에 빠져 있었지만, 경국 천하 통일의 핵심 요충지 옌징 성문을 지키는 병사들의 반응은 매우 빨랐다.

'둥둥둥둥…….'

북소리가 울려 퍼지고, 관병들이 소집되고, 각자 무기들을 가지고 멀리서 달려오는 전투마 위의 그 사람을 바라보았다. 판시엔은 새벽빛에 반사되는 무기를 든 병사들을 보며 아무런 표정 변화 없이, 그저 말고삐를 더욱 세차게 당겨 동쪽으로 살짝 방향을 틀며 옌징성의 성벽을 따라 질주했다.

성벽 위의 관병들은 입을 벌린 채 이 광경을 지켜보기만 했다.

'다그닥다그닥다그닥.'

판시엔이 동쪽으로 방향을 틀 때쯤, 우레와 같은 엄숙한 말발굽 소리가 들리기 시작했고, 옌징성 밖 임시 주둔지에서 튀어나온 흑기병 5백은 이미 준비를 마치고 옌징성 동문 밖에서 판시엔에게 합류했다. 마치 검은색의 거대한 물결이 판시엔을 삼켜 버린 듯했고, 판시엔의 모습은 물결에 휩쓸려 그들과 함께 하나의 구름떼가 되어 휘몰아치며 전진했다.

판시엔은 속도를 줄이지 않았다.

명령도 하지 않았다.

그는 가벼운 그림자가 되어 자신이 타고 온 준마를 버리고 날아올라 옆에 있는 흑기병 부통령의 전투마에 옮겨 탔다. 그와 동시에 부통령은 준비되어 있던 빈 말 위로 옮겨 타며 고삐를 당겼다.

'이히힝.'

슬픔에 가득 찬 울음소리가 들렸고, 판시엔을 하루 동안 보필해 온 전투마는 흰 거품을 토해내며, 휘날리는 먼지 폭풍 아래에서 생명을 다했다. 순식간에 사라져 버린 판시엔과 흑기병 5백이 지나간 자리에는 흙먼지와 함께 전투마 한 마리만 쓰러져 있었다.

하지만 판시엔의 속도는 여전히 줄지 않았다.

옌징성 위의 관병들은 말로만 듣던 흑기병의 기마술을 보면서 속으로 놀랐지만, 사실 더욱 놀라고 의아한 부분이 있었다.

'혼자 달려오던 그 사람은 누구지?'

하지만 그 순간 옌징에서 유일하게 침착한 눈빛을 한 사람이 있었다. 옌징 군대 대도독 왕즈쿤. 그는 그가 누군지, 상황이 어떤지 대충 짐작할 수 있었기에, 걱정스러운 얼굴로 전군에게 전투 준비를 명하고, 경국과 북제, 동이성의 국경 지대를 경계하라 명령을 내렸다.

주(州)를 지나고, 주를 뚫고, 막아서는 것은 모두 부숴 버리고, 지방 관원들의 명과 주(州)와 군(郡)의 이동에 관한 경국 법률 등은 집어 던져 버리며, 판시엔이 이끄는 5백의 흑기병은 사납게, 전속력으로 징두를 향해 질주했다.

'웅웅웅웅……'

가을비가 내리던 날, 징두 밖 마지막 역참 옆으로 검은색 철갑을 두른 한 무리가 떼를 지어 구름처럼 지나갔고, 땅을 울리고 먼지를 일으키며 수많은 낙엽들이 땅으로 떨어졌다.

징두를 눈앞에 둔 판시엔은 이미 피로가 극도에 달해 있었고, 먹지도 마시지도 자지도 못하고 물 하나에만 의존하던 그였지만, 마치 마음속의 차가운 분노가 그의 근육들을 자극하듯 아직 쓰러지지 않았다.

'가야한다. 가서 막아야 한다.'

"늙은이, 나 꼭 기다려야 해."

판시엔은 혼잣말을 내뱉으며 눈을 번쩍였다.

판시엔의 곁에는 20여 명의 흑기병밖에 남아있지 않았다. 그리고 어젯밤부터 내린 비로 전투마들이 나가떨어지자 그는 결국 지나가는 행인들의 말을 빼앗아 탔다.

그들은 그렇게 경국의 심장으로 향해갔다.

흑기병이 정양문으로 질주하고 있을 때, 그 문은 이미 굳게 닫혀 있었고, 징두의 수비 등급은 최고로 상향되어 있었다. 13성문사의 관병들과 징두 수비군의 기병들은 정양문 앞에서 멀리서부터 다가오는 한 무리의 검은색 기병들을 바라보고 있었다.

그들은 너무 빨랐고, 너무 결연했다.

정양문과 50여 장(丈) 거리.

판시엔은 얼굴에서 땀과 범벅이 된 빗물을 닦으며, 하지만 여전히 속도를 줄이지 않고 정양문 성벽 위에 있는 장수를 향해 크게 소리쳤다.

"문 열어! 판시엔이다!"

판시엔이 돌아왔다!

성문 주위에 있던 모든 관원과 군사들의 얼굴이 모두 하얗게 질렸다. 그들은 모두 오늘 황성 광장에서 무슨 일이 벌어질 것인지 알고 있었고, 그들은 성지를 받아 성문을 지키고 있었다. 하지만 그것은 감사원의 움직임을 경계하기 위한 조치였는데, 그들의 눈앞에 갑자기 판 대인이 나타난 것이다.

폭발하는 분노를 참고 있는 황제, 최대한 판시엔의 움직임을 늦추려 했던 천핑핑조차도 생각하지 못한 일이 벌어진 것이다!

"죽어도 성문을 지켜야 한다. 궁수, 준비!"

정양문 통령이 제일 먼저 반응했다. 그의 손에는 목숨으로 지켜야 할 성지가 들려 있었다. 그리고 오늘, 특히 오늘, 판 대인만은 징두에 들어오게 하면 안 되었다!

"판 대인, 오늘……."

정양문 통령은 설명하려 했지만, 판시엔에게 설명을 들을 시간 따위는 없었다. 그는 여전히 속도를 줄이지 않고 성벽을 한번 훑었는데, 삼엄한 경계를 보고 심장이 '철렁'하였다.

'늦었나?'

흑기병은 점점 더 성문에 가까워지고, 판시엔은 오른손을 올렸다가 힘차게 내렸다. 스물 남짓한 흑기병은 삼각 대형으로 바꾸고 점점 속도를 늦추기 시작했다.

징두 성벽 위의 관병들은 안도의 한숨을 내쉬었다. 아무리 흑기병이었지만, 20여 명의 기병이 도대체 무엇을 할 수 있단 말인가. 흑기병이 멈추기만 한다면 그것으로 족했다.

하지만 판시엔만은 속도를 늦추지 않고 성문으로 돌진했다.

그의 뒤에 멈춘 흑기병은 철궁을 꺼내 성벽 위를 겨냥했다!

'휙! 휙! 휙!'

'척! 척! 척!'

갈고리를 매단 화살이 성벽의 푸른 벽돌 위에 박혔다!

열 개의 갈고리 화살이 성벽 위에 걸렸고, 그 다리는 마치 생사를 넘나드는 다리처럼 느껴졌다.

판시엔 혼자 성문 앞에 다다라 가을비가 내리는 하늘을 바라보며 이를 악물고 패도 진기를 맹렬히 발산하여 말 등을 밟고 새처럼 날아올랐다!

한 마리의 검은 새가 삼엄한 성문 앞에서 점점 더 높이 올랐다.

"밧줄을 끊어라!"

정양문 통령은 감히 검은 그림자에게 화살을 쏘라 명령을 낼 엄두를 내지 못했다. 판 대인을 죽이면 황제가 그에게 참수형을 내릴지도 모를 터. 통령은 모든 것이 거슬렸지만, 판시엔은 아무것도 거슬리는 것이 없었다.

"헛!"

판시엔은 체내의 진기를 다시 한번 끌어올려 검은 갈고리 화살 밧줄을 잡고 검은 연기처럼 성벽 위로 올라갔다.

밧줄 하나가 끊어지면, 다른 밧줄을 잡고, 또 하나가 끊어지면, 또 다른 밧줄을 잡고. 몇 개의 밧줄이 끊어지는 동안, 판시엔의 몸은 이미 성벽 위에 도착해 있었다.

'번쩍!'

"컥!"

섬광이 일어남과 동시에 판시엔의 손에 쥐어진 북위 천자의 검은 검집에서 나와 정양문 통령의 목을 갈랐고, 선혈이 분수처럼 쏟아졌다.

판시엔은 바람처럼 시체를 뛰어넘어, 세 군데의 얕은 상처를 대가로 치르고 성벽 위의 군대 방어를 돌파했고, 돌계단을 나는 듯 내려오며 다시 세 명을 죽이고, 말을 빼앗아 두 다리로 힘차게 말의 배를 차며 황궁 방향으로 돌진했다.

빨랐다.

딴저우 절벽에서 우쮸가 휘두르는 나무 막대기보다 빨랐고, 황궁을 처음 돌파해 태후에게 갈 때보다 빨랐다. 처음 그 소식을 들은 그 순간부터 몇 날 몇 일 밤을 보낸 지금까지, 그의 마음 속에 있는 걱정과 공포가 그를 이미 자신의 경지보다 훨씬 더 강하게 만들어 내고 있었다.

선혈이 그의 검 위에 있고, 그의 몸에서 피가 흘러도 눈썹 하나 까닥하지 않았지만, 그는 마음속 깊은 곳에서 혼란과 공포를 느끼며, 징두의 삼엄한 경비 상황을 보며 온몸에 소름이 끼쳤다.

자신을 반드시 기다려야 하는 그가, 기다리지 못했을까 봐.

'늙은이, 나 꼭 기다려야 해.'

'늙은이, 나 꼭 기다려야 해.'

'늙은이! 나 꼭 기다려야 해!'

몇 번을 반복했는지 모를 말을 다시 한번 마음속으로 외쳤다. 그리고 가을비와 먼지로 뒤범벅이 된 얼굴로 그는 미친 듯이 황궁을 향해 질주했다.

황성이 가까워지고, 가을비가 거세지고, 거리에는 사람이 없었다.

'사람들이 다 어디간 거야?'

"와!"

그가 의아해하고 있을 때 함성 소리가 들렸다.

그리고 이내 조용해졌다.

죽은 듯한 침묵.

징두 백성들은 침묵을 '듣지' 못했다.

판시엔만이, 공포스러운, '침묵의 소리'를, 들었다.

징두 백성들이 들은 것은 침묵 속의 말발굽 소리였다.

'다그닥다그닥다그닥.'

황궁 광장 앞 사람들이 말발굽 소리를 들었고, 이어서 번개처럼 다가오는 검은 그림자를 보았고, 가을비를 맞으며 온몸이 엉망진창이 된 검은색 관복을 보았고, 말을 몰고 있는 엄숙한, 살기 가득한 얼굴을 보게 되었다.

놀람과 비명의 소리가 곳곳에서 들렸고, 후방의 사람들이 물결에 휩쓸리듯 이러저리 뛰어다녔고, 밀치고, 넘어지고, 밟히고…….

고독하게 말을 몰고 오던 사람은 속도를 조금도 줄이지 않았고, 냉혈한처럼 밀집된 군중 사이를 그대로 돌진해 버렸다!

피할 수 있는 사람은 피했고, 피할 수 없는 사람은 부딪혀 날아갔고, 말을 모는 사람은 기괴할 정도로 냉정했고, 마치 어느 누구도 신경 쓰지 않는 듯 보였다.

마침내 군중들은 죽음의 공포에 휩싸이며 바다가 갈라지듯, 황궁 광장 중간에 있는 처형대까지 작은 길을 만들었다.

금군이 모여들고, 긴 창이 빽빽한 숲처럼, 말을 탄 이를 겨눴다.

'펑! 펑! 펑! 펑!'

판시엔은 개의치 않고 날아올랐고, 창의 숲으로 달려들었고, 공중에서 손에 쥔 검을 번개처럼 휘둘렀고, 몇 번의 커다란 소리와 함께 창들이 잘려 나갔고, 몇 명의 황실 호위들이 나가 떨어졌고, 마침내 판시엔은 처형대 위의 상공에 떠 있었다.

판시엔은 어떤 동작을 하든 그의 두 눈은 나무로 만들어진 작은 처형대에 고정되어 있었고, 그 위에 묶여 있는 피와 살점을 구분할 수도 없는, 생사조차 알 수 없는 늙은이를 바라보고 있었다.

판시엔의 눈빛은 갈수록 차가워졌고, 갈수록 독해졌으며, 그 순간 사방에서 습격해 오는 거센 바람소리가 들렸다. 삼베옷을 입은 그림자가 마치 가을비에 휘날리는 꽃처럼 사방에서 달려들어 판시엔의 나는 길을 막았다.

판시엔은 물러서지 않았고, 피하지도 않았고, 가슴과 등에 세 번의 손바닥 공격을 받았지만, 그의 검(劍)은 나머지 한 사람의 목을 향해 거세게 내질러졌고, 선혈이 분출되자마자 그 사람은 빗물과 함께 쓸려 나갔다.

"으아아아악!"

또 한번의 함성과 함께 판시엔의 왼손이 좌측에 있는 사람의 가슴을 내리쳤고, 뼈가 부서지는 소리와 함께 삼베옷을 입은 또 한 사람의 오관에서 피가 쏟아져 나왔다.

"푸!"

판시엔의 두 발이 마침내 물기로 가득한 처형대 위에 올라갔고, 내상이 폭발하며 그는 한가득 피를 토해냈다.

상관없었다. 개의치 않았다.

그는 단지 처형대 위에 있는 늙은이를, 수없이 많은 칼에 몸이 갈라지고 찢겨 버린 노인을, 천하의 백성들에게 알몸이 드러나며 씻을 수 없는 치욕과 모욕을 당한 그 사람을 보고 있었다.

그는 보자마자 자신이 늦었다는 것을 알았고, 더 이상 이 사람이 살 수 없다는 것을 알았고, 그의 마르고 갈라진 두 입술이 살짝 움직이며 무슨 말을 하려 했지만, 아무 말도 나오지 않았다.

가을비가 젊은이 하나와 늙은이 하나의 몸을 쓸고 지나간다.

주위에는 죽은 듯한 침묵이 흘렀고, 모든 금군 병사, 황실 고수, 신묘 고행자가 처형대 주위를 포위했지만, 판시엔이 내뿜는 살기에 마치 몸이 굳어버린 듯 아무도, 한 발짝도 움직이지 못했다.

판시엔은 어렵게 발걸음을 떼고 앞으로 가, 노인의 몸을 묶고 있는 밧줄을 풀고, 천핑핑의 수척하고 왜소한 몸을 자신의 품에 안고, 더러워지고 찢긴 자신의 감사원 검은색 관복을 벗어 그의 몸에 덮어주었다.

천핑핑은 더 어렵게 두 눈을 떴고, 비록 그의 눈은 혼탁하고 초점이 맞지 않았지만, 더없이 순수한 눈빛을, 마치 어린아이처럼 맑은 눈빛을 반짝였다.

노인은 어린아이처럼 판시엔의 품에 안겼다.

추위를 무서워하는 어린아이처럼.

"제가 늦었네요."

판시엔은 수척해진 노인의 신체를 안고, 그 늙은이의 몸이 조금씩 따뜻해지는 것을 느끼며, 메마른 목소리로 입을 열었다.

한번도 느껴보지 못한 좌절감, 절망 그리고……슬픔을 품은 채.

초가을비의 빗물이 더욱 거세지고, 바닥에 떨어져 꽃을 피우고, 옷에 떨어져 옷섶을 적시고, 마음에 떨어져 한기를 만들어 냈다. 황궁 광장은 빗방울이 만들어 내는 안개가 자욱했기에, 사람들의 시야에서 볼 수 있는 것은 조그마한 소우주밖에 없었다.

빗속의 작은 무대, 그리고 그 위의 두 사람이 만들어 내는 우주.

죽은 듯한 침묵이 흘렀고, 어떤 감정에 의해 감염되고 통제되었는지 모르겠지만, 아무도 말을 하지도, 누구도 움직이지도 않고, 그저 그렇게 안개 속으로 보이는 무대만 응시하고 있었다.

수천의 금군, 황실 고수, 고행자들도 엄숙한 분위기에서 가을비를 맞으며 굳어 버린 나무 막대기처럼 서서 그 무대를 바라보았다.

그 순간 황성 위 황제의 눈빛에 어떤 감정이 스쳐갔는지 아무도 보지 못했고, 알지 못했다.

옌빙윈은 처음 판시엔을 본 순간 재빠르게 반응하여, 고개를 숙여 조용한 목소리로 주위에 있는 수하들에게 명을 내렸다. 그 목소리는 빗소리에 묻혀 아무도 들을 수 없었지만, 이미 감사원 밀정 몇은 처형대 근처로 모여들고 있었다.

하지만 그보다 더 먼저 반응한 사람은 처형을 책임지고 있는, 황궁 광장에 있는 사람 중 가장 지위가 높은 허종웨이. 그는 재빠르게 관원들과 호위들 뒤에 몸을 숨기고, 삿갓을 쓴 고수 어깨 너머로 처형대를 살펴보고 있었다. 그의 눈빛에는 복잡한 감정이 스쳐가고 있었지만 생각만은 단순했다.

'난 죽고 싶지 않다. 처형대 위에 저 둘을 어떻게든 죽여야 한다.'

죽고 싶은 사람은 없다. 그래서 대부분의 사람들이 무의식적으로 발걸음을 옮겨 처형대를 벗어나기 시작했고, 야오 태감도 이미 호위들이 있는 곳까지 물러나 있었다. 그는 공작 대인에 의해 쳔핑핑의 제사에 바쳐지는 잡종개가 되고 싶지는 않았기 때문이다.

처형대 주변은 '침묵의 혼란'이 일며 비워졌고, 사람들이 있던 자리에는 몇 구의 시체가 널브러져 있을 뿐이었다.

마지막까지 처형대에 가장 가까이 있던 작은 칼을 든 망나니는 몸을 부들부들 떨며 처형대 위의 판 대인을 쳐다보았다. 판시엔은 쳔핑핑을 품에 꼭 껴안고, 마치 아무런 소리와 움직임도 느끼지 못하는 듯 꼼짝도 하지 않고 있었다. 망나니는 그 모습에 소름이 끼쳐 그곳을 주시하며 살금살금 뒷걸음질쳤다.

'휙!'

"퀵!"

두 걸음 물러났을 때, 망나니의 목이 잘려나갔고, 머리가 바닥에 떨어짐과 동시에 머리 없는 시체 하나가 쓰러졌다.

대부분의 사람들은 무슨 일이 벌어졌는지 몰랐지만, 몇몇의 고수들은 찰나의 순간을 똑똑히 볼 수 있었다. 판시엔의 손이 미세하게 떨리며 검은색 비수 하나가 날아가 망나니의 목을 스친 후 가을비가 추적추적 내리는 바닥에 떨어지는 것을.

판시엔은 처형대 위에 가부좌를 튼 자세로 쳔핑핑을 품에 안고 머리를 늙은이의 몸에 처박고 있었다. 쏟아지는 수많은 시선을 느끼지도 못한 채, 떨어지는 빗줄기를 온몸으로 받아내는 그의 구부러진 등이 더없이 쓸쓸해 보였다.

품에 있는 노인의 몸이 너무 가벼웠다.

한 웅큼의 바람을 품고 있는 것 같았고, 그 바람은 언제라도 곧 날아가 버릴 것 같았다. 흐트러진 머리칼 사이로 판시엔의 창백한 얼굴에 미세한 경련이 일어났고, 그는 저도 모르게 손을 뻗어 천핑핑의 얼음같이 차갑고 말라 비틀어진 손을 '꼭' 잡았다.

절대, 다시는 그 손을 놓지 않을 것이다.

노인이 한평생 얼마나 많은 고통을 겪었을까. 반평생을 불구자로 살았고, 체내에는 이미 기운도 사라지고 피도 마르고. 능지처참을 당할 때, 칼이 살점을 벨 때마다 그렇게 많은 피가 흘러나오지 않았지만, 너무 많은 칼질에 결국 또 피가 모여 흘렀고, 그 피는 판시엔이 덮어준 검은색 감사원 관복에 스며들었다.

끈쩍끈쩍하고, 뜨거운, 아니 손을 델 만큼 뜨거운 피가.

가을비를 맞으며, 판시엔은 노인이 또 다시 고통을 겪을까 두려워 그를 '가볍게' 안았으며, 판시엔은 노인이 이대로 떠나버릴까 두려워 그의 손을 '꼭' 잡았다.

"당신이 돌아오지 않았으면 되었잖아. 또 당신이 내가 오는 길을 늦추는 건 뭐하는 짓이야……."

판시엔은 빗물에 젖어 하얗게 변해 버린, 그의 말라 부르튼 입술을 천천히 움직이며 쉬어 버린 목소리로 말했다.

"내가 왜 몇 년 동안 바쁘게 뛰어다니고 고생했는데……그게 다 당신 늙은이들이 징두를 떠나 남은 여생이라도 편하게 보내라고……그래서 내가 노력한 거……."

"당신이 아는 것은……나도 이미 다 알아……."

판시엔은 고개를 더 숙였고, 자신의 얼굴을 주름이 가득한 노인의 뺨에 가볍게 가져다 댔다. 노인을 안고 있는 그의 몸은 살짝 앞뒤로 움직였는데, 그 모습이 품에 안고 있는 노인을 달래며 잠을 재우는 모습 같았다.

손에 힘이 들어갔다. 노인은 있는 힘을 다해 판시엔의 손을 잡았다. 그는 남은 생명의 모든 힘을 썼지만, 판시엔의 손 하나도 '꽉' 잡지는 못했다. 노인이 무엇을 아쉬워하고, 무엇을 두려워하고, 가을비가 추적추적 내리고 선혈이 낭자한 이곳에서, 노인은 도대체 무엇을 쥐고 싶어하는 것인가.

마치 날카로운 칼 하나가 자신의 마음을 천천히 찌르고, 베고, 찢어 버리는 것 같은 고통을 느끼며, 노인이 얼마 버티지 못한다는 것을 느끼며, 판시엔은 저도 모르게 노인의 손을 '꽉' 잡았다. 자신의 손가락이 하얗게 변해 통증이 느껴질 정도까지 노인의 손을 '꽉' 잡았다.

천핑핑은 혼탁하고 초점이 맞지 않는 눈동자를 돌려 익숙한 황궁위 황제의 흐릿한 그림자를 보았지만 황제가 어떤 표정을 짓고 있는지 보이지 않았다. 그리고 다시 눈동자를 천천히 굴려 자신을 안고 있는 판시엔의 얼굴을 보았다.

노인의 혼탁한, 하지만 맑은 눈동자에 웃음기가 스쳐 지나갔다.

노인은 자기가 이제 한평생 살아온 이 세상을 떠날 때가 되었다고 생각했다. 눈동자에 비친 세상은 점점 흐려져 갔으며, 귀에 들려오는 소리가 점점 사그라들었으며, 눈앞에 있는 빛도 점점 기이한 모양으로 변해가고 있었다.

그 찰나의 순간, 전기적인 삶을 살아온 그의 눈에 인생의 여러 장면들이 빠르게 스쳐 지나갔다. 작은태감, 동해, 그 아가씨, 감사원, 흑기병, 또 그 아가씨, 죽은 자들, 음모, 복수…… 각양각색의 화면들이 눈앞을 지나갔고, 마지막에는 감히 직시할 수 없는 '하얀 선'이 나타났다.

마지막 순간 그가 보았던 것은 무엇이었을까.

청왕 저택에서 싸울 때 튀었던 진흙? 겨울 태평별원에 피었던 매화? 감사원 연못에 헤엄치는 물고기? 북쪽 산에서 보았던 단출한 옷을 입은 그녀? 그의 후반생의 모든 감정과 희망을 담아 의지했던 남자 아이?

빗소리가 점점 잦아들며 갑자기 노인의 귀에 선명한 소리가 들려왔다. 노랫소리. 부드럽고 아름다운, 너무나도 친숙한 노랫소리. 진원에서 수도 없이 들었던 노랫소리. 여인들은 아름다웠고, 노랫소리도 아름다웠고, 노인은 평생 암흑 속에서 냉정하게 살아왔지만, 마음속 깊은 곳에서는 여전히 아름다움에 대한 열망이 있었다.

만약 비극이 세상의 모든 아름다움을 훼손시켜 사람들에게 보여 주는 것이라면, 쳔핑핑의 인생은 그가 생각하는 모든 추악하고 불결한 것들을 없애 버리기 위해, 그 자신이 추악함과 불결함 속으로 뛰어든 것이었다.

저 멀리 있지만, 너무나 아름다운 모든 것들을 바라보면서.

'빗소리를 들으면, 모든 사람의 마음이 즐거워질까? 산을 오르고, 고개를 넘고, 빗소리와 어우러진 노랫소리를 들으면, 그 노랫소리를 들으면, 나의 마음은 즐거워지네⋯⋯.'

진원의 여인들이 좋아했던 노래가사가 쳔핑핑의 귓가에 울리자, 그는 힘겹게 두 눈을 뜨고 그 여인들을 바라보며, 부드럽고 아름다운 노랫소리를 들으며, 마치 그 노래를 따라 부르듯이 핏기 없는 입술을 움직였지만, 어떠한 노랫소리도 입밖으로 나오지 못했다.

쳔핑핑은 갑자기 판시엔을 보며 물었다.

"상자⋯⋯?"

판시엔은 황급히 노인의 귓가에 대고 대답했다.

"총이에요. 먼 거리에서 살인하는 무기 같은 거."

쳔핑핑의 마지막 질문이었다. 그리고 마지막 순간에 물었다. 그는 판시엔의 대답을 듣고 눈동자가 희미하게 반짝였는데, 마치 그 대답을 생각도 못했다는 듯, 조금은 의외라는 듯, 어쩌면 해탈한 듯, 목에서 '꺼억꺼억' 소리를 내며, 빨리지는 호흡으로, 하지만 얼굴에는 한 줄기의 냉담함과 거만함을 띠며 말했다.

"그……장난감……나도……있다."

판시엔은 말을 하지 않았다. 그가 안고 있는 왜소한 몸에서 점점 힘이 빠졌고, 그가 잡고 있던 수척한 손이 점점 더 차가워졌고, 마지막 순간에 이르자 어떠한 온기도 느껴지지 않았다.

첸핑핑이 죽었다.

가을비가 내리는 날, 가장 아끼던 남자 아이의 품 안에서, 그의 마지막 궁금증을 해결하고, 여전히 얼굴에는 차갑고 거만한 기색을 내비치며 죽었다.

판시엔은 망연자실하게 점점 더 차가워지는 노인의 몸을 안고, 노인의 차가운 뺨에 얼굴을 붙이고 마지막으로 몇 마디를 더 했다. 갑자기 하늘에서 내리는 빗방울이 무수한 칼로 변한 듯 그의 몸을 갈갈이 찢어 버리고 있었고, 감당할 수 없는 고통이 느껴졌으며, 그 고통은 마치 능지처참을 당하는 것처럼 심장을 뚫고 나와 살점 하나 하나로 전달이 되었고, 마지막에 이르러서는 폭발해 버렸다.

"으아아아아아아아악……!"

판시엔은 대성통곡했다. 판시엔은 오장육부가 끊어질 것처럼, 간이 찢어지고 폐부가 찔리는 것처럼, 처량한 가을비가 감히 떨어지지 못할 것처럼, 모든 사람들의 귀를 찢을 것처럼 울었다.

다시 태어나 살아간 지 이십 년. 판시엔은 지금까지 한번도 울지 않았고, 눈물이 글썽거릴 때마다 온 힘을 다해 감정을 억눌렀다. 그래서 아무도 그가 우는 것을 보지 못했고, 심지어 이렇게 대성통곡하는 모습은, 이렇게 비통하게 우는 모습은 본 적이 없었다.

이 울음 한번에 그동안 쌓여왔던 모든 감정이 쏟아져 나왔다.

눈물 범벅이 된 그의 얼굴에, 아직도 잿빛 먼지들이 더덕더덕 붙어 있었고, 내리는 가을비마저 그 업(業)과 같은 회색빛 먼지들을 다 씻어낼 수 없었다.

가을비를 멈출 수 없듯이, 눈물도 멈출 수 없었고, 그렇게 감당할 수 없는 고통과 슬픔이 그의 눈물 속에 넘쳐 흘러내리고 있었다.

처형대에서 가을바람과 가을비를 뚫고 황궁 구석구석으로 울려 퍼지는 슬픔의 비명이, 모든 사람들의 귀를 파고들어 마음속에 한기를 심어주었다.

하지만 그것은 또 하나의 분명한 신호이기도 했다.

천 원장이 마침내 생을 다했다.

누구는 기뻐했을지, 누구는 안심했을지 모르지만, 비바람을 맞고 있는 관원들의 얼굴에는 아무런 표정의 변화가 없었다. 일부의 눈동자에는 수심의 기색이 스쳐갔고, 더 많은 이들의 눈동자에는 엄숙함과 긴장의 기색이 스쳐갔다.

위대한 경국의 대들보 중 하나가 이렇게 잘려 버렸다.

'천핑핑이 이렇게 죽었다고?'

조정에서 수십 년 동안 압박을 당했던 문관 대신들은 한편으로 마음속에 한기를 느끼고, 다른 한편으로는 그 사실 자체를 받아들이기 힘들었다.

그 순간 각자의 생각과 상념에 잠겨, 아무도 높디높은 곳에 있는 경국 황제의 모습을 본 사람은 없었다. 황제는 몸이 미세하게 휘청하며 앞으로 움직였다. 비록 그것이 손톱 두 개만큼의 거리였을지라도. 하지만 그는 바로 다시 위엄 있는 군주의 모습으로 몸을 꼿꼿이 세운 후, 무정한 표정으로 피비린내가 진동하는 처형대와의 거리를 일정하게 유지하였다.

처음부터 유지하던 그만큼의 거리.

그 순간 아무도 황제가 소매 안에 있던 두 손으로 천천히 주먹을 쥐고 있다는 것을 알 수는 없었다. 그리고 황제 자신도 지금 그가 느끼는 감정이 무엇인지 알아차릴 수 없었다.

마음속 깊은 곳에서 오는 공허함?

어디서부터 오는지 모르는 분노?

황성 자락 아래 옌빙원은 고개를 숙이고 있었고, 옆에 있는 어떤 관원보다도 고개를 깊게 숙이고 있었다. 그는 판 대인이 쳔 원장의 시신을 안고 망연자실한 표정으로 있는 모습을 보며 몸을 미세하게 떨고 있었다. 그리고 언젠가 쳔 원장이 자신에게 했던 말을 떠올렸다.

'언젠가 내가 죽을 텐데, 판시엔이 그때 미칠 수도 있어.'

옌빙원은 갑자기 고개를 들고, 깊은 숨을 들이마신 후, 얼굴의 빗물을 닦으며 조용히 명령을 계속 내렸다. 군중에 섞여 있는 감사원 밀정들이 언제든 손을 쓸 준비를 하고 있었다.

판시엔이 미치더라도, 그 범위를 조금이라도 줄이기 위해.

물론, 옌빙원은 이 모든 것이 일어나지 않기를 기도했다.

사람이 죽었다. 능지처참 형은 제대로 집행되지 못했지만, 망나니마저 판시엔에게 죽임을 당했으니 계속할 이유도, 계속할 수도 없었다. 하지만 비가 오는 황궁 광장에서 아무도 떠나지 않았다. 마치 무슨 일이라도 발생할 것이라 예상하는 듯.

처형대 주변의 고행자들이 조심스럽게 처형대로 다가갔고, 그들은 삿갓을 쓰고 있어 표정을 읽을 수가 없었다. 하지만 판시엔은 마치 처형대 아래에서 다가오는 위험을 느끼지 못하는 듯, 망연자실한 표정으로 쳔핑핑의 시체를 안고 내려놓지 않았다.

빗물과 섞여 버린 눈물은 점점 그쳤고, 판시엔은 벌떡 일어났지만 순간적으로 '휘청' 했다. 며칠간 진기 소모도 극심했고, 오늘의 분노와 슬픔이 그의 정신마저 쇠약하게 만들고 있었기 때문이다.

'휘청.'

다시 한번 판시엔이 휘청거리자, 주변에 있던 사람들이 크게 놀라며 무의식적으로 반걸음 물러났다. 하지만 판시엔은 마치 주위 사람들을 없는 사람 취급하며, 그들의 행동을 본 체도 하지 않고 천핑핑을 안고 처형대를 내려왔다.

처형대를 포위하고 있는 사람들은, 황제의 명을 기다리고 있었다.

황제의 깊은 눈동자에 복잡한 정서가 스쳐갔다. 현공 사당 사건 때부터 판시엔을 눈여겨 봤고, 그것이 지금에 이르기까지 부자지간의 정(情)에 기초가 되었었다.

황제는 판시엔이 이 순간 자신에게로 돌아올 수 있을지 예상 못했지만, 그렇다고 이상하게 생각하지는 않았다. 그리고 황제는 지금 눈앞에 펼쳐진 장면을 그렇게 걱정하지는 않았다. 왜냐하면, 그는 안쯔가 아직도 검은 개에게 속고 있다 생각했고, 안쯔가 아직 천핑핑에 의해 자신이 몇 번이나 죽을 뻔한 사실을 모르기 때문이라고 생각했다. 심지어 그 개가 황제의 모든 아들을 죽이려 했고, 리씨 가문의 대를 끊어버리려 한 것을 모르기 때문이라 생각했다.

하지만 황제는 이 순간 상심하고 분노하고 있었다.

'천핑핑 이 늙은 개가 죽는 순간까지도 짐이 가장 아끼는 아들의 마음을 훔쳐 가다니!'

황제의 천핑핑에 대한 분노는, 그 여인에 대한 분노와 같았다.

황제는 오랫동안 침묵하였지만, 진기를 이용해 억지로 막고 있던 상처 부위의 출혈이 다시 터지며, 선혈이 황금색 용포를 검붉게 물들이고 있었다.

'펄럭.'

그는 소매를 세차게 한번 털어내며 황성 위를 떠났다.

황성 아래.

판시엔은 쳔핑핑의 시신을 품에 안고 처형대를 내려와 광장의 서쪽 방향으로 발걸음을 옮겼다. 그 발걸음은 매우 느렸고, 무거웠고, 걷는 동안 한번도 황성 위를 쳐다보지 않았다.

황제가 이미 떠났으니, 이 세상에서 누구도 감히 판시엔을 막을 수 없었다. 주위를 막고 있던 사람들은 무의식적으로 길을 양보했고, 사람의 바다를 검(劍)으로 가른 듯 잔잔한 물결이 일었고, 갈라진 바닷길 양측으로 사람들이 암초처럼 서 있었다.

빗속에서, 판시엔은 쳔핑핑을 안고 떠났다.

가을의 초입에서 갑자기 내린 두 번의 비가, 또 갑자기 그쳤다. 첫 가을비는 쳔핑핑의 귀환을 환영했고, 다음 비는 쳔핑핑을 떠나보냈다. 그가 떠나자 먹구름이 걷히며 높고 청명한 하늘이 드러났고, 골목에 남아 있는 빗물 외에는 모든 것이 그대로였다.

징두의 백성들은 충격적인 장면을 목도했지만 아무도 감히 발설하지 못한 채 침묵하며 골목으로 흩어졌고, 황성 앞 대신들은 무엇을 해야 할지 몰라 고개를 갸웃거렸다.

판시엔이 처형대에서 행패를 부린 것은 차치하더라도, 5백의 흑기병을 이끌고 징두로 돌아오며 어긴 경국의 법률과 감사원의 규칙만 보더라도 대역죄인데, 황제는 입도 한번 열지 않고 떠나 버렸다.

이때, 허 대학사가 처형대 위에서 가을비에 씻겨 내려가는 핏자국을 보며 눈썹을 씰룩거리다 아무 말 없이, 십 년은 늙어버린 얼굴로 쓸쓸히 자리를 떠났다.

허종웨이의 마음은 암담했지만, 그는 지금 자신이 이런 감정에 휩

쏠리면 안된다고 생각하며 다시 궁으로 발걸음을 옮겼다. 그리고 6부 3사 3원의 관원들의 얼굴을 훑어보며 침착하게 말했다.

"처형은 끝났습니다. 성문을 열고, 평소대로 행동하세요."

허종웨이 눈앞에 감사원 관원들이 없는 것은 당연하였다. 그들은 이미 안팎의 여러 세력에 의해 통제되고 있었기 때문이다. 이 순간, 황궁 안도 누군가에 의해 통제되고 있었다. 아침에 죽음을 불사하고 선처를 간청하던 징왕과 닝 재인은 모두 황궁 안에 연금되어 있었기 때문이다. 판씨 아가씨는 황제를 밤새 치료했지만, 아직 궁 밖으로 나오지 않았다.

허종웨이는 생각이 여기까지 미치자, 그리고 감사원 밖을 지키고 있는 1만 명의 경국 군사들을 생각하자, 자신이 좀 더 마음을 굳게 먹고 황실과 대립각을 세우고 있는 판시엔에게 찾아가 한마디를 해야겠다고 결심했다.

정오의 햇빛이 징두 외곽 류징허 강을 뜨겁게 비추었다. 하지만 차가운 강물의 표면만 비출 뿐 아름다운 안개가 피어오르지는 않았다. 오히려 강물 건너편에 우뚝 서 있는 별원, 회백색 벽, 푸르고 노란 대나무가 한기를 느끼게 해주었다.

초가을의 무더위 속에서 검은색 마차 한 대가 류징허 강변의 대나무 다리를 빠르게 건너서 태평별원의 입구에 멈췄다.

20여 년 동안 비어 있던 곳. 황실도 돌보지 않고 호위 넷만 파견하여 지키는 곳. 이토록 차가운 살기가 가득한 이곳을, 장 공주는 왜 자신의 마지막 장소로 정했던 것인가.

찾아오는 이가 거의 없는 이곳에 예고도 없이 검은색 마차가 나타나자 황실 호위들은 허겁지겁 나가 그들을 막아섰지만, 이내 마차 뒤에서 몰려온 한 무리의 사람들에 의해 제압되어 버렸다.

감사원 관원이 침묵하며 마차의 장막을 열었다.

'뚝, 뚝, 뚝……'

온몸이 비에 젖은 판시엔이 쳔핑핑의 시체를 안고 마차를 내리자, 빗물이 바닥에 떨어지며 고요한 적막을 깼다.

태평별원의 문이 열렸고, 판시엔은 수하들을 쳐다보지도 않고 엄숙하게 안으로 들어갔다.

'끼익.'

문이 다시 닫혔고, 관원들은 흩어지며 사방을 경계했다.

'다그닥다그닥.'

잠시 후 황급한 말발굽 소리가 들리며, 수백 명의 피곤에 절은 검은색 기병들이 달려와 류징허 강변 관도(官道)에 멈추어 섰다.

'다그닥다그닥다그닥.'

또 한번의 말발굽 소리가 들렸고, 이번에는 좀 더 많은, 수천은 되어 보이는 기병들이 달려와 앞선 기병들과 거리를 두며 먼발치에서 멈췄는데, 그들이 징두 수비군인지 금군인지는 정확히 알아볼 수 없었다.

'덜컹덜컹.'

마지막으로 검은색 마차 하나가 대나무 다리 건너편에 섰고 안에서 얼음같이 차가운 얼굴의 관원 하나가 내렸다. 그는 다리를 건너지 않고 조용히 태평별원 앞에서 사방을 경계하고 있는 감사원 관원들을 바라보았다.

옌빙윈.

판시엔을 따라온 감사원 관원은, 징두 곳곳에 흩어져 있던 왕치니엔 조직원들을 제외하고는 대부분 1처의 관원들이었다. 그들은 판시엔이 황궁 광장을 얼마 벗어나지 않은 때 재빨리 검은색 마차로 그를 태워온 것이다.

옌빙원은 맞은편의 '동료'들을 보며 생각했다.

'판 원장이 돌아온 지 얼마 되지 않았는데, 1처가 어떻게 이 상황을 정확히 알고 제때에 판 원장을 태워 온 거지?'

옌빙원은 고개를 돌려 뒤에 있는 기병들을 보며 또 생각했다.

'이 흑기병들은 쳰 원장의 생사와 상관없이 여기서 집합하기로 되어 있었던 거겠지?'

옌빙원은 그렇게 한참을 침묵하다, 옷매무새를 한번 가다듬고 다리를 건너기 시작했다. 그가 태평별원 정문 앞에 서자 1처의 관원들은 경계심 가득한 눈빛으로 대충 예를 한번 올렸다. 옌빙원은 개의치 않고 진중하게 입을 열었다.

"4처장 옌빙원, 원장 대인을 뵙고 싶네."

판시엔은 옌빙원이 태평별원 밖에 도착한지 몰랐지만, 누군가 자기를 설득하러 올 것이라 예상하고 있었다. 하지만 그는 지금 그것들을 생각할 수도 없었고, 생각하기도 싫었다.

그는 지쳤고, 피곤했고, 공허했다.

대성통곡을 하며 가슴 속의 모든 것을 토해냈고, 진기도 모두 토해냈기에 남아 있는 것은 공허함뿐. 다만, 그의 발걸음은 갈수록 무거워졌다. 비록 그의 몸이 이렇게 약해진 적도 없었지만, 지금 그가 안고 있는 시신이 훨씬 가벼운 것은 확실했다.

'왜 갈수록 무거워지지? 팔에 힘이 너무 빠지는데……'

그는 어렵게, 필사적으로 쳰핑핑을 안고 잔디밭을 지나고, 꽃나무를 지나고, 작은 호수를 지나고 어느 구석진 담벼락 밑으로 왔다. 그리고 그곳에서 잔뜩 움츠러든 작고 노란 꽃을 꺾은 후, 그와 비슷한 꽃이 그려진 담벼락의 구석을 가볍게 눌렀다.

'덜컹덜컹덜컹.'

지면에서 동굴 입구가 나타났고, 그 아래로 돌계단이 보였다. 정오의 햇빛이 그곳을 비추자 계단 밑 얼마 깊지 않은 곳의 돌바닥이 보였다.

태평별원의 밀실. 밀실이라지만 당시에 이곳에서 놀던 지금의 '늙은이' 몇에게는 비밀도 아닌 공간이었고, 그때 그들보다 한참 어렸던 장 공주도 알고 있는 공간이었다. 다만, 태평별원 사건 후 황제가 상자를 찾기 위해 이곳을 뒤진 이후로는 별다른 이가 찾지 않는 공간이었다.

판시엔에게 이 공간은 매우 익숙했다. 오래전에 상자를 연 후에 엄청난 무기를 얻고서도 망연자실해하던 자신을 우쥬 삼촌이 태평별원으로 데려와 이곳에서 총알을 찾아주었기 때문이다.

그는 한 발 한 발 마치 지옥으로 가듯 내려갔다. 그곳의 높이는 3장(丈)도 채 안 되었고, 실내는 매우 깨끗하고 상쾌했지만 특별히 숨겨진 보물 같은 것 없이 의자 몇 개와 검은색 나무관 몇 개만 덩그러니 놓여있었다.

판시엔은 한손으로 나무관을 힘을 주어 열고, 조심스럽게 안고 있는 노인의 수척하고 왜소한 몸을 그 안에 누였다. 작은 자기(瓷器) 베개를 목 뒤에 놓아주었고, 관 안에 놓인 비단을 보고 고개를 갸웃하며 잠시 생각했지만, 결국 덮어주지는 않았다.

천핑핑의 두 눈은 감겨 있었고, 그의 몸 위에는 판시엔이 벗어준 감사원 관복만 덮여 있었다. 판시엔은 관 옆에서 그의 수척하고 앙상한 두 뺨과 움푹 들어간 두 눈을 보며 화려한 비단보다 검은색 의상이 더 잘 어울린다 생각한 것이다.

그리고 천핑핑이 더 좋아할 거라 확신했다.

'늙은이가 아까 무섭진 않았겠지?'

판시엔은 늙고 창백한 얼굴을 보며 많은 일들을 떠올렸다.

양모 담요를 무릎에 덮는 것을 좋아했던 노인은, 페이지에 스승을 보내 그를 가르치게 했고, 이 험난한 세계에서 그를 보호할 수 있는 실력을 만들어 주었고, 자신이 아주 어렸을 때부터 감사원이라는 기구를 익숙하게 만들어 주었다.

'내가 이 생에 태어난 그때부터 이 늙은이는 나에게 자신이 가장 아끼는 보물 같은 감사원을 주려 한 것이겠지?'

판시엔은 처음 쳔핑핑을 만났을 때가 떠올랐다.

음침한 감사원 밀실에서 그를 봤을 때, 사실 쳔핑핑에게는 그게 처음은 아니었지만, 마치 한참 동안 보지 못했던 어른을 만난 듯이, 첫눈에 그에게 친근감이 생겼었다. 그때 판시엔은 살짝 몸을 낮춰 가볍게 쳔핑핑을 안으며 얼굴을 맞대었다. 오늘처럼.

'연못의 물고기를 보며 천하를 논하고, 작은 꽃을 보며 즐기고, 진원에서 바퀴의자를 타고 우스꽝스럽게 쫓고 쫓기고……이제 진짜 다시는 못하는 건가?'

판시엔은 두 눈을 질끈 감았다. 생각하고 싶어도 다시는 생각하지 못할 것 같았다. 그리고 천천히 눈을 뜨고 손에 쥐고 있던 노란색 작은 꽃을, 쳔핑핑의 다 새어버린 귀밑머리에 꽂아주었다.

침묵, 오랜 침묵. 판시엔은 말을 할 수도, 생각을 할 수도 없었다.

그는 나무관 덮개를 올리고, 옆에 있는 대못을 관 주변에 올려 놓고 자신의 손바닥으로 힘차게 눌러 박았다.

'텅! 텅! 텅! 텅……!'

판시엔은 입을 꼭 다물고 손바닥으로 대못을 하나 하나 둘러 박았다. 나무관 주위로 대못들이 굳게 박혔다. 이제 그 늙은이는 다른 세계로 간 것이다. 그가 만지고 싶어도 만지지 못하는 그런 곳으로 가버렸다.

모든 것을 마치고 판시엔은 나무관을 빤히 쳐다보며 결심했다.

이것은 임시일 뿐, 조만간 반드시 이 늙은이를 고향, 혹은 아무도 모르는 푸른 산과 맑은 물이 있는 곳에 데려갈 것이라고. 징두 근처 이렇게 어두운 곳에 영원히 놓아두지 않겠다고.

이곳은 태평별원이었지만, 천핑핑은 이곳에서 지내는 것도 너무 좋아할 테지만, 판시엔은 이 늙은이를 여기 둘 수 없었다.

여기는 징두, 그리고 황실과 너무 가까웠다.

'휘청.'

판시엔의 몸이 다시 한번 흔들렸다. 거역할 수 없고, 견뎌낼 수 없을 것 같은 피로가 밀려들었다. 그는 재빨리 옆에 있는 의자를 끌어다 '털썩' 앉았다. 두 다리를 벌린 채, 머리를 다리 사이에 깊숙이 박고, 아무 힘도 남지 않은 두 팔을 바닥으로 늘어뜨렸다.

'뚝, 뚝⋯⋯.'

대못을 박으며 생긴 오른손의 상처에서 피가 흘러 떨어졌다.

판시엔은 이렇게 머리를 박고 한참을, 또 한참을 앉아있었다.

태평별원 잔디밭에 쌓여 있던 빗물이 돌계단을 타고 내려오며, 한 층 한 층 계단을 적셨고, 한 층 한 층 계단을 차디차게 만들었다.

제4장

설산

햇빛은 하늘에서 천천히 이동했고, 지하 밀실의 빛도 점점 희미해졌는데, 구름의 두께 때문인 것인지 빛의 각도 때문인 것인지는 알 수 없었다. 그는 두 무릎 사이에서 천천히 고개를 들고 의자에서 일어나, 다시 한번 검은색 관을 바라본 후, 젖은 돌계단을 걸어 올라왔다.

'덜컹덜컹덜컹.'

무거운 밀실 문이 닫히고, 한 줌의 빛도 한 줄기의 흐르는 물도 스며들지 않는 밀실은 다시 평온과 암흑의 세계로 돌아갔다.

판시엔이 호수를 돌아가 잔디밭 중간의 길을 통해 태평별원 입구로 걸어가고 있을 때, 나무문에서 그렇게 멀지 않은 곳에서 1처 수하의 보고 소리가 들렸다. 그의 냉랭한 얼굴에 살짝 복잡한 기색이 스쳤고, 이어서 수하에게 몇 마디 지시를 내린 후 별원 내 잘린 나무 그루터기를 찾아 앉았다.

'끼익.'

나무문이 열리고, 옌빙원이 들어왔고, 그는 판시엔 옆으로 와 고개를 숙인 채 오랜 시간 말을 하지 못했다. 어떤 말을 먼저 해야 할지 모르는 사람처럼.

"궁에서 움직임이 있을 당시부터, 네가 처음부터 끝까지 참여했을 텐데, 난 사소한 것까지 모두 보고 받고 싶어."

옌빙원은 피가 흐르는 판시엔의 손을 보고 살짝 놀라며 말했다.

"둘째 날, 궁으로 불려 들어갔고, 성지를 받아 그에 따라 진행했어요. 허 대학사가 다저우에서 가오다를 잡은 것, 폐하께서 그 일을 빌미로 쳔 원장을 막은 것, 징두 수비군이 그를 징두로 데려온 것에 대해서는, 저는 대략만 알고 상세한 것은 몰라요."

"네가 아는 만큼 다 이야기해줘."

옌빙원은 판시엔이 평소와 다름을 느꼈다. 그는 너무나도 평온했고, 사람을 무섭게 할 정도로 평온했다. 그리고 정상적인 사람이라 보이지 않을 만큼의 침착한 반응을 보였다.

옌빙원은 크게 숨을 고른 후 조금도 숨기지 않고, 심지어 자신이 행한 추악한 역할까지 모두 세세하게 설명을 했다. 판시엔은 한참 침묵하다 천천히 고개를 들어 그를 쳐다보며 말했다.

"그럼 넌 지금 날 따라와 뭐 하자는 거지? 절름발이 늙은이를 다시 데리고 가서 살점을 더 베게? 더 비참하게 죽여 버리게?"

옌빙원은 더 이상 자신의 감정을 숨길 필요가 없다 생각하며, 얼굴에 슬픔과 함께 고통의 기색을 드러내고 쉰 소리로 말했다.

"하관(下官)은 반드시 원장 대인을 뵈어야 했습니다. 저는 원장 대인이 미치지 않도록 도와드려야 합니다."

"미친다는 게 뭐지? 모반? 별원 밖에 있는 징두 수비군과 금군이 그것 때문에 온 건가?"

"어떤 이유에서든, 천 원장은 이미 돌아가셨어요. 대인이 아무리 분노해도 현실은 바뀌지 않아요. 설령 대인이 징두를 벗어날 수 있다 하더라도, 무엇이 바뀌나요? 덩즈위에가 서량로에 있고, 수운마오가 민북 지방 내고에 있고, 샤치페이가 수저우에 있고, 대인이 징두를 나가 다시 6처의 자객들을 모을 수 있다 하더라도……무엇을 바꿀 수 있나요?"

판시엔은 아무 말도 하지 않았다.

"대인이 동이성 검려의 주인이고, 검려의 무수한 검객들을 동원할 수 있고, 대황자 전하가 동이성에 1만 명의 군대를 이끌고 가 있지만……정말 백만 번 양보해도, 대황자 전하가 대인을 위해 폐하께 반기를 들까요?"

옌빙윈은 입술이 부르텄고, 목에서 피가 올라왔지만, 여전히 고집스럽게 말을 이었다.

"세자 홍청이 딩저우에 있고, 그가 대인의 친구이지만, 그가 군사를 일으킨다고 딩저우 군대가 움직일까요?"

"지금의 천하에서 유일하게 대인의 실력만이 폐하와 대립할 수 있겠지만……대인은 여전히 폐하의 적수가 안 돼요."

"다 했어?"

판시엔은 실눈을 뜨고 그를 바라보며 피곤한 듯 고개를 저었다.

"네가 날 설득시키고 싶으면 여러 말 말고, 천핑핑이 너에게 남긴 친필 서신을 나에게 보여주는 게 낫지 않겠어?"

옌빙윈은 저도 모르게 몸을 떨었다. 판시엔은 이미 모든 것을 알고 있었기 때문이다.

"허나, 설령 네가 보라 해도 난 안 봐. 아니 볼 필요도 없어. 소위 말해 대세를 유지하기 위해, 감사원을 지키기 위해, 황제가 없애지 못하도록……네가 폐하의 두 번째 개가 되어야 하고, 감사원을 남겨야 하고, '그분'의 신임을 얻어야 하고……그러니 넌 네가 해야 할 일이 있었겠지."

판시엔은 살짝 정신이 나간 듯한 옌빙윈을 보며 차갑게 말했다.

"난 네가 받아들이기 쉽지 않았을 거라 생각해. 하지만 그건 네가 생각해서 내린 결론인가? 굴욕을 참으며 중요한 일을 행하는 쾌감? 틀렸어. 넌 그냥 받아들인 것뿐이야. 천핑핑이 어떻게 하고 싶으면, 넌 그냥 그의 말을 듣는 건가? 그가 너보고 그를 죽이라 하면, 넌 천핑핑을 죽일 거야?"

"천 원장 대인은 수천 명의 감사원 관원의 생명과 천하 백성들을 고려하여 결정하신 거예요."

옌빙윈도 지지 않고 말했다.

"제가 좀 오해를 받고, 감사원 관원들의 눈 밖에 나면 또 어떤가요? 설마 제가 두 눈 똑바로 뜬 채로 천하의 혼란을 바라보기만 해야 한다는 건가요?"

"천하가 왜 혼란에 빠지는데? 그리고 천하의 백성을 고려했다고?"

판시엔은 갑자기 기괴한 웃음이 터졌고, 웃는 도중 기침도 몇 번 했는데 선명한 피가 섞여 나왔다.

"천하의 백성은 도대체 누구를 말하는 거야?"

판시엔은 옌빙윈을 보며 한 자 한 자 똑똑히 말했다.

"난 널 용서할 수 없어. 모든 것은 경국을 위해, 폐하를 위해, 천하를 위해……이게 너의 태도이지. 하지만 나의 태도는 아니야. '내가 아끼고 사랑하는 사람들을 위해'가 나의 생각이고, 그래서 난 널 용서할 수 없어."

옌빙윈은 판시엔의 온화한 얼굴 이면에 결연하고 강한 마음의 심지가 있다는 것을 알았지만, 그도 작심한 듯 말했다.

"저는 누구의 용서도 필요 없어요. 천 원장의 선택이 저의 견해와 일치했던 것이죠. 그래서 전 그렇게 했고, 경국을 위해서라면, 전 더한 일도 할 수 있어요."

"아주 좋아. 그래야 폐하의 착한 개가 될 수 있는 거야. 그리고 망할 놈의 그 백성들의 입장에서, '그분'은 나쁘지 않은 황제이니까."

판시엔은 천천히 몸을 일으켰다.

"하지만 나의 입장에서는, 그 사람이나 너나, 조금도 믿을 수 없는 사람인 거야. 왜냐하면 그런 인간들은, 자신의 곁에 있는 사람보다 훨씬 더 중요한 것들이 있으니까."

옌빙윈은 갑자기 한기를 느끼며 다급하게 말했다.

"징왕, 닝 재인이 모두 궁에 연금되었고, 판씨 아가씨도 궁에 있어요."

판시엔은 조롱하는 목소리로 대답했다.

"폐하께서는 당연히 그러셨겠지."

이 말과 함께 판시엔은 나무문을 향해 피곤한 몸을 이끌고 갔다. 옌빙윈은 그 모습을 보고 심장이 '철렁' 하며 공포심을 억지로 억눌렀는데, 그 공포는 자신이 아니라 판시엔을 걱정했기 때문이다. 그는 큰 소리로 포효하듯 외쳤다.

"어디 가는 거예요?!"

판시엔은 나무문 손잡이를 잡으며, 고개를 돌리지도 않고, 피곤한 목소리로 대답했다.

"집에 가서 잘 거야."

판시엔이 태평별원 나무문을 열고 나가니 나무 다리 앞에서 경계를 서고 있는 1처 관원들과, 다리 근처에서 극도의 피로를 억누르며 의연하게 서 있는 흑기병이 보였다. 그리고 다리 건너편을 보니 단풍이 든 수풀 쪽에 황제가 보낸 군대 병사들이 보였다.

밝은 햇빛이 그의 눈에 반사되자, 판시엔은 그제서야 피로와 슬픔이 이렇게까지 사람을 상하게 할 수 있는지를 깨닫고서 어떻게 걷는지도 모르게 대나무 다리를 건넜다. 그리고 이렇게 긴장되고 위험한 순간에 목숨을 걸고 여기까지 와준 수하들에게 몇 마디 명을 전했다.

흑기 부통령과 1처의 관원들은 한참 동안 움직이지 않고 침묵했지만, 판시엔이 자신들을 위해 내린 결정인 것을 알고 있는 그들은 모두 모여 일제히 무릎을 꿇었다. 하지만 그들이 눈앞에 있는 젊은 원장에게 무릎을 꿇은 것인지, 태평별원에 묻힌 늙은 원장에게 무릎을 꿇은 것인지는 알 수 없었다.

그리고 아름답고 조용한 류징허를 따라 서쪽으로 물러갔다.

판시엔은 다리를 건너, 관도 옆의 논밭과 숲에 대기하고 있는 수천의 기병들을 무표정하게 바라본 후, 경계심 가득한 무수히 많은 시선을 받으며 뒷짐을 지고 그들 앞으로 천천히 걸어가서, 쉰 목소리로 말했다.

"척후병과 추격병들의 매복을 치우세요. 저는 제 사람 하나도 다치게 하고 싶지 않아요."

예중은 눈을 가늘게 떴고, 그 눈빛에 차가운 기운이 살짝 스쳤다.

판시엔은 그런 예중을 무심하게 바라봤다. 하지만 그 모습은 마치 판시엔이 예중, 심지어 그 뒤에 포진하고 있는 수천의 기병을 못 본 듯 느껴졌다. 그러다 갑자기 웃었다.

"공작 대인은 아직도 웃음이 나오나 보구만."

"갑자기 대인이나 공디엔도 죽으면 어쩌나 하는 생각이 들었어요.

그때는 폐하 옆에……믿을 만한 고수가 남아 있긴 할까?"

예중은 경국 무력(武力)의 헛점을 한눈에 꿰뚫어 본 판시엔의 말에 순간 움찔했다. 큰 홍 태감, 친씨 부자(父子), 백여 명의 8품 황실 비밀 호위들 모두……황제의 모략과 의심 때문에 사라졌기 때문이다. 경국의 철기병은 여전히 천하 무적이었지만, 정예병들 간의 정면 싸움을 이끌만한 이는 경국에 더 이상 없었다.

그것이 추밀원 정사 예중이 친히 군을 이끌고 여기 온 이유였다.

"천하의 강자들은 모두 제 손에 있어요."

판시엔은 예중의 눈을 보고 또박또박 말했다.

"전 폐하께서 대인에게 내린 성지가 무엇인지 모르겠지만, 만약 척후병과 기병들을 물리지 않으면, 대인이 상상하지 못한 장면이 펼쳐질 겁니다."

"폐하께서 담박 공작에 대해서는 어떤 성지도 내리지 않으셨네. 하지만 흑기병들과 1처 관원들은……경국 법률을 위반하고 반역에 가까운 행위를 했는데, 자네가 생각하기에 그들을 살려주어야 마땅한 것인가?"

"그들의 생명은 제가 보호합니다."

판시엔은 지금 정말 이런 피곤한 대화를 계속하고 싶지 않았다.

"전 지금 매우 힘들게 저의 감정을 통제하고 있어요. 대인도 제가 정말 미치는 것을 보고 싶지 않으실 거라 믿구요. 정말 제가 돌면, 대인에게나 저에게나, 경국 조정의 관원들에게나 징두 백성에게나, 심지어 황실에 계신 '그분'에게도 좋은 점이 없잖아요."

판시엔은 견디기 힘든 듯, 몸을 살짝 굽히며 이어 말했다.

"대인은 저의 한계점을 아시잖아요. 저 안에 묻힌 늙은이도 그랬고. 감사원은 '우리 사람들'이 다치는 것을 용납하지 않아요."

"나도 아네. 허나, 이건 성지를 거역……난 경국의 신하로서, 경국의 법률을 위반한 관원들을 잡아 죽여야 할 의무가 있어."

"우리 둘밖에 없는데 그런 의미 없는 말은 그만하시죠."

예중은 아주 오랜 시간 고민한 후 진지하게 말했다.

"설령 내가 그들을 놓아준다 하더라도, 흑기병의 체력과 정신력의 소모가 심했는데, 자네가 그들을 서량로의 홍청에게 보내든, 동이성의 대황자 전하에게 보내든, 가는 길에 주(州)군에게……."

예중은 말을 하다 저도 모르게 멈췄다.

'그런데 판시엔은 어떻게 징두에 무사히 올 수 있었지? 그동안 각 주(州)의 병사들은 뭘 한 거야?'

"대인만 손을 쓰지 않으면, 주(州)군들은 제 사람을 막지 못해요. 저만 대인을 따라가면, 폐하께서도 대인에게 뭐라 하지 못하실 겁니다."

"일리가 있네. 자네만 징두로 돌아간다면, 폐하의 분노도 많이 사그라들 거야."

"보세요. 얼마나 간단해요."

판시엔은 무심하게 이 말을 던지고 몸을 돌려 옌빙윈이 타고 온 마차에 올라탔다. 그리고 장막을 내린 후 두 눈을 감았다.

마차가 천천히 움직였고, 정양문으로 들어갔고, 조용하고 스산한 거리를 지나갔다. 판시엔이 천천히 눈을 뜨고 마차 밖을 향해 무심하게 물었다.

"입궁하는 거예요?"

"아니네. 그런 성지는 없었네. 단지 자네가 징두를 벗어나게 하지 말라는 말씀만 하셨어."

"아주 좋네요. 그럼 전 집으로 갈게요."

판시엔은 마부에게 몇 마디 말을 건넨 후 다시 두 눈을 감았다. 마차는 시장 입구 갈림길에서 남쪽으로 방향을 틀었고, 예중은 기병을 나눠 일부를 따라 보냈다. 비밀리에 마차를 감시하던 인물들도 따라붙었지만, 정작 예중 본인은 갈림길에 멈춰 서서 조금도 움직이지 않았다.

예중은 멀어져 가는 마차를 보며 이상하리만큼 심각했다. 사실 그는 판시엔을 징두로 데려왔으니 성지에 따른 명을 이행한 것이었지만, 도무지 마음이 편해지지 않았다. 그것은 흑기병과 1처 관원들을 죽이지 않은 영향도 있었는데, 명확한 성지는 없었더라도 황제가 그 소식을 들었을 때 어떤 분노가 폭발할지 예상할 수 없었기 때문이다.

하지만 그보다 더 신경 쓰이는 것은 판시엔의 침착한 태도였다. 그는 입궁을 해서 폐하에게 해명하지도, 다투지도 않았는데, 사실 그렇게 하는 편이 더 낫다고 예중은 생각했다. 지금의 냉담함은 황제에 대한 분노를 억제하거나 숨기고 있는 것이었고, 더 나아가 황권에 대한 멸시를 담고 있었기 때문이다. 예중은 판시엔이 무슨 배짱으로 이러는 것인지 이해하진 못했지만, 최소한 지금부터 황제와 판시엔의 냉전이 시작되었다는 것은 명확히 알고 있었다.

어쩌면 지금 상처도 다 낫지 않은 황제는, 자신의 아들이 귀찮게 찾아와서 해명하고 소리지르길 바라고 있는지도 몰랐다. 하지만 판시엔은 이런 모든 황제의 기대와 희망을 냉담함으로 짓이겨 버리고 있었던 것이다.

예중은 말의 배를 가볍게 차며 이후 궁에 들어가 보고할 준비를 하기 위해 움직였다. 황실 부자지간의 전쟁에 대해서는 필경 신하가 끼어들 수 있는 일이 아니라 생각했기 때문이다. 다만, 경국 군대의 원수(元帥)인 예중은 이 전쟁이 원만히 끝나기를, 그리고 최대한 수습되기만을 바라고 또 바랐다.

검은색 마차는 판씨 저택 정문 앞에 멈추었다. 거리는 조용했고,

빗물에 젖은 돌사자 두 마리만 눈을 부릅뜨고 분노하며 사방을 바라보고 있었다. 저택 문이 열리며 집안 호위 몇이 뛰어나왔고, 판시엔은 옌빙윈을 보지도 않고 마차에서 내려 주변을 살폈다.

판시엔의 얼굴에 흡족한 미소가 번졌다.

주변에 적지 않은 밀정들이 자신을 감시하고 있음을 알아차렸으나, 더 눈에 띄지 않는 곳에서 자신이 장악하고 있는 감사원 밀정들이 이 모든 상황을 지켜보고 있다는 걸 눈치 챘기 때문이다. 감시와 밀정의 실력만큼은, 조정 전체도 감사원의 적수가 될 수 없었다.

판시엔은 계단을 오르며 막 떠날 준비를 하던 옌빙윈에게 말했다.

"감사원은 이제 내가 관여할 수 없겠네. 원래부터 내가 많이 관여하지도 않았었지. 하지만, 난 네가 더 이상 이전의 실수를 되풀이하지 않았으면 좋겠어. 지금의 감사원이 이렇게 강할 수 있었던 것은, 상벌이 분명해서가 아니라, 서로의 결점과 잘못을 감싸주고 보완해주었기 때문이야."

판시엔은 등을 꼿꼿이 세우며 이어 말했다.

"아마 많은 이들이 하옥되었겠지. 그 늙은이들도 더 이상 처장직을 맡지 못할 것이고……관직을 뺏으려면 뺏되, 그들의 목숨은 최대한 지켜야 해. 만약 그들마저 죽게 된다면, 네가 어떤 방법을 이용해 감사원을 지키고 싶어도, 의미도 없고 하지도 못할 거야. 이해했어?"

이 말과 함께 판시엔은 하녀들의 부축을 받으며 문간을 넘었고, 옌빙윈은 한참 침묵한 후 마침내 고개를 끄덕였다. 판시엔은 그 모습을 보지 못했지만, 옌빙윈은 개의치 않았다.

판시엔은 정원을 지나 후원으로 갔고, 거실에서 따뜻하고 사랑스러운 완알을 보고 최대한 미소를 지으려 노력하며 말했다.

"나 왔어."

완알은 억지로 눈가에 맺힌 눈물을 참아내고 판시엔의 차디찬 손을 꼭 잡고 달콤한 미소를 지으며 말했다.

"왔으면 됐어. 좀 자, 며칠 동안 못 잤을 거 아니야."

"엿새 동안 눈을 못 붙여도 살 수 있는지 나도 몰랐네. 너도 이틀 동안 고생 많았어."

"고생은 무슨……."

완알은 재빨리 그를 부축해 침실로 들어갔고, 손바닥에 핏자국을 보며 가슴이 저며왔지만 아무 말도 하지 않았다. 그를 침대 옆에 앉히고 하인에게 뜨거운 물을 길어 오라 시킨 후, 그의 얼굴을 씻기고 놋대야를 그의 발 밑에 내려놓았다.

완알은 작은 의자에 앉아 그의 신발과 양말을 벗겼는데, 며칠 동안 말을 타고 달려온 그의 발은 이미 양말, 신발과 한몸이 되어 있는 것 같았고, 말등자에 닿아 있던 부분은 핏자국이 선명하게 보였다.

완알은 다시 한번 가슴이 시큰해졌고, 조심스럽게 그의 발을 뜨거운 물에 담궜다. 판시엔은 한숨을 크게 한번 쉬었는데, 너무 편안해서인지 너무 상심해서인지 모를 일이었다. 완알은 그의 발을 씻기며 나지막이 말했다.

"감사원은 포위되어 있어서 사람을 들여보낼 수가 없었어."

"태평별원에 갈 때 1처 관원들이 간도 크게 날 데리고 징두 밖으로 가줬어. 아마 자기가 미리 손을 써 놓은 거겠지. 고마워. 그리고 감사원에 대해서는 너무 신경 쓰지 마. 폐하께서 내가 감사원과 연락하는 것을 허락해 주실 리가 없어."

"뭐뭐가 어제 폐하를 치료하러 입궁했는데, 아직까지……."

"당연하겠지. 폐하께서는 항상 상대방의 약점을 꼭 쥐는 분이잖아. 어쩌면 그 절름발이 늙은이는 약점이 없어서 오늘 같은 상황을 맞이하게……."

판시엔은 다시 천핑핑을 생각하게 되자 얼굴이 굳어졌다. 늙은이의 유일한 약점은 판시엔이었기에, 그를 일찍부터 자신과 떨어뜨리려 노력했고, 늙은이의 약점을 공격할 수 없었던 황제는 결국 모든 분노를 쳔핑핑 그 한몸에 퍼부었던 것이다.

판시엔은 자신도 모르게 말을 하다 잠이 들었다. 자신이 가장 사랑하는 완알의 얼굴을 보자마자 긴장이 풀린 것이다. 그는 고개를 푹 숙이고 발을 대야에 담근 채 잠들어 버렸다. 완알은 그가 잠든 모습을 보고 저도 모르게 눈물이 '뚝뚝' 떨어졌다.

'그렇게 밝고 예뻤던 소년이, 어쩌다 이렇게 가련하게 되었을까.'

판시엔은 만 하루를 자고 겨우 일어났다. 일어나니 여전히 황혼의 빛이 은은하게 창으로 들어오고 있었지만, 익숙했던 모든 것이 낯설게만 느껴졌다. 창가에서는 완알의 목소리가 들렸는데, 하인들에게 무언가를 지시하는 것 같았다. 그는 부드러운 이불을 덮고 있었고, 영원히 일어나고 싶지 않았다. 이곳을 벗어나면, 어제 발생한 일과 앞으로 발생할 일에 대해 고민해야 한다는 것을 알았기 때문이다.

그는 고개를 살짝 돌려 침대 옆의 수건으로 얼굴을 닦고 나서야 자신의 몸이 너무 깨끗한 것을 알아차렸다.

'잘 때 완알이 닦아줬나보다.'

그는 침대에 누워 부드러운 천일도 진기를 천천히 운용하며 몸을 회복하려 했고, 천정에 새겨진 복잡한 장식으로 시선을 옮겼다.

그리고 황실의 '그 남자'를 생각했다.

끝없이 펼쳐진 대지가 너무 깨끗하다. 온통 눈으로 덮여 있고, 그 깊이조차 알 수 없다. 저 멀리 지평선 끝으로 높디높은 설산이 우뚝 서 있다. 높이가 얼마인지 모르겠지만, 높이 솟은 산봉우리가 구름속으로 들어가 있어, 마치 하늘의 보검을 거꾸로 꽂아 놓은 듯 보인다.

판시엔은 고개를 숙인다. 자기의 두 발이 눈 속에 파묻혀 있다. 그런데 이상하게 아무런 통증이 느껴지지 않고 눈꽃 하나 하나의 촉감만 느껴진다.

'신기하네.'

판시엔이 다시 고개를 들어 높은 산을 바라볼 때, 설산에 반사된 한 줄기 햇빛이 눈을 찌른다.

천하가 너무 밝다. 마치 구름 위에 태양이 아홉 개 있는 것처럼 보인다. 판시엔은 자신이 얼마나 설원을 걸었는지 모른다. 5일? 6일? 그는 지금까지 눈을 붙인 적도 없고, 이 하늘도 어두워졌던 적이 없다.

'이곳은 낮과 밤의 구분이 없나?'

"내가 저번에 왔을 때, 처음부터 계속 어두운 밤이더니, 어느 날 갑자기 눈을 뜬 순간부터 밝아졌지."

'누구지?'

판시엔은 고개를 돌린다. 오랫동안 보지 못한 얼굴. 창백한 얼굴에 건강해 보이지 않는 홍조를 띤 모습은 분명 마황환을 먹은 부작용일 터.

'당신은 죽지 않았었나?'

"신묘는 저 설산에 있어요?"

"그래, 그곳이 인간 세상의 성지(聖地)지. 범인(凡人)은 갈 수도 없는 곳이야."

샤오은은 이 말과 함께 탄식을 한다. 그의 얼굴이 무수한 조각으로 변하면서 눈 위로 떨어져 흔적도 없이 사라진다.

판시엔은 쪼그리고 앉아 손이 붉어질 때까지 눈을 판다. 샤오은에게 할 질문이 남았기 때문이다. 하루 종일 팠지만, 그 구덩이는 점점 더 깊어졌지만, 어떠한 흔적도 찾을 수 없다.

그때 하나의 그림자가 그의 곁으로 다가온다.

삼베옷을 입고 삿갓을 쓴 이가 구덩이 옆에 앉아 깊이를 알 수 없는 바다와 같은 눈으로 설산을 바라본다.

"신발은 어디갔어요? 내 신발은 또 어디갔지?"

판시엔은 자신과 그의 발을 번갈아 바라보다 고개를 들어 그가 대머리인 것을 확인하고 웃으며 말한다.

"쿠허? 당시 신묘에 왔을 때, 당신과 샤오은이 인육을 먹었다는 것을 전 알고 있어요."

"신묘는 신성(神聖)한 곳이 아니야. 버려진 사당일 뿐이다."

"세상 사람들은 당신이 신묘를 숭배하는지 알아요. 신묘 앞 돌계단에서 몇 개월 동안 무릎을 꿇고 절을 한 뒤 절대 경지에 올랐다고."

"하지만 넌 진상(眞相)을 알지 않느냐?"

쿠허는 고개를 돌려 판시엔의 눈을 보며 말을 잇는다.

"이 세상에서 이길 수 없는 힘이란 게 있느냐?"

이 말과 함께 쿠허도 사라진다. 하지만 이어서 그가 사라진 자리에 왜소한 검성 대종사가 나타나 판시엔에게 화를 내며 꾸짖듯이 말한다.

"나의 유골은? 나의 유골은!"

'아 맞다. 잊어버리고 있었네. 그의 유골을 화장하고 남은 재를 신묘 돌계단에 뿌려 주기로 했는데.'

"저 산은 너무 높고 차가워요. 제가 가까이 갈 수가 없어요. 당신 유골을 들고 왔더라도, 뿌려주지는 못했을 거예요."

"변명! 그건 비겁한 변명이야!"

스구지엔이 검을 한번 휘두르자, 천지에 눈꽃이 인다.

판시엔은 얼굴이 하얗게 변하며 최대한의 진기를 운용하여 죽기 살기로 설원을 지나 영원히 정복할 수 없을 것 같은 설산으로 도망친다.

잠시 후, 검은 점 하나가 천천히, 안정적으로 설산을 향해 걸어가고 있는 것을 발견한다. 판시엔은 너무 기쁜 나머지 저도 모르게 소리를 지른다.

"삼촌! 기다려!"

우쥬는 이 말을 듣지 못하는 것 같다.

그는 묵묵히, 냉랭하게 산을 향해 나아간다.

스구지엔의 검이 판시엔의 등까지 다가온다. 한 떨기의 검꽃이 무수한 꽃잎이 되고, 꽃잎 하나 하나가 검처럼 판시엔의 가슴에 박힌다.

견딜 수 없는 극도의 고통이다. 그는 바닥에 쓰러지고 그의 빨간 피가 하얀 설원을 물들인다. 곧 얼어버릴 붉은 피의 꽃.

판시엔은 우쥬가 무심하게 설산을 향해 걸어가는 것을 본다.

설산은 여전히 높고 차갑다.

참기 힘든 고통이 가슴에 박힌다.

고통이 절망과 공포의 신호를 머리에 전달한다.

"헉!"

판시엔이 깼다.

그는 발버둥치며 일어나 앉았는데, 식은땀에 흠뻑 젖어 있는 자신을 발견하였다. 그리고 무의식적으로 가슴을 만졌다. 다행히 약간의 통증 외에는 아무 상처도 만져지지 않았다.

깊은 밤. 그는 해질녘에 깬 후 천정을 보았던 기억이 마지막이었는데, 그 후 저도 모르게 다시 잠이 든 것 같았다.

악몽이었다. 판시엔은 숨을 헐떡이며 이마의 식은땀을 닦았다. 그는 꿈속의 대설산이 무엇을 의미하는지 알고 있었다. 사실 그 사람은 대설산보다 높고 차가웠다.

하지만 그는 그 산을 올라가야 했다.

황궁 어서방에서 황제가 천천히 눈을 뜨고 잠에서 깨어났을 때, 그는 탁자 위에 올려진 등불을 보고서야 밤이라는 것을 알아차렸다. 그의 눈빛은 차가웠는데, 그는 꿈에서 자신이 차갑고 고독한 설산 위에 서 있었던 기억이 떠올랐기 때문이었다.

산 아래의 설원에는 무수한 백성들이 자신을 숭배하고 있었지만, 자신의 주위에는 아무도 없었고, 자신은 그저 설산처럼 외롭고 차갑게 서 있었다. 그리고 산 아래 백성들은 곧 얼어 죽어 시체로 변할 것 같았다.

황제는 다시 눈을 감았고, 꿈에서 자신을 차가운 눈빛으로 바라보던 그 눈동자를, 익숙한 '친구'의 눈동자를 떠올렸다. 그리고 한참 동안 말을 하지 못했다.

"짐은 얼굴을 닦고 싶다."

"네."

야오 태감이 어서방 문을 나가기 전에 나지막이 보고하였다.

"예중 대인이 밖에서 기다리고 있습니다."

황제는 귀찮은 듯 손을 '휘휘' 저었다.

어서방 문이 굳게 닫혔다. 그리고 야오 태감이 나가자 황제가 난데없이 입을 열었다.

"며칠 동안 고생했는데 후궁으로 가서 쉬어라."

후궁?

어서방은 황제를 제외하고는 최측근 태감만 들어갈 수 있었고, 일전에는 작은태감 홍쥬가 총애를 받아 어서방에 있긴 했지만, 지금 어서방을 드나들 수 있는 사람은 야오 태감뿐이었다.

하지만 오늘은 아가씨 한 명이 더 있었던 것이다.

판뤄뤄. 그녀는 자신에게 아무도 말을 해주지는 않았지만, 지금 자신이 황궁에 있어야 한다는 것을 알고 있었다. 그런데 신기한 것은 태감이나 대신들이 어서방에 와서 보고할 때에도 황제는 그녀를 어서방에 남겨서 모든 것을 듣게 해 준 것이다. 그리고 그는 시간이 날 때마다 그녀와 함께 천하의 경치에 대한 이야기 등 편한 한담을 나누었다.

"걱정할 것 없다. 안쯔는……짐을 오해하고 있을 뿐이니, 몇 일 후 내막을 알게 되면 괜찮아질 것이다."

황제의 이 말은 진심이었다.

진심으로 판시엔을 오해하고 있었다.

"폐하의 말씀이 지당합니다."

"안쯔는 지금까지 자고 있는 듯 보인다. 징두 오는 길이 많이 힘들었을 터."

뤄뤄는 고개를 들고 살짝 입술을 다물었는데, 그녀는 근본적으로 어떻게 대화를 이어가야 할지 몰랐기 때문이다.

'오라버니가 집에 자고 있더라도, 편하게 잘 수는 없을 텐데, 폐하의 이 말씀은 어떤 의미일까?'

"물러가지 않을 거면, 짐에게 청산에 있을 때 일들을 말해 보거라. 짐은 한번도 북제 땅을 밟지 못해서 아쉬웠다. 물론, 조만간 짐이 청산을 직접 눈으로 확인하겠지만."

뤄뤄는 공손하게 대답했다.

"청산은 매우 아릅답습니다. 그리고 천일도의 사형과 사제들은 저에게 매우 잘해줍니다."

"넌 경국의 백성인데, 안쯔가 당시 무슨 계략을 꾸며 쿠허가 널 제자로 받았는지 모르겠지만, 북제인들이 너를 바라보는 눈초리가 곱지만은 않을 텐데."

뤄뤄는 자연스럽게 웃으며 대답했다.

"폐하께서 보신 게 정확합니다. 처음엔 확실히 그랬습니다. 다만, 이후에 스승님이 챙겨 주시고, 하이탕 사매가 돌아온 후로는 괜찮아졌습니다."

"하이탕? 안쯔는 그녀를 어떻게 하려는 것이냐?"

'이건 집안 어른과 하는 대화인가?'

뤄뤄는 순간 어리둥절했지만 이내 깨닫게 되었다. 황제는 나이가 들었고, 고독했고, 외로운 것이었다. 그는 아버지의 입장에서 아버지의 대우를 받고 싶어하는 것이다. 그래서 자신과 대화를 하고 싶은 것이고, 특히 오빠에 대해 더 많이 알고 싶어 하는 것이었다.

황제와 어린 여자와의 일상적인 대화는 이렇게 평온하지만 다소 이상하게 진행되었고, 황제의 마음은 많이 편해진 듯 보였다.

어서방의 문이 다시 열리고, 야오 태감과 함께 들어온 작은태감 둘이 뜨거운 물이 담긴 황동대야를 들고 있었다. 황제는 뜨거운 수건을 받아 얼굴을 닦았는데, 갑자기 가을비가 오던 그날 셋째가 손을 벌벌 떨면서 공포 가득한 얼굴로 자신을 바라보던 기억이 떠올랐다.

마치 몇 년 전 태자 청치엔처럼.

황제는 순간 화가 치밀어 올라 수건을 바닥에 던지며 말했다.

"왜 이렇게 오래 걸렸나?"

야오 태감이 무릎을 꿇으며 떨리는 목소리로 대답했다.

"보고를 받고 오느라 시간이 좀 지체되었습니다."

"말하라."

"황실에서 판씨 저택을 감시하러 보낸 밀정들이……."

야오 태감은 뤄뤄를 힐끔 보고 다시 고개를 숙였다.

"열넷인데……모두 죽었습니다."

황제는 차가운 얼굴로 몸을 꼿꼿이 세우고 침묵했다.

뤄뤄는 등골이 서늘해졌다.

'오라버니는 도대체 무슨 생각인 거지? 황제를 자극하는 건가?'

황제는 한참 후 입술이 살짝 올라가며 조롱의 웃음을 짓더니, 이내 침착한 얼굴로 명했다.

"계속 보내라. 짐의 천하에 백성이 수만 수억인데, 그가 모두 죽일 수 있겠는가."

판씨 저택 문이 열리고, 밤이었지만 등불이 높게 달려 있어 징두 남쪽 거리를 마치 대낮처럼 밝혀 주고 있었다. 또 그 불빛은 정문 앞의 긴 의자에 앉아 있는, 전신이 피로 물든 담박공 판시엔을 또렷하게 비추고 있었다.

그의 옆에는 선혈이 묻은 천자의 검이 있었고, 그는 하인이 가져다 놓은 뜨거운 물에 손을 두어 번 씻었다.

맑은 물이 순식간에 빨간 핏물로 변해 버렸다.

이 모든 장면은 소식을 듣고 달려온 징두 관아 부윤 순징슈, 형부 시랑 그리고 황실 태감의 눈에 똑똑히 보여졌다.

판시엔이 그들을 죽인 것은 살인을 좋아해서가 아니었다. 그들이 판시엔과 감사원 심복 관원들의 연락을 감시, 통제하고 있었기 때문이다. 판시엔의 1차적인 판단은 그가 감사원과의 연락을 유지할 수만 있다면, 아무리 황제라 하더라도 그가 감사원의 역량을 한데 모으는 것을 막지 못한다는 것이었다.

그리고 그가 이런 결심을 한 데에는 또 다른 소식이 있었기 때문이다. 감사원 감옥에서 네 명이 교수형에 처해졌다. 그들은 8처의 처장들은 아니었지만, 천 원장이 감옥에 갇힐 때 필사적으로 뛰어든 이들이었다. 판시엔은 냉소를 지으며 생각했다.

'옌빙윈이 필사적으로, 그런 식으로 감사원을 지키려 한다고?'

이 장면을 지켜보던 형부 시랑이 구겨진 얼굴로 순징슈를 보며 나지막이 물었다.

"순 대인, 이게 무슨 일입니까? 대인이 공작 대인에게 가서 좀 여쭤 보시는 게……."

순징슈는 판시엔 사람이었다. 판시엔이 실각하면, 그도 무너진다. 하지만 더 문제는 순징슈조차 판시엔이 왜 이렇게까지 황제와 척을 지는지 이해를 하지 못했다. 그는 몸을 숙인 채 정문으로 걸어가 정중하고 숙연하게 예를 올린 후 몇 마디 물었다.

판시엔은 냉담한 표정으로 몇 마디 대꾸했다. 순징슈가 묵묵히 다시 자리로 돌아오자, 형부 시랑이 황급히 물었다.

"공작 대인이 뭐라고 말씀하시던가요? 이렇게 거리에서 살인을 하는 일이 작은 일은 아니잖아요? 태상사 쪽에도 설명을 해야 하고."

"이렇게 말씀하셨네. 최근 징두가 시끄러워서 감사원이 조사했더니, 아이를 유괴하는 자가 있다는 소문이 들려, 걱정이 되어 주변 거리를 돌아봤는데 이상한 사람들을 발견했고, 그들에게 몇 마디 물었을 뿐인데 흉기를 들고 위협해서 어쩔 수 없이 죽였다."

이 말을 들은 누구도 믿지 않았다.

"본관도 믿을 수 없지만, 증거도 없지 않은가? 그리고 대인이 죽인 이들은 모두 황실 사람들인데, 황실에서 아직 말이 없으니 경거망동하지 말게."

순징슈는 이 말을 마치고 귀찮다는 듯이 징두 관아 관원들을 데리고 그 자리를 떠났다.

'공작 대인이 대인만 죽지 않으면 우리 집안은 무사할 것이라 했으니 그렇게 믿어야지……운명이야.'

판시엔이 집으로 들어오자 완알은 걱정스러운 표정으로 말했다.

"오늘 자기가 열네 명을 죽였는데, 황실에서 내일 스물여덟 명을 보낼 수도 있어."

"사람을 더 많이 죽이면, 더 공포스럽겠지."

"하지만 폐하께서 정말 자기를 굴복시키려 하면, 방법은 많아."

"그가 누이를 황궁에 남겨서 내가 징두를 벗어나지 못하도록 압박했지. 하지만 정말 날 굴복시키려면, 날 황궁에 가둬야 할 텐데, 내가 옆에 있는 그런 위험한 상황을 폐하께서 자초하실까?"

판시엔은 이 말을 하며 부드러운 미소와 함께 말을 이었다.

"자기가 슈닝과 량을 징두 밖으로 보낸 건 정말 잘했어. 아니었다면, 손발이 정말 묶일 뻔했어."

"하지만 뤄뤄는 아직 궁에 있고, 두 아이들도 징두에서 그렇게 멀리 있지 않고……."

"그러니까 내 사람들과 연락이 끊기면 안 돼. 그리고 스스와 아이들은 딴저우로 몰래 보낼 방법을 생각해 보자. 그리고 뤄뤄는……아마 괜찮을 거야. 내가 오늘 폐하의 존엄에 정면으로 도전해 본 것은, 그가 어디까지 갈 수 있는지를 보고 싶은 거였어."

"황제 삼촌이 정말 자기를 엄하게 다스릴까 걱정 안 돼?"

"폐하의 모든 조치는 감정적인 것과 상관없어. 단지 이익만 따질 뿐. 내가 생각하는 게 맞다면, 폐하께서 분노는 하겠지만, 날 막다른 골목으로 몰 수는 없어."

판시엔은 분명하게 말을 이었다.

"아이들, 뤄뤄 그리고 자기. 이것들이 나의 한계선이지. 만약 폐하께서 그것을 건드린다? 그렇게 되면, 돌아올 수 없는 강을 건너는 거야."

완알은 이해할 수 없다는 표정으로 상공을 바라보았다.

"난 지금까지 적을 과소평가한 적도 없지만, 내 자신도 과소평가하지 않아. 폐하께서 나와 척을 지든, 나를 죽이든, 모두 폐하와 경국에 감당할 수 없는 손실이 발생할 거야. 그 혼란을 수습하기가 쉽지 않지."

판시엔은 냉철하게 말을 이었다.

"만약 내가 죽으면, 동이성은 어떻게 하지? 검려 제자들이 성문화된 협의에 신경이나 쓸까? 대황자는? 그 아래의 1만 군사들은? 천핑핑이 죽고, 나마저 죽으면, 큰 형님은 절대 부황의 말을 듣지 않을 거야. 만약 닝 재인을 인질로 삼아 큰 형님을 위협하면? 닝 재인은 이미 천핑핑의 선처를 빌 때 죽음을 각오했어. 그녀는 만약 그런 상황에 처하면, 그녀가 먼저 목숨을 끊을 거야. 윈즈란도 바보가 아니니 만약 그런 상황이 오면 대황자와 손을 잡고 동이성을 독립시켜 버릴 거야."

"만약 내가 죽으면, 딩저우의 홍청은 어떤 반응을 보일까?"

"만약 내가 죽으면, 강남은 어떻게 될까? 샤치페이가 날 배반한다? 그 상황에서도 강남을 혼란에 빠트릴 방법은 많아."

"만약 내가 죽으면, 감사원은? 말할 것도 없지."

"봐봐, 폐하께서 정말 나와 척을 진다? 날 죽인다? 그럴 마음이 드실까? 아니 폐하께서 '감히' 그럴 수 있을까?"

판시엔의 패는 더 있었지만, 더 이야기할 필요가 없다 생각했다.

그는 '감히'라는 말을 쓸 정도로 자신감이 있었기 때문이다.

어머니의 유산을 받고, 수많은 사람들의 보호, 특히 황제의 수년간의 총애와 신념, 거기에 늙은 괴물 대종사들의 지원과 기대가 더해져, 이 세상에서 강력한 경국의 위대한 황제와 어깨를 겨룰 수 있는, 그러면서도 조금도 양보할 필요가 없는 '대인물'이 태어났다.

평소에는 아무도 이 점에 주목하지 않았지만, 몇 년 간 경국과 천하에 내린 풍파와 비바람이 판시엔이라는 기형적 존재를 만들어 버린 것이었다.

"그럼에도 불구하고, 아직 자기가 폐하를 과소평가하는 것 같아."

완알은 한참 침묵한 후 조용히 입을 열기 시작했다.

"폐하께서는 경국을 위해, 천하를 위해서 자기가 불경한 것까지는 용납하겠지만, 만약에 폐하께서, 자기가 정말 폐하에 대한 어떠한 감정도 남아 있지 않다는 것을 알게 되시면, 많은 것을 고려하지 않고 그냥 자기를 없애 버리실 거야."

"설령 하늘이 폐하를 버리는 상황이 오더라도, 폐하께서는 여전히 용기와 실력을 지니고 다시 한번 천하를 힘으로 정복하시려고 할 거야. 그런데 하물며 상공은? 기껏해야 폐하의 천하에, 회복하기는 쉽지 않겠지만, 상처 몇 개 내는 것뿐이야."

완알은 부드러운 손길로 초췌하고 창백한 판시엔의 얼굴을 쓰다듬으며 말했다.

"나 생각하지 말고, 우리 아이들 생각하지 말고, 무슨 일을 하든 자기를 생각하고 해."

판시엔은 침묵했다.

그리고 혼자만의 생각에 빠졌다.

'어떻게 하면 거대한 설산을 무너뜨릴 수 있지? 어떻게 대종사를 때려눕힐 수 있을까? 하이탕? 13랑? 아니면……내가? 아니 이 세상에 그럴 수 있는 사람이 있긴 있는 건가?'

판시엔은 갑자기 우쥬 삼촌이 그리워졌다. 그의 쇠막대기가 그리운 것이 아니었다. 사람은 누구나 자신이 힘들고 암담해질 때, 자기와 가장 친한 사람들이 그리워지지 않는가.

다음 날, 판씨 저택 대문이 또 열렸고, 예상과 같이 황실에서는 더 많은 밀정들을 보내왔다. 황제는 어서방에 편하게 앉아, 언제나 그래왔듯이, 판시엔의 시간을 소모하게 만들면서, 판시엔을 구워 삶을 솥 안 물의 온도를 점점 높이고 있었다.

오늘 솥 아래 놓여진 큰 장작은, 다이 공공이 가져온 성지였다.

판시엔은 성지를 들었지만, 이미 다 예상한 듯 평온했다.

"하늘의 뜻을 이어받아, 황제가 명하니……판시엔의 감사원 원장직을 박탈하고……판시엔은 자택으로 돌아가 조용히 심사숙고하고……근신하라!"

판씨 저택의 하인들은 적지 않게 놀랐지만, 판시엔은 무심하게 일어나 성지를 받아 옆에 있는 집안 문객에게 전해주고는 제대로 읽어보지도 않았다.

"차라도 마시고 가."

판시엔은 다이 공공에게 온화한 얼굴로 말했을 뿐. 다이 공공은 불안하고 난처한 표정을 감추지 못하고 재빨리 대답했다.

"종은 급히 궁으로 돌아가야 합니다."

다이 공공은 떨리는 목소리로 말을 덧붙였다.

"폐하께서 일시적으로 화가 나신 것뿐이니, 며칠 지나면 괜찮아지실 겁니다."

판시엔은 그저 웃으며 그의 어깨를 가볍게 쳤다.

"너도 다른 생각하지 마. 폐하께서 너의 손에 성지를 맡기는 중요한 임무를 맡기셨으니, 아직도 너를 신임하시는 거야."

다이 공공은 공손하게 예를 올렸다.

"근데, 뭐뭐는 잘 지내?"

"판씨 아가씨는 잘 지냅니다. 어서방에서 정사를 들으시는데, 폐하께서도 그녀에게 매우 잘해 주십니다."

'황제의 생각이 뭐지? 뭐뭐가 인질같이 보이진 않네.'

다이 공공이 떠나자 판시엔은 뒤에 있는 완알에게 말했다.

"이제 시작되었네. 그래도 내가 가진 직위가 너무 많아, 폐하께서

다 빼앗으려 해도 시간은 제법 걸릴 거야. 오늘로 보아 하니, 폐하께서도 조정에 혼란을 주지 않기 위해, 천천히 하나 하나씩 박탈하실 거야. 그리고 내가 자연스럽게 죄를 인정하고 고개를 숙이길 바라시겠지. 다만, 폐하께서 아직 감사원을 잘 모르시는 것 같아. 그 늙은이가 감사원을 맡은 이후로, 많은 관원들이 황권을 무서워하기는 하지만, 더 많은 관원들이 성지를 인정하지 않거든. 감사원의 전통을 더 중요시하지."

완알은 여전히 이해가 되지 않았다.

'감사원과 연락한다, 왕치니엔 조직과 연락한다……그래 봤자 한 번 정도 하는 거지 지속적으로 통제도 못하는데, 무슨 문제를 해결할 수 있다는 거지?'

"나의 심복들의 능력은 대단하지. 그들은 연금되어 있는 나를 대신해서, 더 대단한 사람들과 연락을 할 거야."

이날, 판씨 저택 밖에서 20여 명이 죽었다.

다음날, 판시엔은 내고 전운사 정사직을 박탈당했다.

그날 밤, 판시엔은 우물 정(井)자 모양의 판씨 저택 주변 골목의 모든 밀정들을 다 죽였다.

셋째 날, 판시엔을 엄중히 꾸짖는 성지가 내려와, 판시엔의 일등 공작 작위를 박탈했다. 강등이 아니라, 전체 작위의 박탈이었다.

7일 후, 판시엔은 아무것도 남지 않았다. 이날부터 판시엔은 어떠한 관직도, 어떠한 명의상의 권한도, 단 한 푼의 봉록도 없었다. 하나 이상한 것은, 그의 태학 교수 자격은, 비록 교수직은 아무런 권한도 권력도 없었지만, 3등급 내려갔을 뿐 황제가 그것을 완전히 빼앗아 가지는 않았다는 것이었다.

그리고 관건은, 판시엔이 하옥되지 않았다는 것이다.

그래서 대신들은 아직도 부자지간의 냉전이 어떻게 결말이 날지 예상하지 못하고 그저 불안에 떨고만 있었다. 징두 백성들은 습관적으로 판시엔을 아직 판 대인, 판 원장으로 부르고 있었다. 그리고 그를 동정했다.

판시엔은 문 앞에 서서 아직 비가 내리는 바깥을 보며 생각했다. '황제 늙은이가 나의 파렴치한 대처에 사용할 수단은 더 많을 텐데, 왜 아직 사용하지 않는 것일까? 어떤 숨은 뜻이 있는 것인가…… 혹시 나에게 아직 온정이 남아 있는 것일까?'

판시엔은 생각이 여기까지 이르자 고개를 절레절레 저었다. 설령 황제가 자신에게 정이 남아 있다 해도, 자신의 황제에 대한 마음은 이미 가을비 속에서 모두 식어 버렸기 때문이다.

판시엔이 몸을 돌려 집 안으로 들어가자, 음식을 배달하는 마차 한 대가 판씨 저택 옆 골목으로 들어가 옆문을 통해 들어갔다. 물론 이런 마차도 가장 가혹한 검사를 받았다. 심지어 배추 한 포기, 무 하나도 검사를 받아야 했다.

검사를 하는 이들은 명석한 관리들이었다. 그들은 황실의 밀정이 아니고 관아의 관리들이었기에 판시엔도 이들을 괴롭히지는 않았다.

마차는 저택으로 들어가서 부엌 앞에 섰으며, 집사와 하녀들이 나와 고기, 채소, 과일 등을 나르기 시작했다. 하지만 그들조차 마부가 조용히 부엌을 거쳐 뒷마당으로 나간 후 서재로 들어간 것을 눈치채지 못했다.

"원장 대인을 뵙습니다."

"진짜 닮았네?"

완알은 놀라서 입을 가리며 말했다.

"북제에서 한 번, 징두에서 한 번 나를 크게 도와준 관원이야."

마부는 난처해하며 몸을 일으켜 직접적으로 말했다.

"최근 저택 밖의 경계가 심해, 쉽게 움직이지 못했습니다."

"잘 했어. 목숨보다 더 소중한 건 없어. 오늘은 좀 경계가 느슨해진 것 같으니 한번 나가볼까?"

"대인, 그래도 너무 위험합니다."

"안 돼. 이건 내가 해야 해."

판시엔은 말은 이렇게 했지만, 왕치니엔이 너무 그리워졌다. 만약 풍자쟁이, 만담꾼 그가 있었으면, 지금 그가 이렇게 모험을 하지 않아도 되었기 때문이다. 물론 인생이 더 즐겁기도 했을 것이고.

"참, 그런데 생각보다 쉽게 여길 들어왔네?"

"야채 시장을 관할하는 검사관이 직접 검사를 맡아 주었습니다."

판시엔은 이 말을 들으며 흐뭇한 미소를 지었다. 관원이 말하는 검사관은 다이 태감의 조카였다.

'아직 내 편이 많이 있어.'

징두의 외진 주택가, 눈에 띄지 않는 허름한 저택. 작은 뜰과 본채 하나 밖에 없는 이 저택에서는 바깥 골목의 채소 파는 소리도 뚜렷하게 들렸다. 마부로 위장하고 나온 판시엔은 정원으로 휙 몸을 날려 들어왔고, 저택 안에는 낯익은 얼굴들이 많이 눈에 띄었다.

왕치니엔 조직의 가장 비밀스러운 집결지.

판시엔의 가장 가까운 심복. 그의 눈과 귀가 되어주고 팔과 다리가 되어주는 사람들. 그들에게 판시엔은 자신의 뜻과 의지를 전달해 주어야 했다. 그것이 직접 움직여야 하는 이유였다.

조직원들은 차분하게 예를 올린 후, 감사원 내부 상황을 최단 시간에 보고했다. 7일 동안, 감사원 밖을 지키던 추밀원 소속 군대들은 이미 대부분 철수했고, 감사원 내부의 물갈이 작업도 황실의 의도대로, 옌빙원의 협조로 빠르고 효율적으로 진행되고 있었다.

옌빙원의 언급에도 판시엔은 반응이 없었다. 보고하던 관원은 고개를 저으며 계속 보고했다.

"봉쇄가 처음 풀린 날, 서량로와 민북 내고로 사람이 출발했습니다. 덩즈위에 대인과 수운마오 대인은 아마 가장 빨리 소식을 전해들을 것입니다."

북제, 서량로 그리고 내고. 판시엔에게 핵심적인 지역들이었다. 물론 황제가 그들을 내쫓을지는 아직 모르지만, 최소한 그들이 눈뜨고 당하게 할 수는 없었다. 그래서 판시엔은 관원의 보고를 받고 다소 안심하며 아무도 없는 옆방으로 자리를 옮겼다. 그곳에는 감사원 밀지 봉투와 함께 한 벌의 문방사우가 놓여있었다. 그리고 내고에서 만든 연필도 있었다.

하지만 판시엔은 아무것도 쓰지 않았다. 한참을 고민했지만 어떤 방식으로든 흔적을 남기는 것이 좋지 않다 판단했기 때문이다.

왕치니엔 조직원 모두 조용히 판시엔의 명을 기다리고 있었다.

"이 집을 나가 바로 징두를 떠나고, 나의 서신 명령이 없으면 돌아오지 마."

판시엔은 심복들을 하나 하나 훑어본 후 말을 이었다.

"첫 번째 명이다. 반드시 살아남아라."

"네."

판시엔은 우선 다른 사람들을 물리고 두 명만 남겼다. 판시엔은 그중 하나에게 품에서 꺼낸 옥고리를 건네주며 말했다.

"넌 칭저우로 가라. 4처 사람들은 접촉하지 말고, 샤치페이 하명기 상단을 따라 초원으로 들어가 후거라는 사람을 찾아. 그리고 그에게 늦은 가을쯤에 경국을 공격하라 해. 진짜 공격이 아니라 그런 척만 하라 해. 칭저우와 딩저우의 군대만 서량로에 붙잡혀 있으면 되니까."

"좌현왕이 죽고, 후거 세력이 그 이후로 많이 성장했지만, 그 정도의 역량이 될지 모르겠습니다."

"거짓 공격일 뿐이야. 그리고 역량 문제는……내가 서호 왕장 내 사람 하나를 움직여, 왕장이 그를 지원하게 해 줄 거야."

"허나, 이미 징두 상황이 초원에도 전해졌을 텐데, 후거가 대인이 실세(失勢)한 것을 알고도 대인 편에 서려 할까요?"

"후거는 내 편에 설 거야."

판시엔은 그 관원의 손에 있는 옥고리를 보며 이어 말했다.

"옥고리의 주인을 살리고 싶어할 테니까."

그 관원은 더 말하지 않고 옥고리를 품에 넣고 방을 나갔다. 판시엔은 인사도 하지 않고 재빨리 남아 있는 관원에게 말했다. 시간이 없었기 때문이다.

"넌 딩저우로 가. 대장군 저택으로 가서 세자 훙청을 찾아."

판시엔은 이 말과 함께 품에서 종이 한 장을 꺼내 그에게 건넸다. 그 종이에는 고시(古詩) 한 편이 쓰여 있었다.

"이건 신물(信物)이야. 그는 징두 소식을 벌써 들었을 테니, 감사원 요패나 왕치니엔 조직 요패도 믿지 않겠지만, 이걸 보면 네가 내 사람인 것을 믿을 거야."

이 종이는 옛날 시집에서 찢은 것이었다. 그건 몇 년 전에 판시엔이 처음 완알과 창산에 요양하러 갔을 때, 2황자가 그에게 선물한 시집이었다.

"훙청에게 방금 전 내가 후거에게 시킨 내용을 전달해줘. 그는 내 뜻을 알아차릴 거야. 그리고 그가 징두로 불려오는 상황은 어떻게든 막으라 그래. 그리고 후거와 협력은 하되, 진짜로 서만족에게 지지는 말라고 전해주고."

"네, 대인."

그 관원도 명령을 받자마자 바로 방을 나갔다.

그렇게 사람들이 들어갔다 나갔다를 반복했고, 그때마다 판시엔은 빠르게, 하지만 조리있게 명을 내렸다.

"넌 동이성으로 가서 무평알을 찾아. 제후국인 량(梁)국의 반란 상황을 좀 더 끌고가라 전해줘. 바로 진압하지도 말고, 너무 놔두지도 말고. 그저 적당히 시간을 끌라 해."

"그리고 왕13랑을 찾아, 내가 징두에서 기다린다 전해."

"그리고 검려 제자 중 믿을 만한 사람 둘을 골라 내고에 있는 수운마오에게 붙여주라 해."

"그리고 대황자에게는……징두 상황이 괜찮으니 조급하게 돌아오지 말라고만 전해줘."

마지막 말을 하는 판시엔의 미간에 우려의 기색이 스쳐갔다. 홍청과 달리 대황자를 완전히 통제할 수 있을지 자신이 없었기 때문이다. 천핑핑이 죽었고, 그 늙은이는 대황자가 어렸을 때부터 숙부로 생각했던 사람이었다. 심지어 닝 재인과 천핑핑의 관계는 특별했다. 그리고 대황자의 성격도 너무 직설적이다.

그래서 걱정이 깊었다.

'대황자가 친위병 몇 백을 데리고 징두로 무작정 달려오면 안 되는데…….'

"그리고 이 서신을 꼭 전해줘."

그래서 원래 서신을 작성하지 않으려던 마음을 접고, 대황자에게만 서신을 썼다.

정말, 간절하게. 흥분하지 말고, 동이성에 남아달라고.

홍청과 대황자가 징두로 오지 않는 것은 판시엔에게 매우 중요했다. 딩저우 군대, 대황자 수하의 1만 기병은 그 실력을 떠나 판시엔이 움직일 수 있는 유일한 경국 군대였기 때문이다. 그들이 만약 어떤 식으로든 징두로 불려 오면? 황제는 그들의 병권(兵權)을 빼앗고 최소 몇 년 간은 그들에게 다시 주지 않을 것이었다. 그것은 당연히 판시엔과의 관계 때문에, 또 천핑핑과의 관계 때문에.

수운마오는 내고를 책임지고 있었기에 매우 중요했지만, 정작 판시엔이 할 수 있는 것은 그에게 호위 둘을 붙여 주는 것이었다. 그리고 그가 지난 몇 년 간 내고 3대 공장 내에 심복을 많이 길러두었을 거라 기도하는 수밖에.

그리고 강남으로 가는 관원에게는 가는 길에 샤치페이에게 들러 징두에 한번 오라고 전하라 했다. 사실 그가 징두에 와도 시킬 일은 없었지만, 판시엔은 그가 '자신'의 사람인지 '감사원' 사람인지 확인하고 싶었던 것이다.

만약 샤치페이가 그를 버리고 옌빙윈과 협조를 하거나, 아니면 아예 직접적으로 황제에게 충성을 하면 판시엔은 어떻게 할 것인가?

'초상전장을 통해 다시 한번 밍씨 집안 주인을 바꿔야 하나?'

대부분의 관원들이 명령을 받고 나가자 고독하고 초라한 저택이 더욱 휑하게 느껴졌다. 지금 이곳에는 판시엔과 다른 한 명만 남아 있었다.

"왜 이름을 홍이칭(洪亦靑, 홍역청)으로 바꿨지?"

이 사람은 칭저우에서 판시엔과 만난 관원이었다.

"홍창칭이라고 불리우던 관원이 용감하고 정의로웠고, 원장 대인의 총애도 받았다 들었습니다. 딴저우 항에서 그가 죽은 후로 대인이 잊지 못한다 들었기에, 그를 대신해서 대인의 총애에 보답하기 위해 그렇게 지었습니다."

판시엔은 가슴이 저며왔다.

"대신 넌 살아남아야 해."

판시엔은 올라오는 감정을 최대한 억누르며 말을 이었다.

"너에게 줄 임무는 매우 중요하니 잘 들어."

"네, 대인."

"서량로에 이미 두 명을 보냈는데, 덩즈위에는 다 드러나 있는 사람이라 조정에서 감시하고 있을 거야. 설령 그가 도망치거나 잡힌다 해도 할 수 없는 것이지. 그래서 너를 별도로 보내는 거야."

"네."

"넌 초원으로 들어가서, 선우 수비다 왕장으로 가. 그리고 거기서 송즈시엔링이라는 여인을 찾아. 그리고 이 말을 그대로 전해."

판시엔은 그를 보며 한 자 한 자 똑똑히 말했다.

"무슨 쿠허나 도우도우 따위 신경 쓰지 말고, 일단 나 좀 챙겨! 후거를 도와 선우를 설득해줘!"

"네!"

홍이청은 큰 소리에 무의식적으로 깜짝 놀라 큰 소리로 대답했다.

판시엔은 미소를 지으며 덧붙였다.

"그렇게 전해주라고."

홍이청은 조금 안심했지만, 판시엔의 명령을 이해할 수는 없었다.

"그냥 그렇게 전해주고, 너를 선택한 이유는, 넌 그녀를 못 봤지만, 송즈시엔링은 널 본 적이 있어서 그래. 그리고 이 장난감 칼을 가져다주면 널 믿을 거야. 또 하나, 그녀에게 나 좀 보러 오라 전해줘."

"만약에 안 온다 하면 어떻게 합니까?"

판시엔은 잠시 멈칫하다 대답했다.

"그럼 내가 곧 죽는다고 그래. 그래도 안 올 거냐고."

'그녀가 어떤 인물이길래 원장 대인이 이렇게까지……'

그때, 홍이청에게 장난감 칼을 건네는 판시엔의 손가락이 경직되었다. 판시엔은 조용히 자리에서 일어나 뒷문으로 걸어갔다. 그 모습에 홍이청도 비수를 꺼내며 조용히 일어섰다.

아무도 모르는 이 조용한 저택에 갑자기 누군가 나타난 것이다.

'턱, 턱, 턱, 턱…….'

아주 작은 소리였지만, 채소 시장의 북적대는 소리에 감추어져 있었지만, 확실히 발자국 소리였다. 판시엔은 무의식적으로 장화에 손을 넣었지만 이내 쓴웃음을 지었다.

'아……비오는 날 황궁 광장에…….'

홍이청은 긴장하며 뒷문에 귀를 대고 상대방의 움직임을 살폈다.

'똑똑, 똑똑똑, 똑똑…….'

그의 눈이 번뜩였다.

'왕치니엔 조직 암호?'

그 모습을 보던 판시엔의 심장이 '철렁'했다.

'뭐지? 조직 암호가 새어나갔다면……!'

"나네."

홍이청은 누군지 모르는 목소리가 들리자 어찌할 바를 모르며 뒤에 있는 판시엔을 바라보았는데, 그의 얼굴에는 의외로 기쁨의, 또 슬픔의 기색이 어려있었지만 경계심은 전혀 보이지 않았다.

상대방은 자연스럽게 문의 잠금쇠를 열고 들어왔고, 홍이청은 낯선 얼굴에 농부 차림의 그를 보고 당황했지만, 이내 상대방의 익숙한 웃음기 띤 눈빛을 보고 더 당황했다.

'이 분은 대동산에서……돌아가시지 않았나?'

"왕 대인?"

왕치니엔은 홍이청의 어깨를 가볍게 토닥거린 후, 진지하게, 끓어오르는 감정을 최대한 억누르며, 판시엔에게 예를 올렸다.

'획.'

판시엔은 손에 있는 장난감 칼을 홍이청에게 던지며 말했다.

"다음에 더 이야기하자. 언젠가는 다시 만날 날이 있겠지."

홍이청은 마치 귀신이라도 본 듯 여전히 당황하고 있었지만, 감히 더 묻지도 못하고 공손히 예를 올린 후 방을 나왔다.

판시엔은 천천히 왕치니엔 앞으로 와 조용히 그를 쳐다보다, 그를 '꼭' 껴안고 등을 몇 번 세차게 두드렸다. 그리고 떨어져서 그를 보았는데, 피곤에 절은 그의 얼굴을 보며 마음이 시큰해졌다.

판시엔은 왕치니엔을 보고, 왕치니엔은 판시엔을 보고, 그렇게 둘은 말없이 서로를 한참 동안 바라보다, 판시엔이 탄식을 하며 먼저 입을 열었다.

"너무 오랜만이야."

물론 동이성 근처 마차에서 잠시 봤지만, 그때 판시엔은 경황이 없어서, 왕치니엔은 기절하느라 서로 얼굴도 제대로 못 봤었다.

판시엔은 의자를 끌어 그를 앉히며 물었다.

"몇 년 동안, 어디 있었던 거야?"

"사실 징두를 벗어난 적이 없어요. 천 원장 대인 옆에 있었고, 항상 대인이 잘 지내는 걸 보고 있었죠."

판시엔은 '천 원장' 이야기에 한참 침묵하다 입을 열었다.

"내가……너무 늦었어."

왕치니엔은 고개를 숙이고 한참 침묵하다 쉰 목소리로 말했다.

"제가 너무 늦게 알려드렸네요……."

두 사람은 최선을 다 했고, 심지어 둘의 능력을 넘어서게 잘 했다. 판시엔은 재빨리 자책과 슬픔의 분위기를 지우려 화제를 돌렸다.

"가족들은?"

"잘 지내요. 황실에서도 못 찾을 거예요."

"그럼 됐어. 이제 내 곁으로 와야지?"

"네."

너무나 자연스러운 문답이었지만, 대답을 듣자 판시엔의 차가웠던 마음이 아주 조금이었지만 따뜻해졌다.

"내가 동이성에 가라 그랬는데, 어떻게 다시 여길 온 거야?"

"4천5백의 흑기병은 이미 동이성 경내로 들어갔고, 지금쯤이면 그중 일부는 십가촌으로 가고 있을 테니, 쳔 원장 대인이 맡기신 일은 다 했어요. 그러니 돌아와야죠. 그리고 징거, 7처 대머리 처장, 종쮀이도 십가촌으로 가고 있으니, 쳔 원장 대인이 남기신 가장 강력한 역량은 모두 십가촌에 모여 있는 셈이에요."

"십가촌마저 그 늙은이를 속이지 못했네……."

"쳔 원장 대인은 알고자 하기만 하면, 다 아셨어요."

"그 늙은이 이야기는 그만 하자."

판시엔은 한숨을 내쉬고 말을 이었다.

"네가 내 옆에 왔으니, 많은 일이 편해지겠어."

"감사원이 아직 대인 손에 있었다면, 더 편했을 텐데요……."

"필경 천하는 폐하의 것이고, 쳔 원장 대인의 상황을 보고 처음에 가슴 아파했던 사람들도 시간이 지나면 현실을 받아들이겠지. '모든 것은 경국을 위해' 아니야?"

판시엔은 입꼬리를 살짝 올리며 조롱하듯 말했다.

"황제에게 정면으로 반항할 수 있는 사람이 몇이나 더 있을까."

"옌 대인은 그런 사람이 확실히 아니에요."

왕치니엔이 말한 '옌 대인'은 '옌뤄하이'였다.

그는 고개를 갸웃하며 다시 말했다.

"옌빙윈은 잘 모르겠네요."

"쳔 원장이 그에게 시킨 일이 있어. 원장 대인은 천하가 피바다가 되길 원하지 않았기에, 어떻게든 옌빙윈과 나를 갈라서, 옌빙윈에게 감사원을 지키게 하고, 혹시 내가……몇 년 후에 다시 일어설 기회가 있으면, 그때 새로운 세상이 열릴 것이라 본 것 같아. 그때는 황제도 이미 많이 늙었을 터."

판시엔은 다시 한번 조롱하듯 말했다.

"옌빙원은 내가 개인적 복수를 하기 위해 감사원을 이용하도록 놔두지 않을 거야. '공공의 힘을 사적으로 이용하게 하지 못한다'. 사실 매우 선진적인 개념이지. 하지만 그는 이 천하가 폐하의 천하이고, 그러니 모든 관원들과 능력이 폐하에게 '사적으로' 이용되는 것을 잊고 있어."

조롱의 기색이 더욱 짙어졌다.

"안타깝게도 우리들의 옌 공자께서는 그것을 잘 모르시는 것 같아. 충신이 되면서도 반역을 꿈꾼다? 어디 그게 쉬운 일인가. 난 그저 그가 감사원에서 편안하게 잘 지냈으면 해."

판시엔은 조롱하고 있었지만, 그의 심복 중의 심복인 왕치니엔은 그의 말을 들으며, 판시엔이 옌빙원에게 큰 원한은 없다고 생각했다.

"그럼 이제 어떻게 할까요?"

"일단 쉬어. 큰 일을 도모함에 있어 조석을 다투면 되겠어?"

판시엔은 그의 뒤로 가 축 늘어진 그의 어깨를 안마하며 말했다.

"며칠 동안 쉬지도 못했을 테니, 장소 잘 택해서 좀 쉬어. 너의 능력이면 아무도 널 찾아내진 못할 테니, 이후에……일 있으면 내가 부를게."

'대인은 그저 방어만 하실 건가, 아니면 기회를 봐서 폭발하실 건가…….'

"난 우선 덩즈위에가 서량로에서 살아나왔으면 해. 원래 그를 북제로 보내 일을 시키려 했는데, 어쨌든 그들이 날 따르는 이유가 내가 경국인이고, 황실 사람이고……그래서 만약에 내가 황제와 맞서게 되면, 그들도……하지만 만약 북제가 도와준다면……."

그는 손을 멈추고 왕치니엔의 얼굴을 보며 물었다.

"내가 만약 경국을 배반하면⋯⋯그래도 넌 나와 함께 할 거야?"

왕치니엔은 쓴웃음을 짓고 자리에서 일어났다.

"말은 바로 하시죠. 그런 일이 한둘이었나요?"

판시엔은 기분 좋게 웃었다.

"그러니까 이 일은 너만 할 수 있는 거야."

제5장

하늘의 뜻

둘은 차례로 시차를 두고 그 저택을 떠났는데, 판시엔은 야채 시장의 질퍽한 길을 따라 먼발치에서 왕치니엔을 따라갔다. 그리고 그의 흔적이 없어지자 안심을 하고, 오늘 '특별한 외출'에서 두 번째 일을 할 장소로 발걸음을 옮겼다.

'왜 잊혀진 사람들이 그 당시 징두에 나타나 황제 늙은이 옆에 있었던 것인가? 경묘 대제사와 삼석 대사의 미심쩍은 죽음과 관련이 있는 것인가? 만약 그것들이 황제에 의해 자행된 것이라면, 그들은 그 원한을 가지고도 왜 아직 황제 곁에 있는 것인가? 황제는 신묘와 어떤 관계인가?'

판시엔은 가랑비를 맞으며 그리 멀리 떨어져 있지 않은 경국 사당 경묘를 바라보고 있었다. 공디엔과 처음으로 일합을 겨뤘던 곳. 사랑하는 완알을 처음으로 만났던 곳.

그는 자연스럽게 경묘를 들어가 정전(正殿) 방향으로 걸어가다 갑자기 발걸음을 멈추었다. 작은 건축물의 문 앞에 삼베옷을 입고 삿갓을 쓴 고행자 하나가 자신을 바라보고 있었기 때문이다.

판시엔은 살짝 뒤로 물러섰고, 고행자는 하늘을 향해 두 손바닥을 합장하고 감탄하며 입을 열었다.

"하늘의 뜻입니다. 저희가 판 공자를 찾고 싶었는데, 공자가 제 발로 이곳을 찾아올치는 몰랐습니다."

"너희'들'? 왜 날 찾는데?"

'딩.'

가볍고 맑은 종소리가 빗방울 사이로 전체 경묘에 울려 퍼졌다. 비오는 날 사람 하나 없는 경묘 사방에서, 삼베옷을 입고 삿갓을 쓴, 똑같은 모습을 한 고행자 십여 명이 원탑 아래 서 있는 판시엔을 둘러쌌다. 판시엔은 천천히 진기를 운용시키며 냉랭하게 말했다.

"너희들은 천하에 도(道)를 전수하러 다니지 않고, 이 조용한 경묘 사당에서 뭘 하는 거지?"

"판 공자는 인후(仁厚)하시고, 심신의 덕이 깊으십니다. 그리고 강남 항저우회에서 천하의 부를 모아 치수(治水)에 쓰셨습니다. 저희 같은 미물들이 각 지방을 다닐 때마다 공자의 인덕을 들을 수 있었으니, 꼭 한번 뵙고싶었습니다."

고행자는 몸을 깊숙이 숙여 예를 올렸다.

"너희들이 일부러 나에게 감사 인사를 하러 여기 오진 않았을 텐데?"

하지만 너무나 이상하게 진짜 감사 인사를 드리듯, 고행자 모두

가 삿갓을 벗고 바닥에 무릎을 꿇으며 판시엔에게 정중하게 예를 올렸다.

'이상하다.'

강한 기운을 내뿜는 고수들이었지만, 실(實)과 세(勢)가 조화롭게 어우러진 순수함이 오히려 더욱 분위기를 기괴하게 만들어 내고 있었다.

"저희들이 천하의 중생들을 위해 간청하오니, 판 공자께서 입궁하여 죄를 고하시고, 황제의 마음을 위로해 주십시오."

'천하의 중생들을 위해?'

판시엔은 그제서야 상황을 대충 짐작할 수 있었다. 누군가는 잘못을 인정하고, 누군가는 양보해야 하는 지금 상황. 하늘의 태양은 하나일 수밖에 없고, 고행자들의 눈에 그 사람은 당연히 위대하신 황제 폐하였던 것이다.

"내가 거절한다면?"

죽은 듯한 침묵. 가랑비가 고행자들의 민머리를 가볍게 때리고, 처마 끝에 고여 있던 빗방울이 경묘의 푸른 돌바닥에 떨어진다. 아주 오랜 시간 후에 십여 명의 고행자들이, 각기 다른 십여 개의 목소리였지만, 모두 결연하고 엄숙하게 말했다.

"천하의 중생들을 위해, 편안히 잠드십시오."

"하하하하하하……."

판시엔의 다소 과장된 웃음소리가 빗소리 사이로 울려 퍼졌다. 신묘가 뭔가? 사실 천하에서 그것을 아는 이가 몇 되지도 않지만, 그나마 그것을 이해하고 있는 이는 판시엔이었다. 심지어 쿠허 국사마저도 신묘의 '의지'따위를 계승한다 말한 적이 없었고, 불쌍한 중생을 구한다는 명분으로 하늘을 대신해 처벌하겠다는 황당한 말을 한 적도 없었다. 그런데 빗속의 고행자들이 진지하게 그런 말을 하고 있으니 판시엔은 너무 가소로웠던 것이다.

'이놈들은 뭐지?'

"왜 내가 잠들어야 하지? '그분'이 잠들면 안 되나?"

판시엔은 주위의 고행자들을 훑어보며 침착하게 이어 말했다.

"세상에 신(神)이 있다면, 신의 눈에 모든 이들은 평등하게 보일 거야. 그런데 왜 너희들은 나를 찾아왔지?"

이 말에 고행자들은 어떠한 반응도 하지 않았다. 하지만 이미 그들이 뿜어내는 기세는 판시엔을 단단하게 묶어 놓고 있는 듯했다.

"내가 입궁해서 죄를 고하는 것은 별로 어렵지 않은데, 다만 설명 좀 해 봐. 왜 내가 죄인이지? 그리고 너희들이 천하 통일을 위해서 라고 말하든, 수십 년 간의 불안과 전쟁의 공포를 없애기 위해서라고 말하든 아님 천하 백성들의 편안한 삶을 위해서라고 이야기하든 상관은 없는데⋯⋯다만, 내가 이해가 안되는 것은, 너희들은 무엇을 근거로 '그분'이 너희들의 바람대로 신묘의 '뜻'을 아름답게 집행해 줄 것이라 믿는 거지?"

판시엔은 이 말을 하면서 조금씩 몸을 돌려 주위를 둘러봤는데, 저도 모르게 미간을 살짝 찌푸렸다.

'빈틈이 안 보이네⋯⋯처음에 바로 벗어났어야 했는데⋯⋯.'

판시엔은 포위된 것이다. 그들 하나 하나의 실력은 판시엔에 못 미치더라도, 이들이 동시에 연합하여 공격한다면 판시엔도 이곳을 벗어날 수 있을지 확신이 서지 않았다.

열여섯 명의 고행자들이 자세를 바꾸어 가부좌를 틀었다.

그중, 한 명의 고행자가 두 손을 합장한 후 유유히 말했다.

"폐하는 하늘의 뜻이 정하신 분입니다. 저희는 폐하를 도와 천하를 통일하고 만민을 편안히 할 것입니다."

"하늘의 뜻? 언제?"

"수십 년 전입니다."

"신묘 사자(使者)가 너희에게 신묘의 뜻을 전달한 건가?"

"그렇습니다."

"허나, 경묘 대제사도 죽었고, 삼석 대사도 죽었고, 대동산 위에서 너희들 동료도 죽었고……죽지 않는 이가 있을까? 그리고 너희들은 죽지 않을 것 같아?"

"폐하께서는 저희를 아직 필요로 하십니다."

"너무 진부하네."

빗속의 경묘 분위기는 점점 더 기묘해져 갔다.

판시엔의 시선은 빗방울을 넘어 경묘 너머에 있는 황량한 대지를 바라보았는데, 황제와 경묘 대제사가 신묘에서 온 사자(使者)의 시체를 태우고 있는 모습이 눈앞에 그려지고 있었다. 그 일이 있은 후 얼마 지나지 않아, 경묘 대제사가 '중병'에 걸려 죽었다.

'그게 우연의 일치라고?'

판시엔은 냉소를 지었다.

'황제와 신묘의 합작이겠지. 첫 번째 합작으로 예칭메이를 죽였고, 두 번째 합작으로 우쥬 삼촌을 죽일 뻔했고. 그런데 왜 세상일에 관여하지 않는다는 신묘가 이런 짓을 한 걸까…….'

판시엔은 쓸쓸히 서서 비를 맞으며 결론을 내렸다.

'어쨌든 이 사람들은 황제를 하늘이 선택한 명군(明君)이라 여기고 있고, 진지하게 세상의 주인으로 섬기는 것이야.'

"모든 건 허상이야. 그런 것들과 내가 무슨 관련이 있을까? 난 신하일 뿐이지. 아니지, 난 지금 신하도 아니고, 그저 한 사람의 백성일 뿐이야. 지금의 난, 누가 봐도 천하의 대세에 영향을 줄 수 없는 사람이지. 그런데 너희들이 날 입궁하라 강요하든, 날 땅 속에 묻어 버리든, 너무 과한 반응 아니야?"

고행자들은 서로를 한 번씩 바라보다, 마치 진중한 결심이라도 내린 듯, 그중 하나가 진지하게 대답했다.

"공자는, '그녀'의 아들입니다."

'그런 거였어? 신묘에서 도망친 어머니의 후손이라서?'

"내가 당신들의 주인, 폐하의 아들은 아닌가?"

고행자들은 침묵하였지만, 그들은 설령 이 일로 황제가 자신들을 다 죽이더라도, 예칭메이의 후손을 없애는 자신들의 오래된 목표를 완수해야 한다고 결심했다.

"내가 듣고 싶은 말은 다 들었네. 내가 여기서 너희들의 뜻대로 입궁한다 말해도 상관없어. 최소한 내 목숨은 지켜야 하니까. 하지만 너희들이 잘못 생각하고 있는 것이 하나 있는데, 내가 너희들보다 훨씬 더 신묘의 존재에 대해 '확신'하고 있다는 거야. 그래서 내가 그 이름을 듣고도 너희들처럼 다리가 풀려 빗속에 무릎을 꿇는 짓 같은 건 하지 않는 거고."

"무릇 세상에는, 경외할 존재가 필요한 것입니다."

"그 말을 황제도 나에게 했었지."

'경외는 무슨. 황제의 눈에 신묘는 그냥 이용할 만한 도구일 뿐일걸?'

"하늘과 땅을 공경해야지, 옆 사람의 의지를 공경하면 안 돼. 그 부분은 너희들이 쿠허 대사를 보고 배워야겠어."

고행자들은 이 말의 뜻을 근본적으로 이해하지 못했다.

그 순간, 포위되어 있던 판시엔의 몸이 부드럽게 솟아올랐다.

그리고 한 마리의 무정한 새처럼 신묘 밖으로 잽싸게 날아갔다!

'웅.'

하지만 판시엔이 5장(丈) 정도 날아갔을 때, 두꺼운 기(氣)의 벽이 그를 막아서는 느낌을 받으며 멈칫할 수밖에 없었다.

판시엔이 날아오르는 찰나, 고행자들도 일제히 움직이기 시작했고, 한 명의 고행자가 다른 한 명의 팔을 잡으니 원으로 만들어진 그들의 진형에서 자연스러운 움직임이 일어났다.

마치 파도처럼.

원 모양의 진형이 순식간에 '일제히' 움직이며, 빗방울 사이를 순간 이동하듯이 움직였고, 일체의 진형도 흐트러지지 않고 파도가 만들어 내는 힘을 이용해 판시엔 주위를 다시 포위했다.

신묘의 정문 방향으로 정확히 7장(丈) 거리의 이동.

그리고 더 이상 판시엔에게 기회를 주지 않으려는 듯, 일제히 양손을 뻗어 결연한 기세를 손바닥에 담고 판시엔을 향해 내질렀다!

하지만 그들은 판시엔에게 다가오지도, 내지른 손바닥이 판시엔의 몸으로 향해 오지도 않았다. 고행자들의 손에서 나온 손바닥 모형의 그림자 같은 무수한 진기가 주위의 공간을 가득 메우며, 마치 '과거를 부수는 신의 손'처럼 판시엔을 향해 공격했다.

'틈이 없다!'

틈이 없으면, 피할 수 없으면, 정면으로 맞붙어야 한다.

"헙."

판시엔은 기합을 불어넣으며 순간적으로 자신이 운용할 수 있는 모든 패도 진기를 끌어올려 오른손 주먹에 응집시켰다. 그리고 주위의 무수한 손바닥을 개의치 않고, 가장 진기가 강한, 가장 진기의 벽이 두꺼워 보이는 손바닥이 있는 곳으로 주먹을 내질렀다!

그 순간 무수한 손바닥 모형의 진기가 하나 둘 사라지기 시작했는데, 사실은 사라진 것이 아니라 하나 둘 옆에 있는 손바닥과 하나가 되듯이 빠르게 합쳐지며, 마지막으로 옥처럼 거대한 빛을 발하는 하나의 손바닥이 판시엔의 주먹과 부딪혔다!

'펑!'

'웅웅웅웅웅……'

손바닥과 주먹이 충돌하자 엄청난 소리가 나며 마치 공기의 파동이 변하는 듯 화면이 울렁거렸다. 바닥의 푸른 돌바닥은 그 충격에 의해 산산조각이 났고, 주먹과 손바닥이 부딪힌 주위에는 빗방울마저 증발해 버린 듯 메마른 살육의 기운이 넘쳐흘렀다.

'쿵!'

손바닥을 겨루고 있는 고행자를 제외한 나머지 고행자들은 바닥으로 내려가 가부좌를 틀었지만, 그들이 맞잡고 있는 손은 놓지 않았다. 판시엔과 겨루고 있는 고행자는 하나였지만, 나머지 고행자들이 모두 그에게 자신의 진기를 주입해 주고 있었다.

판시엔은 열여섯의 진기와 동시에 싸우고 있는 것이었다!

'츠츠츠츠츠츠츠.'

판시엔 오른쪽 팔과 어깨의 옷들이 찢어져 나비처럼 날아갔고, 그와 마주하고 있는 고행자는 얼굴이 시뻘겋게 달아올랐다. 판시엔은 창백한 얼굴로 자신의 모든 진기를 분출하고 있었지만, 여전히 포위망을 한 발짝도 뚫지 못하고 있었다.

"푸!"

고행자는 피를 토했다.

고행자는 그의 육신의 한계를 넘어가는 듯한 진기의 방출에 온몸이 붉게 변하고 있었지만, 그는 물러서지 않고 버티고 있었다. 마치 판시엔이 굴복하기를 기다리는 것처럼.

판시엔의 경맥도 견디기 힘든 듯 요동치기 시작했고, 허리 뒤편에 있는 설산혈이 뜨거워지며 경맥이 폭발할 전조를 보이기 시작했다. 하지만 판시엔도 물러서지 않고 고행자의 눈을 사납게 바라보았다.

고행자의 눈에 짙은 녹색빛이 스치기 시작했다.

자연 인류와 전혀 어울리지 않는 짙은 녹색빛.

그리고 콧구멍에서 피가 흐르기 시작했다.

하지만 가부좌를 틀고 있는 이들은 이 장면을 보지 못한 듯, 전혀 개의치 않는 듯, 눈을 감은 채 고개를 숙이고 명상을 하며, 그들의 모든 진기를 결연한 자세로 한 명의 고행자에게 주입하고 있었다.

판시엔과 일합을 겨루는 고행자의 눈의 녹색빛이 점점 더 짙어졌다. 몸속의 장기는 벌레가 무는 것처럼 간지러웠으며, 목구멍이 따끔거리기 시작했다.

'독!'

고행자는 그제서야 처음 판시엔이 그토록 오랫동안 여러 대화를 한 이유를 알아차렸다. 빗속에서 몰래 독을 퍼트리고 있었던 것이다. 하지만 그는 개의치 않았고, 물러서지도 않았다.

판시엔도 더 이상 버티기 힘들다는 것을 알았기 때문이다.

"으아아아아악!"

고행자는 눈을 번뜩였고, 한 줄기 결연한 눈빛이, 또 한 줄기 평온한 눈빛이 스쳐갔다. 그는 자신의 심신을 향해 있던 모든 미련과 방어심을 버리고, 자신의 전체 경맥을 열어 젖혔다. 양쪽에서 주입되는 진기가 점점 더 넘쳐흐르기 시작했고, 그 진기는 손바닥을 통해 판시엔에게 모두 흘러가고 있었다.

그는 자신의 목숨으로 판시엔의 생명을 취해, 경국의 무궁하고 평화로운 미래를 이룩하려 하고 있었다.

필사(必死)의 필살(必殺) 공격.

판시엔은 당연히 상대방의 목숨과 경국에 관심 없었다. 그리고 상대방은 곧 죽을 것이지만, 그는 아직 죽고 싶지 않았다.

'삐걱.'

판시엔은 오른팔의 힘을 풀었다.

상대방이 내건 목숨에, 그는 오른팔을 포기하기로 했다!

그리고 다시 도망갈 결심을 했다.

사국(死局). 하지만 판시엔은 오른팔을 버리고서도 자신의 생명을 구할 의지와 용기가 있었다.

가을비가 사람의 마음에 한기를 불어넣고, 경국 사당 주변에 살기를 짙어지게 하고 있는 순간, 경묘 사당 정문에 가로로 걸린 현판(懸板)에 쓰여진 '경묘' 글씨가 갑자기 어두워졌다.

구름낀 하늘의 빛이 더 어두워진 것도 아니었고, 금빛으로 빛나던 글씨가 순식간에 부식된 것도 아니었다. 광채가 빛나던 금빛 '경묘' 글자에 그림자가 드리워진 것이다.

그림자.

그 그림자가 현판을 스쳐 빗속을 뚫고 판시엔과 겨루고 있는 고행자의 뒤로 다가와, 기묘하게 그림자의 범위를 넓히더니 사지를 밖으로 내어 검 하나를 내질렀다.

"컥."

독사 같은 검 하나가 고행자의 뒷목을 찔렀고, 그의 인후를 감싸고 있던 연골에 박힌 후, 날카로운 검의 날이 기관지과 식도, 혈관을 갈랐다.

고행자는 짙어진 녹색빛을 발하는 눈을 똑바로 뜨고 판시엔을 죽일 듯이 노려보았다. 마치 마지막 눈빛으로라도 그를 죽이고 싶어 하는 듯.

'획획획!'

고행자의 뒤로 그림자가 드리워진 순간, 판시엔은 왼손을 어렵게 들어 고행자의 눈으로 암궁 화살을 쏘았고, 부릅뜬 녹색의 눈동자에 화살이 박히며 붉은빛의 피꽃이 피어올랐다.

'펑!'

판시엔은 다시 한번 왼손을 휘둘러 대벽관 권법으로 박힌 화살 끝으로 내질렀고, 화살은 깊게 박혀 머리를 관통하며 고행자의 마지막 남은 생기마저 앗아가 버렸다.

'털썩.'

가부좌를 틀고 있던 고행자들의 손이 일제히 아래로 떨어졌다.

판시엔은 왼손 주먹을 펴서 손바닥으로 그림자의 소매를 잡았고, 전광석화 같은 속도로 경묘 밖으로 벗어났다.

'퍽!'

눈에 화살이 박히고 목에 구멍이 난 고행자 하나가 땅에 떨어졌다. 비는 점점 거세지고 있었고, 처참하게 죽은 그의 몸을 무심하게 공격하고 있었다. 가부좌를 틀고 있던 동료들은 암담하게 그 모습을 바라보다 모두 일제히 예를 올렸다.

그리고 빠른 속도로 멀어져 가는 그림자 둘을 쫓아갔다.

신묘의 뜻이 존재한다면, 왜 그들은 판시엔을 죽이지 못하였을까.

그들이 깨달았는지는 모를 일이었다.

"여기서 헤어지자."

그림자가 처음 뱉은 말이었다. 뒤에서 고행자들이 쫓아오자 그림자는 작은 골목쯤에서 이 말과 동시에 처마 밑에 비를 피하는 처량한 상인으로 변해 있었다. 그리고 마지막 한마디를 하고 사라졌다.

"그를 죽일 때, 날 불러라."

판시엔의 심장이 요동치기 시작했지만, 지체할 시간이 없었다. 그는 재빨리 몸을 움직여 동촨루 방향으로 숨어 들어갔고, 담박서점을 들어갔다 나올 때에는 이미 우산을 쓴 평범한 서생이 되어 있었다.

그가 태학에 온 것은 몇 달 전 일이다. 그 당시에 판시엔은 허종웨이의 의지를 당당하게 꺾어 버리며 가히 인생의 절정기에 있었다. 불과 몇 달 만에 인생의 처지가 극적으로 바뀌었다. 태학 학생들은 그를 알아보았지만 차마 어떤 말도 하지 못했고, 판시엔도 어색한 웃음을 지으며 고개를 숙이고 태학의 깊은 곳으로 황급히 발걸음을 옮겼다.

가을비가 내리는 태학은 오늘따라 유난히 고즈넉하고 아름다웠다. 오래된 나무는 노쇠한 가지를 뻗어 빗속을 뛰어다니는 서생들의 유일한 위로가 되어 주고 있었다.

판시엔이 태학의 가장 안쪽 방의 문을 밀고 들어가자, 그의 모습을 본 몇몇 관원들은 놀란 표정을 감추지 못하고 예를 올렸다. 하지만 그는 그들을 본 체도 하지 않고 가장 안쪽에 앉아 있는 사람에게로 다가갔다. 책을 보고 있던 후 대학사가 고개를 들어 수정 안경을 벗으며 전방을 바라보았다. 그리고 이내 쓴웃음을 지으며 어색하게 말했다.

"정말 사람을 놀라게 하는 재주가 있어."

"오늘은 특별한 일이 없어요. 마음이 좀 우울해서 대학사 대인과 한담이나 나누러 온 거예요."

판시엔이 들고 있던 우산에서 물이 뚝뚝 떨어지고 있었다. 후 대학사가 살짝 주의를 주며 눈짓을 보내자, 그는 그제서야 알아차리고 한번 씨익 웃고서 우산을 문 앞으로 가져다 놓고, 아무렇지 않게 책상 앞으로 다시 와서 뜨거운 차를 두 모금 마시고 몸을 녹였다. 하지만 그의 몸에서는 여전히 빗물이 뚝뚝 떨어졌다.

"자네가 어떻게 이렇게 초라해져 버렸나."

"전 지금 민초에 불과한데, 대학사와 차를 마실 수 있는 것만 해도 영광이지요."

이 말에 두 사람은 동시에 침묵했고, 각자만의 생각에 빠졌다. 특히 후 대학사는 그가 온 의도를 추측해 보며 최대한 말 한마디, 행동 하나라도 조심하려고 애썼다.

한참 후, 후 대학사가 먼저 입을 열었다.

"오늘 어찌 여기 올 생각을 했는가?"

"제가 여기 오지 못한다는 성지가 있었나요?"

후 대학사는 웃음이 터졌고, 판시엔은 미소를 지으며 자답했다.

"성지도 없는데 못 올 이유가 있나요? 그리고 폐하께서 저의 모든 관직을 박탈하셨는데, 태학 교수직은 남겨두셨더라구요. 그러니 제가 오늘 여기 온 것은 황제의 뜻을 자세히 살펴, 민초로서 아무런 원한이 없음을 보여주는 것이기도 하구요."

"자네의 생각을 난 잘 모르네. 하지만 내가 어제 입궁해서 폐하와 담화를 나누었는데, 판씨 집안에 대해 한마디를 하시더군."

판시엔은 고개를 천천히 들고 다음 말을 기다렸다.

"안쯔 이 아이는 다 좋은데, 성질이 너무 곧고 고집스러워."

후 학사는 그를 한번 보고 그의 찻잔에 뜨거운 차를 따랐다.

"직설적이고 고집스럽다. 내가 보아하니 폐하께서는 자네를 잘 이해하고 계시네. 그리고 세심하게 신경 쓰고 계시고. 지금 자네의 문제가 성정(性情)의 문제이지 본성(本性)의 문제는 아니라는 거지. 그러니 자네가 폐하의 고심을 이해하게나."

'고심?'

"직설적이고 고집이 센 성정을 가진 사람들을 폐하께서 좋아하신다네. 자네가 저지른 일들은, 폐하께서 용서해주지 못할 일이 아니야. 그러니 지금 관건은, 자네가 무엇을 잘못했는지 스스로 깨닫고, 폐하께 자네가 잘못을 알고 있음을 알리는 거야."

판시엔은 지금 이 상황에서 반박을 할 정도로 멍청하진 않았다.

"제가 무엇을 잘못했는데요?"

"자네는 이미 알고 있지 않은가. 자네는 '태도'를 명확히 밝히기만 하면 돼. 자네의 죄를 청하는 상주문이 문하중서성에 산처럼 쌓여있네."

"이미 폐하께서 저에게 죄를 물어 관직을 박탈하신 것 아닌가요?"

"죄를 물어? 만약 정말 경국의 법률에 의거하여 엄격히 집행하면 어떻게 될 것 같은가? 몇 번의 목을 쳐야할까?"

후 대학사는 엄숙한 목소리로 꾸짖듯 말을 이었다.

"폐하께서 자네에게 이미 충분히 관용을 베풀고 계신다는 것을 모르고 있는가? 만약 이런 식으로 계속 조정의 권위에 도전하다가는, 폐하의 인내심이⋯⋯."

"그럼 또 어떻게 되는데요?"

"정말 죽음을 맞이하고 싶은 건가?"

판시엔은 말없이 고개를 들어 그를 똑바로 쳐다봤다.

후 대학사는 진심으로 화가난 듯 말했다.

"폐하의 총애에 기대어 이런 식으로 천하를 혼란에 빠뜨려서는 안 되는 것이네."

"대인은 제가 총애 받는 신하로만 보이세요?"

"총애를 받든 안 받든, 자네는 그저⋯⋯신하야. 나도 신하고."

후 대학사는 눈꺼풀을 내리며 나지막이 덧붙였다.

"물론, 자네가 뛰어난 신하이긴 하지⋯⋯어느 누구도 경국에 큰 공을 세운 신하가, 자신의 거만함 때문에 징두에서 사라지는 것을 보고싶어 하지 않아 하네."

후 대학사는 진중하게 말을 이었다.

"길을 잃었으면 돌아올 줄 알아야 하고, 고집도 한계가 있어."

"보아하니 지금의 천하에서, 전 그저 큰 바퀴 앞에 있는 하나의 작은 벌레 같은 존재이니, 빨리 숨지 않으면 밟혀 죽겠네요. 그저 저만의 생각이 있다는 것으로 죄인이 되어 버렸어요."

판시엔은 고개를 숙이며 피곤한 목소리로 말을 이었다.

"좀 전에 빗속을 걸어오며 학생들을 보고 생각이 들었는데, 어쩌면 제가 언젠가 그들이 제일 증오하는 대상이 될 수도 있겠어요."

"아니야. 학생뿐 아니라 징두의 관원, 백성 어느 누구도 자네를 그렇게 생각하지 않아. 오히려 존경심이 더 커. 천 원장 대인의 일에 자네가 보여준 태도는 충분히 이해할 수 있어. 하지만 그 '의미'를 정확히 이해해야 해."

후 대학사는 최대한 진지하게 말했다.

"백성들은 자네의 곧은 '기개'를 존경하는 것이지, 자네의 대역무도한 '행위'를 지지하는 것은 아니네……그게 단지 생각에 그친다 하더라도."

후 대학사는 잠시 한숨을 쉬고 단호하게 말했다.

"그것은 본관이 용납하지 못하고, 조정이 용납하지 못하고, 백성들도 용납하지 못하니, 폐하께서는 더욱 용납하시지 못하는 것이야!"

그는 침착을 유지하려 애쓰며 되도록 온화하게 말했다.

"그렇기에 경국의 모든 사람들은 더 이상 자네가 제멋대로 굴지 않길 희망하네."

"제멋대로?"

판시엔은 이 말과 함께 엄숙한 분위기에 전혀 어울리지 않는 웃음을 터트렸다. 한참 후, 그는 더 대꾸하지 않고 후 대학사에게 정중하게 예를 올리고 몸을 돌려 문으로 향했다. 후 대학사는 그의 뒷모습을 보며 마지막으로 당부했다.

"확실히 내가 나이가 들었네. 오늘 한 말은 좀 과한 면이 있어. 하지만 아직 천하가 혼란스러운 이때, 자네가 조정과 백성들을 위해 많이 생각해 주게."

"무슨 말씀인지 잘 알겠어요."

판시엔은 고개를 돌리지 않고 말을 했다.

"제가 대인의 말씀을 이해할 수 있는 날이 온다면, 제가 입궁해서 죄를 고할게요."

후 대학사는 쓴웃음을 지었다.

'언제까지 기다려야 하나?'

그때, 아주 작지만 피곤에 절은, 혼잣말 같은 말이 울려 퍼졌다.

"그런데……제가 진짜 '틀린' 거예요?"

이 말이 후 대학사의 귓가에 떨어지자, 그는 저도 모르게 가슴이 뜨거워졌다. 그리고 오늘 자신이 다시 한번 궁에 들어가서 황제와 이야기를 나누어야겠다고 결심했다.

'폐하께서 판시엔을 궁으로 부르는 성지를 내리시기만 하면, 판시엔도 자연스레 마음이 풀어지지 않을까?'

후 대학사가 이런 생각을 할 때, 판시엔의 다음 말이 그의 귓가를 때렸다.

"제가 오늘 좋은 말씀에 대한 답례로 소식 하나를 알려드릴게요. 아마 듣고 싶어하실 것 같아서."

후 대학사는 살짝 긴장하며 고개를 들었다.

"판우지우가 허 대학사의 모사를 맡고 있어요."

판시엔은 이 말과 함께 다시 한번 정중히 예를 드리고 나왔다. 밖을 나온 그의 얼굴에 실망도, 절망도, 슬픔도, 또 어떤 감동도 없었다. 그가 오늘 여기에 온 목적을 모두 달성했기 때문이다.

조정 고위 대신들의 생각을 정확히 파악했고, 황제가 용납할 수 있는 한계선이 어디인지 확인했다. 그리고 마지막으로 소중한 '선물'도 드렸다.

그날 밤, 후 대학사가 황제에게 눈물을 흘리며 무슨 말을 했는지 몰라도, 어서방을 지키는 모든 태감들은 황제의 기분이 많이 좋아졌다는 것을 알게 되었다. 왜냐하면 황실에서 더 이상 판씨 저택으로 밀정을 보내지 않았기 때문이다.

후 대학사는 흡족한 표정으로 어서방을 나왔다. 그는 판시엔의 선물을 황제에게 전달하지 않았다. 왜냐하면 판시엔이 왜 자기에게 그 말을 했는지 이해가 되지 않았고, 또, 지금의 경국에는 분열이 아닌 단결이 필요했기 때문이다.

처음 그 이름을 들었을 때 누구인지 몰랐지만, 수하 관원들을 통해 별로 어렵지 않게 그가 누군지 알 수 있었다. 당시 2황자 심복 장수 중 하나. 출궁을 하는 마차 안에서 후 대학사는 수염을 쓰다듬으며 생각했다.

'판시엔 그놈은 참, 원한을 기억하는 귀여운 자식일세.'

황제는 어서방에서 야오 태감에게 판시엔이 집 밖을 나와 한 행동에 대해서 보고를 받고 있었다. 하지만 황제는 자신의 뜻과 상관없이 손을 쓴 고행자들의 행동에 분개할 뿐, 판시엔이 무엇을 했는지에 대해서는 별로 개의치 않는 눈치였다.

황제가 생각하기에 판시엔이 뛰어 봤자 이 강산 위였기 때문이다.

이 강산은, 본래 경국 황제의 손아귀에 있다.

그리고 황제는 자신이 가장 총애하는 이 아들이 도대체 무슨 일을 할 수 있는지 보고 싶었다.

'그녀의 아들이 과연 어떠한지 보자.'

황제의 자신감이었다. 다른 말로 하면 변태 같은 취미였다. 그리고 그는 본래부터 판시엔을 빠져나올 수 없는 깊은 늪에 빠트릴 생각이 없었다. 판시엔은 단지 자신을 오해하고 있을 뿐.

다만, 황제는 해명하고 싶지도, 해명할 가치도 없다고 생각했다. 황제는 궁에 조용히 앉아, 판시엔이 죄를 청하러 입궁하면 그때 충분히 말을 듣고 설명을 해줄 생각이었다.

'늙은 검은 개가 네 생각처럼 자애로운 사람이 아니다. 그 개는 리씨 황족을 모두 죽이려 했고, 너도 죽이려 했다. 너의 성씨는 판씨이지만, 사실상 리씨가 아니더냐'라고.

예칭메이 관련은?

황제는 근본적으로 그것은 생각도 하지 않고 있었다.

"짐은 나가 좀 걸어야겠다."

이 말은 당연히 앞에 있는 뤄뤄에게 한 말이었다. 깊은 밤이었지만 후 대학사의 말을 듣고 마음이 좀 편해진 그는 오랜만에 신선한 공기를 마시고 싶어졌다. 뤄뤄는 황제의 오른팔을 부축하며 천천히 어서방 나무문으로 걸어갔다.

'끼익.'

나무문이 열리자 십여 명의 태감과 궁녀들이 대기하고 있었고, 야오 태감이 몸을 숙인 채 공손하게 바퀴의자를 잡고 있었다.

황제가 야오 태감을 차가운 눈빛으로 힐끔 바라보았다.

야오 태감의 등에 식은땀이 흘렀다.

황제는 바퀴의자를 타지 않고 판뤄뤄의 부축을 받고서 천천히 어서방 밖 복도를 걸어갔다. 사실 황제의 몸 상태는 좋지 않았다. 생명을 위협할 정도는 아니었지만, 짧은 시간 내에 회복하기 힘든 상해를 입었고, 심지어 천핑핑의 가슴을 도려내는 말 때문에 정신적으로 많은 충격을 받았다.

하지만 이 사실을 아는 사람은 거의 없었다. 그리고 황제는 이 사실을 알리고 싶어하지 않았다. 그리고 그 바퀴의자는 황제에게 '그 개'를 떠올리게 했다.

이보다 더 큰 실수가 어디 있을까.

그날 밤, 판시엔의 입궁을 명하는 성지가 내려졌다. 하지만 동시에 이상한 소문들이 황궁에 돌기 시작했다.

'폐하께서 새로운 첩을 들인다고?'

'폐하께서 판씨 아가씨를 밤낮으로 아끼시고…….'

황제가 판뤄뤄를 '여자'로 생각한다는 것은 '소문'일 뿐이었지만, 새로운 첩을 들이는 것은 공식 성지로 발표되었다.

"폐하께서는 명군(明君)이시지. 판씨 아가씨와 관련된 소문은 황당할 뿐이야. 이번에 첩을 들이는 일은 판뤄뤄와 아무 상관이 없어. 네 부황은 단지……."

지금 황제의 유일한 '여인'과 다름없는 이 귀비가 정확한 판단을 내리고 있었다. 하지만 그녀의 말이 다 끝나기도 전에 리청핑은 고개를 들어 다소 걱정스러운 표정으로 어머니를 바라보며 말했다.

"듣기로 내일 부황께서 스승님을 궁으로 부르신다는데, 그때에 맞춰서 첩을 고르는 일을……부황께서 이전처럼 스승님을 믿고 계시지 않은 듯 보이네요."

'부황께서는 나를 경계하는 것인가 아니면 스승님을 경계하는 것인가?'

"그래도 내일 스승님의 입궁을 명하셨으니, 이번 일이 파국으로 치닫지는 않을 것으로 보이네요. 어머니도 너무 걱정 마세요."

"판시엔 이 녀석이 고집이 얼마나 센데, 내일 입궁할지 안 할지 누가 알겠느냐? 그리고 너도 냉궁 출입을 좀 자제하거라. 폐하께서 별로 좋아하시지 않는다."

"이제 닝 이모도 계시니, 전 어쩔 수 없이 가 봐야 해요."

이 귀비는 미소를 지었지만 아무 말도 하지 않았다. 3황자가 냉궁을 자주 방문하면서 그는 궁에서 인덕(仁德)에 대한 명성을 쌓았고, 황제도 겉으로는 싫어하는 척했지만, 속으로는 그 부분을 제법 높게 평가하고 있었다. 하지만 이 모두는 판시엔이 당부한 것이었다. 2황자가 죽기 전에 한 부탁 때문에.

수방궁에서 모자가 새로운 첩 선발과, '어서방의 그녀'에 대해 이야기를 나누고 있을 때, '그녀'는 황제를 부축하고 산책을 한 후 어서방으로 돌아가는 길이었다.

황제는 이 귀비의 말처럼 그녀에 대해 황당한 생각을 하고 있지 않았고, 이미 대종사의 경지에 오른 그는 남녀 관계에 특별히 관심도 없었으며, 당연히 첩을 들이는 문제도 정치적인 선택일 뿐이었다. 그럼에도 불구하고 딸이 없는 황제는 그녀와 같이 있으면 그동안 느끼지 못하는 온화한 느낌을 가질 수 있었다.

어서방 초입의 돌문 앞에서 황제의 발걸음이 멈췄다. 그리고 잠시 침묵한 뒤 앞에 몸을 숙이고 있는 작은태감에게 나지막이 물었다.

"다이 공공을 따라다닌다던데, 어떠하냐?"

예상치 못한 황제의 질문에 그는 부들부들 떨면서 말을 못했다.

"내일부터 어서방으로 오너라."

홍쥬는 크게 기뻐하며 엎드리고 알아듣지 못할 말로 '성은이 망극하다'는 말을 했지만, 아무도 그의 눈에 비친 복잡한 심경을 알아차리지는 못하였다.

황제는 싫다는 듯이 손을 '휘휘' 저었다. 그리고 그는 돌문을 지나 어서방으로 향하다 문득 입을 열었다.

"비나 눈이 오는 날에는 짐이 무릎을 꿇지 말라는 명을 내렸었다. 그러니 홍쥬가 엎드릴 필요가 없었다."

판뤄뤄는 갑작스러운 말에 그 뜻을 몰라 어리둥절했다.

"짐이 정말……좋은 황제가 아니냐?"

고요하고 적막한 어서방 앞에서 황제가 진지하게 물었다.

질문이 있으면 답이 있는 법. 하지만 뤄뤄는 한참을 침묵했다. 그리고 그동안 어서방에서 봤던 모든 장면들을 떠올렸다. 그녀는 오랜 고민 후, 두 눈에 진심을 담아 진지하게 대답했다.

"선황들과 비교했을 때, 폐하께서는……확실히 좋은 황제입니다."

황제는 침묵했고, 마치 뤄뤄의 말을 음미하는 것 같았다. 잠시 후 그는 더 이상 표정을 숨기지 않고 크게 웃었다. 그 웃음은 어서방 앞의 정원, 처마 밑, 황궁의 담벼락 하나 하나를 울렸다.

황제는 그 말이 필요했던 것이다. 늙은 검은 개가 뭐라고 했든, 그가 어떤 상처를 받았든, 자신이 아직 좋은 황제라는 것을 증명해 줄 사람이 필요했던 것이다.

황제는 마침내 결심을 하고 어서방으로 들어갔다.

"전하라!"

"네."

"태학 교수 판시엔은 입궁하라!"

다음 날, 조정 회의는 열리지 않았다. 조정은 공식적인 휴일이었고 황성은 고요한 적막이 흘렀지만, 금군 장군과 병사들은 그 어느 때보다 긴장하며 자신들의 옆으로 지나가는 푸른색 옷을 입은 젊은 이를 주시하고 있었다.

천핑핑이 죽은 지 9일째.

판시엔이 입궁했다.

조정 대신들과 징두 백성들은 모두 심경이 복잡해 보였지만, 대부분은 안도의 한숨을 내쉬었다. 후 대학사의 견해와 마찬가지로 이 부자지간의 냉전은 풀지 못할 일이 아니었고, 이제 황제가 한 걸음을 물러섰으니, 이것을 판시엔이 받아들이기만 하면 되는 일이었다.

판시엔은 곧장 어서방으로 향했다. 문밖에서 예상치 못하게 홍쥬를 만났으나 판시엔은 고개만 까닥했다. 그리고 어서방을 들어서자마자 여동생을 보고 안도의 한숨을 내쉰 후, 낮은 침대에 앉아 있는 남자에게 허리를 깊게 숙여 예를 올렸다.

하지만 여전히 고집스럽게 한마디도 하지 않았다.

판뤄뤄는 가볍게 황제에게 예를 올리고, 오빠를 향해 살짝 웃어주고는 어서방을 나갔다. 황제가 그녀를 여기에 남겨둔 것은 단지 판시엔의 마음을 조금이라도 편하게 해줄 생각이었으니, 이미 그 목적은 달성된 셈이었다.

"짐이 왜 너에게 이렇게 관대한지 고민해 보았다. 그건 당연히 네가 조정을 위해 세운 공이 크기 때문은 아니었는데, 어제가 되어서야 결국 이해하게 되었다."

황제의 얼굴은 평온했다.

"짐이 보기에, 너와 짐 사이에 그렇게 많은 말이 필요 없을 것 같다. 여기 보고서들을 직접 읽어 보거라."

판시엔은 보지 않고도 보고서 내용이 무엇인지 알았다. 그리고 황제는 지금 연기를 하고 있지 않다는 것도 알았다. 그리고 그는 지금 자신이 놀라움과 슬픔을 연기한 후 황제 곁으로 가야 한다는 것도 알았다.

하지만 분노가 치밀어 올랐다. 황제 늙은이의 자신만만한, 우아한 척하는 행동에 더욱 화가 났다. 그 분노는 마음을 쓰리게 하였고, 가슴을 찢어지게 했다. 그래서 더 연극을 하고 싶지 않았다.

판시엔은 고개를 들고, 자신에게 가장 익숙한, 하지만 동시에 자신에게 가장 낯선 남자를 보고 오랫동안 말을 하지 않았다.

그 얼굴에 많은 일이 담겨 있었고, 그 얼굴은 많은 사람들을 생각나게 했다. 그리고 지금 자신의 그에 대한 태도는, 심지어 그 자신조차도 명확하게 설명할 수 없었다.

예칭메이 죽음에 대한 진상을 알게 되었을 때 많은 고민을 했었다. 하지만 결국 피를 덜 보는 방향으로 선택했고, 그래서 열심히 동분서주하며 조정을 위해 힘썼고, 속도는 느릴지라도 조금 더 밝은 결말을 맺게 하기 위해 노력했다.

그는 '아버지'와 천핑핑에게 편안한 노년을 선물하고 싶었다.

결과적으로 이 모든 것은 환상일 뿐이었다.

판시엔은 실망했고, 절망했고, 가슴이 아팠고……지쳤다.

그래서 더 이상 연극을 하고 싶지 않았다.

보고서를 자세히 본 후 가볍게 마른 기침을 했다. 감정을 억제하기 위해 긴 한숨을 쉬었는데, 아직 상처가 낫지 않아 고통이 고스란히 전달되었기 때문이다.

판시엔 눈앞으로 재미없는 장면이 스쳐 지나갔다.

판시엔은 믿을 수 없다는 듯이 온몸을 떨며 분노한다. 목이 메어 황제에게 이것이 천핑핑이 한 짓이라 믿기지 않는다 고함친다. 그렇게 할 이유가 없다는 말을 덧붙여.

황제가 온화하지만 냉정하게 설명한다. 천핑핑이 어떤 목적을 가지고 살았는지, 리씨 황족에 어떤 원한을 품고 살았는지. 마지막까지 그의 죽음을 통해 부자(父子)가 반목하도록 만들 정도로 악랄하다는 말과 함께.

판시엔은 여전히 믿을 수 없다는 표정으로 화가 나서 황제에게 대들기 시작한다. 천핑핑은 그런 사람이 아니고 황제가 날조한 거라고. 분을 이기지 못하고 집으로 돌아가 생각한다. 그리고 황제의 고심을 이해하게 된다.

하지만.

판시엔은 아무런 표정도 보이지 않았다. 보고서들을 다시 책상 위에 올려놓고 고개를 살짝 숙인 채 아무 말도 하지 않았다. 피곤이 몰려왔다. 확실히 오늘 여기 오기까지 정신력을 너무 많이 소모했다는 생각이 들었다.

황제는 조용히 그를 바라보았다. 눈동자에 점점 의혹의 기색이 짙어졌고, 점점 밝아졌다가 다시 점점 어두워졌고, 실망의 기색이 스쳤다가 다시 평온해졌다. 혹은 차가워졌다.

"원래……넌 알고 있었구나."

황제는 냉랭한 목소리로 이어 말했다.

"그림자가 네 옆에 항상 따라다니는 것이 이상하다 생각했는데, 원래 넌 현공 사당 사건을 그 늙은 개가 계획한 것인지 알았구나."

판시엔은 손가락이 미세하게 떨렸지만, 얼굴에는 아무런 내색을 하지 않고 살짝 쉰 목소리로 말했다.

"사실 전, 모든 것을 알고 있었습니다."

황제는 실눈을 뜨고 그를 바라봤는데, 눈동자에 한 줄기 한기가 잠시 스쳤지만 바로 사라졌다. 판시엔은 최대한 감정 기복을 억누르며 침착하게 말했다.

"그리고 전 과거의 피가 지금의 현실을 삼키지 못하도록 노력했습니다. 물론, 그 결심을 하는 순간부터 제가 얼마나 순진하고 유치한 선택을 했는지 알고 있었습니다. 하지만 3년 전 옌샤오이와 일전을 할 때, 설령 순진하다 놀림을 받는 한이 있더라도, 해야 할 일은 묵묵히 노력해야 한다는 것을 깨달았었기에 시도해 본 것일 뿐입니다."

"물론, 순진한 일은, 실패하기 쉽습니다. 하지만, 어떤 위대한 일도 그 시작은 이상주의에 가깝고, 놀림을 받기 쉬운 것 아닐까요?

예를 들어 어머니가 폐하와 그들에게 딴저우 해변에서 했던 맹세처럼."

황제는 여전히 침묵하며 그를 보고 있었지만, 판시엔이 입을 열때부터 그가 몇 년간 무엇을 위해 노력했는지 알고 있었지만, 이상하게도 그의 말을 들으며 마음이 조금은 따뜻해지는 것을 느끼고 있었다. 다만 그 온화함은 매우 빠르게 사라져 버렸다.

"그는 이미 세상을 떠났고, 그 당시의 일은 떠올리고 싶지는 않지만, 왜……."

판시엔은 조금은 망연자실한 표정으로 황제를 바라봤다.

"그를 꼭 죽였어야 했습니까?"

판시엔은 소리를 지르지도, 분노하지도 않았다. 그저 슬픔과 어쩔 수 없음이 가득한 목소리로, 더 이상 원망도 숨기지 않고 말했다.

황제는 한참을 침묵했다. 그리고 웃었다.

그 웃음에는 약간의 차가움, 약간의 실망만 담겨 있을 뿐.

"아……짐이 그를 죽였나?"

'펑!'

황제가 손바닥으로 책상을 내려치자 책상이 산산조각 나며 무수한 나무 파편들과 종이들이 어지럽게 날렸다.

"짐이 가장 분노하는 것이 그것이야! 짐이 그에게 살길을 내어 줬는데, 그런데……그가 다시 혼자 돌아왔다."

황제의 눈빛은 마치 설산처럼 차가웠다.

"그 자신이 짐에게 그를 죽이도록 압박했다. 그래서 짐은 그의 뜻을 들어줄 수밖에 없었다. 짐은 한평생 사람을 믿지 않았지만 그는 믿었다. 심지어 짐은 그를 친구로 생각하기도 했다. 그래서 짐은 끝까지 그에게 기회를 주었다. 허나……그는 짐에게 어떠한 기회도 주지 않았다."

황제는 길게 한번 숨을 마신 후 냉담하게 말했다.

"종은 결국 종이야."

황제가 원한과 멸시의 감정을 숨기지 않고 내뱉은 '종'이라는 글자에, 판시엔은 마치 천핑핑이 눈앞에 나타나기라도 한 듯, 그는 황제의 눈을 똑바로 쳐다보며, 칼날과 같이 섬뜩한 목소리로, 이를 악물고 말했다.

"폐하께서는 항상 옳고, 틀린 사람은 항상 다른 사람들입니다. 허나, 소신은 항상 궁금했습니다. 그해 저의 어머니는 도대체 어떻게 죽은 것입니까."

황제는 근본적으로 판시엔의 말에 반응도 하지 않고 냉랭한 얼굴로 말했다.

"그 늙은 개를 포함하여 경국의 적들은 모두 이 장면을 기대한 것일 테다. 네가……그들을 실망시키지 않는구나. 허나, 짐은 실망했고, 너 같은 자식은 가르칠 가치도 없다."

"소신은 많은 일들이 이해가 안될 뿐입니다."

"이해가 되지 않으면, 생각하지 말아라."

황제는 판시엔에게 명확한 실망의 기색을 내비쳤다.

"짐에게 넌 그저 신하일 뿐이다. 신하는 생각을 할 수 없다."

이 말은 협박이 아니었다. 그저 당연한 '사실'의 진술이었다.

판시엔은 이 말을 듣고 몸을 꼿꼿이 세우며 지금까지 황제에게 보여준 적이 없는 직설적인 어투도 말했다.

"소신은 폐하께서 몇 년간 매우 잘해 주셨다는 것을 잘 알고 있습니다."

황제도 점점 몸을 꼿꼿이 세우며 피곤하다는 듯이 손을 '휘휘' 저으며 말했다.

"짐이 너를 죽이지 않은 것이, 널 죽이지 못해서 그런 것은 아니다.”

황제는 눈을 감고 잠시 침묵했다. 그리고 입을 다시 열었다.

“짐은 당시의 일을 너 같은 아래 세대에 해명하고 싶지 않다. 하지만 그 사람들과 하늘이 짐을 보고 있을 것이다. 그리고 넌 짐과 그녀의 아들, 혹은 그들이 이 세상에 남겨둔 두 눈이다……짐이 널 죽이지 않는 것은, 너에게 그리고 너를 아끼는 그들에게 증명하고 싶기 때문이다. 짐이, 옳았다는 것을.”

황제의 두 눈이 얼음처럼 차가워졌다.

“그리고 그들이, 틀렸다는 것을.”

판시엔은 깊고 깊게 허리를 숙여 예를 올렸다.

“소신이 끝까지 징두에 착실하게 남아, 폐하의 영웅적인 업적을 지켜보겠습니다.”

그는 ‘성은에 감사하다’는 말은 하지 않았다. 그럴 생각도, 그럴 필요도 없었기 때문이다. 황제가 기왕 그에게 살아남으라 했으니, 그는 ‘황제의 명’에 따라 끝까지 살아남아, 두 눈을 똑바로 뜨고, 예칭메이를 대신하여, 천핑핑을 대신하여, 그 당시의 수많은 사람들을 대신하여 황제를 지켜보기만 하면 될 것이었다.

“착실하게?”

황제는 웃었고, 이내 그 웃음은 차갑게 변했다.

“짐도, 너도 그 말을 믿지 않는다. 설령 짐이 너의 그 고집스러운 성격을 결점이라 생각하지는 않았더라도, 그 정도가 짐이 용인할 수 있는 한계를 넘어서지 않길 바랄 뿐이다.”

황제는 피곤한 목소리로 말을 이었다.

“징두에 남아 있어라. 태학에서 학생들을 가르치는 것은 좋은 일이다. 허나, 감사원과 내고는 더 이상 관여하지 말라. 짐이 너에게 더 이상 마음을 쓰고 싶지 않다.”

황제의 말은 직접적이고, 분명했다. 황제는 판시엔에게 마지막 살아남을 수 있는 기회를 주었다. 단, 그가 착실하게 살아간다는 전제 하에서. 하지만 판시엔조차도 황제가 이런 결정을 내릴 줄은 생각하지 못했었다.

황제는 판시엔을 바라보며 딴저우 해변에서의 대화가 생각났고, 그의 마음이 복잡해지기 시작했다.

"이후에 입궁을 해서 황실의 안부를 묻는 것은 허락하마. 그리고 네가 짐을……부황이랑 부르는 것도 윤허한다."

판시엔은 살짝 경직된 어투로, 하지만 진지하게 대답했다.

"네, 폐하."

어서방에서 부자지간에 어떤 대화가 오고갔는지는 아무도 몰랐지만, 최소한 판시엔이 다치지 않고, 혼령이 되지 않고 밖으로 온전하게 걸어 나온 것만으로 황실 대다수 사람들은 안도의 한숨을 내쉬었다.

하지만 그가 나오는 동시에 몇 가지의 성지가 내려졌다.

6부와 3사가 협력하여 감사원과 내고의 개편 작업을 계속하라.

수저우 주지사 청쟈린의 관직을 박탈하라.

쟈오저우 통판(通判, 판관) 호우지창의 관직을 박탈하라.

내고 전운사 수운마오는 징두로 돌아오고, 그의 관직을 박탈하라.

옌빙윈을 감사원 원장으로 임명한다.

황제는 이미 준비를 착실히 한 듯 보였다. 그가 이미 판시엔의 태도를 확인한 이상, 비록 그를 죽이지는 않았지만 그를 통제할 방법은 수도 없이 많았다. 그가 '착실하게' 지내게 할 방법.

그래서 그런지 판시엔의 시중을 드는 홍쥬의 태도는 오늘따라 매우 조심스러웠다. 하지만 판시엔은 소리도 지르지 않고 평온하게 그와 대화를 나누었다. 이 조화로운 모습을 본 궁녀와 태감들은 하나

같이 생각했다.

'역시 판 대인은 무서운 사람이야. 홍쥬는 황제가 그를 감시하라 붙여준 눈임을 알 텐데, 저렇게 감정을 숨기고 편안하게 대화를 할 수 있다니……'

하지만 판시엔과 홍쥬는 정말 '대화'를 하고 있었다.

"이것들이 폐하께서 요즘 좋아하는 채소들입니다."

'그런데 왜 판 대인은 수라간의 재료들을 조사하라 하신 걸까?'

미나리. 황제는 특히 미나리를 즐겨 먹고 있었다. 그 성질이 차가워서 체내의 뜨거운 기온을 식혀주는 데 효과가 있는 채소.

'판 대인은 이 상황에서도 폐하의 건강을 걱정하시는 건가? 대인은 정말……효심 깊은 충신인가?'

판시엔은 무심하게 명단을 보고 수방궁으로 발걸음을 옮겼다. 자유로운 입궁을 허하는 성지를 받았으니, 이 기회에 이 귀비와 3황자를 보러 갈 참이었다. 그런데 수방궁 근처에 이르자 어린 여인들의 웃음소리가 밖에까지 전해질 정도로 시끄러웠다.

'황궁이 이렇게 즐거운 곳이었나?'

"국공 거리의 부인들과 아가씨들이 오늘 이 귀비에게 문안 인사를 드리는 날이야?"

"폐하의 첩에 선발되기 위해 기다리는 분들입니다. 오늘 이 귀비 마마가 그녀들에게 황실의 규율을 가르친다 하여 수방궁에 모여 있는 것입니다."

판시엔은 이 귀비와 3황자와 같이 홍쥬의 말을 듣자마자 그 함의를 알아차렸다. 이것은 강력한 '경고'였다. 그리고 수방궁의 모자에게 미안한 마음이 들었다.

'나를 신뢰했다는 이유로 이런 일을 겪다니……'

"종이 잘못했습니다. 대인 다른 날로 다시 정할까요?"

"잘못하긴 뭘 잘못해? 내가 들어가는 게 규율에 어긋난 거야? 폐하께서 성지도 내리셨으니 들어가 보자."

이 말과 함께 판시엔은 성큼성큼 걸어 수방궁 안으로 향했다.

"꺄악!"

수방궁 안은 일대 혼란이 일어났고, 궁녀와 태감들은 그를 막을 엄두도 못 내고 일부는 재빨리 내부에 이 사실을 알리러 갔다. 무수한 여자의 시선이 판시엔에게 집중된 가운데, 판시엔은 그 중간에 있는 이 귀비에게 예를 올리며 온화하게 말했다.

"오늘 '이모' 주변이 시끌벅적 하네요."

'이모' 호칭은 매우 무례했다. 물론 판시엔은 평소 이 귀비를 그렇게 불렀고, 그녀도 그 호칭을 좋아했지만, 오늘 이렇게 많은 사람들 앞에서 그렇게 부를 줄은 생각도 못했었다. 하지만 그녀는 미소를 지으며 가볍게 대답했다.

"나이가 몇인데, 이렇게 버릇없이 구는 것이냐."

판시엔은 그녀를 보며 웃었지만, 그녀 눈가에 스치는 우려의 뜻을 알아차리자 특별히 더 말은 하지 않았다. 그녀는 자신을 걱정하는 것이다.

"그래, 오늘은 무슨 일로 입궁하였느냐?"

"오늘 어서방에 들르는 일 외에도, 폐하께서 3황자 전하의 공부를 봐 주라고 분부하셨습니다."

이 귀비의 얼굴에 걱정의 기색이 더욱 짙어졌다.

'판시엔이 끝까지 조용히 있지 않겠다는 건가? 청핑을 통해 무엇을 도모하려는 것인가……!'

판시엔은 그녀가 오해를 하고 있는지 알았지만 미래의 또 다른 '가족'이 될지도 모르는 어린 여자들이 있는 곳에서 많은 말을 할 수도 없었기에 모른 척하고 물었다.

"전하는 어디 계시나요?"

"핑알은 안쪽에 있네. 네가 가서 직접 보거라."

이 귀비는 심지어 머리가 아파왔지만 어쩔 수 없이 싱알에게 눈짓을 주었다. 싱알은 살짝 웃으며 판시엔을 데리고 들어갔고, 홍쥬는 일정한 거리를 두고 뒤를 쫓아 들어갔다. 이 모습은 여전히 홍쥬가 황제의 명을 받아 '착실하게' 판시엔을 감시하는 것으로 여겨졌다.

"내가 볼 땐, 첩을 들이는 일이 너무 갑작스럽긴 하지만, 폐하께서 자기에게 경고하는 것이지 셋째를 염두에 두고 하신 일은 아닌 것 같아. 그러니 너무 걱정 마."

별 다른 표식이 없는 평범한 마차 안에서 린완알은 피곤에 절은 판시엔을 보며 말했다. 판시엔은 완알 앞에서 황제를 황제 늙은이라고 불렀지만, 그녀는 여전히 '폐하'라고 부르고 있었다. 그녀에게 황제는 여전히 어렸을 때 자신을 예뻐해 주던 외삼촌이었던 것이다.

'완알도 나의 감정을 이해하긴 힘들 거야······.'

"나뿐 아니라 조정의 문무백관 모두에게 경고하는 거지. 이후의 경국이 반드시 셋째의 것은 아니다. 황제 늙은이가 나이는 많지만, 영웅심은 여전히 있어. 위풍당당함이 아직 있는지는 모르겠지만."

완알은 장막을 걷어 초가을의 징두 풍경을 보며 무심하게 말했다.

"청핑과는 무슨 말을 나눴어?"

마차는 징두성 밖으로 향하고 있었다. 판시엔이 징두를 벗어나면 안된다는 황제의 성지도 있었지만 뜻밖에도 13성문사는 그가 탄 마차를 순조롭게 통과시켜 주었다.

"뤄뤄도 궁에 있고, 나에게 의지해 생활하는 심복들도 모두 징두에 있는데 내가 어떻게 도망가겠어? 그러니 샤오화와 량도 집으로 데리고 오자."

마차가 판씨 장원에 이르자 역시나 그들을 기다리고 있는 사람이 있었다. 군대는 아니었지만, 황실에서 태감이 나와 있었던 것이다. 판시엔이 징두를 떠나려 했다면? 두 아이도 황실에 끌려갔을 터.

뤄뤄처럼.

판시엔의 마차가 징두를 벗어나 갈 수 있는 가장 먼 곳은 판씨 장원이었다. 판시엔도 예상은 했지만 태감을 보자 쓴웃음을 지으며 말했다.

"폐하께서 우리를 이렇게까지 아끼시는지 몰랐네. 자기가 아이들을 딴저우에 보내야겠다고 결심한 그날, 어서방에서 사고가 터졌고, 심지어 폐하께서 중상을 입으셨는데⋯⋯우리 아이들을 챙기는 것을 잊지 않으셨어."

그의 웃음에 조롱의 뜻이 농후했다.

"성은이 망극하옵니다. 우리 신하들을 위해 이렇게까지 신경 써 주시다니."

"내 계획이 주도면밀하지 못했어. 당시 아이들을 장원에 보내지 말고 어떻게든 방법을 찾아 딴저우로 보냈어야 했는데⋯⋯."

"자기 탓이 아니야. 그때 자기가 할 수 있는 일이라고는 기껏해야 1처와 연락하는 일이었을 텐데, 딴저우로 아이들을 보낼 방법은 원천적으로 없었어. 며칠 동안 넌 충분히 했어. 이 일은 자기와 아무런 관련이 없어. 우리들의 폐하께서는 신묘도 이용하시는 분인데, 두 어린 아인들 어떻게 하지 못하실까."

"근데 청핑이와는 무슨 말을 했어?"

"무슨 말을 할 수 있었겠어? 홍쥬도 나를 계속 따라다녔고."

홍쥬의 비밀은 3황자도 완알도 모르고 있었다. 그렇기에 3황자도 홍쥬 앞에서는 별다른 말을 할 수 없었다.

"하지만 걱정할 건 없어. 청핑은 너무나 잘하고 있거든. 폐하께서도 나와의 관계 때문에 그를 저버리는 짓은 하지 않으실 거야. 그리고 셋째에게는……엄하게 꾸짖었어. 쳥핑이 정말 나에게 화가 났으면 제일 좋고."

"그런 연극을 훙쥬에게 보여준다고, 폐하께서 믿으실까?"

"그가 믿고 안 믿고는 상관없어. 오늘 이후로 난 쳥핑을 보지 않을 것이고, 국공 집안과의 왕래도 끊을 거야. 그리고 자기도……입궁을 자제했으면 좋겠고."

판시엔은 부드럽게 그녀의 뺨을 만지며 말을 이었다.

"우리들의 일로 다른 사람들에게 피해를 주지 말자."

"자기는 폐하께서 정말 그것을 믿으실 거라 생각하는 거야? 쳥핑이 자기에게 아무런 정도 남아 있지 않다? 심지어 대황자 오라버니는 동이성에 있는데? 폐하께서는 아들 셋을 모두 황궁에 잡아 들이지 않는 한, 절대 안심하시지 않을 거야. 첩을 들이는 것 봐봐."

"자기 말이 맞아. 하지만 찢어져야 해. 진정으로, 진심으로, 할 수 있는 한……당시 쳔핑핑이 그렇게 했던 거야. 나도 그렇게 해야 해."

"자기 말에 따르면, 폐하께서 그래도 쳥핑에게 자리를 물려주실 거라는 건데, 왜 굳이 첩을 들이려 하실까?"

"'만일'을 위해."

판시엔은 살짝 웃었다.

"하지만 10개월을 임신하고 출산하는 게 어디 쉬운 일일까?"

'대종사고 뭐고 황제도 늙은이일 뿐. 정자가 적을 거야. 지금 그의 몸은 스구지엔이 말한 대로 겉은 차갑지만 안은 사나운 패도 진기로 뒤집어졌겠지. 그 화(火)를 삭히기 위해서는 찬 음식으로 다스릴 수밖에. 하지만 그것은 정자를 줄어들게 하지. 특히 미나리, 마늘, 두부 요리…….'

이 지식은, 천하에서 유일하게 판시엔만 알고 있었다.

"참, 징왕 삼촌은 괜찮아?"

"폐하께서 화가 좀 가시면, 자연스럽게 그를 저택으로 돌려보내실 거야. 나도 처벌하지 않으셨는데, 하물며 징왕을 어떻게 하실까."

제6장

대치

　완연한 가을. 봄에 씨를 많이 뿌리면, 가을에 더 많이 수확할 수 있을까? 결과는 모르지만, 징두 백성들은 모두 그렇게 '믿고' 부지런히 살아간다. 판시엔도 그렇게 '믿고' 딴저우에서 징두로 온 이후부터 많은 씨를 뿌리고 부단한 노력을 기울였지만, 경력 10년의 가을에는 그렇게 많은 수확을 얻지 못한 듯 보였다.

　많지 않은 것이 아니라 그냥 '없었다'.

　모든 관직을 박탈당하고, 모든 권력을 수취당하고, 그가 아끼는 모든 사람들은 인질이 되었다. 그리고 그 자신은 징두에서 노래나 들으며 포월루나 들락거리는, 진정으로 '부유하고 한가한' 사람으로 변해 버렸다.

판시엔이 부잣집 규수들과 신간 서적에 대해서 잡담을 나누고, 집에서 아이들의 재롱을 보며 완알과 오붓한 시간을 보내기를 한달.

그는 징두 사람들에게 조용히 잊혀져 가고 있었다.

하지만 그를 잊을 수 없는 사람들도 있었다. 태학의 학생들. 빈둥빈둥 놀기 시작한 판시엔이 드디어 태학에서 강의를 하기 시작했다. 판시엔은 태학 청심(淸心) 연못 근처에서 야외 수업을 했고, 항상 수백 명이 운집하여 그의 강의에 귀를 기울였다.

강의의 내용은 대부분 북제 장모우한 선생이 편찬한 경전이었지만, 강의 마지막은 판시엔이 주도한 열띤 논쟁으로 끝을 맺었다. 물론 그 논쟁의 내용은 너무 불경(不敬)하여 태학 밖으로 알려지진 않았다.

그날도 판시엔은 태학을 떠나 마차에 올라서 징두 거리의 풍경을 바라보았다. 그는 말없이 미소를 지으며 가을 풍경을 감상하고 있었지만, 그의 눈가에 비친 우울함은 숨길 수 없었다. '부유하고 한가한' 사람. 이는 표면적인 연극이었고, 황실에게 보여주는 행동이었다. 그의 마음에는 화염이 타오르고 있었지만, 그저 강하게 억누르고 있을 뿐.

눈앞의 정세는 그에게 어떤 기회도 주지 않고 있었다. 왕치니엔조직원을 모두 징두 밖으로 보낸 후에 그는 어느 한 곳과 연락하기도 쉽지 않았다. 그러는 한달 동안 황제는 옌빙원의 협조 아래 감사원을 순조롭게 '정리'해 나가고 있었다.

그리고 강남에서 들려오는 소문도 그렇게 아름답지 않았다.

'내가 봉건사회에서 황권의 통제력과 위력을 과소평가했나…….'

판시엔과 황제의 문제는, 표면적으로는 내고, 감사원 그리고 징두세력에 있는 듯 보였지만, 사실 그 영향의 범위는 전체 천하였다. 후 대학사와 옌빙원을 포함한 조정 문무대신들은 이 부분을 간과하고 있었기에, 황제가 왜 판시엔을 징두에 남겨 암중으로 영향력을 행사하게 놔두는지 몰랐다.

판시엔에게 너무 급하게 문제가 생기면, 천하가 혼란에 빠진다는 것을 놓치고 있었던 것이다. 하지만 황제는 그 지점을 명확히 알고 있었다. 그래서 황제는 판시엔을 '죽지도 살지도 않은 상태'로 만들어 버린 것이다.

황제가 모든 것을 아름답게 장악하는 날이 오면?

황제에게 판시엔의 생사는?

판시엔의 마차는 포월루에 도착했다. 그는 마차에서 내려 뒷짐을 지고 곧바로 호수 뒤편에 있는 집으로 들어갔다. 길가에서 그림자 하나가 '획' 지나갔지만 그는 개의치 않았다.

그 그림자는 판시엔을 가장 밀접하게 따라다니는 황실의 '눈'이었다. 황제는 경국 사당의 '고행자' 중 한 명을 보내 그를 하루 종일 감시하고 있었던 것이다. 판시엔은 그것을 알고 있었지만, 그리고 그가 발견한 한 사람 외에도 더 많은 고행자들이 그를 감시하고 있을 수도 있었지만, 이 순간만큼은 전혀 걱정하지 않았다.

'여기까지 들어오려면 들어오시지. 고행자가 기방을?'

판시엔은 낮은 침대에 누워 두 아가씨의 안마를 받고 있었다. 그의 눈은 감겨 있었지만, 그의 두뇌는 빠르게 돌아가고 있었다.

"수운마오를 해임하는데 황실에서 댄 명분은 뭐지?"

판시엔은 이미 마음의 준비가 되어 있었기에 그가 해임되었다는 사실에는 놀라거나 분노하지 않았다. 다만, 왕치니엔 조직원이 제 시간에 가서 그가 잘 대처했는지가 궁금했다. 그와 동시에 내고의 기술을 하나 하나 머릿속에 되뇌며 소매 안으로 살며시 주먹을 쥐었다.

서량로 관련해서는 텅즈위에가 조정의 포위망을 뚫고 도망갔다
는 소식이 들렸고, 판시엔도 아직 그가 어디에 있는지 몰랐지만 최
소한 그가 살아남았다는 사실에 안도의 한숨을 내쉬었다.

그때, 안마를 하던 스칭알의 목소리가 들려왔다.

"공디엔이 이미 딩저우에 도착했어요……."

판시엔은 침묵을 지켰지만 속으로는 뜻밖이라 생각하고 있었다.

'황제 늙은이의 반응 속도가 생각보다 빠르네……서량로에 빨리
혼란이 일어나지 않으면 홍청이 징두로 불려오겠어.'

"공부(工部)의 제방 관련 횡령 사건 조사는 어떻게 진행되고 있
어?"

"양완리 대인은……조사가 끝난 것으로 들었고, 오늘 대리사(大
理寺)에서 판결문이 나올 거예요."

판시엔은 호수에 반사된 햇빛을 보며 망연자실한 표정을 지었다.

"오후라……내가 직접 가 봐야겠네."

판시엔은 대리사 관아의 문 앞에서 고독하게 제자 양완리의 심판
결과를 기다리고 있었다. 대리사 관원들은 일찍이 그의 신분을 알
아보고 '높은 분'들에게 소식을 알림과 동시에 단호하게 그를 저지
하고 있었다.

판시엔은 개의치 않았고, 소동을 피우지도 않았다. 다만, 대리사
근처에는 감사원 1처 관아가 있었기에, 시키지 않았음에도 1처 관원
들이 판시엔을 발견하고 이 장면을 노려보고 있었다. 판시엔은 그곳
을 바라보지 않았지만 그의 얼굴에는 은은한 미소가 번졌다.

송스런이 우울한 표정으로 침묵하며 관아를 나왔다.

"내가 관아에 들어가지 못하니 너에게 모든 것을 맡길 수밖에 없
었어……사건 문서는 나도 봤는데, 질 수는 없어 보이던데."

"조정에서 증인과 증거를 다 맞춰 놓았습니다. 마치 대인이 밍씨 집안과 송사를 벌일 때 썼던 방법처럼……."

판시엔의 목소리가 살짝 떨리기 시작했다.

"나도 양완리가 무죄를 받기를 원한 것은 아니야. 내가 지지 않는다는 표현을 쓴 것은……최소한 지금 그를 내 앞에 데려와야 하는 거 아닌가!"

"3년……."

"하옥? 3천 냥으로 3년 하옥? 돈이야 돌려주면 되는 것이고, 기껏 해야 유배지, 이게 말이 된다 생각해?"

"경국의 법률에 따르면 그럴 수 없지만, 오늘 허 대학사가 직접 와서 심문을 보다, 유배 조항을 없애고 하옥으로 바꿔……."

"허종웨이?"

판시엔은 너무나 익숙한 이름을 듣자 화도 나지 않고 되려 웃음이 터졌다. 그리고 한참 동안 침묵하다 품에서 한 장의 은표를 쥐어 주며 말했다.

"다시 들어가서 대리사 경(卿)에게 이 돈을 주게. 그리고 도대체 경국 법률을 어떻게 배운 건지, 내가 정말 직접 와서 그와 소송을 해야 하는 건지 물어봐."

'3만?'

송스런은 은표에 적힌 숫자를 보고 내심 놀라며 다시 이를 악물고 관아로 들어갔다. 그가 들어간 지 오래 되지 않아, 한 명의 관원이 밖으로 나와 나와 판시엔의 귓가에 몇 마디 하고 돌아갔다.

결국, 송스런이 양완리를 부축하며 밖으로 나왔다.

'이런 개새끼들! 고문까지……!'

판시엔은 깊은 숨을 한번 들이마시며 최대한 감정을 억누르고, 하인들을 불러 양완리를 마차에 태웠다. 양완리는 판시엔을 스쳐가는 순간 아무 말도 하지 않았지만, 그 눈동자에서 깊은 슬픔과 분노의 기색을 감추지는 못하였다.

판시엔은 양완리 눈빛의 의미를 알고 있었다. 강직한 양완리에게 관직의 박탈도, 가혹한 고문도 문제가 아니었지만, 선비의 신분으로서 그의 명성에 돌이킬 수 없는 흠집이 생긴 것이다.

그리고 잠시 후 당당한 문하중서성 대학사 허종웨이가 몇몇의 관원들을 데리고 분노한 얼굴로 대리사를 나왔다.

"자네가 뭐라고 했길래 대리사 경(卿)이 생각을 바꿨는지 모르겠네."

판시엔은 그에게 더 이상 '대인'이 아닌 '자네'였다. 판시엔은 살짝 고개를 돌려 그를 차갑게 바라보며 말했다.

"그분에게 내가 미치게 하지 말라 전했거든."

판시엔은 그의 눈을 노려보며 말을 이었다.

"네가 한번 해 볼래? 이 거리에는 조정 관리들이 수두룩한데, 날 한번 잡아가 보는 건 어때?"

허종웨이는 탄식을 한번 하고서 침착하고, 온화한 목소리고 대답을 했다.

"수저우 주지사 청쟈린의 심판도 곧 열릴 것 같던데, 자네가 또 대리사로 행차하셔야 하겠어. 보아하니, 부유하고 한가한 사람도 생각보다 한가하지 않나 봐."

"넌 폐하의 개니 바쁘게 뛰어 다녀야지. 하지만 난 그럴 필요 없어."

"신하의 몸인 자는 모두 폐하의 개인 거지. 자네도 폐하의 개 아닌가?"

"내가 개면, 폐하는 뭐가 되지?"

판시엔은 이 말과 함께 마차에 올라탔다. 허종웨이는 저도 모르게 얼굴이 굳어졌다. 자기 말에 실수가 있었기 때문이 아니었다. 자기의 처지가 다시 한번 생각났기 때문이다.

'인생은 원래 불공평한 것인가?'

경국에서 동이성으로 통하는 관도 양측으로 군대가 대치하며 한 발짝도 물러서지 않고 있었다. 옌징 본영에서 동계 훈련을 하던 3천 명의 관병들이 국경 근처에서 3일 동안이나 발이 묶여 버렸다.

"폐하께서 성지를 내리셔서, 동이성에 들어가 대황자 전하를 도와 혼란을 진압하라 하셨는데, 대황자가 직접 군령을 내려 1만 명이면 충분하니 돌아가라고 하시면, 우리가 어찌해야 하는가?"

옌징 대도독 왕즈쿤이 냉소를 지으며 심복들에게 다시 물었다.

"1만 명의 군사들이 량(梁) 나라의 반란을 진압하고 있다면, 우리들을 막아선 병사들은 뭔가?"

왕즈쿤은 다소 목소리를 높여 꾸짖듯이 외쳤다.

"군사 1천! 1천 명밖에 안되는데, 그들에게 막혀서 꼼짝도 못해? 그리고 그들도 필경 경국의 병사인데, 그들은 조정이 무섭지도 않은 것이야?"

"흑기병입니다. 저희도 그들이 움직일지는 생각도 못했습니다."

왕즈쿤은 눈동자가 살짝 수축되었지만 다시 욕을 하지는 않았다. 사실 이번 군사 행동은 명의상 동계 훈련이었지만, 사실상 그는 황실에서 밀지를 받은 상태였다.

'동이성의 상황을 직접 가서 보고 보고하라.'

대황자는 판시엔의 밀지를 받고 징두에서 오는 모든 서신의 경로를 막아버렸다. 하지만 대황자의 이러한 태도에도 황제는 분노하지 않고 단지 동계 훈련을 명분으로 상황 파악만 하려 한 것인데, 그 군사들이 막혀 버릴지는 생각도 못하고 있었다. 더군다나 그들을 막은 것이 대황자의 군사 1만도 아니었으니, 또 다른 명분을 찾기도 힘든 상황이었다.

"흑기병이라……."

왕즈쿤은 자연스럽게 징두의 어떤 사람을 떠올리고 있었다.

"반드시 동이성으로 들어가야 한다."

그는 이 말을 입 밖으로 내지는 않았다. 다만, 책상을 가볍게 두드리며 수하의 장군들에게 무겁게 말했다.

"본 대도독은 흑기병이 누구의 사람들인지 개의치 않는다. 내가 아는 것은 추밀원이 동계 훈련의 명을 내렸고, 옌징 군대 기병 3천이 훈련을 위해 동이성을 들어가야 한다는 것이다. 그가 누구든, 우리를 막을 수 없다."

왕즈쿤의 목소리는 점점 더 차가워졌다.

"다시 이야기해서, 대황자가 이끄는 병사는 경국의 병사이고, 이번에 그들이 막은 것은 아니다. 지금 우리를 막고 있는 흑기병 1천과 관련해서는 모레쯤이면 추밀원에서 명령이 전달될 것이다. 그때에도 그들이 우리에게 길을 양보하지 않으면……그들은 더 이상 우리 경국의 군대가 아니다."

"하지만……폐하께서 판 대인에게 보이는 태도가 불분명합니다."

이 장군의 걱정이 곧 왕즈쿤의 걱정이었다. 그리고 왕즈쿤은 옌징 본영에 십만의 정예병을 거느리고 있었지만, 그들을 동원해 무작정 동이성으로 진군할 수도 없었다.

그것은, 아무리 명의상 귀속이었더라도, 내전(內戰)이었다.

그러한 역사적 책임은 왕즈쿤이 아닌 어느 누구라도 쉽게 감당할 수 있는 것이 아니었다. 더구나 그는 이 상황에서 어떤 공로를 세우더라도 기껏해야 추밀원 정사로 승진하는 것만 남았는데, 경국의 핵심 군대 옌징 본영의 원수(元帥)인 그에게 실질적인 이득이 없었다.

더구나 지금 관여된 사람은 황제, 대황자 그리고 판시엔. 판시엔은 모든 권력을 박탈당했다지만, 이후에 3황자가 황위에 오르면, 황제는 이미 연로했는데, 상황이 어떻게 돌아갈지 모를 일이었다.

하지만 이런 고민은 전장을 누비던 장군에게는 너무 힘들고 어려운 고민이었다. 심지어 그는 황제가 첩을 들인다는 소식에 대해서도 그 뜻을 전혀 이해하지 못하고 있었다.

"모레 다시 움직인다. 그때도 다시 그들이 막는다면, 힘으로 돌파한다!"

왕즈쿤 심복 장군들은 무거운 마음으로 물러났다.

'흑기병과 전투를 벌여야 한단 말인가…….'

왕 대도독은 이미 결심을 굳힌 듯 보였으나 그날 저녁 그는 옌징 주지사 메이즈리를 찾았다. 류씨 국공 어른의 문객이기도 했던 그는 왕즈쿤에게 한마디만 물었다.

"따님 왕통알은 징두에 있는가?"

왕즈쿤은 딸의 이름을 듣고 얼굴색이 변하지는 않았지만 저도 모르게 몸을 떨고 있었다. 왕통알은 올해 6월에 이미 친왕과 혼사를 치르고 대황자의 측비가 되어 있었기 때문이다.

그리고 판시엔의 제자였다.

"성지도 내려왔고, 추밀원 명령이 있으니, 어쨌든 해야 합니다."

"대도독, 내 말을 잘 듣게. 통알이 판시엔 제자인 것은 차치하더라도, 지금 상황에서 대황자가 성지를 거부하는 것은 누구나 아는 사실인데, 만약 대황자가 왕으로 추대되며 동이성 독립을 선언하고, 자네가 옌징군을 이끌고 동이성으로 진격하면, 통알은 어떻게 해야 하는가?"

왕즈쿤은 온몸에 한기가 서렸다.

"설마 판시엔이 이런 국면을 예상하고, 통알과 대황자 전하의 혼사를 도와준 것일까요?"

"지금 그가 어떤 생각을 하는지 추측하는 것은 아무 의미가 없네. 하지만 내가 그 지점을 생각하고 있다는 것은, 궁에 계신 그분도 생각하고 있다는 것이네. 만약 판시엔이 거기까지 생각했던 것이라면 그의 안목이 매우 넓고 깊었던 것이지. 동이성을 상대함에 있어 폐하께서 자네를 신뢰하지 않았다면 자네가 그 자리에 있겠는가? 그리고 자네가 아니라면 누가 옌징 군대를 통솔할 수 있지?"

"저의 폐하에 대한 충심을 판시엔이 이용하려 한다면, 결코 용납할 수 없습니다."

메이즈리는 고개를 끄덕이며 말했다.

"그럼, 당연하지. 지금 판시엔이 쓰는 어떤 수도 대세에 영향을 주지는 못해. 폐하께서는 명군(明君)이시네. 이번에 성지와 추밀원의 명은, 사실 폐하께서 대도독을 한번 시험해 보시는 것에 불과하네."

왕즈쿤은 깊숙이 고개를 숙이며 예를 올렸다.

"가르침 감사합니다."

"근데 통알은 정말 괜찮겠는가? 그리고 힘으로 동이성을 굴복시키면 경국에 큰 공을 세우는 것이지만, 동시에 내전(內戰)을 일으켰다는 멍에를 쓰게 될 것인데……관련된 모든 책임은 자네에게 지워질 것이야."

"하지만 방법이 없지 않습니까? 만약 군을 움직이지 않으면, 폐하의 저에 대한 신임을 저버리게 되는 것인데. 부득불 해야……."

"부득불 해야 할 때, 부득불……하지 않는다."

왕즈쿤은 다소 이해되지 않는다는 표정을 지었다.

"이번 일은 황실의 일이야. 우리 같은 신하들은 당연히 폐하에 충성하지만 황실의 일에 끼는 것은 조심해야 해. 그리고 경국에 내전(內戰)이 격화되어 버리면, 그것은 작은 일이 아니네. 내 말뜻은, 폐하께서, 판시엔도, 이 일의 여파가 너무 커지기를 바라지 않는다는 것이야. 그것이 이번 일에서 지켜야 할 선(線)이야. 대도독이 모레 출병을 해야겠지만, 그 선을 위협하면, 그 선을 넘어 버리면, 만약 피가 강처럼 흘러 버리면……그것이 폐하께서 원하시는 결과가 아니라는 것은 명확하네."

"하지만 상대방이 흑기병이라 쉽게 물러서지 않을 것입니다."

"폐하의 밀지를 받았으니 군은 움직여야 하겠지. 진짜 '대치'를 해야 해. 하지만 최대한 흑기병을 '억제하는 정도'만 해야지 진짜 '공격'을 하면 안 돼."

"그런 국면을 며칠이나 지속할 수 있을지 모르겠습니다. 그리고 폐하께서 저의 능력을 의심하실 수도 있고."

"아니야. 분명 기회가 있을 거네. 내가 말하지 않았나. 폐하께서도 판시엔, 대황자, 왕통알의 이 복잡한 관계를 이미 알고 계시네. 그러니 분명 균형을 이룰 어떤 방법을 모색하실 거야. 그리고 판시엔도 생각이 있을 거네. 지금은 어떤 '변수'가 필요한데, 그 변수를 우리는 알 수 없지만, 그는 분명 알고 있을 거야."

"전 그가 지금 상황에서 그런 일을 할 수 있다고 믿지 못하겠습니다. 그가 5일 이내에 그 '변수'를 찾지 못한다면 저도 별수가 없을 듯합니다. 만약 그가 찾아낸다면? 통알과 대황자의 혼사처럼? 그렇다면 정말 그를 인정해야 할 것 같습니다."

이틀 후. 옌징성 밖에는 각 군영에서 모여든 정예병들이 숙연하게 동쪽으로 이동하고 있었다. 그들은 반나절만에 이미 파견되어 있던 옌징 본영 군대 3천과 합류하여 1만여 명의 기병들이 우두산(牛斗山) 기슭에 이르렀다.

그들의 눈앞에 있는 관도는 우두산 기슭을 지나고 황금빛으로 물든 우두산 산림지대를 거쳐 동해로 뻗어 있었다. 즉, 이 관도를 따라가면 대군은 바로 동이성에 다다를 수 있었다.

하지만 그 입구에 세 줄로 늘어선 기병들에게 길이 막혀있었다.

세 줄로 늘어선 단 백여 명의 흑기병. 그리고 우두산 산맥의 양쪽 완만한 산허리에는 더욱 짙은 검은색의, 마치 먹으로 그어 놓은 선 같은 흑기병이 자리하고 있었다.

옌징 장수 하나가 정면에 고독하게 서 있는 흑기병 얼굴에 쓰여진 은색 가면을 보며 그의 신분을 곧바로 알아차렸다.

6처 흑기병 통령, 친형을 창으로 찔러 죽인 맹장, 징거.

옌징 장수 하나가 잠시 생각하다 말의 배를 발로 가볍게 차며 친위병 몇만 데리고 흑기병의 방어선 쪽으로 다가갔다. 그는 징거 앞에 서서 수하에게 추밀원 명령 문서를 전달하라 명하며 말했다.

"징 통령, 명에 따라 길을 터 주게."

"본관은 감사원 소속인데, 감사원에서 그런 명을 받은 적이 없습니다. 제가 받은 명은 동이성을 지키라는 명이었고, 이 선을 넘어오는 자가 있으면 모두……죽이라 했습니다."

침착했고, 분명했고, 어떤 여지도 남기지 않는 말이었다.

"이것은 조정의 성지이네. 자네들은 성지를 거역하겠다는 건가?"

징거는 그 물음에 답하지 않고 다시 단호하게 말했다.

"산으로 돌아갈 생각 마십시오. 산을 넘어 당신들을 잡는 고생을 하며 죽이고 싶지 않습니다."

1천의 흑기병과 1만의 옌징 본영 기병들이 대치한 지 3일째. 왕즈쿤이 계산한 5일째 되는 날. 그동안 쌍방은 조금씩 마찰을 일으키기도 하였는데, 옌징 군대는 화가 불같이 치밀어 올랐지만, 흑기병은 여전히 냉랭했고, 심지어 사람같이 보이지도 않았다.

왕즈쿤은 결심을 할 수밖에 없다고 생각했다. 이미 5일을 기다렸지만 상대방에서 어떠한 변화도 일어나지 않았기 때문이다. 이대로 더 가다가는 황제의 분노만 자극할 뿐이라 생각하였다. 왕즈쿤은 침착하게 군령(軍令)을 종이에 쓰기 시작했다.

'두두두두두.'

장군 하나가 급하게 옌징 군부 관아에 들어와 전보(戰報)를 전달했다. 왕즈쿤은 내용을 읽으며 얼굴이 점점 의미를 알 수 없는 표정으로 바뀌었다.

'판시엔! 생각지도 못한 이런 '변수'를!'

북쪽에서 군대가 남하(南下)했다!

북제 십만 대군이 창저우 북쪽 70리(里)까지 남하했다!

늦은 가을바람이 북방의 산맥과 황량한 사막을 거쳐 북해의 큰호수를 지나 창저우 북쪽 지방에 이르렀다. 창저우는 북제와 가장 가까운 지역으로 지리적으로 보면 징두에서 그렇게 많이 떨어지지는 않았지만, 북쪽 산맥에서 불어오는 차가운 바람 때문에 체감 온도는 징두보다 훨씬 낮았다.

이미 가을 단풍잎들은 모두 떨어졌고, 늦여름 이른 수확기를 거친 논밭은 서리에 뒤덮여 몹시 처량해 보였다. 그리고 이미 눈이 몇차례 내려 흰 눈으로 덮여 있는 산 정상은 더없이 적막하고 고독해 보였다.

하얀 눈으로 덮인 산 정상에 검은 점 하나가 유난히 눈에 띄었다.

북제(北齊)의 군기(軍旗).

경국 창저우 군대와 백성들은 북제의 군대를 별로 무서워하지는 않았다. 이십 년 동안 수차례 전투가 일어났지만, 북제가 한 번도 이기지 못했기 때문이다.

창저우 장군들이 걱정하는 것은 단 하나. 샹샨후 대장군.

창저우 성의 수장이 의심스러운 눈빛으로 그를 바라보았다.

'저들의 진의(眞意)가 뭐지? 정말로 전투를? 늦가을 혹한의 날씨에 전투를 일으킨다는 것은 죽음을 자초하는 일인데……공성? 샹샨후가 그런 멍청한 짓을?'

"장군, 북제인들이 세 길로 나누어 국경에 깊숙이 들어왔습니다."

장군 하나가 조급해하며 명을 재촉했다.

창저우 수장은 아무 반응이 없었다.

'성 안에도 2만의 수비군이 있고, 창저우 핵심 지역마다 4개의 군영이 있는데, 포위될 걱정은 하지 않는다? 샹샨후의 목적이 도대체 뭐지?'

그렇게 부하 장군들의 조급함에도 수장은 5일 동안 움직이지 않았다. 부하 장군들은 점점 수상쩍은 분위기를 느끼기 시작했다.

수상쩍은 분위기가 이곳만 있었던 것은 아니다. 국경 지대에서 북쪽으로 60리(里) 떨어진 작은 성. 이번 북제 대군의 본영은 이곳에 설치되어 있었다. 성 내의 한 저택 화로의 목탄이 한창 타오르며 붉은빛을 내고 있었고, 방안은 훈훈하여 그곳만은 따뜻한 봄바람이 부는 듯 느껴졌다.

북제 고위 장군 몇은 그 불도 쬐지 않고 걱정스러운 눈빛으로 탁자 위에 펼쳐진 남쪽의 군사 지도를 바라보다, 가끔씩 원수(元帥) 의자에 앉은 사람을 힐끔 쳐다보며 눈치를 보고 있었다. 샹샨후는 의자에 앉아 눈을 감은 채 생각에 잠겨 있다가 갑자기 눈을 뜨며 물었다.

"5일 째다. 창저우 쪽에 움직임이 있느냐?"

"창저우 성을 봉쇄한 후 나오고 있지 않습니다. 그리고 창저우 성 정면으로 들어간 4만의 기병 외 나머지 두 방향 6만의 기병은 장군의 명에 따라 아직 움직이지 않았습니다."

"남경 놈들의 인내심이 많이 늘었구나."

샹샨후는 의자에서 일어나 탁자로 걸어가 지도의 어떤 지점을 가리키며 말을 이었다.

"남경 놈들은 거만하여 기껏해야 이틀 더 참을 것이다. 성지가 징두에서 도착하기 전에 그들은 나와 전투를 벌일 것이야."

"만약 나오지 않으면 어떻게 할까요? 만약 그들이 4만의 기병만 깊숙이 들어가 있다는 사실을 눈치 채고 사방에서 포위해 달려들면, 손실이 너무 클까 걱정됩니다."

이번 군사 행동의 내막을 아는 이는 북제 황제와 샹샨후 대장군 둘. 대장군은 그 뜻을 설명하지 않았지만, 감히 누구도 그에게 묻지 못했다.

"몇 년 동안 우리가 수세에 처해 있었지만, 그렇다고 남경 군대를 너무 두려워할 필요 없다. 만약 옌샤오이가 살아 있었다면, 배짱 좋게 포위 공격을 했을 수도 있겠지. 그 뒤로 스페이가 왔지만 그도 징두 수비 통령으로 차출되었다. 지금 창저우에 누가 있느냐? 당시 옌샤오이가 뿜어내던 기염은 더 이상 찾아볼 수 없다."

샹샨후는 냉소적으로 말을 이었다.

"수성(守城)? 지금 그들에게 가장 좋은 선택으로 보이지만, 어쩔 수 없는 선택이기도 하다. 하지만 창저우 수장이 주위의 거만하기 짝이 없는 장군들의 공격 욕망을 계속 억제시킬 수 있을까?"

샹샨후는 단호하게 말을 했다.

"그래서 이틀 후다."

그리고 혼자 저택 밖으로 나왔다. 그는 찬바람을 맞으며 비로소 복잡한 심경을 눈빛에 드러냈다. 얼마 전 입궁했을 때, 북제 황제가 그를 따로 불러 어떤 대가를 치르더라도 출병을 하라 명을 내린 장면이 눈앞에 어른거렸다.

목적은 창저우를 공격함으로써 옌징 군대를 유인해 동이성이 받고 있는 압력을 줄이는 것.

'징두의 그 인간이 경국 황제와 척을 졌다고, 그 일에 북제가 이렇게 큰 대가를 치른다? 수지에는 맞는 것인가……'

수지에 맞든 안 맞든 북제의 이번 군사 행동은 결국 대가를 치렀다. 샹샨후의 분석대로 6일째 되던 날 경국 군대는 강력한 반응을 보이며 창저우 성에서 나와 북제 국경 방향으로 돌진했다.

이 하루, 대륙 중북부 황원 세 군데에서 거대한 화염이 치솟았고, 순식간에 살육의 광경이 펼쳐졌다. 기병이 선두에서 치고 나가고, 화살이 비처럼 쏟아지고, 장창(長槍)이 황야를 찌르고, 붉은 피가 강처럼 넘쳐 흐르고……화염이 치솟은 곳마다 피범벅이 된 시체들이 쌓여가고, 죽음의 소리가 하늘의 구름을 뚫을 듯 보였다.

오랫동안 열리지 않은 죽음의 장막을 샹샨후가 걷어 젖혔다.

그날 밤, 창저우 4개 군영 중 두 군데에서 밤을 꼬박 샌 행군으로 원군을 보내왔고, 그들은 쉴 틈도 없이 포위 공격을 준비하고 있었다. 그런데 이상한 일이 벌어졌다. 한번의 대대적인 전투를 벌인 후, 북제의 군대가 1천 명의 넘는 시체를 버려둔 채, 상상도 못할 빠른 속도로, 마치 준비하고 있었다는 듯이, 도망가기 시작한 것이다.

이상한 전투가, 오묘하게 끝나 버렸다. 경국은 지형적 이점과 병력의 우위를 이용해 승리했고, 북제는 패배하여 도망갔다.

하지만 너무 빨리 도망갔다.

원군이 오자마자 바로 도망갔다.

창저우 우두머리 장군들은 깊은 고민에 빠졌다.

'왜 이런 짓을 한 거지?'

그들은 자신들이 샹샨후 장군의 적수가 되지 않는다는 것을 알고 있었지만, 이번에는 정말 그의 생각을 읽을 수가 없었다.

그래서 더욱 두려웠다.

둘째 날, 전보(戰報) 하나가 경국 본영으로 날아들었다.

정면 외 나머지 두 길로 들어온 북제의 정예병들을 공격하러 갔으나, 원래 그들은 아주 소수를 제외하고는 후방에 있었으며, 경국 군대가 공격을 하자마자 싸우지도 않고 도망가 버렸다는 것이다.

4만의 군대보다 더 빠르게 도망갔다.

본영에 있는 장군들은 더욱 당황하게 되었다. 하지만 그들은 경국 군대의 타고난 거만함과 이십여 년간 쌓인 자신감으로 침입해온 북제 군대를 쫓기로 결정했다. 다시는 경국 국경을 공격할 엄두를 못 내게 하기 위해. 그래서 북제 국경을 넘어 돌진했다.

셋째 날, 좋지 않은 소식이 들렸다.

4만의 북제 정예병들이 추격에 쫓겨 북쪽으로 달린 지 얼마 되지 않아 기묘하게 동남쪽으로 방향을 틀어 동이성 세력 하의 송나라 국경으로 들어가 작은 성 하나를 점령했다는 것이다. 더욱 이상한 것은 송나라가 저항하지도, 동이성이 어떤 반응을 내놓지도 않았다는 것이다.

그리고 얼마 후 경국의 장군들은 깨닫게 되었다. 샹샨후가 들어간 성은 원래 척박한 땅이라 아무도 주목하지 않는 곳이었다. 하지만 그가 들어간 후 군사 지도를 보던 경국 장군들은 그 성의 위치가 옌징성과 창저우성 중간의 오묘한 곳, 다시 말해 경국 군대에게는 불편한 곳에 있었다는 것을 알게 되었다.

'이것이 샹샨후의 진정한 의도였나?'

이번 전투는 이런 이상한 결과로 끝나는 것인가?

수일 후, 감사원 4처의 정보가 옌징과 창저우로 날아들었다. '북제에서 군사 행동에 나선 10만의 대군은 각자의 본영으로 돌아가지 않고, 모두 경국 국경 가까운 곳에서 군영을 꾸려 주둔한다. 그리고

북제에서 군수 물자와 식량을 지속적으로 공급 중이다.'

이 정보를 들은 모두의 심장이 빠르게 뛰기 시작했다.

'드디어 천하의 대 전쟁이 내년 봄에 시작되는 것인가?'

왕즈쿤은 옌징성에서 이 모든 상황을 지켜보며 한기와 함께 분노를 느끼고 있었다. 이미 그는 흑기병과 대치하던 군대의 대부분을 창저우 방향으로 돌리는 명령을 내린 상태였다. 다만, 그의 분노는 판시엔을 향해 있었다.

'판시엔이 이용한 변수가……북제와 결탁하는 것이었다니!'

다음 날, 마침내 모두가 기다리던 성지가 옌징으로 도착했고, 그 내용이 무엇인지 아는 사람은 몇 없었지만, 성지가 내려진 이후 북방과 대치하던 경국 군대의 긴장감은 많이 해소되어 있었다.

바로 이어서 동이성 성주(城主) 윈즈란은 성명을 발표하였는데, 동이성 세력 내 송나라에 침입한 북제 침략자를 강력하게 비난했고, 동이성은 위대한 경국 황제 편에 서서 파렴치한 침입자에게 가장 맹렬한 공격을 퍼부을 것이라는 내용이었다.

그리고 동이성 내 가장 공포스러운 존재인 검려 열한 명의 제자들이 흔적도 없이 자취를 감추었으며, 이 소식을 들은 샹샨후 본영의 경계가 더욱 강화되었다.

이렇게 대륙의 중북부 지역에서 긴장감이 고조되고 있을 때, 북제 황궁은 너무나도 평화스럽고 조용했다. 북제 황제의 총애를 받고 있는 스리리 귀비는 침대에 늘어져 있는 황제를 보고 가볍게 말했다.

"판시엔을 대신해서 폐하께서 동이성을 보호하셨고, 그를 위해 얼마나 많은 대가를 치르셨는데, 그가 어떻게 이 은혜를 갚을지 궁금하네요."

"은혜를 갚아?"

북제 황제는 부드럽게 자신의 배를 쓰다듬으며 조소하며 말했다.

"그 사악한 놈은, 성인(聖人)을 가장한 파렴치한은, 짐이 제멋대로 전쟁을 일으켰다 욕하지나 않을지 모르겠구나."

황제는 낮은 침대에서 천천히 일어나 스리리가 건네주는 두꺼운 검은색 외투를 걸치고 창가로 가서 휘날리는 눈꽃을 바라보았다.

"천핑핑이 죽은 후, 지금 천하에서 대국을 시작할 수 있는 사람은 세 사람 밖에 남지 않았다. 허나, 짐은 천핑핑이 마지막에 이런 수를 놓을 줄은 생각도 하지 못했구나……."

황제는 크게 한번 탄식을 한 후 말을 이었다.

"쿠허 국사가 죽기 전에 왜 천핑핑의 생명을 연장하려 했는지 이제야 알겠다. 그가 맞았어. 판시엔이 그 늙은이와 척을 지게 하는 것은, 처음부터 천핑핑만이 선택할 수 있는 수였어. 허나, 짐은 왜 천핑핑이, 어떤 원한으로 그리 하였는지는 잘 모르겠구나. 당시 그 '여자'와 관련이 된 것이겠지?"

스리리는 그녀 옆으로 와 걱정스러운 표정으로 손난로를 건네주며 말했다.

"세 명 중에 판시엔도 포함되나요?"

"당연히 판시엔은 그럴 자격이 되지. 분명 동이성 내에도 어떤 것을 준비해 놓았을 것이다. 경국 황제도 그를 막다른 길로 내몰지는 않고, 천천히 그를 굴복시키려는 것 같구나. 그건 분명 그가 가지고 있는 힘이 경국에 도움이 된다는 것이겠지. 물론, 그것은 다른 말로 하면, 판시엔 손 안에 있는 역량을 경국 황제가 두려워하고 있다는 것일 테고."

"날씨가 추워요. 창가에 너무 오래 서 계시지 마세요."

스리리는 조심스럽게 황제의 눈치를 살피며, 곁눈으로 검은색 외투가 가리고 있는 복부를 훑어보았다. 황제가 민감한 촉으로 그 시선을 느끼고, 입술을 살짝 물며 싫다는 기색을 표출하였다. 스리리는 저도 모르게 웃음이 터졌다.

"판 대인이 폐하의 지금 상황을 알지 모르겠네요. 또, 알게 되면 어떤 반응을 보일지……."

"그놈은 무정하기 그지없지만……속은 유약하지."

황제는 일말의 동정심도 없이 그를 비판하기 시작했다.

"몇 개월간 그놈이 한 일이 얼마나 순진하고, 유치하고, 멍청했느냐! 한 시대를 바꾸겠다는 인물이, 되도록이면 사람들이 적게 죽었으면 한다? 정말 들어본 말 중에 가장 황당하구나……그는 경국 황제를 너무 과소평가했어."

"폐하께서 정말 그를 도와 동이성을 지켜 주실 건가요?"

"짐은 북제의 주인으로서, 어찌 남자 하나 때문에 짐의 군사들을 희생시킬 수 있겠는가. 허나 그를 돕는 것은 북제를 위한 일이기도 하다. 남경이 혼란에 빠지지 않으면, 북제가 받는 압박이 너무 크다. 그리고 남경은 북벌의 생각을 버리고 있지 않으니, 샹샨후 대장군이 가서 미리 염탐하고 중요한 위치를 점하는 것도 중요하다."

"샹샨후 장군이 조금 걱정되네요."

"그가 짐이 판시엔과 손을 잡고 샤오은을 죽인 것에 원한이 있겠지만, 그도 군을 이끄는 북제의 대장군으로서 사적인 복수를 위해 천하를 저버리는 일은 하지 않을 것이다……짐도 그러하니, 샹샨후 대장군도 그러할 것이다."

"하지만 이번 행동으로 판 대인이 남경에서 입장이 곤란해질 것 같네요. 결국 그가 북제와 결탁했다는……."

"짐은 남경 사람들이 그것을 눈치 채는 것을 걱정하지 않는다. 그리고 어차피 숨길 수도 없는 일이다. 그것은 판시엔이 감당할 몫이지."

"폐하께서 판시엔을 샹징으로 오게 할 생각을 버리지 않으셨군요……하지만 그것도 그가 일단 살아남아야…….”

“그가 살아남아도 북제로 오지 않는다면, 짐이나 너의 입장에서는 그가 죽는 것과 무슨 차이가 있느냐?”

스리리는 고개를 살짝 들어 그녀를 바라보다, 갑자기 입을 열었다.

“뒤뒤는 이 일을 모르겠지요?”

“아가씨 스승님은 초원에 있는데, 우리 측 사람들이 모두 죽어 연락하기가 쉽지 않구나.”

이 말과 함께 그녀는 고개를 숙였는데 저도 모르게 오른손을 들었다 멈칫했다. 그녀는 마치 자신의 배를 쓰다듬고 싶어하는 듯했지만 한참을 그러지 못했다.

하지만 결국, 쓰다듬었다.

“폐하, 전보(戰報)가 도착했습니다.”

궁전 밖에서 나이든 태감의 쉰 목소리가 들리자, 북제 황제는 재빨리 고개를 들었고, 그녀의 눈가에 스치던 온화함은 이미 사라져 있었다. 스리리는 그녀의 검은색 외투에 금색 허리띠를 단단히 묶어 주었다. 그리고 ‘그녀’는 황제의 위엄이 남기는 발걸음을 천천히, 안정적으로 옮겼다.

이미 밖에는 랑타오와 허다오런이 ‘그’를 기다리고 있었다.

대륙 중북부의 소식이 징두에 전해졌을 때, 징두는 이미 초겨울에 접어들고 있었다. 그리고 하늘은 가을비로 습기를 모두 떨어뜨린 듯, 구름 한점 없이 맑았다. 하지만 그 소식은 마른 하늘의 날벼락 같이 판시엔의 머리 위로 떨어졌다.

제일 먼저 류씨 어른이 그를 찾아와 밤새도록 이야기를 나누고 갔다. 그는 류씨 부인의 친아버지니, 촌수상 판시엔의 할아버지 뻘

이었다. 그는 공작이었지만 정사에 관여하지도 않고, 저택을 나서는 일도 매우 드물었지만, 이번 일만은 나서지 않을 수 없었던 것이다.

판시엔과 북제의 결탁.

판시엔은 꾸지람을 들었지만 반박하지도, 대꾸하지도 않았다.

하지만 사람들이 더 이상하게 생각한 것은 황제가 아무런 반응을 보이지 않았다는 것이다. 이를 미리 예상하고 있었던 판시엔은 냉소를 지을 수밖에 없었다.

'천하에 전쟁을 일으키려던 황제 늙은이께서 어찌 이런 좋은 명분을 마다하실 수 있으오리까.'

물론 판시엔도 북제가 그런 식으로 자신을 도와줄지 생각 못했었다. 왕치니엔이 샹징에 도착할 시간이었지만, 그의 편에 보낸 뜻은 두 사람의 정을 생각해서 동이성을 좀 '도와달라'는 정도였지, 대군을 보내 달라는 것은 아니었기 때문이다.

북제의 그러한 행동은 자신과 동이성에게 반년 정도의 시간을 더 벌게 해주었지만, 그의 처지를 가장 곤경에 빠트리게도 한 것이다.

동짓날 대황자 저택에서 대황자가 없는 어색한 연회가 열렸고, 며칠이 지나 판씨 저택에서 또 한차례 연회가 열렸다. 하지만 이번 연회에 초대된 사람은 단 네 명. 판시엔의 제자 넷.

양완리는 감옥에서 나온 후 판씨 저택에서 요양 중이었는데, 아직 움직이기가 불편하여 가장 편한 상석에 앉았다. 판시엔의 제자 중 가장 승진이 빨랐던 청쟈린은 단지 '판시엔의 제자'란 이유로 수저우 주지사 자리에서 내려왔고, 그것도 모자라 징두로 돌아와 조사를 받았는데, 판시엔이 한달 동안이나 사방으로 뛰어다녀 그의 목숨 정도만 건져냈다. 그는 양완리 아래쪽에 앉아 망연한 표정으로 짧은 탄식만 내뱉고 있었다.

오늘 준비한 탁자는 두 개였는데, 한 탁자에 앉기로 한 판시엔, 양완리, 청쟈린이 다 앉았지만 그들은 여전히 비어 있는 탁자 하나와 의자 두 개를 바라보며 사람을 기다리고 있었다.

그때, 눈보라를 헤치며 하인의 안내를 받아 누군가 들어왔다. 최근 몇 년간 경국을 떠나 천하를 돌아다니며, 판시엔의 뜻에 따라 기방 산업을 운영하고 정보망을 구축한 스챤리.

스챤리는 거실에 들어오자 판시엔에게 공손히 예를 올리고 몸을 살짝 돌려 양완리와 청쟈린에게 쓴웃음을 지은 후, 앞으로 성큼성큼 다가가 말없이 오래된 친구들을 '꽉' 안았다. 양완리와 청쟈린은 서로 눈빛이 마주치자 그들도 쓴웃음을 한번 짓고는, 이내 다같이 '한담'을 나누기 시작했다. 하지만 자신들이 당한 처참한 일들을 언급하지도, 조정과 황실에 대해 비판하지도 않았다. 더 이상 이 일로 스승에게 부담을 주기 싫었기 때문이다.

한참이 지났다. 아직 판시엔을 포함한 넷은 여전히 대화를 나누고 있었고, 모두 말로는 내색을 못했지만 표정은 점점 일그러지고 있었다. 청쟈린이 판시엔을 힐끔 보며 중얼거리듯 말했다.

"눈이 많이 내리네. 오는 길이 쉽지 않겠어."

양완리는 말을 받아주지 않고 잔에 든 술을 다 마셔 버렸다. 스챤리는 약간 이해가 되지 않는다는 표정으로 판시엔의 눈치를 살피며 청쟈린에게 말했다.

"이상하네. 내가 듣기로 지챵은 7일 전 이미 징두로 왔다고……그런데 다행히도 조정에서 죄를 묻지도 않고 용서해 주었다고."

판시엔은 어색한 분위기에, 어색한 웃음을 지으며 말했다.

"연말 아닌가. 관원들과 동료들의 연회가 많으니, 못 올 수도 있는 거지."

말은 이렇게 했지만, 판시엔도 지금의 상황이 받아들이기 쉽지는 않았다. 그는 천천히 제자 셋의 얼굴을 훑어보며 마음이 심란해졌다.

스챤리는 송나라에 있었지만 이번에 위험을 무릅쓰고 징두로 달려왔고, 양완리는 더 말할 것도 없고, 청쟈린은 원래 그의 유약한 성격 때문에 사실 판시엔도 이 상황에서 그가 어떻게 할지 확신이 없었는데, 그는 의외로 관직이 다 빼앗기고 목숨을 잃을 뻔한 상황에 처해서도 판시엔을 떠나지 않았다.

그런데 호우지챵은 정말 의외였다.

판시엔이 입을 열자 스챤리가 숨김 없이 말하기 시작했다.

"오늘 허 대학사 저택에서 연회가 열립니다. 당시 스승님이 징두에 오기 전까지 그들은 징두에서 이름난 수재 둘이었고, 둘 간에 교제도 제법 있었습니다."

침묵하던 양완리가 마침내 이를 악물고 입을 열었다.

"대단한 지챵이네. 배반도 엄청 빠르구만. 다음에 만나면 반드시 칭찬 한번 해줘야겠어."

"정말 지챵 형님이⋯⋯아⋯⋯."

청쟈린의 탄식이 들리자 판시엔은 되려 웃으며 말했다.

"식기 전에 먹자고. 사람들은 각자의 뜻이 있는 거야. 현재 내가 조정에서 일을 할 수 없으니, 지챵이 만백성을 생각해서 일을 하고 싶으면 허 대학사와 가까워질 수밖에 없잖아. 정상적인 일이야."

판시엔은 호우지챵을 이해할 수 없는 것이 아니었다. 다만, 즐거울 수는 없었고, 지금 연회를 열고 있는 허종웨이에게 좋은 마음이 들 수는 없었을 뿐.

술이 세 잔 돌고.

"완리는 이미 내 집에 머물고 있고, 쟈린도 가족들은 수저우에 있으니 차라리 내 집으로 들어와. 수저우 가족들을 위해서는 내가 이미 다 손을 써 놨으니 걱정할 필요 없어."

스승이 입을 열자, 세 사람은 동시에 조용해졌다.

"시간이 지나면 다 괜찮아질 거야. 내가 오늘 너희들을 부른 것은, 너희들이 조정이나 나에게 원한을 가지는 건 좋지만, 그것 때문에 너희들 스스로를 해하거나 자책할 필요 없다는 걸 말해주기 위함이야."

그는 쓴웃음을 한번 지었다.

"오늘 보니, 지챵 그쪽은 내가 신경 쓸 필요 없이 잘하고 있네."

판시엔은 다시 미소를 지었다.

"내가 너희들 처음 만났을 때 했던 말 기억해? 난 그것밖에 없어. 그리고 너희들이 나에게 해를 끼칠 거라 생각해 본 적은 한번도 없어. 지챵은 그 자신만의 생각이 있어 보이지만, 그렇다고 날 팔아 넘길 거라 생각하지 않아."

판시엔은 진지하게, 천천히 말을 이었다.

"그동안 너희들이 나를 따라 관직을 맡았고, 또 각자의 자리에서 힘을 많이 써 줬지. 그럴 수 있었던 것은 상황이 좋았기 때문이야. 하지만 지금은 상황이 그렇게 좋지 않으니, 너희들이 좀 참고 견딜 수밖에……그리고 너희들이 날 돕고 싶어하는 마음은 고맙지만, 오늘부터는 그럴 필요 없어. 어차피 내 문제는 조정 관원들이 해결할 수 있는 일도 아니야."

청챠린은 '네'라고 대답을 하며 판시엔이 했던 말을 떠올렸다.

'사람이 되고, 관원이 되어라.'

"지금은 관원이 될 수 없으니, 착실하게 사람이 되자."

연회가 끝나고 양완리와 청챠린은 후원의 사랑방으로 가서 휴식을 취했고, 판시엔은 스챤리를 데리고 서재로 들어갔다. 스챤리는 그곳에 들어가자마자 더 눈치를 볼 필요가 없어졌다는 듯 한차례 호우지챵에 대해서 시원하게 욕을 퍼부었다. 판시엔은 그 모습을 보며 고개를 저었다.

"지챵은 서생이고, 한 명의 관원일 뿐인데, 설령 권세에 빌붙는 것을 배우기 시작했다 하더라도 뭐가 그리 잘못된 것이냐. 그리고 내가 그를 해할 걱정은 할 필요 없어. 내가 그렇게 한가하지도 않고. 그 일은 그만 이야기하고, 내가 조사하라 한 것은 어떻게 되었어?"

"동이성과 북제에는 별다른 움직임이 없습니다. 겉으로는 전투처럼 보였지만 실질적인 충돌은 거의 없었습니다. 공디엔 관련해서는 확실히 수상합니다. 추밀원이 2개월 전에 남조국 변경으로 동원령을 내렸는데, 너무 감추고 있어서 무슨 내용인지 알 수가 없습니다. 감사원의 협조가 없으니 정보를 분석하기가……."

"갑자기 남조국? 거기 무슨 문제라도 있어?"

"예중의 큰 아들이 그곳에 있는데, 남조국에 별다른 일이 없으니, 아마 관례에 따라 병사를 반쯤 줄이고 징두로 돌아와 보고 하라는 내용이 아닐까……하지만 시간을 가지고 유추해 보면, 지금쯤 징두에 왔어야 하는데, 아직 남조국에서 징두로 오는 길에 군대 이동은 없습니다."

"네 말은 그들이……다른 곳으로 갔을 수 있다?"

판시엔은 어떤 무서운 가능성이 떠올랐다.

"그렇게 많은 병사가 움직이는데 천하를 속일 수 있는 건가?"

"처음부터 남쪽을 주시했으면 알 수 있었을 텐데, 그동안 포월루는 징두, 동이성, 북제 쪽으로 집중하는 바람에……."

"네 탓은 아니고……."

판시엔은 머리가 지끈거려 태양혈을 지긋이 눌렀다.

"예링알의 오빠……그 자식은 오래 전부터 징두에 없어서 내가 신경을 쓰지 않았지. 진짜 남쪽 변경군에 동원령이 내려졌고, 그들이 아직 징두에 오지 않았고, 동쪽으로 갈 리는 없고, 그럼 서쪽으로……지금쯤 이미 딩저우에 도착한 것 아니야?"

'이건 큰 실수인데⋯⋯덩즈위에, 하이탕, 홍청⋯⋯.'

"공디엔이 딩저우에 갈 때 이미 징두 수비군 1만과 금군 2천을 이끌고 갔었는데, 서쪽에 군사가 더 필요할 이유가 있을까요?"

"그건 나도 아는 사실인데, 황제가 이런 식으로 대규모 군사 이동을 시킨다? 정말 천하가 한번 크게 움직이는 것인가?"

"사실 남쪽, 동북쪽은 현재 어느 정도 안정된 상태이니, 폐하께서 일단 서량로를 평정하시고, 전력을 다해 북벌을 시작하시려고 하는 건 아닐지⋯⋯."

"서량을 평정한다는 것은, 초원의 그 사람들을 겨냥하는 것인데⋯⋯."

'이미 나의 생각을 황제에게 읽힌 것인가? 그가 북제의 군사 행동에서 침착했던 것은, 이미 나의 의도를 파악하고 모든 군사력을 집중해 서쪽에서 크게 한방 날리려고 한 것인가?'

판시엔은 말로 하지 못할 피로와 실망감이 동시에 몰려왔다.

"세자에게 빨리 상황을 알려야 할 것 같습니다."

판시엔은 한참 침묵하다, 겨우 겨우 입을 열었다.

"늦었어⋯⋯."

겨울의 초원은 춥고 건조했다. 북쪽에서 불어온 바람은 북해를 거치며 습기를 머금고 있었지만, 또 다시 황량한 고비사막을 거치며 메마른 찬기만 남겨졌다. 초원이었지만 풀은 보이지 않았고, 말발굽마저 불편하게 만드는 얼어붙은 흙만 끝없이 펼쳐져 있었다.

왕년의 겨울이었다면, 하늘을 나는 새들은 호수 옆에서 매혹적인 푸르름을 찾아볼 수 있었겠지만, 오늘은 새들도 그런 서식지를 찾아볼 수 없었다.

새들의 눈에 보이는 것은 모두 붉은 핏빛. 모래도, 둥근 자갈도,

얼어버린 풀뿌리도, 땅굴에서 나온 들쥐마저도 온통 핏빛이었다.

홍산(紅山) 입구. 경국에서 초원으로 들어가기 위해 꼭 거쳐야 하는 관문. 본래 붉은빛을 띠는 홍산이, 하늘에서 내려준 붉은빛에 사람의 선혈이 더해져 유난히 빨갛게 보였다.

경국인과 서만족의 시체들.

곳곳에 시체, 곳곳에 선혈. 일부 황량한 언덕에서는 여전히 잔혹한 전투가 진행 중이었다. 일부 서만족 용사들이 용감하게 버티고 있었지만, 이미 자신들의 열 배가 넘는 숫자의 경국 병사들에게 포위되어 마지막 피를 뿜어내고 있었다.

추운 겨울의 초원. 예년 같으면 서만족들은 차가운 공기를 피해 초원의 더 깊은 곳으로 이동해 쓰라린 추위를 견디고 나서 그 다음 해 초 다시 초원으로 돌아왔을 것이다.

올해는 달랐다. 좌현왕 수하 제1고수 후거 대인이 용사들을 이끌고 용감하게, 혹은 무모하게 경국 서량로로 진격한 것이다. 서호 사람들이 이해하지 못한 것은, 평소 생각이 진중하고 사려 깊은 서호 지배자 선우가 왕장에서 하루 정도 고민한 후 후거보다 더 많은 기병들을 이끌고 그 공격을 지원했다는 점이었다.

하지만, 후거도 선우도, 심지어 서호의 어느 누구도 예상 못했던 것은, 홍산 입구에서 무려 2만의 경국 기마병들과 7만의 딩저우 군이 매복하고 있었다는 것이다. 심지어 그 경국 군대는 서만족들의 공격 방향, 공격 시간 등을 이미 다 알고 있는 듯 보였다.

후거의 공격도 의외였지만, 경국 군대의 매복은 더욱 의외였다.

이렇게 '의외'가 만나, 수만 명이 목숨을 잃은 칭저우 대첩이 역사책에 기록되었다.

황량한 언덕 위. 주변엔 이미 시체로 가득했고, 선혈이 모래 속에 흥건했다. 서만족의 용사들은 마지막 한 명이 남을 때까지 용맹하게 싸웠지만, 그마저도 경국 병사들에게 포위되어 있었다. 경국의 장군은 부하들의 공격을 멈추게 하고 화살로 조준 명령을 내렸다.

"투항해라."

상처투성이의 후거가 무겁게 호흡을 했다. 핏발이 서서 붉은 핏빛이 되어 버린 그의 두 눈이 경국 병사들을 사납게 노려보았다.

"으아아악!"

그는 칼을 높이 들어 자신의 가슴에 쑤셔 넣었다.

후거는 장렬하게 죽었다. 그는 여전히 눈을 감지 못한 채, 원망 가득한 눈빛으로 하늘을 바라보았다. 그는 아마 원혼이 되어 징두로 날아가, 이렇게 이치에 맞지 않는 일을 벌인 젊은이에게 물어보고 싶었다.

'왜? 도대체 왜!'

하늘에서는 매 한 마리가 이 모든 장면을 무심한 눈으로 지켜보고 있었다. 그리고 4천 명의 기병 부대가 초원 방향으로 달려오는 것을 보자 더 넓게 날개를 펼치며 초원의 더 깊숙한 곳으로 날아갔다. 그 매는 죽음의 비명 소리에 놀란 듯 더 높이 더 멀리 날아갔고, 작은 언덕 앞에서 마침내 찬 구름을 뚫고 내려왔다.

작은 언덕에는 수천의 서호 병사들이 있었다. 그들은 홍산 전투에서 힘겹게 도망쳐 나온 듯 온몸의 상처에서 피가 흐르고 있었다. 하지만 선우 수비다는 차가운 눈으로 먼발치에 있는 홍산 입구만 노려보고 있었다.

'초원을 배반하고 감사원과 결탁한 자의 최후……어리석은 놈. 감사원을 믿다니…….'

그는 매를 보자 재빨리 부하들에게 신호를 보내며 옆에 있는 여인에게 물었다.

"본왕(本王)을 따라갈 것인가?"

"전 남경으로 가요."

그녀의 목소리에는 강한 자책과 반성의 기색이 담겨있었다.

"해명을 들어야 해요. 최소한 죽은 이들을 위한 어떤 변명이라도 필요해요."

수비다는 더 말을 하지 않고 빠르게 초원의 더 깊은 곳으로 사라졌다. 이것이 서호가 대패한, 서호의 미래에 지대한 영향을 끼친 칭저우 대첩이다. 하지만 그 영향은 여기서 끝나지 않았다. 4천의 기병들이 반년 동안이나 초원을 누비고 다니며 서호 왕장의 잔병들을 추격해 말살하였다. 그리고 그들이 다음 해 봄 칭저우로 돌아왔을 때에는 8백 명도 채 되지 않았다.

경국 황제의 모략과 이 젊은 장수의 활약.

그들은 서호 수비다의 마지막 남은 의지까지 모두 꺾어 버렸다.

예완(葉完, 엽완).

남경 추밀원 정사 예중 원수(元帥)의 장남이자, 왕비 예링알의 오빠. 열일곱 때 딩저우군을 떠나 남쪽 변방으로 갔고, 지금까지 징두 사람들에게, 또 판시엔에게 잊혀져 있던 사람.

그가 칭저우 대첩을 진두지휘하고 있을 때, 경국 서량로 '명의상' 대장군인 리훙쳥은 딩저우 군부 관아에 연금되어 있었다. 그리고 금군 통령 자리를 떠나 딩저우에 와서 그의 업무를 인계할 공디엔도 같이 있었다. 그들은 그곳에서 아무 말 없이 칭저우로부터 전해오는 전보(戰報)를 보고 있었다.

"군을 지휘하는 것은 내가 예완보다 못하지."

"예완은 딩저우에서 세 살 때부터 말을 타고 무술을 익혔습니다. 하지만 아버지가 자신이 공을 세울 기회를 막는 것에 반발해 남쪽으로 가 버렸지요."

"징두에서 그의 소식을 한동안 듣지 못한 것도 당연한 거군."

"예중 원수(元帥)가 그렇게 한 것은, 너무 어려서부터 큰 공을 세우면 사람들의 이목이 집중되는데, 실로 그렇게 좋지 않기 때문입니다. 당시 친씨 어르신의 장남처럼."

"실력으로는 친형도 예완만 못하지. 예중 대인의 안목이 역시 넓고 깊네."

"모든 딩저우 군의 염원은 서호를 평정하는 것이었습니다. 헌데, 판시엔이 세자에게 무슨 말을 했는지 몰라도, 세자의 대장군 자리를 지키기 위해 외적과 결탁했다는 것은……전 판시엔의 그런 파렴치한 행동을 절대로 인정할 수 없습니다."

"자네는 날 뭘로 보는 것인가? 판시엔은 또 어떻게 보고? 설령 예완이 오지 않았더라도, 난 나만의 계획이 있었네. 내가 후거가 이끄는 서만족이 조금의 이득이라도 취하게 놔두었을까?"

"어차피 일어나지 않은 일입니다. 그러니 세자는 모든 것을 되돌릴 기회가 있습니다. 허나……폐하께서는 이 일로 판시엔에게 많이 실망하셨을 것입니다."

공디엔은 잠시 멈칫하다 말을 이었다.

"세자가 징두로 돌아가면, 저 대신 말 좀 전해주십시오. 전 그동안 판시엔을 좋게 봤는데, 이번 일로 많이 실망했다고……어떻게 병사들의 피를 하나의 패(牌)처럼 쓸 수 있습니까?"

리훙청은 깊고 깊은 한숨을 내쉬고, 웃는 듯 마는 듯한 표정으로 공디엔을 바라보고 한참을 침묵하다 마침내 입을 열었다.

"공디엔, 자네는 아직 판시엔을 모르네. 그가 경국 병사들의 목숨을 무시하는 사람이었다면, 지금의 경국은……자네는 그의 능력을 과소평가했어. 그리고 자네는 그의 인품도 얕본 거야."

대장군 저택으로 돌아온 리훙청은 서재에 있는 커다란 지도를 한참 동안 넋이 나간 듯 바라보다 옆에 있는 문객에게 말했다.

"난 곧 징두로 돌아 가야 해. 내가 널 딩저우 밖으로 나가게 할 수는 있지만, 그 이후부터는 너의 몫이야."

"즈위에, 대인의 큰 은혜에 깊이 감사드립니다."

덩즈위에는 징두 소식을 들은 후 아무도 예상치 못하게 리훙청의 저택에 숨어 있었던 것이다. 그는 탄식을 하며 말을 이었다.

"이번 칭저우 대첩은 예완 장군의 신과 같은 용병술도 있었지만, 감사원의 전면적인 협조가 없었으면 이런 대승은 불가능했을 겁니다. 옌빙원이 딩저우에 계속 있었다는 것을, 판 대인은 아마 모르셨을 겁니다. 그렇게 보면 판 대인의 모든 계략이 전부……폐하의 계산하에 있어 보입니다. 저도 상황이 여기까지 이르니 경국의 한 사람으로서 후거에게 더 이상 상황을 전달하지 못했고……판 대인도 이 점에 대해서는 이해해 주실 겁니다."

"갑자기 공디엔의 말이 일리가 있다는 생각이 드네. 판시엔이 아무리 발버둥 쳐 봐야 결국 폐하의 손바닥 안인데, 경국의 모든 백성들을 위험에 빠지게 할 생각이 아니라면, 굳이 그렇게 고생할 필요가 있을까?"

경력 10년 늦은 겨울, 대장군 리훙청이 성지를 받고 징두로 돌아왔다. 그는 서른의 나이로 추밀원 부사(副使) 자리에 오르는 영광을 얻었지만, 사실 그 자리는 명예로운 한직(閑職)일 뿐이었다. 그 이전에 친형이 그 자리에 올랐었지만, 그의 비참한 최후는 천하가 알고 있는 사실이었다.

리훙청은 가장 먼저 입궁하여 황궁으로 들어갔고, 황제는 화를 내지 않고 그를 맞이하여 서량로의 풍경에 대해서만 한담을 나누었지만, 훙청은 어서방에 있는 판뤄뤄를 보고 마음이 축 처졌다. 그는 저택으로 돌아와 방금 연금에서 풀린 아버지와 가련한 여동생을 보며 한동안 아무 말도 하지 못했다. 하지만 징왕은 호탕하게 웃고는 아들의 어깨를 두드리며 위로했다.

"큰일 없이 돌아와서 다행이다. 네가 지금까지 그곳에서 버틴 것만으로, 그놈에 대한 의리는 지킨 거야."

홍청은 쓴웃음을 지었고, 이미 많이 늦은 시각이었지만 발걸음을 곧장 판씨 저택으로 향했다. 친구 둘이 서재에서 무슨 말을 나눴는지 모르겠지만 황실에서도 별로 신경 쓰지 않는 듯 보였다. 판시엔이 마지막으로 나지막이 말했다.

"저도 일이 그렇게 되어 버릴지 상상도 못했네요."

판시엔은 죄책감이 가득 담긴 이 말을 하며 자리에서 일어나 그를 한번 '꽉' 끌어안고 그의 등을 세차게 몇 번 두드렸다.

그리고 그를 서재 밖으로 배웅했다. 저택 밖으로 나가던 홍청이 갑자기 고개를 돌려 우려 섞인 눈빛으로 조용히 말했다.

"덩즈위에는 도망쳤지만, 자네 왕치니엔 조직원 몇은 서량로에서 죽었을까 걱정이네. 감사원 내부 일이라 나도 사정은 잘 몰라. 자네가 감정 조절을 잘 하게."

"저도 누가 배신한 것인지 잘 모르겠지만……이번에 옌빙윈이 그곳에서 직접 지휘를 했다면 어차피 뻔한 결과였어요. 그래도 너무 걱정 마세요. 전 복수 같은 것에는 큰 관심이 없어요. 조금 당황스럽긴 하지만……."

"이왕 당황했으면, 당분간 좀 가만히 있어."

리홍청은 판시엔이 배웅하겠다는 의사를 거절하고, 마치 그의 아버지가 자신에게 했던 것처럼 판시엔의 어깨를 두드려 주었다.

홍청의 외롭고 고독한 뒷모습을 한참 바라보던 판시엔이 서재로 돌아와 다시 의자에 앉았다. 그리고 홍청이 전한 궁디엔의 자신에 대한 평가를 떠올리며 얼굴을 붉혔다.

'경국 병사의 피를 내가 패(牌)로 쓴다고?!'

판시엔은 긴 한숨을 내쉬었지만, 달리 설명할 방법이 없었다.

'내가 지금 이러는 것이 피를 조금이라도 줄여보려 하기 위함임을 누가 알아줄까? 나와 황제 늙은이 간 전쟁의 여파를 조금이라도 줄여 보기 위한 것임을…….'

판시엔은 또 한번 긴 한숨을 내쉬었다. 칭저우 대첩이 뜻하는 바를 그 자신이 가장 잘 알고 있었기 때문이다. 자신이 서량로에서 어렵게 만들어 놓은 모든 기반이, 황제에게 완벽하고 깔끔하게 이용당해 버린 것이다.

판시엔은 속으로 황제의 능력에 감탄함과 동시에, 절망감 혹은 일종의 공포가 몰려왔다.

"들었지? 이 결과는 나와 아무런 관련이 없어."

꽃무늬 적삼을 입은 하이탕 뒤뒤가 그의 앞으로 모습을 드러냈다.

"하지만 그 시작은 홍이청이 나에게 전한 말이었어."

"난 왕장이 후거의 출병에 동의를 해주라 전한 것이지, 선우 수비다가 그 기회를 이용해 후거를 몰래 칠 생각으로 대규모 출병을 할 줄 몰랐어."

하이탕은 그녀가 수비다의 야망을 억제하려고 설득했다는 것은 말하지 않고 담담하게 말했다.

"어쨌든 결과는, 너희 남경이 큰 이득을 봤네."

"소식이 어디서 새어 나갔는지 신경 쓸 필요도 없어. 내가 서량로로 둘을 보냈는데, 홍이청은 감사원과 접촉도 하지 않고 너에게 곧장 갔을 테니 그는 아닐 것이고, 덩즈위에게 소식을 전할 때……."

판시엔은 탄식을 한번 했다.

"사실 난 많은 순간 나에게 도움을 줄 사람이 필요했어. 이전에 옌빙원과 왕치니엔이 그런 역할을 했었지. 허나 지금은 옌빙원도 '충신'이 되려 내 곁을 떠났고, 왕치니엔도 내가 북제로 보냈으니……
'그분'을 상대함에 있어 자신도 별로 없고, 도와줄 사람도 없고, 사실
무력하다는 생각이 많이 들어."

"지금 내 앞에서 불쌍한 척하는 거야?"

하이탕도 탄식을 하며 말을 이었다.

"그래서 묻고 싶은 게 뭔데?"

"천핑핑의 죽음 후에 궁에서 들리는 소문에 의하면, '그분'이 점
점 신의 반열에서 내려오는 느낌이야. 점점 범인(凡人)처럼 되어간
달까? 하지만 문제는, 그가 여전히 충분히 강하고, 내가 진짜 그와
부딪히면, 내 주위 사람들은 소리소문 없이 사라질 수 있다는 거지."

판시엔은 그녀의 눈을 보고 진지하게 말했다.

"뭐뭐, 예전에는 죽는 것이 정말 두려웠는데, 지금은 그다지 두렵
지 않아. 문제는 내가 사랑하는 사람, 나를 의지해 살아가는 사람들
이 죽을까 두려워. 이 문제를 네가 도와줄 수 있을까?"

하이탕은 별 고민 없이 직설적으로 말했다.

"못해."

판시엔은 한숨을 쉬며 혼잣말처럼 말했다.

"봐봐, 이 세상에서 날 도와줄 사람이 아무도 없다니까."

"근데 '그분'이 신의 반열에서 내려온다는 것은 무슨 의미야?"

"다른 사람들은 못 느끼겠지만, 그의 아들인 나는 알아. 그가 뭔가
'부드러워지고' 있는 것 같아. 항상 강력한 군주의 모습을 유지하기
쉽지는 않잖아? 내가 볼 때, 그가 삐진 것 같은? 그가 천핑핑에게, 내
어머니에게 그리고 나에게 삐진 것 같아."

판시엔은 쓴웃음을 지으며 말했다.

"본래 정(情)도 없고, 심지어 경맥도 없다는, 인간 같지 않은 사
람이 삐진다? 네가 볼 때 점점 '정상적인 사람'이 되어가는 것 같지

않아?"

"그래도 대세는 못 바꿔."

하이탕은 단호하게 이어 말했다.

"넌 겉으로는 독해 보이지만, 사실 넌 야심이나 영웅심이 없어 할 수 있는 일이 별로 없어. 그리고 넌 '그분'에게……마지막까지 저항할 자신감도 없지."

"누가 그런 자신감을 가질 수 있지? 나도 알아. 내가 몇 달 동안 한 일이 그저 변죽만 울리는 것이었다는 걸. 하지만 그렇게라도 하지 않았으면, 내 제자들과 1처 사람들이 살아남을 수 있었을까?"

판시엔은 고개를 들어 그녀의 눈을 응시하며 이어 말했다.

"난 나의 역량을 스스로 증명해서 그들을 살리려고 했어. 네 말이 맞아. 내가 폐하를 마주하는 마지막 순간은, 아직 그를 이길 자신이 없어. 그래서 난……계속 '그'를 기다리고 있었던 거야."

"맹인 대사(大師)."

하이탕은 알고 있었다는 듯이 직설적으로 말했다.

"그럼 한번 물어 볼게. 그분이 안 돌아오시면, 넌 어떻게 할 건데? 지금 이러는 것이 의미가 있을까?"

하이탕은 진지하게 그에게 충고했다.

"어쨌든 모든 일은 '너 스스로'가 해야 해. 네가 자신이 있든 없든, 이미 국면은 너를 마지막 순간으로 몰아가고 있어. 네가 너의 어머니와 쳔핑핑의 죽음을 없는 일처럼 할 수 없다면, 네가 영원히 좋은 신하, 혹은 좋은 아들로 남을 순 없어."

판시엔은 갑자기 손을 올려 하이탕의 말을 막았다.

"네가 그의 강대함을 직접 보지 못해서 '자신(自信)'이라는 말을 너무 쉽게 하는 거 아닐까?"

"그럼 넌 언제까지 기다릴 건데? 네가 뭘 할 수 있는데?"

"황제라는 잡종은 본래 사람이 아니다. 고통과 슬픔을 느끼는 존재가 아니라는 뜻이다."

대답한 사람은 판시엔이 아니었다. 이 말은 서재의 어두운 구석부터 검은 '그림자'를 따라오며 서재 안에 차갑게 울려 퍼졌다.

"전 어떻게 하면 대인이 이 일에 '자신감'을 가질 수 있는지는 모르겠어요. 하지만 제가 만약 검을 뽑기로 결심했다면, 그 순간만큼은 전 저를 믿을 거예요."

서재의 또 다른 구석에서 안정적인 목소리가 울려 퍼졌다.

왕13랑. 대동산에서 스승을 업고 대종사 경국 황제 앞에서도 당당함을 잃지 않았던 그가 침착하게, 결연하게 판시엔에게 충고한 것이다.

판시엔은 한참을 침묵하였지만, 그의 친구이자 절세 고수인 세 명의 충고에 직접적으로 대답하지는 않았다. 그는 침착하게, 하지만 조금은 무력하게 입을 열었다.

"난 너희들이 그의 손에 죽지 않았으면 좋겠어. 그리고 이 일은……결국 나의 일이야."

제7장

죽음을 선택할 권리

경력 10년 늦은 겨울. 판시엔은 폭풍 같은 눈바람에 갇힌 짐승처럼 애타고, 우울하고, 불안했다. 그는 강력한 황제가 자신을 능가하는 모략으로 자신의 두 팔을 단칼에 베고, 경국 조정을 일사불란하게 움직이며 천하 통일을 향해 나아가는 것을 지켜보고 있었지만, 그가 할 수 있는 일은 아무것도 없었다.

그동안 경국 황제 앞에서 자신을 잘 숨겨왔던 판시엔이, 결국 마지막 순간에, 처음으로 자신에 대한 믿음이 없어졌다. 그는 어떻게 해야 그 강한 남자를 이길 수 있을지 몰랐다.

그래서 한 사람을 기다리고 있었다.

하지만 그는 돌아올지도 확실하지 않았다.

좋지 않은 소식이 날아들었다. 허 대학사 저택에서 판우지우가 기습 공격을 받아 부상당한 뒤 행방불명되었다는 소식. 허종웨이가 그 일에 연루되지는 않았다고 전해졌다.

'후 대학사 이 늙은 여우도 그렇게 쉽게 이용하기 힘드네……'

이어서 날아든 소식은 판시엔을 좌절감의 구렁텅이로 몰아넣었다.

음력 섣달에 받은 소식이었지만, 이미 한 달 전 일이었다.

내고의 낙찰자를 황실에서 내린 상인의 평가로 정한다는 것. 다시 말해, 조정이 원하는 상인이 낙찰 받는 것이었다. 내고가 생긴 이래 이어져 온 규칙이 헌 종잇장처럼 버려졌다. 링난 쑹씨와 취엔저우 순씨는 침묵했고, 소금 상인 몇이 은밀히 움직이기 시작했다. 판시엔이 춘시 폐단 사건으로 궈요우즈를 무너뜨릴 때, 그들의 자녀 몇도 함께 당한 적이 있었다.

그리고 이 과정에서 가장 긴장한, 절박한 위협을 느끼는 이는 물론 밍씨 집안의 당주 샤치페이였다. 그가 기댈 수 있는 단 하나의 것은 밍씨 집안이 강남로에 미치는 영향력이 크다는 점. 밍씨 집안이 갑작스럽게 망하면 조정에도 좋을 게 없었다.

샤치페이가 강남 총독 쉐칭과 밤새 대화를 하며 자신의 요구를 밝힌 이후, 샤치페이는 깊은 생각에 빠졌다. 왕치니엔 조직원을 통해 판시엔의 전언을 들었지만, 그는 징두로 올라가지 않았다. 그는 판시엔의 의도가 자신의 충성심을 시험하기 위한 것임을 알았고, 판시엔에 대한 자신의 충성심이 흔들리고 있는 것도 아니었다. 다만, 충성심을 보여주러 징두로 가기에는 강남이 너무 위험했다. 그래서 친필 서신 하나만 대신 보냈다.

샤치페이는 반항을 결심했다. 성지를 거역했고, 순식간에 강남이 발칵 뒤집혔다. 그 순간 의외로 강남 총독 쉐칭이 직접 나섰고, 냉랭하게 밍씨 집안에 대해 탄압하기 시작하며, 은밀히 샤치페이 대신 밍씨 넷째를 세우기 위한 시도를 하기 시작했다.

하지만 샤치페이는 버텼다. 초상전장의 전폭적인 자금 지원 하에 돈과 힘으로 강남로 관원들을 밑에서부터 위까지 침투하며, 어떤 대가를 치르더라도 조정의 뜻을 방해하겠다는 의지를 명확히 했다.

문제는 언제까지 기다려야 하는가, 또 버티면 끝은 오는가.

그렇게 오래 버틸 필요는 없었다. 경국 조정은 강남 상인들의 비협조에 인내심이 바닥났고, 결국 내고 전운사는 상인들을 불러 모아 다과회를 열었다.

그리고 3일 후, 샤치페이가 자객의 습격을 받았다!

샤치페이를 습격한 검은 옷을 입은 자객이 5백 명이 넘었다. 그들이 어떻게 수저우로 들어왔는지 몰랐고, 당시 수저우 관아와 강남 총독부의 반응이 왜 그렇게 늦었는지 아는 사람은 없었다.

갑작스러운 습격에 강남 수채 사람이 여럿 죽었다. 관우메이도 결국 목숨을 잃었다. 다만, 샤치페이가 최후의 순간을 기다리고 있던 순간, 밍씨 집안의 눈에 띄지 않던 하인 하나가, 중상을 입은 그를 업고 검 하나에 의지해 포위망을 뚫고 명원으로 도망쳤다!

수저우 주(州) 군대가 현장에 도착했을 때에는 밍씨 집안 호위의 시체 외에는 아무것도 발견할 수 없었다. 검은 옷을 입은 자객들의 시신은 단 한 구도 없었다.

명원은 그때부터 봉쇄되었다.

샤저우 강남 수채 본부에서 밍씨 집안으로 보낸 지원 병력은 가는 길에 주(州) 군대에 의해 말살당했다. 그 순간, 호수로 둘러싸인 샤저우 본부에는 원인 모를 큰 불이 타오르고 있었다.

명원이 봉쇄된 지 3일째. 밍씨 집안 넷째 어른이 우물에 뛰어들어 자살했다는 소식이 전해졌다. 샤치페이는 저항의 뜻을 굽히지 않았고, 동이성 9품 고수들의 도움을 받아 여전히 버티고 있었다.

강남은 정말 뒤죽박죽 되어 버렸다.

판시엔이 내고를 장악하고 밍씨 집안을 1년여에 걸친 오랜 계획으로 무너뜨린 것은, 그것을 빨리 할 능력이 없었기 때문에 그런 것이 아니라 강남을 혼란에 빠지지 않게 하기 위함이었다. 하지만 지금 강남은 진정한 혼란에 빠졌다.

황제와 판시엔의 냉전은 경국의 세 군데에서 불꽃이 치솟은 셈이었다. 동북부, 서량로 그리고 강남. 하지만 이 세 곳 외 잉저우에서 한 가지 사건이 또 발생했다. 하지만 이 사건은 사람들의 이목을 크게 끌지는 못했다.

관직을 박탈당하고 징두로 압송되던, 감사원 관원 겸 내고 전운사 주관이었던 수운마오가, 잉저우 근처에서 산적들의 습격을 받아 행방불명되었다.

경력 10년 섣달 28일, 이 소식은 판시엔을 좌절감의 구렁텅이로 밀어 넣어 버렸다. 그는 손에 든 포월루의 보고서를 보며 힘없이 말했다.

"잉저우를 안정화시키려고 강남 수채 두목들을 불러들이고, 항저우회가 힘을 써 큰강 제방을 수리하고, 주지사도 고르고 골라 내가 가장 좋은 사람을 앉혔는데, 갑자기 산적이 나타났다……."

판시엔은 고개를 돌려 처량하게 웃으며 완알에게 말했다.

"우리 둘이 이렇게 힘들게 만든 것이, 폐하께서 도리(道理)를 따지지 않고 마구 베어 죽이는 것보다 못한 것이 되어 버렸네."

그는 다시 한번 고개를 떨구었다.

"검려에서 여섯 명을 차출해 강남으로 보냈는데, 샤치페이는 중상을 입었고, 수운마오는 행방불명되었고……운마오라도 살았으면 좋겠네."

그가 다시 고개를 들었을 때에는 눈에서 불꽃이 타오르고 있었다. 그 화염은 마치 샤저우 강남 수채 본부를 3일이나 태운 그 불처럼, 마치 수많은 영혼들이 불 속에서 울부짖는 소리가 들릴 듯이 거세게 타올랐다.

옌빙윈이 딩저우에 있는 동안, 허종웨이 지휘 하에 도찰원 어사들의 감사원 관원들에 대한 가혹한 숙청이 시작되었다. 가장 먼저 피해를 입은 곳은 1처. 사흘만에 서른 명의 관원들이 체포되어 대리사 감옥에 들어갔고, 각종의 고문 도구들이 그 역할을 하기 시작했다.

졌다. 판시엔이 졌다. 그는 지고, 또 졌고, 이제 어떤 여지도 남아 있지 않았다. 판시엔은 자신이 틀렸음을 인정했다. 황제는 대동산 처럼 우뚝 서 있어서, 자신이 천하에 어떠한 비바람을 만들어 내더라도 무너뜨릴 수 없는 존재였다.

그때, 궁에서부터 또 하나의 은밀한 소식이 날아들었다.

별 소식은 아니었지만, 판시엔의 마음에는 '마지막 볏짚' 같은 소식이었다. 마치 그에게 최후의 결단을 내리길 종용하는 듯.

황제의 첩이 황실의 자손을 배 속에 품었다.

"나의 역량이 점점 더 소모되어 갈수록, 폐하의 수단은 더욱더 악랄해지네. 그가 처음에는 은밀히 진행하는 듯 보였는데, 내 힘이 작아질수록 꺼려지는 것도 적어지고, 수법도 점점 미쳐가는 것 같아……결국 마지막에 날 혼자 고립시키려는 것이겠지."

"조정이 강남에서 행한 조치는 정말……현명하지 못해. 밍씨 집안이 갑자기 어려워지면 어떤 일이 일어날지 모르는 건가? 조정이 이번에 너무 직접적이었고, 그 수단이 너무 잔인했어. 강남 백성들과 상인들의 민심이 걱정이야."

"현명하지 않은 게 아니라, 멍청한 것이지. 직접적인 것이 아니라, 황제의 눈에는 아무것도 보이지 않는 거야. 그는 최대한 빨리, 철저하게 나를 짓밟아 버리는 것에만 신경을 쓰는 거지. 왠지 모르겠지만, '그분'이 너무 조급해 보이네."

린완알은 상공의 말을 들으며 가슴이 떨리기 시작했다. 말은 하지 않았지만 그의 눈빛만으로 그가 무슨 생각을 하고 있는지 알 수 있었기 때문이다.

그녀의 큰 눈망울에서 눈물이 '뚝' 떨어졌다.

그녀는 떨리는 목소리로 나지막이 말했다.

"하지만 방법이 없잖아……."

"비록 내가 지고, 또 지고, 철저하게 졌지만, 그 과정에서 내가 알고 싶었던 부분을 하나 알게 되었어."

판시엔은 완알의 귓가에 대고 조용히 말을 이었다.

"폐하께서 늙으셨어. 그가 더 이상 냉정하고 무정할 정도로, 어떤 이에게 기회도 주지 않을 정도로 인내심이 강하지 않아. 이건 어쩌면……나에게 기회일지도 몰라."

판시엔에게 더 이상 시간이 없었다. 돌아올지도 확실하지 않은 삼촌을 기다릴 수 없었다. 그는 지금 무조건 반격을 해야 했다.

판시엔은 황제를 이길 자신이 없었다. 하지만 '용감'하게 자신의 생명을 대가로 치르더라도, 자신이 사랑하는 사람에게 살길을 열어주기 위해 무엇이라도 해야 했다.

섣달 28일 이후 판씨 저택은 오랜 시간 조용했고, 분위기는 가라앉은 지 오래였다. 두 아이도 무엇을 느낀 듯, 감히 큰 소리를 내지도 못했다. 아주 재미없는 설을 보내고, 판시엔은 서재로 들어가 홀로 7일 동안 고민하다, 초이레가 되어서야 비로소 서재 밖으로 나왔다.

서재 밖에는 판씨 집안 모든 사람들이 그를 기다리고 있었다. 완알은 걱정스러운 표정으로 그를 바라봤고, 스스는 인삼탕을 그에게 가져다주었다. 판시엔은 한 모금에 인삼탕을 다 마셔버린 후 크게 웃으며 말했다.

"역시 딴저우 하녀 중에, 네가 끓인 인삼탕이 최고야!"

그녀는 그의 어색한 행동에 불길한 예감을 가졌지만, 그녀는 속으로 도련님에게 아무 문제가 없을 것이라 믿었다. 도련님은 어떤 어려움이 있더라도 해결해 나갈 수 있는 사람이라고. 이십여 년의 지난 세월이 증명해 주는 거라고.

오늘 초이레. 태학 수업이 시작되는 날이었다.

판시엔이 세수를 하고 나오자, 완알은 그의 옷을 정리해주며 정문 앞까지 그를 배웅했다. 그녀의 손은 처음부터 계속 떨리고 있었다.

아침 햇살이 차가운 구름을 뚫고 나와 그들을 비추었다. 완알은 너무나 잘생긴 판시엔의 얼굴을 보며, 다시 이 얼굴을 볼 수 없을지 모른다는 생각에 두려움이 솟구쳤다. 그러다 갑자기 그의 귀밑머리에 난 흰 머리 하나를 발견하고 가슴이 찢어질 듯 아파 오기 시작했다.

"7일 동안 무슨 생각했어?"

판시엔은 웃으며 답했다.

"대종사가 되게 해달라고 기도했어. 망상이었나?"

완알이 입술을 가리며 웃었다.

"확실히 망상이네."

"나 오늘 오후에 입궁해."

판시엔은 사랑스러운 눈빛으로 부인의 눈을 바라보며 말했다.

"폐하께서는 자기를 아끼니까, 또 연세가 드셔서, 자기를 힘들게 하지는 않을 거야. 만약에 징두에서 지내는 게 힘들면, 딴저우로 내려가. 폐하께서 그래도 할머니의 면은 생각해 줄 거야."

완알은 여전히 입술을 가린 채 최대한 웃으려 노력하며 대답했다.

"내가 가긴 어딜 가. 집에서 자길 기다려야지. 근데, 정말 어떤 방법이 생각난 거야?"

판시엔은 어깨를 '으쓱'하며 말했다.

"무슨 방법이 있겠어? 폐하는 약점이 하나도 없는데……아, 맞아. 예전에 누가 말하길, 약점이 없는 사람은, 그 '존재 자체'가 약점이라더라."

"아직도 농담이 나와?"

완알은 여전히 웃고 있었지만, 당장이라도 눈물이 '왈칵' 쏟아질 것 같았다.

"사실 모든 게 농담 같은 거잖아."

판시엔은 완알의 이마에 가볍게 입맞춤을 하고, '휙' 몸을 돌려 다시는 고개를 돌리지 않고 마차를 타고 떠났다. 그녀는 태학으로 향하는 마차를 보며 얼굴의 웃음이 갑자기 처량하게 변했다. 마차가 떠난 것을 확인한 후 그녀가 입술을 가리고 있던 소매를 치우자, 하얀 소매에 붉은 핏자국이 선명하게 물들어 있었다.

7일 동안의 걱정에, 그녀의 폐렴이 다시 재발한 것이다.

"공자가 말하길 인(仁)을 이루어야 하고, 맹자가 말하길 의(義)을 취해야 하며……."

냉정할 정도로 차가운 목소리가 태학의 호수 앞에서 울려 퍼졌다. 백여 명의 학생들이 판시엔의 강의를 듣고 있었는데, 판시엔은 오늘따라 농담을 많이 했지만, 학생들은 별로 웃지 않았다.

후 대학사는 나무 밑에서 이 모습을 보면서 안도의 한숨을 내쉬고 있었다. 오늘 판시엔이 입궁하는 것은 판시엔의 요청에 의한 것임을 알고 있었기 때문이다. 결국 황제의 압박에, 경국이 거둔 위대한 승리 앞에서 판시엔이 항복했다 생각했다.

그래서 그는 강의 내용에 별로 주의를 기울이지 않았다.

"정의를 위해 목숨을 바치는 일, 그런 것도 가끔씩 해야 하지. 허나……난 그런 사람이 아니야. 왜냐하면 난 죽는 것이 싫어."

태학 학생들은 웃음이 터졌다. 오늘 따라 공자며 맹자며 알아들을 수 없는 강의 내용이 많았는데, 처음으로 이해할 수 있는 농담이 나왔기 때문이다.

"하지만!"

판시엔은 갑자기 엄숙한 얼굴로, 사방이 조용해지기를 기다린 후, 한 자 한 자 똑똑히 이야기했다.

"사람이 짐승과 구별되는 것은 몇 가지 되지 않아. 청렴하고 바른 사람이 되어 의(義)를 중시한다? 글쎄……사(死)를 피하고 생(生)을 추구하는 것이 사람의 본능 아닌가? 하지만, 사람이 존경을 받을 수 있는 것은, 어느 순간에는 아낌없이 죽음을 택할 수 있다는 것. 왜 본능을 거역하고 죽음을 택하는가? 그것은 이 세상에 생사(生死)보다 더 중요한 것들이 있기 때문이야."

"물론, 나와는 무관한 이야기지."

판시엔은 웃었지만, 학생들은 아무도 웃지 않았다. 오히려 더 조용해졌고, 모두 이상한 느낌을 받고 있었다.

"난 줄곧 이 세상에서 나의 생사(生死)보다 더 중요한 일이 없다 생각하고 살았다. 하지만 이후에 알게 되었지. 욕망이라는 것이, 사람이 선택권을 가졌다라는 사실이, 정말 대단한 것이라는 것을."

"모든 사람이 언젠가는 죽게 되지. 그리고 우리 모두는 자신이 가장 만족할 수 있는 방식으로 죽을 수 있는 선택권을 가지고 있어. 후회하지 않는 삶, 이 말은 너무 진부하지만, 결국 가장 중요한 말이

기도 해."

"인생을 어떻게 살아야 하는가?"

판시엔은 질문을 던졌지만, 죽은 듯한 침묵만 흘렀다.

"난 평생 이 문제를 고민했지만, 아직 답을 얻지 못 했어. 많은 책을 쓰고, 많은 돈을 벌고, 부인도 얻었고, 아이도 낳았지만……어쩌면, 모든 것을 다 한 것 같지만, 그러고도 한참 그 문제의 답은 얻지 못했지. 지금은 어렴풋이 대략의 결론에 이르렀는데, 그것은……내가 살고 싶은 대로 살고, 결국 내 마음이 가는 대로 편안하게 살면 된다는 것."

"이것이, 내가 오늘 너희들에게 하고 싶은 말이야."

이 말과 함께 판시엔은 태학을 떠났다. 그가 검은색 마차에서 고독하게 앉아 있을 때, 남아 있던 젊은 학생들은 판시엔의 말뜻을 생각하며 서로를 바라보고 있었으며, 마침내 판시엔의 말뜻을 이해한 늙은이 하나는 황급히 태학을 떠나 황궁으로 향했다.

'판시엔이 오후에나 입궁할 테니, 그 전에 폐하께 뭐라도 말씀드리고 설득해서 일을 막아야 해!'

판시엔의 강의 내용은, 오랫동안 황제의 공격에 대한 판시엔의 반응을 기다려 왔던 민감한 사람들에게 빠르게 퍼져 나갔고, 그들은 모두 긴장하기 시작했다.

하지만 판시엔은 더없이 평온한 표정으로, 아직 입궁하기까지 시간이 남았기에, 신풍관으로 와 최근에 정말 가지기 힘들었던 '평범한 호사'를, 어쩌면 마지막이 될지도 모르는 호사를 누리고 있었다.

큰보배와 함께 신풍관 만두 먹기.

기다란 젓가락이 만두피를 양 옆으로 찢고, 그 안에서 유혹적인 기름 국물이 드러나자, 판시엔은 국자로 만두를 꺼내 큰보배 앞 접시에 놓고 안의 고기속만 집어 큰보배의 자장면 위에 올려놓았다.

"시엔시엔, 너도 먹어."

큰보배는 고개를 숙이고 만두로 진격했고, 부정확하지만 오늘따라 결연하게 말을 했다. 그는 정말 판시엔이 모든 만두를 자기에게 주고 그는 배불리 먹지 못할까 걱정하는 듯 보였다.

판시엔은 형님인 그를 보며 웃었고, 두 손으로 포슬포슬한 만두피를 갈라 국물에 살짝 담갔다 다시 꺼내 대충 먹었다. 그는 큰보배가 만두속만 좋아하고 만두피에는 별 관심 없다는 것을 알았고, 두 형제가 이렇게 나누어 먹는 것도 나름 괜찮다고 생각하고 있었다.

땀을 뻘뻘 흘리며 즐겁게 먹고 있는 큰보배를 보다 판시엔은 저도 모르게 마음이 찡해졌다. 이런 기회가 또 있을지 몰랐기 때문이다. 판시엔은 정말 큰보배와 함께 있는 것을 좋아했다. 그 앞에서는 모든 비밀을 다 털어놓을 수 있었고, 그에게 배신당할 염려도 없었기 때문이다.

'이제 이 세상의 별과 그 세상의 별이 똑같이 생겼다는 말도 못하겠지?'

그는 갑자기 입맛이 떨어지며 물수건으로 손에 묻은 기름을 닦고 고개를 돌려 신풍관 맞은편에 있는 두 개의 관아를 바라보았다.

대리사와 감사원 1처.

초이레. 설이 끝난 후 조정 관리들이 출근하는 첫날. 보통 이날은 덕담을 나누고 금일봉을 주고받는 것 외에는 별다른 일이 없는 것이 일반적이었다. 그래서 대부분의 관아에서는 차를 마시는 다과회를 진행할 뿐이었다. 그리고 퇴근도 빨랐다.

해가 아직 중천에도 뜨지 않았는데, 대리사 관아에서 많은 관리들이 걸어나왔다. 그들은 입구에서 기다리던 다른 관리들과 합류하여 이른 점심을 먹으러 어디론가 향했다. 새해 첫날이니 술을 곁들이는 것도 별 큰 죄는 아니었다.

대리사와 달리 초라하고 음산한 감사원 1처의 관아는 여전히 문이 굳게 닫혀 있었다. 일 하는 사람도, 정원을 돌아다니는 사람도 찾아볼 수 없었다. 지금의 감사원은 이미 절름발이 늙은이가 있던 그 감사원이 아니었다.

신풍관 2층으로 올라오는 발소리와 함께 여유로운 웃음소리가 울려 퍼졌다. 약 일고여덟 명의 관원들이었는데, 옷차림새가 제법 관직이 높은 사람들 같았고, 복장으로 보아 대리사에서 일하는 것 같았다.

호우지창.

그가 오늘의 주객(主客)이었다. 그는 오늘 처음으로 대리사에 발령 받았는데, 허 대학사 사람이니 체면을 세워주기 위해 대리사 부경(副卿)이 직접 참석한 듯 보였다. 그들은 난간 쪽 탁자에 자리를 잡았고, 병풍이 아직 설치되기 전이었기에 그들의 시선은 몇 탁자 너머에 있는 한 무리에게로 자연스럽게 옮겨졌다.

세 사람이 만두를 먹고 있었는데, 호위로 보이는 한 사람은 이미 다 먹고 주위를 경계하고 있었고, 한 명의 뚱보는 머리를 숙인 채 열심히 무언가를 씹고 있었다. 그리고 그 맞은편 자리에는 평범한 서민 복장을 한 사람이 난간 너머를 바라보고 있었다.

호우지창의 심장이 '철렁' 내려앉으며, 온몸이 굳어졌고, 두 손이 걷잡을 수 없이 떨리기 시작했다. 그는 뒷모습만으로 '서민'의 신원을 알아차렸기 때문이다. 다른 관원들은 처음엔 의아한 표정으로 그를 쳐다보다, 그의 시선이 머문 곳을 한참 바라본 후 그의 반응을 이해하게 되었다. 대리사 부경은 그의 어깨를 툭툭 치며 안심시키듯 말했다.

"어서 앉게."

호우지챵은 앉았지만, 안심이 되지는 않았다. 넋이 나간 듯 앉아 있다, 한참 후에 조금은 자괴감이 담긴 한숨을 토해 내었다. 다른 관원들도 예전 같았으면 판시엔에게 공손히 예를 올렸겠지만, 지금 그는 엄연히 아무런 관직도, 작위도 없는 '민초'일 뿐이었다.

관원이 민초에게 먼저 예를 올리는 법은 없다.

술과 안주가 올라왔다. 대리사 부경은 술잔을 들며 웃는 얼굴로 입을 열었다.

"오늘 자리를 마련한 것은 첫 번째, 호우 대인이 대리사에 처음 온 것을 환영하고, 오늘부터 호우 대인은 우리의 동료로서……"

호우지챵은 여전히 떨리는 손으로 어색하게 술잔을 들었다. 대리사 부경은 그 모습이 마음에 들지 않는 듯, 다소 불쾌하게 눈살을 찌푸렸다. 그래서 일부러 조금 더 소리를 높여 말을 이었다.

'지금 시대가 어느 때인데, 감사원조차 내 눈치를 살피는데……'

"두 번째, 궈 대인이 강남에서 돌아와 도찰원 좌도어사에 재임명된 것을……"

궈경도 호우지챵처럼 어색한 미소와 함께 술잔을 들었다.

술잔이 세 바퀴 돌고.

지근 거리에서 침묵하며 만두를 먹던 세 사람이 식사를 마쳤다. 판시엔은 큰보배의 손을 잡고 계단을 향해 걸어갔고, 덩즈위에가 그 뒤를 따라갔다. 그들이 계단으로 가기 위해서는 호우지챵의 탁자를 지나가야 했는데, 판시엔 일행이 지나가는 순간 관원들이 약속이나 한 듯 조용해졌다.

그들은 판시엔이 빨리 사라지길 바랐다.

판시엔의 발걸음이 멈췄다.

그는 온화한 미소를 지으며 관원들의 얼굴을 훑어보았다.

대리사 부경은 심상치 않은 분위기를 느끼고 어색하게 자리에서 일어나 공손히 예를 올리며 말을 건넸다.

"아……판 대인이었군요, 하관(下官)……."

'하관'이라는 말을 하다 그가 순간 멈칫했다.

'왜 정정당당한 대리사 부경인 내가, 관직도 없는 이 사람을.'

부경은 이를 악물고 억지로 웃으며 말했다.

"좀 앉을 텐가?"

판시엔은 여전히 미소를 지으며 고개를 저었다.

이때, 호우지챵이 황급히 일어나 판시엔에게 공손히 예를 올렸다. 그의 등에는 이미 식은땀이 흥건했다. 하지만 판시엔은 그를 본 체도 하지 않았다. 마치 없는 사람처럼. 대신 판시엔은 그의 옆에 있는 궈졍을 보며 조용히 입을 열었다.

"내가 참 궁금했는데, 넌 분명 신양 사람인데, 어떻게 징두 반란 후에 폐하께서 너의 죄를 묻지 않았을까……시간이 지난 후에 알게 되었지. 네가 정세가 심상치 않다는 것을 느낀 후, 불쌍한 나의 장모를 버리고 저렴한 옛정을 명분 삼아 허종웨이의 다리를 잡았지."

판시엔은 웃으며 고개를 저었다.

"허종웨이는 성씨가 세 개인 종이니, 너도 기회주의자인 그놈에게 충실히 배웠겠지."

허종웨이 일파(一派)인 탁자의 관원들이 주인을 모욕하는 말에 참지 못하고 일제히 자리에서 일어났다.

"아참, 내가 틀렸네. 미안해. 허종웨이는 리씨 집안의 충실한 개였지."

대리사 부경이 참지 못하고 몇 마디를 했지만, 판시엔은 들은 체도 하지 않으며 온몸을 부들부들 떨고 있는 궈졍을 향해 차가운 목소리로 말했다.

"네가 징두로 돌아와 좌도어사를 맡은 걸 보니, 강남에서 큰 공이라도 세운 듯 보이는데, 혹시 나의 심복들의 죽음과 네가 관련이 있는 건가?"

귀정은 심장이 '철렁' 했지만, 지지 않고 대꾸했다.

"본관이 성지를 받아 집행한 일에, 판 대인이 다른 의견이라도 있나?"

"아주 좋아. 드디어 좀 패기가 있어 보이네. 도찰원 어사는 그래야만 해."

판시엔은 천천히 말을 이었다.

"난 네가 오늘 징두에 도착하는 걸 알고 있었어. 그래서 내가 오늘 특별히 여기 와서 널 기다린 거야."

신풍관의 분위기가 갑자기 폭풍전야처럼 고요해졌다.

특별히 귀정을 기다렸다? 관원들은 모두 이 말뜻을 되새기며 심장이 뛰기 시작하였고, 몇몇의 호위들이 긴장된 표정으로 이 장면을 지켜보았다.

판시엔이 환하게 웃었다.

대리사 부경은 어색하게 함께 웃었다.

귀정은 매우 일그러진 얼굴로 억지로 웃었다.

'펑!'

음식이 놓인 도자기 접시 하나가 귀정의 얼굴로 날아 들었고, 음식과 산산조각이 난 접시 조각이 사방으로 튀고, 동시에 그의 찢어진 피부 사이로 피가 분수처럼 퍼졌다.

'펑!'

판시엔은 접시를 잡은 손을 거두는 동시에 귀정의 뒷머리채를 잡고 나무 탁자에 그의 머리를 세차게 짓이겨 버렸다!

"커억."

단단한 배나무 탁자가 갈라진 틈으로, 귀정은 목이 부러진 채 쓰러졌고, 그의 얼굴에서 나온 피가 검붉은 물처럼 스며들고 있었다.

사람이 죽었고, 죽은 듯한 침묵이 흘렀다.

'대낮에 길거리에서 사람을 죽이다니! 그것도 조정의 관리를!'

수많은 관리들의 눈앞에서 좌도어사를 죽였다!

지금껏 있은 적도 없는, 상상도 못한 일이었다. 그래서 모두가 반응을 하지 못했고, 마치 너무나도 황당한 연극을 보는 듯했다.

"아악!"

관원 하나가 비명을 지르더니 눈을 희번덕거리면서 기절했다.

'퍽, 퍽, 퍽.'

동시에 호위 몇이 판시엔을 공격했지만, 이내 나무 바닥에 기절한 사람 몇이 늘었을 뿐, 판시엔은 아예 손도 대지 않은 것처럼 평온하게 탁자 옆에 서 있었다.

대리사 부경은 마치 저승에서 온 악마가 갑자기 햇빛 아래 걸어다니는 것을 본 듯, 떨리는 손으로 판시엔에게 손가락질을 했지만 아무 말도 하지 못하고 목구멍에서 처량한 울음소리만 기어 나왔다.

"대리사가 너의 지시를 받아 내 심복들에게 고문을 가했다고 들었는데, 심지어 그 중 셋은 옥중에서 죽었다며?"

"으아아악!"

대리사 부경은 괴상한 소리를 지르며 놀란 토끼처럼 허둥대기 시작했고, 심지어 난간을 넘어 아래층으로 뛰어내릴 준비를 했다. 하지만 판시엔이 손을 쓰기 시작한 이상 그가 도망가게 놔둘 수 있겠는가.

'펑!'

또 하나의 머리가 나무 탁자에 박혀 버렸다.

'뚝, 뚝, 뚝……'

두 머리가 탁자에 박히고, 탁자의 갈라진 틈으로 피가 스며들어 바닥으로 천천히 떨어지고, 죽은 둘의 발끝에서는 아직도 경련이 멈추고 있지 않았다.

신풍관의 점원으로 보이는 이가 재빨리 뜨거운 수건을 판시엔에게 건넸고, 그는 수건을 받아 들고 손을 닦으며 증오하듯 그 수건을 땅바닥에 내팽개치고는, 큰보배의 손을 잡고 계단을 내려가며 점원에게 말했다.

"시작해 보자."

"우웩!"

그 순간 호우지챵은 참지 못하고 구토를 하기 시작했고, 판시엔은 그 모습은 보지도 않은 채 덩즈위에게 명했다.

"형님을 잘 모셔다 드려."

판시엔은 멀어지는 검은색 마차를 물끄러미 바라보았지만, 그들의 안전은 별로 걱정하지 않았다. 6처의 자객들이 그들을 지킬 것이기 때문이다. 그림자가 온 후 6처 자객들은 다시 전열을 가다듬었으며, 하이탕과 왕13랑이 온 후 감사원과 연락하는 것도 별로 어렵지 않았다. 그래서 오늘 아침 그는 '감사원장'으로서 마지막 명을 내렸다.

몰락한 감사원이었지만, 여전히 감사원이었다.

그는 감사원장이 아니었지만, 여전히 '그의 감사원'이었다.

마치 쳰핑핑이 그랬던 것처럼.

그리고 판시엔은 외롭게 황궁을 향해 발걸음을 옮겼다.

한겨울 차가운 바람이 징두의 거리를 스치고 있었다. 아직 입궁할 시간이 남았지만, 판시엔은 홀로 고독하게 멀리 있는 황궁을 향해 걸어갔다. 그는 징두 거리의 경치를 바라보며 탐욕스럽게 징두의 공기를 들이마셨다. 마치 이 모든 것을 기억하겠다는 듯이.

판시엔이 신풍관을 떠난 지 얼마 지나지 않아, 죽은 듯 고요하던 감사원 1처 관아 문이 열리며 순식간에 1백여 명의 관원들이 대리사로 쳐들어갔다. 물론 그들이 대리사 관원들을 무자비하게 살육하러 간 것은 아니었다. 감옥에 갇힌 동료들을 구출하려는 것이었다. 판시엔은 여전히 무고한 사람들이 너무 많은 피를 흘리는 것은 원하지 않았다.

판시엔은 긴 거리를 지나 노점상에서 탕후루 하나를 사서 맛있게 먹기 시작했다. 은표 한 장을 무심히 던지고 갔다. 거스름돈은 받을 생각이 없었기 때문이다. 그는 이 탕후루에게 매우 고마운 마음이 있었다.

이것 때문에 경묘를 찾게 되었고, 사랑하는 완알을 만났다.

정오에 일석거에서 호부 상서 주관으로 연회가 열렸다. 물론 그 초대자들은 허종웨이 일파(一派)의 중견 인물들이었다. 허 대학사는 궁에 일이 있어 참석을 못해 다들 아쉬워했지만, 호부 상서는 며칠 전 일로 아직도 기분이 들떠 있었다.

징두 관아 부윤 순징슈가 결국 관직을 박탈당하고 하옥되었다.

'네가 뭘 믿고 나서? 판 대인? 좋은 딸을 낳아서? 그 딸이 기방에 팔리고도 웃나 보자.'

술잔이 몇 번 돌고, 호부 상서는 취기가 돌며 '기뻐 죽겠다'라는 말을 연신 뱉을 때, 그들 시중을 들던 여자의 교활한 눈빛을 바라볼 정신은 없었다.

그는 마오타이 술에 담긴 독이 정말 자신을 기뻐 '죽일지'는 꿈에도 모르고 있었다.

경력 11년 정월 초이레. 일석거에 큰 화재가 발생했고, 호부 상서, 호부 시랑 등 몇몇 허종웨이 일파 중견 대신들이 목숨을 잃었다.

일석거에 불길이 치솟았을 때, 판시엔은 탕후루를 다 먹고 검은 우산 하나를 사서 티엔허다다오 대로를 걷고 있었다. 설탕 지꺼기가 남아 있는 대나무 꼬챙이를 거리 옆에 흐르는 맑은 물에 던졌지만, 어깨를 으쓱하며 자신이 초래할 환경오염 따위는 생각하지 않았다.

그리고 감사원 정문 옆에 철거되고 있는 검은 비석과, 점점 빛을 잃어가고 있는 금빛 문구를 바라보았다.

'휘익.'

갑자기 역풍이 불더니, 눈송이가 흩날리기 시작했다.

눈송이는 볼품없는 허씨 저택의 입구에도 떨어졌다.

"월! 월!"

개들이 미친 듯이 짖기 시작했다.

허종웨이는 선물을 받기 싫어하고 대신들과 교류를 하기 싫어했기에, 옌뤄하이처럼 집에 두 마리의 개를 키웠다. 개들은 눈마저 쫓아내고 싶은 듯 보였지만, 그래도 눈은 꿋꿋하게 내리고 있었다.

"끼잉⋯⋯."

희미한 비명 소리와 함께 개 두 마리가 땅에 쓰러졌고, 평범한 서민 옷을 입은 자객 십여 명이 살금살금 집안으로 들어갔다.

판시엔은 떨어지는 눈송이를 멍 하니 보다가 검은 우산을 펼쳤다.

마치 그의 두 눈도, 하늘도 가리고 싶은 듯이.

그리고 그는 눈송이가 검은 우산에 쌓이지 않고 바로 녹는 것을 좀 아쉬워했다.

그렇게 걷고, 또 걷고.

황성 앞에 이르렀다. 하지만 입궁은 하지 않았다. 아직 시간이 남았고, 어찌 황제가 정한 시간을 어길 수 있겠는가. 대신 그는 금군들의 경계하는 눈빛을 온몸에 받으며, 황성 옆에 위치한 오래되고 볼

품없는 건축물, 문하중서성으로 향했다.

그는 문을 두드리지도 않고 밀고 들어갔다. 몸과 머리에 붙은 눈을 털어내고, 물이 줄줄 흐르는 검은 우산을 문 옆에 두고, 문 안에서 멍한 표정으로 그를 바라보고 있는 관원들을 향해 '씨익' 웃었다.

"오랜만이야."

안쪽 온돌에 앉아 상주문을 열심히 살피던 허 대학사는 고개를 들어 문 앞에 있는 불청객을 보며 미간을 찌푸렸다.

황성 옆의 이 오래되고 볼품없는 건축물 문하중서성은, 뒤에 복도를 통해 정원을 거치면 바로 입궁할 수 있는 요지였다. 그래서 낡았지만 뒤에 담이 겹겹이 있었고, 문관들이 모여 있는 곳이었지만 경비 또한 매우 삼엄해 항상 살기로 충만했다.

판시엔은 징두로 온 이후로 황궁을 제 집 드나들 듯했다. 어떤 의미에서는 '그의 집'이라는 말도 틀린 것은 아니었다. 그래서 비록 지금 그는 아무 관직도, 작위도 없었지만, 금군들은 그를 자연스럽게 통과시켜 주었다. 그리고 그들에게는 어차피 오후에 입궁할 그가 조금 시간을 앞당겨 온 것뿐이었다.

문하중서성 안쪽에는 큰 방이 두 개였다. 당연히 하나는 후 대학사의 방, 나머지 하나는 슈 대학사를 이은 허 대학사의 방. 방은 컸지만 방 곳곳에 각 로(路)에서 온 상주문, 폐하의 뜻을 담은 성지들이 가득 쌓여 있었고, 묵과 붓이 어지럽게 놓여 있어 근무 환경이 별로 좋아 보이지는 않았다.

여전히 일부 학사들과 관원들은 판시엔을 신경도 쓰지 않고 분주히 움직이고 있었지만, 대부분의 관원들은 황당한 표정으로 침묵하며 그를 바라보고 있었다.

'폐하에 의해 관직을 박탈당한 저 거물이 왜 이 자리에?'

판시엔이 티엔허다다오 대로를 걷고 있을 때, 대리사를 시작으로 각 관아에서, 일석거를 시작으로 각 술집에서 일대 소란이 일어나고 있었다. 판시엔이 문하중서성 큰 방에 들어갔을 때, 이미 복수의 불길은 징두 곳곳에서 타오르고 있었지만, 그 소식이 아직 궁까지 전해지지는 않았다.

그의 갑작스러운 출현에 처음으로 반응한 사람은 제법 나이가 지긋한 판링(潘齡, 반령) 대학사였다.

"어떻게 오셨습니까?"

경국의 제일 가는 서예가 판링 대학사. 판시엔은 그와 교류할 기회는 없었지만, 어렸을 때 신문에서 그의 서체를 많이 접했기에 저도 모르게 존경의 마음을 가지고 있었다.

"폐하께서 소인에게 오후에 입궁을 명하셨는데, 입궁 시간을 기다리며 황성 주변을 돌아다니다 갑작스러운 눈을 만나, 대인들에게 인사나 드릴까 해서 들어왔습니다."

이 말에 의심의 눈초리로 바라보던 관원들이 안도의 한숨을 내쉬며 모두 일어나 예를 올렸고, 허종웨이가 마지막으로 일어나 담담한 표정으로 걸어 나왔다.

"오랜만이네. 시간이 아직 이르니, 따뜻한 차 한잔 마시면서 몸을 녹이게. 이따가 어서방에서 또 한참 동안 서 있어야 할 텐데."

이 말은 온화했고, 부드러웠으며, 심지어 사람을 감동시키는 세심한 관심이 녹아 있었다. 하지만 똑똑한 사람은 모두 알 수 있었다. 그것은 패자에 대한 승자의 '관용'이며, 높은 곳에서 아래로 내려다보는 '관심'이었다.

판시엔은 입가를 살짝 실룩거렸는데, 잠시 멈칫하다 침착한 말투로 입을 열었다.

"내가 오늘 여기 온 건, 사실 너에게 몇 마디 해주려 한 거야. 맞아, 나의 시간은 아직 이르지. 그런데……너의 시간은 이미 다 되었어."

순간 아무도 이 말뜻을 이해하지 못했다. 앞에 있는 허종웨이도 무슨 의미인지 몰라 다시 그에게 물으려는 찰나 문하중서성 정문 앞에서 시끄러운 소리가 들렸다. 허종웨이는 급하게 뛰어들어오는 관원을 바라보며 엄숙하게 꾸짖었다.

"이게 무슨 소란이냐!"

"대인! 대리사 부경과 도찰원 신임 좌도어사 궈정이 길거리에서 피살되었습니다!"

공포에 질린 듯한 관원의 목소리가 울려 퍼지자, 문하중서성이 폭발하듯 여기 저기서 큰 고함 소리가 터져 나왔다.

'조정의 고위 대신이 길거리에서 피살?!'

하지만 허종웨이는 소리를 지르지 못하고 몸이 굳어졌다. 모두 그의 최측근 심복들이었기 때문이다. 그가 창백한 얼굴로 고개를 번쩍 들어 판시엔을 차갑게 노려보았다.

"호부 상서도 죽었고, 호부 시랑도 죽었어. 자, 네가 한번 봐봐. 이게 내가 작성한 명단인데 빠진 사람이 있는지."

판시엔은 품에서 얇은 종이 하나를 건넸다. 종이를 받아 든 허종웨이의 손이 감전이라도 된 듯 '찌릿'하며 떨리기 시작했고, 대충 봐도 십여 명이 넘는 자신의 최측근 심복들의 이름이 적혀 있었다.

죽은 듯한 침묵.

판시엔은 아무렇지 않게 귀밑머리를 정리하고 손가락 사이의 침을 머리카락에 꽂아 넣으며 침착하게 말했다.

"난 무고한 사람을 죽이고 싶지 않아. 그래서 한번 확인해 달라는 거야. 네가 직접 확인하고 모두 네 사람이 맞다 해야, 내가 안심할 수 있을 것 같거든."

'스르륵.'

죽은 듯한 침묵 속에 허종웨이의 손에서 떨어지는 종이 소리가 희미하고 경건하게 퍼져 나갔다. 이 장면을 본 모든 관원들은 판시엔의 말을 들었지만 차마 믿을 수는 없었다. 하지만 허종웨이는 종이 위에 이름이 적힌 사람들은 이미 원혼이 되었을 거라고 확신했다. 다만, 그 이유를 알 수 없었다. 그리고 순간 허종웨이의 눈빛에 거만함이 스쳤다.

'이렇게 하는 것이 죽음에 이르는 지름길인 것을 몰랐나? 드디어 이놈을 죽일 수도 있겠어!'

"왜……왜? 여봐라! 이 흉악한 대역죄인을 체포하라!"

'왜'라는 말이 침통하게 나오자 사람들은 허종웨이가 판시엔의 비인간적인 악행을 지적할 줄만 알았는데, 그가 의외로 갑자기 큰 소리를 외치며 빛과 같은 속도로 사람들의 무리 뒤로 몸을 피신하는 모습을 보게 되었다.

누구보다 판시엔을 잘 이해하는 허종웨이였다.

'이놈이 날 죽이려고…….'

'두두두두…….'

장내가 소란이 일며 십여 명의 황실 호위와 세 명의 금군 장수들이 달려왔지만, 판시엔은 그를 쫓아가지도 피하지도 않고, 그저 불쌍하다는 눈빛으로 그의 동작을 보며 사람들의 뒤에 숨어있는 그의 창백한 얼굴을 응시했다.

허종웨이는 얼굴이 조금 밝아지며 '나지막이' 외쳤다.

"빨리 저 악당을 체포하라!"

판시엔은 한 발짝 앞으로 내디뎠다.

지켜보던 사람들의 심장이 '철렁'했다.

하지만 판시엔은 더 이상 움직이지 않고, 사람들 머리 사이로 그리 멀지 않은 곳에 있는 허종웨이를 보며 말했다.

"많은 사람들이 말하듯, 어쩌면 네가 능력 있는 관원, 또는 청렴한 시대의 충신이 될 수도 있겠지."

판시엔은 고개를 저었다.

"허나, 난 너에게 그런 기회를 주지 않을 거야. 내가 왜 이러는지 이해하지 못할 수도 있겠지만, 너라는 놈은……공을 세우고 이익을 취하려는 못된 마음이 너무 커. 그래서 시시각각 사람들을 밟고 올라갈 생각만 하지. 난 그런 인간을 가장 싫어해."

판시엔은 '온화한' 미소를 지었다.

"싫어하면, 사실 기껏해야 몇 대 때려주면 그만인데, 네가 너의 인생을 걸고 내가 쌓아 올린 모든 것을 공격할지는 몰랐네. 그런데 어떻게 하나. 그게 나에게 널 죽일 이유를 주었으니."

미소는 온화했지만, 그 미소를 바라보는 사람들에게는 매우 음산했고, 대단히 공포스러웠고, 심지어 사람들은 엄청난 살기를 느끼고 있었다.

허종웨이는 그의 말을 듣고 눈을 번뜩이더니 분노가 치솟아 앞으로 나와 호통을 치려 입을 열었다.

"윽……."

그때, 허종웨이가 갑자기 배를 움켜잡고 바닥에 쓰러졌다. 배에서 쥐어짜는 듯한 통증이 느껴졌기 때문이다. 그리고는 아무 말도 하지 못했다.

"넌 너의 공(功)과 이익을 위해, 약한 사람들을 짓밟는 것을 아무렇지 않게 생각하는 놈이야. 넌 폐하를, 문무백관을, 심지어 천하 백성들을 속일 수 있겠지만, 나를 속일 수는 없어. 너의 그 깨끗한 손에 얼마나 많은 사람들의 피가 묻혀져 있는지, 너의 그 관복에 얼마나 많은 사람들의 원혼이 서려 있는지, 최소한 너와 나는 똑똑히 알고 있지."

"근데 네가 왜 하필 나의 심복들의 시체를 밟고 위로 올라가려는 것인지는 잘 이해가 안되었는데, 한참 생각한 후에야 드디어 결론을 내리게 되었어."

"이 모든 것은, 처음부터 너의 나에 대한 더러운 질투심 때문이었어. 넌 무(武)도 나보다 못하고, 문(文)도 나보다 못하고, 명성도 나보다 못하고, 권세도 나보다 못하고……아무리 노력해도 네가 할 수 있는 일이라고는 검은 개새끼 몇 명 기르는 것밖에 없고, 영원히 나를 쫓아오지 못할 것 같았겠지."

"원망도 많이 했겠지. 왜 나에게는 좋은 아버지가 없나, 좋은 어머니가 없나……그렇다고 그게 네 행동을 정당화시킬 수 있을까? 너보다 약한 사람들이 죽어 나갈 이유가 될까?"

"그건 비겁한 불평 불만일 뿐인데, 권세를 가지게 된 자의 불평 불만은 나라를 혼란에 빠지게 만들지. 허나, 네놈은 개인적으로 창자가 끊어지는 슬픔을 느끼는 것 같으니, 내가 오늘 정말 창자가 끊어지는 고통이 어떤 것인지 너에게 알려준 것뿐이야."

허종웨이는 판시엔의 말이 작은 칼처럼 자신의 귀를 후벼 파고 있었지만, 복통 때문에 말을 할 수도 없었지만, 판시엔이 왜 이렇게 의미도 없는 말을 하는지 지금의 상황이 이해가 되지 않았다.

'아무리 네가 폐하의 총애를 받고 있다 해도, 나의 심복들이 하나도 남지 않고 모두 죽었다 해도, 이미 대세가 정해진 지금 네놈이 뭘 더 할 수 있다고……난 처음부터 다시 쌓아 나가면 돼. 그리고 오늘 일로 너는……끝났어.'

분위기가 심상치 않게 돌아가고, 판시엔의 말에 점점 더 살기가 더해지자, 마침내 황실 호위와 금군들이 허종웨이 앞에 정렬하며 판시엔을 차갑게 노려보았다.

일촉즉발의 순간.

"하지 마!"

황궁과 연결된 문하중서성 후원 쪽 겹겹의 두꺼운 벽 너머로 처량
하고 다급한 외침이 희미하게 들렸다.

눈이 녹은 물에 온몸이 젖은 후 대학사가 황궁에서 황급히 뛰어
오고 있었다. 태학에서 판시엔의 강의 내용을 듣고 큰일이 나겠다고
생각한 후 대학사가 가장 빠른 시간 안에 황궁에 도착해서 황제와
몇 마디를 나누고 있을 때, 그가 징두에서 일어난 일에 대한 태감의
보고를 들었던 것이다. 그리고 이어서 다른 태감이 뛰어와 판시엔이
문하중서성에 왔다는 급전을 전했고, 그는 그 소식을 듣자마자 생각
할 겨를도 없이 이곳으로 뛰어온 것이다.

그는 판시엔을 보자마자 그를 끌어안으며 필사적으로 그의 몸을
뒤로 잡아당겼다.

"자네 미쳤나!"

물론 오늘 판시엔이 한 일만으로도 황제는 그를 불멸의 지옥으로
보내 버릴 것이었지만, 문하중서성에서 대학사를 살해하는 것은 황
궁 앞에 피를 뿌리는 것과 다름없었다.

경국뿐 아니라 천하 어디에서도 그런 끔찍한 장면은 없었다.

하지만 지금 이 장면은 너무 웃겼고, 심지어 익살스러웠다.

원로 대신이 그 연약한 몸으로 판시엔과 몸부림을 치다니.

판시엔은 마음이 살짝 따뜻해지며 온화하게 웃었다.

"그만 하세요. 이미 늦었어요."

후 대학사가 믿지 못하겠다는 눈으로 그를 바라봤다.

"우웩……푸!"

허종웨이가 헛구역질을 몇 번 하더니 검은 피를 토해냈다!

핏물이 주변 관원들의 관복을 검붉게 물들였고, 몇몇 관원은 허종
웨이를 부축했고, 몇몇은 필사적으로 어의를 부르기 시작했고……

허종웨이의 두 눈동자는 초점이 풀렸고, 청력도 사그라지기 시작했고, 옆에서 동료들이 하는 외침도 잘 들리지 않았고, 단지 배 속에 창자가 끊어질 것 같은 통증만 선명하게 느끼고 있었다.

허종웨이는 아팠다. 창자가 끊어질 듯 아팠다. 판시엔이 언제 자신에게 독을 먹였는지 몰랐다. 그는 종이를 건네받을 때 오른손 새끼손가락에 생긴 미세한 바늘 구멍을 알지 못했다.

허종웨이는 달갑지 않았다. 그는 조정과 황실을 위해 뜨거운 피를 흘리고 싶었고, 청렴한 대신의 명성을 얻기 위해 노력했는데, 왜 자신의 피가 검은색인지 몰랐다.

그의 희미해진 눈빛이 판시엔의 무심한 얼굴을 찾아냈다.

'관원으로서 폐하를 대신하여 일한 것이 무슨 잘못이지? 몇 사람을 죽이고 배신했다 해도, 천년 이래 모든 관원들이 그렇게 한 것 아닌가? 네놈은 그럴 필요가 없었겠지. 넌 태어날 때부터 '주인'이었으니까. 난 태어날 때부터……종이었고. 그런데 네가 무슨 이유에서 날 죽여. 넌 그저 너만 생각하는 부잣집 도련님 아니었나?'

허종웨이는 이 모든 원한을 한마디도 내뱉지 못했다.

"푸!"

3년 간 조정에서 가장 잘 나갔던 인물 허종웨이가, 황성 앞에 있는 문하중서성 관아에서, 피를 토하며 창자가 끊어져 죽었다.

판시엔은 이 모든 과정을 무심하게 바라보았다. 사실 허종웨이의 죽음은 판시엔이 그를 싫어하는 것과 별 관련이 없었다. 판시엔은 그가 사랑하는 사람들을 지키기 위해서, 황제의 뜻에 따라 그 일을 집행하는 허종웨이를 죽여야만 했다.

기계처럼 냉정한 계산과 판단이었고, 판시엔은 이 사람의 죽음만 확인하면 되었다. 마음속에 어떤 감정도 없었다. 그런 것들은 자신이 죽기 직전에 느껴도 늦지 않을 것이기 때문이었다.

후 대학사는 허종웨이의 싸늘한 시체를 물끄러미 바라본 후, 무겁게 고개를 돌려 분노와 실망, 그리고 망연자실함이 담긴 표정으로 가슴속 깊은 곳으로부터 차가운 소리를 뱉어 냈다.

"이 대역죄인을 체포하라."

후 대학사는 판시엔이 손을 뻗으면 죽일 수 있는 위치에 있었지만, 판시엔은 그를 죽일 생각은 추호도 하지 않았다.

그는 그저 송구한 뜻을 내비치며 살짝 웃었다.

금군이 판시엔을 체포하려는 순간, 멀리서 또 다른 외침이 들렸다.

"폐하께서 성지를 내려, 판시엔을 압송하여 입궁하라 명하셨다."

드디어 성지가 도착했다.

판시엔은 야오 태감을 보며 물었다.

"손을 묶어야 해?"

야오 태감은 아무 대답도 하지 않았다. 판시엔은 알고 있었다. 자신을 묶을 수 있는 사람은 아무도 없다는 것을. 단지 황제만이, 자신의 가족과 친구들을 엮어 만든 밧줄로, 자신을 영원히 벗어날 수 없게 묶어 버릴 수 있다는 것을.

"우산을 문 앞에 두었으니까, 누가 훔쳐가지 않게 지켜봐 줘."

이 말과 함께 그는 야오 태감을 따라 황궁으로 향했다.

그들의 뒤에는 관원들이 검은 피를 뒤집어쓴 허종웨이의 시체를 보며 더없이 깊은 슬픔에 잠겨 있었다.

제8장

'공평'한 전쟁

황궁의 푸른 색 돌바닥에는 이미 눈이 다 녹아 있었고, 유리 기와에 떨어진 눈들은 찬바람에 얼어 황금빛 햇빛을 반사시키고 있었다. 판시엔은 설경을 감상하던 시선을 거두고 뒷짐을 진 채 야오 태감의 뒤를 조용히 따라갔다. 그는 묶여 있지 않았다.

성지에는 그가 대역죄인이라고 명시되어 있었다. 징두에서 수많은 관원들이 죽었고, 황성 앞 조정의 뿌리인 문하중서성 건물에서 대학사가 죽었다. 하지만 판시엔은 더 이상 황궁에서 소란을 벌일 생각이 없었다. 웅장한 산처럼 서 있는 황제가 무너지기 전에 황궁에서 일으키는 어떤 소란도 아무 의미가 없다는 것을 알고 있었기 때문이다.

어서방에 도착했다. 야오 태감이 어서방 앞을 지키던 홍쥬와 몇 마디 나누더니, 복잡한 표정으로 고개를 돌리며 나지막이 말했다.

"폐하께서 작은 전각에서 기다리고 계십니다."

"작은 전각?"

판시엔은 억지로 웃으며 말을 이었다.

"그럼 그쪽으로 가자."

야오 태감은 손을 저어 호위들에게 따라오지 말라는 신호를 보내고 홀로 판시엔을 데리고 후궁 방향으로 향했다. 그 모습을 바라보던 홍쥬는 판시엔이 일부러 자신에게 눈길 한번 주지 않았다는 것을 알았다. 그리고 갑자기 슬픈 감정이 밀려왔다.

그는 마지막 배웅을 하듯, 고개를 깊게 숙이며 예를 올렸다.

판시엔은 작은 전각으로 가는 길을 잘 알고 있었다. 그래서 판시엔이 앞장서서 걸었다. 그리고 전혀 급하지 않게 천천히 그곳으로 향했다. 상황이 이 지경까지 이르렀는데, 황제도 급할 일이 뭐가 있겠는가. 하지만 그에게 다른 의도도 하나 있었다. 야오 태감의 눈에는 그가 경치를 구경하는 것처럼 보였겠지만, 그는 최대한 자신의 몸이 주변 자연과 호흡하도록 내버려 둔 것이다. 진기가 자연스럽게 주위 환경과 소통하도록.

"꺄르르르……."

판시엔의 발걸음이 멈췄다.

호수 위에 정자. 그곳에는 귀티를 유감없이 풍기고 있는 한 젊은 여자가 궁녀에 둘러싸여, 태감의 시중을 받으며 설경을 감상하고 있었다.

판시엔은 그곳으로 성큼성큼 걸어갔다. 몇몇 궁녀는 야오 태감을 보고 그의 신분을 짐작한 듯 엎드려 인사를 드렸다. 하지만 그는 한참을 말없이 '귀인'을 바라보며 떠나려 하지 않았다.

'이 사람이 말로만 듣던 메이(梅, 매) 비(妃)군.'

열대여섯 살. 메이(梅) 비(妃)의 용모는 풋풋하고 수려했지만, 온 갖 장신구를 이용하여 꾸미는 바람에 억지스러운 '귀티'가 흘렀다. 그 여인은 야오 태감을 바라보며 거만하게 입을 열었다.

"폐하께서 오찬은 하셨는가?"

야오 태감은 웃음으로 대답을 대신했다.

메이(梅) 비(妃)는 젊은 남자의 방자한 시선이 거슬렸다.

판시엔은 살짝 튀어나온 그녀의 배를 무례하게 바라보았다.

"어디서 굴러온 놈이, 감히 어디를 쳐다보는 것이냐!"

젊은 궁녀 하나가 참지 못하고 소리를 질렀다. 이어 곧 판시엔의 귀싸대기를 올릴 태세로 판시엔에게 다가왔다.

판시엔은 무심하게 그 모습을 바라만 보았다.

'짝!'

'쿵!'

궁녀가 쓰러졌다. 그녀의 입에서 피 한 줄기가 흘러나왔다.

야오 태감은 손을 거두며 목소리를 낮춰 겸손하게 말했다.

"판 대인, 폐하께서 대인을 기다리고 계십니다."

"뭘 그렇게 긴장하나? 내가 귀인을 죽이기라도 할까봐?"

판시엔은 고개를 돌려 화가 난 메이(梅) 비(妃)의 얼굴을 보며 말했다.

"날도 추운데 궁으로 돌아가세요. 차라리 마작을 하던지. 이렇게 추운 곳에 있으면 배 속의 아이에게도 좋지 않아요. 설경과 같이 있으면 더 아름답게 보이고, 폐하께서 더 아껴줄 거라 생각하는 건가요? 궁에서 잘 지내는 방법은 간단해요. 얌전히 있으면 돼요."

그는 그녀의 배에서 시선을 거두며 고개를 저었다.

"이왕이면 여동생을 낳아 주셨으면 하네요. 전 여동생이 없으니."

이 말은 진심이었다. 그리고 그는 돌아섰다.

메이(梅) 비(妃)의 눈에서는 금방이라도 눈물이 떨어질 것 같았다. 분노와 무기력함이 몰려왔기 때문이다. 그리고 판시엔의 말을 곧이 곧대로 듣지 않았다. 그녀가 '황자'를 낳지 못하면, 그녀의 미래도 별 볼 일 없었기 때문이다.

경국 황제는 작은 전각에 있지 않았다.

그는 서북쪽의 황폐한 궁전 앞에서 그 전각을 바라보고 있었다.

야오 태감이 소리 없이 물러갔고, 판시엔은 딴저우 해변에서처 럼 조용히 황제 뒤로 가서 황제와 함께 작은 목조 전각을 바라봤다.

"오는 길에 메이(梅) 비(妃)를 만났느냐?"

"네."

"배 속의 아이가 남자인 것 같으냐, 여자인 것 같으냐?"

"공주일 것입니다."

"오! 네 학식이 해박한 줄은 알았지만, 그런 것도 아는지 몰랐다."

"학식이 해박하다 할 수는 없지만, 메이(梅) 비(妃)의 배 속에 있는 아이가 공주인 것은 알 수 있습니다."

"음……."

황제의 미간이 살짝 찌푸려졌다.

"너는 짐이 셋째보다 더 뛰어난 아이를 기르지 못할 것 같으냐?"

"못하십니다."

판시엔은 망설임 없이 대답했다.

"왜냐하면 메이(梅) 비(妃)가 이 귀비보다 훨씬 못하기 때문입니다."

"네 말에도 일리는 있다만, 황실의 핏줄이 희박하니, 황자가 하나 더 있는 것이 아무래도 좋을 것 같구나."

"폐하께서 아껴주시기만 한다면 황자가 많은 것은 좋은 일입니다. 허나, 청치엔이나 청저가 다시 나오면, 아무런 의미가 없습니다."

황제의 얼굴이 어두워졌지만, 판시엔은 그 모습을 볼 수 없었다. 그는 뒤에 서서 황제의 구석구석을 살폈다. 그리고 그 모습에서 알 수 없는 슬픔이 전해지며 저도 모르게 탄식했다. 이 세상에 진정한 신(神)이 될 수 있는 사람은 없다. 황제처럼 강인한 사람도, 용의에서 내려오면 그저 평범한 노인일 뿐.

하지만 황제는 허종웨이가 아니었다. 그의 얼굴은 다시 천만년 동안 변하지 않을 것 같은 대동산의 절벽처럼 변했다. 겉으로는 옥처럼 온화하고 윤택이 나지만, 속에 날카로움을 숨기며 어떤 풍파도 거들떠보지 않는 것처럼.

"허종웨이는 죽었나?"

"네, 폐하."

"네가 7일 동안 밤낮으로 고민한다 해서, 네가 짐을 놀라게 할 어떤 일을 꾸미나 궁금했는데, 결국 이런 소란이나 피울 줄이야."

"폐하께서는 대동산처럼 천년의 비바람에도 끄덕없는 분이고, 저는 그저 하찮은 속물일 뿐인데, 무슨 좋은 수단이 있겠습니까? 인간의 상상력은 한정되어 있으니, 세상에 없는 것들을 생각해 내려 해도 한계가 있었습니다."

판시엔은 진심으로 말을 이었다.

"아무 방법도 떠오르지 않았지만, 조그만 깨달음을 얻었습니다. 제가 어려서부터 감사원에 몸을 담아 그런지, 어떤 일이든 은밀한 수단으로 해결하는 것이 습관이 되어 버린 듯합니다. 그래서 항상 '자신'이 생길 때만 움직였습니다."

판시엔은 미소를 지었다.

"하지만 이번에는 그 방법이 통하지 않았습니다. 아무리 생각해도 제가 '자신'있는 수단이 생각나지 않았습니다. 그래서 기왕 그런 수단이 없으니, 가장 간단한 방식으로 해결하자는 생각이 들었습니다."

간단한 방식? 그건 당연히 짐승처럼 이빨로 물어뜯고 발톱으로 찢으며 피비린내 나는 몸싸움을 하는 것이다.

황제는 고개를 천천히 돌렸고, 그의 얼굴을 바라보다 갑자기 크게 웃기 시작했다. 그 웃음소리에는 의외로 상당히 흡족한 마음이 담겨 있었다. 하지만 곧 웃음이 멈췄다.

"사람들 앞에서 대신(大臣)을 살해하는 것은, 경국의 법률을 무시하는 것이고, 영웅적이지 않은 방법이지."

"폐하께서는 명군(明君)이시지만, 허종웨이는 간신(奸臣)이니, 그는 마땅히 죽어야 합니다."

판시엔은 갑자기 웃으며, 황제의 반응에는 개의치 않고 말을 이었다.

"그러므로 과감한 수단으로, 폐하의 만년 과업을 위해 악행을 징벌하고 간신을 처단한 것입니다. 이렇게 영웅적인 행동이 어떻게 경국의 법률에 제한을 받겠습니까."

황당한 사람이, 황당한 일을 행하고, 황당한 말을 뱉고 있었다.

하지만 황제는 화를 내지 않았다.

"짐이 언제 너에게 그런 '뜻'을 전했느냐?"

"군주(君主)의 마음을 먼저 이해하는 것은, 신하로서 마땅히 해야 할 일입니다."

판시엔은 허종웨이 일파를 철저히 죽였다. 정말 천둥 번개 같은 급작스럽고 과감한 공격이었다. 하지만 그 천둥 소리가 계속 울릴 가망은 없었다. 곧 조정이 반응할 것이고, 판시엔의 힘은 썩은 나무처럼 무너질 수 있었다. 그래서 판시엔은 지금, 냉혹한 경국의 법률과 황제의 분노 속에서 자신의 심복들이 살아남기 위한 마지막 발악을 하고 있는 것이다.

"허종웨이가 청렴하게 보였지만, 그의 저택에 북위 시대 명화(名畵)가 수십 점 늘었습니다. 그리고 그는 2황자의 심복 판우지우를 모사로 두고 있었습니다. 무슨 일을 꾸미고 있었는지는 제가 더 설명할 필요가 없을 듯합니다. 물론 판우지우는 습격을 받았는데⋯⋯."

판시엔은 웃음이 터졌다. 습격은 황제가 시킨 일이었기 때문이다.

"다행히 제 부하가 길을 지나가다 '우연히' 그를 구했습니다. 그래서 진술도 받아 냈고, 보고서는 감사원에 있을 겁니다."

허종웨이가 린뤄푸를 무너뜨린 방식. 세상은 항상 이런 식이다.

"그리고 또 허종웨이는⋯⋯."

"그만 하거라. 허종웨이의 마음은 모두 경국을 향해 있었다. 설령 네가 그를 싫어했다 한들, 결국 네 손에 죽었는데, 이런 욕지거리로 죽은 사람에게 죄를 더 뒤집어 씌울 필요가 있느냐?"

"폐하 말씀이 지당합니다."

"너도 짐작하겠지만, 짐이 그 모든 것을 이미 안다."

"네, 폐하. 허나, 천하의 백성들은 폐하의 총애를 받는 허 대학사가 그런 사람인지 알지 못했습니다."

판시엔은 한 발짝도 물러 서지 않고 말했다.

"그가 저지른 죄가 적힌 문서는 곧 옌 원장이 궁으로 보내올 것입니다. 물론 원본과 필사본은 담박서점과 다른 몇 곳으로 보내졌습니다. 그리고 며칠 후면 온 세상에 알려질 것입니다."

"짐을 위협하는 것이냐? 짐을 천하 백성들의 우스갯거리로 만들고 싶은 것이냐?"

"제가 어찌 감히. 폐하께서 심사숙고하시라는 뜻입니다. 오늘 일은 어쨌든 역사책에 기록될 일이기 때문입니다. 그리고 전임 감사원장인 제가 미쳐 날뛰거나, 허 대학사가 죽어서도 죄를 남겨 역사책에 적힌다면, 아무래도 보기에 좋지 않을 듯합니다. 물론 폐하께 남다른 안목이 있다면, 또 다른 이야기가 되겠지요."

"듣자 하니 그것도 가능할 것 같다마는, 그렇게 한다면 조정의 은혜를 배반하는 처사가 아니겠는가?"

"신하란 결국 종에 불과하고, 종 하나가 죽었을 뿐인데, 종이 죽어서도 폐하의 위엄에 도움이 된다면, 얼마나 영광스러운 일이겠습니까?"

"경국에는 엄연히 법률이 있고, 조정은 그에 따라 집행할 뿐이다. 허종웨이가 죄가 있다면, 법률에 따라 처벌해서 법도(法道)를 바로 세워야 할 터. 이렇게 난폭하게 죽이면 되겠느냐."

"의리와 분노로 행동에 나선 관원은 죄가 있지만, 결국 폐하의 마음을 먼저 헤아린 탓입니다. 그래서 죄는 용서받을 수 있지만, 그렇다고 저 같은 미치광이 폭도가 용서받을 수 있을 거라 생각하지는 않습니다."

판시엔은 온화하게 웃으며 말했다.

"제 목숨 하나로 세상의 시끄러운 논쟁을 잠재울 수 있다면, 허종웨이가 그렇게 손해본다고 생각하는 사람은 없을 것입니다."

"허나 짐은……허종웨이에게 마음의 빚이 남는다."

"죽은 사람일 뿐입니다."

"정말 죽은 사람의 문제일 뿐이라면, 넌 왜 입궁을 하였느냐?"

만민을 개미처럼 보는 군주가 신하에게 마음의 빚 따위가 있겠는가. 하지만 허 대학사의 죽음이 경국 조정의 뿌리를 흔들게 해서는 안 되었고, 그것이 황제의 가장 중요한 고민이었다. 그럼에도 불구하고 더 묘한 것은 천자(天子)들은 항상 명분과 인덕(仁德)을 중시하고 있었다는 점.

그리고 누군가 이 둘이 대화를 나누는 모습을 보았다면, 또 다른 문제점을 어렵지 않게 발견해 낼 수 있었을 것이다. 판시엔은 예를 올리지도, 무릎을 꿇지도 않았고, 자신을 신하가 아닌 '저'라고 칭하고 있었기 때문이다.

하지만 황제는 판시엔의 무례함을 방임했다.

그저 혐오스럽다는 듯이 손을 '휘휘' 저었다.

눈은 여전히 차갑게 내리고 있었다. 황제는 몸을 돌려 판시엔의 얼굴을 바라봤고, 오랫동안 아무 말도 하지 않았다. 평소 판시엔은 황제 앞에서 늘 무의식적으로 몸을 굽히거나 고개를 숙였지만, 오늘 그는 허리를 곧게 펴고 서 있었다.

황제는 아들의 키가 자신과 비슷하다는 것을 발견했다.

용포를 입은 남자에게서 공포스러운 한기와 위압이 뿜어져 나와, 판시엔을 눈으로 덮힌 풀바닥으로 찍어 누르고 있었다. 판시엔은 안색 하나 변하지 않고 천천히 찬 공기를 들이마셨다. 부자(父子) 모두 이 순간이 올 것임을 알고 있었다. 허종웨이 이야기를 다 했으니, 이제 '두 사람의 이야기'를 할 차례였다.

"단신(單身)으로 입궁해 짐을 마주하다니, 대체 무슨 자신감이냐."

"그런 건 없습니다."

판시엔은 눈을 감고 잠시 침묵하다, 용감하게 두 눈을 뜨고 깊이를 알 수 없는 황제의 눈을 똑바로 바라보며 말했다.

"저는 그저……폐하와 '공평(公平)'하게 싸우고 싶습니다."

공평(公平)?

'공평'하게 '싸운다'?

'공평'하게 '황제'와 '싸운다'?

황제는 참지 못해 크게 웃었다. 그 웃음에는 '터무니없음'이 서려 있었고, 그 웃음이 한겨울의 깊은 황궁 얼어붙은 땅속에서 겨울 잠을 자는 생명을 얼마나 깨웠는지 몰랐다.

"네가 짐에게 공평을 말할 자격이 있다 생각하느냐."

판시엔의 여동생이 아직 궁에 잡혀 있고, 그의 가족과 심복들은 징두에 있고, 오늘 비록 그가 몇 사람을 죽이기는 했지만, 황제의 눈에는 여전히 어떠한 파도도 일으키지 못하는 개미일 뿐이었다.

천자(天子)의 황궁이, 백성의 강호(江湖)가 아니지 않는가.

아무리 싸움을 원해도, 황제가 무시하면, 또 어떻게 할 것인가.

하지만 판시엔은 차분하고 의연하게 말했다.

"자격은 실력에 달려있습니다. 저는 그런 실력이 있습니다."

황제는 이 말을 들으며, 판시엔의 어깨 너머로 첩첩이 이어진 궁궐을 그윽하게 바라보았다. 황제의 마음이 살짝 흔들렸다.

한겨울 황궁에 한 줄기 붉은 화염이 솟아올랐다!

아늑하지만 경비가 삼엄한 전각. 세상일에 일체 관심을 두지 않으며, 그 방 안의 사물만을 지키는 십여 명의 황실 고수들은, 창문을 비집고 나오는 빨간 불길을 보며, 자신들이 오늘로 끝이라는 것을 알아차리고 절망했다.

불길은 곧 잡혔지만, 안에 있던 서적들은 모두 재가 되었다.

황제는 여전히 동남쪽 전각을 바라보고 있었다. 붉은 화염은 검은 연기로 바뀌었고, 이내 눈송이 사이로 흩어지며 자취를 감추었다.

"내고의 기술 서적이 보관되어 있는 장소를, 황실에서도 아는 이가 몇 없다. 네가 그곳을 알아냈고, 또 불을 질러 태울 수 있다는 것에, 짐은 실로 놀랐다."

"내고의 기술이 보관된 곳은 천하에 두 군데입니다. 하나는 황실이고 하나는 민북 내고 안에 있지요. 제가 궁에 있는 것을 태울 수 있다는 걸 아셨으니, 내고에 있는 것도 제가 없앨 수 있었다는 것은 짐작하실 겁니다. 수운마오가 살았든 죽었든, 제가 그럴 실력이 있다는 것은 폐하께서 아시리라 생각합니다."

판시엔은 담담하게 말했지만, 낯빛 하나 변하지 않는 황제를 보며 속으로 한숨을 내쉬었다. 내고는 경국의 근간인데, 근간이 손상되었다는 소식을 듣고도 이렇게 평온하다니.

'황제는 범인(凡人)의 한계를 뛰어 넘은 것인가? 내가 감히 범접할 수 없는 상대인 것인가…….'

황제는 경국의 근간이 무너질 리 없다고 생각했다. 판시엔이 인간 세상의 보물을 이런 식으로 파괴할 리 없다 믿었기 때문이다. 관건은, 정말로 없애 버렸다면, 판시엔에게 더 이상 패(牌)가 될 수 없었다. 그래서 판시엔은 분명 한 부를 어딘가에 숨겨 놓았을 것이라 확신했다.

검은 연기가 사라진 것을 확인한 황제가 천천히 고개를 돌렸다.

"역시 미친 놈이로세. 경국인으로서 이런 일을 벌이다니."

"저와 폐하 사이의 일로, 천하에 혼란을 가져오고 싶지 않습니다."

"계속해 보거라."

"폐하께는 하늘에서 내린 재능이 있고, 현재 경국의 국고도 튼실하며, 민심도 탄탄하고, 병사들도 용감합니다. 몇몇의 명장이 죽었으나, 예완을 보면 역시 천하 제일의 경국 군대에는 인재가 많은 것을 알 수 있습니다. 북제 황제와 샹샨후가 아무리 강하게 맞서더라도, 폐하의 생전에 천하 통일의 대업을 이루실 거라 믿고 있습니다. 누구도 이 과정을 막을 수 없을 것입니다."

"허나, 폐하의 안목은 매우 넓고 깊으니……지금 당장의 일만 보지는 않으실 것입니다."

판시엔은 고개를 들고 침착하게 말을 이었다.

"폐하께서는 천하를 통일하고 거대한 제국을 만들고 싶어하십니다. 이 대륙에서 오래된 전쟁을 끝내고, 천하 만민의 안락한 미래를 도모하고 싶어하십니다. 그래서 역사상 천고(千古)에 길이 남을 황제가 되길 원하십니다. 즉, 폐하께서 원하시는 것은, 경국이 천하를 통일한 이후의 천추만대(千秋萬代)입니다."

"폐하께서 살아 계실 때에는 문제가 없겠지만, 만약 폐하께서 돌아가시면 어떻게 될까요?"

판시엔은 미소를 지으며 이어 말했다.

"세상에 폐하 같은 황제가 다시 나오기는 힘듭니다. 천하가 통일이 된 후에 곧바로 천하가 또 다시 전쟁의 불길 속에 휩싸일지도 모를 일입니다. 진정한 천하의 통일은, '국력의 우세'로 시대를 바꾸고, 교류의 명분으로 세력을 융합하는 것입니다. 그래서 여러 세대에 걸쳐 전(前) 시대의 모든 것을 잊게 하고, 새로운 민심을 획득하는 것이 진정한 천하의 통일이라 할 것입니다."

"하지만 내고가 무너지면, '국력의 우세'를 어떻게 장담할 수 있겠습니까?"

"사람은 누구나 죽습니다. 설령 위대하신 폐하라 하더라도 늙고 병들어 죽는 것을 피하실 수는 없습니다. 지금은 내고가 없어도 폐하의 계획에 어떤 영향도 없겠지만, 폐하께서 돌아가신 후 내고가 없으면, 폐하께서 수십 년 동안 노력해온 웅대한 계획은 여전히 완성하실 수 없습니다."

황제는 다시 크게 웃었다.

"자, 그럼 네가 짐에게 무엇을 더 허락해 줄 것이냐?"

"제가 만약에 죽으면, 제가 필사해서 보관하고 있는 내고 기술 문서는 조정에 전달될 것입니다. 폐하께서 아시지만, 전 항상 충정을 다하는 수하이지 않았습니까."

판시엔은 진지하게 말했고, '패배'를 거론하지 않고 '죽음'을 거론

했다. 황제와의 전쟁에서 패배는 곧 죽음이었기 때문이다.

"계속하라."

"폐하의 공격으로 서호의 선우가 재기할 여력이 거의 없어 보이나, 북쪽 설원에서 초원으로 옮겨온 기병 7천이 있습니다. 폐하께서 제 요구를 들어주신다면, 이 기병들이 영원히 서량로에 접근하지 않을 것입니다."

"이번 칭저우 대첩에서 그들이 보여준 전투력은 가히 높게 평가할만 했다. 하지만 결국 몇 남지 않은 그들이 대세에 영향을 끼칠 수는 없다."

"'우리'는 지금 천추만대의 일을 논의하고 있습니다."

판시엔의 입에서 대역무도하게도 '우리'라는 표현이 나왔다.

"폐하께서 잘 아시겠지만, 서만족들의 번식력은 대단합니다. 그들은 십 년만 지나도 다시 강성해질 것입니다. 누군가 그들을 통제하거나 이끌지 못한다면, 다시 부상하는 부족이 제2의 왕장을 만들 것이 자명합니다."

"너의 서량로와 초원에 있던 힘은 짐에게 다 제거되지 않았느냐?"

"송즈시엔링."

판시엔은 미소를 지었다.

"그녀는 왕녀로 신분이 귀하고, 실질적인 지휘력은 없지만 그녀의 위상이 매우 높고 능력도 있어, 북만 대부분의 힘을 결집시킬 수 있습니다. 그녀를 통제하면, 다른 것들도 모두 통제할 수 있습니다."

"짐도 그녀의 존재를 알고 있지만, 조정도, 짐도 통제 못하는 그녀를 네가 어떻게 통제한다는 것이냐?"

"송즈시엔링은 하이탕 뒤뒤입니다."

황제는 잠시 멍한 표정을 하다 결국 웃음을 참지 못하고 고개를 가로저었다.

"내고의 기술 문서는 그렇다 하더라도, 더 이상은 없는 것 같구나. 강남도 더 이상 혼란이 일어날 수 없다. 짐이 이미 혼란에 빠트렸으니. 샤치페이의 목숨도 얼마 남지 않았고, 수운마오가 내고에 사람을 심었겠지만 그것도 얼마 가지 못할 것이다. 쳥쟈린도 지위를 박탈했고, 마카이도 이미 자리를 이동시켰다."

"강남은 여전히 더 혼란이 일어날 수 있습니다."

"짐이 네 심복을 다 죽이면, 강남이 어떻게 더 혼란에 빠지느냐?"

"저에게는 초상전장이 있습니다."

"은표는 종이일 뿐이다. 짐의 붓질 한번에 휴지조각이 될 수도 있는 것이다."

"그렇게 해 주신다면 초상전장이 나서지 않아도 강남은 엉망이 되겠네요. 은표는 종이이지만, 그것은 혈관에 흐르는 피와 같습니다. 모든 산업과 상업은 그것에 의지하고 있습니다."

"이미 양지메이가 짐의 곁에 섰다."

양지메이. 그는 소금 상인이었다. 다시 말해 은표가 아닌 진짜 금은을 가장 많이 가진 소금상인들을 장악하면, 시간은 걸리겠지만 다시 새로운 화폐 유통 체계를 만들 수도 있는 일이었다.

"그들만으로는 부족합니다."

판시엔은 당황하지 않고 말했다.

"저는……태평전장도 있습니다."

황제는 판시엔이 검려 둘째 제자에게 처음 그 단어를 들었을 때처럼 눈을 번쩍이며 얼음처럼 차가운 눈빛을 뿜어냈다.

"태평전장은 스구지엔이 저에게 남긴 것입니다. 그리고 '우리'들은 좀 더 동이성에 집중할 필요가 있습니다."

판시엔의 시선이 황폐한 풀밭의 동쪽으로 향했다. 풀밭에는 눈이 계속 내리고 있었고, 선도 없고 경계도 없었지만, 부자(父子)는 눈이 내려앉은 차가운 풀밭을 보며 천하를 논하고 있었다.

황제의 얼굴에는 이미 미소가 사라져 있었다.

"동이성은 더 말할 것 없다. 검려 제자 몇이 좀 귀찮겠지만, 어차 피 대군도 아니다."

"9품 강자들이 무엇을 만들지는 못하겠지만, 무엇을 파괴하는 데 는 능합니다. 암살을 한다거나, 중요한 시설을 파괴한다거나……."

눈발은 점점 거세졌고, 폐허가 된 궁전에 눈은 더 두껍게 쌓였다. 판시엔이 입은 청색 옷과 황제의 옅은 황색의 용포도 모두 희끗희 끗해졌다.

"저는 이 천하를 혼란에 빠트릴 수 있는 실력이 있습니다. 제가 지 금 죽더라도, 폐하가 그리시는 천추만대의 큰 그림을 이 눈처럼 만 들 수 있는 것이지요. 다시 해가 뜨면 물이 되어 허상처럼 사라져 버 리는 이 눈처럼."

판시엔은 더없이 진지하게 말했다.

"폐하, 그래서 전 폐하와 공평하게 싸우고 싶습니다."

"무엇이 '공평'한 것이냐?"

"뭐뭐를 궁 밖으로 내보내 주십시오. 완알과 저의 불쌍한 가족들 이 딴저우로 갈 수 있도록 허락해 주십시오. 그리고 제가 죽더라도 제 심복들을 숙청하지 말아 주십시오. 그들은 경국에 충성하는 꽤 쓸 만한 인재들입니다. 그리고 제가 죽으면, 그들도 더 이상 조정에 반항할 이유가 없습니다."

죽음을 각오한 판시엔이 바라는 것은 단 하나. 자신과 황제간 싸 움의 여파를 최대한 줄이는 것. 자신과 관련된 사람들에게 살길을 열어주는 것.

황제는 뒷짐을 진 채 잠시 침묵하다, 지친 듯 입을 열었다.

"짐은 네가 왜 이렇게까지 하는지, 정말 이해할 수 없구나."

'왜?'

눈보라를 맞으며, 판시엔이 깊은 생각에 잠겼다. 하지만 사실 그는 고민할 필요도 없었다. 언젠가는 이 질문을 받을 줄 알고 있었고, 수없이 고민한 문제였고, 7일 동안 서재에서 가장 많이 떠올렸던 화두였다.

"왜……."

판시엔은 고개를 천천히 들며 말을 이었다.

"오늘 태학에서 인의(仁義)와 대의(大義)에 대해 강의했습니다."

판시엔은 미소 지었다.

"물론 전 그런 사람이 아닙니다. 도덕적인 성인(聖人)도 아닙니다. 전 뼛속까지 저 자신을 사랑하고, 저 자신을 존중하는 사람 그 이상 그 이하도 아닙니다. 그래서 저는 이번 생을 마음껏 살았고, 방자하게 살았고, 후회 없이 살려고 노력했습니다. 그래야 제 마음이 편했으니까요."

판시엔의 얼굴에서 웃음이 사라졌다.

"하지만, 아무리 대단한 권력이 저의 눈을 가리고 귀를 막아도, 아무리 제가 모른 척하고 듣지 않은 척해도, 당시 태평별원에서 일어났던 사건과, 이번 가을에 발생했던 사건 때문에 제 마음이 편하지 않습니다."

판시엔의 얼굴에 담담한 슬픔의 기운이 번져갔다.

"쳔핑핑이 폐하께 물은 말이 무엇인지, 전 알 필요도 없습니다. 저는 그저 그 일들이 '불공평'하다고 생각합니다. 더구나 그 '불공평'한 대우는, 저를 사랑하고, 또 제가 사랑하는 사람들이 받았습니다. 만약, 이 세상에 제가 없었다면, 제가 오늘 용감하게 폐하 앞에 서지 않았다면, 그렇게 억울하고 가련하게 세상을 떠나버린 사람들이 어디에 가서 '공평함'을 찾을 수 있단 말입니까. 그들이 그렇게 세상에서 잊혀지면 안 되고, 그들이 받은 불공평함은 어떤 방식으로도 보상받아야 합니다."

판시엔은 황제의 두 눈을 똑바로 바라보았다.

"그것은 폐하의 책임이고, 또 저의 의무입니다."

황제는 가슴을 찌르는 듯한 판시엔의 말을 듣고 한참을 침묵하다, 차가운 목소리로 천천히 물었다.

"너는 왜 당시에 무슨 일이 있었는지 짐에게 묻지 않느냐? 왜 짐에게 묻지 않는 것이냐? 설마 짐은 아무런 고충이 없었다고 생각하는 것이냐!"

"징왕 저택, 즉 당시의 청왕 저택에는, 어머니가 개인적으로 폐하께 드린 상주문 같은 문서들이 많이 남겨져 있습니다."

판시엔은 잠시 멈칫하다 다시 말을 이었다.

"전 다 보았습니다. 그래서 더 물을 것이 없습니다. 왜냐하면 그때 발생한 일에 대해 누구보다 더 잘 알고 있기 때문입니다. 어머니의 죽음이, 천하에, 백성들에게 좋은 일이었는지 나쁜 일이었는지에 대해서는 전 아무런 관심이 없습니다."

그는 억지로 웃었다. 최대한 웃으려 노력했다.

"폐하, 사실 이건 천하, 정의(正義)와는 무관하고, 공적인 보복이 아닙니다. 이건 그저……사적 원한입니다."

"그 원한 한번 대단하네."

황제는 뒷짐을 지고 눈보라에도 한 치의 흔들림 없이 꼿꼿이 서 있었다. 그 모습에서 말할 수 없는 외로움과 고독이 짙게 묻어 나왔다.

"그녀가 너의 모친이지만, 짐은 너의 부친이 아닌가?"

판시엔은 그 질문에 대답하지 않고 화제를 바꾸어 말했다.

"폐하께서 가슴 속에 원대한 포부를 가지고 계시지만, 설령 그보다 더 광명정대한 목표를 가지고 계신다 하더라도, 그 수단이 비열하면 존경받을 가치가 없습니다."

"네가 오늘 한 짓은 존경받을 수단이고?"

"전 사적인 원한으로 복수를 했을 뿐인데, 그런 것에 무슨 광명정대함과 존경이 끼어들 틈이 있겠습니까?"

판시엔은 자조 섞인 미소를 지으며 말을 이었다.

"그런 것을 보면 전 폐하와 많이 닮았습니다. '좋은 사람'이라는 단어는 저와 폐하에겐 '사치스러운' 단어일 뿐이지요⋯⋯하지만 그렇기에 당시의 그녀처럼, 멍청하게, 영문도 모른 채 죽지 않고, 최소한 죽음을 앞둔 이 시점에 폐하께 와서 한마디라도 물을 수 있는 것 아닐까요?"

황제는 평온하게 엷은 미소를 지었지만, 그 사이에서 나타나는 기괴한 정서를 숨길 수는 없었다. 그 자신도 정확히 몰랐지만, 마치 그가 지금 보고 있는 판시엔이 오래전에 보았던 '그녀' 같다고 느끼고 있었던 것은 아닐까.

판시엔은 예칭메이와 확실히 다른 길을 가고 있었다. 하지만 근본적으로 지울 수 없는 동질감이 있었다. 그것이 황제 앞에서는, 허리를 꼿꼿이 세우고 '같이' 설 수 있다는 것으로 표현되었는지도 모른다.

"태평별원 사건 당시, 짐은 네가 살아남는 것을 바라지 않았다."

판시엔은 당연하다는 듯 고개를 끄덕였다.

"허나, 넌 결국 살아남았고, 짐이 그 소식을 듣고 안도의 한숨을 내쉬었다는 것을 부인할 수는 없다. 필경 너는 짐의 혈육이었으니."

황제는 의미심장한 미소를 지었다.

"지금 생각해 보니 천핑핑은 그때부터 짐을 의심했었어. 그렇지 않았다면 우쥬에게 딴저우를 제안하지도 않았겠지. 짐이 어머니처럼 생각하는 유모 밑에 네가 있으니, 내가 어찌하지도 못하고 모든 것은 기정사실이 되어 버렸고…….”

황제는 옛날 일을 회상하며 말을 이었다.

“사실 그것도 상관없었지. 짐은 징두에 있고, 넌 딴저우에 있고, 명절에나 한번씩 짐은 사생아가 딴저우 해변에 있다 떠올렸을 것이고……그러나 쳰핑핑은 그렇게 생각하지 않았지. 네가 네 살 때 페이지에를 보냈고, 유모에게 감사원 밀정들을 보내고, 그 검은 개는 너의 일에 대해 감사원보다 더 열정을 가졌지. 그리고 시시때때로 입궁해서 너의 일거수일투족을 알려주었다.”

“네가 딴저우에서 계집애를 놀리고, 지붕에 올라 소리를 지르고, 유모에게 요리를 해주고, 패도 진기를 수련하고……짐은 심지어 징두에 있는 아들들보다 너에 대해 잘 알게 되었다. 그래서 넌 딴저우에 있었지만 마치 짐의 곁에 있는 것처럼 익숙해졌지. 그 뒤에 넌 징두로 왔고, 경묘에서, 태평별원 밖의 찻집에서…….”

황제의 얼굴에서 점점 웃음이 사라졌다.

“네가 감사원에 들어가고, 현공 사당 사건을 겪고, 짐이 너와 함께 작은 전각에 들어가고, 널 강남으로 보내고……그래 짐이 인정하지. 넌 짐의 아들이고, 짐이 가장 아끼는 아들이다.”

“네 어미가 한 말이 있다. 좋아하는 것도 습관이라고……짐은 너의 존재에 대해 어느새 익숙해져 버렸다.”

황제는 갑자기 고개를 들고 눈이 내리는 하늘을 바라보았다. 눈앞에 누가 그려졌는지는 모르지만, 고개를 끄덕이며 말했다.

“그런데 짐이 가장 아끼는 아들이, 짐의 아들이 되려 하지 않고, 지금 짐 앞에 당당히 서서, 짐의 권위에 도전을 하며, ‘공평함’을 찾으려고 하는구나.”

그는 고개를 숙여 판시엔을 차갑게 바라보았다.

"너와 짐의 부자 관계에서 이기고 지고는 없는 것이다. 결국 첸핑 핑이 이긴 것이야."

판시엔은 침묵에 빠져들었다.

"네가 오늘 이러는 것이, 인의(仁義)를 구하는 것이 아니라면, 공의(公義)를 추구하는 것이 아니라면, 사적인 원한을 해결하기 위함이라면, 짐은 오늘 너의 행동을 도무지 이해할 수가 없다."

"제가 7일 동안 뭘 했는지 솔직히 말씀드릴까요? 두문불출은 정말 아무나 하는 게 아니라는 걸 깨달았습니다. 그래서 완알이 잠든 깊은 밤에 슬금슬금 방에서 나와 유령처럼 집 정원을 돌아다녔습니다. 그렇게 혼자서 돌아다니고, 또 돌아다니고……."

판시엔은 눈을 크게 뜨며 말했다.

"판씨 저택의 정원이 그렇게 큰 걸 그제서야 깨달았습니다. 판씨 저택의 정원이 의외로 제가 머물던 강남 장원보다 큰 것을 알아차렸지요. 저에게는 흔한 것들이지만, 백성들에게는 엄청난 사치와 화려함입니다."

"저는 살면서 스스로 잘 사는 것과 동시에 백성들이 잘 살게 해주도록 도와준다고 생각했습니다. 내고든, 치수 사업이든, 항저우회든 모두 명성을 얻었지요. 전 제가 그들을 돕는다 생각했었는데, 갑자기 그들이 저를 공양하고 있다는 생각이 들기 시작했습니다. 원래 그런 것이라면, 제가 그들에게 뭘 근거로 감사하는 마음을 요구할 수 있겠습니까."

"전 성인(聖人)도 아니고, 단점도 많습니다. 그리고 가슴에 손을 얹고 물어봐도, 전 경국을 사랑합니다. 그런데 감사하는 마음조차 받을 자격이 없는 제가, 무슨 자격으로 제 사적인 복수를 한다고 그들을 해칠 수 있겠습니까? 복수를 위해 이 길을 선택했다면, 첸핑핑뿐 아니라 어머니도 기뻐하지 않으셨을 겁니다."

"그들을 위해 공평을 구한다면서, 그들이 싫어하는 방법을 택하겠습니까?"

"그래서 폐하와 저 사이의 전쟁이었으면 좋겠습니다. 이 일에 너무 많은 사람들이 연루되는 것이 싫습니다."

"누군가 정도(正道)를 걸어야 한다 말하더군요. 그런데 정도(正道)가 어떤 길입니까? 물론, 옳은 것을 하는 것인데……전 아직까지도 모르겠습니다. 여기서 옳음이 저기서 그름이 되는 것인데, 저의 옳고 그름을 가지고 폐하의 옳고 그름을 판단할 수 있을까요? 옳고 그름을 판단하는 기준은 무엇일까요?"

"결국 주관적 감정이라는 결론에 이르렀습니다."

"정도가 옳은 일을 하는 것인데, 그 '옳다'는 것은, 자기가 맞다고 생각하는 일을 하며 스스로를 안심시키는 방식일 뿐입니다. 오늘 제가 한 일, 제가 말씀드리는 것 모두, 제 마음이 편해지기 위함일 뿐입니다."

판시엔이 천천히 하는 말을 묵묵히 듣고 있던 황제가 한참을 생각하다 눈꽃이 앉아 있는 속눈썹을 살짝 내리며 입을 열었다.

"이 세상에 진정한 성인(聖人)은 없다. 네 어미가 그런 사람이라 한다면, 네가 오늘 하는 말을 들으니 그녀의 뜻에 제법 가까워진 듯 보이는구나. 네 어미가 들었다면 조금은 안심했을 수도……."

판시엔은 황제의 수척한 얼굴을 바라보다 저도 모르게 동정, 슬픔 같은 것이 마음속 깊은 곳에서부터 올라왔다. 그리고 그 감정은 왠지 모를 당황스러움과 두려움에 휩싸였다.

부적절한 시기에 부적절한 감정.

설산(雪山) 같은 절정의 인물을 상대하는데 동정할 필요가 있을까.

어쩌면 황제는 판시엔을 아직도 가장 아끼는 혈육으로 여길지 몰랐다. 그리고 판시엔은 자신 안에 다른 세계에서 온 영혼이 숨어있다는 것을 모르는 황제를 동정하는 것일지도 모른다. 혹은, 자신의 연기 솜씨에 계속 빠져 있는 상대를 동정하는 것일지도.

하지만 진짜 무대가 이제 펼쳐지려 하고 있었다.

눈보라가 휘몰아치지 않고 눈이 직선으로 떨어지며, 작은 꽃송이가 거위털처럼 황제와 판시엔의 몸에 떨어졌다.

묵직한 아름다움.

문하중서성에서 여기까지 천천히 걸어오며, 판시엔은 몸 속에 기질이 확연히 다른 두 가지 진기를 운용했다. 그리고 이미 그는 기쁨과 슬픔이 없는 경계에 진입하여 그 진기가 눈송이에게 닿을 순간을 기다리고 있었다.

경국 황제는 유유히 뒷짐을 지고 전신에서 위세를 내뿜었다.

그리고 판시엔을 비웃는 미소를 지으며 바라보았다.

판시엔의 진기는 눈송이의 기운을 타고 내뿜어졌지만, 황제의 주변은 건드리지도 못한 채, 마치 단단하고 파괴되지 않는 설산에 부딪힌 듯, 한 발자국도 앞으로 나가지 못했다.

판시엔은 황제의 눈빛만으로 눈밭에 짓눌려지고 있었다.

"네가 마음이 편해지려 해도, 시간은 필요한 법이다."

황제는 이 말을 끝으로 뒷짐을 지고 호탕하게 한 발을 내디뎠다.

한 발. 그렇게 한 발을 내디뎠다. 판시엔의 패도 진기가 충만한 눈보라 속에서 아무렇지 않게 한 발을 내디뎠다.

무엇도 개의치 않고, 소탈한 마음으로 내디뎠다.

'지직, 지직, 지직……'

판시엔의 두 발을 중심으로 바닥에 수많은 틈이 갈라지기 시작했고, 그 틈은 순식간에 거미줄처럼 뻗어 나갔다. 이 가느다란 균열은 아주 먼 곳까지 닿았고, 눈보라 속에서도 아래 검은 흙이 선명하게 드러나 알 수 없는 표식을 만들어 내며 묘한 아름다움을 자아냈다.

'쿵!'

아무런 이유도 없이, 어떤 징조도 없이, 판시엔의 발 아래의 땅이 1촌(寸) 아래로 가라앉았다!

판시엔은 가련하고 고독하게 그 표식의 정중앙에 서서 전력을 다해봤지만 상대방의 한 발자국도 막을 수 없었으며, 상대방은 너무나도 편하게 한 발을 내디뎠다.

황제는 이미 이 세상에 있지 않는 것 같았다.

'옷을 벗어라.'

판시엔은 우쥬 삼촌이 딴저우 절벽에서 자신에게 한 말이 갑자기 생각났다. 황제의 한 걸음은 이미 자신의 몸을 버린 경지를 넘어, 이 공간을 벗어난 것 같은 느낌을 받았다.

그러나 판시엔은 실망하거나 절망하지 않았다. 자신이 상대하고 있는 사람이 누구인지 정확히 알고 있었기 때문이다. 그는 눈 속에서 잠시 생각한 뒤, 눈밭에 선명하게 새겨진 황제의 발자취를 따라 작은 전각으로 향했다.

밤이 되고, 작은 전각에는 불이 밝혀졌다. 무슨 연극처럼 수많은 궁녀와 태감들이 어디선가 나타나 각종 음식과 따뜻한 화로를 전각으로 날랐다. 황제와 판시엔은 편안히 대화를 하며 음식을 먹고 있었고, 둘을 연결시켜주는 그 여인은 2층의 그림 안에서 조용히 이 모든 것을 바라보고 있었다.

시작되었어야 할 전투가, 부자지간의 마지막 만찬이 되었다.

판시엔은 이상하게 생각하지 않고 자연스럽게 이를 받아들였다.

이렇게 오래 기다렸는데, 하룻밤 더 기다리는게 대수겠는가. 그리고 황제가 판시엔이 요구한 '공평'한 조건을 마련하기 위해서라도 일정 정도 시간이 필요했다.

하지만, 하룻밤이면 충분한가?

"폐하, 뭐뭐 아가씨가 폐하께 출궁의 예를 올리러 왔습니다."

야오 태감이 작은 탁자의 아래에 서서 고개를 숙인 채 공손히 말했다. 황제는 판시엔을 바라보며 살짝 미소를 지은 후 말했다.

"들어오라 하게."

걸음걸이는 안정적이었으며, 안색은 평온했다. 눈송이 같은 여인이 바람과 함께 안으로 들어와 예를 올렸다. 그리고 천천히 몸을 돌려 오라버니를 바라보고 살며시 눈시울을 적셨다.

판시엔은 온화한 미소로 말했다.

"울지 마."

판뭐뭐는 입술을 '꽉' 깨물고 울지 않으려 노력하며 억지로 미소를 지었다.

"오라버니, 오랜만이야."

판시엔은 여동생의 야윈 어깨를 가볍게 감싸 안으며 귓가에 대고 나지막이 말했다.

"앞으로 좀 더 얌전하게 지내고, 아버지 어머니께 효도 많이 하고."

판시엔은 마치 시간이 거꾸로 흐르는 것처럼 느껴졌다. 눈앞에 서 있는 얼음 같은 동생이, 아직도 오래전 딴저우에서 말도 제대로 못하는 어린아이처럼 느껴졌기 때문이다.

"응."

판뭐뭐는 더 이상 자신의 감정을 주체하지 못할까 무서워 짧은 대답과 함께 조용히 물러났다. 그녀는 자신이 오늘 출궁한다는 것이 황제와 오빠 사이에 모종의 합의가 이뤄졌다는 의미임을 알았고, 항상 판시엔을 믿고 따르는 뤄뤄는 그것이 무엇이든 묵묵히 모든 것을 받아들이기로 결심했기 때문이다.

전각이 다시 조용해졌지만, 오래지 않아 야오 태감이 약간 당황하며 입을 열었다.

"3황자 전하가 전각 밖에 와 있습니다. 종이 만류하였지만……."

태감의 말이 끝나기도 전에 3황자는 이미 전각 안으로 들어오고 있었다.

"부황을 뵙습니다……스승님을 뵙습니다……."

그는 이렇게 황제에게 예를 올리고, 또 판시엔에게 예를 올린 후 무례하게도 그냥 나가 버렸다. 둘은 그 모습을 보고 아무 말도 하지 않았지만, 둘 모두 3황자의 얼굴을 또렷이 보았다. 3황자의 눈시울이 빨개졌던 것으로 보아 그는 이미 밖에서 한바탕 울었던 모양이었다.

황제는 텅 빈 땅을 보고 잠시 침묵하다 착잡한 심정으로 담담하게 웃었다. 3황자가 온 것은 배웅하기 위함이었다. 당연히 판시엔을 배웅하기 위해. 이런 정(情), 이런 배짱은 황제에 적합한 것이었다.

"괜찮지 않습니까?"

"네가 잘 가르쳤다. 짐이 널 가장 높게 평가하는 부분이기도 하다. 네가 특별히 잘해주는 것도 아닌데, 너의 심복이든, 조정의 대신이든, 심지어 짐의 다른 아들들도 너의 편을 들려고 하더구나."

"그것은 아마 제가 그들을 '평등'하게 대했기 때문일 겁니다."

이때, 세 번째로 전각에 들어온 야오 태감이 나지막이 말했다.

"궁 밖에 누군가가 판 대인에게 전한다 하며 보고서 하나와……검(劍) 한 자루를 보내왔습니다."

태감은 조용히 검을 판시엔 앞의 탁자 위에 올려 놓고, 보고서를 황제에게 건네며 궁 밖의 상황을 짧게 황제에게 보고했다.

북위 천자의 검과 허종웨이 일파의 죄명.

궁 밖의 상황은 들어보지 않아도 모두 알 수 있었다. 도찰원 어사 몇은 눈 밭에서 무릎을 꿇고 대성통곡을 하며 판시엔을 엄벌하라 소리치고 있었다. 그 외에도 많은 조정의 대신들이 황성 밖에서 초조하게 대기하고 있었다. 그들은 이미 초조함을 넘어 분노와 두려움을 느끼기 시작했는데, 판시엔이 입궁한 지 오랜 시간이 지났지만 아직 황궁이 조용했기 때문이다.

'폐하께서 부자의 정을 생각해 판시엔을 처벌하지 않는 것인가!'

하지만 전각 안의 두 부자(父子)는 대신들의 압력을 안중에도 두지 않았다. 물론 오늘 밤 이후 이 부자 중 하나는 이 세상에 일종의 해명을 하게 될 것이었다.

"네가 죽어도, 네가 남긴 말을 통해 너의 수하들을 통제할 수 있다는 것이냐? 만약 그게 가능하지 않다면, 짐이 그들에게 살길을 내줄 이유가 없지 않느냐."

"폐하께서 제 말을 믿으셔야 합니다. 아니라면, 천하는 폐하께서 보고 싶지 않은 혼란에 빠질 것입니다."

황제는 술잔을 천천히 돌리며 말했다.

"짐이 널 죽인 후, 네가 요구한 일들을 하지 않을 것은 걱정하지 않는 것이냐."

"천자의 말 한마디는 천금 같다 했습니다."

"그 말은 네 어미도 한 말인데……지금 짐이 상대하는 사람이 네가 아니라 네 어미였다면, 무슨 이유에서든 짐은 그녀에게 '공평'한 싸움을 할 자격을 주지 않았을 것이다."

"당시 폐하께서 확실히 그녀에게 어떤 '공평함'도 주지 않으셨죠."

"짐의 뜻은, 그녀는 절대로 '천하'를 패(牌)로 삼아 짐을 위협하지 않았을 거라는 의미이다. 그녀는 감히 그러지 못했겠지……하지만 짐은 전혀 두렵지 않다."

"저는 천하 백성의 생사를 걸고 폐하를 위협할 수 있습니다. 그것이 제가 말씀드린 어머니와 저의 근본적인 차이입니다."

"네가 말한 것은 어찌 계속 곁을 맴도는 것 같다."

"그것은 폐하는 '천하'를 논하고, 저는 '저의 마음'을 논하기 때문입니다. 저도 천하와 백성을 아끼지만, 그보다는 제 주변 사람들을 먼저 생각합니다. 파렴치하다 생각하셔도 상관없습니다."

판시엔은 살짝 고개를 떨구며 말했다.

"사실 전 한 사람을 줄곧 기다리고 있었습니다. 하지만 그 사람이 오지 않으니 다른 방법이 없었습니다. 그래서 제 스스로 목숨을 걸고 이곳에 온 것입니다."

"그는 돌아오지 않을 것이다. 이미 3년이라는 시간이 흘렀다. 그가 자신이 누구인지를 찾으려면 신묘로 가야할 터, 신묘로 갔다면 어떻게 다시 나올 수 있겠느냐."

"그 당시 어떻게 신묘와 손을 잡을 수 있으셨나요?"

판시엔의 풀리지 않는 의혹 중 하나.

"짐은 신묘에 가본 적은 없지만, 네 어미와 오래 있었으니 신묘가 황폐한 사당이라는 것은 일찍이 알고 있었다. 그리고 신묘가 세상일에 간섭하지 않는다는 것도 사실이다. 허나……."

황제의 입가에 비웃음이 스쳤다.

"신묘는 항상 암중으로 이 대륙에 영향을 주고 있었지. 신묘가 짐에게 어떻게 할 수는 없지만, 네 어미와 우쥬는 신묘 사람이었지. 그걸로 충분했다. 짐은 그것을 어떻게 이용해야 할지 알 수 있었다."

황제는 진지하고 차분하게 말을 이었다.

"짐의 경맥이 다 끊어졌을 때, 눈으로 볼 수도, 귀로 들을 수도, 코로 냄새를 맡을 수도 없었지. 죽은 사람과 다름없었다. 하지만 영혼은 부서진 몸 안에 숨어 있고, 도망갈 수도, 벗어날 수도 없었다. 끝도 없는 어둠 속에서 고독에 시달리는 고통을 느끼며, 짐은 결심을 했다."

황제의 서술에 따라 전각 전체의 불빛도 어두워지며, 영원히 걷잡을 수 없는 어둠 속으로 가라앉을 것 같았다.

"원래 자신과 자신이 체득할 수 있는 고독 외에는, 아무것도 진짜가 아니었다. 그래서 짐은, 자신 외에는 아무도 믿지 않았다. 그리고 짐의 목표를 달성하기 위해서 가족도, 친구도 필요하지 않다."

황제는 어떤 기억을 떠올리는 듯했다.

"칠흑 같은 어둠에서 깨어났을 때, 처음 본 이가 천핑핑과 닝 재인이었지. 그래서 최소한 그들에게는 어느 정도 믿음이 있었고, 너도 닝 재인의 안위에 대해서 만큼은 걱정할 필요가 없다."

황제의 눈에 차가운 분노와 슬픔의 기색이 스쳐갔다.

"그런데 천핑핑이 짐을 배신할 줄이야……짐이 사람 하나 잘못 믿은 게, 이 상황까지 이르렀구나……넌 어둠 속에서의 고독과 고통을 모르니, 짐의 말을 이해하지는 못할 것이다."

"저도 겪어 봤어요."

판시엔은 자세한 사정을 설명하지도, 설명할 수도 없었지만 담담히 말을 이었다.

"하지만 전 폐하처럼 되지 않았고, 운명을 받아들였습니다."

판시엔은 갑자기 눈을 가늘게 뜨며 물었다.

"만약에……예칭메이가 이 세상에 나타나지 않았다면, 폐하께서는 어떤 사람이 되어 있었을까요? 좀 더 '좋은' 사람이 되었을까요?"

"네 어미를 말할 필요도 없이, 당시 북위는 지금의 북제와 비교가 안 될 정도로 썩었었다. 물론 엄청난 존재이긴 했지. 하지만 지금 북제인들 중에 전 왕조를 그리워하는 사람이 있느냐? 짐이 만들어

놓은 천리강산에서 고국에 연연해 모반을 일으킨 사람이 있느냐?"

황제는 다소 거만하게 말했다.

"그 문제는 네가 스스로 생각해 보거라."

"생각할 필요도 없습니다. 부모님 모두 대단한 사람인 것은 확실합니다. 허나, 아들의 입장에서 말하면, 그렇게 좋은 일만은 아닙니다."

마침내 황제는 웃음이 터졌고, 다시 음식을 먹기 시작했다.

작은 전각 밖에서는 하룻밤 내내 눈보라가 휘몰아쳤지만, 그 안에서는 부자(父子)가 고요하게, 담담하게 마지막 식사를, 마지막 허심탄회한 대화를 하고 있었다.

식사가 끝나고, 둘은 각자의 의자에 앉아 명상을 하며 휴식을 취하였다. 각자가 뿜어내는 진기는 모두 사납고 힘이 넘쳤지만, 이 순간만큼은 서로 조화롭게 융화되는 것처럼 보였다.

동이 터 오고, 눈은 그쳤고, 땅 위에 하얀 양털 담요처럼 소복이 쌓인 눈에 반사된 깨끗한 아침 햇빛이, 황궁 서북쪽에 있는 작고 오래된 목조 전각을 밝게 비추었다.

판시엔은 조용히 명상에서 깨어, 오른손으로 탁자 위에 있는 북위 천자의 검을 들고 전각 문으로 다가가, 몸을 돌려 의자에 앉아서 조용히 명상을 하고 있는 황제를 바라보았다.

황제는 천천히 눈을 떴다.

눈동자는 아주 맑았고, 매우 차가웠으며, 범인(凡人)의 눈빛처럼 보이지도 않았다. 이제 서로 할 말은 다 나누었고, 지금부터 서로에게는 어떠한 정(情)도 남아 있는 것 같지 않았다.

판시엔은 오른팔을 들어, 어깨에서 팔꿈치까지 편안하게 검을 쥔 팔을 펼쳐, 검집의 끝으로 황제의 얼굴을 겨누었다.

'웅웅웅웅웅······.'

검은 아직 검집 안에 있었지만, 금속관으로 음악을 연주하는 듯한 소리를 내며 떨리기 시작했고, 패도 진기가 판시엔의 손아귀를 따라 검으로 들어가 검에게 생명을 부여한 듯, 희미한 빛이 검과 검집의 틈새로 들어가 가득 차오르기 시작했다.

검은 검집을 벗어나려 몸부림을 치고 있었지만, 그 길을 찾지 못한 듯 고통스러워했고, 그 고통은 사람의 가슴을 떨리게 만들었다.

'뚝, 뚝······.'

판시엔의 이마에서 땀이 한 방울씩 떨어졌다.

얼마나 오랫동안 이 자세를 유지했는지, 얼마나 많은 진기를 불어넣었는지 모르겠지만, 황제는 차분히 손을 내린 채 미동도 하지 않고 의자에 앉아 있었다.

검은 점점 판시엔도 통제할 수 없는 지경으로 나아가고 있었다.

'쿵!'

판시엔은 더 이상 자신이 뿜어낸 진기를 주체할 수 없는 듯, 오른발을 뒤로 한 발짝 물렸고, 그 발은 문턱을 강하게 밟았다.

'펑!'

드디어 검이, 폭발했다!

'휙!'

검도 더 이상 자신을 통제할 수 없는 듯, 분노를 참지 못한다는 듯 검집에서 벗어났다. 그리고 화살처럼 천자(天子)의 얼굴로 향했다.

판시엔의 첫 수는 검이 아니라, 검집이었다.

'스스스스스······.'

검집은 옌샤오이 화살처럼 가볍게 공기를 찢고, 시간이라는 속박을 초월한 듯, 눈 깜짝할 사이에 황제의 눈앞에 다다랐다.

'착.'

하늘에서 손이 내려왔다.

안정적인 손. 대동산에서 비바람을 맞은 손. 너무 오랜 시간 붓을 쥐어 가운데 손가락 끝에 굳은 살이 생긴 손.

그 손이, 검집을, 안정적으로, 잡았다.

마치 불빛 속에서 반딧불을 잡는 듯, 수많은 눈송이에서 속세의 먼지를 가려내듯. 그 손은 빛도 잡을 수 있을만큼 빨랐지만, 한 치의 흐트러짐이 없이 안정적이었다.

'웅웅웅…….'

검집은 그 손 안에서 평온히 잠든 듯, 몇 번의 가벼운 떨림이 사그라들며 마지막 발버둥을 멈추었다.

황제가 평온한 얼굴로 검집을 잡고 자리에서 일어났다. 그리고 판시엔의 실력이 자신의 예상을 뛰어넘었음을 인정하였다. 검은 전각 문 앞에서 날아왔지만, 실제로는 공간의 제약을 벗어나 하늘에서 툭 떨어진 것 같았기 때문이다.

아무도 없었다.

황제는 전각 문 앞을 냉랭하게 바라보고 있었지만, 그곳에는 아무도 없었다. 그 순간 황제가 앉아 있던 나무 의자는 이미 산산조각이 나며 공중에 흩뿌려지고 있었다.

'펑!'

검집이 검에서 벗어나는 순간, 판시엔의 오른발이 뒤로 밀려 문턱을 밟는 순간, 판시엔도 그 충격에 뒤로 튕겨 나갔다. 그의 몸은 마치 큰 새처럼, 아니 새보다 더 가볍고 더 빠르게, 마치 세찬 바람에 휩쓸린 눈처럼, 인간이 도달할 수 없는 속도로 전각 문에서부터 15장(丈)이나 날아갔다.

눈송이가 다시 내리기 시작했다.

그는 튕겨 나가는 순간 호흡을 멈추었고, 쿠허가 마지막에 남긴 책자의 법술만으로, 자신의 몸을 공기와 자연의 흐름에 맡긴 채 날아갔다.

'털썩.'

판시엔의 몸이 눈밭에 떨어지자, 섬광이 번쩍였고, 그는 검을 자신의 얼굴 앞에 수평으로 들고, 전각을 향해 반무릎을 꿇었다.

마지막 필살(必殺)의 공격을 위한 준비자세.

'펑!'

차가운 검날에 판시엔의 준수한 얼굴이 비칠 때, 검날의 다른 면에서는 붉은빛이 번쩍였다. 갑자기 닥쳐오는 맹렬한 기세로 빠르게 타오르는 큰 불길이 순식간에 전각을 집어 삼킨 것이다!

새하얀 눈이 내리는 차가운 궁에 새빨간 불길이 치솟았다.

'펑펑펑펑……'

몇 번의 커다란 소리와 함께 불길이 여러 번에 걸쳐 하늘로 치솟아 전각 전체를 휘감았고, 붉게 타오르는 빛은 판시엔 눈앞의 검을 빨갛게 물들이고 있었다.

판시엔의 눈가에 한 줄기 실망의 기색이 스쳐갔다.

불바다 속에서 차가운 숨결이 흘러나왔다. 차가운 숨결은, 검은 그림자가 되어 불바다를 뒤로 한 채 눈밭에 고독하게 서 있었다. 용포의 일부가 까맣게 탔고, 머리카락도 헝클어졌지만, 황제는 여전히 그 자리에 서서 냉담하게 판시엔을 바라보고 있었다.

"3처의 화약을 언제 궁으로 가져왔느냐."

판시엔은 활짝 웃었다.

"3년 전 징두 모반 사건 때, 이곳으로 가져다 놓았습니다."

"오늘을 위해……3년이나 준비한 것이냐!"

"어머니의 초상화가 계속 여기 있으면, 어머니께서 별로 좋아하지 않으실 것 같아서……그럴 바에는 불에 태워 없애 버리는 것이

낮다고 생각했습니다."

판시엔은 황제가 자신과의 마지막 전투를 작은 전각에서 치를 것
이라 예상했고, 그가 문턱을 밟아 화약에 불을 붙였을 때 미약하나
마 기대를 가졌었다. 대종사라도 천핑핑의 산탄 공격을 모두 피하지
는 못하지 않았던가.

하지만 황제는 여전히 그곳에 서 있었다.

"불이 너무 느리구나."

"그럼 검(劍)도 느린지 시험해 보시지요."

이미 시작한 이상 멈출 도리가 없다. 판시엔의 눈은 점점 밝아졌
고, 그는 머릿속에 잡생각 하나 없는 절정의 상태에 이르러 있었다.
북위 천자의 검이 천하를 가지지는 못했지만, 판시엔은 최소한 천하
에 도전하는 야망이 있었다.

지금 판시엔에게 천하는, 눈앞에 서 있는 대종사 황제였다.

'번쩍!'

거위털같이 내리던 눈송이가 흐트러지며 네 줄기의 섬광이 어두
웠던 천지를 비추었다. 어느 빛이 먼저이고 어느 빛이 뒤에 온 것인
지 알 수 없을 정도의 빠르기였다. 네 줄기의 섬광에 담긴 살의(殺
意)가 검에 얹혀 마음껏 돌아다니다, 하얀 눈보라와 함께 섞여 그 행
방을 감추었다.

'슥슥슥슥!'

황제의 몸 앞에 네 번의 검이 지나갔다.

네 번의 검의 움직임은 천지를 뚫고 들어와, 하나 하나 천지에 흩
날리는 눈송이를 찌르고, 황제의 머리, 옷소매, 장화 그리고 가슴을
향했다.

'털썩.'

황제가 넓은 소매를 가볍게 털었다.

모두 빗나갔다!

특히 마지막 검은 황제의 가슴으로부터 1촌(寸) 거리밖에 떨어져 있지 않았지만, 그 1촌이 마치 천하의 강산을 사이에 둔 듯, 검의 기세는 말라버린 폭포처럼 사라져 더 이상 앞으로 나아갈 수 없었다.

이 네 번의 초식은 사방을 고려하지 않는 사고검법보다, 자연과 함께하는 천일도의 초식에 더 가까웠다. 판시엔은 눈송이의 기세를 빌려 번개처럼 빠르고, 자연처럼 친숙하게 황제에게 다가갔다.

하지만 황제는 한 발짝도 물러서지 않은 채, 안정적이고 냉정하게 그 자리에 우뚝 서 있었다.

'웅웅웅웅…….'

북위 천자의 검은 용포 앞에서 끊임없이 떨고 있었다. 마치 일종의 절망과 좌절을 느낀 듯, 필사적으로 발버둥을 치듯.

검에 찔린 눈송이 네 개가 아름답게 흩날렸다. 하지만 황제가 내뿜는 차가운 살기에 흩어지지 못하고 서리처럼 굳어 버렸다.

'툭.'

판시엔의 오른쪽 어깨의 옷이 터졌다.

'타타타타타!'

성질이 다른 두 가지 진기가 급속히 움직이며 몸부림치다, 그의 어깨의 혈관을 뚫고 팔꿈치의 양명맥(陽明脈)을 거쳐, 손목을 통해 검으로 전달되었다!

이것이야 말로 진정한 일검(一劍)으로, 스구지엔이 임종 직전에 그에게 알려준 일검이었고, 정(情)과 인성(人性)이 배제된, 살의(殺意)로만 가득 찬, 나가면 돌아올 수 없는 일검이었다.

사고(四顧).

성(城)의 백성들을 살피고, 국가의 백성들을 살피고, 백성들의 마음을 살펴, 천하의 계략으로 '천하'를 살피지 않는 군주를 암살한다!

눈보라가 휘몰아치는 한궁(寒宮)에서, 북위 천자의 검이 한자루의 설검(雪劍)이 되어, 어떠한 퇴로도 남기지 않고, 다시 돌아올 기회도 보지 않고 용감하게 앞으로 나아갔다!

'츠측.'

백옥 같은 두 손가락이 안정적으로, 냉정하게 검을 잡았다.

검날과 두 손가락의 마찰열로 하얀 김이 피어오르고 있었다.

황제는 피하지도, 자세가 흐트러지지도 않았다.

하지만 황제는 드디어 '한 발' 뒤로 물러섰다.

황제의 가슴과 검끝의 거리는 여전히 1촌(寸).

판시엔은 다시 이 1촌을 뚫지 못해, 황제의 용포를 건드리지도 못했다.

황제는 지근 거리에 있는 아들을 냉담하게 바라보았고, 턱수염에는 서리가 맺혀 더욱 무겁게 느껴졌다. 검을 잡은 그의 두 손가락의 관절은 웅장했고, 천 개의 호수와 같은 패도 진기가 그의 두 손가락에서 용솟음치고 있었다.

판시엔은 오른쪽 다리를 살짝 구부리고 몸을 약간 숙인 유선형의 자세를 유지했다. 허점이 없어 보였고, 상대방에게 공격할 여지를 일체 주지 않으려는 것 같았다.

'휘익.'

천자의 검이 국수가락처럼 휘었다!

그리고 사납고 광폭한 패도 진기가 천자의 검에서 솟아올라, 검을 잡은 판시엔 몸의 급소들이 찢어지며 피가 흐르기 시작했다!

하지만 판시엔은 검을 놓지 않았다.

처음은 신념이고, 다음은 의지이다.

그의 눈빛에 차가운 기운은 더욱 짙어지고, 체내의 진기가 폭발할 듯 밖으로 뿜어져 나왔다.

판시엔이 용감하게 버텼다.

대신, 황제가 손가락을 치웠다.

'휙.'

'번쩍!'

휘어진 검이 번개같이 튕겨 말채찍처럼 판시엔을 향해 다가왔다.

판시엔의 눈앞에 밝은 섬광이 선명하게 보였다.

'펑!'

검에 붙어 있던 서리들이 검에서 떨어짐과 통시에 얼음 부스러기가 되어 황제와 판시엔 사이에서 폭발했다.

"으아아악!"

판시엔은 괴성을 지르며 재빠르게 검을 쥔 손을 놓았고, 공중에서 도는 검의 검자루를 다시 낚아채는 동시에, 고개를 숙이고 여덟 보를 헛디디며 뒤로 후퇴했다.

그가 고개를 들었을 때에는, 그가 짠 완벽한 방어 자세가 눈처럼 녹아 흐트러져 있었다.

'휘휙!'

거대한 산이, 가벼운 바람처럼 그에게 달려들었다.

'펑!'

평범하고 간단한 주먹 한방.

"음."

무거운 신음 소리와 함께, 아무것도 아닌 것 같은 주먹에 판시엔은 하늘로 튕겨 올라, 하늘을 가득 채운 눈송이가 자유롭게 흩날리듯, 처량하고 힘도 없이 무수하게 체형이 변해가며, 의지와 상관없이 일고여덟 번의 공중 제비를 넘어, 수십 장(丈) 너머의 눈밭에 처참하게 떨어졌다.

"펑!"

판시엔의 주변으로 눈과 먼지가 섞인 연기가 크게 일었다.

"푸!"

그리고 판시엔은 가슴을 감싸며 입에서 피를 내뿜었다. 하지만 눈만은 먼 곳에서 자신을 냉랭하게 바라보고 있는 황제를 죽일 듯이 노려보았다.

판시엔은 주먹 한방에 멀리 날아갔다.

하지만 너무 멀리 날아갔다.

정말 눈송이처럼.

인체는 질량이 있는데, 황제의 주먹이 아무리 강력해도, 이렇게 멀리 날아갈 수 있는가?

황제는 고개를 살짝 숙여 자신의 주먹 쥔 손을 보고, 다시 한번 장화 끝을 쿡쿡 찌르는 빛에 반사된 차가운 금속의 끝부분을 보고, 저도 모르게 얼굴을 살짝 찌푸렸다.

황제가 왕도(王道)의 일격을 날리는 절체절명의 순간에도 판시엔은 공격을 한 것이다. 장화 끝에 달린, 독이 묻은 칼.

황제는 장화를 눈밭에 내던지고, 눈을 가늘게 뜨고 먼 곳에 힘겹게 서 있는 판시엔을 보며 말했다.

"잔재주로는 큰일을 할 수 없다."

"콜록콜록……."

판시엔이 기침을 하자 다시 피가 묻어나왔다. 그는 힘겹게 가슴 쪽 옷 안에서 강철판 하나를 꺼내 발 옆으로 내던지며 말했다.

"허나, 잔재주는 목숨을 구하지요."

철판에는 손도장이 찍혀 있었는데, 황제의 주먹 자국이 아닌, 손등 자국이었다. 황제의 주먹이 판시엔의 가슴을 날려버리기 직전, 발을 차서 장화 끝의 칼날로 황제를 공격함과 동시에, 그는 왼손을 올려 자신의 급소를 손바닥으로 막았던 것이다.

황제와 판시엔, 부자지간의 전쟁은 찰나의 순간이었지만, 이미 수십 장의 거리를 두고 '찢어졌으며', 이미 승부는 갈라졌다. 판시엔이 얼마나 준비를 했든, 실력의 차이가 너무 컸다. 근본적으로 대종사의 신묘함은, 사람의 노력으로 따라잡을 수 있는 것이 아니었다.

4대 종사, 그리고 우쥬 삼촌까지 더해 다섯 명의 그림자가 모두 판시엔에게 나타났고, 거기에 자신이 제일 잘 하는 잔재주까지 펼쳤지만, 황제 앞에서는 아무런 의미가 없었다.

마지막까지 황제는, 단 '한 발' 물러난 것이다.

"푸!"

판시엔은 다시 한번 피를 토했고, 장화를 벗었고, 맨발로 차가운 눈밭에 홀로 섰다. 참패를 당했지만, 눈매에서는 전에 없던 호방한 마음과 자신감이 드러났다. 살아남았기 때문이 아니라, 황제를 한 발이라도 물렸기 때문이 아니라, 자기 판단에 대한 긍정이 있었기 때문이었다.

'황제는 늙었다!'

제9장

태극전의 준칙

　판시엔이 7일 동안 혼자 고민을 할 때, 사랑하는 사람들의 살길을 마련할 방안 외에 가장 많이 생각한 것이 있었다.

　'대종사의 실력은 깊이를 헤아릴 수 없다 하는데, 황제 늙은이의 실력을 어떻게 가늠할 수 있을까?'

　황제는 북벌에서 경맥이 다 끊기고도 살아나서 대종사의 반열에 올랐다. 그렇다면 황제는 어떻게 살아난 것인가. 스구지엔이 이에 대해 판단을 내렸었다.

　'경국 황제는, 경맥이 없다.'

　사실 믿을 수도, 인간으로서는 바라지도 못할 경지였다.

대종사의 경지에 오르는 방법은 다양했는데, 어떤 자는 천지와의 친밀감으로, 어떤 자는 천지를 무정하게 바라보는 냉혹한 마음과 의지로 그 마지막 단계를 돌파했다.

경국 황제가 그 마지막 단계를 넘은 것은, 천지와 감응하거나 내면을 자문하는 것이 아닌, 스스로 강인하게, 견고하게, 끊임없이 수련하는 것으로 체내 진기의 양과 질을 변화시킨 것이었다.

바다와 같은 무궁무진한 진기.

그래서 진기를 쿠허의 몸에 주입시키면서, 단지 그 절반의 진기만을 이용해서도, 대종사의 몸을 찢어버릴 수 있었던 것이다.

하지만, 그 진기를 다시 채우려면?

보통의 무도 수행자들은 몇 일만 명상하면 진기를 원상회복할 수 있고, 체내 진기 절반에 이르는 손실이라 해도, 기껏해야 수개월 정도 몸조리를 하면 된다. 왜냐하면 대부분 사람들의 체내 진기는 연못 정도이고, 황제 외에 대종사들도 그 진기가 호수 정도이기 때문이다.

하지만 황제의 진기는 바다와 같았다.

그 진기 절반의 손실을 다시 메우려면 얼마나 걸릴 것인가?

물론 그 절반이라 하더라도 판시엔이 넘볼 수 있는 경지는 아니었다. 하지만 황제는 대동산 사건 이후로도 끊임없는 충격을 받았다. 징두 모반 사건을 통해 아들과 어머니가 죽는 정신적 충격에 더해, 쳔핑핑이 준 마음의 상처와 몸의 상처.

만약 황제가 대동산 사건 이전의 황제였다면, 온화한 미소를 띠고 있지만 냉혈하고 무정한 그였다면, 판시엔에게는 조금의 기회도 없었을 것이다. 스구지엔을 날려버린 '그 주먹'이었다면, 판시엔의 손바닥은 물론 강철판도 모두 부수고, 판시엔 몸의 반은 날려 버렸을 것이다.

하지만 오늘 황제의 주먹은 그러하지 못하였다.

황제는 늙었고, 약해졌고, 신의 반열에서 내려오기 시작했다.

판시엔은 눈을 가늘게 뜨고 황제를 바라보았다. 그의 입에서 피가 배어 나왔지만 그의 얼굴에는 쾌활한 웃음이 있었다. 이번 생에서 모처럼 생사를 넘나들며 싸웠고, 승리의 냄새까지 맡을 수 있어 너무 상쾌하게 느껴졌다.

황제도 눈보라를 사이에 두고 자신의 아들을 바라보았다. 그는 자신의 주먹이 약해진 것을 알고 있었지만, 그는 지금 그 부분을 걱정하고 있지는 않았다. 음험한 발차기, 주먹을 막은 손바닥, 허무맹랑한 강철판 따위는 그의 안중에도 없었다.

그는 여전히, 충분히 강했기 때문이다.

하지만 황제는 눈 속에서 수십 장(丈)을 날아간, 눈송이처럼 흩날리는 판시엔의 몸놀림이 눈에 거슬렸다. 그 가벼운 몸놀림이 판시엔을 때린 주먹의 기세 중 많은 부분을 허공에 소모시켜 버렸다.

"이미 홍스샹의 경지에 이르렀구나."

한때 대종사로 오인받을 정도의 실력을 가졌던 인물 큰 홍 태감.

판시엔은 '씨익' 웃었고, 눈보라 속에서 여전히 하늘과 땅 사이의 희미한 파동과 함께 호흡하고 있었다. 손바닥을 하늘로 향하게 하고, 피부의 수많은 모공을 통해 천지의 원기를 탐욕스럽게 빨아들이고 있었다. 그리고 그 원기가 체내의 진기와 만나 몸을 감싸며 희미한 빛을 띠고 있었다.

그는 이 원기가 무엇인지, 어디서 왔는지 몰랐다. 하지만 동이성 바닷가에서 처음 이런 것들의 존재를 어렴풋이 느낀 후, 어떤 방식과 호흡법으로 이런 원기를 자신의 체내에 흡입할 수 있음을 발견했다.

하지만, 역부족이었다.

주먹 하나로 모든 기세를 통제해 버리는 황제를 상대함에 있어, 판시엔은 매 순간 혼신의 힘을 다할 수밖에 없었다. 그는 지금 웃고 있었지만, 천지의 원기를 빨아들이고 있었지만, 사실 가장 중요한 체내의 패도 진기는 점점 바닥을 드러내고 있었다.

그리고 다시 회복할 시간이 없었다.

황제가 느리지만, 단호한 발걸음으로 눈을 밟으며 다가오고 있었다. 수십 장의 거리가 있었지만, 지금의 황제와 판시엔에게는 하늘 끝과 바로 눈앞이 무슨 차이가 있겠는가.

판시엔의 설산혈이 다시 빛나기 시작했다. 마지막으로 쥐어짜낸 진기가 흐르는 시냇물이 되고, 설산혈로 흘러들어가 작은 강이 되고, 다시 나와 큰 강이 되어 경맥을 휘젓고, 머리끝부터 몸의 미세한 곳까지 운반되며 그의 몸을 망치질 했고, 그의 마음을 강하게 만들었다.

그의 발 밑에서 꽃망울이 터지듯 눈꽃 한 송이가 터졌다.

'번쩍.'

다시 한번 한 줄기의 섬광이 어두운 세상을 밝혔고, 터지는 눈꽃의 꽃잎 하나 하나를 밝게 비추었다.

"쿵."

땅을 딛고 날아오르던 판시엔이 다시 바닥에 처참하게 떨어졌다. 아직 피어오른 꽃잎이 완전히 흩어지지도 않은 찰나의 순간이었다.

"푸!"

판시엔은 다시 한번 피를 토했고, 입에서 흘러나온 피는 그의 옷자락을 적셨고, 얼음같이 차가운 기운을 만나 빠르게 얼어붙으며 '피의 서리'가 되었다. 판시엔은 다시 한번 소매로 '피의 서리'를 걷어내며 입술을 한번 핥고서 쉰 목소리로 웃으며 말했다.

"시원하네!"

점점 다가오는 황제를 보면서 천지의 압박이 자신의 몸을 짓누르는 것을 느꼈지만, 의연한 그의 얼굴에 굳은 의지가 스쳤다. 황제의 모습과 3년 전 옌샤오이가 장궁을 들고 자신을 쫓아오던 장면이 눈 앞에 겹쳐졌다.

그때 용감히 풀숲에서 일어나듯, 판시엔은 오늘도 용감하게 일어 났다. 그리고 황제를 차갑게 노려보며 심호흡을 한번 했고, 사납게 휘몰아 치는 눈보라를 맞이하며, 오른팔을 한번 휘둘렀다.

'휘청.'

한번의 흔들림과 함께, 판시엔이 사라졌다.

'도망?'

황제는 눈보라를 타고 하나의 회색 그림자로 변해, 겹겹의 담장 을 지나 황성의 정남쪽 방향으로 질주하는 아들 녀석을 보며 미간 을 살짝 찌푸렸다.

'펄럭.'

황제는 두 소매를 세차게 휘둘렀고, 순식간에 희미한 황색의 그림 자로 변해 판시엔을 따라 사라졌다.

판시엔은 말 그대로 '날아가고' 있었다. 판시엔의 손은 몸 양쪽으 로 축 늘어졌고, 눈보라를 맞아 날아가며 황궁 처마 위의, 황성 담 장 위의 회색 그림자가 되었다. 판시엔은 바람과 눈의 미묘한 변화 를 느끼며, 마치 추위에 강한 새처럼 자유롭게 날며 아름다운 자태 를 뽐내고 있었다. 몇 번 방향을 바꾸며 아름다운 곡선을 만들어 냈 지만 속도는 조금도 떨어지지 않았다.

고요한 황궁의 아침. 곳곳에서 눈을 치우는 태감과 궁녀들은 허 공에서 스쳐가는 회색 그림자를 보았지만, 이내 고개를 숙여 묵묵히 일을 했다. 사람이 날 수는 없었기 때문이다.

판시엔의 뒷덜미에서 식은땀 한 방울이 떨어졌다. 사실 그가 날아 가는 데에는 진기를 많이 소모하지 않았다. 그는 천지의 원기를 받아, 천지의 형세를 빌려 날아가고 있었기 때문이다. 그래서 그는 오히려 마음이 편안했고, 진기의 순환도 온화했고, 그의 몸 상태도 점점 더 좋아졌다.

하지만 그의 등에서는 식은땀이 계속 흐르고 있었다. 그는 고개를 돌려 바라보지 않았지만, '그'가 자신을 쫓아오고 있음을 알고 있었기 때문이다. 강하지도 않고, 빠르지도 않았지만, 그렇다고 느리지도 않았다. 사신(死神)의 발걸음처럼, 안정적이지만 영원히 벗어날 수 없는 것처럼 그를 쫓았다.

판시엔은 남쪽으로 향하고 있었다. 이상한 것은 작은 전각에서 가장 가까운 북궁문으로 가지 않았다는 것이다. 판시엔이 도망친다면, 적어도 천하는 몇 년 동안 조용할 것이었다. 황제는 판시엔이 죽기 전에 그의 심복들에게 손을 대지 않을 것이기 때문이다. 황제의 말은 천금 같기 때문에.

판시엔이 도망가지 않는다면? 황제는 자신의 제국에 위협이 될 수 있는 세력을 허락할 수 없다. 그래서 황제는 판시엔을 죽일 것이다.

하지만, 판시엔은 궁을 나가 도망가지 않았다. 그는 남쪽으로 향했고, 고요하고 눈이 쌓인 황궁에서 남쪽으로만 향했다. 수방궁을 스치고 함광전을 거쳐, 허물어진 동궁과 광신궁도 지나갔다. 그는 많은 사람을 보았지만, 황궁에서는 아무도 그를 보지 못 했다.

그는 세 개의 정궁(正宮)과 여섯 곳의 별원(別院)을 지나고, 일흔 두 명의 여자들을 본 후 마침내 황궁에서 가장 큰 태극전 지붕에 도착했다.

우뚝 솟은 태극전 위에는 아무도 발을 들이지 않는다. 개국 당시 처음 지었을 때 인부들 외에는 올라온 사람이 없었다. 오늘의 태극전 지붕은 유리 기와에 눈이 두껍게 쌓여 하얀색과 붉은색이 멋지게 뒤섞여 있었다. 너무 화려한 옷감 같아 차마 파괴할 수 없을 것 같았지만, 판시엔은 개의치 않고 가장 높은 곳으로 올라가 용골(龍骨)을 밟고 바람을 맞으며 우뚝 섰다.

황궁의 가장 높은 곳.

앞은 웅장한 황성의 정문이었고, 그 너머로 눈보라에 휩싸인 징두의 절반이 보였다. 그는 중첩되어 있는 민가의 처마를 보며 사랑하는 사람들을 잠시 떠올렸다.

'뤄뤄는 어디쯤 갔을까? 완알은 아이들과 함께 징두를 떠났을까?'

얼마 지나지 않아 명황색의 그림자가 나타났다.

그는 몸을 돌리지 않았다. 하지만 그의 눈동자에 매우 깊은 실망의 기색이 스쳐갔다. 그가 계속 기다렸던 '어떤 소리'가 들려오지 않았기 때문이다. 그런 변수는 발생하지 않았다.

황궁은 여전히 조용했고, 웅대한 태극전 지붕 위에는 거친 눈보라와 명황색 용포를 입은 황제 외에는 아무것도 없었다.

'스으윽.'

판시엔은 유리 기와를 타고 미끄러져 내려갔다. 눈보라 속에서 황궁의 가장 높은 곳에서 벌어지는 대결은 화려하고 존엄해 보일 것이다. 하지만 판시엔의 머릿속엔 사람이 존엄하게 '사는' 것은 있었지만, 존엄하게 '죽는' 것은 없었다.

'턱.'

'턱.'

회색의 그림자와 명황색의 그림자가 거의 동시에 태극전 앞 광장 두꺼운 눈밭에 떨어지며 멈추었다. 갑작스러운 둘의 등장에 눈을 치우는 태감들, 긴 복도를 걸어가던 궁녀들, 주변을 경계하고 있던 황실 호위들의 얼굴이 하얗게 질리며 일제히 엎드렸다.

황제는 태극전의 긴 복도 앞에 서 있었고, 그 뒤에는 태극전 정전(正殿)의 문이었다. 평소 그는 이 궁전에 많은 대신들을 불러 천하 백성들의 생사존망을 결정했는데, 오늘 그는 이곳에 고독하게 홀로 서 있었다.

판시엔은 눈이 쌓인 정전 앞 광장 한복판에 서서 무거운 황성 성문을 바라보고 있었다. 하지만 이내 그 성문을 돌파할 가능성이 없다고 느꼈는지, 몸을 천천히 돌려 황제를 바라보며 입을 열었다.

"사실 어떤 일이든 궁극에 가면, 두 짐승이 물어뜯는 것과 다름없습니다."

황제는 침묵했지만, 그를 마치 죽은 사람처럼 차갑게 바라봤다.

그 순간, 판시엔은 다른 생각을 하고 있었다.

'여기까지 오는 동안 저 늙은이의 실력이라면 날 죽여도 여러 번 죽일 수 있었을 텐데……왜 죽이지 않은 거지?'

그 순간, 황제도 다른 생각을 하고 있었다.

'저 녀석이 왜 황궁 밖으로 도망가지 않고 여기 온 거지?'

판시엔이 이곳에 온 것은 '변수'를 기대한 것이다.

실(實)과 세(勢)로 이기지 못한다면, 국면(局面)의 전환이 필요했다. 그리고 그 국면을 바꿀 수 있는 것은 '변수'였다.

판시엔이 기대한 첫 번째 변수는 발생하지 않았다.

그렇다면 판시엔이 기대하는 두 번째 변수는?

판시엔은 현공 사당의 '필연적인 우연', '신선의 국면'을 기다리고 있었다.

'지금 경국 황제를 죽일 수 있는 가장 좋은 이 순간에 누구라도 나타나지 않는다고?'

'휘이익!'

황성의 성벽 위에서 수성용 강노 한발이 태극전을 향해 날아들었다. 그것이 황궁 내부의 반역자에 의한 것인지, 북제가 심어 놓은 오래된 밀정에 의한 것인지는 중요하지 않았다.

그것으로 충분했다.

판시엔은 두 발에 진기를 모아 힘차게 발돋움하며, 폭포의 물줄기처럼 거세게 강노 화살을 따라 황제의 몸을 향해 달려들었다!

그 순간 복도 아래에서 엎드려 벌벌 떨고 있던 궁녀의 눈에 한기가 스치며, 궁녀가 머리카락에 있던 바늘을 뽑아 황제의 뒷목을 향해 찔렀다!

황제는 세 발 앞으로 움직였다.

그리고 오른 소매를 가볍게 털었다.

'펑!'

거대한 강노 화살이 황제 소매를 스쳐 경로가 미세하게 변경되더니, 평평한 푸른 돌바닥을 향해 내리꽂혔다. 그리고 산산조각이 난 돌파편이 눈송이와 뒤섞여 궁녀의 몸을 감싸 안았다.

궁녀는 형체를 알아볼 수 없는 피칠갑이 되어 쓰러졌다.

그와 동시에 판시엔과 황제의 거리는 순식간에 좁혀졌다.

판시엔의 눈에 실망감은 찾아볼 수 없었다.

그는 하늘을 향해 날아올라 천자의 검을 황제의 눈을 향해 세차게 내질렀다!

'스슥.'

두 번의 일합과 같은 상황.

검끝은 예리한 빛을 내뱉었지만, 힘없이 황제의 뺨을 스치며 허공을 갈랐고, 황제의 주먹은 다시 한번 판시엔의 가슴을 향했다.

진정한 왕도(王道)의 주먹.

황제는 더 이상 여지를 남기고 싶지 않은 듯, 하늘에 휘몰아치는 눈보라의 모든 하얀빛을 압도해 버리듯, 범인(凡人)이 낼 수 없는 진기의 빛을 발하며 판시엔의 가슴으로 주먹을 내질렀다.

그 주먹을 맞으면, 판시엔의 두 가지 진기가 아무리 그를 보호해도, 천지의 원기를 이용한 절묘한 몸놀림이 있어도, 그의 몸은 조각조각 부서져 형체도 남기지 않을 것이다.

'휙.'

판시엔이 손에서 검을 놓았다!

그의 손에서 벗어난 검은 유유히 태극전 정문으로 날아갔다.

"으악!"

판시엔은 날아오는 주먹은 개의치 않고 괴성을 지르며 몸을 극렬하게 떨기 시작했고, 황제와 3척(尺) 거리에 있던 그는 손가락 하나를 내밀며, 다소 느리고, 어찌보면 바보같이 황제의 얼굴을 향해 다가갔다.

느리다는 것은 단지 느낌일 뿐.

판시엔은 평생 수련한 진기를 그 속에 담아 냈고, 형체가 없는 진기가 질량이 생긴 듯 눈보라 속에서 마구 떨리기 시작했다.

그의 얼굴도 떨렸고, 낯빛은 창백했지만, 두 눈엔 빛이 났다.

손가락을 뻗었지만, 3척의 거리는 손가락이 감당하기 너무 멀었다. 그리고 황제의 주먹은 이미 판시엔의 펄럭이는 옷자락에 닿을 지경이었다.

'칭.'

날카로운 소리가 울리고, 마치 악마가 인체의 위장을 뚫고 나오는 것처럼, 마치 음표가 피리의 관을 벗어나려는 듯, 손가락 끝에서 매섭고 살의가 가득한 검기가 뿜어져 나와 황제의 목으로 향했다!

딴저우 절벽을 오르내릴 때 처음 시도하고, 열쇠를 훔치고, 별원을 넘어 사랑을 나눌 때 연습을 하고, 동해 바닷가 모래사장에서 외부의 원기와 소통하는 법을 배워 완성한 집념의 결과.

손가락 검기.

'휙!'

예상치 못한 공격에 황제가 몸을 돌렸다.

'펑!'

황제의 주먹이 판시엔의 왼쪽 어깨를 스치며 어깨 위의 옷이 산산조각 났고, 그의 몸 뒤쪽 눈밭에 큰 구멍이 생겨 옷조각들과 먼지 그리고 눈꽃들이 어지럽게 날렸다.

'스으윽.'

처음으로 판시엔의 공격이 성공했다. 정확히 말하면, 손가락 끝의 검기가 황제의 목을 미세하게 스치고 살갗을 찢었고, 피부가 갈라진 틈에서 피가 배어 나왔다.

기회를 놓칠 수 없었다.

"으아악!"

판시엔은 처량한 괴성을 지르며 체내에 얼마 남지 않은 진기를 모두 끌어 올려 손가락 끝으로 모아 다시 한번 황제의 눈으로 내질렀다!

황제의 입가에 비웃음이 번졌다.

황제도 주먹을 펴고 검지 손가락 하나를 내밀어 판시엔의 손끝을 가볍게 눌렀다.

검지 손가락 두 개가 마주했다.

한 손가락은 떨리고 있었고, 다른 하나는 매우 안정되어 있었다. 두 손가락 사이에 진기가 흘렀고, 빛은 점점 짙어져 세상의 모든 것을 집어삼킬 듯 번쩍이고 있었으며, 주위의 모든 눈의 습기를 빼앗고 물러나게 만들었다.

'삐걱.'

판시엔의 손가락이 부러졌다!

'펑!'

'휘익.'

천신(天神)의 망치에 맞은 듯 판시엔의 몸은 축 처졌고, 천지의 원기를 받아 자유롭게 휘날리듯 날아간 것이 아니라, 마치 실이 끊긴 연처럼 뒤로 날아가 세차게 눈밭에 떨어져 나뒹굴었다.

'쿵!'

황제의 얼굴에서 비웃음은 이미 사라져 위엄있는 군왕의 모습으로 돌아와 있었다.

'끼익.'

그때, 굳게 닫혀 있던 태극전 정문이 기괴하게 열렸다.

"으아아악!"

백의를 입은 왕13랑이 컴컴한 태극전 안에서 날아와, 판시엔의 손에서 벗어난, 부자(父子) 모두에게 잊혀진 듯한 북위 천자의 검을 허공에서 낚아채, 오른쪽 팔꿈치를 살짝 구부리고 번개처럼 몸을 날려 황제의 뒷덜미를 향해 내질렀다!

장렬한 검. 현공 사당에서 튀어나온 백의의 자객, 그림자의 검보다 더욱 뜨겁고, 더욱 빛이 나는 검. 심지어 황제의 뒤에서 습격하고 있었지만 광명정대한 느낌이 나는 검.

'펄럭.'

판시엔을 짓누른 거대한 산 같은 황제가 고개도 돌리지 않고 소매를 세차게 털었다. 황제는 평생, 한 손가락, 한 주먹, 한 소매의 펄럭임만으로도 세상을 지배할 수 있었다.

하지만 이번에는 할 수 없었다.

그는 이미 신의 반열에서 내려오고 있었다.

'츠츠측.'

북위 천자의 검은 황제의 소매를 갈랐고, 검은 다시 황제의 가슴으로 향했다. 하지만 그 순간 황제는 몸을 살짝 틀었고, 검은 여전히 가슴을 스치고 지나갔고, 황제의 살점을 가볍게 찌르는 것이 전부였다.

그리고 구름에서 용이 나오듯 소매에서 불쑥 튀어나온 황제의 손이 왕13랑의 손목을 붙잡았다. 왕13랑은 손목을 꺾었고, 마치 독사가 고개를 들 듯 천자의 검이 황제의 아래턱으로 향했다.

"음."

황제는 무거운 신음 소리를 내며 왼쪽으로 고개를 살짝 돌려 검을 어깨 뒤로 보내는 동시에, 오른쪽 어깨로 강하게 왕13랑의 가슴을 가격했다.

'뻐걱.'

"푸!"

가슴뼈가 순식간에 무너져 내렸고, 왕13랑의 입에서 선혈이 뿜어져 나와 흩어지며 눈밭을 빨갛게 물들였다. 자신의 모든 진기를 담은 검의 공격이 실패하고, 그의 눈은 이미 뻘겋게 충혈되어 있었지만, 그는 자신의 생사는 개의치 않는다는 듯 손에서 검을 놓았다. 대신, 황제가 자신의 손목을 잡은 오른손을 짐승이 사냥감을 물고 늘어지듯 필사적으로 잡고 놓지 않으려 했다.

봄같이 따뜻한 기운이 왕13랑의 뒤에서 스쳐 지나갔다.

돌아오는 나그네가 따뜻한 물을 갈망하는 것처럼, 눈보라 속에 있던 꽃나무가 따뜻함을 갈망하는 것처럼, 그 그림자는 자연스럽게 황제의 다른 손, 왼손을 붙잡았다.

하이탕이 왔다.

북제의 성녀, 현재 천일도 문파의 주인. 그녀는 황제의 급소를 공격하는 대신, 소매에 붙어 있는 구름처럼, 꽃잎처럼, 친근하고 자연스럽게 하지만 흔들림 없이 황제의 왼손을 감쌌다.

황제의 두 눈은 차가웠지만 평온했다. 수척했던 뺨은 더욱 야윈 것 같았고, 얼굴은 창백했지만, 여전히 아무 표정의 변화나 움직임이 없었다. 황제는 자신의 손을 하나씩 잡고 있는 두 젊은이가, 사실은 자신이 죽인 두 늙은 괴물의 그림자를 가지고 있음을 잘 알고 있었다.

'웡웡웡웡…….'

황제의 가슴이 떨리기 시작하며 무거운 소리가 울려 퍼졌다.

그리고 순식간에 웅장하고 힘찬 진기가 두 9품 고수의 체내에 흘러갔고, 왕13랑은 오른팔이 떨림과 동시에 타는 듯한 통증을 느끼며 그의 오관에서 피가 흐르기 시작했다.

하이탕의 상태도 좋아 보이지 않았다. 그녀의 입술에서 피가 흘러나왔고, 몸도 심하게 떨고 있어 언제라도 눈밭에 내팽개쳐질 듯 보였다.

태극전 앞 하얀 눈밭이 더욱더 짙은 핏빛으로 물들기 시작했다. 판시엔은 멀지 않은 곳에 있었지만, 맥없이 드러누워 더 이상 손가락 하나 까닥할 수 없는 처참한 상태였다. 아무도 하이탕과 왕13랑을 도울 수 없을 것 같았다.

천하에서 가장 인정받는 젊은이 셋의 최후는 멀지 않아 보였다.

황제의 눈빛에 놀라움이 스쳤다.

그는 어젯밤부터 지금까지 줄곧 모든 것을 조심하고 있었다. 그는 대종사였지만 교만하지 않았다. 그는 판시엔에게 어떠한 기회를 주지 않으려 노력했다. 그리고 어떤 변수도 나타나지 않았다.

황제의 눈이 피로 물든 눈밭을 바라보고 있었다.

눈이 스르륵 녹기 시작했다.

흰옷을 입은 사람.

이 사람이 흰 옷을 입은 것은 평생 딱 두 번뿐. 한 번은 현공 사당에서 태양으로부터 분리되어 신선(神仙)처럼 불쑥 튀어나왔을 때, 그리고 오늘이었다. 눈에서 분리되어 나타난 오늘 그는 성인(聖人) 같았다.

천하 제일의 자객. 영원히 어둠 속을 걷고 있는 왕. 감사원 6처 처장이자 검려의 실질적인 첫 번째 제자.

그림자 대인.

오늘은 그의 검도 흰 것 같았다. 광택이 없고 소박한 검.

그의 검법도 역시 소박하고, 빠르지는 않았지만 안정적이었다.

검의 기울어진 각도, 검날의 전환도 모두 계산되어 있는 듯, 한 치의 망설임도, 떨림도 없이 곧게 뻗어 나갔다. 하지만 그 검은 황제의 얼굴, 눈, 목, 아랫배 같은 치명적인 곳도 아닌, 그렇다고 발끝, 무릎, 허리 등 심상치 않은 곳도 아닌, 황제의 왼쪽 허벅지를 찔렀다.

'스윽.'

황제도 이 공격은 피할 수 없었다.

그의 허벅지가 검에 찔려 한 줄기 피가 뿜어져 나왔다.

그림자는 자객이었다. 사람을 죽이는 기계, 자객. 그의 눈에는 죽이지 못할 사람이 없었고, 그가 결심하면 반드시 죽여야 했다. 그는 대동맥에 대한 지식이 없었지만, 사람을 죽이는 데 있어 허벅지를 찌르는 것이 확률도 높고 치명적이라는 것을 경험적으로 알고 있었다.

다만, 검(劍)은 대종사의 허벅지를 충분히 찌르기에 역부족이었다.

황제는 눈보다 더 하얗게 질린 얼굴로 뒤로 한 발짝 물러났다.

또 한 발짝, 또 한 발짝.

황제의 양 팔은 왕13랑과 하이탕이 여전히 붙들고 있었고, 그림자는 마치 열중해서 소를 잡는 백정처럼, 검을 충분히 허벅지에 찔러 넣기 전에는 물러설 생각이 없다는 듯 검을 찔러 넣고 있었다.

황제는 고통스러웠다. 그리고 눈동자가 살짝 수축되었다.

그는 눈보라 속의 용처럼 변했고, 몸 주변의 모든 눈송이를, 모든 사람을, 모든 검의(劍意)를, 모든 저항들을 감싸 안으며 하늘 위로 날아올랐다!

'웅, 웅, 웅…….'

황제는 반시계 방향으로 회전하기 시작했고, 하얀 눈송이는 누에가 토해내는 실이 감겨 가는 실타래처럼 변해 순식간에 감싸고 있는 검은 그림자들을 가려 버렸다.

'휘이익!'

하얀 실타래가 아름다운 유선형 곡선으로 변하며 태극전으로 향했고, 태극전은 짐승처럼 입을 벌리고 동그랗고 거대한 눈덩이를 한 입에 집어 삼켰다.

'ㅊㅊㅊㅊㅊㅊ…….'

고속으로 회전하는 눈송이들은 마치 날카로운 강철의 칼날이 되어 태극전 내에 존재하는 모든 것들을 파괴하였고, 눈덩이는 긴 복도를 지나 가장 깊은 곳까지 날아가 용의 아래 부딪혔다!

'펑!'

눈덩이가 터지고, 눈송이가 화살처럼 사방으로 쏘아졌고, 여러 개의 그림자가 튕겨 나갔다. 순식간에 폐허로 변해 버린 태극전 전체가 공포에 질린 듯 떨기 시작했다.

왕13랑은 오른팔 경맥이 이미 끊긴 듯 붉게 물든 두부처럼 짓이겨 버렸고, 마지막 일격을 가한 그림자는 머리에 피를 흘리며 용의 앞에 쓰러져 생사를 알 수 없었지만 마지막까지 그의 손에 쥔 검은 놓지 않았다. 하지만 그 검은 마지막까지 황제의 허벅지에 있는 혈관을 끊어내지 못했다.

실패. 철저한 패배.

황제는 끝이 없는 바다 같은 진기로, 왕도(王道)의 뜻을 지닌 패도(覇道)의 기세로 태극전이라는 공간에서 모든 사람들을 짓누르고 있었다.

이 공간에서는, 황제의 신념과 의지는, 하나의 준칙이었고, 어느 누구도 저항할 수 없다!

명황색의 그림자는 폐허가 된 태극전의 용의 앞에 서 있었지만 여전히 눈이 부실 정도로 빛이 나고 있었다. 뒤편의 용의가 산산조각이 났지만, 황제는 여전히 꼿꼿이 서 있었다. 얼굴은 창백했고, 두 손은 미세하게 떨리고 있었고, 여러 부상을 입었지만 여전히 위풍당당한 모습이었다.

누구도 그를 이길 수 없었다.

'슉!'

용의 아래에서 죽은 듯 쓰러져 있던 그림자가 갑자기 움직였다. 그는 '그림자'처럼 날아올라, 하얀 옷깃의 바람을 타고, 여전히 입에서 피를 흘렸지만 지독하게 검을 황제의 목을 향해 내질렀다!

실패. 당연한 일이었다.

하지만 그림자는 당황하지 않고 피를 토하며 소리를 질렀다.

"도망가!"

이 말과 함께 그림자 자신도 신속하게 뒤로 물러나고 있었다.

'휙, 휙, 휙.'

세 개의 그림자가 태극전 밖으로 향했고, 가장 뒤떨어진 하이탕이 어둡고 음침한 태극전에서 마지막 꽃을 피우는 순간 9품 강자 세 명은 자취를 감추었다. 하지만 용의 앞에 조용히 서 있던 황제는 더 이상 추격을 하지 않았다.

그는 천천히 고개를 숙여 두 손, 가슴의 상처, 용포의 핏자국, 허벅지에 생긴 검의 흔적을 보았다.

'짐이 얼마나 오랫동안 다치지 않았었지……대동산에서 두 명의 늙은 괴물을 상대할 때에도 진기의 손실만 있었는데……오늘 젊은 녀석 몇을 상대한다고 짐이 상처를 입었단 말인가?'

황제는 왼손으로 가슴의 앞섶을 한번 만졌고, 손바닥에 묻어 나오는 선혈을 보며 억누르기 힘든 피로감을 느꼈다.

그리고 처음으로 스스로에게 진심을 다해 물었다.

'짐이 정녕 나이가 들었단 말인가?'

황제의 눈이 번뜩였다. 눈빛에는 차가운 한기로 가득했다.

그는 폐허가 된 태극전을 한 걸음 한 걸음 걸어갔다. 이미 몸 안에서 불안정한 조짐을 보이는 패도 진기를 천천히 순환시키며 진정시키고 있었다.

그의 차가운 시선은, 이미 판시엔 일행에게 뚫린 황성의 성문에 고정되어 있었다. 하지만 황제는 그들이 어떻게 금군과 황실 호위를 뚫고 그 문을 열었는지 관심이 없었고, 자신의 노쇠함을 일깨워 준 그들이 영원히 사라질 것이라 걱정도 하지 않았다.

"모두 죽여라."

일말의 분노도 담기지 않은 침착한 명령이었다. 마치 일상을 서술하는 것처럼 평온하게, 하지만 자신만만한 목소리로 젊은이들의 생사를 결정짓는 명을 내렸다.

그리고 야오 태감이 건네준 깨끗한 용포로 갈아입었다.

그림자가 가장 빨랐다. 그는 의식이 혼미한 판시엔을 업고 황성 성문으로 내달렸다. 그의 뒤에 왕13랑이 따랐고, 하이탕이 가장 뒤에 쫓아갔다. 성문은 황성 중에서도 가장 수비가 견고한 곳. 하지만 그림자는 조금의 망설임도 없이 그곳으로 돌진했다.

그는 어떤 믿음이 있었기 때문이다.

황성 성벽 위에 수성용 강노를 움직인 이는 북제가 심어둔 오래된 밀정이었다. 강노가 발사되자 금군은 재빠르게 반응했고, 금군의 일부 고수들이 황성 위의 각루로 집결했다.

그때, 네 개의 그림자가 성문으로 돌진하고 있었다.

성문 앞에 남아 있던 금군의 반응도 빨랐다. 금군은 그들의 신분을 알 수 없었지만, 강노가 발사된 이후 황성에 자객이 들었다는 것은 알고 있었기에 필사적으로 막았다.

순식간에 거대한 그물망처럼 진형을 짜 그들을 포위했다.

'스스스슥!'

거대한 그물망은 펼쳐지자마자 어디서 나타났는지 모르는 검빛에 찢어졌다. 하늘로 치솟은 검기(劍氣)가 금군의 그물망을 사정없이 베기 시작했고, 잘린 팔다리와 선혈이 사방으로 튀고 죽음의 비명 소리가 성벽을 울렸다.

동이성 검려의 제자들.

강남으로 간 몇, 동이성에 남은 몇을 제외한 모두 네 명의 9품 검객이 경국의 황성에 나타났다. 그들은 피로 길을 열었고, 태극전에서 도망쳐 나온 네 개의 그림자를 호위하며 황성 앞 광장으로 향했다.

판시엔은 그림자의 등에 업혀 곧 의식을 잃을 것 같았다. 보통 사람이었다면 황제의 손가락 하나에 경맥이 터져 죽었을 것이다. 그는 보통 사람들과 달리 죽지 않았지만, 그의 경맥도 수없이 파열되는 것은 피할 수 없었다.

하지만 그는 악착같이 마지막 의식을 잡으려 했다. 아직 완전히 황성을 벗어나지 못했기 때문이다. 그는 처참하게 패해서 도망가는, 자신이 사랑하는 사람들을 보며 가슴이 저며왔다.

일순간 그 고통이 공포로 변했다.

적막. 죽은 듯한 적막.

황성 앞 광장은 하얀 눈으로 둘러싸여 죽은 듯한 적막이 흐르고 있었다. 온 천지에 들리는 것은 판시엔 일행의 발자국 소리뿐.

그곳에는 허종웨이 일파의 죽음에 분노한 도찰원 어사들이 보였어야 하고, 하얀 눈은 짓밟혀 질퍽한 진흙투성이로 변했어야 하며, 각 부의 말단 관원들은 멀리 떨어진 골목 귀퉁이 마차 안에 숨어 있어야 했다.

혼란이 있어야 했고, 판시엔은 그 혼란을 틈타 도망가야 했다.

그러나 보이는 것은 하얀 눈. 그리고 죽은 듯한 적막.

들리는 것이라고는 그들의 발자국 소리와 숨소리뿐.

'끼익.'

그들의 뒤에 있는 성문이 천천히 닫혔다. 금군과 황실 호위들도 그들을 추격하지 않았다. 10만 명을 수용할 수 있는 광활한 황성 광장 앞에 판시엔 일행만 외롭고 처량하게 있었다.

먼 발치 성벽 위에서 들려오던 미세한 잡음도 사라져 버렸다. 수성용 강노와 관련된 밀정이 정리된 듯 보였다. 하지만 그와 동시에 두 사람의 그림자가 성벽 위의 각루에서 떨어졌다.

그들은 매우 빨리 떨어졌고 그대로 눈밭에 처박혀 죽을 듯 보였는데, 의외로 한 그림자의 허리에서 곡도가 튀어나와 성벽을 찍고 공중제비를 돌아 속도를 줄이며 성벽 아래에 착지했다. 하지만 그 옆의 사람은 살짝 다리에 부상을 입은 듯 보였다.

두 개의 그림자는 빠른 속도로 판시엔에게 다가왔다.

랑타오 그리고 허다오런!

판시엔은 그 둘을 보며 살짝 미간을 찌푸렸다. 그림자, 왕13랑, 하이탕, 검려 제자 그리고 북제 고수 둘. 그는 오늘 자신의 패(牌)를 다 쓴 것이다.

판시엔은 다시 황제 늙은이의 손에 패했다. 철저하게 패배했다.

마지막에 동이성 검려 제자와 북제의 고수들까지 합류하며, 이제 그는 모든 패를 다 써버린 것과 동시에, 경국인으로서 목숨을 부지할 명분조차 잃어버리게 되었다.

황궁 광장 앞은 이상하리만큼 고요했다. 그는 황제가 이미 필살(必殺)의 명을 내렸을지 모른다는 생각이 스쳤다. 몸을 제대로 움직일 수도 없는 그의 눈동자에서, 암담한 슬픔과 함께 지친 기색이 묻어져 나왔다.

"그만 뛰어."

그림자가 묵묵히 걸음을 멈추었다. 눈보라 속에서 하이탕이 입가의 피를 닦고 살짝 웃고는, 판시엔 옆으로 가 쪼그려 앉으며 말했다.

"내가 말했지. 모두에게 미움을 받기 싫다는 생각은 유치한 거라고."

판시엔은 눈밭에 퍼질러 앉아 애써 웃으며 대답했다.

"그냥 몇 명 덜 죽었으면 좋겠다 생각한 거야."

왕13랑은 피범벅이 된 팔을 늘어뜨린 채 쉰 목소리로 말했다.

"적어도 시도는 했으니, 설령 패배했더라도 괜찮은 거예요."

"퉷."

판시엔은 하얀 눈밭에 피가 묻은 침을 뱉고 숨을 고르며 말했다.

"나 진짜 죽기 싫은데."

말은 그렇게 했지만, 판시엔의 눈빛만은 보기 드물게 평온해 보였다. 그때, 랑타오가 그의 옆으로 다가오며 입을 열었다.

"내가 온 것을 별로 좋아하지 않네? 너의 개인적인 복수였다지만, 이것은 북제인들의 복수이기도 해. 그러니 우리가 여기 온 것은 자네와 별 관련이 없네."

그는 옆에 있는 하이탕에게 고개를 돌렸다.

"물론 뒤뒤가 너의 계획을 미리 귀띔이라도 해줬으면 결과가 달라졌을지 모르겠지만……."

"어쩌면 결말은 이미 정해져 있을지 몰라요. 운명을 받아들여야
죠……물론, 절 여기에서 벗어나게 해 주시면, 능력은 인정해 드릴
게요."

천하에 내놓으라는 절세 강자들이, 이렇게 아무도 없는 눈밭에서
수다를 떨고 있었다. 마치 그들은 이미 어떤 위험을 감지한 듯. 그들
이 그것을 피해 도망갈 수 있을지 고민하고 싶지 않은 듯.

황성 위의 금군들이 겹겹이 그어진 검은 선으로 바뀌었다. 그들
중앙에는 금군 통령 공디엔이 서 있었으며, 금군의 손에는 모두 장
궁이 들려 있었다.

그리고 여느 때와 달라진 것 하나 없이 보이던 민가의 지붕에서
셀 수도 없는 금속 화살촉이 **빽빽한** 풀 위의 이슬처럼 아침 햇빛에
반사되고 있었다.

'다그닥다그닥다그닥.'

황성 광장에서 관도(官道)로 진입하는 세 갈래 길의 입구에서 우
레와 같은 말발굽 소리가 들려왔다. 전신에 철갑을 두른 철기병 2천
이 그곳을 한 치의 틈도 없이 메꾸었다.

판시엔은 눈을 가늘게 뜨고 삼거리의 위풍당당한 기병들의 중앙
에 서 있는 예중을 바라보고, 시선을 돌려 황성과 민가 지붕 위의 삼
엄하고 무시무시한 화살촉을 바라보며, 또 민가의 골목을 빠져나와
눈밭 한가운데로 다가오는 수십 명의 삿갓을 쓴 고행자들을 발견하
고는 끝내 깊은 한숨을 내쉬었다.

그는 3년 전 그날을 떠올렸다. 당시에 그는 황성 위에 있었지만,
지금 그는 황성 광장 앞에 제물처럼 놓여있었다. 곧 화살 공격이 시
작되고, 그것도 부족하다면 철기병과 고행자들이 나설 것이다.

"참, 새로울 게 없네."

판시엔이 마지막으로 눈빛을 반짝이며, 입안에 핏물을 가득 머금은 채로 중얼거리더니, 머리를 갸우뚱하며 하이탕의 품으로 혼절해 버렸다!

판시엔 일행 중 온전한 사람은 랑타오와 네 명의 검려 제자들밖에 없었다. 하지만 그들은 이미 생사를 마음에 두고 있지 않은 듯 얼굴에는 두려워하는 기색이 조금도 없었다. 랑타오는 검려 제자들과 눈을 마주치고 고개를 끄덕였다. 그리고 애석한 표정으로 뒤를 돌아 어린 후배의 얼굴을 바라봤다.

하이탕은 이별의 아쉬움이나 석별의 슬픔 같은 감정 없이 품에 안고 있는 판시엔을 보며 조용히 미소를 지었다. 랑타오는 그 모습을 보며 고개를 절레절레 흔들었다.

"이 순간에 저렇게 깔끔하게 기절해 버리다니……하여튼 대단해."

황성 성벽 위에서 깨끗한 용포를 입은 황제가 돌계단을 걸어 올라가자 금군 병사들이 반무릎을 꿇으며 군인의 예를 올렸다. 황제가 성벽 위에 다 올랐을 때쯤, 뒤에서 조용히 따라오던 야오 태감의 귀에 황제의 무거운 목소리가 들렸다.

"왜 아직 움직이지 않느냐."

야오 태감의 가슴이 '철렁' 내려앉았다.

"그게……."

야오 태감은 황제를 가장 잘 아는 사람 중 하나였다. 황제가 지금 판시엔을 죽도록 미워한다는 것도 알고 있었지만, 몇 년간 판시엔을 뼛속까지 총애했다는 사실도 알고 있었다. 그리고 이 상황에서 굳이 황제가 성벽 위에 직접 올라온 것도 이해가 되지 않았다.

'혹시 서운하신 건 아니신지……판 대인이 죽으면 그 뒷감당은 누

가 해야 하는 것인가……'

"그 대역무도한 아들 녀석이 죽는 것을 짐이 똑바로 볼 것이다."

황제는 마치 야오 태감의 마음을 읽은 듯 냉정하게 말했다.

"쏴라."

'휙휙휙휙휙……'

그렇게 무심하게 수많은 화살이 발사되었다.

"헙!"

그 순간 랑타오는 크게 기합 소리를 지르며, 한 손으로는 기절한 판시엔을, 다른 한 손으로는 곡도를 잡고 가장 가까이 있는 고행자에게로 돌진했다. 그리고 검려의 제자들은 검기로 우산을 만들어 날아오는 화살을 대비했다.

'휙휙휙휙휙……'

'타타타타타……'

첫 번째 화살 공격이 끝났다.

황제는 뒷짐을 지고 허리를 꼿꼿이 세운 채 흔들림 없는 눈빛을 하고 안정적으로 성벽 위에 서 있었다. 하지만 사람들에 의해 둘러싸여 죽었는지 살았는지 알 수 없는 판시엔을 보며 눈썹을 미세하게 실룩거렸다.

허다오런이 죽었다.

그는 화살에 맞아 고슴도치처럼 변해 더 죽을 수 없을 정도로 비참하게 죽었다. 검려의 제자들은 몇 개의 화살을 부러뜨렸는지 몰랐지만, 그들의 몸에도 몇 개의 화살이 박혀 있었다.

기세 좋게 치고 나간 랑타오도 피를 흘리며 다시 돌아왔다. 그의 영혼을 깨트리는 곡도는 고행자 둘을 죽였지만, 빗발치는 화살을 완전히 뚫지는 못하였다. 그의 오른쪽 어깨에 두 개의 화살촉이 장엄하게 꽂혀 있었다.

하이탕은 사형을 보지도 않고 묵묵하게 말했다.

"폐하께서 그를 어떻게든 살리라 명하셨어요."

그런데 이 상황에서 판시엔을 어떻게 살리라는 말인가.

황성 위에서 다시 한번 무정한 목소리가 들렸다.

"계속."

황제는 태극전을 걸어 나올 때, 자신을 오랫동안 짓누르고 있던 압박에서 벗어나는 것을 느꼈다. 그래서 그는 더욱더 자신감을 가지고 침착함과 우아함을 되찾았다.

대동산 사건 이후, 아니 그보다 더 이른 20여 년 전부터 황제가 천하에서 두려워한 존재는 검은 천을 두른 맹인 청년과 사라진 검은 상자 둘밖에 없었다. 황제는 오늘 판시엔을 극한 상황까지 몰고 갔지만, 우쥬도, 상자도 나오지 않았다.

상자는 판시엔에게 없고, 우쥬는 신묘에 갇혀 나오지 못한다.

황제의 마지막 경계심이 사라진 순간이었다.

황제는 황성 아래에서 죽어가는 천하의 강자들을 지켜봤지만 마음속에서는 어떠한 동요도 없었다. 대동산에서도 살아남은 그였다. 다만, 생사를 모르는 판시엔의 모습을 보며 마음속 깊이 옅은 피곤함이 밀려왔다.

궁수들의 활이 팽팽하게 당겨졌다.

장궁의 화살 끝이 일제히 판시엔에게 향했다.

철기병을 이끄는 예중, 황성 위의 공디엔, 민가의 궁수를 지휘하는 스페이. 경국 군대를 이끄는 세 명의 대인물의 가슴에 희미한 슬픔이 배어들었다.

'이대로 판시엔이 가는 것인가……..'

제10장

마지막 변수

황제의 눈이 가늘어졌다.

황제는 무엇을 느꼈다. 하지만 발견하지 못했다.

마지막 변수.

적성루(摘星樓).

별을 따른 누각이라 이름 붙여진 그곳. 지금 징두에서 세 번째로 높은 건물. 오래 전에는 흠천감 관원들이 하늘의 별을 관찰하는 장소였지만, 예씨 아가씨가 징두로 온 후 징두 외곽 산 위에 첨성대를 지으면서 적성루는 점점 폐건물처럼 변했다. 그래서 평소 청소하는 하인 몇 외에는 아무도 그곳을 주목하지 않았다.

경력 12년 정월. 눈보라가 치는 날씨에, 왜소한 몸을 가진 사람이 적성루 옥상에서 엎드려 있었다. 아주 큰 흰색의 진귀한 모피 외투가 그의 몸을 덮고 있어서, 주위의 눈과 어우러져 그의 존재를 사람들의 시선에서 감쪽같이 사라지게 만들었다.

하얀색 모피의 앞쪽으로 차가운 금속으로 만들어진 관이 고개를 내밀고 있었다.

옌샤오이를 죽인 그 저격총!

흰 모피 아래 사람은 입김을 살짝 불어 얼었던 손가락을 녹이고, 다시 한번 눈을 광학 조준경에 붙였다. 천천히 숨을 고르고, 진기로 심박수를 조절하며, 조준경 속의 시선을 황성 위 황제의 몸으로 고정시켰다.

황성은 아주 멀리 있었지만, 조준경 안의 황제는 코앞에 있었다.

추운 바람과 눈 내리는 환경도 특별하지 않았다.

창산이 징두보다 더 눈이 많고 추우니까.

익숙한 느낌.

조준을 마치고, 손가락이 차가운 금속에 닿았다. 조금도 떨리지 않고 잠시 멈칫한 후, 다시 안정적으로 가볍게 닿았다.

'탁.'

무겁지만 다소 갑갑한 소리가, 다시 천둥소리로 변하고, 공기를 찢을 듯한 괴상한 소리가 되어 마침내 아름답고 공포스러운 불꽃이 흩뿌려졌다.

'탕!'

하얀 모피가 흔들렸다.

총구에서 불꽃을 동반한 굉음이 났다.

하지만 소리는 총알보다 늦었다.

사람들이 소리를 듣기 전에 총알은 이미 황성 앞에 와 있었고, 그때 모든 사람들의 시선은 황궁 광장 판시엔을 향해 있었다. 하지만 대종사는 눈으로 보는 것이 아니고 귀로 듣는 것이 아니다. 황제는 소리를 듣지 못했지만, 불꽃을 보지 못했지만 다가오는 치명적인 기운을 느꼈다. 눈동자의 빛이 번쩍였다 흩어짐과 동시에, 몸을 연기처럼 재빨리 움직였다.

'츠츠측.'

황제가 맹렬하게 거꾸로 돌진하여 황성의 각루로 움직이려는 찰나 총알은 그의 어깨를 스쳐갔다.

'펑!'

총알은 계속 뒤로 날아가 황성 담벼락에 한 평 정도의 커다란 구멍을 만들었다. 푸른 벽돌을 이루던 자갈은 형체도 없이 부서져 사방으로 흩뿌려졌고, 담벼락에서 회색빛 꽃 한 송이가 피어올랐다.

황제를 제외한 황성 주변의 모든 사람들은 여전히 반응하지 못했고, 심지어 무슨 일이 일어났는지도 몰랐다.

황제가 이렇게 총을 피했다?

적성루의 자객은 살짝 손가락이 멈칫했다.

그리고 다시 가볍게 손을 얹었다.

'탁.'

'탕.'

'펑!'

두 번째 총알이 각루 나무문에 주먹만 한 구멍을 뚫고 어둡고 적막한 각루 안으로 파고들어갔다.

자객은 치밀했다. 그는 처음부터 총알 하나로 대종사를 죽일 수 없다고 생각했다. 그는 수없이 연습하여 체득한 몸과 머리로 총알이 날아가는 데 필요한 시간을 계산했다. 그리고 황제가 '모든 힘'을 다해 피하려는 방향, 거리를 계산했다.

그렇다면 어떻게 황제의 선택을 계산할 수 있었는가. 그는 황제의 성격을 잘 알고 있었고, 황제가 가진 이 총에 대한 이해와 두려움을 누구보다 잘 알고 있었다. 그것만으로도 부족할 수 있었다.

하지만 이 자객을 훈련시킨 이가 바로 대종사였다!

처음부터 두 번째 총알이, 필살(必殺)의 공격이었다.

황제는 첫 번째 총알을 피하느라 모든 진기를 일순간에 방출시켰다. 그 순간 황제는 처음으로 죽음의 공포를 느꼈다. 그는 상자가 나타났음을 알고 있었기 때문이다.

두 번째 총알이 형체 없는 유선형의 선을 그으며 황제의 가슴으로 향했다. 황제는 파도처럼 몰아치는 영혼의 숨결을 느꼈을 때, 이미 아무런 반응을 하지도 못하였다.

변수.

황제에게 상자가 변수였지만, 자객에게도 변수가 있었다.

황성 각루. 황성 벽 위 가장 높은 건물 각루.

그 크지 않은 건축물 안에 열 몇 명이 침묵하며 유령처럼 갑옷을 입고 두꺼운 방패를 들고 있었다. 그들은 항상 그렇게 각루를 지키고 있었다. 이는 저격총을 막기 위한 황제의 의도적 배치인가? 그들의 사명은 황제 대신 저격총의 총알을 막는 것인가?

하지만 그게 내고에서 생산한 철방패이든 아니면 이 세상의 무엇이든, 내고 여주인이 남긴 마지막 유산을 어떻게 막을 수 있겠는가.

'쿵.'

황제 앞에 방패를 든 병사가 바닥에 쓰러졌다.

방패와 병사의 몸에 큰 구멍이 뚫렸다.

'펑!'

하늘이 천벌의 망치를 휘두르듯, 황제가 그 망치에 세차게 얻어맞은 듯, 몸이 뒤로 날아가 각루의 뒷벽을 부수고 뚫고 나가 황궁 안 눈밭에 처참하게 나가떨어졌다!

황제의 왼쪽 가슴에 피가 흘러나왔다. 태극전 사투에서 입은 상처도 다시 벌어졌고, 왕13랑에게 베인 가슴의 상처, 판시엔의 손가락 검기로 생긴 목의 상처가 모두 갈라지며 피를 뿜어냈고, 강력한 군왕(君王)을 가련한 혈인(血人)으로 만들어 버렸다.

황제는 가슴을 들썩거리며 불규칙하게, 다급하게 숨을 쉬고 있었다. 새까만 두 눈동자가 풀려갔고, 왼쪽 가슴 부분이 살짝 내려 앉았는데, 피로 범벅이 되어 진짜 상처의 모습을 알아볼 수 없었다.

그는 하늘에서 내리는 눈송이를 똑바로 쳐다보며, 소매 밖으로 나온 손을 최대한 '꽉' 쥐려고 노력했다. 다시는 자신을 암흑으로 빠지게 하지 않기 위한 필사적인 몸부림이었다.

끝없는 공포와 분노가 그의 머릿속으로 밀려들었다.

'상자……상자가 나타났다!'

그는 이 상자 때문에 외부 출입을 극도로 자제했었다. 그래서 태평별원 사건 이후 징두 밖으로 처음 나간 것이, 대동산에 천제를 올리러 가기 위한 여정이었다. 그때도 그는 판시엔에게 호위를 맡기고서야 비로소 안심할 수 있었다. 그는 상자의 실물을 본 적은 없지만, 최소한 이 두터운 성벽이 자신을 지켜주리라 생각한 것이다.

천핑핑이 다저우에서 돌아올 때, 그를 능지처참에 처할 때, 그는 황성 위에 오늘과 같이 담담하게 서 있었지만 가슴이 서늘했다. 하지만 그날도 상자는 나타나지 않았다. 하지만 완전한 의심을 지우지는 못했었는데, 오늘 판시엔을 죽음 직전까지 몰고 갔을 때도 나타나지 않자 비로소 안심했다.

하지만 방심이었다.

황제의 몸에서 피가 '뚝뚝' 떨어졌다.

잔뜩 겁에 질린 얼굴로 황제 곁으로 뛰어간 야오 태감은 목이 막혀 아무 말도 하지 못했다. 그는 온몸을 부들부들 떨며, 그 떨리는 손으로 황제의 상처를 헤집고 조각난 금속들을 뽑아냈다. 하지만 황제에게 치명상을 입힌 흉기는 찾아낼 수 없었다.

황제의 호흡이 점점 더 가빠졌다.

"짐은……아직……죽을 수 없다……!"

황제는 모든 힘을 짜내어 말했지만, 더없이 처량하게 들렸다. 황제는 야오 태감 너머로 하늘에 흐드러지게 내리는 눈송이를 바라보았다.

'짐의 목숨은 하늘이 내린 것……만약 오늘 짐이 죽지 않는다면, 짐이 아직 죽을 때가 되지 않은 것이겠지…….'

마지막 변수.

자객이 계산하지 못한 마지막 변수.

호심경(護心鏡).

가슴에 호신용으로 붙이는 구리 조각.

자객은 황제가 대종사임에도 불구하고 삶에 대한 집착이 얼마나 큰지 예상하지 못했다. 황제는 판시엔이 배에서 강철판을 꺼냈을 때 그의 잔재주를 욕했지만, 자신 또한 잔재주로 목숨을 구했다.

"적성루."

황제는 잿빛으로 물든 하늘을 노려보며 말했다. 황제는 자객이 우쥬가 아님도 알고 있었다. 우쥬였다면? 이미 황궁에 쳐들어왔을 것이기 때문에. 황제는 마지막으로 힘겹게 말을 뱉었다.

"다 죽여……."

이 말과 함께, 황제는 의식을 잃었다.

태의가 황제 곁으로 황급히 다가왔고, 공디엔이 창백한 얼굴로 친위병들을 지휘하며 주변을 직접 호위했다. 그리고 야오 태감은 부들부들 떨며 성벽으로 올라가 금군 부통령에게 황제의 마지막 명을 전했다.

금군 부통령이 결연한 표정으로 오른손을 높이 들었다.

'펑!'

야오 태감은 눈이 번쩍 뜨였다.

그는 저도 모르게 바닥에 찰싹 붙어서 벌벌 떨었다.

금군 부통령의 머리가 둔탁한 폭발음과 함께 터졌다!

마치 다 익은 수박이나 물이 가득 찬 주머니처럼, 아무 이유도 없이 그냥 터져버렸다. 그의 뼛조각과 살들이 하늘에 흩날렸고, 그는 머리가 사라졌지만 몸은 아직 인식조차 못했다는 듯 팔이 제멋대로 움직이고 있었다.

그리고 끈이 끊어진 꼭두각시 인형처럼 몸이 무너져 내렸다.

'털썩.'

그 시체가 땅바닥에 쓰러지면서, 황성 위의 모든 병사가 무의식적으로 바닥에 몸을 바짝 엎드렸다. 그리고 필사적으로 지금의 상황을 이해하려 노력했다. 하지만 누구도 이해할 수 없었다.

그냥 부통령의 머리가 터진 것밖에 보이지 않았다.

용감한 병사들은 재빨리 일어서서 숨은 자객을 찾기 위해 성벽을 뒤지며 아무 의미 없는 수색을 시작했다. 당연하게 아무 수확이 없었고, 수색을 하면 할수록 공포가 밀려왔다.

형체가 없는 공포가 황성 위에 퍼지기 시작했고, 병사들은 공포심에 짓눌린 채 저도 모르게 활시위를 당기고 있는 손의 힘을 풀었다.

다시 한 명의 용맹한 장수가 일어나 소리쳤다.

"공……."

'펑!'

장수의 복부에 구멍이 뚫렸고, 내장이 흘러내려 비명을 지를 새도 없이 바닥에 쓰러졌다.

더 이상 공포를 다스릴 사람도, 이겨낼 사람도 없었다.

황성 위의 변화는 아래에서 뚜렷이 볼 수 있었지만, 성 아래 병사들은 구체적인 상황을 알 수 없었다. 하지만 아무리 시간이 지나도 활을 쏘라는 명이 들리지 않자, 황성 아래 장군들은 미간을 찌푸리며 저마다 추측을 하기 시작했다.

그때, 옌샤오이의 창저우 군을 단신으로 평정한 걸출 스페이가 제일 먼저 옆에 있는 부(副)통령에게 지시하여 명을 내리게 했다.

'펑!'

깃발을 든 부통령의 몸이 말에서 힘없이 쓰러졌다.

정적이 흘렀다.

삿갓을 쓴 고행자 한 명이 용기를 냈다.

'펑!'

시체가 경련할 틈도 없이 그의 숨이 멎었다.

정적이 흘렀다.

또 한 명.

'펑!'

정적.

또 한 명.

'펑!'

정적.

죽은 듯한 정적.

네 번의 총성에, 눈밭에 쓰러진 시체도 네 구 늘었다.

이것은 침묵의 경고였고, 그 경고는 모든 사람들의 마음을 얼렸다.

한 사람이, 국가 전체의 역량에 도전하고 있었다.

죽은 듯한 침묵이 얼마나 지속되었는지. 말들도 불안한 정적에 말발굽을 걷어찼고, 하얀 눈이 어지럽게 튀기 시작했다. 하지만 포위당한 9품 고수들도 안전이 확인될 때까지 쉽게 움직이지 않았다. 그들도 왜 이런 상황인지, 사람이 왜 죽어가는지 몰랐기 때문이다.

예중은 담담한 눈빛으로 이 상황을 지켜보고 있었다. 그도 황제의 생사를 알 수 없었지만, 철기병 2천이 광장으로 밀고 들어가면, 손실은 크겠지만 고수 몇 죽이는 것이 불가능하지 않음을 알고 있었다.

하지만 그는 움직이지 않았다.

그것은 황제의 명령이 없어서가 아니라 그는 몇 명의 목숨을 앗아간 '자객' 또는 '귀신의 병기'가 무엇인지 알고 있었기 때문이다. 처음 예칭메이가 징두에 들어왔을 때, 성문에서 예중은 그녀와 싸웠다. 그녀가 성문에서 검은 상자에 대한 검문을 거부했기 때문이었다.

태평별원 사건 때 황제는 징두에 친씨 집안만 남기고 그를 징두에서 딩저우 후방으로 옮겼다. 황제는 당시 예중을 믿지 않았기 때문이다. 그는 황제가 당시 자신을 옮긴 이유를, 천핑핑이 황제를 배신한 이유를 알고 있었다.

그리고 그는 황제가 잘못했다 생각했다. 다만, 그는 경국의 신하였기에 황제의 명을 거부할 수가 없었을 뿐이다. 하지만 지금 황제의 명은 내려지지 않고 있지 않은가.

그래서 그는 움직이지 않았다.

하지만 이런 침묵은, 이러한 대치는 언제까지 지속되어야 하는가.

"경국의 법률에 따라, 폐하께서 의식이 없어 정사를 보지 못하시니, 내가 스스로 감국(監國, 황제의 임시 부재 시 황제를 대신하는 직위)의 지위에 올라도 되겠는가?"

옅은 황색 옷을 입은 소년이 용감하게 성벽 위에 서서 카랑카랑한 목소리로 외쳤다. 야오 태감이 떨리는 목소리로 나지막이 말을 건넸다.

"폐하께서 이제 혼수 상태에 빠지셨고, 아직 7일이 지나지 않았습니다."

"그럼 이 상황을 손을 놓고 보고만 있자는 건가? 경국의 명장들이 이유 없이 죽어 나가는 것을 보자는 건가!"

야오 태감은 심장이 다시 '철렁' 했다.

"전하, 국사(國事)에 대해 어찌 종이 말을 하겠습니까……단지, 폐하께서 깨신 후에 혹시라도……."

"두려워할 것 없다. 모두 물리거라."

리청핑은 광장 너머로 시선을 멀리 두며 곁눈으로 자신의 형이자 스승인 사람을 힐끔 보았다. 하지만 그는 눈빛에 자신이 꺼내지 말아야 할 어떤 감정도 드러내지 않았다.

"저들이 광장을 벗어나면, 그때 다시 추격을 하거라. 그렇게 하면 부황께 드릴 말씀도 있고, 경국의 아까운 명장들도 죽이지 않을 수 있다."

야오 태감은 당황했지만, 만약 황제가 정말 정신을 차리지 못하면, 내일이라도 황제의 자리에 올라갈 수 있는 3황자의 명이었다.

그때, 황제가 의식을 잃기 전 남긴 또 다른 명은 은밀하지만 신속하게 이행되고 있었다. 황실의 고수들은 황궁을 몰래 빠져나와 황궁 왼쪽의 시냇물을 따라 산림을 가로질러 가장 빠른 속도로 징두성 동쪽에 도착했다.

오는 길에도 적성루에서 들려오는 굉음을 몇 번 들었던 터라, 고수들은 최대한 긴장을 억누르고 네 방향으로 달려들어 적성루를 포위했다. 그리고 몇몇 고수들이 재빠르게 옥상으로 올라갔다.

정적.

누군가 있었던 흔적은 눈 속에 뚜렷이 남아 있었지만 사람을 발견할 수 없었다. 샅샅이 뒤졌지만 단서도 없었고, 흔적은 뚜렷했지만 뒤처리가 된 상태라 형체를 추측하기도 힘들었다.

그들이 허탈해하고 있을 때, 적성루 밖 골목 어귀를 지키던 황실 호위 병사 한 명의 얼굴이 창백하게 질려가고 있었다. 폐허에 가까운 적성루 주위에는 행인이 거의 없었는데, 하인 한 명이 싸구려 모피처럼 보이는 하얀 외투로 단단히 몸을 감싸고 걸어갔다. 그 모피가 바람에 살짝 뒤집혀 질 때 모피의 안쪽 면이 아주 잠시 노출되었다.

'깨끗하다. 진귀한 모피. 이놈이 어떻게 이런 것을……?'

호위의 동공이 수축되며, 그 소년을 재빨리 막아섰다. 동시에 동료들에게 알리기 위해 입을 열었다.

"여……."

그의 눈앞이 흐려지며 아래턱부터 마비되는 느낌이 들었다. 그리고 곧바로 골목의 담벼락에 기대서 죽음을 맞이하였다.

소년은 재빨리 병사의 턱 밑에 박혀 있던 침을 수습하고, 다시 한번 모피 외투로 몸을 단단히 감싸며 골목을 빠져나와 징두의 눈보라 속에서 순식간에 그 자취를 감추었다.

징두성의 눈보라는 점점 더 거세졌다. 하지만 황궁은 봉쇄되었고, 그 안에서 무슨 일이 벌어지고 있는지 아는 대신은 아무도 없었다. 판시엔의 엄벌을 청하던 도찰원 어사들은 일찌감치 감사원 명에 의해 각 부처에 감금되다시피 했고, 조정을 총괄하던 후 대학사조차 황성에 접근하지 못했다.

하지만 대부분의 시선은 한 곳으로 쏠렸다. 판씨 저택. 판시엔이 들어간 이후에 모든 상황이 벌어졌기 때문이다. 하지만 판시엔과 황제의 협상 결과는 아직 그곳에 반영되지 않은 듯 보였다. 사실 그것은 황제의 뜻이 아니라 판씨 저택 여주인의 의사였다.

린완알은 여전히 저택에 남아 자신의 남자가 돌아오기를 기다리고 있었다. 그가 돌아오지 못한다면, 자신이 징두를 떠나는 것도 의미가 없다고 생각했기 때문이다.

"뤼뤼는 아직 안 일어났어?"

완알은 온화한 미소를 지으며 아이에게 음식을 먹이는 스스에게 물어봤지만, 그 미소에 담긴 옅은 슬픔까지 숨기기는 어려웠다.

"깨우러 가야 하나?"

그때 마침, 어젯밤 황궁에서 풀려난 뤼뤼가 방 밖으로 느릿느릿 걸어 나왔다. 평소와 다름없는 옷차림. 그녀는 새언니를 보고 살짝 미소를 지으며 의자에 앉아 젓가락을 들었다.

젓가락을 든 손은 안정되어, 조금의 떨림도 없었다.

정월 초. 평소 같으면 붉은 폭죽이 터지며 종이 부스러기가 어지럽게 눈과 함께 날리고, 코를 찌르는 폭죽 냄새가 길가에 풍겨 경사스러움을 더했을 시기. 하지만 경력 12년의 설날 연휴는 불편함을 넘어 암담하기까지 했다.

계엄이 내려졌다. 조정에서 대신들을 죽인 범인을 알아냈고, 황궁 근처에서 체포 작전이 펼쳐지고 있다는 소식이 민가에 퍼졌다. 그와 함께 이 사건에 황제에게 모든 관직이 빼앗긴 판시엔이 연루되었다는 소문과 자객 중 북제와 동이성 출신이 포함되어 있다는 소문이 들려왔다.

징두의 성문은 엄격하게 봉쇄되었다.

조정의 검문검색에 감사원이 합류하였다. 판씨 저택에 대한 수색은 세 차례나 진행되었지만, 모두 헛수고였다. 옌빙윈이 직접 이끄는 수색대는 서쪽으로 달려가 왕치니엔 조직의 가장 은밀한 거점을 찾아냈다. 서량로에서 상황 전개로 미루어 볼 때, 그렇게 놀랄 만한 일은 아니었다. 하지만 그곳에도 사람의 흔적은 없었다.

옌빙윈은 저택의 정원 입구에 서서 미간을 찌푸렸다.

'어디 숨은 거지? 판 대인이 크게 다쳤다고 했는데……조력자가 없다면 멀리 도망갈 수는 없었을 텐데…….'

수색은 심지어 징왕 저택과 류씨 국공 저택까지 확대되었지만, 판시엔의 행방에 대한 단서조차 찾을 수 없었다. 옌빙윈은 지친 몸을 이끌고 우선 자신의 저택으로 향했다. 그는 부인이 건네주는 뜨거운 수건을 받아 눈두덩이를 닦은 후 망연자실한 표정으로 의자에 앉았다.

"무슨 일이에요?"

"대단하네. 광장을 벗어날 때 의식도 제대로 없었다고 들었는데, 이런 포위망을 뚫고 사라졌단 말이야…….

"다른 자객들은요?"

"생포한 자는 없고, 몇몇은 죽었소."

옌빙윈은 그제서야 부인의 표정이 좀 이상하다는 것을 알아챘다.

"왜 그러시오?"

션씨 아가씨는 억지로 미소를 지으며 대답했다.

"아무것도 아니에요. 저녁 때 아버님께 문안 인사를 드리러 갔었는데, 안 계시는 것 같아서…….

옌빙윈의 얼굴이 살짝 굳었다. 그는 아버지가 황제의 사람이 아니라, 뼛속까지 천핑핑과 감사원의 사람인 것을 알았기 때문이다. 옌빙윈은 어색한 미소를 지었다.

"마실이라도 가셨나…….

그는 재빨리 말을 덧붙였다.

"집에 붙어 있고, 당분간 아무도 만나지 마시오. 내가 아버지를 만나러 가 보겠소."

옌빙원은 자신의 방에서 나와 복도 앞의 커다랗고 조악한 가산(假山)을 지나 아버지의 방에 도착했다. 그는 머리가 희끗희끗한 아버지에게 공손히 예를 올렸고, 아버지는 그를 힐끔 보고 평소와 다름없는 말투로 먼저 말했다.

"판시엔이 집에 오진 않았다. 그가 네 그물망에 몸을 내던질 만큼 멍청한 사람은 아니지 않느냐."

옌빙원은 한참 침묵하다 힘겹게 입을 열었다.

"감사원의 일입니다. 아들이 그것에 사적인 정을 끼워 넣을 수는 없습니다."

"이 집안에 숨어 있다는 것이냐? 이 저택에 그럴 만한 곳이 없다는 것은 네가 더 잘 알지 않느냐?"

옌빙원은 더 이상 대꾸하지 않고 조용히 예를 올리고 물러났다. 그리고 방으로 돌아오다 가산(假山) 위에서 녹아내리는 눈과 살짝 마른 이끼를 보며 자신이 뭔가 중요한 것을 놓치고 있었다는 생각이 번쩍 들었다.

다행히 겨울이었기에, 암실이 그렇게 습하지는 않았다. 하지만 여전히 어두웠고, 몸 안의 경맥들은 만신창이가 되어 있었다. 가끔 참지 못해 신음이 흘러나왔고, 경맥이 찢어지는 고통에 진기를 운용하기도 쉽지 않았다. 이번에는 부드러운 천일도 진기도 그다지 큰 도움이 될 것 같지 않았다.

시간을 두고 천천히 회복하거나, 외부의 진기나 천지의 원기에 기대어 볼 수밖에. 하지만 도움을 줄 사람도 없었고, 공기 중의 원기는 너무 희미했다. 심지어 지금 그는 좁은 암실에 갇혀 있는 것과 다름없었다.

하지만 몸의 외상은 이미 치료가 되어 있었고, 좋은 약재와 한약들도 충분히 있었다. 심지어 바닥에는 정신을 맑게 하고 체력을 보충할 음식과 맑은 물이 가득 놓여 있었다.

밀실이었지만, 특별히 부족한 것은 없었다.

"음……."

무너져 내린 가슴뼈가 다시 은근히 아프기 시작했다. 황제의 주먹, 총성……그 후로 기억이 희미했지만, 지금 포위 상황과 수색망을 볼 때 황제가 총을 맞고도 죽지 않았을 거라 확신했다.

하이탕의 품에 기절했던 그는 첫 번째 총성에 정신이 번쩍 들며 황성을 바라보았다. 그는 황제 외에 가장 먼저 반응을 보였지만, 그도 상자가 징두에 있다고는 생각하지 못했었다. 그리고 황제의 판단과 일치하게 저격수가 우쥬 삼촌은 아니라 확신했다. 삼촌이었다면, 상자를 사용하는 것은 별론으로, 모든 장군과 병사들을 없는 사람 취급하며 황성으로 돌진했을 것이었다.

'총을 쏜 사람은 과연 누구일까?'

사실 하늘에서부터 내려온 듯한 저격총의 공격은 판시엔의 계획에 없었다. 그의 탈출 계획은 원래 다른 것이었는데, 사태가 전혀 생각지도 못하게 진행된 것이다.

'그래도 살았잖아? 그리고 홍쥬가 위험을 무릅쓸 필요가 없었으니 이렇게 된 것도 괜찮네. 그런데……이제 어쩌지?'

판시엔이 총 소리를 듣고 다시 기절한 후 깨어났을 때에는, 일행들이 그를 데리고 정신없이 쫓기고 있었다. 천하의 절세 고수들이었지만 화살 공격에 의한 부상 때문에 많이 죽고 마지막에는 다섯만 남게 되었고, 판시엔은 자신이 짐이 된다는 생각에 일행으로부터 매몰차게 떠나려 했다. 그리고 마지막까지 검려 제자 하나가 자신의 생명을 대가로 치르며 하이탕을 만나기로 한 장소로 판시엔을 데려다

주었고, 그 후 겨우 겨우 이 저택에 숨어들어온 것이다.

판시엔은 마지막에 죽은 검려 제7 제자의 눈빛이 잊히지 않았다. 그 눈빛을 떠올리며 자신이 이번에 너무 많은 사람들에게 빚을 졌다는 것을 새삼 깨달았다. 그래서 이번에 자신이 살아남을 수 있다면 더 이상 숨지 않고 그들 목숨의 빚을 갚아야겠다고 다짐했다.

그는 결연한 생각을 하며 고개를 끄덕이고 옆에 있는 물을 집어 마시려는 찰나, 갑자기 몸이 굳어 버렸다. 그가 고개를 들었을 때, 어두운 밀실의 벽에서, 마치 밖에서 누군가가 자신을 보고 있다는 느낌을 받았기 때문이다.

밀실의 문이 열렸다.

기름이 잘 발라져 있어 아주 미세한 소리만 났고, 마치 무성영화의 한 장면처럼 담담한 시선이 밀실 밖으로부터 판시엔에게 향했다. 판시엔은 밀실 밖의 익숙한 형태의 그림자를 침착하게 바라보며 말했다.

"난 네가 날 발견하면, 쇠망치로 한 대 갈기고 시작할 거라 생각했는데."

가산(假山)의 뒤에서 밀실 안을 바라보는 옌빙윈의 눈빛에 복잡한 마음이 그대로 드러났다.

"아버지는 어렸을 때부터 이곳에 올라가지 말라고 엄명하셨지만, 어린아이인 제가 그것을 어떻게 참을 수 있었겠어요."

"처음 이 저택에 왔을 때부터 가산이 너무 크고 조잡해서 문제가 될 수 있다고 생각했는데, 옌 대인이 내 말을 안 믿더라고. 나도 그리 생각했으니, 네가 날 발견하는 게 의외는 아니네."

"아버지는 제가 이 비밀을 알고 있다는 사실을 모르실 거예요. 아니었다면 여길 선택하지 않으셨겠죠."

"난 평생 운이 좋았으니, 이제 나쁠 때도 되었지."

"감사원 공적 임무에 사적인 감정이 개입되면 안 된다고 말씀드렸는데……특히, 경국을 위해서 대인이 북제로 가는 것을 절대 허락해 드릴 수 없어요."

"북제로 가지 않아. 난 단지 신묘에 놀러가 볼까 하는 건데……어떻게 협상이 될까?"

"제가 대인의 비밀에 대해 가장 잘 아는 사람 중 하나 아닐까요? 몇 년 동안 거점을 조금씩 북제로 옮기고, 판스져도 샹징에 있잖아요. 그런데 그 말을 저에게 믿으라고 하시는 거예요?"

"나도 경국 사람이야. 그리고 폐하와 약속도 했어. 내가 살아만 있으면, 폐하께서 내 사람들을 숙청하지 않고, 나도 조정과 황실에 더 관여하지 않기로. 내가 북제로 갈 우려는 안 해도 돼."

"그건 한 나라에 관련된 일이고, 천하 백성의 생사에 영향을 끼치는 일인데, 제가 어떻게 안심할 수 있을까요? 전 대인과 폐하의 약속을 모르는데, 만약 대인이 약속을 어기고 북제로 가서 분노를 참지 못하고 나쁜 일이라도 저지르면 어떻게 합니까?"

"나쁜 일? 내고의 기술을 북제로 빼돌리는 것을 말하는 거야, 아니면 북제를 선동해서 경국과 전쟁하게 만드는 것을 말하는 거야?"

판시엔은 조소를 띠며 말을 이었다.

"약속이라는 것은 지키라고 있는 거야. 폐하께서 그 약속을 지키신다면, 어떤 일도 발생하지 않아……너도 알겠지만, 이번 황궁에서의 일은 사소한 한번의 전쟁에 불과해. 내가 동원할 힘이 더 있다는 말이야. 그러니 폐하께서 마지못해서라도 어제 한 나와의 약속을 지키실 거야."

판시엔의 눈빛이 차가워졌다.

"천하를 혼란에 빠뜨리고 싶지 않으시면, 아무리 분노가 치밀어 올라도 참으셔야 할 거야. 내 사람들에게 손을 대시지 못해. 그리고 너도 잊지 마. 그들은 모두 너와 친분이 있는 사람들이고, 한때 너의 친구, 너의 동료였어. 지금 내가 죽어 버리면, 그들에게 살길이란 없어."

판시엔은 옌빙윈의 두 눈을 보며 똑똑히 이야기했다.

"친구였고 동료였던 사람들이 하나둘씩 죽어 나가길 바라?"

"대인이 이 일을 오래 생각하신 것 같네요. 하지만 하늘에 태양은 하나입니다. 대인이 살아 있으면, 경국이 겉으로는 평온해 보일지라도, 안으로는 대인 때문에 두 개로 분열될 거예요. 그것은 경국에 있어서 좋은 일은 아닌 셈이죠."

"난 내 사람들을 보호하기 위해서 살아남아야 해. 내 목표는 그거 하나야. 그리고 내가 멀리서 너와 폐하를 지켜보면, 경각심도 생기고 좋지 않나?"

"하지만 언젠가 대인이 죽으면, 감사원 관원들과 대인의 심복들도 언젠가는 그 대가를 치러야 해요. 폐하께서 감사원과 강남에 있는 대인의 사람들을 제거할 명분을 어떻게든 찾으시겠죠. 그러니 대인은 그들의 생명을 보호한다는 명분을 내세우시지만, 실제로는? 그들의 힘을 이용해서 폐하를 위협하는 것 아닌가요? 대인이 죽지 않고, 감사원을 사적으로 이용해, 대인의 뜻을 이루려 하는 거 아닌가요?"

"그럼 또 어때?"

"천 원장도, 심지어 대인도 이야기하지 않았나요? 감사원은 공적기구이니 사적으로 이용하면 안 된다고?"

"그래?"

판시엔은 조롱하듯 말했다.

"그럼 지금 폐하께서 감사원을 사적으로 이용하고 계시는데, 넌 왜 가만히 있지?"

옌빙윈은 기괴한 표정으로 판시엔을 쳐다봤다. 이해를 못 한 것인지, 충격을 받은 것인지는 알 수 없었다. 이 세상 모든 신하들에게는, 폐하가 곧 조정이자 경국이었고, 다시 말해 공(公)이었기 때문이다.

"네가 한 말을 잘 기억해. 감사원은 공적 기구야. 황제의 기구가 아니란 말이야. 황제의 자리에 앉았다고 마음대로 쓰면 안 된다는 뜻이야. 공적 기구는 인덕(仁德)을 갖춘 사람이 지휘해야 해. 나도 그런 사람이 아니지만, 지금의 황제가 인덕을 갖추었다고 말할 수 있을까? 어차피 나나 황제 늙은이나 그럴 인간이 안 된다면, 감사원을 누가 맡아야 할지는 간단한 문제지."

판시엔은 더 이상 옌빙윈을 보지 않고 차갑게 말했다.

"감사원은 예칭메이가 설계하고, 천핑핑이 나에게 남겨준 것이야. 황제가 왜 그것을 가져가는데? 그리고 넌 또 무슨 자격으로 이런 재미없는 대화를 하는 거고?"

판시엔은 무미건조한 말투로 꾸짖듯 말했다.

"감사원은 본래 황제를 감찰하기 위해 만들어진 기구였어. 그런데 황제의 사적 특무 기구가 된다? 그러면 네가 지금 맡고 있는 감사원장도 안 맡는 것만 못해."

'감사원이 황제를 감찰? 무슨 농담 같지도 않은 말을!'

판시엔은 곁눈으로 옌빙윈을 힐끔 바라보았고, 마음에 깊은 실망감이 생겼다. 하지만 서두르지 않고 그의 결정을 기다렸다.

'어머니의 영향을 받은 천핑핑, 다른 세상의 영혼을 가진 나 외에 누구도 그런 개념을 받아들이기는 힘들겠지……'

"이렇게 깊은 밤에 대화를 나누는 것 보니, 무슨 좋은 일이라도 있는 것이냐? 그럼 이 늙은이도 좀 끼워 주거라."

옌빙윈의 몸이 살짝 굳었다. 그리고 힘겹게 돌아섰다. 그는 아버지가 자신에게 무언의 경고를 하고 있다는 것을 알았고, 그는 저도 모르게 주먹을 꽉 쥐었다.

부자(父子)의 정(情) 그리고 옌씨 가문의 미래.

판시엔은 억지스럽게 웃으며 옌뤄하이에게 말했다.

"이제 다 끝났어요. 걱정 마시고 들어가세요."

그리고 고개를 돌려 옌빙윈에게 다시 말했다.

"내 말은 너의 귀에 들리지도 않는 것 같네. 됐고, 내가 징왕 저택에서 오래된 문서 몇 개를 감사원에 가져다 놨으니, 시간 날 때 가서 한번 봐봐."

옌빙윈은 더 이상 말을 하지 않고 그곳을 떠났고, 그제서야 옌뤄하이는 조용한 목소리로 온화하게 말했다.

"가산(假山)에 더 이상 또 다른 사람이 오지는 않을 겁니다. 안심하시고 쉬세요. 그리고 대인이 좀 전에 하신 감사원에 대한 말은 지극히 옳은 말입니다. 다만, 저 녀석이……조금이라도 이해할 수 있으면 좋으련만……."

"어느 노선생이 말했죠. 스스로 사고(思考)해서, 스스로의 목숨을 지켜라……모든 것은 경국을 위해……이런 사고를 가진 옌빙윈이 아버지의 생사도 개의치 않고 그 믿음을 증명하려 할 수도 있을 거예요. 어쨌든 모든 것은 대가가 있는 것이고……그래도 그가 스스로 잘 생각할 것이라 믿어요."

징두에서는 옌씨 부자 외에는 아무도 판시엔의 행방을 알지 못했고, 여전히 검거 작업이 한창이었다. 각 부처와 감사원 심지어 군까지 동원된 수색이었지만 조그만 단서 하나 찾을 수 없었고, 판시엔은 마치 유혼처럼 사람들의 시야에서 사라져 버렸다.

예중과 야오 태감은 정신없이 바빴고, 심지어 밤잠도 제대로 자지 못했는데, 하나 이상한 점은 감사원장은 여유롭게 감사원 안에서 진지하게 독서나 하고 있었다는 것이다.

옌빙윈은 판시엔의 말을 듣고 징왕 저택에 숨겨져 있었던 서신과 보고서들을 보고 있었다. 장장 3일 밤낮에 걸쳐 진지하게 그것들을 보고 있었다. 그 문서들은 예칭메이가 황제에게 보낸 것들이었는데, 경국의 장래에 대한 생각과 체계적인 계획들이었다.

'이건 대담한……아니 대역무도한 발상들 아닌가!'

옌빙윈은 보면 볼수록 감히 읽지 못할 부분이 많아 감사원 설치의 기원에 대한 글들을 주로 읽고 있었다.

세상에 왜 감사원이 존재하여야 하는가?

'경국을 위해, 폐하를 위해서 아닌가?'

옌빙윈의 생각과 달리 그 문서에는 황제에 대한 언급이 별로 없었다. 그리고 글자 하나 하나가 여전히 악마처럼 그의 마음속에 박혔다.

'그날 밤 나의 결정이 경국에 해가 되는 것은 아닐까…….'

옌빙윈은 또 고민하는 것이 있었다. 황실에서 징두를 수색할 때, 판시엔 외에도 비밀리에 어떤 물건을 찾으려 하는 것 같았기 때문이다. 그리고 황실이 그 물건을 판시엔보다 더 중시하는 느낌마저 받았다.

'황실이 찾으려고 하는 게 뭐지?'

그는 무거운 마음으로 습관처럼 밀실 창가로 걸어가 저녁 노을에 비쳐 붉은빛을 발하는 황성의 한 구석을 바라보았다. 유난히 눈이 부셨는지 눈을 가늘게 떴다. 멍하니 바라보던 그가 서랍 안을 뒤져 검은 천 하나를 찾아내서 찢어 조심스럽게 창문을 가렸다.

그는 황성이 시야에서 사라지자 비소로 마음이 가라앉은 듯했다.

황성 안에서 중상을 입은 황제는 혼수상태에 빠졌다가 깨어나는 과정을 반복하고 있었다. 그는 징두의 구체적 상황을 몰랐지만 가끔 깰 때마다 추격 명령을 내리며, 필사적으로 판시엔을 경국의 국경 안에 가두려고 했다. 하지만 의외로 북제와 동이성의 자객들에 대해서는 크게 신경 쓰지 않는 모습이었다.

눈발이 사그라들면서 황궁 앞 광장에 핏물이 섞인 눈이 흔적도 없이 사라졌다. 황성 성벽과 각루에 뚫려 있는 몇 개의 구멍들만 그날의 참혹한 현장을 말해주고 있었을 뿐.

판뤄뤄는 눈처럼 하얀 외투를 걸치고 황성 아래 성문 앞에 조용히 서 있었다. 간단한 조사를 끝낸 금군과 황실 호위들은 그녀가 차분하게 궁에 들어가는 것을 지켜보았다. 허 대학사의 죽음 이후로 황성 성문을 비롯한 징두의 각 성문은 전시와 같이 경계가 삼엄했지만, 그녀에게는 예외였다.

오늘 그녀의 입궁은, 황제의 특별 성지에 의한 것이었기 때문이다. 지금 황제를 치료할 수 있는 사람은 그녀밖에 없었다. 그녀의 의술이 뛰어나기 때문이 아니라, 황제의 상처가 내상이나 검에 의한 외상이 아니었기 때문이다.

그녀는 황성 입구에서 태의에게 황제의 상황을 면밀하게 들었다. 황제는 그녀의 총에 죽지 않았지만, 이상하게도 그녀의 마음에 특별한 실망감이 들지는 않았다. 그저 막연히 답답했을 뿐.

"궁에 들어가면 조심하고, 궁에 남아서 더 진료를 해야 하더라도, 집에는 꼭 소식을 전하고."

징왕 세자 리훙청이 그녀 옆에 서서 걱정스러운 표정으로 말했다. 황제의 중상을 치료하는 일은 중요한 일이었지만, 그 중상이 판시엔과 관련이 있었고, 판뤄뤄는 그의 하나밖에 없는 여동생이 아니던가. 훙청은 얼마전까지 그녀가 궁에 연금되었던 기억이 떠오르며 마음에 걱정이 앞섰다.

"응."

판뤄뤄가 싱긋 웃었다. 그녀는 훙청의 마음을 알고 있었기에 내색은 안했지만 속으로는 감동하고 있었다. 판시엔이 저지른 대죄는 벗어날 여지가 없었지만, 그래도 추밀원 부사로 임명된 리홍청은 용감하게 나서서 군대의 판씨 집안에 대한 압박을 상당히 줄여주고 있었다.

홍청이 아니었으면, 판씨 집안 전체가 어떻게 되었을지도 모른다.

어둡고 차가운 동굴 같은 성문에서 조용한 발소리만 울려 퍼지고 있었다. 판뤄뤄는 고개를 살짝 숙이며 오빠의 말을 떠올렸다.

'인생은 한 편의 연극이다.'

그녀는 자신의 인생이 극적인 것을 넘어, 다소 황당하다는 생각이 들었다. 자신이 황제를 저격해 중상을 입혔는데, 그 상처를 자신이 치료한다? 사실 판뤄뤄는 황궁 성문 앞에 도착할 때까지도 어떻게 자신이 반응하고 대처해야 할지 확신이 서지 않았다.

황제가 죽지 않았다. '다행히' 죽지 않았다. 그래서 판씨 집안이 멸문지화를 당하지 않았다. 황제가 죽었으면? 자신과 완알 그리고 아이들이 죽음을 당하지는 않았더라도, 궁에 평생 갇히는 신세가 되었을 것이다.

판뤄뤄는 새언니 완알에 대해 존경심마저 생기기 시작했다. 완알이 징두를 떠나 딴저우로 가지 않았기 때문이다. 그것은 판시엔을 기다린 의미가 컸지만, 그녀는 판시엔이 황제에게 가서 어떤 요구를 했을지 짐작하고 있었기에, 황제가 만약 그의 요구를 들어줬다면, 그 약속을 잘 지키는지 지켜보는 의미도 있었던 것이다.

징두 전체가 판시엔을 쫓고 있었지만, 판씨 저택은 아무런 문제가 없었다. 황제는 판씨 집안에 대해 멸문지화의 성지를 내리지 않았다.

황제가 있는 궁전이 가까워오자 판뤄뤄는 최대한 생각을 지우고 마음을 가라앉혔다. 사실 뤄뤄는 황제에 대한 개인적인 원한은 없었다. 적성루에서 저격총을 사용했던 것도, 황제에 원한이 있어서가

아니라, 황제보다 더 사랑하는 오빠가 무사히 도망가게 하기 위해서
였다. 그리고 20년 전에 죽은, 얼굴도 모르는 그 불쌍한 아이의 죽음
은 그녀에게는 너무 머나먼 이야기였다.

경력 12년 정월의 마지막 날. 경국 조정은 여전히 흔들리고 있었
고, 황제는 겨우 몸을 일으켜 정무를 보려 했지만, 그곳에 마음을 너
무 쓸 수는 없었다. 연로한 후 대학사가 일주일 내내 집에 돌아가지
않고 헌신하고 있었기에 그나마 조정이 '버티고' 있었다.

현재까지 자객 다섯의 죽음이 확인되었지만, 이름이 알려진 자 중
에 랑타오, 왕13랑, 하이탕 등 최소 3명의 행방이 묘연했다. 그리고
가장 중요한 인물 판시엔은, 그 그림자조차 발견되지 않았다.

하지만 황제는 그에 대해 아주 심각하게 생각하지는 않았다. 그의
경맥이 다 망가졌을 것이고, 최소한 1년 내에는 회복될 가능성이 없
다고 확신했기 때문이다.

사실 조정 대신들은 판시엔이 체포되지 않는 것보다 지금 황궁에
서 펼쳐지는 장면에 더욱 긴장하고 있었다. 지난 5개월 동안 보아왔
던 익숙한 장면이었지만, 지금은 너무나 생경하게 느껴지는 장면. 판
시엔의 여동생이 출궁한 지 하루만에 다시 들어와 황제 옆에서 시중
을 들고 있었다. 심지어 판시엔의 부인 린 군주(郡主)는 3일에 한 번
씩 입궁해서 황제에게 음식을 가져다주며 한담을 나누었다. 그리고
지옥이 될 것이라 생각했던 판씨 집안은 멀쩡했다.

멀쩡해도 너무 멀쩡했다.

이 모든 '표면적인 평화'가 2월 초하루에 드디어 깨졌다.

야오 태감은 그날 밤 어서방에서 황제와 오랜 대화를 나눴다.

그리고 다음날 황실의 고수들과 군대가 소리도 없이 옌씨 저택의
대문 앞으로 모여들었다.

'쾅.'

아침의 태양이 지면의 속박에서 벗어나려는 순간 옌씨 저택의 대문도 활짝 열렸다. 그 문으로 사방팔방에서 모여든 병사들이 사방을 경계하기 시작했다. 그리고 20여 명의 고수들은 저택의 담벼락을 뛰어넘어 후원의 가산(假山)으로 달려갔다.

야오 태감은 저택 밖에서 차분한 표정으로 기다리고 있었다.

이번 행동은 감사원에 알리지 않았고, 황실과 군대에서도 몇몇에게만 전해지며 극비로 진행되었다.

장소가 현임 감사원장의 저택이었기에.

옌빙윈은 침대에서 일어나 자신의 허락도 없이 집안을 샅샅이 수색하는 사람들을 냉랭하게 바라보았다. 그는 이 장면을 예상하지 못했지만, 표정만은 침착했다. 그는 보통 사람과는 비교할 수 없을 정도로 마음이 단단했다.

그의 부인 셴씨 아가씨가 침대에서 천천히 몸을 일으켜 앉으며 떨리는 목소리로 물었다.

"무슨 일이에요?"

옌빙윈은 고개도 돌리지 않고 차가운 목소리로 반문했다.

"무슨 일인지 모른다 하는 것이오?"

부인의 얼굴이 굳었다.

그녀는 한참 후 더욱 떨리는 목소리로 물었다.

"그게 무슨 의미예요?"

"이건 나와 아버지만 알고 있는 일이오. 하지만 처음에 당신이 나에게 귓뜸해 준 일이고."

옌빙윈은 쓴웃음을 지었다.

"내가 당신에게 잘못한 일이 많았지. 하지만 시간이 많이 흘렀으니, 당신도 다 잊은 줄 알았소. 그리고 우리는 이미 부부가 되었잖소. 그래서 당신이 여태 앙심을 품고 옌씨 집안을 망하게 하려는 줄은 정말 몰랐었소."

"제가 어떻게 그런 생각을 가지겠어요? 그는 대역죄인인데, 조정이 그가 여기 있는 걸 알면 저희 집안이 어떻게 되겠어요? 그는 원래 대단한 사람이니 몰래 혼자 들어왔다고 하면 조정도 믿을 거예요."

"제보를 했으니 공도 세운 셈이지만, 여전히 그를 비호해 준 죄는 남소. 내가 정말 이해가 안되는 것은, 당신이 왜 이런 일을 벌인 것이냐는 점이오. 당신은 북제 사람인데, 언제부터 경국의 조정에 이토록 충성하였단 말이오?"

"그게 무슨 소리예요? 전 당신의 아내예요. 그리고 '그 일'이 당신과 상관없다 해도, 판시엔과도 아무런 관련이 없나요?"

부인의 목소리는 크지 않았지만, 그 안에 한이 가득 담겨 있었다. 그녀는 옌빙원의 뒷모습을 보고 통곡하며 말했다.

"북제 황제가 한 일이라구요? 제가 정말 모를 줄 알았어요? 판시엔과 하이탕의 생각이었잖아요!"

그녀는 원한이 가득 찬 눈빛으로 조롱하듯 말을 이었다.

"그런데 제가 뭘 할 수 있죠? 판시엔은 당신 상사이고 친구고, 실제로는 그를 존경하고 있지 않나요……그런데 저같이 하찮은 사람이 당신에게, 저의 집안사람 2백 명에 대한 복수를 해달라 바랄 수 있을까요?"

그녀는 이제 아무리 해도 눈앞에 있는 남자의 마음을 되돌릴 수 없다는 것을 깨달았다.

"그가 감히 제 근처로 도망왔으니, 그리고 저에게 들켰으니, 제가 어떻게 이 기회를 놓칠 수가 있을까요?"

그녀는 온몸이 떨리기 시작했는데, 그제서야 자신이 얼마나 큰 일을 저질렀는지 깨닫기 시작했기 때문이다. 하지만 이미 엎어진 물.

옌빙윈은 얼굴이 살짝 굳었지만 한숨만 짧게 내쉬었을 뿐 더 이상 아무 말도 하지 않았다.

그때, 집안 정원 쪽에서 차가운 목소리가 울려 퍼졌다.

"이게 무슨 짓이냐!"

그 소리를 들은 황실의 고수와 군대 병사들은 아무런 말도 할 수 없었다. 그들 눈에 보이는 것은 먼지 가득한, 마치 아무도 머물지 않은 듯한 옌씨 집안 정원 내 가산(假山)의 밀실이었기 때문이다.

"내가 옌씨 저택에 있을 때 걱정한 적은 한번도 없어."

판시엔은 편안하게 마차 벽에 기대며 말했다. 아직 경맥은 다 망가져 있어 폐인과 다름없었지만, 그는 나름 흡족하고 있었다. 어쨌든 징두를 벗어났지 않은가.

판시엔은 이 순간 옌씨 저택에 무슨 일이 일어났는지, 션씨 아가씨가 자신을 밀고했는지 전혀 모르고 있었다. 단지 그는 옌뤄하이의 능력을 줄곧 믿고 있었을 뿐.

지금 마차를 모는 이는 감사원 관원이었지만 판시엔도 잘 모르는 사람이었고, 왕치니엔 조직원도 아니었다. 하지만 옌 대인이 붙여준 사람이었기에, 그것만으로도 판시엔은 그를 충분히 신임할 수 있었다.

"다 '원장 대인'의 복입니다. 아니었다면 '원장 대인'도 대인이 징두를 벗어나게 할 기회를 만들지 않았을 것이니까요."

전자의 원장 대인은 판시엔, 후자의 원장 대인은 옌빙윈일 것이다.

"그리고 옌 원장 대인이 이 말은 꼭 전하라 하셨습니다. 대인이 원장 대인에게 약속한, 북제에 가지 않고, 조정을 배신하지 않는다는 말은 꼭 지키라고."

"죽일 놈의 얼음 덩어리 새끼……안 한다 했으면 당연히 안 하는 거지 그걸 또……."

판시엔은 품에서 서신을 하나 꺼내 관원에게 건넸다.

"징두로 돌아가면 이 서신을 옌빙윈에게 전해줘. 그리고 어떻게든 폐하의 책상 위에 올려 놓으라고 하고."

서신의 내용은 간단했다.

'이미 징두를 벗어났다. 그날 밤 했던 협의는, 황제의 말은 천금과 같으니 지켜달라. 폐하의 건강을 기원한다.'

당연히 이 서신도 징두에 갇혀 있는 친지와 친구들을 위한 것이었다. 황제의 유일한 목표는 자신이었으니, 자신이 징두를 이미 벗어나 도망갔다면, 아무리 국력을 낭비해 봐야 황제에게 무슨 의미가 있겠는가.

마차는 징두 밖을 여러 번 돌고, 마차를 끄는 관원도 여러 번 바뀐 후, 장장 3일을 꼬박 쓰고서야 징두 근처의 다저우성 밖에 도착했다. 이곳에 온 것은 당연히 다저우성에 들어가는 모험을 하기 위함이 아니었다. 누구를 만나기 위함이었다. 판시엔은 그 사람의 얼굴을 보고 저도 모르게 웃음을 터트렸다.

"왔어? 이제 좀 안심이 되네."

북제에 소식을 전하고 돌아와 이곳에서 늙은이로 분장하고 그를 기다리고 있던 왕치니엔. 주름 분장을 너무 많이 한 그가 인상을 찌푸리자 정말 곧 죽을 것같이 보였다. 그리고 웬일인지 대꾸도 하지 않고 고개만 저었다. 판시엔의 상처를 보며 마음이 너무 무거웠기 때문이다.

"난 뭘로 변장하지?"

왕치니엔은 꽃무늬 천과 분을 품에서 꺼내며 억지 웃음을 지었다.

"제 며느리로……."

판시엔은 쓴웃음을 지으며, '며느리'에 어울리지 않게 말했다.

"참나, 이럴 거면 내가 늙은이가 되는 게 낫지."

왕치니엔은 '시아버지'에 어울리게 웃었다.

판시엔이 옷을 갈아입는 동안 왕치니엔이 슬쩍 질문을 던졌다.

"대인, 처음부터 징두에서 나오실 수 있다 생각하신 거예요?"

"내가 신(神)이야? 나도 상황 변화를 따라가기 힘들어."

판시엔은 다시 한번 쓴웃음을 지었다.

"물론 내가 황궁에서 이겼다면 징두를 나올 필요가 없었겠지. 그런데 '의외로' 져버렸네. 그러니 일단 뭐 살아남고 봐야하지 않겠어?"

"그런데 대인 그곳은……사람이 갈 만한 곳이 아니라고……살아 돌아온 사람도 거의 없고, 만약 범인(凡人)이 가면……죽음을 피할 수 없다고……."

"누가 그래? 쿠허, 샤오은도 살았었고, 엄마도 살았었고, 삼촌은 아직도 살아 있는데?"

판시엔은 마치 그들의 환영을 쫓는 듯한 느낌이 들었다.

"그런데 이번에는 살아남는 것만으로는 부족해. 신묘에서 삼촌을 찾는 것 외에는 방법이 없어. 그러니 막을 생각 하지도 마."

"막다니요……이 세상에서 누가 감히 대인을 막을 수 있나요? 대인을 막은 사람들은 다 죽었는데……물론 폐하는 제외하고. 그런데 신묘가……황궁은 아니잖아요. 신선들이 산다던데, 혹시 대인이 몇 년 동안 못 찾고, 헤매고, 그럼 대인이 괴로워하고, 그 고통이 고통이……."

왕치니엔은 누구에게 하는 말인지 계속 중얼댔다.

"우리들의 목표가 '괴롭게 살지 말자' 아니야? 너무 겁먹지 마."

천하를 잃었으니, 천상을 찾아갈 수밖에.

왕치니엔은 말고삐를 당기며 만난 후 처음으로 '의미 있는 질문'
을 했다.

"그런데 어떻게 가나요?"

"북쪽, 계속 북쪽, 북쪽으로 쭈-욱."

제11장

설(雪)

바람은 북쪽에서 불어왔고, 사람은 북쪽으로 걸어갔다. 마차는 산을 넘고 옌징과 창저우 사이 황야에 도착했다. 이제 며칠 더 가면 북해를 지나 북제의 국경으로 들어갈 것이다.

2월 말이었는데 그곳에는 아직도 눈이 내리고 있었다. 왕치니엔은 우의를 입고 있었지만, 가리지 못 한 얼굴의 눈썹에는 눈이 소복이 쌓여 있었고, 수염은 이미 얼어버렸다. 하지만 그 눈빛만은 어느 때보다 날카롭게 주위의 의심스러운 움직임을 살폈다.

왕치니엔은 이미 중년이었다. 하지만 큰 눈보라에도 불구하고 그는 여전히 피곤한 기색을 보이지 않았다. 몸은 원숭이처럼 왜소했지만, 근육과 뼈에는 아직도 힘이 넘쳐 보였다.

그는 이 여정에서 한때 도적이었던, 감사원의 두 '날개'라 불리울 만한 자신의 실력을 유감없이 발휘했다. 변장도 바꾸고, 위조한 각종의 문서들로 수많은 관문의 검사를 통과해서 결국 국경 근처까지 안전하게 도착했다.

산의 작은 계곡을 넘고 눈앞에 작은 나무 다리를 보고서야, 왕치니엔은 비로소 한숨을 돌릴 수 있었다. 하지만 적국의 땅에 도착해야지만 안정감을 느낄 수 있는 지금 자신의 처지가 다소 어색하게 느껴졌다.

판시엔은 몸에 걸친 두꺼운 양가죽 외투를 여미며 기침했다. 마차 창문 장막을 살짝 걷어 밖을 보니 익숙한 나무 다리가 보였다.

우두허.

처음 북제에 사절단으로 갈 때 지나갔던 곳. 하이탕을 만났던 곳.

하지만 그는 더 이상 징두에서 시선(詩仙)이라 불리우지 않았고, 그의 몸도 그때처럼 건강하지 않았다. 진기가 바닥났으니, 상처가 호전될 기색이 없었다.

'하이탕과 왕13랑은 징두를 무사히 빠져나왔나?'

판시엔은 그림자의 안전은 걱정하지 않았다. 평생을 어둠 속에 살아온 그는 어떤 신분으로든, 어느 무리에 섞여서든 목숨 정도는 부지할 수 있을 거라 생각했다. 하지만 하이탕과 왕13랑은 달랐다. 그들은 절세 강자였지만, 삶을 영위하는 능력은 또 다른 이야기였다.

판시엔은 징두 소식을 잘 몰랐다. 옌뤄하이에게 들은 마지막 소식은 황제가 깨어났다는 것이었고, 연락한 사람도 왕치니엔밖에 없었다. 이는 심복들의 안전을 생각한 것도 있었지만, 황제와의 약속을 지키는 것이기도 했다.

'쌩.'

창문 틈으로 칼바람이 불어왔다.

'여기도 이렇게 추운데 극지방은 괜찮을까? 지금 이 몸으로 버텨낼 수나 있을지······.'

그는 조금은 걱정스러운 얼굴로 창밖의 겨울숲을 바라봤다. 그리고 꽃 바구니를 들고 있던 그녀를 떠올렸다.

'하이탕이 있었다면 좀 더 안심이 되었을 텐데······.'

판시엔은 눈을 한번 비볐다.

'환영을 봤나?'

판시엔의 얼굴에 미소가 번졌다.

'신은 정말 있는 것인가?'

"약 드세요."

마차가 다리를 건넜고, 왕치니엔은 마차를 세우고 손을 비비며 올라와, 난로 위에 달여진 약 단지에서 한 그릇을 덜어 판시엔에게 건넸다. 오는 길에 판시엔의 기침소리를 듣고 계속 걱정하던 그였다.

판시엔은 약 사발을 받아 드는 대신 손가락으로 창밖을 가리켰다.

"약은 저기 있는데?"

판시엔이 무엇보다 기뻤던 것은 우두허에서 자신을 기다리던 사람이 하이탕 하나가 아니었다는 것이다. 왕13랑도 함께 있었다.

"너희들이 나보다 일찍 도착할 줄이야."

"우리가 징두에서는 더 늦게 나왔어."

하이탕은 징두를 떠올리자 아픈 기억이 떠오르며 꽃다운 미소가 살짝 옅어졌다.

"그런데 네가 징두를 나갔다는 소문이 돌면서 수색망이 좀 느슨해지길래 재빨리 도망쳤지."

"살아 있으니 됐어. 우리들 사이에 고맙다는 말이 필요 없겠지만······징두 일은, 너희들의 그 괴물 스승들이 그토록 바라던 일이었으니, 너희들이 나에게 고맙다고 해야겠네."

"어려운 일을 겪었는데, 조금은 성숙해져야 하는 거 아니야?"

"성숙? 난 20년 전부터 이미 성숙했어. 이제야 다시 청춘의 맛을 느끼기 시작했는데 어찌 포기할 수 있겠어?"

판시엔은 고개를 왕13랑에게 돌렸다.

"상처는 좀 어때?"

"당신 아버지 진기가 엄청나긴 하네요. 오른팔 경맥과 근육들이 다 망가져서, 도무지 치료할 방법이 없어요."

검에 살고 죽는 검객이 손을 쓸 수 없게 되었는데, 왕13랑은 여전히 담담하고 의연했다. 옆에 있던 하이탕이 다소 걱정스러운 말투로 말을 덧붙였다.

"오는 길에 내가 시도해 봤는데, 효과가 그저 그렇네."

"내가 한번 볼게."

판시엔은 말과 함께 두 손가락으로 왕13랑의 맥을 짚었다. 그는 더 이상 말을 하지 못 하고 표정만 점점 더 어두워졌다.

"제가 평생 얼마나 많은 부상을 당했었는데……별거 아니에요."

"샹징에 가서 좋은 금침(金針)을 사서 내가 한번 치료해 볼게……."

판시엔은 천천히 고개를 돌려 하이탕에게 말했다.

"우리끼리 숨길 필요가 뭐 있어? 왕13랑에게 〈천일도〉를 전수해 줘."

하이탕이 망설이지 않고 고개를 끄덕였다. 판시엔 전신의 경맥이 터졌을 때에도 천일도의 심법으로 회복했으니, 왕13랑에게도 효과가 있을 수 있었다. 지금까지 담담하게 있던 왕13랑의 마음이 흔들렸다.

"진짜 고칠 수 있을까요?"

"모르지. 그래도 해 볼 가치는 있어. 적어도 밥 숟가락은 뜨게 할 수 있지 않을까? 그래도 원래 실력을 되찾기는 힘들겠지⋯⋯일단 왼손을 단련하는 게 좋아. 예전에 왼손으로 이름을 날린 검객이 있었다지? 물론 그도 오른손이 더 강하긴 했지만. 어쨌든 너도 그처럼 양손 다 쓸 수 있게 되면 더 대단해지지 않을까?"

"그럼 왼손 먼저 훈련해 보고, 틈틈이 오른손도 시도해 보죠."

하이탕은 둘의 대화를 들으며, 또 판시엔의 얼굴을 보며 황궁에서의 전투를 떠올렸다. 그녀가 황궁 전투에서 놀란 것은 황제의 실력뿐만은 아니었다. 판시엔의 실력도 이미 9품 상을 넘어선 듯 보였다.

"너 혹시⋯⋯어떤 깨달음을 얻은 거야?"

"깨달았다면 그렇게 처참하게 졌겠니?"

이 말에 세 젊은이는 일제히 침묵에 빠졌다.

그들은 황제에게 상처를 입힐 수 있었지만, 그뿐이었다. 그리고 그 불가항력적인 위압감이 아직도 전해지는 것 같았다.

"세상에 신(神)은 없어. 지금 황제는 나보다 더 상처가 심할 거야. 만약 내가 폐인이 되지 않았고, 13랑의 오른팔이 이 지경이 안 되고, 네가 피를 토하지 않았다면⋯⋯지금 바로 황궁으로 쳐들어가는 게 가장 좋은 선택이었겠지."

하이탕이 살짝 웃었다. 그런 무모한 계획도 판시엔이니까 떠올릴 수 있다 생각했기 때문이다. 그녀는 그를 지긋이 바라보며 물었다.

"네 상태는 어떤데?"

"13랑보다 심해. 사실, 회복되지 않을 거라 생각하는 게 더 마음이 편해. 그래서 신경 안 써. 그리고 아이가 싸움으로 어른을 이기지 못하면, 집안 어른을 찾아가는 게 천고의 진리 아니겠어?"

하이탕은 이해하지 못했다. 그래서 그녀는 호수 같은 눈에 피곤함을 거두어들이며 화제를 바꾸었다.

"황궁 앞에서 번개처럼 내려치던 거⋯⋯넌 혹시 뭔지 알아?"

"상자야. 나의 상자. 쿠허나 스구지엔이 너희들에게 말했을 것 같은데? 그렇다고 날 이상하게 보지는 마. 나도 지금 상자가 누구에게 있는지 몰라. 그리고 그것이 너희들이 생각하는 것만큼 공포스러운 것도 아니야. 그게 정말 신의 무기였다면, 황제가 중상을 입었겠어? 이미 죽었겠지."

하이탕은 잠시 진지하게 고민하다 다시 물었다.

"사실 가장 궁금한 게 하나 있는데……넌 처음부터 황제를 견제했지만, 경국을 혼란에 빠트리지 않으려는 마음이 더 컸잖아. 그런데 왜 조용히 숨어 살 생각은 안 하고 싸운 거야?"

판시엔은 한참 침묵하며 진지하게 고민했다. 그리고 마침내 더욱더 평온하고 침착하게 그리고 부드러운 목소리로 대답했다.

"첫째, 난 내가 그와 평등하게 대화할 자격이 있다는 걸, 황제에게 알려주고 싶었어. 그러기 위해서는 내가 먼저 용기를 내서 그의 면전에서 이야기를 해야 했지. 둘째, 숨어 사는 것도 방법이긴 한데, 황제는 내가 그의 통제에서 조금이라도 벗어나는 걸 용납하지 않아. 그리고 무엇보다 중요한 것은……내가 그러고 싶지 않아."

판시엔은 두 눈을 감고 말을 이었다.

"예류윈이나 페이지에 스승님처럼 해외로 나갈 수도 있었겠지. 대륙에서 사람이 얼마나 죽어가도 나와 상관없는 일로 여기면서. 하지만 그렇게 되면……아무도 황제를 막을 수 없을 것이고, 역사에는 황제가 '옳다'고 적힐 것 아니야."

역사에 황제가 '옳다'고 적히면, 예칭메이의 모든 것은 사라질 테고, 천핑핑도 천하의 악당이자 대역죄인이 되어 처형당했다고 적힐 것이었다.

'이 세상에서 누구보다 열심히 산 대가가, 이 세상에서 지워지는 것이라니…….'

판시엔은 다시 웃었다.

"그래서 시도를 해 본 거야. 패배했지만, 최소한 후회는 없어. 나중에 죽을 때 스스로에게 '이번 생에 그래도 한번은 용감했었다'라고 말해 줄 수는 있으니까."

"그럼 이제 어떻게 할 건데?"

"신묘에 갈 거야. 너희들도 관심이 있으려나……?"

판시엔이 조심스럽게 그들을 초청했다.

왕13랑의 눈이 밝게 빛났다.

하이탕은 약간 놀랐지만 결국 웃음이 터졌다.

"왕 대인이 지금까지 고생을 많이 했으니, 이제 내가 마차를 몰아볼까?"

판시엔도 웃음이 터졌지만, 동시에 기침도 했다. 그는 겨우 기침을 진정시키고 놀리듯 물었다.

"길은 알아?"

하이탕은 고개를 돌리지도 않고 웃으며 대답했다.

"네가 강남에 있을 때 말해 줬어. '북쪽'에 있다고."

우두허를 지나 북제의 관도(官道)에 들어서니 길가 나무들의 잎이 점점 얇아져 갔고, 마차는 나뭇가지 위의 아름다운 고드름을 지나치며 눈이 덮인 도로를 따라 북제 조정이 있는 성, 샹징에 도착했다. 경국의 강남 지방은 지금쯤 파란 새싹이 자라고 있을 텐데, 샹징성의 낡은 성벽은 여전히 하얀 눈으로 덮여 있었다.

밝은 황색의 우산이 눈 위에 핀 꽃처럼 성벽 위에 펼쳐져 있었다. 하얀 눈꽃송이는 아무런 소리 없이 황색 우산에 떨어지고, 그 아래의 황제와 스 귀비는 고급스러운 털 가죽 옷깃을 여미고 있었다. 그리고 그 뒤로 북제 조정 대신들과 태감, 궁녀들이 서서 샹징성으로 이르는 관도(官道)를 바라보고 있었다.

지극히 평범해 보이는 마차가 서남쪽에서 달려오고 있었다.

샹징 성문이 열리고 한 대열이 마차를 맞으러 나갔고, 북제 황제는 뒷짐을 지고 눈을 가늘게 뜨며 그 모습을 바라보다 짧게 한숨을 내쉬었지만, 억눌린 듯한 한숨 소리를 들을 수 있는 사람은 스 귀비밖에 없었다.

스리리는 신생아 하나를 꽁꽁 싸맨 채 끌어안고 있었다. 그녀는 고개를 숙여 아이의 머리를 감싸고 있는 천을 여미고 있었는데, 옆에서 들려오는 한숨 소리를 듣자 그녀의 눈동자가 살짝 흔들렸다.

"날씨가 너무 춥네요. 어멈들에게 홍도우판(紅豆飯, 홍두반)을 먼저 데리고 내려가라 할까요?"

북제는 경력 11년과 12년 사이에 벌어진 남쪽의 변화무쌍한 정세에 별다른 반응을 보이지 못했다. 샹샨후가 이끄는 대군을 통해 동이성의 정세를 안정시키는 데 도움을 준 것 정도가 전부였다.

그 이유는 북제 황제가 중병에 걸렸기 때문. 남경에서 석방된 천일도 제2 제자 무펑 선생이 샹징으로 돌아왔지만, 그조차도 황제의 병을 치료하지 못했다. 폐하의 병세가 수개월 동안 이어지면서 대신들은 용안(龍顔)조차 볼 수 없었으니, 황제가 국무를 돌보는 일은 당연히 할 수 없었다. 그래서 어쩔 수 없이 조정의 국사(國事)는 태후가 대신 처리했다.

하지만, 대신들은 걱정보다 기쁨이 앞섰다. 황제가 총애하는 스리리 귀비의 회임 소식이 들렸기 때문이다. 북제의 대신들과 백성들은 황실의 혈통을 암암리에 걱정하고 있었던 터라 무엇보다도 기쁜 소식이었다.

회임 소식 때문인지, 북제 황제의 병도 점점 나아졌다. 비록 황자(皇子)는 아니었지만, 황제가 아직 나이가 젊으니 시작이 공주였을 뿐, 그 다음을 충분히 기대할 수 있다고 여겼다.

북제 공주는 아직 정식 이름이 없었다. 황제와 스 귀비만 하얗고 통통한 이 아이를 홍도우판이라고 부르고 있었다. '팥밥'. 아무리 아 명이었지만 듣기 좋은 이름은 아니어서 태감들과 궁녀들도 이를 두 고 황실의 존엄이 상한다고 수근거렸지만, 황제와 스 귀비는 그렇 게 부르길 좋아했다.

북제 황제는 스리리의 품에 안긴 딸을 바라보며 짜증 섞인 목소 리로 말했다.

"꼬맹이는 확실히 손이 많이 가는구만."

스리리는 웃었지만 말은 하지 않았다. 그녀는 황제가 왜 추위에 도 불구하고 공주와 함께 마차를 바라보고 있는지 알고 있었기 때 문이다. 황제는 남쪽에서 온 그 남자에게 이 아이를 보여주고 싶은 것이었다.

샹징 성문 앞에서는 또 다른 장면이 펼쳐지고 있었다. 판시엔은 두꺼운 모피를 입고 힘겹게 마차에서 내렸다. 그리고 눈앞에 있는 젊 은이를 알아보고 마음속으로 여러 감정이 북받쳤다.

그리고 앞으로 걸어가 말없이 그를 꼭 껴안았다.

형제의 재회에 그 어떤 말도 필요 없었다.

경력 4년 봄부터 지금까지, 눈깜짝할 사이 모든 것이 순식간에 지 나갔다. 눈앞에 있는 판스져도 주근깨 많은 아이에서, 성숙한 거대 상인의 모습을 풍기는 젊은 청년으로 바뀌어 있었다. 이들 형제가 함께 한 시간이 길지는 않았지만, 서신이 끊어진 적도 없었고, 판시 엔도 그에게 가르침을 아끼지 않았다.

"형."

판스져가 징두에서 일어난 일을 떠올리며, 또 형이 곧 돌아오지 못할 수도 있는 길을 떠난다 생각하니 저도 모르게 눈물이 차올라

울먹이며 말했다.

"부모님도 딴저우에 계시고, 할머니도 몸이 편찮으신데, 형이 이렇게 가 버리면 우리는 어떻게 해……."

"이놈아!"

판시엔은 대뜸 소리를 질렀지만 가슴이 따뜻해지는 걸 느꼈다.

"내가 죽으러 가나? 그리고 딴저우는 당연히 네가 신경 써야지. 시간 내서 자주 찾아 뵙고, 당분간 나 대신 효도 좀 많이 해."

판스져는 한숨을 내뱉었다. 사실 지금 형의 신세가 딴저우를 가고 싶어도 갈 수 없는 신세라는 걸 알고 있었기 때문이다. 하지만 판시엔은 형제의 재회가 슬픔 속에 빠져들기를 원하지 않았다.

"내가 준비해 놓으라고 한 건 잘 준비했어? 그건 내 목숨을 지켜 줄 수도 있는 거니까, 악덕 상인처럼 나에게 사기치면 안 돼."

농담이었지만, 누구도 웃지 않았다.

판시엔은 억지로 미소를 지으며 동생을 구석으로 데리고 가 둘이 한동안 대화를 나눴다. 딴저우의 일, 부모님과 할머니, 완알과 아이들에 대한 이야기 등등.

두 형제가 다시 마차 행렬로 돌아왔고, 판스져는 마차 하나에서 제법 묵직한 항아리를 꺼내 판시엔에게 내밀었다.

"대황자 형님이 동이성에서 보내주셨는데, 잊어서는 안 된다고 신신당부하던데? 뭔지 열어 보지는 않았어."

판시엔은 얼굴이 살짝 굳으며 마차를 향해 손을 저었다. 왕13랑이 그에게 재빨리 걸어갔다.

"오른팔에 힘 좀 생겼는지 보자. 네 스승 좀 안아봐. 난 무거워서 들지도 못할 것 같다."

이 말을 들은 행렬 근처 모든 사람들의 표정이 멍해졌다.

'스구지엔의 유골? 대종사의 유해!'

왕13랑은 보물을 들 듯 조심스럽게 유골함을 넘겨 받았다.

"어떻게 된 건가요?"

판시엔은 어깨를 '으쓱'했다.

"네 스승이 내가 신묘를 가게 되면, 꼭 데려가 달라 부탁했었어."

행렬은 떠날 준비를 했고, 판스져는 눈밭에 엎드려 형을 배웅했고, 성벽 위의 스리리는 실망스러운 표정으로 황제에게 말했다.

"왜 그는 상징성에 들어오지도 않을까요?"

"경국 황제와의 약속이 있겠지. 허나, 이번 신묘 행은 판씨 둘째 공자가 오랫동안 준비한 걸로 보이니, 승산이 있을지도 몰라. 너무 걱정 마."

"근데 뒤뒤는 왜 우리에게 아무 말도 안 했을까요?"

"지금 그녀의 신분은 북제의 성녀가 아니라, 판시엔의 '친구'다. 그것을 천하 사람들에게 명확히 할 필요가 있겠지."

막 떠나려는 마차에서 판시엔이 고개를 내밀어 장난스러운 표정으로 성벽을 향해 손을 흔들었다. 북제 황제는 저도 모르게 화답하듯 손을 흔들다, 순간 적절하지 않다는 생각과 함께 재빨리 손을 내리고 한숨을 내쉬었다.

판시엔은 손을 내리고 마차에 다시 자리 잡아 앉으며 생각했다.

'나의 여인들, 형제들, 안녕.'

'안녕'이라는 단어가, 가끔씩은 영원히 만나지 못함을 의미하기도 했지만, 판시엔은 그렇게 생각하지 않았다. 그의 계획을 아는 사람들은 모두 걱정했고, 그를 미친 사람 취급했고, 아무리 그라도 신묘에서 살아나올 수 없다 생각했다.

'어머니도 살아나왔으니, 나도 가능할 거야……그렇게 믿자.'

눈보라가 따뜻한 봄으로의 회귀를 막고 있었다. 봄은 대륙 남쪽에서 모든 생명을 싹트게 할 힘을 축적하고 있었지만, 북쪽의 눈보라는 이미 모든 봄의 기운을 요람에서부터 말살시켜 버리고 있었다. 대륙의 북단에는 1년 내내 칼바람이 몰아치니 봄이 끼어들 틈이 없었다. 사방에서 휘몰아치는 눈보라가 뼛속까지 사무치는 검으로 변해 천지를 찢고 있었다.

3일 동안 검은 산과 바위들도 좀처럼 모습을 드러내지 않았다. 눈과 얼음으로 덮힌 땅이고, 죽은 땅과 다름없었지만, 지금은 그 곳에서 아주 작은 점들이 고독한 설원 위를 조용하고 결연하게 나아가고 있었다.

'월월……'

가끔씩 개 짖는 소리가 눈보라를 뚫고 먼 곳까지 들려와 생생한 느낌을 주었다. 사람은 고작 셋이었지만, 60여 마리의 썰매견이 그들을 이끌고 북쪽으로 향하고 있었다.

썰매견들은 설원에서 생활하는 늑대들의 후예였다. 혹한의 냉정함을 견뎌냈던 북쪽 대륙의 북만족만이 그들을 훈련시킬 수 있었고, 북만족은 결국 그들을 잘 길들여 인간의 좋은 조수로 만들었다. 하지만 그들조차 이미 경국 서쪽의 초원으로 가서 평온을 되찾았다.

그렇다면 이 썰매견들은 누가 훈련시킨 것인가.

판시엔은 털가죽 외투로 몸과 얼굴을 두툼하게 감싸고, 가죽 신발을 신고 두꺼운 장갑을 껴 손발을 보호하고 있었다. 그는 샤오은에게 신묘의 위치를 알게 된 후 경력 5년부터 은밀하게 준비를 철저히 해 왔지만, 지금 이곳에 직접 와 천지가 뿜어내는 위세를 느끼니, 본래부터 그것은 준비를 한다고 감당할 수 있는 것들이 아니었다는 생각이 들었다.

샹징성을 떠난 지 며칠만에, 샹샨후가 떠난 후 군사가 많이 주둔하지 않는 북문천관(北門天關)에 이르렀고, 그곳을 떠난 지도 이미 칠팔 일이 지났다. 판시엔은 그곳을 지키는 몇 안 되는 군사들이 자신을 죽은 사람인 것 마냥 쳐다보던 눈빛을 떠올리며 씁쓸한 웃음을 지었다.

"휘익."

판시엔이 손가락을 입에 넣어 휘파람을 불자, 60여 마리의 썰매견들이 귀를 쫑긋 세우고 서서 몸을 좌우로 흔들며 얼음과 눈을 털었다. 그들은 차가운 눈보라 속에서도 추위를 아랑곳하지 않고 새빨간 혀를 날름거리며 주인의 다음 명령을 기다렸다.

눈보라가 조금 줄어들었고, 판시엔 앞뒤의 썰매에서 각각 사람이 걸어나왔다.

"눈이 잦아든 틈에 빨리 가야해요."

왕13랑의 목소리가 모피를 뚫고 '웅웅'거렸다. 판시엔은 기침을 몇 번 한 후 물었다.

"아직도 그 사람들이 따라와?"

하이탕은 털모자에 붙어있는 귀마개를 벗고 영롱하고 귀여운 두 귀를 드러내며 고개를 저었다.

"따돌린 것 같은데?"

"그럼 됐어. 그들이 따라오는 건 상관없는데, 북제 황제 사람들이 설원에서 얼어 죽을까 그러는 거지."

하이탕은 대꾸를 하지 않았지만 마음속에서는 의구심이 가득했다. 북문천관을 지난 지 칠팔 일째 판시엔은 눈 덮인 산과 얼음 주변을 계속 뱅뱅 돌기만 했기 때문이다. 판시엔은 이미 폐인과 같은 몸이었고 왕13랑도 오른팔이 아직 정상은 아니었다. 길을 찾아야 한다면 하이탕의 몫이었다.

'이놈은 도대체 무슨 자신감이지? 태양도 없고, 보이는 거라곤 얼음과 눈밖에 없는데 어떻게 길을 찾는다는 거지?'

왕13랑은 몸이 조금 불편한듯 팔을 이리저리 돌리며 말했다.

"춥긴 한데, 그렇다고 이렇게 두껍게 입어야 할까요?"

"열량과 진기를 보존할 수 있을 때 아껴 두는 게 좋아. 지금 추위는 괜찮겠지만, 우리는 훨씬 더 북쪽으로 가야 해. 거기까지 가면 온도가 얼마나 떨어질지 모르잖아."

하이탕과 왕13랑은 진기가 충만했기에 추위가 크게 느껴지지 않았지만, 사실 판시엔은 속으로 걱정하고 있었다.

'여기서부터 이렇게 추워지면 쉽지 않을 것 같은데……'

"근데 추위가 걱정되었으면 여름에 출발하는 게 낫지 않았어?"

하이탕이 판시엔의 우려를 알아챈 듯 예리한 질문을 던졌다.

"내 예상으로는 가는데 두 달은 걸릴 거야. 그곳에서 신묘를 찾는 것은 별개의 문제고. 그러니 겨울에 출발해서 여름에 도착하는 게 낫지 않겠어? 그리고 난 반년 동안 어둠에 갇혀 있긴 싫어."

왕13랑이 판시엔 말뜻을 알아들은 듯 재빨리 말했다.

"저도 들었어요. 신묘는 천지가 거꾸로 되어 있어, 반년은 칠흑 같은 밤이고, 반년은 밝은 낮이라 하더라구요."

"설명할 수는 없지만, 이 세상에 대해서 내가 제일 잘 이해하고 있어. 그러니 내 판단이 맞을 거야."

판시엔은 일전에 큰보배와 별을 볼 때 확신했다.

이곳은 지구였다. 지구라면, 북극에 극야와 백야가 있다.

판시엔은 가방에서 이상하게 생긴 물건을 꺼내며 둘에게 건넸다.

"지금부터 우리 앞에는 눈밖에 없을 거야. 눈에 반사된 햇빛도 위험하고, 너무 단조로운 색만 보면 문제가 생길 수도 있으니, 앞으로 이것을 꼭 쓰고 있어."

판시엔은 시범을 보이듯 꺼내든 물건을 코에 걸쳤다.

유리로 만든 안경이었지만, 안경 알이 검게 칠해져 있었다.

하이탕과 왕13랑은 한참 동안 그를 바라봤다.

하이탕이 궁금증과 의아함을 최대한 억제하며 이 세상에서 처음 출시된 '선글라스'를 콧대에 올렸다. 왕13랑도 주저하다 하이탕을 보고 마지못해 선글라스를 썼다.

세 사람은 서로를 슬쩍 보고 결국 웃음이 터졌다.

누가 봤다면 세 사람은 영락없이 사기꾼이었다.

판시엔은 품 속에서 최초의 '시계'를 꺼내며 확인했다.

'이게 추위에서도 버텨야 할 텐데……'

'휘익.'

'월월!'

판시엔의 명령에 다시 썰매견들이 힘차게 움직이기 시작했고, 그들 몸의 은색 털들이 눈밭 위에 찰랑거렸다. 판시엔이 6년 전 처음 이 모든 것을 준비하였을 때에는 '즐거운 탐험 계획'이었다. 하지만 지금은 황제에게 패해 필사적으로 우쮸 삼촌을 찾으러 가는 것이 목적이었다.

판시엔은 썰매견의 숨소리를 자장가 삼아 잠을 청하려는 듯 두 눈을 감았다. 하지만 판시엔은 자지 않았다. 개들의 호흡을 들으며 그들의 상태를 파악하려는 것이었다. 그야말로 세심하고 철저한 준비였다.

동생 판스져는 판시엔의 요구대로 장장 6년 동안이나 그 준비를 실행했다. 음식은 말할 것도 없고, 추위와 눈을 견딜 수 있도록 특수 제작한 야영 천막도 준비했다. 당연히 이 썰매견들도 판스져의 오랜 노력의 결과였다.

부지런함과 철저한 준비. 남들은 판시엔의 재능과 핏줄을 이야기하고 있었지만, 사실 그는 세심하게 준비하고 부지런하게 노력하는 사람이었던 것이다.

그런 판시엔에게도 지금 상황은 만만치 않았다. 우선 가장 큰 걸림돌은 추위였다. 경맥이 망가진, 진기가 바닥난 지금의 몸이 얼마나 버틸 수 있을지 몰랐다. 다행히, 판시엔도 이유는 알 수 없었지만, 북쪽으로 향할수록 천지의 원기가 짙어지는 것 같았다.

'이 정도 원기라면 이삼 년 안에 진기를 회복할 수도 있겠는걸?'

그 순간 어떤 의혹이 머릿속을 스쳐 지나갔다.

'쿠허가 소책자를 언제 손에 넣은 거지? 쿠허는 신묘를 찾아간다 했지만, 결국 어머니와 순순히 협력한 걸 보면 이상주의자라기보다 현실주의자인데, 설마……쿠허는 처음부터 북쪽 원기 파동의 원천과 진상을 파헤치려고 신묘를 찾은 건가?'

눈보라가 점점 더 강해졌다. 온도는 갈수록 떨어졌고, 가끔 보이던 흰 양들과 여우들도 언제부터인가 다 자취를 감추었다.

온통 하얀 눈밭에 보이는 것은 판시엔 일행밖에 없었다.

'휙……푹!'

가장 앞의 썰매에 있던 왕13랑이 두꺼운 가죽옷과 함께 허공으로 날아가더니 부풀어오른 얼음 아래를 검으로 찔렀다.

'월월월월월……!'

썰매견들이 한동안 시끄럽게 짖었고, 담대하고 호기심 많은 개 몇 마리가 그 주변을 빙 둘러싸서 냄새를 맡았다.

'월월!'

기쁨이 섞인 개 울음소리가 허공을 메꾸었다.

왕13랑은 검을 다시 허리춤에 찼고, 눈밭에서 희고 거대한 곰을 파냈다. 판시엔이 그에게 맡긴 임무는 가는 길에 보이는 대로 사냥해서 양식을 비축하는 일이었다.

"오늘 저녁은 곰 발바닥 구이를 먹을 수 있겠네."

'휘익.'

판시엔이 다시 휘파람을 불었다. 그리고 확신하며 나아가야 할 방향을 제시하였다. 하이탕은 가장 뒤쪽의 썰매에서 이 광경을 지켜보며 여전히 의구심을 감추지 못했다. 판시엔이 어떻게 정확한 길을 확신하는지 몰랐고, 그의 몸이 버텨낼 수 있는지도 의문이었기 때문이다. 하지만 한편으로는 일종의 존경심도 들었다. 이 상황에서 모든 것을 이겨내고 자신감 있게 대오를 끌고가는 것을 할 수 있는 사람은 몇 없었기 때문이다.

하이탕의 눈빛을 볼 수 없는 판시엔은 손에 든 '나침반'을 조심스럽게 소매 안으로 넣으며, 샤오은이 한 말을 떠올려 손가락으로 공중에 반원 두 개와 작대기를 그렸다.

'반원이 두 개 있고, 밑에 작대기가 세 개 있는 부호가 무슨 의미이지? 그리고 물(勿)자는 왜 써 있을까?'

천지를 삼켜 버릴 듯한 눈보라가 드디어 그쳤다. 마치 폭풍을 머금고 있는 눈의 바다처럼 보이는 땅이 차가운 은빛을 내뿜고 있었다. 백옥 같은 차가운 기운이 은은한 달빛조차 얼려버릴 것 같았다. 하지만 높은 곳의 달은 마치 꺼지지 않는 등불처럼 유유히 처음부터 끝까지 그 자리를 지키고 있었다.

천막 안의 등불은 따뜻한 기운을 풍겼고 화로 위에 끓는 물과 함께 밖에서 들어오는 냉기를 막아주었다. 북으로 갈수록 온도는 내려갔고, 자연히 움직이는 시간도 점점 줄어들었다. 하지만 판시엔은 걱정하지 않고 냉정하게 가져온 음식과 물건들로 얼마나 버틸 수 있을지 계산하고 있었다.

힘겹게 썰매를 끌던 개들도 처음에는 스스로 식량을 구했지만, 점점 더 살아있는 짐승을 찾기 힘들어지자 판시엔은 비상 식량을 개들에게도 풀었다. 하지만 그들의 식욕이 너무 왕성해서 조금은 걱정이 되기도 하였다. 계산을 철저히 했지만, 계획이 조금이라도 빗나가면 판시엔이 그 개들을 죽여야 할 수도 있었기 때문이다. 그는 쿠허의 상황이 눈앞에 떠오르며 세차게 고개를 저었다.

"이야기 하나 해줄까?"

판시엔은 볼이 빨갛게 달아오른 하이탕을 보고 넌지시 말했다.

"무슨 이야기?"

판시엔은 웃으며 쿠허와 샤오은의 신묘행을 모두 이야기해 줬다. 쿠허가 인육을 먹은 이야기까지 하나도 빠짐없이. 하이탕은 존경하는 스승의 얼굴이 떠오르며 마음이 심란해졌다.

"그 이야기를 지금 하는 이유가 뭐야?"

"네가 썰매견들을 많이 아끼는 것 같길래. 나도 정말 그러고 싶지는 않지만……맘의 준비는 해 두라고."

'쌩-.'

왕13랑이 문을 열고 천막 안으로 들어오자 찬바람이 그와 함께 들어왔다. 피웠던 불이 순식간에 어두워지며, 찬기운이 그 불꽃까지 얼려버린 듯 느껴졌다.

'좌락.'

하이탕이 '검은 덩어리' 하나를 불에 던져 넣었고, 왕13랑은 몸에 두껍게 내려앉은 눈을 털며 창백한 입술을 움직였다.

"이제 자죠."

하이탕은 개 먹이를 챙기는 것을 포함해 생활의 전반을 책임졌고, 왕13랑은 사냥과 천막 치는 일 등을 담당했다. 조금 전에도 왕13랑은 개들을 위해 천막을 설치하고 온 것이다. 판시엔은 그의 일이 고단한 것은 알았지만 어쩔 수 없다는 듯 말했다.

"내일부터는 개 사료도 네가 좀 챙겨."

왕13랑은 무심하게 고개를 끄덕이고 검을 한쪽에 내려놓으며 불

옆에서 몸을 녹였다. 그의 검에서는 피비린내가 진동했다.

"빨리 실력을 되찾으려면 수련을 해야겠지만, 날씨가 너무 추우니까 무리는 하지 마."

"토끼 굴을 발견했는데, 그들이 거기서 얼어 죽을까 봐 토끼들을 생각해서 구한 거예요. 그 김에 근육도 한번 움직여 봤고."

"오! 그럼 내일은 토끼 고기?"

세 사람은 나란히 각자의 '침낭' 안에 누워있었지만, 모두 눈만 말똥말똥 뜬 채 잠들지 못하고 있었다. 이렇게 눈밭에서 머문 지도 벌써 한 달. 지루함도 극에 달했고, 잠만 계속 자기에도 몸이 찌뿌둥했다.

"둘은 삶의 목표가 있어?"

"전 대종사가 되어서 스승님처럼 동이성의 백성들을 지킬 거예요."

왕13랑의 대답은 여전히 우직했고, 직접적이었고, 곧았다.

"난 청산 천일도 일파를 더욱 부흥시키고, 북제 조정이 외적에 침략당하지 않게 해서, 백성들이 더 즐겁고 편안하게 살 수 있도록 할 거야……."

그녀의 목소리가 갈수록 작아졌다.

"그런데 스승님이 떠나시고 나서야 내가 북제 사람이 아니라 카알나 부족 사람인지 알았네……그래서 조금 혼란스럽지만, 그래도 북제가 평안하면, 천하도 평안하다는 것일 테니 그것으로 목표를 삼을래."

"역시 괴물 같은 늙은이들의 제자들 답구만. 대충 말해도 모두 '천하'를 논하니."

판시엔은 짧게 한번 탄식했다.

"사실 난 하이탕 너를 만나기 전에는 '좋은' 전쟁? 평화? 뭐 이런 것에 대해서는 생각해 본 적도 없어. 우쥬 삼촌이 그런 것에 관심이 없었으니, 나도 자연히 그런 것에 관심을 가져본 적이 없었지. 그저 내 목숨만 안전하게 유지되길 바랐을 뿐이야."

판시엔의 말투가 조금 진지해졌다.

"난 내가 행복하게 살면 된다 생각했어. 그리고 사실 어렸을 때부터 난 이 세상이 '꿈'이 아닐까 의심했거든. 그래서 언젠가는 깨어날 꿈이라면, 그냥 하루하루 즐기면서 열심히 살면 되지 않을까 싶었어. 그런데 지금 와서 다시 돌이켜보면, 당시 난 마치 그런 일상의 행복에 만족하면서, 꿈에서 깰지 모른다는 공포를 이겨내고 싶었던 것 같아."

"깨고 싶지 않은 꿈이라면, 좋은 꿈이네."

"당연하지. 그 좋은 꿈을 잃고 싶었던 게 아니었다면, 내가 이딴 곳에 있지도 않았을 거고, 황제 늙은이와 싸우지도 않았을 거고, 용감한 척하거나, 대의(大義)나 조정의 안정 따위를 언급할 필요도 없었겠지."

침묵이 흘렀다.

판시엔의 재미없는 말을 들으며 둘은 잠들었지만, 판시엔은 여전히 잠들지 못했다.

'환생한 후의 이 모든 것은 진짜 꿈일까?'

판시엔은 '그 세상'에서 죽고, '이 세상'에서 태어났다. 그래서 항상 꿈을 꾸고 있다는 생각, 꿈에서 깰 거라는 공포에서 벗어날 수 없었다. 이 세상의 모든 것이 가짜 같았다. 게임을 하는 건지, 최면술에 걸린 것인지, 아니면 신의 장난인지, 온갖 생각이 난무했었다.

진정한 용사는 죽음을 직면한다. 하지만 두 번째 생을 맞은 판시엔에게 진정 두려웠던 것은 자신이 진짜 '죽었던' 것인지 알 수 없다는 사실이었다. 꿈에서 깨어나면 병상일까 두려웠고, 그 병상에서 다시는 이 아름다운 세상을 보지 못할까 두려웠다.

강산, 호수, 나무와 꽃, 아름다운 사람들.

딴저우 옥상에서 비오는 날 소리치고, 궁전에서 삼백 수의 시를 지은 것도 이런 해소되지 않는 공포에서 비롯된 행동들이었다. 하지만 20여 년이 흐른 지금 그는 실감했다.

이것은, 꿈이, 아니다.

주변에서 일어나는 것은 '현실'이었다. 이 세상 사람들의 감정들은 '실제'였다. 기쁨도 있고 슬픔도 있었다. 그는 신이 '실재(實在)'하는지는 몰랐지만, 그에게 중요한 것은 이 세상이 '실재(實在)'한다는 것이었고, 그는 '실재(實在)'하는 사람들을 위해 울고 웃고 싶었다.

만질 수 없고, 관찰할 수 없고, 탐구해도 알 수 없는 것이라면 무슨 실제적인 의미가 있을까. 그것은 '부재(不在)'였다. 이것은 이전 생 물리 수업에서 배운 내용이었고, 판시엔은 이 물리학적 정의를 자신의 운명이라 생각했다.

그 누구도 운명을 바꿀 수 없지만, 그 운명을 받아들일 수는 있다. 판시엔은 이 세상과 이 세상 사람들을 사랑하고 또 미워했다.

그래서 이 세상은 '실재(實在)'한다. 적어도 그렇게 믿었다.

뜬 눈으로 밤을 지샜고, 눈밭이 빛을 반사해 천막 안을 환하게 비추었다. 판시엔은 자신에게 약을 먹여주고 있는 하이탕을 향해 입을 열었다.

"병자가 드릴 말씀이 있습니다."

"말해 보세요."

"여기서 멈출 수 없어. 우리는 끝까지 가야 해."

"그래도 눈보라가 이렇게 심한데요?"

왕13랑이 장막을 열고 들어오며 웃음기 가득한 얼굴로 대화에 끼어들었다. 그를 따라 찬바람이 쌩하고 들어왔지만, 하늘에는 눈부신 태양과 푸른 하늘만 보일 뿐, 눈은 더 이상 내리지 않았다.

몇 십 일 동안 내리던 눈이 거짓말처럼 그쳤다. 신이 더 이상 눈을 뿌리기에도 지겨웠는지, 순식간에 날이 맑아졌다. 지평선까지 하얀 눈으로 덮인 땅은 더 눈부시게 빛나고 있었다.

썰매견들도 즐거운 울음소리와 함께 다시 출발했다. 판시엔의 몸이 더욱 악화되어 이제는 하이탕이 판시엔을 안고 있었다. 기침이 더욱 심해져 내장까지 토해낼 것 같았고, 목소리도 점점 쉬어갔다.

하이탕과 왕13랑은 돌아가자고 설득해 보았지만, 판시엔은 매번 단호하게 거절했다. 북쪽으로 갈수록 원기가 더욱 짙어졌고, 명상을 거듭할수록 설산혈에 진기가 미약하게나마 응집되는 느낌을 받았기에 이대로 포기할 수는 없었다.

시간 싸움이었다. 판시엔의 상태가 먼저 악화될지, 신묘를 먼저 발견하게 될지. 판시엔은 신묘를 발견하기만 하면 자신의 상처도 나을 수 있다고 믿었다.

"얼마나 남았을까요?"

눈은 멈췄지만 바람은 여전했다. 앞의 썰매에 앉아 있는 왕13랑이 바람을 뚫고 목소리를 전하려 하는 바람에, 그의 목소리가 설원 전체에 울려 퍼지는 듯했다.

판시엔은 품에서 지도와 나침반을 꺼내 위치를 확인했다.

"길어야 보름."

판시엔이 하이탕 앞에서 지도를 꺼낸 것은 처음이었다. 하이탕은 자연스럽게 고개를 돌렸다. 판시엔의 부탁이었다. 신묘를 찾아 떠나기 전, 판시엔은 하이탕과 왕13랑에게 그 어떤 사람에게도 신묘의 위치를 유출하지 말아 달라 부탁했다. 예칭메이가 상자와 무공 서적을 가지고 나왔듯이, 또 다시 신묘의 물건으로 인해 이 세상을 혼란에 빠뜨리기 싫었기 때문이다.

며칠이 지나자, 평평한 설원에 굴곡이 지기 시작했다. 땅의 형세가 갈수록 복잡해졌고, 주위도 점점 어두워지기 시작했다. 온도는 사람이 견딜 수 있는 한계를 이미 넘어선 듯 보였지만, 그나마 눈이 내리지 않는 것은 다행이었다.

북쪽 지평선에 산이, 높디높은 설산(雪山)이 갑자기 나타났다!

마치 천지가 열리면서 갑자기 웅장한 설산이 세워진 듯, 설산이 용감한 여행자들을 마중이라도 하듯 냉랭하게 그리고 또 침착하게 그곳에 서 있었다.

아무런 전조도 없었다. 판시엔의 손가락이 살짝 떨렸다. 마치 꿈에서 보았던 산과 비슷해 보였고, 그 느낌은 황제와 마주했을 때의 느낌과 유사했다. 하지만 한편으로는 무한한 위안을 받기도 했다.

판시엔의 몸이 살짝 굳으며, 계속되던 기침이 멈추었다. 설산이나 신묘 때문이 아니었다. 이곳의 원기가 사람 몸이 떨릴 정도로 짙었기 때문이다. 판시엔의 창백했던 얼굴은 호흡과 함께 점점 혈색을 되찾아 가는 듯 보였다.

썰매견들도 다른 분위기를 감지한 듯 나지막이 으르렁거렸다. 60여 마리의 개들은 힘든 여정을 겪으며 열일곱 마리만 남았고, 썰매도 길에 버려지면서 다섯 대로 줄었다.

왕13랑은 여전히 가장 선두의 썰매에 있었다.

"신묘가……저 산에 있나요?"

"맞아."

그동안 말할 기운도 없었던 판시엔이 어디서 힘이 났는지 우렁찬 목소리로 대답했다.

"와아아아아!"

왕13랑이 갑자기 썰매에서 뛰어내려 설산을 향해 괴성을 지르며 달려나갔다. 목소리는 갈라졌지만 분노가 섞여 있었고, 그보다 더 큰 쾌감이 담겨 있었다.

웬만하면 감정을 드러내지 않던 왕13랑이 뛰쳐나가자 하이탕과 판시엔은 저도 모르게 웃음이 터졌다. 하지만 웃음을 멈춘 하이탕의 눈에서는 어느새 눈물이 떨어지고 있었다.

만족감? 승리감? 흥분?

그 감정이 무엇인지는 몰랐지만, 중요한 것은……그들이 결국 도착했다는 것이다.

하지만 마지막일수록 침착하게. 판시엔은 머리를 차갑게 식히며 흥분을 억눌렀다. 그리고 먼 곳에 솟아 있는 산을 보며 신묘의 모습을 상상했다.

"하루 쉬고, 내일 아침 신묘로 들어간다!"

제12장

신묘의 정체

　새벽의 햇빛은 온도가 느껴지지 않았다. 태양은 무미건조하게 세 사람을 비추고 있었고, 판시엔은 하늘의 반을 가린 듯한 웅장한 설산을 무미건조하게 바라보고 있었다.

　세 젊은이는 날이 어두울 때 장막에서 나와 몇 시간 동안 걷고 있었다. 하지만 하이탕과 왕13랑이 놀란 것은 따로 있었다. 판시엔이 너무 능숙하게 길을 안내했기 때문이다. 판시엔은 둘을 데리고 설산 밑에 좁은 길을 통과해 이미 설산의 반대편에 도착해 있었다.

　하지만 설산 반대편도 눈과 얼음 외에는 아무것도 없었다.

　"신묘는 어디 있나요?"

왕13랑은 스승의 유골함을 메고 있었다. 판시엔은 하이탕의 부축을 받으며 산 위를 바라보았다.

"샤오은과 쿠허 대사는 이쪽에서 산을 올라갔다고 했어. 그러니 신묘가 우리 코앞에 있다고 봐야지."

하지만 그들의 코앞에는 아무것도 없었다. 산을 가리고 있는 하얀 눈만 보일 뿐. 다행히 바람은 강하지 않았고, 폭설도 없어서 시야는 맑았다. 그를 부축하던 하이탕이 걱정스럽게 말했다.

"전설에 따르면, 신묘는 일 년에 하루이틀만 세상 사람들에게 나타난다 하던데? 그리고 범인(凡人)은 아무리 찾아도 볼 수 없을 수도 있다고……."

"전설은 전설일 뿐이야. 물론 네 스승과 샤오은은 마냥 신묘가 나타나길 기다리면서 몇 달 동안 인육을 먹었겠지. 하지만 난 그렇게 하고 싶지 않네."

"전설이 진짜가 아니라면, 어떤 눈속임이 있다는 것인데……하지만 지금 우리 상태로 산 전체를 뒤지는 것은 무리일 것 같은데?"

"나도 알아. 하지만 어차피 시간이 많이 걸리는 일이라면, 빨리 시작하는 게 낫지 않아? 그리고 이미 너희들도 알겠지만, 여기 밤이 점점 짧아지고 있어. 아마 며칠 후면 밤이 아예 없을 거야. 그럼 더 수월하지 않겠어?"

백야 현상. 판시엔은 이전 생의 지식을 마음껏 뽐냈지만, 하이탕과 왕13랑은 그 근거를 알지 못했다. 다만, 지금까지 그의 판단이 모두 옳았기에, 그들의 눈에 그가 더욱 신비롭게만 보였다.

'판시엔은 진짜 신묘의 후예? 천맥자?'

하지만 그들은 서로 눈치만 볼 뿐 움직이지는 않았다.

"왜 그래?"

"대인의 판단은 신묘가 앞에 있고, 얼마의 시간을 쓰던지 간에 밤이 오기 전에 신묘를 찾을 거다?"

판시엔은 고개를 끄덕였지만, 왕13랑 질문의 뜻을 이해하지 못했다. 하이탕이 한숨을 내쉬며 거들었다.

"그러니까 우리가 하고 싶은 말은, 곧 신묘를 찾을 건데, 그게 신묘의 비밀을 캐내는 것이든, 맹인 대사(大師)를 찾는 일이든……어떤 계획이 있는지, 무슨 준비를 해야 하는지, 또는 네가 알고 있는 게 무엇인지 우리들에게도 말을 좀 해주라는 것이야. 어차피 너의 몸상태가 그러니, 우리가 해야 할 일이 더 많을 거 아니야."

이 세상 사람들에게 신묘는 신선(神仙)의 거주지였다. 그러니 두 사람에게 신묘를 방문하는 것은 엄청나게 위험하고, 또 두려운 일이었다. 물론 판시엔에게는 단순한 여행이었지만.

그래서 그들은 판시엔의 여유로움이 너무 수상했던 것이다.

"쿠허와 샤오은도 신묘에서 살아 돌아갔는데 뭘 그렇게 걱정해? 그들의 상태는 지금 우리보다도 훨씬 못했다고. 그리고 우쥬 삼촌이 신묘는 황폐한 사당에 불과하다 그랬고, 황제도 똑같은 판단을 했어. 난 그 판단을 믿어. 특히 황제는 평생 잘못된 판단을 해 본 적이 없는 사람이거든."

판시엔은 여전히 의심스러운 눈빛으로 자신을 바라보는 둘을 보며 고개를 가로저었다.

"중요한 건, 나도 신묘로 가는 길과 외관만 알지, 그 안에 뭐가 있는지는 모른다는 것이야. 그러니까 무슨 준비를 해도 소용이 없다는 거지. 자, 이제 찾자고. 이야기는 그 다음에 해도 안 늦어."

철저한 준비가 재능인 그가, 방법이 없다 말하고 있었다.

그럼, 방법이 없었다. 실행만 있을 뿐.

설산은 여전히 차갑고 조용했다. 세 사람이 긴장하며 그 비밀을 들추고 있는 것에는 관심도 없는 듯 보였다. 그리고 전설 속의 전지전능한 신묘는 마치 부끄럼타는 소녀처럼 여전히 눈 속에 모습을 감추고 있었다.

그들은 오랜 시간 힘들게 설산에 올랐고, 오를수록 산맥의 바람이 더욱 거세졌다. 하지만 판시엔의 눈은 여전히 맑고 평온했다.

'샤오은이 갑자기 날이 밝아지며 신묘를 찾았다고 했어. 그럼 극야가 끝난 첫날이라는 것인데……극야 후에 신묘 사람들이 햇살을 즐기러 현세에 나오는 건가? 그리고 건물이 지어졌으니, 어딘가에 분명 인공적으로 파괴된 흔적이 있을 거야.'

그때, 2백 장(丈) 정도 떨어진 곳에서 왕13랑이 고개를 돌리더니 두 사람을 향해 신호를 보냈다. 바람에 눈이 날려 그의 말이 잘 들리지는 않았지만, 그 흥분만큼은 생생하게 잘 전달되고 있었다.

눈보라 속에서 판시엔은 몸을 숙여 왕13랑이 발견한 흔적을 살펴봤다. 그가 찾던 흔적이었다. 사람이 만들어 낸 흔적.

궤도(軌道, 레일).

무슨 재질로 만들어졌는지 모르겠지만, 이런 극한 환경 속에서도 여전히 매끄럽고 아무런 변형이 없었다. 그는 궤도를 따라 시선을 옮겨보니, 그 끝부분이 산맥의 중간에서 끊어진 것 같았다.

'저기가 궤도의 끝인가?'

그때, 왕13랑은 그 옆에서 또 다른 몇 개의 궤도를 찾았는데 도무지 쓰임새를 짐작할 수 없어 저도 모르게 긴장하기 시작했다.

"이것 따라서 올라가자."

판시엔의 목소리는 살짝 떨리고 있었지만, 그의 눈동자는 어느 때보다도 강하게 빛나고 있었다.

설산에는 원래 길이 없었다. 심지어 눈은 내리지 않았지만 올라갈수록 바람이 거세져 사방에서 눈보라가 휘몰아치고 있었다. 궤도를 따라 얼마나 올라갔는지 모르지만, 절세 고수 왕13랑과 하이탕이 슬슬 진기가 바닥난다고 느끼고 있었다.

그리고 눈앞이 어두워졌다.

길이 보이지 않을 때, 그 어둠 속에서 새로운 세계가 열리나니.

돌계단!

궤도가 끝나는 지점에, 이런 가혹한 환경의 설산에 뜬금없이 돌계단이 있었다. 이렇게 깊은 산맥 안에 돌계단이 숨겨져 있으니, 당연히 아래에서는 찾을 수가 없었던 것이다.

돌계단은 푸른 돌로 만들어져 있었는데, 눈바람과 얼음에 깎인 모습이 그 세월을 말해주고 있었다. 젊은이 셋은 매끈한 궤도를 봤을 때와 달리, 오래된 돌계단을 보자 드디어 신묘에 도착했다 실감하고 있었다.

돌계단을 걸어 올라가자 위에서 회색의 긴 처마가 나타났고, 그 순간 하이탕과 왕13랑은 몸이 굳어 멈칫했지만, 판시엔은 의연하게 그 처마를 노려보며 홀로 위로 올라갔다. 처마 아래에는 돌로 만들어진 검은색 벽이 보였고, 위로 올라갈수록 석벽(石壁)이 더욱 뚜렷하게 보이며 장엄한 분위기를 풍겨냈다.

신묘가 드디어 세 사람 앞에 그 모습을 드러냈다. 자연스럽고 평온했지만, 전설 속의 신묘가 너무 평범하게 나타나니 절로 기분이 이상해졌다. 그리고 마지막 돌계단 위에 서자, 판시엔도 손가락이 가늘게 떨리며 오랫동안 말을 하지 못하였다.

신묘는 매우 컸다. 이 세상 어떤 건축물에도 없는 웅장함이었다. 높은 석벽은 마치 영원히 녹지 않는 얼음 절벽 같았으며, 옅은 회색빛 처마는 얼마나 많은 천지의 비밀과 역사를 감추고 있을지 상상하기도 힘들었다. 더욱이 거대한 신묘를 떠받치고 있는 평평한 땅은, 수만 명을 수용할 수 있는 경국 황성 앞 광장보다 몇 배나 커 보였다.

하지만 정작 세 사람을 압도하고 있었던 것은, 신묘의 정문이었다.

문의 높이는 적어도 7장(丈, 1장은 3.3m)은 되어 보였고, 그 색은 투박했지만 고풍스러운 미를 담고 있었다. 신묘 정문에서 10여 장(丈) 떨어진 돌계단 위에 서 있는 세 사람에게도 그 압박감이 고스란히 전해졌다.

신묘 앞에서 젊은이 셋은, 마치 길 잃은 개미 같았다.

그리고 그들의 눈앞에는 높이와 굵기를 가늠하기 힘든 큰 나무가 하늘을 가리고 있었다.

하지만 판시엔의 시선은 오로지 한 곳에만 머물러 있었다.

신묘 문 앞의 커다란 현판.

그곳에는 샤오은의 설명대로 물(勿)자와 그 아래 반원 두 개와 작대기 세 개로 만들어진 알 수 없는 '부호'가 있었다. 그 부호가 일정하지 않은 간격으로 세 개가 있었다. 판시엔은 허공에 대고 그것을 한번 따라 그려보다 그 손끝이 멈추었다.

그리고 저도 모르게 신묘를 향해 걸어갔다.

하이탕과 왕13랑은 긴장한 표정으로 그 뒤를 따랐다.

판시엔은 여전히 현판을 노려보며 중얼거리고 있었다. 하지만 그는 더 이상 환자같이 보이지도 않았고, 그의 얼굴은 흥분으로 점점 더 빨갛게 달아올랐다.

"천상의 부호는 무슨! 이건 알파벳 'm'이잖아!"

그의 피곤했던 얼굴에 복잡한 감정이 스쳐가며, 저도 모르게 이를 악물고 바보처럼 '꺽꺽' 웃고만 있었다.

그는 신묘의 '진정한' 정체를 알 수 있었다.

그리고 그 순간, 자신이 내렸던 판단을 아직 친구들에게 말하지 않았다는 것을 알아차렸다. 그는 궤도를 보고, 돌을 하나하나 이곳으로 날라 신묘를 지은 것이 아니라, 다른 곳에서 지어진 신묘 건물을 통째로 궤도를 통해 이곳으로 옮겨왔다고 판단했었다.

그리고 신묘는 어쨌든 전기 등 에너지가 필요했을 것이다. 다시 말해 이 척박한 환경에서는 태양이라는 에너지원이 필요했다. 그래서 극야 후에 사람들 앞에 모습을 드러냈던 것이다.

가장 중요한 것은, 그는 지금 자신이 서 있는 이곳이 여전히 푸른 행성이라는 것을 알고 있었다. 큰보배에게 말했듯이, 지금 이곳은 그 많은 별들 중에서도 '지구'였다.

신묘는 신선의 거처가 아니었다. 이제 판시엔에게 신묘는 아직 용도를 정확히 알 수 없는 건축물일 뿐이었다.

그럼 용도가 뭐지?

판시엔의 창백한 입술이 가볍게 움직이며 혼잣말을 내뱉었다.

"여긴 지구가 확실한데, 이 신묘가 뭐지? 알파벳 m이 세 개……그리고 물(勿)……그 앞에 소 우(牛)자는 지워진 것 같고……원래는 물(物)자였을 테니……결국 박물관(博物館), 'm'useu'm'인 것인데……앞에 하나 더 있는 m은 또 뭐지? 그리고……전생에서도 이렇게 큰 박물관은 본 기억이 없는데……."

신묘는 낡은 박물관이었다.

하지만 판시엔은 여전히 우두커니 서서 현판을 바라봤다.

'이 박물관은 도대체 언제 만들어졌지? 박물관 사람들은 어디 있는 거지? 왜 이 세상에 이런 건축물이 남아 있는 거지? 낡은 박물관이 왜 이 세상 사람들에게는 신묘가 되어 있지?'

그는 인류 문명에서의 수많은 전설과 천맥자, 신묘 사자(使者) 등 관련 있을 만한 모든 것을 떠올렸다.

'예칭메이가 훔친 저격총, 무공 비법들은 또 뭐지?'

판시엔은 저도 모르게 몸을 떨었다. 그는 자신이 이 세상에서 가장 큰 비밀의 진상에 가까이 있다 확신했지만, 여전히 풀리지 않는 의문들이 많았다.

"콜록, 콜록⋯⋯."

판시엔은 가슴이 답답해지자 다시 격하게 기침을 하기 시작했다. 그리고 이유 없는 분노가 솟구치며 저도 모르게 욕을 해댔다.

"빌어먹을! 이런 개똥 같은 박물관이 도대체 뭐야?!"

"이것은 군사박물관이다."

아무런 감정이 실리지 않은 단조로운 목소리가 신묘 안에서 울려 퍼졌다. 마치 판시엔의 좌절감과 당혹스러움을 풀어주고 싶다는 듯이.

눈보라가 그쳤다.

판시엔은 경계심 가득한 눈빛으로 나무문을 노려봤다. 그 안에서 어떤 괴물이 튀어나올지 예상하기 힘들었기 때문이다.

하지만 조용했다. 신묘 안에서 전해온 목소리도 그 한마디 이후로는 침묵에 빠졌다.

문이 열렸다.

웅장하고 무거워 보이는 문이 열리는데 어떤 소리도 나지 않았다. 15도밖에 열리지 않은 문 틈 사이로 신묘 안의 풍경은 보이지 않았지만, 그것은 마치 신묘의 '초청'처럼 느껴졌다.

판시엔의 심장이 '쿵쿵' 울리기 시작했다. 그는 신묘 안으로 보이는 희미한 그림자를 보고는, 어떤 표정의 변화도 없이, 하지만 예상치 못하게 천천히 하얀 눈 위에 그대로 앉아 버렸다.

보물 창고일 수도, 지옥일 수도, 천국일 수도 있는 곳이 바로 눈앞에 있었지만, 판시엔은 그저 앉았다. 그리고 씁쓸한 미소와 함께 두 눈을 감고 명상에 들어갔다.

하이탕과 왕13랑은 신묘에서 들려온 목소리와 판시엔의 대화를 들었지만 이해할 수는 없었다. 박물관? 이 세상에 그런 것은 없었다. 그리고 왜 판시엔이 갑자기 앉았는지 몰랐지만, 그들은 긴장하며 그에게 다가가 무기를 꺼내들고 그를 호위하기 시작했다.

무기라 해야 하이탕은 단검, 13랑은 나무 막대기 하나.

그렇게 세 사람은 눈밭에서 조용히 신묘 문 앞을 지키고 있었다.

판시엔은 급하게 생각하지 않았다. 신묘에 들어가기 전까지 최소한 자기가 도망갈 수 있을 정도로는 몸을 회복하고 싶었던 것이다. 다행히 이곳의 천지 원기가 매우 강해 설산혈에서 진기가 조금씩이라도 흐르고 있는 걸 느낄 수 있었다.

판시엔이 천천히 두 눈을 떴다.

이제 모든 준비가 갖춰졌다.

'짹짹.'

신묘에서 나온 것은 악마도, 신선도 아니었다.

신묘 안에서 작은 새 한 마리가 밖으로 얼굴을 내밀고 가볍게 두 번 울었다. 비취색의 작고 예쁜 '파랑새'. 보기만 해도 마음이 정화되는 것 같은 새였다.

'정찰조?'

"들어가자."

하이탕은 판시엔을 부축하여 일으켜 세웠다.

판시엔은 잠시 생각을 한 후, 가볍게 호응했다.

"들어가자."

새로운 세상. 다만 세상 사람들의 생각과 달리 신묘의 문 너머가 아름다운 신선경(神仙境)은 아니었다. 파랑새가 '짹짹' 거리며, 그들을 어디론가 인도해 주고 있었지만, 그들을 맞이하러 나오는 어떠한 생물체도 없었다.

신묘 안은 큰 광장이었다. 광장 주변으로 커다란 건축물들이 세워져있었지만, 사방에 둘러쳐진 높은 검은 벽 때문에 밖에서는 볼 수 없는 구조였다.

그 건축물의 자재나 양식, 그리고 높이 등 어느 것도 이 세상에서 만들어 낼 수 있는 것이 아니었다. 그리고 신묘 정문에서 이어진 통로 양쪽의 낡은 벽에는 이미 많이 지워진 벽화의 흔적이 보였지만, 사실 희미한 선과 옅게 남은 색뿐이었다.

세 사람은 그저 편안하게 걸었다. 하지만 더 이상 들려오는 목소리도 없었고, 신묘 안의 사람들은 그들이 어디에서 왔는지 관심조차 없는 것 같았다.

신묘는 황폐한 사당이 맞았다. 일부 파손되고 기울어진 건축물, 한산하고 인적이 없는 곳, 판시엔은 우쥬 삼촌과 황제의 판단이 틀리지 않았다고 생각했다.

그들은 신묘의 정중앙에 섰다.

그곳에는 단이 하나 있었고, 그 뒤로 완벽하게 보존되어 있는 건물이 하나 있었다. 시간이 남긴 흔적이 보이긴 했지만, 다른 건축물처럼 파손되지 않은 유일한 건물이었다.

판시엔은 하늘을 한번 보고, 다시 발 밑에 소복이 쌓여 있는 눈에 찍힌 발자국을 보고 미간을 살짝 찌푸렸다.

'저 새는 왜 그림자가 없지? 그리고 이 건물들은 분명 내가 아는 문명의 유적들인데, 전 세상과 이 세상이 무슨 연관이 있는 거지?'

세 사람은 그렇게 한참 서 있었다. 그들의 시선은 모두 파랑새에게 쏠려 있었다. 한참을 침묵하던 판시엔이 먼저 입을 열었다.

"신묘가 위험하진 않네. 신묘 사자(使者)는 다 죽었나봐."

파랑새가 고개를 '휙' 돌려 판시엔을 바라봤다.

"다 죽었다……."

하이탕은 저도 모르게 판시엔의 말을 되풀이하다 파랑새의 시선을 느낀 후 떨리는 목소리로 말했다.

"설령 낙후된 신선경(神仙境)이라 해도, 어쨌든 신선이 사는 곳인데 경외심을 가져야지."

"경외는 무슨."

판시엔은 이 말을 뱉지는 않았다. 하지만 이곳까지 걸어왔는데 사자(使者)가 나오지 않는 것으로 보아 이곳은 그저 황무지일 것이라 확신했다. 신선경이 아니라 유적지일 뿐.

판시엔은 그제서야 하늘에 떠 있는 파랑새를 의식하며 말했다.

"신선은 떠났고, 사자(使者)는 죽고 저 새만 남았나 봐. 그러니까 우리들도 둘러보고 돌아가자."

"맹……."

하이탕은 말을 끝까지 하지는 못했다. 판시엔이 급히 기침을 하며 그녀의 말을 막았기 때문이다.

'왜 맹인 대사(大師)는 찾으려 하지 않지?'

'쩍쩍.'

그때, 파랑새가 하늘을 향해 날아올랐고 갑자기 무수한 '빛의 점'으로 변하더니 허공에서 사라져 버렸다!

하이탕과 13랑은 너무 놀라 재빨리 판시엔 곁을 지켰다.

하지만 판시엔은 예상했다는 듯, 전혀 두려움 없는 눈빛으로 천천히 떨어지는 빛의 점들만 바라보았다. 그 빛들은 단상 위의 허공에서 뭉치기 시작하더니, 여름 밤하늘의 수많은 반딧불처럼 신기하게 뭉치기 시작하더니……빛의 점이 점점 더 커졌고, 밝아졌고, 다시 희미해지고……결국 사람의 형상을 띠고, 그 모습이 점점 뚜렷해지기 시작했다.

흐르는 구름 같은 소매, 흑금색 허리띠, 화려한 신발.

넓은 소매의 낡은 옷을 입은 노인.

얼굴은 뚜렷하게 보이지 않았고, 노인의 발은 땅에 닿아 있지 않았고, 노인은 분명 눈앞에 있었지만 호흡도, 심장 박동도 느낄 수 없었고, 심지어 '존재감'조차도 느껴지지 않았다!

'새에서 사람으로? 허공답보? 진짜……신선?!'

하이탕과 왕13랑은 눈을 똥그랗게 뜨고 이 광경을 이해하려 노력하고 있었다. 하지만 두 명 모두 저도 모르게 다리의 힘이 풀리며 일제히 무릎을 꿇고 엎드려 성심성의를 다해 예를 올리며 머리를 연신 조아렸다.

판시엔도 무릎을 꿇고 예를 올렸지만, 흥분을 억제하지도 주체하지도 못해 몸을 부들부들 떨고 있었다. 그도 이 상황을 정확히 해석할 수는 없었지만, 그의 행동은 일종의 연기였다.

'신묘가 군사박물관이라면, 이자가 신선은 아닌데……그럼 뭐지? 전생에 봤던 홀로그램? 그 기술이 이렇게까지 발전한 것인가?'

판시엔은 눈을 한덩이 던져서 확인해보고 싶은 마음을 최대한 억제하고 있었다.

"북제 천일도 문파 하이탕, 신선을 뵙습니다."

하이탕은 신선(神仙)이라면 청산 일파(一派)를 분명 알 것이라 확신했다. 천일도 문파의 이념이 신묘의 인(仁)과 애(愛)를 천하에 전파하는 것 아니겠는가.

"동이성 검려, 왕13랑입니다."

13랑의 목소리가 기괴했다. 평소 항상 침착하고 영웅적인 그도 정신적 충격을 적지 않게 받은 듯 보였다.

"경국 판시엔이에요."

판시엔도 신분을 속이지 않았다.

'그런데 왜 신묘가 우리들에게 문을 먼저 열어 주었지? 그렇게 오랫동안 신선인 척했다면, 우리들에게도 먼저 반응을 보이지 않았어야 맞는데…….'

하지만 일단 생각할 시간이 필요했다.

"저희 셋은 남쪽에서 왔고……."

판시엔은 설원에서의 고난을 이야기하고, 신묘에 대한 숭배의 뜻을 장황하게 밝혔다. 하이탕과 13랑의 눈이 번쩍 뜨였다.

'왜 판시엔이 거짓말을 하지? 신선에게 거짓말을? 들키지 않을까? 하여튼 배짱 하나는…….'

"너희들은 세상의 영혼체이고, 위대한 신묘가 살피는 백성들이다. 너희들은 설원을 헤치고 오며 너희들의 결심을 증명했다. 앞으로 너희들의 의구심들은 빛이 인도할 것이며, 이미 그 빛은 너희들 앞에 있다."

드디어 '신선'의 목소리가 넓은 신묘에 울려 퍼졌다. 하지만 그 목소리가 신선의 입에서 나온 것인지 하늘에서 들려온 것인지 구분하기 힘들었다. 그리고 아무런 감정도 느껴지지 않았지만, 왠지 모르게 친근감을 풍기는 목소리였다.

하이탕과 13랑은 '윙윙' 울리는 소리를 들으며 다시 한번 신선에 대한 경외감을 느꼈지만, 판시엔은 되려 냉소를 지었다.

'스피커 성능 죽이네. 의구심을 빛이 인도한다?'

"존귀하신 신선님, 저희들에게 알려주십시오……저희들은 어디에서 왔으며, 어디에 있으며, 어디로 가는지."

그들은 남쪽에서 왔고, 신묘에 있다. 앞으로 어디로 가는가? 그걸 누가 알겠는가. 신선은 판시엔의 질문을 듣고 침묵했다. 차가운 바람에 흔들리던 옷깃도 순간 굳어 아무런 움직임이 없었다.

판시엔은 여전히 신선을 세심하게 관찰하고 있었다.

그리고 최종적으로 자신의 판단을 확신했다.

"너희들은 너희이고, 너희들은 온 곳에서 왔으며, 갈 곳으로 갈 것이다."

신선의 옷깃이 다시 움직였다. 목소리는 여전히 따뜻하고, 신비로 웠다. 심지어 하이탕과 왕13랑은 신선의 대답을 듣고 그보다 더 아름다울 수 없다고 생각했다.

하지만 판시엔은 다시 한번 냉소를 날렸다.

'데이터를 찾는데 이렇게 시간이 오래 걸리다니……신묘에 문제가 있긴 있군.'

"제가 원한 것은 그 답안이 아닌데요?"

"답안은 답안이고, 필요하고 필요하지 않은 것은, 모두 네 마음의 문제이다."

판시엔은 잠시 침묵하다 입을 열었다.

"전 신묘의 과거를 알고 싶네요."

'네가 정말 홀로그램 이미지이고, 이 박물관의 가이드일 뿐이라면, 어서 사명을 완수하라고……이미 묻혀 버린 역사를 이야기해.'

전설의 신묘에 들어간다면, 누군가는 연금술을, 누군가는 불로장생 비법, 누군가는 절대 무공의 비법을 알고 싶어할 것이다. 하지만 판시엔이 원하는 것은 신묘의 '역사'였다.

신묘의 홀로그램은 판시엔에게 '군사박물관'이라고 친절하게 답안을 주었었지만, 신묘의 '사람'도 판시엔이 그 자신과 연결되는 영혼이 있다고 생각하지 못한 듯 보였다.

빛이 어두워지며 신선의 옷깃이 다시 움직임을 멈추었다.

마치 판시엔 질문에 대한 허가와 관련된 데이터를 분석하듯이.

신묘는 무엇 때문에 생겼는가?

신묘의 궁극적인 목적은 무엇인가?

신묘의 과거, 현재, 미래는 어떠한가?

이것이 판시엔의 질문이었다.

마침내 신선이 입을 열었다.

"그것은 범인(凡人)이 감히 이해하려고 하면 안 되는 영역이다."

"제가 범인(凡人)이라고 생각해 본 적이 없는데요."

판시엔은 '빛의 점'을 바라보며 중얼거리듯 덧붙였다.

"그리고 네가 신선이라고 생각하지도 않아."

신선은 다시 입을 닫았다.

"그 대답을 하기 싫으면, 이건 좀 알려주시죠. 왜 우리에게 문을 열어줬나요? 범인(凡人)이 신묘에 들어간 역사가 없지 않나요? 그런데도 우리를 이곳에 들인 것은 뭔가 요구하는 게 있다는 것 아닌가요?"

하이탕과 13랑은 판시엔의 행동을 이해할 수 없었고, 신선과 이렇게 침착하게 대화를 나누는 모습에 존경심마저 들었다.

'판시엔은 정말 신묘의 신선과 거래를 하려는 것일까? 그런데 왜 맹인 대사(大師)는 찾으려고 하지 않지?'

"속세에서 저는 많은 직업을 가졌었는데, 가장 잘 하는 것이 장사였어요. 저는 이익을 추구하는 상인입니다. 전 일하지 않고 이익을 얻는 것도 싫어하지만, 신묘에서 '빛나는 존재'가 제 이익을 훼손하는 것도 싫습니다. 만약 우리가 신묘를 위해 뭔가를 해야 한다면, 당연히 우리들도 뭔가의 대가를 받아야겠지요."

신선의 목소리가 신묘에 천천히 울려 퍼졌다.

"신묘의 도(道)가 희미해지고, 대도(大道)가 흥성하지 못하고, 천하의 백성들이 길을 찾지 못하고 배회하기만 하며, 천하의 강산에는 슬픔과 분노의 바람만 부나니, 백성들로 하여금 의지를 굳건히 하고 마음 편안하게 신묘를 받들게 하고…….”

신묘가 아름다워 보이지만 복잡한 문장을 읊기 시작했다. 하지만 그 뜻은 간단했다.

'너희들이 신묘를 지켜라.'

하이탕이 기억속에 있는 단어를 중얼거렸다.

“설마……이게 전설 속에 전해져 오던 천맥자?”

판시엔은 침착하게 두 사람에게 설명했다.

“천맥자는 아니고, 신묘 사자(使者)를 말하는 거야. 보다시피 신묘는 황폐해졌어. 지금 눈앞의 '신선' 외에는 세상의 움직임을 관찰할 수 있는 사자(使者)가 모두 사라진 거겠지. 정확히 말하면, 사자(使者)들이 모두 인간 세상에 갔다가 죽어 버린 거야. 그래서 신묘가 사람들에게 잊혀지지 않기 위해선, 이 세상에서 잊혀지지 않기 위해선 사자(使者)가 필요한 거야.”

판시엔은 냉소를 지었다.

“그런데 우연히 우리 셋이 신묘에 오는 바람에, 신선에게 기회가 생긴 거지. 신선에게 이건 도박 같은 것도 아니야. 좋은 기회지. 너희들이 하고 싶다면 해도 돼. 지금 '신선'은 신묘 사자를 고르는 것뿐이야.”

판시엔은 고개를 돌려 신선을 바라봤다. 신선의 노여움 따위는 전혀 두렵지 않은 눈빛이었다. 신선도 분노하지는 않았다. 그도 그저 세 사람의 대답을 차분히 기다리는 듯 보였다.

“신묘의 사자들이 다 죽어서 우리 셋을 신묘의 '눈'으로 쓰려는 거겠지. 물론 우리들의 행동을 네가 통제할 수 없어. 그건 문제겠지만, 지금 상황에서 너에게 다른 선택지가 없지. 하지만 생각해보면 신묘 사자(使者)가 이 세상에 주는 장점도 있어. 내 분석이 맞다면, 신묘 사자(使者)가 소위 말해 '천맥자'들에게 지금 시대에 맞지 않는, 훨씬 앞서고 뛰어난 '지식'을 전수할 테니까."

판시엔은 눈을 가늘게 뜨고 신선을 바라보며 말을 이었다.

"쿠허도 천맥자, 황제 늙은이도 천맥자……천맥자는 몇 백 년 만에 한 번 나온다더니, 최근에는 너무 많은 거 아니야?"

신선은 표정의 변화도, 조금의 흔들림도 없이, 위에서 아래를 굽어보는 자세로 판시엔을 바라보다 갑자기 '입'을 열었다.

"그것은 의외의 상황이다. 그들은 천맥자가 아니다."

판시엔은 반박하지 않았다. 쿠허와 황제의 무공 비법은, 정확히 말하자면 예칭메이가 '훔친 것'이지 신묘가 자발적으로 '전수한 것'은 아니었기 때문이다.

"아이야, 넌 너무 많은 것을 알고 있구나."

"아이? 다시는 그렇게 부르지 마. 난 그렇게 불리는 것을 아주 싫어하거든. 내가 아는 것이 많은 이유는, 내가 스스로 '사고(思考)'할 줄 알기 때문이야. 네가 세상에 보낸 사자(使者)들처럼 생각할 줄 모르는 인형이 아니라고."

판시엔은 신선의 '눈'을 똑바로 쳐다보며 말을 이었다.

"네가 아까 말한 문장들도 이전 것을 빌려온 것 같던데, 이제 더이상 새로운 것을 만들어 내는 능력은 없나 보지?"

"정말 날 놀라게 하는 구나. 예전의 어떤 일을 떠올리게 만드는군……하지만 너희들이 신묘 사자(使者)가 된다면 지금의 무례는 용서해 주지."

신선이 단호하게 선을 그었다.

"신묘는 범인(凡人)과 '거래'를 하지 않는다."

"예전의 일이 떠올랐다면, 이 세상 모든 사람들이 널 두려워하지 않는다는 것도 알 텐데? 넌 그냥 고독한 늙은이일 뿐이야. 네 수하들이 다 죽었는데, 우리들 외에 또 누가 이런 쓰러져 가는 신묘를 찾아올 것 같아? 우리를 살리든 죽이든, 넌 그저 이 설산에 갇혀 세상과 떨어져 고립되는 거야."

"예외적으로 거래를 한다 하더라도, 사실상 너희들은 이미 신묘의 무한한 은혜를 받았다. 너희들은 신묘의 '아이들'임을 깨닫고, 세상의 발전을 위해 자신의 능력을 공헌하는 것이 마땅한 것이다."

"신묘가 나에게 뭘 해줬는지 모르겠는데?"

신선이 세 사람을 차례로 훑어보았다.

"너희들을 신묘 안으로 들인 것은, 그리고 이 위대한 사명을 맡기는 것은, 너희들에게 신묘의 기운이 있기 때문이다……특히 너."

신선의 시선이 마지막으로 판시엔에게 고정되었다.

판시엔의 입꼬리가 올라가며 살짝 웃었다.

"그러니까 지금 하시는 말씀은, 우리들에게 더 이상 해줄 게 없다는 거잖아. 그럼 됐어. 우리도 이 보물 창고에 들어온 이상 그냥 나갈 수는 없지. 우리가 알아서 찾을게."

하이탕과 왕13랑은 너무 놀라 정신이 번쩍 들었다. 개미 같은 인간이, 신선의 눈앞에서, 신묘의 보물을 훔쳐간다? 어찌 보면 너무 황당한 이야기였다. 하지만 더 황당한 일은 다음이었다.

판시엔은 그 말을 마친 후, 무심하게 신선을 지나 앞에 있는 건물로 성큼성큼 걸어 들어갔다.

신선의 표정이 살짝 굳었다. 그도 판시엔의 행동을 예상하지 못한 듯 보였다. 그의 몸이 또 '빛의 점'들로 흩어지더니 판시엔 앞에서 다시 모여 사람의 형상으로 변하며 판시엔을 막아섰다.

'순간 이동술?'

하이탕과 13랑은 내심 너무 놀랐지만, 본능적으로 반응하며 앞으로 튀어나갔다. 신선의 '분노의 일격'으로부터 판시엔의 목숨을 보호하기 위함이었다.

하지만 아무 일도 벌어지지 않았다.

심지어 판시엔은 발걸음을 멈추지도 않았다.

그는 무심하게 빛이 나는, 빛의 점으로 만들어진 사람으로 향했다.

'펑!'

하는 소리도 나지 않았다.

신선은 공격하지도, 번개 같은 빛으로 변하지도, 판시엔을 산산조각 내지도 않았다. 그저 신선을 감싸고 있던 빛이 순간적으로 팽창하더니, 판시엔의 옷에 붙은 것처럼 보였다.

하이탕과 13랑은 입을 다물지 못했지만, 판시엔은 무심하게 신선의 몸을 '통과'해 반대편으로 걸어나갔고, 뒤에 있는 건물의 대문을 향해 성큼성큼 다가갔다.

신선의 빛이 흩어졌다 다시 대문 앞에 모여 그를 막아섰다.

판시엔은 재미없다는 듯 '신선'을 보며 중얼거렸다.

"이제 다 알았어."

판시엔이 다시 '신선의 몸'을 '통과'했다.

하지만 그 누구도 두꺼운 외투 안에 그의 옷이 축축하게 젖어 있음을 알아차리지 못했다. 판시엔은 담담한 척했지만, 신선의 몸에 부딪히는 순간 그가 얼마나 용기를 내어 한 걸음을 내디뎠는지 아무도 알지 못했다.

결과로 봐선 그의 도박은 성공한 것처럼 보였다. 신선의 형상은 판시엔이 생각했던 홀로그램 비슷한 것이었다. 그 정밀함이 이전 생에서 보았던 것보다 훨씬 뛰어났지만, 어쨌든 '신선의 몸' 자체에 거대한 실질적 역량은 없었다.

하지만 여전히 설명이 안되는 것들이 많았다. 이 짙은 천지의 원기는 무엇이며, 예칭메이가 훔쳐 나간 무공의 비급들은 무엇인가. 이전 생에서도 태극권은 있었지만, 이 정도로 강력한 무공은 들어본 적도 없었다. 그리고 마지막 의문.

'우쥬 삼촌은 어디로 사라진 거지?'

판시엔의 얇은 입술이 미세하게 떨리고 있었다. 그는 뒷짐을 진 손을 살짝 움직여 하이탕과 13랑에게 신호를 보냈다. 자신의 친구들이 신묘에 대한 두려움을 떨쳐내고 자신을 도와주길 바랐던 것이다.

판시엔이 건물 안으로 들어가자, 신선의 몸은 다시 빛의 점으로 흩어져 반딧불처럼 그를 따라 들어갔고, 열려 있던 건물의 문이 아무 소리 없이 닫혔다.

판시엔은 안에 갇혔고, 하이탕과 13랑은 밖에 남겨졌다.

하이탕이 진기를 끌어올려 문을 부수려 하자 왕13랑이 황급하게 그녀를 막아섰다.

"조금 전 그 신호는 밖에 남으라는 것이었어요……맹인 대사(大師)를 찾으라는."

판시엔이 들어간 건축물은 사당과 비슷했다. 다만, 그 건축 자재들은 푸른 돌이 아닌 금속성 자재였다. 그리고 판시엔이 '박물관'이라는 이름에서 떠올린 전시대 같은 것은 없었고, 눈에 보이는 것은 그저 텅 빈 공간뿐이었다.

하지만 신묘 외부의 벽화가 많이 훼손된 것에 비해 내부의 벽화는 비교적 보전이 잘 되어 있었다. 판시엔은 뒷짐을 지고 노인처럼 몸을 숙여 벽에 그려진 그림들을 자세히 살펴봤다. 신선이 자신에게 역사의 진실을 알려주려 하지 않는다면, 그 진실을 스스로 찾으면 될 터.

판시엔이 벽화를 살펴볼 때에도 신선은 마치 유령처럼 그의 뒤를 따라다녔다. 판시엔의 등에서는 여전히 식은땀이 흐르고 있었지만 그는 애써 태연한 척하며 벽화만 유심히 바라보았다.

유화. 내용은 대륙에서 종종 들을 수 있는 원고신화(遠古神話). 하지만 신령들의 얼굴은 모두 모호하게 그려져 있었다. 그들이 번개치는 산 정상에 있든지, 안개가 뿌연 바다 위에 있든지, 화산에서 목욕을 하고 있든지, 어느 곳에서도 그들의 얼굴은 뚜렷하게 보이지 않았다.

판시엔은 경묘 사당에서 보았던 벽화가 떠올랐다.

'왜 모든 벽화에서 신들의 얼굴은 모호하게 그려지고 있을까?'

"그 벽화는 '보어'가 그린 것이다."

"보어 법사? 3백 년 전의 서양 법술사? 그 가족들은 모두 천맥자라 들었고, 마지막에 실종되었다고 하더니 사실은 신묘에 돌아온 것이었군. 천맥자들이 모두 사자(使者)에게 죽임을 당하는 것은 아닌가 보네? 살아서 신묘로 돌아오기도 하는 걸 보니."

"신묘는 세상일에 간섭하지 않습니다. 당연히 사람을 함부로 죽이지도 않습니다. 하지만, 당신의 말이 맞는 부분도 있습니다. 천맥자가 신묘의 지혜를 탐해 다른 뜻을 품게 된다면, 신묘에서 사자를 보내 죽일 수밖에 없습니다."

"그게 천맥자들의 실종 이유겠지."

판시엔은 신선의 말투가 갑자기 '존댓말'로 바뀐 것을 보고 다소 안심하였다. 그것은 최소한 대화할 의지가 있다는 의미일 터.

"보어 법사 부부는 세속적 욕망 같은 것은 없었습니다. 보어는 부인인 푸보가 죽고 나서 신묘로 돌아왔습니다. 그때 신묘의 벽화가 많이 훼손된 것을 보고, 7년이라는 긴 시간에 걸쳐 벽화를 다시 그린 것이지요."

"경묘 사당의 역사가 고작 3백 년은 아닐 텐데, 어떻게 그 벽화도 보어의 화풍에 따라 그려진 거지?"

"보어는 그림을 복원했을 뿐, 그가 직접 그린 것은 아닙니다."

판시엔은 벽화의 하늘에 만연한 불꽃과 빛을 가리켰다.

"그런데 왜 신들은 모두 얼굴이 없지?"

"신은 얼굴을 가질 필요가 없기 때문입니다."

"그럼 넌 신이 아니란 이야기네."

"말씀하신 대로, 전 신이 아닙니다."

"다행이네. 난 네가 설산(雪山)에 너무 오래 갇혀 있어서, 자신을 신이라고 착각할 정도로 미쳤으면 어떻게 해야 하나 걱정하고 있었어."

판시엔의 마음이 조금은 편해졌다. 적어도 최악의 가능성 하나는 배제되었기 때문이다.

'홀로그램은 생명과 감정이 있는 존재가 아니다. 이것은 설계된 대로 사고할 뿐이다.'

"신의 얼굴이 없는 것이 아니라, 원래 신은 없어."

판시엔은 단호하게 말을 뱉었지만, 그와 동시에 고독을 느꼈다.

'만약 정말 신이 없다면, 지금의 나와 어머니의 존재는 어떻게 설명이 되는 걸까……'

"저 불꽃과 빛들도 강한 기계나 무기 같은 거겠지. 정확히는 모르겠지만 원자폭탄? 중성자탄? 어쨌든 위력이 엄청 강한 것들일 거야."

공중에 떠 있던 빛이 판시엔의 말을 듣고 갑자기 강한 파동의 빛을 내뿜었다. 마치 격렬한 '사고(思考)'를 하듯, 판시엔의 입에서 예상치 못한 단어라도 들은 듯, 단시간 내에 반응하지 못하고 있었다.

"이제 알겠지? 나는 범인(凡人)이 아니야. 그리고 내 친구들도 여기 없으니 이제 걱정 말고 나에게 신묘의 역사에 대해 설명해줘."

다시 빛은 판시엔의 요구에 대한 '검증 작업'을 하고 있는 듯 보였다.

"고견을 구하려면, 내가 미숙한 의견이라도 내야겠지?"

판시엔은 바닥에 앉아 짙은 천지의 원기를 흡수하며 말을 이었다.

"신묘는 어느 문명의 유적지지. 네 말을 빌리자면 '군사박물관'이지. 그래서 그 문명에서 가장 뛰어난 무기들이 보존되어 있는 것이지. 네가 신묘의 역사를 말해주지 않으려 해서, 내가 이 벽화와 나의 짧은 지식으로 추측해 본 거야."

판시엔은 환하게 미소를 지었다.

"그리고 그 문명은 내가 아주 잘 아는 거야."

순간 가슴이 저며왔다. 그 통증이 강하지는 않았지만, 분명하게 느껴졌다. 이 '문명'에 대해 아는 사람은 예칭메이 외에 자신 밖에 없었으며, 그렇게 세상에 혼자 남겨진 듯한 외로움은 생각보다 무거웠다.

"그러니까 너와 난 한때를 같이한 동행자라고 할 수도 있지. 그러니 말해 봐. 그때 그 세계는 왜 멸망했지? 정말 핵폭탄을 가지고 장난치는 미친놈들이 있었던 거야?"

공중에 있던 빛이 거울처럼 형태를 바꾸며 얼음처럼 반짝였다. 한참이 지나고 나서 갑자기 온화하고 침착한 목소리가 건축물의 사방에서 울려 퍼지기 시작했다.

"그것은 신계의 전쟁이었다. 신선들은 각자 법보를 가지고 파도를 일으켰고, 대지는 변하고, 화산은 폭발하고……."

"그만!"

판시엔의 분노에 가득 찬 목소리가 공허한 건축물 내에서 울려퍼졌다. 그는 죽일 듯한 눈빛으로 거울을 노려보다 갑자기 기침을 하기 시작했다. 그는 결국 피를 토했고, 소매로 입가의 피를 닦으며 거울을 향해 욕을 했다.

"내가 그 빌어먹을 신계에서 온 사람이다! 그러니 그런 개떡 같은 소리는 좀 집어 치워! 얼어죽을 신묘는 무슨……니미랄! 넌 그냥 다 무너져 가는 박물관일 뿐이야!"

봄의 기운이 만연한 경국의 황궁 안 어서방에서 깔끔하지만 차가운 목소리가 울려 퍼지고 있었다.

'끼익.'

어서방 문이 환기를 위해 열렸지만, 야오 태감이 이끄는 태감과 궁녀 무리들은 들어가지 않고 문밖에서 조심스럽게 대기하고 있었다.

"사당의 높은 곳에서 백성을 걱정하고, 강호의 먼 곳에서 군주를 걱정하라. 이래도 걱정, 저래도 걱정이니, 즐거움은 어디 있는가? 천하가 걱정하기 전에 먼저 걱정하고, 천하의 즐거움은 후에 즐겨야……."

판뤄뤄는 맑은 목소리로 문장을 끝까지 읽은 후 책을 닫았다. 그리고 어서방 한구석으로 가 창밖에 풍성하게 자란 나무를 보며 오빠를 떠올렸다.

'오라버니는 북쪽으로 갔다던데, 무엇을 찾으러 간 걸까? 신묘가 북쪽에 있나? 북쪽의 땅은 항상 눈으로 덮여 있어 사람이 갈 수 있는 곳이 아니라 하던데……오라버니는 괜찮을까?'

그 사건이 있은 후 4개월. 봄의 끝자락에 접어든 황궁에는 따사로운 햇빛이 비춰지고 있었지만, 어서방 안은 여전히 한기로 가득했다. 황제는 낮은 침대에 누워 얇은 이불을 덮고 있었다. 그는 창백한 얼굴에 힘이 없는 눈빛으로 판뤄뤄의 시선을 따라 창밖의 푸른 나무들을 바라봤다.

왠지 모르게 그의 눈에 푸른 나무들은 너무 혐오스러웠다.

무엇이든 시간의 흐름을 거를 수 없다는 것을 알려주는 듯.

황제는 혼잣말처럼 중얼거렸다.

"군주를 걱정하고, 또 백성을 걱정하고……그런 말을 입에 달고 살던 그 녀석이, 왜 군주도 아비도 몰라보는 짓을 벌인 것인지 짐은 도저히 이해가 안되는구나."

판시엔이 징두를 벗어나 북으로 향한 것은 모든 대신들이 알고 있었다. 하지만 의외로 판시엔이 북제로 가지 않았다. 대신들에게 더 의외였던 것은, 황제가 판시엔 한 명에게 노여워했을 뿐, 징두 내 그 누구에게도 죄를 묻지 않았다는 사실이었다.

황제는 눈을 가늘게 떴다. 숱이 적은 눈썹은 마치 잎사귀가 몇 남지 않은 늦가을 나무 같았다. 얼굴에 주름이 가득한 황제가 판뤄뤄를 바라보다 문득 물었다.

"짐이 설마 '좋은 황제'가 아니더냐?"

비애가 묻어나는 질문이었다.

사실 이 문제는 후대가 판단할 문제였다. 하지만 천하에서 제일 강한 이 남자는 계속해서 눈앞의 사람에게 '인정'을 구하고 있었다. 그는 판뤄뤄에게 습관적으로 이 질문을 했고, 그녀도 익숙한 듯 고개조차 돌리지 않고 대답했다.

"제가 감히 대답할 수 있는 질문이 아닙니다."

그때, 어서방 밖에서 야오 태감의 목소리가 들려왔다.

"이 귀비, 쳔 군주(郡主)가 도착……."

말이 끝나기도 전에 이 귀비와 린완알이 어서방 안으로 들어왔다. 그 행동이 익숙했는지, 황제는 그들을 힐끔 쳐다봤을 뿐 그들의 무례를 탓하지 않았다. 두 사람은 황제 옆으로 다가와 그를 부축해 일으켰다. 완알은 황제가 누워있던 이불을 다 바꾸고 이마의 땀을 닦으며 미소를 지었다.

"전부다 중저우(中州, 중주)에서 생산된 새로운 면과, 취엔저우의 새로운 기술이 적용된 이불이에요. 폐하께서 한번 사용해 보세요."

이 귀비는 도시락에서 음식을 집어 황제에게 먹여 주었다.

"오늘은 날씨도 좋은데, 밖에 나가서서 좀 움직이는 게 좋지 않으실까요?"

황제의 반응은 냉담했다.

"이렇게 매일같이 오다니, 귀찮지도 않느냐? 짐이 못 움직이는 것도 아니고."

이번에 황제는 회복이 더디었다. 아무리 중상을 입었다지만, 판뤄뤄와 태의의 예상보다도 느렸다. 그래서 그런지 항상 심사가 편하지 않은 듯 보였다. 완알은 황제의 말을 못 들은 척하며 그의 어깨를 안마했고, 뤄뤄도 그 모습을 보다 고개를 저으며 완알 반대편으로 가서 황제의 다른 쪽 어깨를 주물렀다.

어서방이 조용해졌다. 이 귀비는 이 모든 것을 미소를 지으며 바라보고 있었다. 허종웨이 일파 관원들이 판시엔에게 몰살당하자, 조정에 남은 대신들은 처음엔 놀라고 분노했지만, 결국 변화된 상황에 적응했고 오히려 그 상황을 만족하고 있었다. 그들의 지위가 더욱 굳건해졌기 때문이다.

3황자는 후 대학사의 가르침 아래 정사(政事)에 손을 대기 시작했고, 비록 메이(梅) 비(妃)의 산달이 얼마 남지 않았지만, 경국은 이상하리만큼 안정감을 찾아가고 있었다. 적어도 세상 사람들이 보기에 황제는 후계자를 바꿀 생각이 없어 보였다.

경국은 어떤 변화도 없는 것처럼 보였다. 되려 더 살기 좋아졌고, 판시엔이라고 하는 젊은이는 이미 세상에서 사라진 지 오래되었다. 아무도 그의 거처를 알지 못했고, 그의 생사를 아는 이조차 없었다.

완알은 판시엔의 뜻대로 가족들을 데리고 딴저우로 가지 않았다. 그저 조용히 징두에 남아 있었고, 오히려 이전보다 더 황궁을 자주 들락거렸다. 그런 그녀의 모습에 처음에는 사람들이 놀랐지만, 이제는 그 모습도 사람들의 눈에 점점 익숙해지고 있었다.

"내일은 짐이 조정 회의에 나가는 날이니, 너희들도 올 필요가 없다."

황제의 말투는 차가웠고, 그 안에 알아차리기 힘든 정도였지만 심각함도 들어 있었다. 며칠간 친지들이 자신을 돌본 것에 속으로 기뻐했는지는 몰라도, 어쨌든 자신에게 반항한 아들의 가족들이었다.

"네, 폐하."

완알은 여전히 웃고 있었다. 자신이 뭘 하고 있는지 잘 알고 있었기 때문이다. 그녀는 지금 판시엔의 뜻을 따르고 있었다.

"그 녀석이 살아 돌아올 것이라 기대하지 말아라. 그가 진짜 돌아오고, 설령 짐이 그의 목숨을 살려준다 해도, 천하의 관원들이 그를 용서하지 않을 것이다."

황제는 피곤한 기색을 감추지 않으며 두 눈을 감았다.

"너희들은 그 녀석이 왜 신묘에 간 줄 아느냐? 짐은 알고 있다. 우쥬를 찾아서 날 죽이려 하는 것이다. 정말 하늘도 울고 갈 효자가 아니냐. 그런 녀석에게 어떻게 짐이 정을 줄 수 있겠느냐."

황제는 이미 충분한 관용을 베풀고 있었다. 물론 그것은 판시엔과의 약속 때문이고, 더 정확히 말하면 아직 판시엔의 생사를 모르기 때문에, 약속을 지킬 수밖에 없었다. 세상에는 신묘 안으로 들어갈 수 있었던 사람이 없다고 알려져 있었다. 그런데 어떻게 그 안에서 사람을 구하겠는가. 하지만 황제는 여전히 불안했다. 과거에 성공한 여자가 있었다는 것을 알고 있었기 때문이다.

판시엔은 그녀의 아들이다.

황제는 눈을 번뜩였다.

"예중에게 입궁하라 전하라."

어두운 육지가 불에 타오르고, 푸른 바다에도 불길이 치솟는다. 끝이 보이지 않는 하늘과, 그 하늘 아래 모든 것이 불길에 사로잡힌다. 화산이 폭발하여 붉은 용암이 바다 안으로 흘러 들어가 안개를 만든다. 바다의 거센 파도가 육지의 모양을 깎아낸다. 하늘과 땅 아래 비춰지는 눈부신 빛은 멸망의 향기를 풍기고 있다.

육지에서는 동물들이 도망치고 있다. 가죽은 찢기고 뼈가 드러난다. 이 빛과 불길은 마치 저승에서 온 도깨비불처럼 모든 생명체를 사냥한다. 불타오르는 숲에서 깊은 땅굴을 파고 들어가도 이 멸망의 불길을 피할 수 없다.

바다 안의 생명체들도 불안한 듯 헤엄친다. 심해에서 올라오는 독가스를 피하려고 필사적으로 머리를 수면 밖으로 내밀어 보지만, 폐로 들어오는 것은 마찬가지로 독이 든 뜨거운 공기일 뿐이다.

하늘 위의 새들은 더 높은 곳으로 도망친다. 눈부신 빛을 피해서 인적이 없는 곳으로 날아가 마지막 도원(桃園)을 찾고 있다. 계절과 상관없는 새들의 대이동이다. 대부분의 새들은 날아가던 중 마른 땅에 떨어지고, 뜨거운 빛과 검은 재를 피할 수 있는 새는 극히 적다.

천지의 빛은 점점 어두워진다. 하늘은 먼지와 먹구름으로 가득 차서 머리 위의 둥근 태양을 뒤로 가린다. 청록색의 대초원은 색이 바랜다. 재앙 후에 살아남은 동물들이 작은 웅덩이 주변에 모여 들어 유일하게 남은 깨끗한 수원(水源)을 쟁탈하기 바쁘다. 서른여 마리의 큰 악어가 수풀 깊은 곳에 엎드려 있고, 웅덩이 주변의 무수한 동물들이 작은 굴을 파고 있다. 대담하고 강한 육식 동물들은 악어의 지반을 공격하기 시작한다.

하늘에서는 더 이상 날짐승의 흔적을 볼 수 없고, 바다 밑의 물고기들은 이미 심해의 산호초에 갇혀 감히 나오지 못하고, 그 주변을 떠돌던 상어들은 당혹스럽게 눈을 크게 뜨고 있다. 그들도 세상이 어찌 되었는지, 자기 보금자리는 도대체 어떻게 된 것인지 알 수 없다.

바다 위에는 거대한 향유고래 10여 마리가 지쳐서 둥둥 떠다니고, 가끔씩 힘없이 자신의 꼬리를 한번씩 움직인다. 멀리 떨어진 섬 주변에서는 바다사자들이 절망한 채 하늘을 향해 울부짖고, 잔인하게 서로를 물어 뜯으며 가슴 깊은 곳의 두려움을 표출한다.

연못 주변에 모여 있는 동물들도 죽어간다. 서로를 죽이고, 공기 중에 검은 먼지를 빨아먹어서 죽고, 배고픔에 죽고, 갈증으로 죽고, 더 많은 동물들은 연못의 물을 마시고 죽는다.

공기 속은 건조하고, 연못 주변에는 백색의 뼈만 남아 있다. 크고 작고, 구부러지거나 엎드려 있고, 그들 몸에 있던 피와 살은 이미 흙 속으로 돌아가 새하얀 뼈만 도처에 널려 있다. 백골 옆엔 수천 년이 지나도 죽지 않은 파충류들만 남아 있다.

또 얼마가 지나자 연못이 말라 버린다. 무게가 수백 근에 달하는 큰 악어가 운명을 받아들인 듯 진흙 위에 엎드려 있다. 불타는 듯한 태양이 등에 붙은 진흙을 비추자 점점 시들어 가고, 썩고, 점점 더 백골의 모습으로 변한다.

마지막까지 살아남은 악어들의 최후도 죽음이다.

하늘에도 죽음의 기운이 가득하다. 일렁이는 구름 외에는 그 어떤 생명체의 흔적도 없다. 해수면의 풍경은 더 참혹하다. 따뜻한 해류와 북쪽의 찬 해류가 만나는 지점에선 고래와 바다사자와 같은 포유류의 시체들이 다 썩어 있다. 그 피가 바닷물을 붉게 물들이고, 바다에는 악취로 가득하다.

시체를 먹는 동물들도 갑자기 다가온 이변에 몸을 사린다. 육지로 다가갈수록 죽음의 기운이 더 가득한 것을 느끼고, 더욱더 조심스럽게 움직인다.

그러다 어느날, 드디어 이 건조하고, 어둡고, 지옥 같은 세상에 비가 내린다. 빗물이 초원을 내리치고, 동굴 안에 숨어 있던 곤충들을 깨운다. 동그란 물방울들이 흙 위로 떨어진다. 딱정벌레 한 마리가 기쁜 듯 세수를 하고, 빗물이 한 곳에 모여 오래된 수로를 따라 초원 깊은 곳으로 흘러 들어간다.

물살이 멸망을 피해 숨어 있던 생물들을 깨운다.

작은 물줄기가 흰 뼈로 둘러싸인 웅덩이에 흘러 들어온다. 놀랍게도 수로 바위 틈 깊숙이 도마뱀 한 마리가 살아있다. 붉은 혀를 날름거리며 물을 우둔하게 밟고, 악어의 거대한 눈두덩이를 핥아 먹는다. 오른발을 앞으로 내밀어 거칠게 사방을 향해 경고하며 이 웅덩이의 소유권을 주장한다. 어차피 이 웅덩이 옆에 천 구가 넘는 시체들이 늘어져 있고, 도마뱀을 향해 다른 의견을 표출할 수 있는 생명체는 아무것도 없다.

어떤 세계이든, 물은 생명을 의미한다.

이번에도 마찬가지다. 공기중에 흩날리는 검은 재들도 빗물에 씻겨 내려가고, 바람에도 흩어지지 않던 회색 먼지들은 수신(水神)의 위력에 굴복한다. 공기는 점점 맑아지고, 생명들은 물과 함께 사방에서 몰려든다. 다시 생존의 싸움이 시작되고, 피 비린내는 사라질 새가 없었지만, 대신 생명의 기쁨이 그 안에서 느껴진다.

하지만 하늘에서 내려온 이 빗물에 담긴 검은 재의 정체를 아는 생명체는 어느 것도 없다. 빗물이 재를 씻을 수는 있어도, 천지에 보이지 않는, 하지만 천지를 덮고 있는, 모든 생명을 앗아갈 수 있는 그 '선(線)'은 씻을 수 없다는 것을 모른다.

비가 오자 바다는 평온해진다. 잔잔한 파도에 따라 시체들이 해안가 암초 바위로 떠내려가고, 썩은 냄새가 빗물에 씻겨 나간다.

빗줄기는 갈수록 굵어지고, 영원히 멈추지 않을 것 같다. 빗물을 마시는 동물들은 자신들의 몸에서 천천히 생명의 기운이 멀어지는 것을 느낀다. 이유를 알지 못하지만, 본능적인 두려움과 절망에 사로잡혀 자신의 마지막 기력을 다해 무의미한 살육을 시작한다.

크고 작은, 수차례의 홍수가 지나간다. 육지의 생명은 다시 한번 큰 타격을 입는다. 더러운 물에 잠긴 수많은 시체들을 제외하고는 생명체가 살았다는 흔적을 찾아볼 수 없다. 바다 가장자리에 쌓인 썩은 시체들 주변에는 거센 장대비에 거품이 일고 있다.

세상에 대한 하늘의 응징은 여전히 끝나지 않는다.

비가 눈으로 바뀐다. 북에서 남으로 흐르는 공기의 온도가 순식간에 10도 이상 내려가고, 하늘에서 태양은 자취를 감춘다. 계절도 사라진 듯, 겨울은 그렇게 갑작스럽게 위태위태한 모든 생명체 앞에 나타난다.

눈은 멈출 기미가 없다. 처음에 검은 재가 묻어 검게 물들어 있었지만, 이내 곧 새하얀 색을 되찾는다. 하얀 눈은 더할 나위 없이 거룩하고 깨끗하게 보인다. 깨끗한 눈이 하늘을 뒤덮고, 바다를 뒤덮는다. 온 세상이 눈보라에 휩싸이고, 강추위가 몰려와 바다에 얼음층이 생긴다.

온통 하얀 땅 위에 눈은 계속 내린다. 눈밭에는 생명의 움직임이 사리지고, 이 광경은 영원히 지속될 것 같다.

1년, 2년, 10년, 100년……

판시엔은 마치 꿈속에서 깨어난 것처럼 한참 뒤에야 거울에서 충혈된 눈을 돌렸다. 방금 본 모든 것은, 판시엔이 신묘에 들어오고 나서 예상한 결과들이었다. 하지만 막상 눈앞에 펼쳐지니, 그 고통과 슬픔을 참기가 힘들었다.

신묘는 신계가 아니었다. 그 모든 것은 실제로 일어난 일이었고, 그 사건에서 죽은 생명들도 모두 실재(實在)하던 생명체였다.

판시엔은 뻑뻑한 눈을 손으로 비볐다. 다시 고개를 들어 거울 안에 펼쳐진 만년설의 풍경을 바라봤다. 분명 변화는 일어날 것이다. 그렇지 않다면 '지금 이 세상'이 만들어 질 수가 없다. 하지만 그보다 마음에 걸리는 점은, 과거 세상에서 '인간'들은 어떻게 되었는지 하나도 나오지 않았다는 점이었다.

웅장하고, 아름답고, 고풍스럽기도 하고, 소박하기도 하고, 초라하기도 한……건축물들은 '이 세상'의 건물들과 전혀 어울리지 않는다. 재앙 속에서 가장 큰 타격을 받은 것은 역시나 '인간'들이다. 그들은 조물주의 비밀을 손에 얻었지만, 결국 대형 살상무기로 자기 자신을 해친다.

고온에 시멘트 철근이 녹아내리고, 충격파가 모든 잔해를 파괴하고, 정체불명의 방사선이 모든 사람들을 죽인다. 가뭄이 지난 후 홍수, 서리가 내린 뒤 눈보라. 몇 년 동안 내렸을 지 모른 흰 눈은 과거의 영광을 가리고, 그 누구도 이곳에 있던 부흥한 종족을 기억하지 못한다.

눈이 얼마나 내렸는지 아무도 모른다.

다시 화면에 사람이 나타나고, 파괴된 문명과 생존을 향한 갈망으로 살육이 일어난다. 남은 생명들 중에서 살아남기 위해서 인간은 다시 가장 잔인한 생명체로 변한다.

판시엔은 보고 싶지 않은 장면들은 빠르게 넘겼다. 마치 타임머신 앞에 앉아 문명의 역사를 바라보고 있는 기분이 들었다. 그는 지금 남아 있는 문명의 불이, 결국 자연에 의해 꺼져가는 모습을 보고 있었다.

하얀 눈 아래에 남은 건물들은 바람에 의해 침식되고, 결국 무너진다. 눈보라가 그치자 무성한 잡초가 건물을 가리고, 시간과 바람, 물 등 자연의 마력으로 건물들은 한덩이의 바위나 녹슨 조약돌로 변한다. 처음의 웅장했던 모습은 찾아볼 수 없다.

화면이 바뀐다.

짐승의 가죽을 입고 있는 사람들이 동굴 속으로 들어가 보금자리를 마련한다. 뼈로 화살을 만든다. 하지만 그들은 문자를 모르고 언어를 잃어버렸다.

판시엔은 문명이야말로 생명력이 가장 강한 존재가 아닐까 생각한 적도 있었다. 얼마나 강한 충격을 받아도 다시 복원해서 빛을 발할 수 있는 것이 문명이라 믿었다.

하지만 눈앞에 펼쳐지는 화면에서 나타나는 문명은 이 세상에서 가장 약한 존재였다. 문명이 의존할 수 있는 물질 세계가 사라지자, 정신에 기반한 문명은 가장 먼저 잊혀졌다.

화면이 순식간에 지나갔다.

이 세상이 몇 만, 몇 십만 년 후의 모습인지는 모르겠지만, 인류가 세웠던 휘황찬란한 처음의 모습은 흔적도 없이 사라졌다.

판시엔의 두 눈에 눈물이 차올랐다. 저도 모르게 주먹을 꽉 쥐고 가부좌를 틀고 있었다. 찰나에 천 년이 지나가고, 푸른 돌이 아직 썩지 않았는데 만 년이라는 시간이 흘렀다.

바다가 마르고, 별이 움직이고, 대륙이 움직인다.

한때의 바다가 땅이 된다. 무수히 많은 시체들은 양분이 되고, 화산의 움직임이 멈추자 초원은 다시 푸르름을 되찾는다. 동북쪽에서 온 원시인들이 그곳에서 '불'을 지키며 맹수들과 싸운다.

시간이 지나간다. 얼마가 지나간 지는 모른다. 눈에 검은 천을 두른 맹인이 북방의 설원에서 온다. 그는 사자(使者)라 불린다.

사자(使者)는 부족에게 신을 알리고 그물 만드는 법을 가르친다.

시간이 또 지나간다.

또 다른 사자(使者)가 끈을 묶는 법을 가르친다.

부족 사람들은 신의 은혜를 노래한다.

시간이 또 지나간다.

이번에 온 사자(使者)는 문자(文字)를 가르친다.

부족 사람들은 신을 기리는 제단을 만들고, 산에 그림을 그려 신의 은총에 감사함을 표시한다.

판시엔은 무릎에 머리를 푹 파묻고 가쁜 숨을 내쉬고 있었다.

그는 모든 것을 알 수 있었다.

이곳이 '지구'라는 것을 확인한 후부터 풀리지 않은 의문들이 너무 많았다. 예를 들면, 이 세상에 쓰는 글자들이 왜 자신이 예전에 쓰던 글자인지, 왜 이 세상의 글들은 다른 방식으로 진화하지 않았는지.

"한 가지 질문이 있어. 모든 것이 사라졌는데 왜 너는……신묘는 사라지지 않고 보존될 수 있었던 거지?"

판시엔은 첫 번째 재앙이 시작된 시기가, 자신이 죽고 얼마 지나지 않은 시점이라고 생각했다. 신묘의 건축양식, 진화된 홀로그램 등이 조금은 어색했지만, 자신이 충분히 예상할 수 있는 범위 내에 있었기 때문이다. 과학과 문명은, 자신이 본 것보다 많은 발전을 하지 않은 듯 보였다.

빛나는 거울에는 부족민들의 일상이 비춰지고 있었다. 새로운 땅을 개척할 때의 희생도 보였다. 수십만 년의 겨울을 겪은 후 나타난 '새로운 인류'는 그들이 오래 전부터 있었던 존재라는 것을 '잊은 듯'했다.

하지만 새로운 인류는 환경에서 살아남기가 '이전 인류'보다 훨씬 수월했다. 사자(使者)라고 불리우는, 검은 천을 두른 맹인이 북쪽에서 일정한 기간을 두고 찾아왔기 때문이다. 그가 올 때마다 신묘의 지혜를 가르쳤고, 인류 문명의 발전을 가속화했다.

거울 안의 인류는, 마치 게임에서 '치트 키'를 쓴 것처럼 믿을 수 없는 속도로 발전했다. 지금 세상처럼 발전하기까지 몇 십만 년의 시간은 필요 없었던 것 같았다. 하지만 어느 순간부터 북방에서 온, 검은 천을 두른 맹인 사자(使者)는 더 이상 세상에 나타나지 않았다.

그들의 임무를 대신 맡은 이들은, 세상을 돌아다니는 사자(使者) 그리고 그 사자(使者)들이 가르친 천맥자였다.

판시엔이 질문을 했을 때, 거울의 화면은 마침 산봉우리 하나를 비추고 있었다. 무수히 많은 백성들이 흥분하여 계단을 만들었고, 석재와 목재를 산 정상까지 옮겨서 사당을 짓고 있었다. 바다 위 절벽에 있는 사당은 청옥으로 만들어져 마치 거울처럼 빛이 났다. 해가 뜰 때마다 햇빛을 그대로 반사하는 건물은 판시엔도 익숙한 곳이었다.

대동산.

"박물관이 아름다움을 지킬 수 있었던 것은 운이 좋았기 때문입니다. 세상 사람들의 말을 빌리자면, 천운(天運)이었습니다."

신묘의 목소리가 다시 울려 퍼졌다. 그 소리는 부드러웠지만, 여전히 감정은 느껴지지 않았다.

'천운? 수십만 년 전 문명의 유적지를 보존할 수 있었던 방법을 설명할 수 있는 것은 그것뿐인가? 신묘가 태양 에너지를 사용하는 것이 영향이 있을까? 그리고 전쟁 하나로 이렇게까지 큰 재앙이 오

지는 않을 것 같은데, 설마 지구……지구 전체에 거대한 변화가 생긴 것인가?'

판시엔이 고민하던 중 갑자기 감정이 격렬해졌다. 화면에서 검은 천으로 눈을 가린 맹인 사자(使者)와 마지막에 나타난 대동산의 절벽을 보니 갑자기 자신이 이곳에 온 이유가 떠올랐기 때문이다.

'우쥬 삼촌의 정체가 뭐지?'

"아무리 천운이라 해도, 세상에 이곳만 남았다는 건 말이 안 돼."

판시엔의 갈라진 목소리는 떨리고 있었다.

"시간이 모든 것을 증명해 줍니다. 제가 여기 수십만 년 있었지만, 저와 비슷한 존재는 한번도 본 적이 없습니다."

신묘의 목소리가 갑자기 울려 퍼졌다.

"제가 지금까지 살아남고, 인류를 돕는 사명(使命)을 계속 할 수 있었던 것은, 하나는 천운 때문이고, 다른 하나는 신묘 사자(使者)들이 지속적으로 보수를 했기 때문입니다. 하지만, 이제 신묘 사자들도 시간이 지남에 따라 끝을 보이는 것 같아 안타깝습니다."

신묘는 안타깝다고 말했지만, 그 말투에는 여전히 감정이 없었다. 판시엔은 잠시 생각하다, 거울이 비추고 있는 대동산을 가리키며 물었다.

"저곳은 나도 간 적이 있는데, 신의 뜻이라 하며 저곳에 사당을 지은 이유는 뭐지?"

'삼촌이 저기 가서 상처를 치료한 것, 황제가 마지막 전투 장소를 대동산으로 정한 것, 황제가 저곳에서 삼촌을 찾은 것……이 모든 게 우연일까?'

"기념하기 위함입니다."

신묘는 잠시 멈춘 후 다시 말했다.

"그곳은 전쟁이 시작된 곳입니다. 사람들이 서로를 죽이기 시작하면서 폭발이 시작된 곳이지요. 그리고 그 폭발로 인류 스스로도 예상하지 못한 큰 재앙이 일어났습니다……그 마지막 흔적이 옥으로 된 절벽입니다. 도시는 완전히 사라졌지만, 산은 반만 녹아서 지금의 모습이 된 것입니다."

"그래서 대동산의 방사능이 가장 짙은 것이고, 그게 천지의 원기라고 불리는 것인가? 그런데 어떻게 치명적이 방사능이, 천지의 원기가 될 수 있었던 것이지? 그리고 지금 인류가 고대 인류의 '후손'이라면, 왜 그들의 몸에 진기가 흐르는 '경맥' 같은 것이 존재하는 거지?"

"왜냐하면 인류가 세상에서 가장 멍청한 생물이자, 가장 총명한 생명체이기 때문입니다. 관건은, 그들은 환경에 가장 적응을 잘 하는 생명체입니다……그 점은 제가 확신할 수 있습니다."

파괴, 복원, 변화, 적응……또 파괴, 복원, 변화, 또 적응…….

그 과정에서 문명은 멸망했고, 또 문명은 재건되었다. 변화가 생겼고, 그 변화는 예측할 수 없는 방향이었다. 하지만 인류는 여전히 적응했다.

두 세상에서의 극명한 변화는 인간 신체에 생긴 경맥과 천지의 충만한 원기였다. 천지의 원기와 체내의 진기가 같은 용도라면, 그것이 모두 수십만 년 전 발생한 재앙 이후 생긴 흔적 같은 것이라면, 그 흔적 때문에 왜 인류는 멸망하지 않았을까.

신묘의 해석에 따르면, 적응 또는 진화한 것이다.

그 말이 진실이라면, 그것은 생명이 가진 끈질김이다.

판시엔은 이전에 가장 강한 것이 정신의 기초에서 세워진 문명이라 생각했는데, 펼쳐진 역사에서는 문명이야 말로 가장 약한 존재이고, 가장 연약하다고 여겨지던 '생명체'가 가장 강한 존재였다.

방사능은 한때 공포 그 자체였지만, 아주 많은 시간이 거친 후에는 익숙하고 자연스러운 풍경에 불과하게 되었다.

화면이 바뀐다.

숲속에서 사냥을 하고, 밭에서 일을 한다. 시냇가에서 옷을 빨고 있고, 아이는 첫 걸음을 서툴게 떼고 있다. 마을, 성, 궁전, 자연이 있고, 분쟁, 전쟁, 살육이 있다.

화면이 점점 느려지고, 무도 수행자들이 수행을 한다. 연꽃에 앉거나, 산 정상에 앉아 있다. 하늘과 바다에 뜻을 구하고, 자연을 보며 마음을 다스린다. 천지 원기를 마시며, 몸속의 혼탁한 기운을 뱉어낸다.

그렇게 대륙의 무도(武道)가 차근차근 만들어지기 시작한다.

"자자자……."

판시엔은 지금의 세상과 흡사한 장면이 지나가자 입을 열었다. 마음이 살짝 흔들렸지만, 크게 동요하지는 않았다.

"무도(武道)가 인류에 의해서 만들어졌다면, 왜 신묘에 그런 물건들이 남아 있는 거지? 두 권 훔쳐 가서 세상에 대종사를 몇이나 만들어 냈잖아?"

판시엔은 기침을 두 번하고 재빨리 말을 덧붙였다.

"이제 내가 범인(凡人)이 아닌 것을 아니까, 신계에서 남긴 신선술이다 뭐 이 따위 소리는 하지 말고."

"신묘는 수십년 동안 세상을 관찰했습니다. 우리들은 자료를 수집하고, 분석하고, 새로운 인류의 생물적 특성에 맞는 것을 연구했습니다. 그 연구의 결과인 것입니다."

'빅 데이터? 학습? 인공 지능?'

"좋아. 넌 세상에 유용한 방법을 만들었지. 다시 인류가 세상에 나타났을 때, 인류가 살아남을 수 있도록 사자(使者)를 보내 괴물들을 대신 상대하기도 하고⋯⋯그런데 더 많은 자료들이 있잖아. 그런 것들은 왜 감추고 있는 거지?"

판시엔은 말을 하며 어머니를 떠올렸다. 그리고 내고에서 생산된, 지금 세상에서 생각하기 힘든 기술과 상품들을 떠올렸다. 그리고 그녀의 죽음에 신묘가 연루되어 있다는 사실도 떠올렸다.

"심지어 너희들이 스스로 정한, 세상일에 간섭하지 않는다는 규율을 깨면서까지 그 지식을 전수하려던 '사람들'을 죽이려고 했지."

"사람들이 아닙니다. 한 명입니다."

신묘의 대답은 유난히 진실되게 들렸다.

"우리들은 수호자입니다. 우리들은 인류가 이 땅에서 다시 살게 해주고 있습니다. 그들을 지키는 것이, 우리들의 사명입니다."

"수호자?"

"우리들은 인류에게 기술과 지식을 나누어 주었습니다. 예를 들면, 농사법이라던지, 무예 등등. 하지만 세상에 영향을 끼치지는 않습니다."

"너희들은 조종자가 아니라 수호자라지만, 인류를 너무 오랫동안 너희들 '설계'하에서 살아가게 하는 거 아닌가?"

판시엔은 미간을 살짝 지푸렸다.

"1천 년이 지났어. 북위가 세워진 지 벌써 1천 년이 지났다고. 그런데도 이 세상에서 본질적인 발전은 없었어."

신묘는 한참 침묵했다.

그리고 갑자기 반문했다.

"설마 그것이 안 좋다는 것인가요?"

그것이 좋다?

그것이 안 좋다?

누가 이것을 단정할 수 있겠는가.

하지만 판시엔은 신묘가 선대 인류의 마지막 유물이라는 것을 추측할 수 있었다. 프로그래밍 된 지령을 따르고 있었지만, 그 사고방식의 근간은 선대 인류였다. 즉, 재앙과 인류의 멸망을 경험하다 죽은 그 인류의 사고방식.

신묘는 문명이 만약 선대 인류의 길을 답습한다면, 또 한번 멸망이 찾아올 것이라고 생각하는 것이었다.

예칭메이는 세상에 풍파를 불러 일으켰다. 대륙의 생산력과 기술을, 신묘가 보기에 '과도하게' 높인 것이다. 그래서 경국 황제를 대항자로 골랐다. 그리고 예칭메이의 모든 것을 지우기 시작했다.

변수가 생겼다. 신묘의 사자(使者)가 우쥬의 손에 죽어가기 시작했다. 그러다 보니 경국 황제가 통제되지 않았다. 그는 여전히 내고를 운용하며 자신의 욕망을 채워갔고, 예칭메이의 후손은 살아남았다.

"좋고 안 좋고를 떠나, 너는 인간 세상에 참견하고 있잖아. 그럼 네가 정한 규칙을 이미 어기고 있는 거 아닌가?"

"신묘는 인류 사회에 관여하지 않습니다. 그리고 인류 문명의 발전을 막으려 한 적도 없습니다. 다만, 누군가 부자연스러운 힘으로 그 과정을 가속화하려고 할 때에만 막으려 한 것입니다."

판시엔은 웃음이 터졌다. 그 웃음소리는 건물 전체를 다 채웠고, 마지막에는 눈물까지 흘리며 웃다 뒤로 자빠졌다. 하지만 신묘는 이 이상한 여행자에게 별로 관심이 없는 듯 보였다. 왜 웃는지도 궁금해하지 않는 눈치였다.

신묘는 그저 기다렸다.

한참 후에 판시엔은 웃음을 그치고 차가운 바닥에 벌러덩 누웠다.

"넌 스스로를 신묘라 부르는 데 익숙하네. 그렇게 몇 십 년이 지나니, 네가 신이라도 된 것 같아?"

신묘는 대답하지 않았다. 대신 빛이 나는 거울에서 새로운 장면을 만들어 내고 있었다. 이번에는 초원과 바다가 아닌, 인류가 직접적으로 고통을 받는 장면이 나타났다.

판시엔은 신묘가 이 화면들로 무엇을 말하려는지 알았다.

그래서 그는 그 화면을 더는 보고 싶지 않았다.

"이제 꺼. 보기 좋은 풍경도 아니잖아."

공중에 떠 있던 거울이 점점 빛을 잃더니 평범한 두루마리로 변했다. 그것은 양쪽에서 중간방향으로 점점 말리더니 어느새 노인의 모습으로 다시 변해 있었다.

"반복합니다. 저는 신이 아닙니다. 인류의 수호자입니다."

"신이 아닌데 왜 스스로 판단하고 행동하지?"

판시엔은 기나긴 대화에 지쳐가고 있었다.

"넌 인류가 만들어 냈는데, 지금은 인류의 발전을 통제하지. 그건 도대체 무슨 프로그램인 거야? 어떻게 그런 행동을 하지?"

"신묘의 규칙은 네 가지입니다."

"스스로를 왜 계속 신묘라 부르는 거야? 참 이해할 수 없네……."

"제1규칙, 신묘는 인류를 해할 수 없다. 인류가 해를 입는 것을 방관할 수도 없다. 제2규칙, 신묘는 인류의 모든 명령에 따라야 한다. 단, 제1규칙을 위반하면 안 된다. 제3규칙, 신묘는 스스로의 안전을 지켜야 한다. 단, 제1규칙과 제2규칙을 위반하면 안 된다."

신묘의 목소리가 끝나기도 전에 판시엔은 미간을 찌푸렸다. 규칙들이 귀에 익었기 때문이다. 다만, 언제 들었는지 기억이 날 듯 말 듯하였다.

"제0법칙, 신묘는 인류 전체의 이익을 보호해야 한다. 나머지 세

가지 법칙도 이 전제하에 성립한다."

판시엔은 그제서야 기억의 출처가 떠올랐다. 세세한 것은 좀 다를 수 있었지만 전체적인 논리 구조는, 이전 생의 무수한 소설과 영화에서 보았던 휴머노이드 로봇의 규칙과 매우 닮아 있었다.

하지만 판시엔은 추억에 빠질 여유도 없이, 신묘가 말한 마지막 제0법칙을 듣고 저도 모르게 소름이 돋았다.

'인류 전체의 이익을 보호한다? '전체의 이익'?'

판시엔은 그 법칙에 엄청난 위험이 도사리고 있다고 생각했다.

'전체 이익이라는 것도 황당하지만, 그것을 감정도 없는, 사람이 만들어 낸 인공지능이 판단한다고?'

판시엔은 얼굴이 창백하게 변하며 물었다.

"인류 전체의 이익은 도대체 어디 있는 건데?"

"신묘는 인류 전체의 이익이 어디 있는지 모릅니다. 하지만 신묘는 어떤 것이 그것에 부합되지 않는지는 알고 있습니다."

"저번에 신묘 사자(使者)가 강남로의 무고한 백성들을 학살했지. 정말 신묘의 규칙이 효과가 있다면, 왜 그런 일이 벌어질까?"

판시엔의 목소리는 점점 떨리고 있었다.

"전체의 이익이라는 모호한 개념은, 사실상 모든 일을 할 수 있게 하지. 너무 위험하다 생각하지 않아?"

"신묘는 스스로를 통제할 수 있는 수단이 있습니다. 일종의 수학적인 판단입니다. 신묘는 인류가 과거의 실수를 되풀이하는 것을 지켜볼 수 없습니다."

"너에게 고마워해야 하는 거야, 아니면 널 욕해야 하는 거야?"

판시엔은 차가운 바닥을 짚고 일어났다.

"그리고 그 개 같은 제0법칙은 누가 만들어 낸 거야?"

"개가 만든 것은 아닙니다."

신묘는 진지하게 대답했지만, 정말 개 같은 농담이었다.

"신묘가 기능을 시작할 때부터 존재하던 규칙입니다."

"지금 누가 만든지도, 어디서 생겼는지도 모르는 규칙 때문에 어머니가 죽었단 말이야?"

판시엔은 혼자 중얼거리기 시작했는데 그 목소리는 점점 커졌다.

"그딴 이유 때문에 죽였다고? 내 어머니를 죽였다고……내 어머니를……내 어머니를……."

"그것 때문에 너희들이 내 어머니를 죽였다고!"

판시엔은 뼛속까지 분노가 치밀었다.

"신묘는 인류 전체의 이익을 지켜야 합니다."

여전히 평온한 목소리.

하지만 프로그램 설정이 변했는지, 갑자기 말투가 바뀌었다.

"신묘는 당신들 셋이 신묘의 신도(信徒)가 되는 것을 허락하노라. 신묘의 사자(使者)는 하늘의 뜻을 대신하여, 넓은 인간 세상을 거닐며 대륙의 인류를 보호하는 존재이니라."

노인은 신성(神聖)한 목소리로 이어 말했다.

"신계에서 온 동행자여, 제0규칙을 기억하길 바라오."

말을 마치고 나서 빛으로 만들어진 노인의 얼굴이 계속 변했다. 마지막 정보 처리를 거쳐 판단을 내리고 있는 듯 보였다.

"제0법칙을 준수하기 위해서, 자네는 신묘에 남아야겠네."

신묘 사자(使者)로의 요청.

판시엔에 대한 경고.

판시엔 감금 선포.

각기 다른 말투의 세 마디가 결국 판시엔을 감금하기에 이르렀다.

판시엔은 당황하거나 긴장하지 않았고, 두려움도 없었다. 고작 네 살이었던 예칭메이도 신묘를 벗어났는데, 하물며 지금 천하 제일 고수들과 같이 온 자신이 벗어날 방법이 없을까.

"욕하고 협박하는 건 진정한 전투가 아니지. 그리고 너같이 생명도 없는 물건에 내가 굳이 화낼 필요성도 못 느껴. 그래도 너에게 욕을 퍼붓고 싶은 충동을 느끼는 건 어쩔 수 없네."

"야이, 개새끼야!"

"캬아악⋯⋯튕!"

판시엔은 노인에게 욕을 하며 침을 뱉었다.

그리고 엉덩이를 '툭툭' 털고 문을 향해 발걸음을 옮겼다.

"고작 반딧불 주제에 염라대왕처럼 행동하고 있어. 지가 진짜 신인지 아나⋯⋯말 몇 마디 섞어준 것만으로도 감사하다 하지 못할 망정, 날 가두려고 해?"

아무 일도 일어나지 않았다.

공중에 떠 있는 노인도 그가 떠나는 모습을 지켜볼 뿐이었다.

문 손잡이에 손을 얹은 판시엔이 고개를 돌렸다.

"굳이 더 설명할 필요도 없겠지만, 내가 예칭메이의 아들이야. 그리고 네가 보낸 신묘 사자(使者)는 내 삼촌한테 죽었어. 그러니 너도 다른 직업이나 찾아보는 게 어때? 이상한 신(神) 놀이는 그만하고."

그는 잠시 멈칫하다 다시 말했다.

"만약 날 더 열 받게 하면, 네 태양열 판을 떼서 물 끓이는 데 쓰거나, 그 김에 네 cpu도 가져가서 부숴 버릴 수도 있어."

대문이 활짝 열렸다.

다시 얼음과 눈의 세계가 눈앞에 펼쳐졌고, 판시엔은 눈을 크게 뜨고 이 '진짜 세상'을 탐욕스럽게 바라보았다.

"아아아아아아아아!"

판시엔은 깊게 숨을 들이마시며 큰 소리로 외쳤다. 그 소리는 높은 설산에 울려 퍼지며 메아리쳐 돌아왔다.

그는 사실 신묘의 급소가 어디에 있는지도 몰랐고, 더욱이 쓸데없는 모험을 하고 싶지도 않았다. 예칭메이가 도망 나왔지만 신묘를 파괴하지는 않았고, 우쥬 삼촌도 신묘에 온 이후로 쉽게 떠나지 못하고 있는 듯 보였다. 겉보기에는 허름해 보이지만, 알 수 없는 힘이 숨겨져 있을 수 있었다.

그때, 검은 그림자 두 개가 재빠르게 그의 앞으로 다가왔다. 그들은 걱정스러운 표정으로 판시엔을 바라봤고, 판시엔은 약간 억지스러웠지만 최대한 환하게 웃었다. 건물 안에서 들은 내용은 아무에게도 말하지 않을 생각이었기 때문이다.

그런 외로움과 슬픔을 굳이 나눌 이유가 없었다.

"찾았어?"

판시엔이 묻자 왕13랑은 고개를 끄덕였다.

판시엔은 그제서야 왕13랑이 등에 메고 있는 커다란 '검은색 상자'를 발견했다. 그리고 저도 모르게 긴장되기 시작했다. 그의 두 눈동자가 순간 수축되며, 뭔가 지금 자신이 놓친 것이 있다는 생각이 머릿속을 스쳤다. 그리고 황급히 소리질렀다.

"밖으로 튀어!"

제13장

신묘의 마지막 사자(使者)

"목표1을 제거한다."

신묘의 목소리가 사방에서 울려 퍼졌다. 노인의 모습은 진즉 사라졌다. 신묘는 더 이상 쓸데없는 이미지 놀이에 에너지를 낭비하지 않았다.

'지잉.'

신묘의 목소리와 함께, 왕13랑은 등에서 이상한 진동을 느꼈다.

검은 상자가 움직였다.

정확히 말해서, 검은 상자가 해체되었다.

'번쩍!'

검은 빛이 스치더니, 검은색 쇠막대기 하나가, 인간이 상상할 수 없는 속도로, 침착하게, 정확하게, 직접적으로 판시엔에게 향했다.

'착.'

판시엔은 쇠막대기를 '꽉' 움켜쥐었지만, 감히 고개를 숙여 자신 가슴의 상처를 쳐다볼 엄두가 나지 않았다. 그저 어리둥절한 표정으로, 망연자실한 표정으로, 앞에 있는 익숙한 얼굴을, 영원히 늙지 않을 것 같은 그 얼굴을, 상대방의 두 눈을 가리고 있는 검은색 천을 바라보았다.

판시엔은 확신했다.

'신묘의 사자(使者)는 다 죽었다. 그래서 신묘가 스스로를 보호할 역량은 더 이상 남지 않았다.'

판시엔은 놓쳤다.

'우쥬 삼촌은 가장 강한 신묘 사자(使者)이다.'

우쥬는 전설이었다. 하지만 신묘의 전설이었다.

판시엔은 우쥬의 얼굴을 보며 믿기지 않는다는 표정을 지었다.

"이 사실이 알려진다 한들, 우리 엄마도 못 믿을 걸요?"

판시엔은 쇠막대기를 '꽉' 쥐고 있었다. 금속의 차가움이 손에 그대로 전해졌다. 몸에서 피가 분출되기 시작했고, 코와 입에서 피비린내가 느껴졌다. 그리고 점점 몸이 차가워지기 시작했다.

눈앞에 있는 검은 천에는 먼지조차 없었다. 그 깨끗함과 순결함 속에 부드럽고 주름 하나 없는 얼굴이 숨어 있었고, 수십만 년의 이야기가 감추어져 있었다.

낯익은 얼굴이었지만, 낯익은 기운을 찾을 수 없었고, 익숙한 얼굴의 두 눈에 검은 천이 둘러져 있었지만, 그가 우쥬 삼촌이 아님을 알 수 있었다.

아는 사람인데, 아는 사람이 아니었다. 20년의 관계가 순식간에 사라진 듯, 지금이 마치 길거리에서 낯선 이를 처음 만났을 때처럼 느껴졌다.

눈앞이 깜깜해졌다.

판시엔은 왕13랑이 메고 있던 검은 상자를 보자 잘못되었다는 것을 바로 깨달았다. 우쥬는 최강의 신묘 사자(使者)였지만, 동시에 최악의 배신자였다. 하지만 결국 신묘는 또 다시 우쥬를 통제하는데 성공하였다. 그가 3년 동안이나 나오지 못했기 때문이다.

신묘는 우쥬를 왕13랑이 간단하게 찾게 하지 않았을 것이다.

그런데 왕13랑이 찾았다.

함정.

그럼에도 신묘는 우쥬를 완전하게 통제하는 데 불안했을 것이다.

그래서 우쥬를 신묘에 가두어 놓은 것이다.

신묘를 벗어나면? 우쥬의 공격 범위를 벗어난다.

그래서 신묘 밖으로 도망가려 했다.

너무 늦었을 뿐이다.

검은 빛이 번쩍 할 때, 판시엔은 샤오은의 말이 떠올랐다. 당시 예칭메이가 신묘 밖으로 처음 도망칠 때에도 검은 빛이 번쩍 했다고 들었었다. 그 한 번의 검은 빛이, 당시 쿠허를 땅에 구르게 만들었다고.

격심한 통증이 가슴으로부터 전해져 왔다. 삼촌은 기억을 잃은 듯 보였다. 아니 신묘가 삼촌의 기억을 지운 듯 보였다. 그리고 그 기억을 어떻게 지웠는지 대충 알 것 같았다.

"푸!"

판시엔은 선혈을 토해냈다. 얼굴은 점점 창백해졌지만, 눈동자는 어느 때보다 결연했다. 판시엔은 재빨리 손을 들어 하이탕과 왕13랑이 공격하려는 시도를 막았다. 어차피 그들은 우쥬 삼촌의 상대가 아니었다. 의미 없는 죽음일 뿐.

피가 목으로 역류했고, 고통에 절로 허리가 숙여졌다.

하지만 판시엔은 결연했다.

일말의 희망이 있었다.

왜냐하면 그가 우쥬의 일격에도 죽지 않았기 때문이다.

판시엔이 강한 것이 아니라, 우쥬가 급소를 피해 찔렀다.

우쥬는 실수를 하는 사람이 아니다.

신묘에서 울려 퍼지던 목소리는 멈추었다. 신묘는 우쥬가 판시엔의 생사를 보고할 때까지 기다리고 있었다. 그리고 신묘는 판시엔이 살아남을 가능성은 전무하다 판단하고 있었다.

우쥬의 공격을 피할 수 있는 '인류'는 없다.

하지만 판시엔은 가능했다!

우쥬의 나무 막대기에 무수하게 얻어 맞은 그였다. 그는 우쥬의 공격을 가장 잘 알고 있었다. 검은 빛이 번쩍할 때, 그는 본능적으로 반응하며 급소를 살짝 피했다. 물론 이것만으로는 부족했다. 판시엔이 나무 막대기를 피해본 적이 없었기 때문이다.

하지만 왜 그런 것인지, 우쥬는 '실수를 했다'.

우쥬는 머리를 낮추고 여전히 판시엔을 찌르고 있었다. 그의 얼굴엔 아무런 감정이 보이지 않았다. 그의 눈을 가린 검은 천만 바람에 이리저리 흔들리고 있었다.

"이 사실이 알려진다 한들, 우리 엄마도 못 믿을 걸요?"

판시엔의 입에서 이 말이 나온 후, 우쥬는 그렇게 미동도 없었다.

그때, 우쥬가 갑자기 물었다.

"네 엄마 성이 무엇이냐?"

일말의 희망이, 생존가능성으로 바뀌었다.

"예씨."

우쥬는 반응이 없었다.

"삼촌이 엄마를 '아가씨'라 불렀어요."

우쥬는 여전히 반응이 없었다.

판시엔은 무표정한 삼촌의 얼굴을 보며 왠지 모르게 끝도 모르는 슬픔이 복받쳤다. 가슴에 난 상처의 통증이 더욱 강해졌다.

"엄마 이름은 예칭메이예요. 전 판시엔이고, 삼촌은 우쥬."

판시엔은 입가의 피를 닦아냈다. 하지만 그 작은 움직임에 통증이 격하게 올라와 순간적으로 눈앞이 흐려졌다.

우쥬는 여전히 반응이 없었다.

이미 그 모든 이름들을 뇌리에서 지운 듯했다.

판시엔은 얼음같이 차가운 우쥬를 보며, 마치 눈앞에서 익숙했던 영혼 하나가 빛의 점으로 변해 공중으로 날아가 '무(無)'로 변하는 장면이 펼쳐지는 것 같았다.

두려움, 그리고 슬픔. 다시는 우쥬 삼촌을 만나지 못할 것 같았다. 그 슬픔에, 지금 그의 몸에서 느껴지는 상처와 고통도 현실이 아닌 것 같았다.

세상의 종말을 보고도 슬프지 않았다. 자신의 죽음도 두렵지 않았다. 그에게 슬프고 두려운 게 하나 있다면, 자신이 가장 사랑하는 사람과 마주보고 있음에도, 상대방이 자신을 알아보지 못하는 현실이었다. 판시엔은 절망한 얼굴로 우쥬를 바라봤다.

"푸!"

다시 한번 피를 토했다.

'털썩.'

다리에 힘이 풀려 힘없이 눈밭에 무릎을 꿇었다.

우쥬가 쇠막대기를 천천히 거두었다. 그는 자신의 앞에 무릎을 꿇은 판시엔은 본 체도 하지 않고, 팔꿈치를 살짝 구부렸다 뒤로 뻗으며, 결국 참지 못하고 뒤에서 기습을 감행한 왕13랑을 공격했다.

'펑.'

왕13랑은 멀리 날아갔고, 우쥬는 아무 감정 없이 눈이 쌓인 단상 위로 올라가더니 신묘의 마지막 건물 앞에 털썩 앉았다.

영혼이 없는 껍질이, 보물창고를 지키기 시작했다.

'퍽.'

판시엔의 몸이 그대로 눈밭에 고꾸라졌다. 피가 꿀렁이며 흘러내렸고, 하이탕은 그의 옆에 꿇어 앉아 온 힘을 다해 지혈하려 애쓰고 있었다. 놀란 마음은 애써 억눌렀지만, 눈에서 흘러내리는 눈물까지는 어찌할 도리가 없었다.

우쥬는 하이탕과 왕13을 먼저 공격하지 않았다. 신묘가 판단하기에 그 둘은 '인류 전체의 이익'에 해가 되는 존재가 아니었다. 그리고 그들은 이제 신묘의 사자(使者)가 되어 신묘의 뜻을 알려야 할 사람들이었다.

신묘는 다시 평온함을 되찾았다. 더 이상 목소리도 울리지 않았다. 눈은 소리 없이 하늘에서 내리고 있었고, 설산은 마치 아무 일도 없었다는 듯이 밝고 투명하게 빛나고 있었다.

우쥬는 신묘 건물 대문 앞에 미동도 없이 앉아 있다.

형용할 수 없는 고독과 외로움이 짙게 배어 나왔다.

눈이 끝도 없이 내렸고, 어디서 시작되었는지 모르는 차가운 바람이 불어왔다. 사람의 마음은 눈과 바람 같은 것. 외로움은 어디서 시작되었는지, 어디서 끝나는지 모른다.

판시엔은 특수 제작한 장막의 틈 사이로 어지럽게 휘날리는 눈송이를 보고 있다. 그의 얼굴에는, 설산 속에 앉아 있는 맹인처럼 아무런 표정이 담겨 있지 않았다.

하이탕과 13랑은 그를 업고 산 아래 야영지로 데려왔다. 판시엔이 하루도 못 버틸 거라 생각했지만, 그의 생명력은 생각보다 강했다.

깨어난 순간부터 판시엔은 고민에 빠져 있었다. 그리고 그의 몸은 더욱 약해져 있었다. 천지의 원기를 이용해 명상을 하려 했지만, 이번에 많은 피를 흘린 탓에 그것마저 잘 되지 않았다. 페인과 같은 몸이었지만, 판시엔의 얼굴에는 실망의 기색이 조금도 없었다. 그는 그저 냉정하게 밖에 내리는 눈을 보며, 조심스럽게 자신의 몸을 요양하고 있었다.

하이탕과 13랑이 극야를 피하고 몸을 다스리기 위해 남쪽으로 가자고 설득을 해보았지만, 판시엔은 단호하게 거절하며 고집을 피웠다. 그들도 그 이유를 알았기에 걱정하면서도 더 강요하지는 않았다. 하지만 그들은 이 상황속에서 설산 밖에 야영하는 것 외에 무엇을 더 할 수 있을지 몰랐다.

판시엔은 믿음이 있었다. 그는 우쥬 삼촌의 신분을 알았지만, 그는 다른 사자(使者)들, 그리고 신묘와 다른 점이 있다고 믿고 있었다. 지금 그의 눈에 비치는 우쥬 삼촌은 '외로워' 보였다.

판시엔은 우쥬 삼촌이 감정이 있다고 믿었다. 그는 계산적으로 움직이는 프로그램이 아니라, 감정이 있는 인간이라 믿었다. 판시엔은 딴저우의 잡화점에서, 꽃보다 아름다운 우쥬의 미소를 똑똑히 봤다. 대동산에서 삼촌은 분명히 '환하게 웃었다'.

그런 변화가 언제부터 시작된 것인지는 알 수 없었다. 수만 년 전에 사자(使者)들이 마을에서 사람들을 지켜보면서 생겼을 수도, 몇 십 년 전 신묘에 나타난 그 여자 아이와의 만남이 우쥬를 변하게 했을 수도, 아니면 신묘에서 가장 강력한 존재인 그가 신묘와 완전히 다른 길을 가려고 한 것일 수도, 그것도 아니면 프로그램 오류일 수도……하지만 지금 이 순간 그 이유는 전혀 중요하지 않았다.

그는 이 세상에 태어날 때부터 우쥬 삼촌의 등에 업혀 있었고, 그가 이 세상에서 가장 처음 본 사람이 우쥬 삼촌이었다. 우쥬 삼촌의 등은, 따뜻했다. 그의 두 눈을 본 적은 없지만, 그 눈동자에는 감정이 있을 거라 확신했다.

'신묘가 삼촌을 어떻게 재통제했을까……세뇌? 재부팅?'

하지만 지금 삼촌에게서 어떠한 '생명의 숨결'도 느껴지지 않았다.

판시엔은 그 사실에 슬픔과 분노를 느꼈다. 그에게 신묘를 지키는 가장 강한 사자(使者)는 삼촌의 '육신(肉身)'일 뿐. 그렇기에 우쥬의 감정이, 영혼이 되돌아오지 않는다면, 그에게 삼촌은 죽은 것이나 마찬가지였다.

하지만 판시엔은 여전히 믿음이 있었다. 처음 삼촌을 만났을 때에도 삼촌은 많은 것을 기억하지 못했다. 하지만 그 뒤로 하나씩 하나씩 기억을 해냈다. 그래서 열쇠도 찾았고, 총알도 찾았고, 패도공결을 완성했던 자의 존재도 기억을 해냈다.

그리고 너무도 명확한 믿음의 근거가 있었다.

그게 있는 한, 판시엔은 돌아갈 수 없었다.

판시엔은, 우쥬의 공격에, 죽지 않았다.

예칭메이, 판시엔……이 이름을 잊어버렸을 지라도, 우쥬 삼촌의 '생명' 어딘가에는 새겨져 있다고 확신했다.

'엄마도 처음 쿠허와 샤오은을 따라 나왔다가, 삼촌 때문에 다시 들어가서 삼촌을 데리고 나온 거야. 나라고 못할 거 없어.'

판시엔이 다시 신묘에 들어가기로 결정하자, 세 사람은 우두허에서 모인 이후로 가장 격렬하게 싸웠다. 판시엔 결정의 이유는 알았지만, 지금 하이탕과 13랑에게 가장 중요한 것은 판시엔의 생사였다.

"몇 달 동안 우리가 한 게 없지만, 그렇다고 네가 죽으러 가는 걸 지켜만 볼 수는 없어."

판시엔은 하이탕의 말에 아무 반응 없이 나무 막대기 하나에 의지해서 묵묵히 걸었다.

"제가 볼 때, 최대한 빨리 남쪽으로 내려가서, 샹징에서든 동이성에서든, 청산이든 검려든, 사람을 데려오는 게 대사(大師)를 구할 가능성이 더 높아요."

사실 왕13랑의 제안이 가장 현실적이었다.

"너희들은 나에게 맹세했어. 아무에게도 신묘의 위치를 말하지 않겠다고……."

왕13랑은 더 이상 대꾸를 하지 못했다.

"13랑은 나를 부축해서 산 위로 데려다 주고. 하이탕은 설산 아래에서 썰매견들을 이용해 야영지를 좀 더 설산 쪽으로 옮길 방법을 생각해줘."

판시엔은 시선을 설산에서 하이탕으로 옮기며 말을 이었다.

"넌 야영지에서 우릴 기다려."

"난 같이 안 올라간다고?"

"아까 네가 나에게 아무런 도움이 안 되었다고 말했지? 아니야. 사실 너희들이 없었으면, 난 벌써 눈과 얼음에 파묻혀 죽었을 거야. 그러니 그런 말은 하지도 마. 하지만 내가 지금 하려는 건, 내 삼촌을 상대하는 거야. 그 일에서는, 너든 13랑이든 정말 아무런 도움이 안 돼."

판시엔은 미안한 표정을 지으며 말을 이었다.

"물론 내 말이 무례하고, 너희들의 기분이 나쁠 수도 있겠지만……너희들도 알잖아? 내 삼촌이 좀 심하게 강해. 사실 부축이 필요하지 않다면 나 혼자 가고 싶어. 그리고 만약 잘 해결이 안 되면,

산에서 바로 내려올게. 그러니 너무 걱정하지 마."

"얼마나 기다려야 하는데?"

하이탕은 무력한 목소리로 물었다.

"3일……13랑이 너와 연락할 거야. 만약에 내가 너희들에게 먼저 떠나라 하면……."

판시엔의 눈동자가 살짝 흔들렸다.

"바로 떠나줘. 그리고 가서……아내와 아이들에게……나에게 무슨 일이 일어났는지 알려줘."

하이탕과 왕13랑은 더 이상 말을 할 수 없었다.

산으로 올라갈수록 다행히 눈보라는 잦아들었다. 하지만 여전히 깊은 산맥 안에서 내리는 눈이 신묘의 모습을 가리고 있었다. 판시엔은 한 손으로 지팡이를 짚고, 다른 한 손으로 13랑의 어깨를 잡으며 올라갔고, 험한 길이었지만 굳건히 올라가 푸른색 돌계단 앞에 도착했다.

이번에 13랑은 거대한 유골함을 메고 있었다.

"네 스승을 신묘에 모셔다 놓기 위해서라도, 어차피 우리는 다시 와야 했어."

"그 일은 혼자 할 수 있었어요. 애써 안심시키려 하지 마세요. 신묘의 신선과 척을 지셨으니, 이제 저도 위험해졌어요."

판시엔은 웃었다.

"매정한 놈."

"스승님의 유언은 화장한 재와 남은 유골을 돌계단 위에 뿌리라는 것이었어요."

"검성 대인은 이곳이 신의 영역이라 생각해서 그런 것인데, 이미 그곳이 신의 영역이 아닌 것을 알았는데도 그렇게 하고 싶어?"

"그럼 어떻게 해야 하나요?"

"일단 메고 올라가자. 나에게 다른 생각이 있어."

얼마의 시간이 지난 후, 웅장한 신묘가 다시 그들의 눈앞에 모습을 드러냈다. 두 번째였지만, 왕13랑은 여전히 두근거리는 가슴을 진정시킬 수가 없었다.

"콜록, 콜록……."

판시엔의 기침 소리가 신묘 앞 광장에 울려 퍼지자, 왕13랑은 걱정스러운 표정으로 그를 바라봤다.

'사람을 납치하러 왔으면 좀 조심하지…….'

다행히 신묘에서는 아무런 반응이 없었다. 판시엔은 다시 한번 '박물관' 현판을 보며 잠시 생각하다 한숨을 내쉬며 말했다.

"던져!"

'던져?'

왕13랑은 잠시 고민하다, 이윽고 메고 있던 유골함을 손에 쥐었다. 그리고 몸속의 진기를 운용하여 갈색 유골함을 힘차게 던졌다!

'펑!'

유골함이 산산조각이 나고, 재와 파편들이 눈과 함께 사방에 날렸지만, 두꺼운 신묘 정문은 부딪힌 곳에 작은 흔적 하나 외에는 멀쩡한 것처럼 보였다. 다만, 작은 흔적 옆에 박혀 있는 하얀색 무엇이 둘의 눈에 거슬렸다.

하얀 뼛조각.

한 자루의 검 같은 뼛조각.

판시엔은 갑자기 웃음을 터트렸다.

"검성 대인이 자신의 뼈로 신묘 문을 부순 것을 알면, 영혼이 다시 깨어나 신묘 앞에서 춤을 추지 않을까?"

왕13랑도 결국 웃음이 터졌다. 스승의 뜻과 성격을 잘 알고 있는 그였기 때문이다. 하지만 이내 웃음을 거두고 공격 자세를 취했다.

판시엔이 그를 말리며 신묘의 반응을 기다렸다.

우쮸만 깨우면 될 터. 더 이상의 공격은 무의미했다.

'휘익.'

신묘의 반응은 매우 빨랐다. 문이 열리고, 검은 그림자 하나가 안에서 날아왔다. 그리고 마치 검은 번개처럼 순식간에 판시엔 앞으로 다가와, 여전히 검은 천으로 눈을 가린 채 손을 뻗어 쇠막대기를 그를 향해 내질렀다!

멈췄다. 마지막 순간 멈췄다. 판시엔의 목을 찌르기 직전, 쇠막대기가 극적으로 멈췄다. 그 빠른 속도에서 갑자기 멈춰 안정을 찾는다는 것 자체가 인간으로서 상상하기 힘든 실력이었다.

"이 정도면, 삼촌도 궁금하지 않아요?"

쇠막대기를 잡은 손가락이 살짝 떨리기만 해도 판시엔의 목이 찢어질 만한 거리. 하지만 판시엔은 쇠막대기는 전혀 개의치 않는 듯 삼촌을 보며 온화하게 웃었다.

"삼촌이 궁금해한다는 걸 저는 알아요."

판시엔은 상대방의 눈을 보며 말을 이었다.

"신묘가 절 죽이라 했는데, 삼촌은 본능적으로 신묘의 명을 어기고 절 죽이지 않았죠. 그리고 저를 살려서 신묘 밖으로 내보냈어요."

"저의 존재는 삼촌의 기억에 없는 것 같아요. 하지만 익숙한 느낌이 들었겠죠."

"아마 이게 가장 궁금할 거예요. 그날, 전 삼촌의 필살기를 아주 미세하게 피했어요. 삼촌은 신묘의 사자(使者)고 전 범인(凡人)인데, 제가 어떻게 삼촌을 그렇게 잘 알고 있을까요?"

"단언컨데, 이 세상에서 저보다 삼촌을 잘 이해하는 사람은 없을 거예요."

"궁금하지 않아요? 제가 왜 이렇게 '익숙한'지, 삼촌에게 왜 익숙한 '느낌'이 드는지, 그리고 왜 삼촌이 그것을……'궁금해'하는지!"

순간 판시엔은 너무 흥분한 나머지 저도 모르게 크게 기침을 했다. 온몸을 들썩이며 기침을 했다.

"콜록콜록……콜록콜록……콜록콜록!"

판시엔은 다치지 않았다. 판시엔의 목에 미세한 상처 하나 나지 않았다. 손가락만 움직여도 판시엔의 목을 찌를 만한 거리에 있던 쇠막대기.

쇠막대기가 판시엔의 움직임에 따라 앞뒤좌우로 움직였다.

그의 목과 일정한 간격을 유지하며 미세하게 움직였다.

판시엔의 마음속에 희망의 빛이 밝아지고 있었다.

판시엔은 삼촌의 얼굴을 물끄러미 바라보았다. 검은 천으로 가려진 눈동자에서, 삼촌의 속마음을 파악하려고 했다. 하지만 판시엔의 눈에 절망의 기색이 스쳤다. 삼촌은 여전히 낯설었다.

판시엔의 마음이 점점 무거워졌고, 몸에도 점점 힘이 빠지는 듯했다. 그는 바닥에 '털썩' 주저 앉았다. 우쥬도 눈 바닥에 주저 앉았다. 쇠막대기도 정확히 움직였다. 그것은 만년이 지나도 그 자리에 있을 것 같았다.

"삼촌은 세뇌당했어요. 신묘의 전설이라 불리우는 삼촌이 세뇌나 당하고……."

판시엔은 시스템인 홀로그램 노인네보다 우쥬가 훨씬 뛰어나다 생각하고 있었다. 그에게 삼촌은 '인간'이었다. 물론 그렇게 '인간미'가 많은 편은 아니지만.

"제 이름은 판시엔이에요. 지금부터 이야기를 해 드릴 건데, 뭐라도 기억을 떠올릴 수 있으면 좋겠네요. 왜냐하면 삼촌과 저에 관련된 이야기니까. 한번 시도는 해보자구요. 적어도 삼촌이 본능적으로라도 절 죽이고 싶어하지는 않는 것 같으니……."

판시엔은 웃고 있었지만, 눈물이 차오르며 '울컥'했다. 그는 최대한 감정을 억누르며 침착하게 이야기를 시작했다.

"아주 오래 전에 이 사당에서 예쁜 여자 아이가 삼촌과 함께 살았는데, 기억나요?"

쇠막대기는 여전히 판시엔의 움직임에 따라 미세하게 움직였다.

판시엔은 여전히 쇠막대기를 개의치 않고, 삼촌이 얼마나 기억할 수 있을지도 개의치 않고 말을 이었다. 어머니가 그를 데리고 동이성에 가서 백치를 만나고, 딴저우로 가고, 해변에서 또 다른 백치 소년과 백치 태감을 만나고…….

흰 눈이 두 사람을 덮었다. 우쥬의 몸에 쌓인 눈이 더 많았다. 그의 체온이 더 낮았기 때문이다. 판시엔은 한기가 들며 기침을 더 자주 했지만 말을 멈추지 않고 과거 이야기를 계속했다.

"딴저우에서 잡화점을 열었는데, 장사가 잘 안돼서 자주 문을 닫았어요. 삼촌이 표정도 없고 불친절하니 당연히 단골도 없었죠. 제가 그때 장사를 자주 도왔는데, 제 나이가 많이 어렸었어요. 하지만 삼촌은 저에게 술을 줬었죠……."

판시엔도 말을 하며 어린 시절로 돌아간 것 같았다. 가장 행복했던 시간. 딴저우의 시원한 바닷바람, 지천에 만개한 아름다운 꽃…… 하지만 무엇보다 잡화점의 기억, 삼촌과 함께 했던 기억 때문에 행복했다.

판시엔은 품에서 물건 두 개를 꺼냈다. 무 하나와 식칼.

'탁탁탁탁…….'

그는 신묘 앞 푸른 돌바닥을 도마 삼아 채를 썰기 시작했다. 판시엔은 아무 말 없이 칼질을 했고, 우쥬는 고개를 갸웃했다. 하지만 어떤 일이 일어나고 있는지 이해하기 힘든 표정이었다. 판시엔은 한숨을 푹 쉬며 식칼을 한쪽에 던져 놓고 무채를 가리키며 말했다.

"예전에 삼촌이 제가 쓴 무채가 일정하지 않다고 혼냈잖아요. 지금은 어때요?"

우쥬는 여전히 말이 없다.

판시엔은 저도 모르게 입술을 깨물어 피가 흘렀다.

"모른 척하지 마! 기억하는 거 다 알아!"

목소리는 갈라져서 제대로 나오지도 않았다.

"절벽 위에서 그렇게 오랜 시간을 보냈는데, 설마 다 잊었다고? 그날 밤 상자 이야기할 때, 우리 엄마 이야기할 때, 삼촌이 웃었단 말이야!"

"비 내리던 그 밤은? 삼촌이 홍스샹을 황궁 밖으로 유인했고, 내가 열쇠를 훔쳐와서 상자를 열 때, 그때도 삼촌이 웃었단 말이야!"

우쥬는 여전히 움직임이 없다. 쇠막대기를 잡고 있는 손만 판시엔의 움직임에 따라 일정한 간격을 유지하며 정확하게 움직일 뿐이었다.

판시엔은 검은 천 뒤의 눈동자를 '주시'하며, 다 갈라진 목소리로, 필사적으로 말을 토해냈다. 그가 평생 삼촌에게 한 말보다 더 많은 말을 지금 이 순간 토해내고 있었다. 왕13랑은 조용히 그에게 다가가 예비용 장막을 판시엔 주변에다 치고서 다시 돌계단 근처로 와서 자리를 잡고 앉았다.

진정한 백치 3인방이 아니라면, 이런 미련한 짓을 할 수 있을까.

꼬박 하루가 지났다.

우쥬의 쇠막대기는 하룻밤 내내 판시엔의 목을 '겨냥만' 하고 있었다. 그는 스스로도 왜 이 말 많은 작자를 죽이지 않는지 이해가 되지 않는 모양이었다.

판시엔은 하루 종일 말했다. 입술은 다 말라 부르텄고, 왕13랑이 음식과 물을 건넸지만 다 마다했다. 침은 이미 다 말랐고, 성대가 손상되어 입을 열 때마다 소리는 거의 들리지 않고 대신 피가 나오고 있었다.

왕13랑은 처음에는 판시엔의 이야기를 흥미롭게, 진지하게 들었다. 전설이라 불리우는 대사(大師)의 이야기, 판시엔의 어린시절 이야기 등등. 하지만 그도 더 이상 들을 수가 없었다.

판시엔은 세 번째 반복하고 있었고, 네 번째로 식칼을 들었다.

한 사람은 떠날 수가 없었고, 붙잡힌 사람은 이해할 수가 없었다. 세상에서 가장 고통스러운 일이다.

하이탕이 참지 못하고 산 위로 올라왔다. 힐끔 보았지만, 그녀는 하룻밤 사이 무슨 일이 일어났는지 알 것 같았다. 그녀의 눈에 억누를 수 없는 슬픔이 차올랐다. 판시엔에게 있어서 우쮸는 그의 목숨보다 소중한 사람이었던 것이다.

"저놈이 드디어 미쳤구나."

하이탕의 말을 듣고 왕13랑이 힘겹게 일어나며 대꾸했다.

"다 미친 거지요. 저는 왜 이러고 있고, 북제 성녀님도 왜 대인의 말을 듣지 않고 올라오셨을까요……."

"저놈이 어차피 죽을 운명이라면, 죽는 거라도 옆에서 봐야 하지 않을까 해서……어차피 오래 버티진 못해. 원래도 안 좋은 몸이었는데, 그날 관통상을 당해 피를 너무 많이 흘렸어."

하이탕은 담담해 보였지만, 사실 가슴이 찢어질 듯했다. 왕13랑은 몸을 살짝 돌려 하이탕과 어깨를 나란히 하고 서서 판시엔을 바라보며 말을 이었다.

"하룻밤 내내 이 추위 속에서 저러고 있었어요. 계속 저렇게 한다면 죽을 길밖에 없어요……."

"네가 떠나자고 설득할 수 있겠어? 맹인 대사(大師)가 그래도 판 대인을 죽일 생각은 없어 보이는데."

"차라리 죽이면 다행이겠네요. 최소한 저 절망 가득한 목소리를 더 듣지 않아도 되니까."

왕13랑은 피식 웃고 이어 말했다.

"그래도 판 대인 정말 대단하네요. 저렇게 의지가 강하고 자신에게 엄격한 사람은 거의 없을 거예요."

"푸!"

뿜어낸 피가 우쥬의 눈을 가린 검은 천에 뿌려졌다. 그리고 차가운 얼굴을 향해 섬뜩하게 흘러내렸다.

우쥬는 여전히 아무 움직임이 없다. 판시엔은 입가의 피를 닦아냈고, 생명의 끝이 다가오는 것을 느꼈다. 무엇보다 절망이 마음속에 비집고 들어오기 시작했다.

낯선 삼촌은 여전히 차갑고, 여전히……죽어 있었다.

'수만 수십만 년을 살았을지 모르는 삼촌에게, 나에 대한 기억, 엄마에 대한 기억도 그저 그런 기억이 아니었을까…….'

판시엔은 자신의 순진함에 놀랐다.

그의 눈동자가 점점 절망으로 물들어 갔다.

"어떻게 날 잊어! 기억상실증에 걸린 거야? 저번에 엄마는 기억했잖아! 이번에는 엄마도, 나도 잊은 거야?!"

거의 들리지 않는 쉰 목소리가 처량하게 울렸다. 몸의 떨림이 점점 더 심해졌고, 눈동자의 절망은 이미 분노로 변해 있었다.

판시엔은 검은 천을 죽일 듯 노려보다, 그를 향해 달려들었다!

달려들려고 했지만, 실제로는 힘없이 앞으로 고꾸라졌다.

추위에 몸은 이미 다 굳어 있었고, 더 이상 아무런 힘도 남아 있지 않았기 때문이다. 판시엔의 목이 쇠막대기 방향으로 자연스럽게 나아갔다.

'스윽.'

'털썩.'

쇠막대기가 뒤로 물러났고, 판시엔은 눈밭에 쓰러졌다.

'턱.'

쇠막대기가 판시엔 몸 옆에 떨어졌다. 판시엔의 필사적인 '공격'에 뒤로 물러나기가 쉽지 않던 우쥬는 쇠막대기를 손에서 '놓은' 것이었다. 판시엔은 손을 뻗어 우쥬의 옷 끝을 '꽉' 잡았다. 그리고 우쥬의 두 눈을 '노려봤다'.

목소리가 나오지 않았지만, 눈동자로 그에게 말하고 있었다.

'날 죽이고 싶지 않잖아!'

'삼촌은 날 죽이고 싶지 않고, 날 죽일 수도 없어. 내가 누군지 몰라도, 당신의 본능 깊숙이, 당신의 살아있는 '가슴' 속에 내가 있을 테니까!'

판시엔이 마지막 있는 힘을 쥐어짜며 외쳤다.

"나와 같이 가!"

우쥬는 한참 동안 침묵하다 여전히 무표정한 얼굴로 말했다.

"난 너를 모른다."

"아무것도 모를 때에는, '마음'을 따라가면 돼요."

"'마음'이 뭐지?"

"감정?"

"감정은 인류가 스스로를 속이기 위해 만든 수단이고 한 '순간'일 뿐이다."

"인생은 원래 '순간'이 모인 거예요. 순간에 순간이 더해지고, 또 순간이 더해지고……한 순간을 속일 수 있으면, 평생을 속일 수도 있는 것이고, 그럼 자기 자신을 평생 속일 수 있다면, 그것을 속였다고 할 수 있을까요?"

"하지만 난 너를 모르고, 내가 누구인지도 모른다."

"제가 누군지 몰라도 돼요. 하지만 삼촌이 누구인지 알고 싶으면 절 따라와요. 전 삼촌이 그것을 궁금해한다는 걸 알아요. '호기심'은 인간에게 있는 거예요. 그래서 삼촌은 '인간'이에요……인간이니까 산의 저편을 알고 싶고, 바다 저편을 알고 싶고, 별과 태양이 무엇인지 알고 싶은 거예요!"

"산의 저편에 무엇이 있나?"

"스스로 가서 보세요. 저와 함께 가기만 하면 돼요."

"이 대화가 왜 익숙한지……모르겠다."

"망설이지 말고 '마음'가는 대로 해요. 답을 당장 내릴 필요 없어요. 제발 그 '마음' 따라서 이 거지 같은 신묘를 떠나자구요!"

"하지만 신묘는……."

이 모든 대화는, 이루어지지 않았다.

땅에 쓰러진 판시엔과 우쥬는 이런 대화를 나누지 않았다.

판시엔이 '같이 가'자 한 이후에, 그저 서로를 바라볼 뿐이었다.

우쥬가, 힘겹게 몸을 숙여, 판시엔을 안고, 자신의 등에 업었다!

마치 오래 전, 맹인 청년이 어린아이를 업었을 때처럼.

차가운 등. 하지만 따뜻한 등.

어떤 감정을 느끼는지, 어떻게 표현할 수 있을지 몰랐다.

울고 싶은지, 웃고 싶은지. 우쥬는 여전히 기억이 없는 것 같았다.

하지만 이 순간 모든 것이 중요하지 않았다.

우쥬는 자신을 따라 신묘를 떠나고 싶어한다!

기뻐서 소리를 지르고 싶었지만 아무 소리도 나지 않았고, 울고 싶었지만 추위에 기침이 멈추지 않아 피만 계속 토했다.

판시엔은 힘없이 하이탕과 왕13랑을 바라보았다.

왕13랑은 알았다. 판시엔이 승리했다는 것을. 하지만 얼굴에는 일말의 기쁨도 없었다. 그는 판시엔의 눈빛을 보고 몸을 바들바들 떨면서 조심스럽게 입을 열었다.

"우리들이 신묘를……부숴야겠네요."

신묘를, 부순다!

판시엔은 놀랐다. 왕13랑이 자신을 위해 대단한 결심을 했다는 것을 알았기 때문이다. 자신과 같이 전생의 지식이 없는 왕13랑, 특히 하이탕은 평생을 신(神)과 신묘를 모시는 마음으로 살았을 것이기 때문이다.

하지만 동시에 판시엔이 격렬하게 기침을 했고, 어떤 말도 내뱉지 못했다. 머리카락은 마치 한 가닥 한 가닥 바늘이 되어 머리를 찌르는 것 같았고, 한동안 고통과 두려움을 참을 수 없었다.

판시엔은 신묘가 파괴된 후 늙은 해설자가 당장이라도 달려와 대량 살상 무기로 자신을 없애 버릴 것을 두려워한 것은 아니었다. 그가 걱정한 것은 자신을 업고 있는 사람이었다. 우쥬가 왕13랑의 말을 듣고 혹시라도 자신의 신묘 사자(使者) 신분을 떠올릴까 걱정한 것이다.

하지만 우쥬는 움직이지 않았다.

목 앞에서 쇠막대기가 멈추었 듯이, 고요히 있었다.

그리고 왕13랑과 하이탕은 죽을 각오로 신묘로 뛰어 들어갔다. 마지막으로 판시엔에게 맹인 대사(大師)를 구할 기회를 주기 위함이었다. 해설자 노인네가 마지막으로 빛을 발하며 위협했고, 신묘 내 사방에서 노인네의 목소리가 울려 퍼졌지만, 그들은 눈을 질끈 감고, 마치 귀머거리가 된 듯, 닥치는 대로 모든 것을 때려 부수었다.

'신선' 노인네는 그렇게 허무하게 사라졌다.

노인네가 사라졌을 때, 그들은 온몸을 부들부들 떨며 신묘 문 밖에 서 있었다. 그들 자신이 했으면서도, 이 상황을 제일 믿지 못하는 그들이었다.

우쥬는 여전히 움직이지 않았다.

대신 물을 한 모금 마신 판시엔이 그들을 보고 겨우 입을 열었다.

"너희들 정말 강하다."

황량한 설원에 차가운 눈만 휘날리고, 하늘은 희뿌옇게 흐려서 낮인지 밤인지도 구분할 수 없었다. 대부분의 빛이 가려진 채, 쥐 죽은 듯 고요한 설원에는 개 짖는 소리만이 수천 년의 침묵을 깨우고 있었다.

썰매 몇 대가 눈보라를 뚫고 남쪽을 향해 힘겹게 나아가고 있었다. 제일 앞 쪽의 썰매에는, 나무 막대기를 든 젊은이가 서서 눈보라를 맞으며 전방을 주시하고 있다. 두 번째 썰매의 구조는 특히 탄탄했다. 눈보라를 막는 바람막이가 설치되어 있었고, 썰매 안에는 안색이 창백한 젊은이가 한 처녀의 품에 반쯤 안기듯 누워 있었다.

그 대오의 마지막에는 삼베옷을 입은 청년이, 검은 천으로 눈을 가린 채 썰매 뒤를 따라오고 있었다. 그는 썰매와 함께 썰매견에 의해 끌려오는 것 같았지만, 실제로는 그 박자에 맞추어 느리지도 빠르지도 않게 걷고 있는 것이었다.

판시엔은 고개를 돌려 뒤를 한번 돌아봤다. 그의 눈동자에는 여전히 담담한 슬픔과 함께 실망감이 담겨 있었다. 하지만 말없이 두 눈을 감으며 하늘과 땅 사이에 충만한 원기로 몸의 상처를 치료하는데 집중했다.

썰매견은 이번의 힘든 여정에서 대부분 죽었고, 아따, 아찌를 비롯한 열한 마리만 남았다. 판시엔도 얼마나 더 버틸 수 있을지 몰랐다. 하지만 그는 자신의 생사보다 우쮸 삼촌이 더 걱정이었다.

삼촌이 기억을 떠올리지 못하면? 이미 삼촌은 죽은 것이었다.

그리고 그가 남쪽으로 돌아가도, 죽은 것이나 다름없었다.

경력 12년 가을. 북제 관도(官道) 양쪽의 나뭇잎들은 남쪽으로 갈수록 넓어졌고, 빨갛고 노란 빛이 더욱 짙어졌다. 마차 한 대가 관도 위를 안정적으로 달리고 있다. 이 세계에서 반년이나 넘게 실종되었던 판시엔이 마침내 다시 돌아온 것이다. 하지만 그가 죽기를, 혹은 살기를 바랐던 사람들은 아직 그 사실을 알지 못했다.

북제 랑야(瑯琊)군(郡)의 이름 없는 객잔에 마차가 멈추었다. 그리고 잠시 후 판시엔이 그곳을 나와 성 내의 번화한 기방을 향해 걸어 갔다. 그의 멀지 않은 곳에서 검은 천으로 눈을 가린 젊은이가 뒤따랐다. 우쮸가 함께 나온 것은 판시엔의 뜻이 아니었다.

'삼촌은 왜 아무것도 기억하지 못하는데, 나의 뒤를 따라다니는 걸까?'

포월루 별채 밀실 한 칸에서 판시엔은 자신을 4개월 동안이나 기다린 스챤리, 덩즈위에 그리고 왕치니엔을 만났다. 황제와 척을 진 이후 그의 수하들은 몇 남지 않았는데, 심복으로 부를 만한 이는 지금 이 셋을 제외하고는 강남의 샤치페이 정도였다.

죽은 줄 알았던 판시엔이 나타나자 그들은 너무 놀랐고, 한 차례 감격의 순간이 지나간 후 판시엔은 웃으며 그들을 자리에 앉혔다. 그들은 판시엔 뒤에 서 있는 맹인 청년을 보고 절로 소름이 끼쳤지만 감히 아무것도 묻지 못했다.

왕치니엔이 더없이 가련하게 구석에 쪼그려 앉아 곰방대로 담배를 피우는 동안, 덩즈위에는 반년 동안 천하에 있었던 중요한 정보들을 판시엔에게 가져왔다. 판시엔은 보고서를 자세히 살펴봤고, 이내 그의 눈 속에 근심의 빛이 짙어졌다.

"······샹샨후가 이 성으로 들어 간 후 수성(守城)을 택했는데······ 폐하께서 마음을 먹고 경국 군대를 모두 동원하여 북벌에 나섰고······샹샨후가 아무리 뛰어나다 한들, 개인의 재능만으로는 어떻게 해 볼 도리가 없는 일입니다."

판시엔이 설산 속에서 세월이 가는 줄도 모르는 사이, 이미 이 대륙에는 경천동지할 변화들이 일어나고 있었다.

"창저우 군이 진군을 잠시 멈추고 병력을 가다듬고 있지만, 옌징성에서는 징집이 계속되고 있습니다. 두 번째 공격이 멀지 않아 보입니다. 샹샨후도 지금 수성(守城)을 택하고 있지만, 두 번째 대규모 공격이 진행되면, 그도 어쩔 수 없이 성을 버리고 황야로 나와 전투에 참여할 수밖에······."

"난 전쟁에 대해서는 문외한이지만, 황제가 전쟁을 결심했다면, 샹샨후가 아무리 뛰어나도 결국 전장에서 서서히 죽게 되겠구만."

판시엔은 지도 위에 침묵하고 있는 성을 바라보며 이어 말했다.

"확실한 건, 북제가 아무리 전쟁 준비를 잘 했다 하더라도, 천하제일 경국 군대의 적수는 되지 못해. 그들이 할 수 있는 것도, 그들이 바랄 수 있는 것도 경국의 전력을 소모시켜 잠시 피곤하게 하는 것일 뿐."

판시엔은 눈살을 찌푸리고 손가락 끝으로 지도의 이름 없는 성을 가볍게 두드렸다.

"만약 내가 황제라면, 샹샨후를 상대하지 않고 바로 북진한 후, 다시 송국 뒤로 돌아가 매복 공격으로 샹샨후를 공격하겠어."

"하지만 송국 뒤로 돌아가려면 동이성을 거쳐야 하는데, 그곳에는 대황자 전하와 흑기병이······."

덩즈위에는 말을 하면서도 난처한 표정을 지었다. 그도 결국 경국인. 지금 하는 말이 적절한지, 판시엔의 생각이 무엇인지 확신할 수 없었다.

"황제가 그들을 치지 않은 것은, 내가 아직 죽었다는 것을 확신할 수 없었기 때문이야. 허나, 지금은……아니야, 더 말하지 말자. 어차피 이건 내가 해결할 수 있는 문제가 아니야. 징두와 강남 상황에 집중하는 게 나아."

강남에 관련한 보고서는 너무 많아 다 읽을 시간이 없었다. 대략적으로 보면, 조정에서 정한 새로운 규칙은 철회되었지만, 역시 예상대로 소금상인들이 입찰에 참여했다. 다행히 밍씨 집안은 여전히 일부 점유율을 가지고 있었지만, 예전에 비해서는 처참한 수준이었다.

"샤치페이는 괜찮아?"

"다행히 조정에서 명원에 대해 다음 조치를 취하지는 않았습니다. 쉐칭 총독이 압박을 하고 있지만, 당분간 직접적인 행동을 취할 것 같지는 않습니다."

'황제가 약속을 지키는 듯 보이네. 시간이 지나면 내고도 장악하게 될 테지만, 어쨌든 나의 위협이 먹혀 들었어. 천하가 일순간에 혼란에 빠지는 걸 두려워하고 있는 거겠지.'

징두에서 눈에 띌 만한 사건은 순징슈에 관련된 것이었다. 그는 원래 파면된 후 유배를 갈 처지였으나, 돌연 성지가 다시 내려와 죄를 사면해 주었고, 그의 딸도 기방에 들어가기 전날 밤에 풀려난 것이다. 이 대목에서 덩즈위에의 입가에 미소가 번졌다.

"다만, 믿을 만한 감사원 관원들은 대인의 명에 의해 전국으로 흩어져 버려, 징두에는 저희를 도울 만한 사람이 없습니다."

'음……황제가 언제 이렇게 관대하고 자애로운 군주(君主)가 되었지? 단지 나와의 약속을 지키기 위해서?'

"집안은 괜찮아?"

판시엔은 고개를 왕치니엔에게 돌렸다. 왕치니엔은 담뱃대를 내

"대인의 생명은 혼자만의 것이 아니지 않습니까? 대인이 살아 있어야만 황제가 다른 사람들도 쉽게 죽일 수 없는 거잖아요."

"그것도 알아."

판시엔은 눈을 내리깔았다.

"하지만 징두로 가야 해. 이대로 동이성에 평생 숨어있으면, 아무것도 해결할 수 없어."

다시 한번 죽은 듯한 침묵이 흘렀다.

판시엔의 뇌리에 어떤 생각이 번뜩이며 지나갔고, 그는 재빨리 왕치니엔을 바라보며 명했다.

"북방 정벌군과 옌징 군대의 실력을 보면, 샹산후와 정면 충돌을 할 만도 한데, 왜 황제는 하지 않는 걸까?"

왕치니엔은 멈칫했지만, 다시 조심스럽게 대답했다.

"궁에 소문이 돌고 있습니다. 폐하의 몸에 문제가……."

이 말에 놀란 이는 덩즈위에와 스챤리였다.

'감사원과 포월루도 모르는 정보를 어떻게 왕 대인이?'

그들은 판시엔이 왕치니엔에게 홍쥬와의 연락을 맡긴 사실을 모르고 있었다. 당연히 홍쥬가 그의 사람인지는 더욱더 몰랐다.

설산으로 같이 향했던 전우가 마침내 랑야군에서 뿔뿔이 흩어졌다. 왕13랑은 동이성으로 들어가 대황자와 검려에게 소식을 전했다. 하이탕은 북제 황제에게 소식을 알린 후, 청산 일파를 이끌고 침략자들에게 대항하기 위해 전장으로 향했다. 판시엔은 이 모든 것을 막고 싶었지만, 그들에게 어떤 약속도 못 해 준 채, 우쥬 삼촌과 함께 묵묵히 남쪽으로 향했다.

깊어져 가는 가을에 나뭇잎은 노랗게 물들어 있었다. 높디높은 하늘 아래, 아름다운 가을 풍경과 함께 둘은 남쪽으로 향하고, 또 향했다. 하지만 우쥬는 한 마디도 하지 않았고, 판시엔의 마음은 더욱 무거워졌다.

무겁다기보다 쓸쓸했다. 원래 말이 적었던 우쥬 삼촌이었지만, 이제는 말이 아예 없었다. 판시엔은 자조적인 웃음을 지었다.

'맹인에서 이제 벙어리까지? 내 인생도 참 기구하네.'

둘만 있으니 판시엔이 마부를 맡았다. 다행인 것은 북쪽에서 남쪽으로 향하는 여정에서 풍부한 천지의 원기 때문에 몸이 많이 회복된 것이다. 물론, 황제와 다시 대항하기에는 턱없이 부족했지만, 물론 그 괴물 앞에서 전무(全無)와 조금의 차이는 없었지만, 그래도 사지는 멀쩡하게 쓸 수 있었다.

경국 국경 근처에 가까워질수록 눈보라는 잦아들었지만, 대신 피비린내가 짙어졌다. 마을 대부분이 불타 버렸고, 남은 마을엔 백성들의 시체가 산을 이뤘다. 하지만 판시엔은 이것들이 경국 군대의 소행인지, 북제 잔병의 소행인지 따지지 않았다.

전쟁은 본래 인간의 원죄이다.

좋은 전쟁, 나쁜 평화는 없다.

판시엔은 그저 불안에 휩싸인 말들을 진정시키며 마차를 몰았다.

지금은 경국 군대가 대열을 정비하느라 전쟁이 소강 상태였기에 비교적 평온하고 안전해 보였지만, 곧 있을 두 번째 공격이 시작되면 이곳은 순식간에 지옥으로 변할 것이었다.

이 세상에는 마차 바퀴가 굴러가는 소리만 들려왔고, 마차는 순찰을 도는 경국 병사들을 피해 조심스럽게 경국의 국경 안으로 들어갔다. 그 순간, 우쥬가 처음으로 입을 열었다.

"신묘 밖의 세상도, 그렇게 좋지 않다."

"처음부터 그랬어요. 하지만 노력한다면, 좋아질 수도 있어요."

제14장

폭풍 전야

　옛 정취가 물씬 풍기는 상징 성벽 위에, 푸른색과 검은색의 조화로움이 돋보이는 북제 황궁 위에 첫 눈이 내렸다. 하지만 하얀 눈에 예전과 같이 맑고 매혹적인 느낌은 하나도 느껴지지 않았다. 날이 밝아오자 점점 많은 조정 대신들이 무정하게 그 눈들을 진흙이 되도록 짓밟기 시작했다.

　대신들의 안색은 엄숙했고, 행색은 분주했다. 여유롭게 하얀 눈을 감상할 시간이 없었다. 남쪽에서 전보(戰報)가 끊임없이 상징성으로 전해져 황궁 옆 중서대(中書臺, 경국 문하중서성에 해당하는 관아)로 모여들었다. 중서대 관원들이 크게 당황하지는 않았지만, 긴장과

억압된 분위기에 휩싸여 있었다.

중서대의 북제 대신들이 논쟁을 펼치고 있었다. 나지막한 목소리 하나가 논쟁을 멈추었고, 그 침묵 가운데 이 상황에 어떻게 빠르게 대응할지 결론을 내렸다.

이번 전쟁에 관하여 이미 몇 년간 준비를 해 왔다. 남경 군대가 난폭하게 공격한다는 소식이 전해졌을 때, 의외라고 생각한 대신은 하나도 없었다. 전시의 통제 수단과 대응법은, 지극히 빠른 속도로 북제 황궁에서 중서대로 전해졌다. 그리고 한달이라는 짧은 시간 내에 모든 북제가 움직이기 시작했다.

명황색 어가가 중서대에서 떠났다. 하지만 배웅하는 대신들은 없었고, 그들은 모두 바쁜 군정 정사에 투입되었다. 어가가 정전(正殿)에 도착하기도 전에 얼굴을 잔뜩 찌푸린 북제 황제가 손을 뿌리치며 어가에서 뛰어내렸다. 그리고 당황한 태감과 궁녀는 보지도 않고 정전 돌계단 앞에 서 있는 금의위 지휘사 웨이화와 중요 대신 세 명에게 차가운 목소리로 꾸짖었다.

"짐이 남경에 대란을 일으키면서까지 너희들에게 1년의 시간을 주었는데, 사태를 이 지경으로 만들다니……짐이 너희 같은 쓸모 없는 것들을 데리고 무엇을 하는지 모르겠구나!"

대신들은 황제가 분노한 이유를 알기에 아무런 말도 못하며 떨고 있었다. 옌징의 대군이 다시 출정하였고, 북제 난징성의 군대는 지고 또 졌고, 샹샨후 장군은 난징성을 떠나 송나라의 이름 없는 성에 들어간 지 오래였지만 그곳에 숨어 꼼짝도 하지 않았다.

대신 셋 중 가장 나이가 지긋한 병부(兵部) 상서가 용감하게 나섰다. 아직 젊은 황제가 정말로 샹샨후의 조정에 대한 충심을 의심할까 걱정한 것이었다. 이 상황에서 군신 사이에 의심이 생겨버린다면, 이 전쟁의 결과는 불 보듯 뻔한 상황이었다.

병부 상서는 땅에 엎드리며 충심을 다해 진언했다.

북제 황제는 그 말을 들으며 왠지 모르게 얼굴이 평안해졌다. 하지만 그는 샨샨후에 대해서는 언급도 하지 않고 전쟁 상황을 잘 챙기라는 당부와 함께 대신들을 물렸다. 그리고 자신은 웨이화만 데리고 정전으로 들어갔다.

정전의 용의 옆에는, 이미 몇 년 동안 수렴청정을 하지 않은 태후가 그들이 오기를 기다리고 있었다. 북제 황제와 웨이화는 주렴 옆에서 각자 예를 올렸고, 황제의 얼굴은 이미 완전히 평온을 되찾은 듯 보였다.

황제가 위엄 있는 목소리로 웨이화에게 물었다.

"남경에서 새로운 움직임이 있느냐?"

웨이화가 멍한 표정을 지었다. 그는 북제 밀정 기구의 우두머리로서, 경국 조정에서 군부에까지 이르는 모든 정보를 이미 황실로 보냈기 때문이다.

'폐하께서 도대체 뭘 물으시는 거지…….'

"징두 수비 통령은 여전히 스페이고, 샤오진화는 남방 정벌군에서 북방 정벌군으로 자리를 옮겼습니다. 그리고 옌징은 여전히 왕즈쿤 장군이 지키고 있습니다. 소신이 보기에 특별한 움직임은 없습니다."

"샤오진화? 그런 눈에 띄지 않는 장군이 북방 정벌군으로 옮겼다……왕즈쿤에 대해서는 넌 어떻게 생각하느냐?"

"왕즈쿤은 자신을 잘 드러내지 않는 사람입니다. 징두 상황과 조정의 세력 변화와 관계없이 자신의 자리를 지키는 장군입니다."

웨이화는 어쩔 수 없이 금의위와 병부에서 분석한 내용을 다시 한번 보고하고 있었다. 북제 황제는 차분히 침묵을 지키다 갑작스럽게 입을 열었다.

"예중은 아직 징두에 있느냐?"

"네."

"확실한가?"

웨이화는 가슴이 '철렁'하며 더욱 진중하게 대답했다.

"네, 확실합니다."

"거 참 이상하다."

황제는 주렴 뒤 태후를 보고 고개를 내저었다.

"경국 황제가 전력을 다해 북벌을 하는데 예중이 징두에 있다? 왕 즈쿤 한 사람으로 충분하단 말인가? 만약 그 황제 늙은이가 직접 출정하는 것이 아니라면, 최소한 예중이 군을 이끌어야 하거늘……."

웨이화의 가슴이 다시 한번 '철렁'했다.

북제는 동이성이 아니었다. 영토는 넓으며, 인구는 많고, 동북 평원 일대는 대륙의 큰 식량 창고이다. 비록 쇠락한 날이 길었지만, 태후와 황제의 부단한 노력으로 점점 예전의 명성을 되찾아 가고 있었다. 아무리 경국 국력이 강하고 군사력이 대단하다 해도, 북제를 공격하는 것은 단기간에 달성할 수 있는 목표가 아니었다. 그래서 북제 황제는 경국 황제의 자신감이 아무리 강해도, 이런 오만방자한 판단을 내리지 않을 거라 확신했다.

'도대체 무엇을 하려는 것인가? 전쟁은 이미 시작되었고, 이미 수많은 생명이 희생되었다. 하지만 경국 황제 늙은이는 여전히 호랑이 같은 기세를 보이지 않는다. 왜 그러는 것일까…….'

황제가 고민에 빠지자, 웨이화도 침묵에 잠겼다.

'전쟁이 장수 몇에 좌우되는 것이 아닌데, 왜 폐하께서는 이토록 장군들의 움직임을 눈여겨 보시는 거지…….'

그때, 웨이화는 머릿속에 문득 북제 장군 샹샨후가 스쳐가며 재빨리 말했다.

"아마 경국 황제는 북제 대장군 샹샨후의 용병술에 겁을 먹어, 전력을 다 하지 않고 대군을 천천히 북진시키며 압박하고, 그 틈을 이용해……."

웨이화의 말이 다 끝나기도 전에 북제 황제는 웃음이 터졌다. 정확히 말하면, 그는 웃는 듯 마는 듯한 표정을 지었다. 그리고 평온하지만 압박감이 가득한 눈으로 웨이화를 바라보았다.

웨이화는 샹샨후 장군을 언급한 것을 후회하고 있었다. 두 나라 사이에 전쟁을 시작한 지 한 달. 북제 군대의 총 사령관인 샹샨후는, 남경 군대의 북제 침입을 막지 못했을 뿐 아니라, 되려 난징 방어선을 떠나 먼 곳으로 도망쳤다. 심지어 조정의 수많은 성지를 무시하고 남경 군대가 북쪽으로 1백 리(里)까지 전진하는 것을 눈 뜨고 바라만 보았다.

이런 샹샨후의 행동을 두고, 북제 조정 회의에서 황제의 진노는 숨김 없이 여러 번 표출되었다. 오늘날 중서대에서 벌어진 논쟁의 핵심도 그것이었고, 대신들의 추측, 병부 상서의 진언, 웨이화의 발언도 모두 그와 관련된 것이었다.

황제는 의외로 화를 내지 않았다.

"넌 짐을 과소평가하는구나. 남경의 그놈들도 짐을……과소평가하고 있어."

웨이화는 다시 한번 멍한 표정을 지었다.

"짐은 샹샨후의 충심을 의심한 적이 없다."

황제는 미간을 찌푸리며 얼음같이 차가운 목소리로 이어 말했다.

"아니, 짐은 샹샨후가 짐에게 충성을 다 하는지 관심이 없다. 샹샨후가 조정에, 그리고 이 나라에 충성을 다하면, 짐은 그걸로 족하다."

'보름 동안 북제 관리들이 걱정했던, 황제의 샹샨후에 대한 분노는 뭐지? 그 모든 게 다 연극이었단 말인가?'

"만약 경국 황제 늙은이가 샹샨후의 압박 때문에 잘못 판단하고 있는 것이라면, 짐은 경국 황제가 짐이 생각한 만큼 강하지 않다고 말할 수밖에 없을 것이다. 이 모든 것은, 짐이 남쪽 사람들에게 보여준 것에 불과하다. 또, 짐이 너희 대신들에게 보여준 것이라 할 수도 있다."

북제 황제는 조소를 지었다.

"경국 황제가 샹샨후 장군의 힘을 과소평가할까? 동이성의 힘도? 정말 남경 사람들이 짐의 속임수에 넘어갈 것 같으냐? 짐은 그렇게 생각하지 않는다. 허나, 북제 조정의 대신들이 짐이 파 놓은 구덩이에 하나둘씩 뛰어들 줄은 몰랐다."

"그렇지만 폐하의 노여움은 신하들의 마음을 짓누르기에 충분합니다. 소신은 그저 조정 대신들이 폐하의 뜻을 오해하여 전선에 있는 병사들에게까지 영향을 끼칠까 염려됩니다."

전쟁은 항상 후방에서 일어난다. 장군들은 전방에서 피를 흘리지만, 그들에게 명을 내리는 조정의 대신들은 황제의 뜻이나 살피며 후방에서 숨어 있는 것이다. 세상사가 다 그렇다.

"그래서 짐이 오늘에야 너를 부른 것이다. 그동안 황제의 뜻을 따라 샹샨후 장군을 공격했던 신하들은, 오늘 이후로 다 조정에서 축출될 것이다."

'적군이 눈앞에 있는데, 다시 한번 조정에 격변이 일어날 것이란 말인가……'

"짐은 네가 무엇을 걱정하는지 안다. 허나, 너무 걱정할 필요 없다. 더 이상 예전의 시끄러웠던 조정이 아니다. 짐의 눈치만 살피는 쓰레기들을 정리한다는데 누가 감히 말을 대겠는가."

북제 황제가 용의에 앉으며 고개를 돌려 주렴 뒤 태후를 바라보았다. 태후가 가볍게 고개를 끄덕이자 황제는 말을 이었다.

"오늘부로, 샹샨후 대장군에 대해 여러 말을 하는 자들은 모두 참수하라! 전선에서 피 흘리는 병사들을 다른 시각으로 보는 자들도 모두 참수하라!"

북제 황제는 웨이화의 눈을 보며 이어 말했다.

"너와 병부 상서는 그동안 샹샨후 장군을 대변했지. 그렇게 하지 않았다면, 너희들도 참수되었을 것이다. 이런 위기의 순간에, 쓸모없이 짐의 눈치나 보는 할 일 없는 대신들을, 짐은 하나도 남기지 않을 것이다."

웨이화는 몸이 살짝 떨렸다.

'다만 이렇게 되면, 누가 샹샨후 장군을 통제한다는 것인가……만약 샹샨후가 다른 마음을 먹기라도 한다면…….'

"넌 군을 이끌 수 있느냐?"

"소신, 군사(軍事)에 대해서는 무지합니다."

"짐 또한 그러하다. 그렇다면 전쟁은, 군을 지휘할 수 있는 자에게 맡겨야 한다. 짐이 샹샨후를 쓰기로 한 이상, 짐은 그를 끝까지 믿을 것이다. 오늘부터 남방 7군(郡)의 군사(軍事)와 민사(民事) 모두 샹샨후 장군이 맡는다. 모든 전력을 모아 샹샨후를 지원하라. 짐이 곧 공식 성지를 내리겠다."

"소신, 명을 받들겠습니다!"

웨이화가 황궁에서 물러갔다. 황제는 말 한마디로 북제 권력의 거의 삼분의 일을 샹샨후에게 주었지만, 그의 얼굴은 의외로 평온했다. 그는 무심한 듯 궁전 밖의 하얀 눈을 바라보며 조금도 주눅들지 않았다.

천하는 경국의 용맹무쌍한 전력을 두려워하지만, 북제 황제는 그다지 두려워하지 않았다. 북제에는 군대의 신(神)이라 불리우는 샹샨후 장군이 있었기 때문이다. 더 중요한 것은, 전쟁이라는 것은 결국 국력의 싸움이다. 그렇기에 북제 조정이 자중지란에 빠지지 않는 한, 어떤 침입자라 하더라도 북제를 단시간 내에 멸망시키지는 못한다고 생각했다.

그렇다면 북제 황제는 무엇을 믿고 있는가.

시간, 결국 모든 것은 시간 싸움이었다. 북제 황제는 시간을 끌며 소모전을 해야 했고, 경국 황제는 소모전을 해서는 안 되었다. 왜냐하면, 북제 황제는 젊고, 경국 황제는 늙었다.

북제 황제가 눈을 가늘게 뜨기 시작했다.

'경국 황제는 마음이 급할 텐데, 경국 군대가 왜 비릿하게 치고 올라오지 않는 것인가……샹샨후를 걱정하는 것인가, 동이성을 걱정하는 것인가 아니면……다른 무엇을 걱정하는 것인가.'

북제 황제의 또다른 승부수.

'그는 이미 징두에 도착했겠지?'

그때, 주렴이 살짝 움직이자, 꽃무늬 솜옷을 입은 아가씨가 태후를 부축하며 안에서 걸어 나왔다. 태후는 황제의 얼굴을 바라보며 흡족한 미소를 짓고 있었다.

'어느 아들을, 어느 딸을 이 아이에게 비할까……애가는 더 바랄 것이 없구나.'

북제 황제는 온화하게 웃으며 하이탕을 바라보았다.

"아가씨 스승님, 만약 네가 신묘에서 천군을 이끌고 왔으면, 짐이 이토록 고생을 할 필요가 있겠나."

하이탕은 고개를 살짝 저었지만 말을 하지는 않았다.

'폐하께서 평생 동안 가장 고대하던 지지 세력이, 나와 왕13랑에 의해 무너졌다는 것을 아시면, 어떤 반응을 보이실까…….'

"짐이 기억하기로 판시엔이 말하길, '이 세상은 그들 것이기도 하고, 또 우리들 것이기도 하다. 하지만 결국, 우리들의 것이다'. 짐은 당시 그 믿음이 어디서 오는지 몰랐다. 허나 짐은 이제서야 알 것 같구나."

"그가 강남에서 이런 말도 했습니다. '우리들은 아침 여섯 시에 떠오르는 태양이다'."

북제 황제는 두 눈을 감으며 천천히 입을 열었다.

"경국 황제는······지는 해일 뿐이다."

황제는 말을 하면서 저도 모르게 미간을 찌푸렸다. 그 자신조차 아직 이 판단에 대해 확신이 없었기 때문이다. 사실 그는 샹샨후가 경국 황제의 천하 통일 의지를 꺾을 수 있을 것이라는 확신은 없었다.

줄곧 침묵을 지키던 태후가 갑자기 웃었다.

"지는 해인 애가(哀家, 태후가 본인을 칭하는 말)도, 그저 손자 손녀를 안아주는 일밖에 남지 않았구나."

답답했던 북제 황궁에 마침내 웃음이 터져 나왔고, 북제 황제는 온화한 미소를 지으며 하이탕에게 말을 건넸다.

"짐과 함께 홍도우판을 보러 가자."

남경 징두의 황궁. 서쪽 하늘에 드리워져 있는 석양이 황궁을 따뜻하게 비추고 있었다. 하지만 붉은 노을이 주홍색 황성 벽을 비추는 모습이 어찌 보면 피 같기도, 아니면 황성이 꼭 불에 타오르는 것 같기도 하였다.

얼굴이 수척해진 경국 황제가 태극전 안의 낮은 침대에 누워 손가락으로 통통한 흰 고양이의 털을 쓰다듬고 있었다. 살찐 고양이는 천하에서 가장 강한 군왕의 시중을 받으며 나른하게 누워 있었고, 이따금 몸을 뒤척이며 자신의 부드러운 배를 황제의 손끝에 맡겼다.

흰 고양이는 그 손가락이 얼마나 무서운지 모를 것이다.

장군 하나가 어둠 속에서, 황제와 그리 멀지 않은 곳에 침묵하며 서서, 황제의 손 아래에 있는 흰 고양이와, 나무 의자 뒤에서 몸을 구부리고 기지개를 켜고 있는 고양이 두 마리를 망연자실하게 바라보았다.

황색, 흑색, 백색, 3가지 색의 고양이. 그들은 모두 이상할 정도로 살이 찌워져 있었다. 황궁 안에서 애완 동물을 키우는 경우는 극히 드물었는데, 그들이 어떻게 황제의 마음을 사로잡았는지 알 수 없었다.

세 마리의 살찐 고양이는 판씨 집안의 것으로, 완알이 어렸을 때부터 키워온 것이다. 겉으로는 고양이였지만, 이 장군의 눈에는 다른 것을 뜻하는 것 같았다. 하지만 그는 감히 물어보지 못했고, 물어볼 사람도 없었다.

'그는 아직 살아있는 것인가……'

황제는 황혼녘 구름에서 눈을 떼어 장군을 바라보았다.

"북제 어린 그놈은 너희들에게 연기를 하는 것뿐이다. 조정에서 너희 추밀원에 참모를 그렇게 많이 길러냈는데, 모두 헛짓이었던 것인가."

"전투의 현장에서는, 그것이 정공법이든, 편법이든, 제 아무리 샹샨후가 교활하다 해도, 폐하께서 명만 내려 주시면, 경국의 철기병들은 목숨을 바쳐 싸워 이겨 폐하의 기대에 어긋나지 않을 것입니다. 그리고 용병술에 관하여서는, 폐하의 단독적인 판단만 있으면 충분합니다. 더 이상 추밀원 같은 쓸모 없는 조직에 기댈 필요가 없을 것이라 생각합니다."

이 말이 아부일 수는 없었다. 그렇다면 이렇게 직설적으로 말하지 않았을 것이기 때문이다. 이 장군은 실제로 황제의 군사적 능력에 대해 강한 믿음이 있었다.

"북제가 물러나고, 또 물러나고, 결국 난징 전선까지 물러났다……그놈은 짐과 시간 싸움을 하자는 것이구나."

경국 황제는 가소롭다는 듯 말을 이었다.

"샹샨후가 요충지를 점하고 있다. 하지만, 대세가 이미 정해진 이상, 그 못 하나만 빼내면 누가 짐의 군대를 막을 수 있다는 것인가."

황혼이 피를 물들이듯 황제의 수척한 뺨에 내려앉았다.

"한 명의 사령관만 있으면 되는 것인데……왕즈쿤을 십여 년 키웠는데, 그도 이미 무뎌진 것 같구나. 샹샨후의 못을 빼기 위해서는 동이성을 통과해야 하는데, 그는 이미 첫째 수하의 1만 기병과 흑기병 4천을 두려워하고 있나 보다. 그렇게 손발이 묶여서야 어떻게 큰 일을 하겠는가."

황제는 장군에게로 시선을 옮기며 미간을 살짝 찌푸렸다.

"넌 이제 막 초원에서 돌아왔으니 추밀원의 일을 잘 모를 텐데, 네 아비와 시종일관 싸우지 좀 말거라. 아들 된 자로서……본분을 지키거라!"

화제가 왜 갑자기 그곳으로 튀어 갔는지 모르는 장군은 심장이 '철렁'하며 고개를 숙이고 대답했다.

"네……."

"짐이 그 '못'을 뽑기 위해 널 그곳으로 보낼 것이라 기대하지 말거라. 넌 아직 부족하다. 이번 초원에서의 전투로 보아하니, 그 경험이 너의 기세를 단련시켰을지 모르겠지만, 아직 넌 교활하게 인내하는 능력을 갖추지는 못했다. 그래서 너는……샹샨후의 적수가 되지 못한다."

장군은 갑자기 고개를 들었고, 얼굴에는 달갑지 않은 듯한 표정이 역력히 드러났다.

"예완, 넌 아직 배워야 할 것이 많다. 네가 초원 깊이 들어가 선우를 추격했던 기세는 칭찬받을 만하다. 허나, 생각해 본 적이 있느냐. 북만의 기병 7천과 선우의 왕장이 접촉하여 합류하기라도 했다면, 네가 살아서 돌아올 수 있었을 것 같으냐."

추밀원 정사 예중의 공자(公子), 칭저우 대첩의 사령관 예완.

예완의 심장이 요동치기 시작했지만, 황제는 침착하게 말했다.

"판시엔은 하이탕을 데리고 신묘로 갔지만, 초원에서의 훗일을 도모하는 것도 잊지 않았다."

"진의(眞意)는 문자의 외부에 존재하고, 승패는 전투 밖에서 갈리는 것이다. 네가 이 도리(道理)를 깨칠 때, 짐이 널 북벌의 사령관으로 임명할 것이니라."

예완은 진중하게 황제의 말에 귀를 기울였다.

"이 천하의 승패도, 사실 전투의 승패에 따라 결정되는 것이 아니다. 만약 1년 내에 판시엔이 죽으면 짐이 승리하는 것이고, 짐이 먼저 죽으면……짐을 좋아하지 않는 '그들'이 이기는 것이다."

황제는 다른 사람의 일을 서술하듯 평온하게 말을 했다. 그리고 다시 손가락에 살짝 힘을 주어, 살찐 흰 고양이 가슴의 털을 섬세하게 쓰다듬었다.

예완의 얼굴 표정에는 아무런 변화가 없었다. 그리고 살짝 숙인 머리는 그의 눈빛에 스쳐간 이상한 기색을 숨기기에 적합했다.

지금 경국에서 떠오르고 있는 이 출중한 장군은, 어린 시절 생부와 사이가 틀어지고 딩저우에서 머나먼 남조 변방으로 떠났다. 만약 황제가 암중으로 그를 살피지 않았다면, 수년에 걸쳐 그의 혈기와 의지를 단련시키지 않았다면, 지금의 그는 없었을 것이다.

황제가 샹샨후와 그를 비교하며 했던 말에, 그의 얼굴에 드러난 달갑지 않은 표정은 고의적인 것이었다. 그도 아직 자신이 샹샨후의 적수가 되지 않는다고 인정하고 있었기 때문이다. 다만, 그가 놀랐던 지점은 따로 있었다.

'폐하께서 폐하의 생사와 판시엔의 생사를 같은 위치에 두시다니……!'

예완은 징두 일에 대해서는 거의 관여하지 않았지만, 예씨 집안과 판시엔의 관계는 매우 복잡했다. 단적으로 그의 동생 예링알은 이미 판시엔의 제자였다.

하지만 예완은 여러 해 동안 억눌려 왔고, 설령 그가 천하를 방관했더라도 여전히 기세와 자신감이 있었다. 그는 한번도 자신이 천하의 우뚝 솟은 인물들에 비해 뒤쳐질 것이라 생각하지 않았다. 그는 단지 자신의 무대가 부족했을 뿐. 이제 그는 칭저우 대첩을 시작으로 빛을 뿜어내기 시작했다.

그런데 판시엔이라는 이름을 들을 때마다 기분이 이상했다. 질투도 아니고, 두려움도 아니다. 단지 원인 모를 한기가 들었다. 그가 대단해 보이기도 했고, 그에 대한 약간의 두려움, 또 동정심도 있었다.

그럼에도 불구하고, 예완은 결코 판시엔이 천하를 뒤흔들 큰 인물이라 생각하지는 않았다. 왜냐하면, 조정의 신하된 자로서 그가 누구이든, 자신을 포함해서, 그런 경지에 도달할 수 있는 인물은 없기 때문이다. 4대 종사가 대부분 죽은 후, 천하에서 남과 북의 두 황제 외에는 그 경지에 오를 수 있는 이는 없었다.

"너는 짐이 그를 너무 높이 평가한다 생각하느냐?"

황제는 고개를 숙인 채 품 안에 있는 하얀 고양이를 어루만졌다.

"젊은이가 좀 거만한 것은 무방하다. 하지만 자신이 누군가에 미치지 못한다는 것을 인정하는 것이, 진정한 거만함이다."

예완은 황제의 가르침에 진심을 다해 고개를 숙여 예를 올렸다.

"천하에 짐의 통제에서 벗어날 수 있는 사람은 있더라도, 흔들림 없이 짐과 맞서 싸울 수 있는 사람은 극히 적다. 짐보다 안쯔를 꿰뚫어 보는 사람은 없을 것이다."

이 말은 명확해 보이기도 했지만, 또 모호해 보이기도 했다.

'황제의 판시엔에 대한 진의(眞意)는 무엇인가……왜 이성을 잃고 날뛰는 대역죄인 판시엔에게, 폐하께서는 사사건건 아량을 배푸시고, 그를 정(情)으로 다스리려 하시는가……정말로 이 일에 남들에게 말하지 못한 어떤 배경이 있는 것인가…….'

예완은 그 사건을 직접 목격하지 못했지만, 초원에서 징두로 돌아온 후 자연스럽게 그 사건에 대해 알게 되었다. 다만, 사건의 전말에 대해서는 아직도 모르고 있었다. 사실 그 이유는 간단했다. 조정의 대신 모두가 전말을 몰랐기 때문이다.

하지만 이 일을 처리함에 있어 황제는 예전과 달랐다. 당시의 맹렬한 기세와 용기는 사라졌고, 그저 우유부단함만 남은 듯 보였다. 그리고 오직 판시엔만이 황제를 이렇게 변화시킬 수 있을 듯했다.

천하에서 황제가 칼을 내려놓게 할 수 있었던 사람은, 판시엔이 유일했다.

"판시엔이 죽지 않으니, 짐의 마음이 불안하구나."

황제의 고양이 털을 쓰다듬던 손가락이 순간 멈췄다.

예완은 크게 놀라 고개를 숙이며 침묵했다.

황제의 손가락이 다시 부드럽게 움직였다.

"너의 산수권법 수련은 어떻게 되어 가느냐?"

"입문하였으나, 아직 첫 걸음 단계입니다."

"너의 아비는 20년 전 대벽관을 완성하였으나, 거기까지였다. 판시엔도 누구보다 열심히 노력하였지만, 네 여동생에게 대벽관을 배운 후 더 이상 진전이 없었다. 예류원의 절기(絕技)가 대(代)가 끊겨서는 안 된다. 다행히 네가 입문은 하였다니, 짐의 마음이 좀 놓이는구나."

황제는 두 눈을 천천히 감았다.

"허나, 지금의 너는 판시엔의 상대가 되지 않는다. 혹여나 그를 만나게 되면, 네가 먼저 세 발 물러서거라."

예완은 다시 한번 크게 놀랐다.

어둠이 점점 황혼을 침식해 황궁을 포위하고, 태극전 안의 군신 두 사람을 뒤덮었다. 황제가 두 눈을 서서히 뜨자, 눈 안의 빛이 황궁 전체를 환히 비추는 것 같았다.

이때, 야오 태감이 황제의 낮은 침대 옆으로 다가왔다. 손에는 나무로 된 판이 들려 있었으며, 나무판에는 황금색 천 위로 두 통의 서신 같은 물건이 있었다.

"하나는 짐이 수행한 무도의 정수(精髓)이고, 다른 하나는 짐이 너에게 남기는 밀지(密旨)이다."

황제는 예완의 눈을 보며 말을 이었다.

"1년 안에 짐이 죽는다면, 네가 밀지를 열어 보거라. 만약, 짐이 죽지 않는다면, 태우거라. 다른 하나는, 너에게 도움이 될지는 너 자신에게 달렸겠지만, 도움이 된다면 짐이 예씨 집안에 내리는 작은 보상이라고 하자꾸나."

예완은 징두 모반 사건 당시 현장에 없었기에 '보상'이라는 의미에 대해서는 정확히 몰랐지만, 무도의 정수를 자신에게 내리는 의미는 알았다. 그는 감동을 금치 못하여 몸을 부들부들 떨었고, 저도 모르게 무릎을 꿇고 머리를 연신 조아렸다.

"짐이 얼마 전에 너를 청평의 무도(武道) 스승으로 봉했으니, 수방궁에 자주 들르거라."

예완은 황제 말의 뜻을 명확히 알고 있었다. 황제는 지금 아들 셋을 두고 있고 메이(梅) 비(妃)가 출산을 앞두고 있었지만, 조정의 대신들은 모두 3황자 리청핑을 실질적인 태자로 생각하고 있었다.

황제는 연초에 중상을 입은 후 줄곧 건강 상태가 좋지 못하였다. 회복이 범인(凡人)들보다는 훨씬 빨랐지만, 조그만 일에도 쉬이 피곤해했다. 그래서 조정을 관리하는 일도 왕년에 비해 대폭 줄었고, 후 대학사와 판링 대학사가 문하중서성을 이끌며 대부분을 관리하였다. 그리고 3개월 전부터 황제의 뜻에 따라 3황자가 어서방에서 정사(政事)를 듣기 시작했고, 얼마 전부터는 상주문을 검토하기 시작했다. 황제의 뜻은 어느 때보다 명확해 보였다.

"이제 물러 가거라. 그리고 오늘 짐이 한 말을 기억하라."

갈수록 어두워지는 황궁의 처마를 바라보던 황제가 천천히, 하지만 단호하게 입을 열었다.

"특히 이 말을 꼭 기억하거라. 안쯔는 짐의 아들 중 가장 독하다. 그가 만약 살았다면, 그를 만나게 된다면, 네가 먼저 물러서거라."

예완은 공손하게 예를 올리고 물러나 태극전 앞의 긴 복도를 통해 황성 성문으로 향했다. 그는 저도 모르게 미간을 살짝 찌푸렸고, 갑자기 어디선가 분노가 치밀어 올랐다. 이 분노는 황제가 자신에게 먼저 물러서라 한 말 때문이 아니었다.

'판시엔은 대역무도하다 못해, 충심도 없고, 효심도 없고……그런 놈이 무슨 인간이란 말인가!'

예완의 어깨가 무거워졌고, 마음 또한 무거워졌다. 황제의 총애에 감동했지만, 한편으로는 자신에게 무거운 짐을 안겨주었다는 것을 알았기 때문이다. 또 다른 한편으로, 그는 오늘 황제와의 대화 중에 알지 못할 불길한 냄새를 맡았기 때문이다.

'폐하께서 정말 연세가 드신 것인가…….'

예완의 마음이 저려왔다. 황제가 없었다면, 지금의 예완도 없었다.

'폐하께서 왜 마지막을 준비하시는 것처럼 느껴지는 것일까. 왜? 왜! 폐하께서 나이가 드시고 지치셨지만, 아직도 이토록 강하신 분인데 왜 그러한 준비를 하시는 것인가. 만약 폐하께서 돌아가시고 3황자 전하가 즉위하면, 판시엔 같은 간신의 천하가 오는 것인가!'

황제는 예완의 처량한 뒷모습을 보지도 않았고, 태극전은 등을 켜지 않아 여전히 어두웠다. 그리고 황제는 냉담하게 눈앞의 어둠을 바라보고 있었다. 마치 어둠 속에서 자신만의 불빛을 찾으려 하는 것처럼.

"짐은 아들이 몇 있는데, 마지막에 안쯔 하나로 이런 낭패를 보는구나. 그 녀석이 정말로 신묘에서 살아 돌아오다니……."

황제의 눈가에 섬뜩함이 비쳤다.

"짐은 필경 그의 아비이고, 그는 짐의 아들인데, 천하에 아들이 아비를 이긴다는 도리(道理)가 어디 있는가?"

시중을 드는 야오 태감의 등에 식은땀이 멈추질 않았다.

황제는 깊은 한숨을 내쉬었다. 지금의 천하에서 그를 죽일 수 있은 물건은 단 하나. 검은 상자. 그 사건 이후 황제는 궁 밖으로 나가지도 않았다. 그리고 또 하나의 걱정거리. 판시엔이 살아 돌아왔다. 물론 판시엔이 자신을 죽일 수는 없었다.

하지만 우쥬는?

황제는 두 눈을 천천히 감았다. 그는 황궁에 고독하게 있어도 천하에 뜻을 펼칠 수는 있었지만, 그 자신만은 높디높은 황성 벽에 막혀 한 걸음도 나갈 수 없었다.

"안쯔가 죽지 않으면, 짐의 마음이 불안하다."

오늘 벌써 두 번째 하는 말이었다. 황제의 수척한 뺨에 서서히 성려놓다 목에 연기가 걸려 급하게 기침을 두 번 하고 얼굴이 벌겋게 되어 웃으며 대답했다.

"더 좋을 수 없을 만큼 좋습니다. 쳰 군주와 판씨 아가씨는 매일 궁으로 들어가 폐하와 담소를 나누고, 도련님과 아가씨 또한 매우 건강합니다. 예상치 못한 상황을 보고, 천하의 사람들이 모두 바보가 되어 버렸습니다."

판시엔은 마음 속 의혹이 더욱 짙어지며 멍한 표정을 지었다. 그때, 덩즈위에가 갑자기 입을 열었다.

"아, 깜빡했습니다. 잉저우 일대 사건을 조사했는데, 수운마오를 습격했던 것은 산적을 가장한 남쪽 변경(邊境) 군대였습니다."

판시엔의 눈빛이 싸늘하게 바뀌었다.

"사람은?"

"눈에 묻혀 있는 시신을 찾았습니다. 다만……."

덩즈위에는 눈을 질끈 감으며 말했다.

"오른팔 하나가 없었는데, 감사원 관원들이 오랫동안 찾았지만 결국……."

죽은 듯한 침묵이 흘렀다. 잠시 후 판시엔은 고개를 들었다.

"난 징두로 간다. 너희들은 동이성으로 가고, 너희 셋은 오늘 이후 다시는 모이지 마. 셋이 한꺼번에 잡히면, 난 더 이상 의지할 데가 없어."

판시엔을 가장 잘 이해하고 있는 왕치니엔이 판시엔의 말을 들은 체도 하지 않고 말했다.

"폐하께서 숙청 작업을 하지 않고 계시나, 만약 대인이 징두에 다시 나타나면, 폐하께서는 어떤 대가를 치르시더라도 대인을 죽여 버릴 겁니다."

"알아."

난 기색이 보이었고, 초췌한 주름은 쉽게 퍼지지 않을 듯 보였다. 마치 시든 나무의 껍질처럼, 돌이킬 수 없을 듯 보였다.

애증(愛憎).

아끼는 아들을 사랑하면 할수록, 분노가 더욱 치밀어 올랐다. 그가 평생 동안 한 사람의 죽음을 이토록 애타게 바란 적은 없을 것이다.

황제는 착잡한 표정으로 고요한 밤의 황궁을 바라보며 행방불명된 상자와 어디서 달려오고 있을지 모를 판시엔과 우쥬를 떠올렸다. 그리고 이내 마음의 분노는 절대적 평온으로 변해갔다.

황제에게는 왕도(王道)만 있을 뿐. 희로애락은 없다.

감정에 휘둘리는 것은 범인(凡人)들이나 하는 짓.

이때, 어서방과 연결된 태극전 뒤 긴 복도에서 다급한 발걸음 소리가 들려왔다. 야오 태감은 화난 표정으로 황급히 뒤를 돌아보았으나 들어온 이의 외침에 말을 하지는 못하였다.

어서방에서 시중을 드는 홍쥬가 황제 앞에 무릎을 꿇으며, 떨리는 목소리로 기뻐하며 말했다.

"만세, 황자가 태어나셨습니다."

메이(梅) 비(妃)는 그의 가족과 징두 백성들, 그리고 경국에서 3황자를 경계하는 모든 이들을 실망시키지 않고, 경력 12년 가을에 황자를 출산했다. 북제와 전쟁을 하고 있는 긴박한 시국에, 황실에 또 하나의 혈통이 더해진 것은 매우 좋은 소식이자, 좋은 징조라 하지 않을 수 없었다.

하지만 그녀의 가문은 작았고, 최근에 3황자가 안정적으로 황위를 이을 수업을 받고 있었기에, 이치대로라면 큰 파문을 가져올 일은 아니라고 여겨졌다. 다만, 사람들은 포월루 사건을 아직 잊지 않앗고, 무엇보다 중요한 것은 3황자와 판시엔의 관계가 두텁다는 사실이었다. 백주대낮에 길거리에서 살인을 저지른 대역죄인 판시엔의 재기를 바라는 조정의 대신들은 없었다.

궁 내의 희소식이 궁 밖으로 바로 전해지진 않았다. 황궁에 '다른 주인'을 모시는 밀정 태감과 궁녀 몇몇이 그 소식을 암암리에 전했을 뿐이었다. 어떤 이는 근심하고, 어떤 이는 기뻐했고, 또 어떤 이는 안심했다. 하지만 대부분의 사람들은 긴장하기 시작했다.

조정의 대신들이 내일 아침 조정 회의에서 어떤 축하의 글귀를 써야 하나 고민하고 있을 때, 나이가 들어 득남한 황제는 그들과 달리 그렇게 기뻐하지 않았다.

홍쥬는 여전히 황제 앞에서 무릎을 꿇고 있었다. 다리가 저리기 시작했고, 식은땀이 그의 등을 타고 끊임없이 흘러내렸다. 이미 많은 시간이 흘렀기 때문이다. 하지만 황제는 어떤 기쁜 표정도 짓지 않았다.

홍쥬는 무슨 일이 일어났는지 몰라 불안했다. 그래서 그저 긴장한 채로 무릎을 꿇고 있었다. 그는 판시엔이 아직 살아 있다는 사실을 몰랐으며, 더욱이 그가 징두로 향하고 있다는 것도 몰랐다. 그는 조심스럽게 태감의 본분에 입각하여 살며시 다시 입을 열었다.

"폐하, 일어나시겠……."

황제는 귀찮다는 듯이 손을 '휘휘' 저었다. 화를 내지도 않았지만, 일어나지도 않고 야오 태감에게 말했다.

"네가 볼 때, 짐에게……이 아들이 성인이 되는 것을 볼 기회가 있겠느냐?"

야오 태감은 너무 놀라 서둘러 자세를 고쳐 바로잡고, 웃는 얼굴로 쓸데없는 말을 황급히 늘어놓았다. 만수무강(萬壽無疆), 천추만대(千秋萬代) 등등.

황제의 수척한 얼굴에 피곤한 기색이 역력했고, 입꼬리가 살짝 들리며 웃음이 나왔지만, 세상 사람들을 비웃는 것인지, 자신을 비웃는 것인지 알 수 없었다. 그리고 순간 2황자의 유서와, 태자와의 마지막 대화가 머릿속을 스쳐갔다.

'……부디 부황께서 살아있는 사람들에게 관용과 인정을 베풀어 주십시오.'

리청치엔의 목소리가 귓가에 맴돌았다. 황제의 마음은 저려왔고, 저도 모르게 탄식을 하며 중얼거렸다.

"짐에게는 누가 관용과 인정을 베풀 것인가……."

다음 날.

축하의 문장을 들고 황제에게 아첨을 떨기 위해 준비하던 여러 대신들은 경악할 만한, 공포스러운 소식을 전해 듣고 아첨 대신 손을 떨었다.

'메이(梅) 비(妃)는 황자를 낳았지만, 출혈이 심해 태의의 응급 처치에도 불구하고 결국 살아남지 못했다.'

어린 황자는 건강했지만, 황제는 슬퍼했지만, 황제는 곧바로 수방궁에 있는 이 귀비에게 황자의 양육을 명했다. 대신들은 이 명령에 다시 한번 한기를 느끼며 온몸을 떨었다.

'이 귀비가 양육한다는 것은, 그녀가 어린 황자의 '모친'이 된다는 것이고, 그렇다면 이 어린 황자가 황위에 오를 가능성은 '없다'.'

궁녀와 어멈들은 갓 태어난 황자를 수방궁으로 데려갔고, 거기에서는 은은하게 어린아이 울음소리가 울려 퍼지고 있었지만, 그 울음소리에는 어떤 기쁜 기색도 느껴지지 않았다.

메이(梅) 비(妃)의 시신은 정리되었지만, 아직 옮겨지지 않아 여전히 큰 침대 위에 조용히 누워있었다. 판시엔과 한번 마주친 적 있었던 이 어린 소녀는 안타깝게도 황궁의 비운을 벗어나지 못했다. 피를 너무 많이 흘린 탓인지 그녀의 얼굴은 하얀 눈처럼 창백했고, 한낮의 햇살이 그 조용한 얼굴을 비출 뿐이었다.

정오의 태양은 황궁처럼 밝은 빛을 뿜어내고 있었지만, 그녀의 창백한 얼굴에 반사되자 한없이 차가운 빛으로 변해 버렸다.

그 시각 판씨 저택.

오후의 따뜻한 햇살 아래 판슈닝과 판량 그리고 스스는 한가로이 낮잠을 자고 있었다. 하지만 저택의 가장 깊숙한 서재 안에서 완알은 책상에 앉아 오랜 침묵 후에 한숨을 내쉬며 입을 열었다.

"메이(梅) 비(妃)도 참 가련한 운명을 타고 났네……하지만 이 귀비 밑에서 황자가 자라게 되면 더 이상 소동은 벌어지지 않겠어."

"탓하려면 부모를 탓해야지요. 자신의 딸을 이렇게 어려운 곳으로 보내 버렸으니……."

완알은 뤄뤄 말의 진의를 눈치채고 조심스럽게 말했다.

"폐하의 핏줄이 적고, 황실의 후궁은 모두 이 귀비의 소관이긴 하지만……너나 나나 '그녀'의 성정을 아는데, 이렇게까지 할……."

"당연히 이 귀비가 그러실 분은 아니죠. 그저……제가 입궁했을 때 메이(梅) 비(妃) 진맥을 몇 번 했었는데, 너무나 건강했고, 아무리 초산이라지만 이렇게까지 문제가 있을 정도는……."

"출산에는 항상 의외의 일이 많이 발생하잖아."

"그래도 전 아직 수상쩍어요."

서재에 오랜 침묵이 흘렀다.

한참 후 완알은 목소리를 잔뜩 낮춰 말했다.

"그래도 말이 안 돼."

확실히 말이 되지 않았다. 황제가 느지막이 얻은 용종(龍種)이었기에, 야오 태감이 직접 관리하며 수방궁 및 그 누구도 손을 댈 수 없게 했는데 누가 메이(梅) 비(妃)를 해할 수 있었단 말인가.

"메이(梅) 비(妃)의 출산 시기가, 당초 예정된 시기보다 늦었어요."

완알은 너무 놀라 믿을 수 없다는 표정으로 물었다.

"누가 그리 간이 크지?"

뤼뤄는 고개를 저었다.

"폐하께서 메이(梅) 비(妃)가 머무는 궁에 매일 머물다시피 하셨는데 누가 그렇게 간이 크겠어요? 다만, 지금 생각해보면, 메이(梅) 비(妃)가 나이가 어려 질투심이 강하고, 황제의 총애를 탐하다 보니, 처음 임신 사실을 잘못 알린 게 아닌가……그 후에 다행히 '진짜 임신'을 해서 큰 혼란은 없었지만, 거기서부터 뭔가 잘못되지 않았을까 싶어요."

"그녀가 도대체 무슨 생각을 한 거야?"

"나이가 어리고 훈계해줄 사람이 없으니……그래서 부모를 탓할 수밖에요. 처음부터 영예를 쫓아 이 위험한 상황에서 딸을 궁에다 팔아 넘겼으니, 그것마저 가족이 계획적으로 꾸민 일이 아닌지 의심되네요. 이제 메이(梅) 비(妃)가 죽었는데, 그 가족들은 이 사건에서 손을 뗄 수나 있을지……."

완알은 여전히 자신의 귀를 의심하며 망연자실하게 말했다.

"아무리 군주를 기만했다 하더라도, 결국 황자를 낳았는데, 어찌……이렇게 허무하게 죽었을까……."

"누가 폐하의 마음을 알겠어요."

뤼뤄의 미간에 수심이 가득했다.

"태어나자마자 어머니가 없는 아이만 고생이지……."

경국에는 몇 년 전 이와 같이 태어나자마자 어미를 잃은 아이가 있었다. 그럼에도 불구하고 그는 어머니가 남겨놓은 여러 유산 속에서 행복하고 건강하게 자랄 수 있었다. 하지만 정오의 태양 아래 시

린 얼음장같이 차가운 메이(梅) 비(妃)는 예칭메이와 달리 저승에서
도 그의 아들을 돌보지 못할 것이다.

또 그녀는 죽는 순간까지, 판시엔이 황제에게 '메이(梅) 비(妃)는
이 귀비보다 못하다'라고 말한 사실, 심지어 황제도 어느 정도 그 지
점을 납득했다는 사실을 꿈에도 생각 못했을 것이다.

그 후로도 경국의 황실은 평화로웠다. 궁중에서 황자가 태어난 것
은 경사였고, 메이(梅) 비(妃)가 어떻게 죽었는지에 대해서는 그 아
무도 감히 입을 열지 못하였다. 메이(梅) 비(妃)는 난산으로 죽었기
에 순장되었다. 너무나 당연한 일처럼.

내환이 없으니 외환으로 시선은 집중되었다. 북벌을 시작한 지 수
개월이 지났고, 샹샨후는 여전히 움직임을 보이지 않았고, 징두 수
비 통령 스페이는 결국 북쪽 전선으로 파견되어 왕즈쿤 대도독을 보
좌하게 되었다.

왕즈쿤은 한숨 놓았지만, 징두 수비군의 수장 자리에 누가 앉게
될지는 징두에서 큰 화제가 되었다. 여러 장수들이 출세를 위해 그곳
을 노리고 있었지만, 황제는 단호하게 결정했다. 예완이 추밀원 참모
에서 물러났다. 그리고 청핑의 무도(武道) 스승과 함께 징두 수비군
통령을 겸직했다. 예중이 몇 년 전 징두 수비 통령을 맡은 적이 있었
는데, 마치 물레바퀴가 돌아가는 것처럼, 그가 그렇게 총애하지 않
는 아들에게 그 자리가 돌아갔다.

늦은 가을의 정오, 차가운 햇빛이 예완의 회색빛 갑옷 위에 내려
앉았다. 그는 가볍게 말의 배를 차며 징두의 정양문으로 향하고 있
었다. 청량한 가을 하늘에는 차가운 햇빛이 수많은 직선과 곡선으
로 바뀌고 있었고, 그의 얼굴에는 나이에 어울리지 않는 주름 몇 가
닥이 말려들었다.

'폐하께서는 왜 가을에 북벌을 시작하셨을까? 당장 다가오는 겨울을 걱정하지 않으신 것일까?'

예완의 걱정은 경국 대신들의 걱정이었고, 북제 대신들이 가장 이해하기 힘든 부분이었다.

'정말 그가 나타나게 하기 위해, 수천 수만의 병사들을 희생시키신 것인가……폐하께서 왜 그렇게 판시엔에게 집착하는 것인가…….'

예완이 걱정으로 깊은 탄식을 내뱉고 있을 때, 그는 황제가 가장 죽이고 싶어하는 이가 성문을 통해 징두로 들어오고 있다는 것을 알지 못했다. 물론 그들이 들어온 성문은 정양문이 아니었지만.

한 사람은 평범한 서민 복장이었고, 다른 한 사람의 복장도 비슷했지만 특이하게 삿갓을 쓰고 있었다. 변장을 한 판시엔이 징두에 들어오자마자 우쥬를 바라봤는데, 삿갓에 가려 눈을 가린 검은 천이 다른 이들의 눈에 띄지 않을 것 같다 생각하며 마음을 놓았다.

우쥬는 예칭메이를 데리고 처음 징두로 왔고, 그때 검은 상자의 수색을 거부한 예칭메이와 예중은 크게 다투었다. 그 뒤로 우쥬는 그녀의 아들을 보좌하기 시작하며 또 다른 파란만장한 인생을 시작하였다.

오늘 우쥬는, 비록 예완이 지키는 정양문은 아니었지만, 다시 징두로 들어왔다. 그리고 그는 유령처럼 인류 속으로 흘러 들어와, 그의 파란만장한 일생을 끝낼 준비를 시작했다.

이곳에서 시작해서, 이곳에서 끝낸다.

마치 완벽한 순환처럼.

판시엔과 우쥬가 징두로 들어왔을 때, 북쪽에서 전쟁은 계속되고 있었고, 메이(梅) 비(妃)가 죽은 지 며칠 지난 후였다. 판시엔은 경국의 대역죄인이고 모든 관직과 권력을 박탈당했지만, 여전히 강력한 정보 통로는 소유하고 있었다. 그는 조용한 객잔에서 메이(梅) 비

(妃)의 사망 원인을 생각하며 마음이 점점 무거워졌다.

이어진 며칠 동안 판시엔은 징두에서 가장 흔히 볼 수 있는 하인으로 위장해, 각 부처와 상점, 골목의 찻집들을 돌아다녔다. 당연히 그를 알만 한 사람들은 찾지 아니하였다. 그저 조심스럽게 무언가를 찾아 다녔다.

검은 상자.

상자만 찾으면 뒷일이 훨씬 수월해질 텐데, 상자는 도대체 누구 손에 있다는 말인가. 이 문제는 옆에 있는 우쥬에게 물어보는 게 가장 정확할 것이다. 하지만 지금 우쥬는 창백한 종이처럼 아무것도 기억하지 못했고, 아무런 관심도 없었다. 그는 '본능적으로', '무의식 적으로' 신묘 밖에서 천하를 돌아다니며 체험하는 것뿐.

판시엔은 그 며칠 동안, 판씨 저택을 들르지 않았다. 그것은 황제와의 약속이기도 했고, 가족의 안전을 보호하는 일이기도 했다. 그저 혼자 적성루에서 흔적을 찾으며, 누가 우쥬 삼촌의 신임을 얻을 수 있을까 심사숙고했을 뿐이다. 하지만 이런식으로 찾는 것은 방향도 없었고, 단순히 '방황'일 뿐이었다.

판시엔은 늦가을 징두 거리에서 소리라도 지르고 싶었다.

그는 줄곧 자신이 가진 '세가지 보물'만 있다면 천하 어디든 갈 수 있다 생각했다. 그리고 환생 이래 어떤 험한 일이 닥친다 해도, 그는 자신감을 잃지 않을 것이라 확신했다. 그것이 설령, 예류윈, 스구지엔의 검, 황제의 손가락이라고 하더라도.

독 비수, 저격총, 우쥬 삼촌.

독 비수는 비오는 가을 날 황궁 광장에서 잃어버렸고, 저격총은 소리도 없이 사라져 버렸고, 우쥬 삼촌은 바보가, 아니 죽은 사람이 되어 버렸다.

그는 지금 무엇을 할 수 있겠는가.

포월루를 통해 황실의 정보들이 들어왔지만, 그는 전부를 신뢰하지는 않았다. 황제의 성격을 잘 알기 때문이다. 대동산 사건에서 보여줬듯이, 그는 항상 상대방에게 약점을 노출하며 악의 구렁텅이로 상대방을 유인한다. 그리고 지금의 황제는 그에게 더 이상 실수할 기회를 주지 않을 것이다.

살(殺).

황제와 판시엔 두 부자(父子)는 사실 서로에 대한 감정을 완전히 정리하지 못했지만, 상대방을 떠올릴수록 마음이 차분해졌다. 왜냐하면 그들에게 남은 것은 하나밖에 없었기 때문이다.

필살(必殺).

다른 이들에게 말할 필요도, 세월에 호소할 필요도 없었다. 상대방을 죽인다. 이것이 지금 이 둘에게 어떤 정신적인 지지가 되었다. 얼마나 서글픈 일인가.

판시엔은 황궁의 '진짜' 정보를 얻기 위해 고민했다. 상자는 못 찾으면 어쩔 수 없었다. 하지만 그는 황제의 '진짜' 건강 상태는 정확히 알아야 했다. 그가 택한 곳은 예씨 저택. 역설적으로 그곳이 가장 안전한 곳이기도 했기 때문이다.

예중은 추밀원 정사, 그의 아들 예완은 징두 수비 통령. 그 둘에 대한 황제의 무한한 신임에, 황실에서 예씨 저택에까지 밀정을 파견하지는 않았을 것이었다. 그리고 판시엔이 감히 그곳을 들어갈 것이라 생각한 이는 아무도 없었다.

수심 가득한 얼굴을 한 예링알이 푸른색 하인 옷을 입은 젊은이가 자신의 눈앞에 갑자기 나타났을 때 너무나도 놀란 이유였다. 그녀는 재빨리 허리춤에서 칼을 집어 들고 망설임 없이 상대방에게 내질렀다.

"나야."

판시엔은 피곤에 절은 미소와 함께 가볍게 말했다. 예링알은 낯선 얼굴을 보며 감히 믿지 못하고 한참을 바라보다, 갑자기 스승이 신묘에서 살아 돌아왔다는 생각에 놀란 기색을 감추지 못하며 되물었다.

"진짜……스승님?"

판시엔은 살짝 고개를 끄덕이며 재빨리 몇 마디 대화를 나누었다. 그는 곧 황제의 건강이 생각보다 좋지 않다 판단하였다. 왜냐하면 수상한 메이(梅) 비(妃)의 죽음에서, 어린 황자를 이 귀비에게 맡긴 황제의 판단에서 이상할 정도로 황제의 생각과 감정이 전해지는 듯 느껴졌기 때문이다.

'황자의 성장을 끝까지 보지 못한다는 두려움, 북벌을 이토록 급하게 진행하는 이유……시간이 얼마 없다 느끼는 것은 아닐까?'

그 모든 행동들은 황제가 늙어간다는 것을 의미했다.

의심이 더 많아지고, 조급해지고, 정이 생기고, 약해졌다.

판시엔이 기대했던 모습이지만, 이상하게 즐겁지는 않았다. 정확히 말하면, 안 즐거운 것이 아니라 망연자실했다. 그는 예링알 앞의 의자에 앉아 무릎 사이로 얼굴을 파묻고 생각에 잠겼다. 오늘따라 유난히 피곤한 것 같았다.

태양이 서쪽으로 기울며 오후의 노을이 예씨 저택을 붉게 물들였다. 예완은 군은 표정으로 후원으로 들어갔는데, 북쪽의 전쟁이 긴박하게 돌아가서 그런지, 아니면 징두 전체가 '그 사람'의 귀환에 대비하고 있었기 때문인지, 황실에서는 그를 징두 밖 징두 수비군 본영으로 돌려보내지 않고 징두에 남으라 했다.

예완의 부친 예중은 추밀원에서 전보(戰報)를 분석하고 전략을 세우느라 거의 밤을 새다시피 하고 있었다. 그래서 예중은 저택에 없었고, 아버지와 사이가 아직 불편한 예완의 발걸음은 가벼웠다. 물론 예완과 예링알은 사이좋게 지냈고, 오누이 둘은 여러 해 동안 만나지 못한 탓인지 요즘 사이가 더욱 가까워 보였다.

예완은 집에 오자마자 의례 그러하듯 여동생을 찾았는데, 오늘 후원에는 여동생 대신 남자 하인 하나만 보였다. 하인은 예완을 보자 허리를 숙이며 예를 올리고 떠날 준비를 했다.

예완의 눈빛이 살짝 달라졌다.

하인의 두 발의 위치가 어딘지 모르게 달랐기 때문이다.

하인의 두 발은 아무렇게나 위치하고 있는 것처럼 보였지만, 실제로 예완이 보기에는 뒷발만 살짝 움직이면 가볍게 뛰어오를 수 있는 자세였다. 물론 그렇게 할 수 있는 사람은 극소수였고, 그것을 알아볼 수 있는 사람도 몇 없었지만.

'내가 너무 경계심이 강한 것인가?'

예완은 실눈을 뜨고 물러가려는 하인의 등을 보며 가볍게 물었다.

"왜 돌아왔나?"

하인은 당황한 기색으로 발걸음을 멈추었지만, 이내 차분히 돌아서며 흥미롭다는 듯이 말했다.

"예완? 내가 방심한 것도 있었지만, 이것조차 너에게 들키다니……역시 듣던대로 대단한걸?"

판시엔이 예씨 저택에서 예완과 우연히 마주쳤을 때, 그와 함께 징두로 온 우쥬는 그 큰 삿갓을 쓰고 성내를 돌아다니고 있었다. 지금의 삼촌에 대한 판시엔의 좌절감은 형용할 수가 없었다. 검은 천을 두른 영원히 열다섯 살 청년 같은 이 절세 강자는, 판시엔에 대한 기억을 잃어버렸을 뿐 아니라 세상을 살아가는 기본 지식마저 잊었기 때문이다.

하지만 판시엔은 검은 천으로 가린 우쥬의 눈에 담긴 갈망과 호기심의 눈빛을 '볼' 수 있었다. 물론 우쥬는 여전히 말을 하지 않았고, 마치 움직이기만 하는 창백한 로봇처럼 판시엔의 발자취를 따라다니고 있었다. 그나마 다행인 것은, 판시엔이 이번 생에서 가장 잘하는 것 중 하나가 백치와 어울리는 것. 우쥬는 큰보배처럼 판시엔을 제법 잘 따르고 있었다.

영혼을 잃은 듯한 그 몸뚱이는 판시엔의 마음을 쉴 새 없이 아프게 했고, 그래서 그는 우쥬가 객잔 밖으로 나가 돌아다니는 것을 막지 않았다. 정확히 말하면, 막을 수 없었다. 그는 단지 우쥬가 객잔으로 돌아오는 길을 기억할 수 있다는 사실에 만족했다.

물론, 우쥬의 안전은 조금도 걱정하지 않았다.

우쥬는 골목길 행인들 사이에서 돌아다니며 탕후루를 신기한 듯 쳐다보고, 찻집 안에서 사람들이 북쪽의 전세(戰勢)에 대해 열띤 토론을 벌이는 것을 들었다. 그리고 길목을 지나고, 티엔허다다오 대로를 지나, 황궁 광장의 가장자리까지 왔다.

그는 호기심에 두리번거렸다. 검은 천을 통하여 휘황찬란한 황궁의 정문을 보고 있는데, 어찌된 영문인지 얼어붙은 마음에 짜증이 솟구쳤다.

'퍽!'

돌맹이 하나가 그의 몸을 쳤다.

'퍽퍽퍽!'

이어서 더 많은 돌맹이가 날아왔다. 징두의 개구쟁이들이 삿갓 쓴 사람이 세상에서 가장 위험한 존재인지 모르고 돌팔매질을 했다.

"바보 멍충아!"

우쥬는 꿈쩍도 하지 않았다. 아이들이 돌을 던지든 말든 그는 황궁의 정문만 바라보았다. 그리고 혼잣말로 중얼거렸다.

"여기를 황궁이라 불렀던 것 같다. 사람을 죽이기 위해 지어진 건물."

우쥬가 신묘에서 나와 한 두 번째 말이었지만 안타깝게도 듣는 이
가 없었다. 그는 '황궁'이라는 단어를 떠올렸고, 수많은 사람이 황궁
때문에 죽었다는 것을 기억해냈다. 아주 먼 이야기였지만.

예씨 저택 후원에서 예완은 두 눈동자가 수축되었고, 눈도 깜빡
하지 않고 남자 하인을 바라보았다. 예완은 자신이 판시엔의 정체를
단번에 간파했는데도 그가 도망가지 않고 대담하게 자신과 마주할
줄은 예상 못했던 것이다.

판시엔은 차분히 몸을 돌렸고, 그의 눈에는 평온한 모습만 있을
뿐 별 다른 감정은 없어 보였다. 그가 예완의 신분을 알아차리는 것
은 그리 어렵지 않았다. 통보 없이 예링알이 있는 저택에 들어올 수
있는 사람은 둘. 예중 그리고 예완. 예중이 아니니 예완임이 당연했
다.

둘이 1년 전 혹은 더 오래 전에 만났다면, 둘도 없는 친구가 되었
을 수도 있다. 하지만 오늘은 불가능했다. 판시엔은 경국의 최대 대
역죄인이고, 예완은 황제의 총애를 받는 젊은 장군이다. 하지만 판
시엔은 긴 설원의 여행에서 세상의 모든 것을 깨달은 것처럼, 의외
의 상황에도 눈빛만은 평온하고 담담했다.

평온과 담담함은, 강대한 신념과 의지 그리고 자신감을 뜻한다.
하지만 예완은 그를 경시하는 눈빛으로 바라보며, 자신이 참아왔던
불평, 불만, 분노가 그의 온몸을 뒤덮고 있음을 느꼈다.

하지만 그는 냉정한 판단을 내렸다.

"판시엔이 여기 있다!"

예완이 외쳤다. 그는 판시엔과 '공평한 결전'을 벌이고 싶었지만,
그 마음으로 인해 실수를 저지르지는 않았다. 냉정한 판단력으로 판

시엔의 퇴로를 먼저 차단했다.

'판시엔이 죽지 않으면 짐이 불안하다.'

예완은 판시엔을 '반드시' 죽여야 했다. 최소한 반드시 잡아야 했다. 그는 황제의 말을 떠올리며 자신의 자만심을 억눌렀다.

'판시엔을 만나면 먼저 세 발 물러서라.'

예완은 친위병이 도착하고 징두에 이 소식이 알려지면 판시엔은 도망치지 못하리라 생각했다. 판시엔도 그렇게 생각했다. 그래서 예완이 입을 열었을 때, 그는 이미 달려들고 있었다.

'휙!'

판시엔은 연기처럼 달려들었다. 부드러웠지만, 그 부드러운 그림자 안에는 마음을 서리게 하는 기운이 묻어 나왔다. 그림자가 서늘한 공기를, 정원의 고요함을 갈랐다.

예완은 급히 세 발짝 물러섰지만, 눈앞의 강력한 바람이 차가운 칼날처럼 뼛속을 찌르는 느낌이 들었다. 그는 속으로 매우 놀랐지만 겉으로 내색은 하지 않았다. 그는 칼을 뽑을 여유도 없이 왼손은 주먹을 쥐고, 오른손은 손바닥을 편 후 자신의 가슴 앞에 교차하며 용맹스럽게 그를 막아섰다.

판시엔의 마음이 살짝 떨렸다. 그는 여전히 공중에 떠서 예완의 움직임을 보고 있었다. 그는 어렸을 때 예링알에게 대벽관을 배워 예씨 집안의 무술을 잘 알고 있었다. 하지만 예완의 움직임은 대벽관이 아니었다.

'예류원의 산수권법?'

판시엔의 움직임이 느려지지는 않았지만, 자신의 주먹 한 방으로 상대의 방어를 뚫을 수 있을 것 같지는 않았다. 그리고 변화무쌍한 산수권법의 반격이 걱정되었다. 하늘의 뜬 구름 같은 부드러운 변화가 산수권법의 특징이었기 때문이다.

'휙!'

판시엔의 왼 소매에서 암궁 화살 하나가 발사되었다.

잔재주.

'픽.'

화살이 살에 박히는 소리가 아니었다. 마치 큰 나무에 부딪혀 뚫지 못하고 떨어지듯, 화살은 예완의 굳은살 가득한 손바닥에 붉은 반점 하나만 남기고 힘없이 떨어졌다.

검은 빛이 '번쩍' 했다. 판시엔은 내지르던 주먹을 펼쳐 검은색 비수를 쥐고 인정사정없이 앞으로 찔렀다. 하지만 예완은 여전히 차분한 표정으로 주먹과 손바닥을 교차한 두 손으로 비수를 가볍게 막아냈다. 판시엔은 처음으로 예씨 집안의 진정한 권법을 만나 한 치도 앞으로 나가지 못하고 있었다.

'펑!'

판시엔이 땅에 떨어지며 오른발로 돌바닥을 세게 밟았다.

'지지지이익.'

판시엔이 밟은 돌바닥은 산산조각이 났고, 그 주위의 돌바닥에 거미줄처럼 금이 가기 시작했다. 그리고 그와 동시에 검은색 비수가 그의 손끝을 따라 아름다운 호를 그리기 시작했다.

'탁탁탁탁탁……'

맹렬한 검은색 비수의 공격을 막아내는 예완의 두 손이 늙은 나무처럼 변했다. 잎이 없는 나뭇가지가 줄기줄기 피어나는 것 같았다. 검은색 비수와 나뭇가지 같은 예완의 손이 수십 차례 부딪혔지만, 비수는 조금의 상처도 내지 못했다.

자신의 공격이 다 막히고 있었지만, 판시엔의 입꼬리가 올라가며 의미심장한 미소가 나타났다. 자신감. 그는 오른손에 쥔 비수로 공격하는 동안 허리춤에 두었던 왼손에 주먹을 쥐기 시작했다. 그리고 정교하지도 않게, 대종사에게 전수받은 기교도 없이, 그저 있는 힘껏 내질렀다.

'펑!'

주먹과 손바닥이 거침없이 부딪혔다.

예완의 거무접접한 얼굴이 순식간에 하얗게 변했지만, 예완도 당황하지 않고 왼발을 뒤로 내디디며 온몸을 활처럼 아름답게 휘어 방어했다. 뒷발은 암석에 단단히 박혀 있는 대나무 같았고, 두 손은 마치 강한 철판 같아 그를 향해 날아오는 모든 공격을 막아낼 수 있을 것처럼 보였다.

'휘이익!'

강한 진기의 파동은 두 사람의 몸 밖으로 퍼져 나가 후원에 큰 바람을 일으켰고, 부서진 자갈과 낙엽들이 무수히 떨어져 나갔다.

판시엔은 눈빛을 번뜩이며 예완의 얼굴을 차분히 바라보았다.

'이 강한 진기를 어떻게 단련한 것이지? 남조 변경에서 홀로 있을 때에도 부단히 정신과 의지를 단련했단 말인가?'

'다다다다⋯⋯.'

판시엔은 놀랐지만, 놀랄 여유도 없었다. 저택 밖에서 발소리가 들려왔기 때문이다. 하지만 그 순간 더 놀란 것은 예완이었다. 판시엔의 반응 속도, 빠른 공격, 강한 실력이 그의 상상을 뛰어 넘었다. 그가 처음에 먼저 세 발 물러서지 않았다면, 산수권법을 쓸 기회도 없었을 것이었다.

'내가 정말 이놈보다 못하다는 것인가!'

예완은 마음속에 마지막 사투를 벌이고 싶은 충동이 일었다.

판시엔은 예완에게 그런 기회를 줄 수 없었다. 여기서 잡히면 모든 것이 끝이었다. 하지만 지금 상대를 죽일 수는 없더라도, 상대에게 지울 수 없는 인상을 남겨 주기로 결심했다.

'웅웅웅웅…….'

판시엔의 눈이 점점 더 맑아지고, 입고 있던 옷이 가을바람에 흔들리기 시작했다. 아주 희미하지만 끊이지 않는 천지의 원기가 가을바람을 타고, 옷의 미세한 틈새와 피부의 모공으로 들어와 그의 몸 안으로 스며들기 시작했다.

"헙!"

판시엔은 두 눈을 감았고, 체내의 모든 진기를 끌어올려, 천지의 기운과 함께 예완과 마주한 주먹을 통해 예완에게 흘려보냈다.

강물이 불어나고 물살이 세졌다. 그 순간 하늘도 무심하게 비를 억수같이 퍼부었다. 강물이 순식간에 넘치며 제방을 무너뜨렸다.

천년을 지켜온 궁전의 대지가 진동하기 시작했다. 궁전을 지탱하던 곧게 뻗은 통나무의 뿌리가 흔들렸고, 마침내 그 궁전이 무너지기 시작했다.

예완은 교만하지 않았다. 하지만 판시엔이 얼마나 강하다 한들, 자신의 실력을 믿었다. 그는 스스로 얼마나 강한지 알고 있었기 때문이다. 그러나 지금 자신이 세운 통나무 같은 다리가 흔들리며 신체의 궁전이 무너질 것 같은 느낌이 들었다.

'휘이익!'

다시 한번 가을 바람이 두 사람을 휘감았다. 사방에 마른 잎들이 날리기 시작했고, 흩날리는 낙엽 사이로 뻗어져 있는 판시엔의 주먹이 산수권법을 뚫고 예완의 오른쪽 가슴으로 향했다.

'펑!'

큰 소리와 함께 바닥이 울리고 낙엽이 다시 한번 어지럽게 흩날렸다. 그리고 판시엔은 흔적도 없이 사라져 버렸다.

"음!"

예완은 가슴을 쥐고 입가로 쏟아져 나올 뻔한 피를 억지로 삼켰다. 이때, 친위병들이 후원으로 들어섰지만, 그들도 적의 흔적을 보지 못했다. 그들의 눈앞에는 한번도 패배한 적 없는 예 장군의 처참한 모습만 있었다.

예완은 여전히 가슴을 움켜쥐고 끓어오르는 진기를 억지로 가라앉혔다. 그의 눈빛에 스산함이 스치며 차가운 목소리로 명을 내렸다.

"황궁에 판시엔이 돌아왔다 알려라."

예완은 친위병들의 놀란 표정을 보지도 않은 채 몸을 돌려 뒷짐을 지고 판시엔이 뛰어넘은 담벼락을 보았다. 그리고 가볍게 기침한 후 입가에 흐르는 피를 부하들 몰래 닦았다.

'누구보다 열심히 수련해서 9품 상의 실력을 가지게 되었는데, 정녕 그가 더 강하단 말인가? 판시엔이 몇 년 더 살아서? 천부적인 재능을 가져서? 왜 안 된다는 말인가!'

판시엔은 예씨 저택에 있는 젊은 장군의 분노를 알지 못했다. 하지만 알았다 하더라도 이해하지 못했을 것이다. 그는 천재가 아니라 누구보다 더 열심히 했을 뿐. 예완도 열심히 했지만, 그가 더 열심히 했을 뿐이었다. 물론 약간의 운도 따랐지만.

결국 판시엔과 예완은 같은 길을 걷고 있었다.

판시엔은 이겼지만 거만하지 않았다. 그는 예완을 죽일 수 없었지만 그에게 강한 인상을 남겼다. 오늘의 싸움은 죽이기 위한 것이 아니었고, 그저 실력과 기세로 승패를 가른 것뿐이었다.

판시엔은 고개를 숙인 채 징두에서 일어나고 있는 소동을 피해 객잔으로 돌아왔다. 그리고 그는 창가에 있는 우쥬 삼촌을 보았다. 오늘 삼촌은 풍경을 보지 않고 고개를 숙여 무언가 고민하는 듯 보였다.

인류가 사고를 하기 시작했을 때, 신은 웃었을 것이다.

우쥬가 사고를 하기 시작하면, 누가 웃을 것인가.

판시엔은 살짝 기침을 하며 삼촌에게 걸어가 입을 열었다.

"그가 제가 징두로 돌아왔다는 것을 알아 버렸어요. 그래서 전 오늘 밤 궁으로 들어갈 거예요."

이렇게 말하는 것이 큰 의미는 없었지만, 왠지 모르게 판시엔은 삼촌에게 자신이 하는 모든 일을 털어놓는 습관이 있었다. 마치 신묘 앞에서 피를 토하며 이야기했던 것처럼.

우쥬는 여전히 아무런 반응이 없다.

그저 고개만 숙이고 있을 뿐.

판시엔의 고개도 점점 숙여졌다.

밤이 깊었다. 객잔의 불이 꺼졌다.

한 줄기 어둠과 고개 숙인 두 사람뿐.

제15장

무지개

    다음날 새벽 동이 트자 객잔의 방은 텅 비어있었다. 촛불은 청초한 모습을 유지했고, 곧 시작될 복수와 끝맺음을 기념할 끈적한 눈물 같은 촛농도 떨어지지 않았다.

    자정이 얼마 지나지 않아 판시엔은 태감의 복장으로 갈아입고 징두의 야경 속으로 들어갔다. 객잔을 떠나기 전 우쥬 삼촌을 바라봤지만, 그도 잠을 자는지 모르겠지만, 어쨌든 그를 깨워 자신만의 싸움에 초청하지 않기로 결심했다.

    우쥬도 그가 떠나는 것을 개의치 않았다.

    우쥬는 홀로 동이 틀 때까지 기다렸고, 동이 틀 무렵 늦은 가을,

초겨울의 징두에는 비가 추적추적 내리기 시작했다. 차디찬 빗물이 후두둑 유리창을 두드려 그 위에 한 송이 꽃을 피웠다.

눈이 아니라 비. 하지만 더욱 춥게 느껴졌다.

차가운 빗줄기는 거세지 않았고, 그저 징두의 민가 기와 위, 푸른 돌바닥 위를 두드리며 흐르는 물과 함께 잔잔한 선율을 만들어 냈다. 징두 민가의 창들은 내고의 생산량 증가로 모두 유리로 바뀌었다.

그래서 비가 오면 곳곳에서 크고 작은 꽃들이 피어났다.

검은 천으로 눈을 가린 우쥬가 얌전히 창가에 앉아 피어오르는 빗방울을 보고 있었다. 얼마 동안 침묵했는지 모르겠지만, 그가 갑자기 손가락 하나를 내밀어 유리를 건드렸다. 마치 창밖에 핀 아름다운 빗방울 꽃을 만지고 싶어하는 듯이. 하지만 안타깝게도 창밖에 핀 꽃은 유리에 막혀 만질 수 없었다.

"이것은 유리다."

우쥬의 목소리가 갑자기 침묵을 깼다.

그는 홀로 창밖을 바라보며 아무런 감정 없이 말했다.

"내가 만들었던 유리."

우쥬가 일어섰다. 그리고 몸을 돌려, 계단을 내려가, 객잔 밖의 차가운 빗물 사이를 걸어갔다. 그가 입은 옷은 어제 개구쟁이들에게 돌을 맞아 진흙으로 더러워져 있었다.

그는 오늘 삿갓을 쓰지 않았다.

차가운 비가 우쥬의 옷을 적셔서 진흙을 씻어 내렸으며, 영원히 색이 바랄 것 같지 않은 검고 아름다운 머리카락을 적셨으며, 천만 년의 풍파를 머금고 있는 검은 천을 적시게 하였다.

빗물이 검은 천 끝자락을 따라 떨어졌다.

'똑, 똑, 똑똑…….'

늦가을의 비가 점점 거세지기 시작했다.

우쥬는 비를 피하는 행인들의 기이한 시선을 받으며, 골목 어귀를 벗어나 티엔허다다오 대로 옆 샛길에 도착했다. 축축한 빗물이 그의 옷과 검은 머리카락 그리고 그의 눈을 가린 검은 천을 따라 천천히 떨어졌다.

우쥬는 발걸음을 멈추고, 고개를 살짝 들어, 멀리 안개비 속에 있는 황궁을 바라보았다. 어제 오후에도 이곳에서 반나절 동안 황궁을 보았다.

민가의 처마 밑에서 작은 솜옷을 입은 개구장이 몇 명이 네모난 가방을 메고 추위를 견뎌내고자 입김을 불며 손을 비비고 있었다. 그들은 서당에 가서 공부해야 했지만, 빗줄기가 거세지자 잠시 처마 밑에서 비를 피하고 있었던 것이다.

"저기, 어제 그 바보다!"

아이들에게 주룩주룩 내리는 비는 너무 지루했다. 소리를 지른 아이는 신대륙이라도 발견한 것 마냥 기뻐했다.

처마 밑에 돌맹이는 없었다. 개구쟁이들은 눈을 굴려 난로 옆에 있는 다 타버리지 않은 연탄 조각을 발견하며 사악하게 웃었다. 그리고 소리를 지르며 우쥬를 향해 던졌다. 사람은 어릴 때, 자신보다 약한 사람을 괴롭힘으로써 자신의 강함을 증명하길 좋아한다. 그리고 그것으로부터 정신적 만족감을 얻는다.

이것은 사람의 사악한 천성인 것인가.

거리에 비를 피하는 사람은 많지 않았다. 그들 몇몇의 눈에는 멍하니 비를 맞고 있는 맹인 청년이 백치로 보였기에 조금은 동정심이 일었다. 하지만 동정심은 잠시, 더러운 옷을 보자 무의식 중에 혐오감이 앞섰다.

부인 하나가 어린아이들을 가볍게 꾸짖었지만, 다른 어떤 사람도 아이들을 말리지 않았다. 그들은 자신만의 방식으로, 생명체라면 다

가지고 있는 폭력이라는 더러운 욕망을, 개구쟁이들이 분출하는 것을 무심히 바라볼 뿐이었다.

'퍽.'

물이 묻은 연탄 덩어리 하나가 우쥬의 얼굴에 제법 강하게 맞았다. 그 연탄 덩어리는 우쥬의 눈을 가린 검은 천을 삐뚤게 만들었다. 우쥬의 고개를 갸웃했다. 무슨 일어났는지 정확히 몰랐지만, 얼굴 위 검은 천을 바르게 하고 몸을 천천히 돌려, 처마 밑에 있는 손이 그다지 깨끗하지 않은 아이들을 바라'보았다'.

개구쟁이들이 겁먹진 않았다. 어제 오후 내내 돌맹이로 그를 때렸지만, 이 백치 같은 장님은 어떤 반항할 기색도 없었기 때문이다. 오히려 오늘 약간의 반응을 보이자, 그들은 솟아오르는 흥분을 주체할 수 없는 듯 보였다.

길거리에 있는 연탄재가 순식간에 한곳으로 모였다.

'퍽퍽퍽퍽……'

누군가는 돌맹이를 찾아 연탄재에 섞어 던졌고, 우쥬의 얼굴에 더러운 흔적을 남겼다. 그리고 더러운 흔적은 약간의 혈흔과 함께 빗물에 씻겨 마치 홍수가 난 탁한 강물처럼 우쥬의 창백한 얼굴 위에서 흘러내렸다.

우쥬는 여전히 피하지 않았다. 알고 보니 우쥬도 상처를 입을 수 있었다. 그동안 대종사 외에는 그에게 손을 대지도 못했을 뿐. 그는 검은 천 아래 가려진 눈으로 자신을 끊임없이 비웃으며 돌팔매질을 하는 아이들을 물끄러미 바라'보았다'.

'왜 저들은 날 공격하는가. 왜 저들의 순진한 얼굴에 사악한 웃음이 지어지는가. 왜 뾰족하고 둥근 돌이 나의 머리와 얼굴에 맞을 때 이상한 기분이 드는가.'

'그 기분이 감정이라고 불리우는 것인가. 슬픔? 실망? 분노? 아쉬

움? 이 기분은 무엇인가.'

우쥬는 여전히 아이들을 바라보며 그들이 무엇을 던지든 말든 개의치 않았지만, 온통 혼란밖에 없는 그의 머릿속에 갑자기 '무엇'이 더해짐을 느꼈다.

빗줄기가 더 굵어졌다.

늦가을 징두 하늘에 누군가 큰 구멍이라도 낸 것처럼, 그 구멍으로 무수한 강줄기와 호수, 깊이를 알 수 없는 바다가 쏟아져 나오는 것처럼, 소나기가 되고, 폭우가 되어 민가 위로 떨어졌다.

우쥬의 머릿속에도 갑자기 큰 구멍이 뚫린 것처럼, 밝고 맑은 하늘 빛이 비치며, 그의 온몸을 이상한 감정에 휩싸이게 만들었다.

'감정이다. 나도 감정이란 게 있다. 이것이 판시엔이라는 젊은이가 말한 '호기심'이라는 것과 같은 종류의 것인가?'

'판시엔이라는 젊은이는 어디로 간 것인가? 그는 복수를 하기 위해 황궁으로 간다 했었다. 누군가 죽었다 했다. 그래서 판시엔이 슬프다 했다. 불쾌하다 했다. 마음이 불편하다 했다. 예칭메이라고 불리우던 여자와, 천핑핑이라고 불리우던 절름발이 늙은이?'

낯선 이름 두 개가, 하늘의 구멍에서 쏟아지는 빗물과 우쥬의 머릿속에 뚫린 구멍으로 들어온 밝은 빛을 따라, 우쥬의 머릿속에 점점 더 선명해졌다. 그리고 익숙해졌다.

'그런데 그들이 누구지? 설마 내가 평생 신묘에 있었던 것이 아닌가?'

우쥬는 여전히 기억을 하지 못했지만, 그가 원래 가지고 있지 않던 것을 가지게 되었다.

감정.

사실 어제 오후부터 감정이라는 것이 우쥬의 마음속을 채우게 되었고, 그를 오후 내내 황궁을 쳐다보게 만들었다.

혐오.

이 감정의 이름은 혐오다. 왜 그런 감정이 드는지는 우쥬도 몰랐다. 그 자신도 설명할 수 없었다. 하지만 그는 징두에서 가장 웅장하고 화려한 건축물이 매우 '싫었다'.

'왜 난 황궁을 보며 혐오라는 감정이 드는 것인가. 저 안에 살고 있는 사람들을 혐오하는 것인가?'

'판시엔이라는 젊은이는 마음을 따라 가야 한다 말했었다. 마음은 어떤 물건인가? 지금 내가 '느끼고' 있는 이 생소하고 낯선……감정인 것인가?'

그는 등에 있는 삿갓을 쓰고 고개를 숙인 후, 손을 허리춤에 있는 쇠막대기 위에 올리고 황궁으로 직접 가서 자기 '감정'의 진원지를 찾아보기로 결정했다.

여전히 연탄재가 날아왔다.

우쥬는 쇠막대기에서 손을 떼고 쪼그려 앉아 단단하지 않은 연탄 조각을 집었다.

'사람을 해쳐서는 안 된다. 인류 전체 이익을 위해서가 아니라면. 하지만 그 전체 이익이 나와 무슨 관계일까.'

이것이 신묘의 홀로그램 노인과 우쥬의 가장 큰 차이였다. 우쥬는 '전체 이익'을 '이해'하지 못했다. 그래서 그는 '사람'들이 '놀이'를 하고 있다고 생각했다. 그리고 이것은 '놀이'니까, 자신이 그들과 같이 놀아주면, 그들도 좋아할 것이라 생각했다.

우쥬는 빗물을 머금은 연탄 조각을 아이들에게 던졌다.

'퍽!'

"으악!"

"사람 살려!"

공포에 질린 소리, 정신없는 발 소리, 시끄러운 울음소리, 누군가 빗물에 쓰러지는 소리가 우쥬의 간단한 동작을 따라 울려 퍼졌다.

연탄 조각은 정확히 네 등분으로 나뉘어져 아이들에게 명중했다.

가장 크게 웃었던 개구쟁이는 머리에 피를 흘리며 아무 소리도 내지 못한 채 빗물이 흥건한 바닥에 쓰러졌다.

"바보가 사람을 때려죽였다!"

지금까지 무심하게 방관하던 사람들이 순식간에 '정의로운' '좋은' 사람들로 변했다. 신고할 사람은 신고를 하러, 부모에게 알릴 사람은 알리러, 또 몇몇의 중년 남성들은 몽둥이를 주워 바보를 때려 눕히려 움직였다.

우쥬는 이해가 되지 않았다.

'놀이라면 왜 저 부인은 아이를 잡고 울고 있는 것인가. 놀이가 아니라면 왜 저들은 아이들을 말리지 않은 것인가. 그들은 내가 다치지 않는다는 것을 모를 텐데, 설마 그들은 나의 안전에는 신경도 쓰지 않았던 것인가.'

빗속에서 조용히 있던 우쥬는 은연중에 무언가를 배우고 있었다.

사람들의 '감정'이라는 것은 '도리(道理)'와는 상관이 없다는 것을.

그저 '친숙함'에 의해 '좋고 싫음'이 나뉘어 진다는 것을.

우쥬는 '지금' 자신과 가장 친숙한 사람은 판시엔이라고 불리우는 젊은이일 것이라 '추론'했다. 그도 황궁을 제일 싫어했다. 그래서 우쥬는 앞에서 난리를 피우는 사람들을 무시한 채, 눈을 가린 검은 천을 바로잡고, 손은 쇠막대기에 올려 놓았다.

그리고 황궁으로 발걸음을 옮겼다.

누군가는 나무 몽둥이로 우쥬를 때려 죽이려 했지만, 그는 영문도 모른 채 바닥에 쓰러졌고 몽둥이는 산산조각이 났다. 폭우 속에서 삿갓을 쓴 우쥬는 그렇게 여유롭게 분노하는 백성들이 만든 포위망을 유유히 빠져나왔다.

관병들이 현장에 도착했을 때, 그 '미치광이 맹인'은 이미 종적을 감춘 지 오래였다. 빗속에서 울부짖는 사람들을 보면서 관병들은 현장을 조사했고, 이내 그들 모두 미간을 찌푸렸다.

'바보가 아니라 고수다. 이토록 강한 실력을 가진 사람이 왜 힘없는 백성들을 괴롭힌 것이지? 그리고 맹인?'

"그 미치광이는 어디로 갔나?"

"황성 광장 방향으로 간 것 같습니다……."

겁에 질려 있던 백성 하나가 떨리는 목소리로 대답했다.

"그는 어제도 황궁을 바라보고 있었는데……무슨 문제가 생기지나 않을지……."

백성은 두려움에 휩싸여 대답을 하였지만, 대답을 들은 관병의 마음은 되려 홀가분해졌다. 황궁으로 갔다면 미치광이에게 남은 것은 죽음밖에 없다 생각했기 때문이다.

'지금이 어느 시국인데 황궁으로? 판 대인이 돌아왔다 한들 황궁의 삼엄한 경계를 뚫을 수 있으랴.'

우쥬는 삿갓을 쓰고, 쇠막대기에 손을 얹고, 한 걸음 한 걸음, 안정적이지만 단호한 발걸음을 황궁 광장을 향해 내딛고 있었다. 하지만 그의 머릿속에는 발걸음에 맞춰 몇 개의 이름들이 북소리처럼 울려 퍼지고 있었다.

'예칭메이, 쳔핑핑, 판시엔, 예칭메이, 쳔핑핑, 판시엔…….'

기억이 희미하게 날 듯 말 듯했지만, 분명하게 잡히는 것은 없었지만, 유독 친근하게 느껴졌다. 마치 차가운 빗속의 황궁, 자신이 만든 유리로 가득한 징두처럼 익숙해져 갔다.

그리고 황궁에 가까워질수록 '혐오감'이 한층 더 깊어졌다.

우뚝 솟은 황성은, 거센 빗속에서도 흔들림이 없었고, 삼엄했고,

익숙했고……역겨웠다.

'징두는 내가 살던 곳. 황궁도 내가 살던 곳.'

우쥬는 이렇게 기억을 떠올렸다.

익숙한 곳에서 무엇이 그를 막아섰다. 그를 막아선 것은 빗물이 아니라 사람이었다. 전신에 갑옷을 두른 사람.

'뚝, 뚝…….'

빗물이 금군 정예병의 은빛 갑옷 위로 숙연하게 떨어졌다. 어제 판시엔이 징두로 돌아왔다는 소식이 황궁에 전해진 후로 금군의 순찰 범위가 더 넓어진 것이다. 하지만 우쥬는 금군을 본 체도 하지 않고 자신만의 속도에 맞춰 발걸음을 '계속' 옮겼다.

삿갓 쓴 맹인 오른발의 헝겊신이 황성 광장 푸른색 돌바닥의 고인물을 밟는 순간, 금군은 첫 경고를 했다. 금군은 여전히 그를 자객으로 생각하지 않고 한 명의 미치광이로 생각했기 때문이다. 자객이라면, 그가 스구지엔이라 하더라도, 이렇게 대놓고 황궁으로 올 리가 없었다.

그가 신(神)이 아니라면.

세 번의 경고.

우쥬는 여전히 자신만의 길을 갔다.

몰아치는 비바람이 동해 바다의 거친 파도 같았지만, 고독한 우쥬를 삼키고 싶어하는 듯 보였지만, 그는 유유히 파도를 헤치며 외롭게 발걸음을 옮겼다.

'황궁을 들어간다.'

우쥬는 아주 간단한 논리에 의해 움직이고 있을 뿐이었다.

그의 앞에 무엇이 와서 막더라도, 자신만의 길을 갈 뿐이었다.

"죽여!"

'슥, 슥, 슥…….'

금군 장수의 명에 따라 우쥬 앞을 가로 막고 있던 금군이 일제히 칼을 뽑아 들었고, 칼 빛이 순식간에 황성 앞 흐린 하늘을 밝게 비추었다.

칼부림은 일어나지 않았다.

칼이 움직이기도 전에 우쥬의 쇠막대기가 정확하게 금군 병사들의 목을 찔렀다. 정확하고, 깔끔하고, 안정적이다. 다시 말해, '간단하다'. 더 정확히 말해 이보다 더 간단할 수 없었다.

그 '간단함'이 어떤 경지를 대변했다.

우쥬 뒤로 시체 몇 구가 쓰러졌지만, 그의 발걸음 속도에는 변화가 없었다. 발걸음은 여전히 안정적이었고, 마치 아무런 장애물이 없는 듯, 사람을 죽이며 비를 뚫고 황성으로 향했다.

우쥬가 뿜어내는 것은 절세 고수다운 소탈함도, 자신감도 아니었다. 그저 얼음같이 차가운 한기. 너무 냉정하고 안정적이어서 '사람' 같이 보이지 않았다.

그의 솜씨는 교활하거나 매섭지 않았고, 천지를 뚫고 나갈 기세도 없었다. 그래서 금군들은 동료들이 어떻게 죽어 나가는지 이해할 수 없었다. 쇠막대기는 그저 '간단하게' 모든 각도와 가능성을 계산해, 가장 합리적이고 효율적인 공간의 틈을 향해 내질러졌다.

명을 내린 장수는 우쥬가 내뿜는 한기를 느끼며, 부하들이 하나둘씩 죽어 나가는 모습을 보며, 온몸을 부들부들 떨며 칼을 뽑아 들었다. 그리고 쇠막대기 하나가 자신의 턱밑으로 박혔다 빠져나가는 것을 보았다.

'너무 빠르다. 그런데 왜 느리게 보였지? 왜 나는 못 피했지?'

장수는 어떤 의문도 해결하지 못한 채 빗물에 세차게 쓰러졌다. 그의 두려움에 사로잡힌 두 눈이 고인 빗물에 잠겼고, 눈동자에는 젖은 헝겊신 한 켤레가 그의 머리 위로 지나가는 모습이 마지막으로 비춰졌다.

헝겊신을 신은 발은, 여전히 안정적이다.

살신(殺神).

분노가 극에 달해 용기로 변했고, 미지의 공포심과 함께 금군들이 사방에서 살신에게 달려들었다. 하지만 우쥬의 안정적인 발걸음을 한 치도 막아내지 못했다.

그는 그저 황궁으로 들어가고 싶은 것이다. 이 간단한 이유 때문에 주위의 사람들은 계속 쓰러졌고, 끊임없는 피가 비의 장막을 붉게 물들이고 있었다. 사람은 계속 죽어갔고, 비명소리와 신음소리가 빗소리와 함께 황궁 앞 광장을 가득 채웠다.

우쥬 앞에 있는 사람은 점점 줄었고, 뒤의 시체는 점점 많아졌다.

갑자기, 우쥬가 황궁 광장의 정중앙에서 발걸음을 멈췄다.

그의 주위에 더 이상 사람은 없었다. 수백의 금군 병사들이 피바다에 쓰러져 있었고, 아무리 강한 장대비가 내려도 한 순간에 이 핏물을 씻어낼 수 없을 듯 보였다.

우쥬가 고개를 들어 황성 성벽 위를 바라보았다.

성벽 위의 수많은 금군들이 일제히 활시위를 당겼고, 무수한 은빛 화살촉이 동시에 한 사람을 겨누고 있었다.

우쥬는 피바다에 서서, 검은 천을 사이에 두고 익숙하며, 또 낯선 황성을 바라보았다. 검은 천 밖의 얼굴은 여전히 평온했고, 일말의 두려움도 없었다. 그는 천천히 오른팔을 들어 쇠막대기를 폭우 속으로 뻗었다.

무수한 빗물이 쇠막대기 위로 떨어졌다.

황성의 성문은 이미 굳게 닫혀 있었다. 광활한 광장에는 쓰러져 있는 시체, 거칠게 불어오는 비바람 그리고……삿갓을 쓰고 고독하게 서 있는 맹인 청년뿐.

이 맹인 청년은 누구란 말인가.

활시위를 당기고 있는 금군 병사 누구도 그의 정체를 알 수 없었지만, 금군 통령 공디엔은 성벽 위에 서서 몸을 부르르 떨고 있었다. 그는 상대방을 보자 자연스럽게 기억이 하나 떠올랐다.

오래전 그 여자, 그리고 그녀의 호위무사.

그는 맹인 청년을 보자마자 황제에게 보고를 했지만, 지금 자신이 통솔하는 1만이나 되는 금군도 저 자를 막을 수 있을지 확신이 없었다.

'우쥬가 왔다. 우쥬가 드디어 왔다. 그가 아가씨의 복수를 하기 위해 드디어 황궁에 나타났다……'

공디엔은 온몸을 벌벌 떨며 자신을 공포스럽게 만드는 몇 마디를 계속해서 마음속으로 외치고 있었다. 우쥬는 자신이 공디엔을 그렇게 공포스럽게 하는지 모르고 있었다. 하지만 조용히 황궁 중앙에서 비를 맞고 서 있던 그의 입에서 마지막 말이 뱉어졌다.

"안에 살던 사람이……리(李)씨였다."

"발사!"

명령과 함께 빗물이 공디엔의 젖은 수염을 타고 떨어졌다.

'휙휙휙휙휙……!'

무수한 화살이 활시위를 벗어나, 순식간에 정점까지 치솟다가, 다시 가속을 붙이며, 공중의 빗물을 가르며, 광장 정중앙에 검은 점처럼 홀로 서있는 우쥬에게로 향했다.

빼곡한 화살들이 마치 하늘마저 가리려는 듯, 마치 불만을 터트리는 듯, 마치 공기중의 모든 빗방울을 부술 기세로 광장 전체에 화살 폭포를 만들어 냈다.

어떻게 대종사를 죽일 수 있을까.

판시엔이 이 질문에 대해서 깊이 고민한 적이 있었다. 일단 산 지형은 피하고 평원에서 전투가 벌어져야 한다. 1만 개의 화살이 동시에 쏘아져야 한다. 그리고 중무장한 철기병들이 연거푸 돌격하며 도주로를 막아야 한다.

우쥬는 대종사가 아니었지만, 그를 알고 있는 사람들은 그가 최소한 대종사보다 약하다고 생각하지는 않았다. 하지만 지금의 상황은, 비록 철기병들은 없었지만, 판시엔이 그린 그림과 흡사했다.

광활한 황성 광장에 1만 개의 화살.

우쥬의 몸놀림은 예류원보다 느리고, 우쥬의 손놀림은 스구지엔보다 날카롭지 않고, 우쥬는 쿠허처럼 빗줄기의 기세를 이용하여 도망갈 수도 없다. 그래서 그는 차갑게 고개를 들고, 젖은 검은 천을 사이에 두고, 강한 바람을 타고 자신에게 날아오는 검은 화살비를 바라만 보았다.

화살 끝이, 빗방울을 뚫고, 우쥬의 앞까지 왔다.

어느 틈엔가 그의 왼손에는 삿갓이 들려 있었다.

삿갓에는 무수한 화살이 박혀 있었고, 오른손에는 여전히 쇠막대기가 들려 있었는데, 그 밑으로 그가 부러뜨린 수많은 화살이 널브러져 있었다.

비가 잦아 들었다. 황궁 위의 두터운 먹구름이 물러가며 틈속에서 태양빛이 내려와 우쥬를 비추었다. 담담하게 삼베옷을 입은 맹인에게 한 줄기 빛이 내리고 있었다. 순간, 잔잔한 이슬비 사이로 늦가을 바람이 스쳐 지나가며 우쥬의 젖은 옷가지가 살살 흔들렸다.

'빠직.'

몇 개의 화살을 견뎌낸지 모르는 삿갓이 마침내 수명을 다하여 그의 손 위에서 찢어졌다.

아무도 무슨 일이 벌어진 것인지 몰랐다. 금군 병사들은 눈으로 보면서도 기적 같은 광경이 어떻게 일어날 수 있는지 이해가 되지 않았다.

수많은 화살이 날아올 때, 우쥬는 움직였다. 다만 그의 움직임이 너무 빨라 잔상으로 변해 아무도 볼 수 없었던 것일 뿐. 쇠막대기와 고속 회전한 삿갓이 남긴 흔적만 볼 수 있었던 것일 뿐.

우쥬는 화살이 날아오는 궤도를 완벽하게 계산했다. 그리고 강한 신체 능력과 함께 불가사의하게 몸을 향해 날아오는 화살을 부러뜨렸다.

우쥬는 자신의 급소로 날아오는 화살들만 공격했다. 우쥬의 주위로 수많은 화살이 빽빽이 꽂혀 있었지만, 우쥬는 그것들은 전혀 개의치 않았다. 우쥬의 계산 범위 밖의 화살들은 그의 옷깃을 스치고, 귓불을 스치고, 허벅지를 스쳤지만, 그는 그 화살들을 쳐다보지도 않았다.

대종사 누구도 우쥬처럼 냉정할 수는 없다. 왜냐하면 우쥬를 제외하면, 어느 누구도 이 짧은 시간 안에 이렇게 많은 일들을 계산해 내고, 그것을 자신의 신체 능력에 비추어 가장 적절하고 효율적인 대응책으로 실현시키지 못하기 때문이다.

모든 화살을 일제히 쏘는 것은, 우쥬가 피할 수 있는 모든 범위를 덮기 위해서이다. 다시 말하면, 우쥬가 피하지 않으면, 실질적으로 그를 향해 날아오는 화살은 많지 않다. 하지만 이 위급한 상황에서, 이렇게 냉정한 판단을 내릴 수 있는 '사람'이 또 있을까.

없다. 사실 우쥬도 자신에게 날아오는 모든 화살을 쇠막대기로 부러뜨릴 수는 없다. 그래서 왼손도 같이 움직인 것이다. 머리에 쓴 삿갓을 벗어서, 빗속에서 빠르게 회전시켜, 빗방울이 튀어나가는 힘으로 무수한 화살을 튕겨내고, 나머지 화살들을 삿갓으로 막았다.

'스윽.'

우쥬가 왼쪽 다섯 손가락을 힘겹게 펴며, 자신의 왼팔을 꿰뚫어 버린 화살 하나를 바라보았다. 아무런 표정이 없던 그의 얼굴에 진솔한 감정이 하나 더해졌다.

'아프다.'

그는 왼쪽 팔뚝에서 화살을 꺼냈다.

이어서 몸의 몇 군데에 박힌 화살도 빼내었다. 그리고 상처로부터 흐르는 '액체'를 닦고 다시금 발걸음을 옮겼다.

'우지직우지직……'

한 걸음을 옮길 때마다 화살이 부러지는 소리가 숙연하게 황궁 앞 광장에 울려 퍼졌다.

금군의 사기가 바닥을 쳤다. 심지어 1년 전 황궁 앞 광장에서 괴물 같은 소리가 울려 퍼질 때보다 더 낮아졌다. 미지의 공포도 무섭지만, 눈앞의 괴물을 보는 공포를 따라가지는 못한다. 금군들은 무의식적으로 모두 한 단어를 떠올리고 있었다.

요괴.

혹은, 살신(殺神)?

황궁 문 앞까지 다다라 점점 자신과 가까워지고 있는 우쥬를 보며 공디엔은 입안에서 쓴맛이 느껴졌다.

'폐하께서 내리신 사명은 영원히 완수할 수 없는 것인가……'

경국 황제는 천하에서 오직 두 가지만 두려워했다. 하나는 그에게 이미 중상을 입힌 검은 상자. 다른 하나는 지금 그를 찾아가고 있는 우쥬. 그는 태평별원 사건 이후 우쥬를 죽이려 했지만, 결국 모두 실패했다.

황제는 다른 계획이 있는 것인가.

황제는 계획이 있었다. 황궁의 성벽과 1만의 금군으로 그를 막은 후, 큰 불을 지르는 것이었다. 왜냐하면, 몇 년 전 경국 사당에서 신묘 사자(使者)가 큰 불길에서 점점 이상한 사물이 되어 가는 것을 두 눈으로 똑똑히 보았기 때문이다.

그래서 금군은 이미 황제의 명에 따라 '불화살'을 준비하였다.

하늘이 천자(天子)를 버렸을 뿐.

경력 12년 늦가을에, 하늘이 고른 천자(天子)를 하늘이 버린 것 같았다. 하늘에 구멍이 뚫린 듯한 폭우가 내렸기 때문이다.

공디엔은 숨을 깊이 들이마시고, 점점 다가오는 우쥬를 바라보며, 쉰 목소리로 크게 명령했다.

"기름을 준비하라!"

불화살이 준비되었고, 마침 비도 잦아들었기에, 공디엔은 다시 한 번 크게 외쳤다.

"발사!"

'휙휙휙휙휙……!'

수십여 개의 불화살이 공중으로 치솟은 후 일제히 내려꽂히며, 황성 아래 물처럼 보이는 기름과 만나, 황성 벽을 타고 큰 불길이 맹렬하게 솟아올랐다. 불은 마치 땅에서 솟아오르는 폭우와 같이, 천지의 법칙을 거스르는 불의 폭포처럼 치솟으며 우쥬를 집어 삼켰다.

그때, 우쥬가 날아올랐다!

정확히 말하면 그는 달리고 있었다. 하지만 모든 이들의 상상력을 뛰어 넘었을 뿐이다. 그는 뛰어올라 쇠막대기를 황궁 성벽 두 장(丈) 높이에 찔렀고, 그것을 지렛대 삼아 몸을 마치 활시위에서 벗어난 화살처럼 황궁 성벽 위로 쏘아 올렸다.

그는 차가운 검은 그림자로 변해, 미끄러운 절벽 같은 황성 성벽 위를, 매우 빠르게 두 발을 교차하여 밟으며 달려갔다.

우쥬는 하늘을 향해 달리고 있었다!

우쥬의 헝겊신이 성벽 위에 첫발을 내디뎠다.

공디엔은 그 장면을 보고 절망하며, 이제 어느 누구도 그의 입궁을 막을 사람은 없다고 생각했다.

'다그닥다그닥다그닥……'

그때, 황궁 광장의 한 귀퉁이에서 우레와 같은 말발굽 소리가 들려왔다. 기병의 수는 많지 않았지만 유난히 스산해 보였다. 추밀원 정사, 지금 경국 군대의 1인자 예중 원수(元帥)가 마침내 추밀원에서 기병을 이끌고 황궁으로 달려왔다.

하지만 예중은 성벽 위의 맹인 청년과 그의 손에 있는 쇠막대기를 보고 심장이 '철렁'했다. 그래서 그는 빗물과 핏물이 고인 황궁 광장을 폭풍같이 질주하며 처량하게 소리쳤다.

"우 대인! 진정하시오!"

"신묘가 황폐한 사당이라지만……우쥬는 신묘 사람이니, 신묘는 그를 붙잡아 둘 방법이 있을 터인데, 그가 어떻게 다시 인간 세상으로 돌아왔을까……그리고 왜 돌아왔을까……이것은 무슨 의미인 것인가."

"하늘도 무심하지……왜 하필 오늘 이렇게 큰 비를……이것은 무슨 의미인 것인가."

"짐이 천하를 품고 만리강산을 통치하는데, 고작 한 사람 때문에 이렇게 골치를 썩다니……이것은 무슨 의미인 것인가."

"하늘은 참 불공평하지……만약 짐에게 더 시간을 주었다면, 만약 짐이 상자 때문에 다치지 않았다면, 짐이 이렇게까지 우쥬를 걱정했겠는가."

"그럼에도 우쥬가 왔다?"

평온한 황제의 얼굴에 냉소가 스쳤다.

"그럼 또 어떤가."

그는 천천히 용의에서 일어나 평온하게 두 손을 들고, 옆에 있는 야오 태감에게 용포에 주름이 잡히지 않았는지 확인해 보라 명했다.

오늘 황제는 몸에 딱 달라붙는 화려한 용포를 골랐다.

다만, 눈가의 주름살이 오늘따라 피곤해 보이는 이유는 무엇인가. 그의 얼굴에 드리워진 담담한 슬픔은 무엇인가.

그는 고요하게 텅 빈 태극전에서, 뒷짐을 지고 한참을 침묵한 뒤, 두 눈을 감고 그의 머리를 황색 명주끈으로 멋지게 묶었다. 그리고 오랜 시간 후 그가 두 눈을 다시 떴을 때에는, 슬픔과 자조의 기색은 완전히 사라지고 평온함과 강한 자신감만 남아 있었다.

황제는 천천히 열려 있는 태극전 문을 나섰고, 황성 앞 광장에서 시끄럽게 싸우는 소리가 전해져 오는 황성 성문을 향해 천천히 발걸음을 옮겼다.

"판시엔은 찾았느냐?"

"아직 못 찾았습니다."

야오 태감은 최대한 공손하게 이어 말했다.

"판씨 아가씨가 어젯밤에 실종되었다 합니다."

황제는 잠시 생각하다 입을 열었다.

"짐이 아직도 여럿을 과소평가하고 있었구나. 뤄뤄 이년……."

어제 판시엔이 징두에 돌아왔다는 소식을 들은 후 황제가 처음 내린 명이 판뤄뤄의 입궁이었다. 판시엔의 급소. 하지만 누가 예상이나 했겠는가. 판뤄뤄가 궁에 들어오자마자 어젯밤 황궁 내에서 실종되어 버렸다.

하지만 판뤄뤄가 정말 숨은 고수였다면, 왜 그녀가 궁 밖에서 도망치지 않고, 순순히 궁까지 따라와서 궁 내에서 사라진 것인가.

황성 성벽 위에 있는 1만의 금군은 아직도 필사적으로 우쥬의 진입을 막고 있었다. 피칠갑이 되었지만 단 한 명도 물러서지 않았다.

스구지엔이 큰 나무 아래서 개미를 나뭇가지로 죽이는 것도 시간이 걸렸는데, 하물며 사람은 어떻겠는가.

하지만 우쥬는 여전히, 조용히, 사람을 죽였다.

다만, 얼마나 걸릴지, 얼마나 더 죽여야 할지 모를 일이다.

"앞으로 반 시진."

황제는 세상의 모든 것을 파악하고 있는 듯 담담히 말했다. 그는 태극전을 빠져나온 후, 긴 복도 아래 툇마루에 서서 점점 줄어드는 빗줄기를 보며 혼자만의 생각에 잠겼다.

얼마나 시간이 지났을까.

황제는 가볍게 기침을 했고, 야오 태감이 건네주는 명주 손수건을 받아 입가를 닦으며 차갑게 말했다.

"오늘 안쯔가 나타나지 않으면, 일이 더욱 재밌게 돌아가겠구나."

황궁에 재미라고는 하나도 없었다. 긴장감이 넘치고 엄숙하였고, 활발함 따위는 찾아볼 수도 없었다. 이때, 판시엔은 태극전 복도 끝에 있는 몇 명의 태감 무리에 섞여 있었다. 그리고 복잡미묘한 심정으로 먼 곳에 있는 중년 남성을 바라보았다.

어쩌면 지금은 이미 노인(老人)이 되어 버린 남자.

판시엔은 어제 태감 복장을 하고 궁으로 향했지만, 이전과 같이 스파이더맨처럼 성벽을 기어오르진 않았다. 지금은 북제와의 전쟁, 그의 징두 귀환으로 황궁의 경계 등급이 최고로 오른 상태였기에, 성벽을 넘어 입궁한다는 것은 자살 행위나 마찬가지였다.

그래서 그는 아껴왔던 마지막 패(牌)를 썼다.

홍쥬.

'홍쥬가 배신한다면? 두 번째 인생에서 여기까지 왔는데, 더 잃을 게 있단 말인가.'

다행히 홍쥬는 배신하지 않았고, 쉬워 보였지만, 어찌 보면 무모

할 정도로 위험하게 완의방을 통해 황궁에 잠입했다. 그리고 황궁에서 뤼뤼도 입궁했다는 소식을 접했다. 판시엔은 담담하게 받아들였지만, 다시 한번 자신의 처지를 확인했다.

'드디어 마지막이군. 오늘 황제 늙은이가 죽든, 내가 죽든 끝이 나겠어.'

이번 뤼뤼의 입궁은 이전과 결이 달랐다. 이전에는 황제가 충분히 자신감이 있었기에, 여전히 성군(聖君)의 면모를 유지하고 싶어했기에 뤼뤼는 단순 '인질'이었다. 하지만 지금 황제는, 늙었다. 중상으로 점점 약해졌고, 이미 죽음의 냄새를 맡고 있을지도 몰랐다.

그래서 직접적으로 뤼뤼의 목숨으로 판시엔을 위협하려는 것이다.

판시엔도 황성 성벽 위의 이상한 움직임을 보았다. 그리고 저런 일을 벌일 사람은 우쥬 삼촌밖에 없다고 추측했다. 다만 아무리 생각해도 이해할 수 없었다.

'삼촌의 기억이 갑자기 돌아왔다고?'

그리고 금군의 막강한 전투력을 알고 있는 그는 걱정이 앞섰다. 설령 삼촌이 저 방어선을 뚫고 들어온다 해도, 부상을 피할 수는 없다고 생각했기 때문이다.

'부상당한 우쥬와 늙은 대종사의 대결? 삼촌의 승산은 얼마나 되려나……'

판시엔은 눈을 더욱 가늘게 떴다. 그는 황제가 기침을 하고 입가를 닦은 손수건을 태감에게 돌려주는 대신 그의 소매에 넣는 모습을 멀리서 지켜보고 있었다.

남경 징두에는 비가 내렸고, 북제 난징에는 눈이 내렸다.

난징성의 웅장한 성벽 위에, 북제 남쪽 방어선인 난징성 통병사

(統兵司, 군부) 대장 샹샨포는 눈 내리는 서남쪽 평원을 무심하게 바라보고 있었다.

그의 눈빛은 눈보라를 뚫고 수십 년간 당당한 기세를 잃지 않은 경국 군대의 군영(軍營)에 꽂혀 있었다. 그곳에는 깃발이 펄럭였고, 끝없이 이어진 검은색이 마치 눈 속에서 침묵하며 휴식을 취하는 맹수처럼, 언제라도 난징성으로 달려들 것 같았다.

남경 옌징 대군과 북방 정벌군이 총력전을 펼쳐 북제 대군이 쳐놓은 3차 방어선을 잇달아 돌파했고, 그 와중에 얼마나 많은 북제 전사들이 죽었는지 몰랐다. 그들이 이제 북제 마지막 남방 방어선인 난징성 앞 20리(里) 지점까지 도착해 휴식을 취하고 있는 것이었다.

이제 곧 천하의 두 대국(大國)간의 피비린내 나는 공성전이 난징성에서 펼쳐질 것이었다. 샹샨포 장군은 손으로 허리춤에 있는 칼집을 쓰다듬으며 한숨을 내쉬었다.

'철기병 십 만이 코앞까지 왔는데, 난징성이 얼마나 버틸 수 있으려나……'

샹샨포는 고개를 저으며 부하 장교들에게 여러 군령을 내린 뒤 성벽을 내려와 그 아래에 설치된 전선(戰線)의 막사 안으로 들어갔다.

막사는 조용했고, 밖은 샹샨포의 친위병이 직접 보초를 섰다. 샹샨포는 막사에 들어가자마자 평민 복장을 했지만 위엄을 숨길 수 없는 사람에게 반무릎을 꿇으며 보고했다.

"의부(義父), 며칠 전 매복 공격을 당한 왕즈쿤의 사기가 많이 떨어졌습니다. 3일 내에는 공성전을 펼치기 어려울 것입니다."

북제 군의 원수(元帥), 경국이 가장 꺼리는 대장군, 샹샨포의 의붓 아버지 샹샨후 대장군이 왜 난징에 있는가. 그가 경국의 이름 없는 주(州)의 성(城)에서 몰래 빠져나와 쥐도 새도 모르게 난징성에 온 것을 누가 짐작이나 했겠는가.

"왕즈쿤은 용병술이 보수적일 뿐, 절대 겁쟁이가 아니다. 요 며칠간 소란은 우리 군이 이득을 본 것처럼 보였지만, 그는 거북이처럼 바짝 엎드려 인내하며, 너의 유인술에 걸려들지 않았다."

샹샨후는 송충이 같은 검은색 눈썹을 살짝 움직였다.

"왕즈쿤은 참 교활하구나. 분명 수적 우세를 점하고 있고, 기세도 등등한데……평원에서 수성(守城)의 자세를 취하다니……공로를 바라지 않지만, 과오는 없다. 왕즈쿤의 대단함이 여기에 있었구나……."

시대의 명장 샹샨후의 얼굴에 피곤함이 묻어나왔다. 지금은 야전이 아니라 두 강대국이 정면 충돌하는 전쟁이었다. 샹샨후가 제아무리 용병술이 뛰어난다 한들, 여전히 국력과 기세에 의해 승패가 갈릴 터. 그는 경국 군대의 질서정연함, 병기의 우수함, 10만의 대군을 보고 절로 탄식을 내뱉을 수밖에 없었다.

하지만 동시에 하나의 의구심이 머릿속을 떠나지 않고 있었다.

'10만 대군이라지만 전력을 다하지 않는 듯 보이는데……5로 변군(邊軍)중 2로밖에 동원하지 않았고……경국 황제는 무슨 생각인 것인가? 설마 내가 간파하지 못한 계략이 있는 것인가? 내가 이 나라를 지켜낼 수는 있는 것인가?'

전쟁에서 장군에게 가장 중요한 것은 자신감이었다. 샹샨후는 왕즈쿤을 두려워하지는 않았지만, 승리에 대한 자신감이 있지도 않았다. 그가 상대의 발걸음을 한동안 멈출 수 있다는 믿음 정도만 있었다. 하지만 얼마나 막을 수 있을 것인가.

그는 문득 얼마전 폐하로부터 받은 밀지가 떠올랐다. 판시엔이 신묘에서 돌아왔고, 징두에 도착했다는 소식을 담은 밀지.

'이 모든 운명을 경국 황제의 사생아에게 맡겨야 한다는 말인가? 판시엔은 경국 황제를 죽일 것인가? 죽일 수나 있단 말인가?'

샹샨후가 난징성 밖의 경국 군대 군영을 바라보고 있을 때, 경국 군대 군영 내 막사에서 왕즈쿤 대도독도 차가운 눈빛으로 멀리 있는 큰 성을 바라보고 있었다. 난징성만 뚫으면, 경국 철기병이 북제의 요충지에 들어가게 되는 셈이고, 샹징 앞에 두 개의 방어선이 더 있긴 하지만 난징성만큼 어렵지는 않을 것이었다.

"스페이는 언제 도착하느냐?"

왕즈쿤 대장군의 물음에 부(副)사령관이 바로 대답했다.

"4일 후 도착입니다."

왕즈쿤은 흡족한 얼굴로 고개를 끄덕였다. 그는 이번 조치에 공을 빼앗기는 것을 걱정하지는 않았다. 이번 북벌은 천하를 통일하는 전쟁이었고, 애당초 혼자의 힘으로 가능할 것이라 생각하지 않았기 때문이다. 그리고 어차피 스페이는 그의 사람 아니던가.

'몇 년을 준비했던가.'

왕즈쿤은 막사 문 앞에 서서 자신의 두 발이 이미 북제 영토 위에 있다는 생각에 마음속에서 갑자기 야망이 생겨났다.

'10년 간 폐하를 위해 옌징을 지켰다. 그것은 모두 다 오늘을 위해서였다. 웅장한 경관이 눈앞에 있는데, 인생에 후회가 어디 있겠는가.'

하지만 동시에 강렬한 불안감도 생겼다.

'폐하께서는 괜찮으실까?'

산을 따라 지은 북제 황궁. 산에는 계곡이 있고, 계곡물은 산길을 따라 아래쪽으로 흘러 푸른 연못을 만들었다. 그리고 연못의 맑은 물은 의도적으로 뚫어 놓은 길을 따라 궁 밖으로 흘러갔다.

북제 황제는 황색 용포 위에 두꺼운 외투를 입고 연못 옆에 앉아 한참을 침묵했다. 하이탕은 그의 옆에 등지고 서서, 연못에서 흘러

나오는 맑은 물이 황궁 밖으로 흘러가는 모습을 묵묵히 지켜보았다.

쿠허 대사는 이 연못가에서 태후와 마지막 상의를 했고, 대동산 사건에 참여했고, 결국 경국 황제에게 패해 생을 마감했다.

오늘날 북제 조정은 그 막강한 경국 황제에게 위협을 받고 있었다. 이번의 위협은 이전보다 분명했고, 직접적이었다. 경국 철기병들이 이미 난징성 앞까지 진군했고, 언제 이 고풍스러운 상징과 아름다운 북제 황궁에 불을 지필지 모를 일이었다.

"짐이 '그'만 믿고 있을 수는 없다."

북제 황제가 갑자기 혼잣말을 하듯 입을 열었다.

"그와 경국 황제 사이에 불공대천(不共戴天)의 원수가 있다고 믿더라도, 경국 황제는 필경 그의 부친 아닌가."

"맹인 대사(大師)는 이미 백치가 되어 버렸는데, 누가 감히 황궁으로 들어가 그 거만한 군왕(君王)을 죽일 수 있단 말인가."

"누구나 경국인들의 야망을 알았고, 짐도 여러 해 동안 준비했는데, 막상 전쟁이 일어나니 짐이 경국 황제의 강함을 과소평가했다는 생각이 드는구나."

"2로 변군만으로 난징성까지 진격해 오다니, 만약 경국 황제가 전력을 다해 공격한다면, 시대의 명장 샹샨후라 하더라도 얼마나 버틸 수 있을지 모르겠구나."

하이탕은 천천히 몸을 돌리며 조심스럽게 입을 열었다.

"만약 샹샨후 장군이 버티지 못한다면, 폐하께서는 어떻게 하시겠습니까?"

"전력을 다해 싸울 것이다."

북제 황제는 조금도 망설임없이 말을 이었다.

"천하는 짐의 천하이다. 옥이 부서진다 하면, 짐의 손에서 부서져야 한다. 짐은 절대 패배를 인정하지 않을 것이다."

하이탕은 더 이상 말을 하지 못하고, 궁 밖의 남쪽 방향을 멀리 바라보며, 두 손을 가슴 앞으로 모아 가볍게 합장을 했다.

동이성이 지배하는 영토인 송나라와 량(梁)나라가 만나는 곳에 바닷바람이 땅을 한번 훑고 지나갔다. 이곳은 샹징성보다 훨씬 따뜻하고 습한 기후를 가지고 있어, 늦가을에도 산야(山野)에 있는 나무들은 여전히 푸르름을 유지하고 있었다.

남경 황실을 배반하고 1년을 넘게 침묵을 지키고 있는 대황자가 징두의 봄처럼 따뜻한 산야에서 하늘을 바라보며, 스산한 눈보라를 상상하고 있었다.

그의 뒤에는 만여 명의 충성스러운 부하가 있었고, 산자락에는 검은 선들이 그어져 있었는데, 그것은 판시엔이 그에게 맡긴 흑기병들이었다. 그들은 본래 대황자의 통제에서 벗어나 있었지만, 징거가 왕13랑이 들고 온 판시엔의 친필 서신을 본 후부터는 묵묵히 대황자를 따르고 있었다.

대황자는 옆에 있는 왕13랑을 힐끔 본 후, 말의 배를 가볍게 차며 서북쪽으로 향했다. 만여 명의 군사가 그의 뒤를 따랐고, 얼마 지나지 않아 흑기병 4천도 영원불변할 듯한 살기와 어두운 기운을 내뿜고 출발했다.

'경국이 북벌에 나섰다……나는 어떻게 해야 하는가. 이들을 이끌고 경국의 북벌을 저지하여야 하는가. 내가 부황을 배반했다지만, 그렇다고 경국을 배반할 수는 없는 일 아닌가……경국이 북제를 날려보내는 것을 지켜봐야 하는가. 그렇다면 경국의 다음 목표는 동이성이 될 터. 동이성이 멸망하면 나에게는 죽는 길뿐…….'

대황자의 마음은 무거웠지만, 그는 최소한 판시엔의 말처럼 움직이지 않고 정세를 살필 뿐이었다. 사실 그는 쳔핑핑의 죽음을 들은 그 순간부터 이런 각오를 다졌었다. 그리고 지금 판시엔이 황궁에 들어가서 할 일이 무엇인지도 잘 알고 있었다.

대황자의 마음이 더욱 암담해졌다. 사실 그는 판시엔과 부황의 승패와 상관없이 마음이 암담해질 것이었다. 황제는 여전히 그의 부친이었고, 그의 모친과 부인 또한 징두에 남아 있었기 때문이다.

대황자는 천천히 고개를 들어 멀리 있는 징두 방향으로 시선을 옮겼다. 순간 저도 모르게 탄식이 나왔고, 한참 동안 아무 말도 내뱉지 못하였다.

천하의 대전쟁이 시작되었고, 이미 천하는 아수라장이 되었다. 피와 살이 논과 들에 튀고, 시체는 길가에 묻혔고, 까마귀의 기괴한 울음소리가 눈보라 속 곳곳에서 울려 퍼지고 있었다.

끝없는 살육의 현장이 천하를 뒤덮고 있었다.

이처럼 긴장이 고조된 시국에, 수많은 사람들의 시선이, 시대의 명장이, 높디높은 일국의 군주(君主)가, 고독한 불효자가 모두 다 징두를 주목하고 있었다. 왜냐하면 그들 모두 이 전쟁의 승패가, 이 끝없는 살육의 마지막이 모두 징두에, 잔혹하고 무정한 부자지간의 싸움에 달려 있다는 것을 알았기 때문이다.

'진의(眞意)는 문자의 외부에 존재하고, 승패는 전투 밖에서 갈린다.'

천하 통일 전쟁의 결착은, 황제와 판시엔 중 누가 살아남느냐에 따라 그 방향이 결정될 것이다. 하지만 이 국면은 사람 하나가 설계할 수 있는 것은 아니었다. 수십 년간의 인과관계가 엮이고, 응집되어 만들어진 것이다. 그 과정에 경국 황제, 억울하게 죽은 여인, 쓸쓸하게 죽은 쳔핑핑 그리고 판시엔까지 엮여 들어가 응집되었고, 마지막에 이르러서는 결국 풀리지 않는 실타래가 되어 사국(死局)이 되어 버렸다.

풀리지 않는 실타래는 칼로 끊어야 한다.

목숨으로써만, 끊어낼 수 있다.

수많은 시선이 쏠린 징두. 하지만 징두의 백성들은 전선(戰線)의 피비린내를 맡지 못하였다. 심지어 황궁에서 벌어지고 있는 엄청난 사건도 모른 채 평소와 다름없는 하루를 보내고 있을 뿐.

후 대학사도 피비린내를 맡지는 못했지만, 황궁 안에서 무슨 일이 벌어지고 있는지는 잘 알고 있었다. 그리고 허종웨이 일파(一派)가 모조리 죽임을 당했을 때에도 침착함을 유지했던 그가, 오늘 저택으로 날아든 소식에는 그동안 지켜왔던 모든 평정심이 순식간에 무너져 내렸다.

그는 저택의 후원에서, 오늘따라 유난히 깊어 보이는 주름이 진 얼굴에 망연자실한 표정을 짓고, 하늘을 올려다보며 경국에 큰 불행이 오지 않기를 기도했다.

징두의 또 다른 곳. 징두 빈민가의 눈에 띄지 않는 저택에는 이미 출옥한 지 오래된 순징슈가 딸의 보살핌을 받으며 약을 마시고 있었다. 그는 옥중에서 고문을 받아 죽을 뻔했지만 판씨 집안의 도움으로 겨우 목숨은 건져냈다. 하지만 순씨 집안은 몰락한 지 오래였고, 부인과 딸 외에 모든 집안사람들은 노예로 끌려갔기에 그는 이미 죽은 것이나 다름없었다.

순핀알은 온화한 목소리로 아버지를 위로했다. 그리고 훗날 판씨 저택에 들러 천 군주(郡主)에게 꼭 감사의 인사를 드려야겠다고 다짐했다. 다만, 그때 입을 변변한 옷이 없어 걱정일 뿐. 그리고 판씨 집안을 떠올리는 순간 또 다른 의문이 머릿속을 스쳐갔다.

'신묘에 가신 판 대인은 지금 살아 계실까?'

순징슈에게 암암리에 약을 보내주고 있는 판씨 저택에서는 린완알이 굳은 표정으로 후원에 앉아 있었다. 스스는 그녀의 뒤에 앉아 있었고, 각자 아이를 한 명씩 안고 있었다. 완알이 옆에 시중을 드는 텅즈징 부인에게 나지막이 말했다.

"난 도망가지 않을 거야. 다만, 하인들에게는 어서 저택을 떠나라 일러줘."

텅즈징 부인은 대답없이 그곳에 서 있었다. 그들만 어떻게 도망가겠는가. 완알은 그녀의 반응을 보고 더 이상 강요하지는 않았다. 그들이 저택을 나간다 해도 어디로 가겠는가. 그리고 무슨 차이가 있겠는가.

완알은 다시 품 안의 판량을 멍하니 바라보았다.

어제 판뭐뭐가 궁에 급히 불려갔다. 최근에 황제가 몸이 안좋다는 소식은 없었다. 어제 오후부터 징두에 맴돌던 기괴한 분위기를 느끼던 완알은 뭐뭐의 입궁과 함께 자신의 생각을 확신했다.

'상공이 아직 살아 있다……그런데 왜 집에 먼저 오지 않았지? 외삼촌이 상공을 죽이려 하고, 상공이 외삼촌을 죽이려 한다는 건 알지만……하지만……그 전에, 나에게, 왜 얼굴 한번 보여주지 않은 거야…….'

눈물 몇 방울이 그녀의 눈에서 '뚝뚝' 떨어졌다.

떨어진 눈물은 앳된 판량의 얼굴에 번져갔다.

완알이 판시엔의 생사를 걱정하던 순간, 지난밤에 궁에 불려갔던 판뭐뭐가 황실 고수로부터 탈출해 궁전 깊숙이 사라지는데 성공했다. 이것으로 보아, 그녀가 북제 청산(靑山)에서 배운 의술 외에도, 경국 창산(蒼山)에서 우쥬에게 받은 무도 훈련이 제법 효과가 있어 보였다. 그 뒤로 황궁은 난장판이 되어 버렸고, 어느 누구도 그녀를 찾아 나설 정신이 없었다.

지금 그녀는 궁녀 옷을 입었는데 제법 잘 어울렸다. 빗속에서 옷자락이 그녀의 발걸음에 따라 가볍게 흔들렸고, 그녀는 침착하고 안정적으로 태극전을 향해 걸어갔다. 중간 중간 태감과 궁녀들을 마주쳤지만, 밖에서 싸우는 소리에 놀라 비명을 지르며 후궁으로 뛰어갈 뿐, 아무도 그녀에게 관심을 두지 않았다.

태극전의 외진 궁문에 거의 다다랐을 때 그녀는 작은 홍 태감 홍쥬를 볼 수 있었다. 그는 그곳에서 그녀를 오래 기다린 것 같았다. 하지만 둘은 한동안 차분히 서로를 바라보기만 했다.

판뭐뭐는 침착한 표정으로 홍쥬를 바라보았지만, 실은 속으로 수만 가지 생각이 들었다. 왜냐하면, 어서방에서 황제 시중을 드는, 지금 황궁에서 가장 잘나가는 태감이, 왜 몇 개월 전에 그녀에게 암중으로 연락을 해 그와 오빠와의 관계를 알리며 자신과 비밀리에 결탁하려는지 몰랐기 때문이다.

홍쥬는 허리를 숙여 예를 올린 후 떠났다. 하지만 그는 어떠한 설명도 하지 않았다. 사실 그는 몇 개월 전 판시엔이 이미 죽은 줄 알았다. 그래서 곰곰이 생각하다, 마치 뼛속까지 심어져 있는 어떤 감정이 떠오른 듯 판시엔의 여동생을 찾은 것이다. 그리고 판시엔과 자신만 알고 있는 비밀 관계를 그녀에게 밝혔다. 하지만 어쩌면 그는, 만약 판시엔이 죽었다면, 그 비밀을 혼자 알며 쓸쓸히 황궁을 지키기 싫었는지도 모를 일이었다.

판뭐뭐는 홍쥬와 결탁하고 있었기에 오빠가 살아 있음을 알고 있었다. 그리고 오빠가 홍쥬의 도움 하에 황궁으로 잠입했다는 것도 알았다. 그래서 기쁨과 동시에 걱정이 밀려왔다. 오빠가 황궁으로 살아 돌아와 무엇을 하려는지 알기 때문이다.

그는 궁문 옆에 와서 물이 담긴 큰 항아리 뒤에 몸을 숨겼다. 그리고 그곳에서 멀지 않은 황성 성벽 위에서 사람의 가슴을 떨리게 하는 소리를 들었다. 쇠막대기가 철갑과 사람의 살, 뼈를 뚫는 소리. 그녀의 미간 주름이 더욱 깊게 패였다.

'스승님이 오셨다…….'

그녀는 궁문의 틈새로 태극전 정전 앞에 보이는 명황색 그림자를 보며, 입을 다물고 한참을 침묵한 후, 마침내 굳은 결심을 하였다.

황제가 뒷짐을 쥐고 소매 속의 흰 손수건을 살짝 쥐었다. 오직 그만이 손수건 위에 혈흔이 묻었다는 것을 알고 있었다.

'짐도 이것이 마지막인 것인가…….'

그는 눈짓으로 야오 태감을 물렸고, 이제 그의 주변에는 시중드는 이가 아무도 없었다. 그는 빗방울이 만들어 내는 주렴을 바라보며, 그렇게 고독하게 서 있었다.

하지만 빗속에서, 그보다 더 고독한 그림자가 걸어오고 있었다.

우쥬가, 드디어, 왔다.

가랑비가 그의 눈을 가리고 있는 검은 천에 끊임없이 떨어졌다. 그의 손에 쥐어진 쇠막대기에서는 붉은 피가 끊임없이 떨어져 내렸다. 동시에 그의 몸을 휘감은 피비린내가 젖은 옷을 뚫고 풍겨 나오고 있었다.

얼마나 많은 금군을 죽였는지 모른다.

그는 한 걸음 한 걸음 걸어 결국 이곳까지 이르렀다.

부서지지 않을 것만 같던 쇠막대기가, 무수한 철갑옷과 목을 뚫은 후, 그 날카로움은 이미 사라져 버렸고, 심지어 쇠막대기 자체가 휘어져 버렸다.

우쥬는 사람이 아니다. 하지만 신도 아니다.

인간 정예 병력의 용감한 전진과 무소불위의 공격에, 그 또한 상처를 입었다. 황성 성벽에서 철갑을 두른 금군의 병사들이 우쥬의 발걸음을 늦추는데 성공한 것뿐 아니라 마침내 우쮸의 몸에 상처를 입히는데에도 성공한 것이다.

금군의 저지는 가히 장렬하지 않다 말할 수 없었다.

우쮸는 묵묵히 그들을 하나도 빠짐없이 모조리 다 죽였다!

다만, 그의 손에 들린 쇠막대기는 폐물이 되었고, 그가 단단히 묶은 검은 머리카락은 산발이 되었으며, 그의 옷에는 수많은 구멍이 뚫렸고, 그의 허리 밑부분 옷은 불에 타버렸다.

그중 가장 사람을 공포스럽게 만드는 것은 우쮸의 왼쪽 다리가 어떤 중형 병기에 의해 공격을 받은 듯, 완전히 이상한 각도로 뒤로 돌아가 버렸고, 이미 다리 뼈가 부러져 더 이상 걸을 수 없을 것같이 보였다는 것이다.

하지만 우쮸는 여전히 걷고 있었다.

곧 벗겨질 것 같은 검은 천을 사이에 두고 태극전 아래에 있는 경국 황제를 노려보며, 손에 쥔 휘어 버린 쇠막대기를 지팡이 삼아, 돌아가 버린 왼쪽 다리를 질질 끌고, 빗속에서 힘겹게 황제 앞까지 걸어갔다.

빗줄기는 잦아들어 부슬부슬 내렸지만, 태극전 앞 광장의 푸른 돌바닥에는 이미 빗물이 흥건이 쌓여 있었다.

우쮸의 뒤틀린 다리가 바닥에 끌리며 공포스러운 소리를 냈다.

다리와 바닥이 마찰할 때마다, 우쮸의 입가가 움찔거렸다.

그 또한 '아픔'을 느끼는 것처럼 보였다.

하지만 그는 '아픔'을 이미 잊어버렸다.

그는 그저 황제 앞으로 한 걸음 한 걸음 전진할 뿐.

"네가 죽지 않았구나……허나, 네가 이미 사라진 평범한 것에게 어찌 그리 강렬한 애증이 있는 것이냐."

'다그닥다그닥다그닥……'

이때, 닫혀 있던 황성 성문이 활짝 열렸고, 우레와 같은 말발굽 소리가 지면의 빗물을 진동시켰다. 이어서 흙탕물을 뒤집어쓴 예중이 자신의 친위병과 금군 잔병들을 이끌고 태극전 앞으로 달려왔다.

또 그때, 황궁 내에서 대기하고 있던 황실 호위와 금군 병사들이 우쥬를 에워쌌고, 황제 곁으로 10여 명의 경묘 고수들이 불쑥 나타났다. 하지만 그들 모두 우쥬 상처에서 나온 '액체'의 색을 본 후 얼굴이 하얗게 질리며 절로 몸이 떨렸다.

우쥬의 피도 뜨겁고, 붉었지만, 금빛 붉은색, 금홍(金紅)이었다.

모든 경묘 고행자들이 머리에 벼락이라도 맞은 듯, 일제히 빗속에서 우쥬를 향해 무릎을 꿇었다. 그들은 지금 황제의 비밀 호위들이었지만, 지금 이 순간 우쥬의 핏빛을 보고 굴복하지 않을 수 없었다. 그들은 본래 신묘의 뜻을 신봉하는 고행자들이다.

신묘 사자(使者)가 왔다.

하늘이 경국에 내리는 신(神)의 벌이란 말인가!

찬 빗방울이 바람에 날려, 태극전 앞에 서 있는 황제의 턱 밑 수염을 적셨다. 황제는 눈을 가늘게 뜨고, 눈빛에 얼음같이 차가운 기운을 내뿜으며 냉랭하게 입을 열었다.

"쓸모 없는 것들, 신묘의 반역자 하나에 놀라기나 하고."

오래전 세상에 남은 예칭메이의 모든 흔적을 없애기 위해 신묘 사자(使者)와 황제는 모종의 협의를 했다. 그 이후로 경묘 고행자들은 황제를 '하늘이 선택한 인간'으로 모셨다. 하지만 새로운 신묘 사자가 나타난 지금 그들은 어떠한 선택을 할 것인가.

황제는 이 순간 고행자들이 자신을 배신할까 걱정하지 않는 눈치였다. 그리고 고행자들은 적어도 이 순간만큼은 침묵했다.

"세상에 신은 없다. 짐도 신이 아니고……우쥬, 너도 아니다."

황제의 차가운 눈길은 다 헤어진 그의 옷과 이미 뒤틀려져 살점

몇 가닥만으로 붙어 있는 그의 왼쪽 다리로 향했다. 그 눈빛에는 아무런 감정이 섞여 있지 않았지만, 속으로는 의구심이 들었다.

'네놈이 이 상황인데도 안 나온다는 것이냐.'

잠깐의 침묵. 황제의 눈에 차츰차츰 한 줄기 복잡한 감정이 밀려들기 시작하였다. 자조, 탄식 그리고 달갑지 않은 무엇. 우쥬가 이 지경이 되었는데 판시엔은 그 모습을 드러내지 않았다.

인내, 냉혈. 그 정도가 가히 심장을 떨리게 할 정도였다.

태감 복장을 한 판시엔은 그리 멀지도 가깝지도 않은 거리에서 이 모든 것을 보고 있었다. 황제의 각혈을 눈치챈 후 그의 판단에 확신을 얻었다.

'황제는, 늙었다. 정말 얼마 안 남았을 수 있다.'

황제는 신의 반열에서 내려온 것이 확실해 보였지만, 그는 여전히 강해 보였다. 그는 신(神)은 아니었지만, 여전히 범인(凡人)도 아니다.

우쥬의 참상을, 판시엔도 당연히 보았다. 우쥬가 이렇게 심한 상처를 입는 날이 올지 몰랐지만, 그보다 경국 황성의 수비를 홀몸으로 뚫고 들어올 수 있는 사람이 있을 줄은 더 몰랐다. 그는 삼촌의 부러진 다리를 보고 슬프고, 애처롭고, 비통한 감정이 솟구쳤지만, 심지어 공황이 오는 듯했지만, 모든 감정을 억누르며 '기회'를 엿보고 있었다.

필살(必殺).

오늘 황제를 반드시 죽여야 했다. 아니라면, 모두가 죽는다. 우쥬는 가장 위험한 순간에 처해 있었지만, 판시엔은 움직이지 않았다. 왜냐하면, 황제와 우쥬가 정면 충돌하기 전에 먼저 움직이는 것은 아무런 의미가 없었기 때문이다. 대종사의 싸움에, 자신과 같은 범인(凡人)이 끼어드는 것은 할 수도 없고, 실질적 의미도 없다. 그리고 우쥬의 마지막 복수를 위해서라도, 판시엔은 필사적으로 참아야 했다.

예중은 아직 현장에 있었고, 야오 태감은 자취를 감추었다. 어디서 어떤 상황이 벌어질지 모른다. 그리고 세 명의 대종사를 포함해서 누구라도 우쥬와 같은 상처를 입었다면 이미 죽었을 것이다. 하지만 우쥬는 여전히 걷고 있었다. 그 사실이 모든 사람들에게 공포감을 심어 주었지만, 판시엔에게는 자신감을 심어 주고 있었다.

우쥬는 십여 장(丈) 거리에 있는 황제를 바라보며 천천히 걸어가고 있었다. 자신의 기억보다 더 늙은 이 남자. 왠지 모르게 '마음속'에서 시큰함이, 고통이 그리고 증오와 멸시가 솟구쳤다.

대동산 사건 이후 우쥬는 조용히 자신의 길을 찾아 나섰다. 그는 자신이 누구인지 알고 싶었다. 그래서 신묘로 돌아갔다. 신묘에 들어서는 순간 많은 것을 기억하게 되었고, 자연스럽게 많은 일을 판단하게 되었다. 하지만 그 순간, 신묘는 강제로 그의 기억을 지워버렸다.

하지만 지워진 기억에서, 가장 깊은 곳에 있던 '감정'은 남겨졌다.

그 '감정'은 그의 판시엔에 대한 감정보다 더 강렬하고 직접적이었다. 그 감정이 그가 이틀 동안 가만히 황궁을 보게 만들었다. 그때의 일들이 기억나지 않았지만, 그는 태극전 앞에 명황색 용포를 입은 남자는 기억했다. 더 정확히 말하자면, 그 남자에 대한 자신의 살의(殺意)를 기억했다.

판시엔은 우쥬에게 자신의 '마음'을 따르라 했다. 우쥬의 '마음'은 끝도 없는 '쓰라림'이었다. 그 쓰라림이 '리(李)씨'를 보자마자 발산의 통로를 찾은 것 같았다.

'난 저 남자를 죽이려 했다.'

그는 이것만 기억해냈다.

그래서 우쥬는 움직였다.

그는 부러진 다리를 질질 끌며, 쇠막대기에 의지하며, 무척이나 힘겹게, 하지만 살기 등등하게, 한 걸음 한 걸음 태극전 앞 돌계단 위에 있는 황제를 향해 걸어갔다.

"죽여!"

하늘을 가를 듯한 우렁찬 명령 소리에 무수한 병기들이 우쥬를 향했다. 우쥬 앞에서 무릎을 꿇고 있던 고행자들도 어쩔 수 없는 상황의 압박에 움직이기 시작했다. 대부분의 고행자들은 비바람 속에 흩어지는 듯 보였지만, 고행자 하나가 우쥬 앞을 가로막았다!

황제는 내심 흡족한 표정을 짓고 있었다. 그의 '반역자' 한마디가 고행자의 마음을 결국 움직이는데 성공했기 때문이다.

그때, 숨을 죽인 채 무신(武神)처럼 장창을 들고 기회를 엿보던 예중이 움직였다. 말의 배를 찼고, 말의 비명 소리와 함께, 장창을 번개와 같이 우쥬의 살짝 기울어진 등으로 내질렀다!

그는 수십 년 전의 일을 똑똑히 기억한다. 그래서 우쥬의 무서움을 누구보다 잘 알고 있었다. 그는 작은 아버지 예류원을 상대할 수 있었던 절세 강자이다. 그리고 결국 '경국의 신하'로서 황제 편에 서기로 마음먹는 순간, 일말의 여지도 주지 않기 위해 자신의 모든 공격력을 장창 일격에 응집했다.

예중은 생애 가장 강한 공격을 선보이기 위해, 장창 하나에 모든 정신기백을 집중했다. 그래서 자신의 아주 가까운 위치에 고행자 하나가 있음을 눈치 채지 못하였다. 고행자는 병기를 쓰지 않는다. 그런데 그 고행자는 어느새 소매에서 독을 머금은 비수 하나를 꺼내어, 마치 빗줄기 속에 감춰진 한줄기 가랑비처럼 예중의 허리를 가볍게 찔렀다!

예중의 장창은 우쥬의 등을 찔렀고, 고행자의 비수는 예중의 허리를 찔렀다.

'펑!'

예중의 혼신의 일격은, 비를 맞아 깨끗하게 씻겨진 푸른 돌바닥을 찔렀다. 돌바닥은 마치 두부가 부서지듯 뭉개져 산산조각이 났고, 장창의 끝은 땅속에 수 척(尺)을 파고들어 아주 단단히 박혔다.

하지만 독이 발라진 비수는 그의 허리를 파고들었다!

예중의 창은 빗나갔다. 우쥬의 반응 속도는 범인(凡人)이 상상할 수 있는 수준이 아니다. 심지어 창세가 바닥에 닿기 전에 허리를 파고든 비수가 방향을 미세하게 바꾸었다. 그의 창은 우쥬의 부러진 다리 옆의 땅에 박혔고, 그는 허리의 통증을 느끼며 창을 버리고 손바닥으로 고행자의 어깨를 내리쳤다.

대벽관의 기세가 고행자의 어깨에 닿자, 어깨 뼈가 으스러졌다.

고행자는 아파하지도, 신음소리도 내지 않았다. 마치 감각을 못느끼는 목석인 듯, 9품 상의 실력을 가진 예중의 대벽관을 맞고, 아무렇지 않게 피를 한번 토해내고, 다시 예중의 허리에서 비수를 뽑아 예중의 갑옷을 뚫고 복부를 찔렀다!

'펑!'

엄청난 진기의 폭발이 두 사람 사이에서 일어났다. 그 폭발로 주위에 있던 금군 병사 둘이 쓰러졌고, 순식간에 예중과 고행자는 진기의 폭발로 인해, 마치 큰 새와 그 큰 새의 그림자처럼 빗속을 뚫고 멀찌감치 날아가 버렸다. 적어도 오늘 안에 예중은 더 이상 움직이지 못할 것이다.

그림자.

그 고행자가 경국의 수많은 고수들의 눈을 피해 예중에게 다가갔을 때, 판시엔은 암중으로 모든 것을 지켜보고 있었다. 그것은 감사원 관원들이 가지는 예리함이다. 그는 '그림자'다.

판시엔은 징두에 돌아온 후 그림자와 연락한 적이 없다. 왜냐하면 그조차 그림자가 그동안 어디에 숨어 있었는지 몰랐기 때문이다.

하지만 그림자가 이 모든 상황을 달가워하지 않는다는 것은 알았다.

천하제일의 자객. 그는 천핑핑의 복수를 해야 했다.

오늘 황궁에 유례없는 혼란이 벌어졌으니, 그림자가 이 기회를 놓칠 리 없다. 하지만 판시엔도 그가 고행자 무리에 섞여 있을지는 예상하지 못했다.

오늘 그림자는 스스로 예중을 선택하였다. 초대 감사원 제사 우대인이 왔기 때문이다. 평생 우쥬를 우상처럼 여긴 그림자는, 자신이 나서지 않고 우상을 '돕는 것'으로 모든 경의를 표한 것이다.

이것 또한 하나의 '믿음'이다.

판시엔의 시선이 다시 태극전 앞으로 향했다.

모든 것이 어지러웠지만, 유일하게 흐트러지지 않은 것은 경국 황제 한 사람이었다. 그는 주위 상황은 개의치 않은 채, 그저 우쥬의 손만 바라보았다.

황제의 눈에는 우쥬밖에 없었다.

'툭, 툭, 툭……'

휘어진 쇠막대기는 자신의 앞으로 달려드는 창들을 가볍게 쳐냈다. 가장 효율적으로, 가장 합리적인 방향으로 창과 창을 잡은 사람의 손목을 가볍게 쳤다. 그들의 손목은 피부가 찢어지고, 근육이 부서지고, 뼈 마디가 튀어나왔다.

'츠츠측.'

일정하지 않은 마찰 소리와 함께 뭉툭한 쇠막대기 끝이 검의 면을 따라 미끄러졌고, 무거운 압력에 검수가 바닥에 쓰러졌다. 그리고 쇠막대기가 검수의 팔을 가볍게 쳤다. 팔은 마른 장작처럼 툭 부러졌다.

'퍽.'

고행자 하나가 손바닥을 내질렀다. 날카롭지 않은 쇠막대기가 손바닥을 관통하고 그를 바닥에 내팽개쳤다. 이어서 쇠막대기는 가볍게 고행자의 머리를 내려쳤다. 삿갓이 무수한 조각으로 찢어졌고, 고행자의 민머리에 핏물이 맺힌 뭉뚝한 막대기 자국이 새겨졌다.

쇠막대기는 예리하지 않았지만, 매번의 움직임은 여전히 정확하고 무거웠다. 우쥬 주변으로 잔잔히 내리는 빗방울과 함께 피안개가 피어 났다.

"윽!"

무거운 소리와 함께 쇠막대기에 태감 한 명의 무릎이 깨졌고 우쥬는 그를 자신 옆에 무릎을 꿇렸다. 우쥬는 다시 한번 쇠막대기를 휘둘렀고, 태감은 돌계단 앞으로 나가떨어지며 바닥의 고인 빗물에 핏물을 흩뿌렸다.

우쥬가, 드디어, 황제 앞에 섰다.

조금의 주저함도 없었고, 저주를 퍼붓지도 않았다.

우쥬는 쇠막대기를 황제의 얼굴을 향해 내질렀다!

천하에서 감히 황제의 얼굴을 때릴 수 있는 사람은 없었다. 하지만 우쥬는 때리려 했다. 마치 이렇게 하는 게 당연한 일인 듯, 마치 불효자를 혼내는 것처럼, 마치 배신자 하나를 처단하려는 듯.

우쥬가 황제 앞에 섰을 때, 황제의 동공은 살짝 수축했고, 그의 주름진 얼굴에 갑자기 어떤 광채가 피어오르며 손을 움직였다. 가랑비가 흩날릴 틈도 없는 찰나, 황제 옆에 줄곧 늘어뜨려져 있던 왼손이 갑자기 그의 얼굴 위로 올라와 쇠막대기를 막았다!

동시에 황제는 오른손의 주먹을 우쥬의 가슴팍에 내리 꽂았다!

황제의 두 손은 눈과 같이 하얗다. 영원토록 먼지 하나, 피 한 방울 묻히지 않을 듯한 깨끗한 두 손이 쇠막대기를 막고, 우쥬의 가슴을 강타했다.

인간 세상에 마지막 남은 절세 강자. 인간의 범주를 넘은 강자들의 첫 싸움은 이렇게 간단했다. 쇠막대기를 한 번 휘두르고, 손바닥으로 막고, 주먹을 내뻗었다.

황제의 공포스러운 주먹이 우쥬의 가슴에 내리 꽂혔다.

'펑!'

이 순간, 주위의 공기마저 굳어졌고, 우쥬의 몸은 공중으로 떴지만 마치 그곳에 멈춘 듯 보였다. 하지만 찰나의 순간, 화살이 쏘아진 듯, 우쥬의 몸은 뒤로 멀리 멀리 날아갔다. 마치 단단한 운석이 돌계단 아래로 떨어진 것 같았다.

'펑펑펑펑펑……'

날아간 우쥬의 몸은 뒤의 경국 병사들을 수없이 부숴버렸고, 검은 그림자가 지나간 자리에 피와 살이 사방으로 튀었다.

'쿵……웅웅웅웅……'

우쥬는 수십 장(丈) 밖으로 떨어졌고, 바닥은 천지가 진동하는 듯 한참 동안 울리며 사람들의 마음을 전율케 만들었다.

기괴한 침묵.

누가 저 공격에 살아남을 수 있을까.

태극전 아래, 돌계단 위, 구슬비 속에, 고독한 황제가, 거만한 황제가 왼손은 얼굴 앞에 두고 오른손은 주먹을 뻗은 자세를 유지하고 있었다.

그의 왼뺨은 빨갛게 부어올랐고, 입가에는 피가 흘렀다.

마치 귀싸대기를 맞은 것처럼.

우쥬가 휘두른 일격은 황제 왼손바닥의 진기를 부수고 황제의 얼굴을 강하게 친 것이다. 황제는 왼손을 천천히 거두고, 손바닥에 남겨진 흔적을 물끄러미 바라보았다.

'턱턱……'

한 무더기의 핏물 속에서 우쥬가 갑자기 움직였다. 간신히 몸을 구부린 채 힘들게 앉아, 떨리는 손으로 쇠막대기를 바닥에 짚으며, 쓰러질 듯한 그의 몸을 지탱하며 빗속에서 일어났다.

매우 힘들게 그렇게 먼 곳에 있는 황제의 앞에 도달했지만, 황제의 주먹 한방에 그는 원점으로 돌아와 있었다. 모든 사람들은 이 광경에 절망하고 있었지만, 정작 우쥬의 얼굴에는 아무런 표정 변화가 없었다.

그리고 그는, 다시 걸었다.

더 어려운 자세로, 더욱 느려진 속도로, 다시 태극전 아래 명황색의 그림자를 향해 한 걸음 한 걸음 움직였다.

그때, 아침부터 내리던 비가 멈추었고, 하늘의 구름층도 얇아졌고, 황궁 안의 시야는 점점 밝아졌다.

날이 곧 맑아질 것 같았다.

황제의 주먹은, 끝까지 그렇게 안정적이고 강대했다. 군왕의 기세란 그런 것이다. 그의 앞을 막아서는 모든 것들을 간단하게 다 깨부쉈다.

왕도(王道).

우쥬는 그 주먹을 피하지 않았다. 황제의 진기를 가슴으로 받아들였다. 그럼에도 그는 쓰러지지 않았다. 가장 강한 진기의 경지가 대종사라면, 대종사의 유일한 약점은 여전히 범인(凡人)과 같은 신체였다. 우쥬는 그 약점이 없으니, 그의 몸이 대종사 중에 최강이었다.

우쥬는 왼발을 질질 끌며 황제에게 다가갔다. 눈을 가린 검은 천은 미동도 없었고, 손에 든 쇠막대기도 고요했다. 사실 돌계단 위에서 어떤 일이 벌어졌는지 대부분의 사람들이 보지 못했다. 범인(凡人)의 눈으로 보기에 그 속도는 너무 빨랐다.

황제는 여전히 그 자리에 서 있었다. 그의 눈에는 잔상과 같은 검은 빛만 반짝였고, 두 발은 여전히 그곳에 서 있었다. 그가 항상 하는 말처럼, 그는 적을 두고 한 걸음도 물러서지 않았다.

'펑!'

옥석처럼 은은하게 빛나는 하얀 주먹이 다시 움직였다. 주변의 습기를 다 증발시켜 버릴 듯한 열기가 그대로 우쥬의 복부에 꽂혔다. 동시에, 우쥬의 쇠막대기가 마치 하늘에 내려온 밝은 빛처럼 황제의 왼쪽 어깨로 박혔다.

서로 아무런 기교도 없었다. 직접적인 실력의 부딪힘.

'옷을 벗어라.'

모든 외적인 것은 벗어 던지고, 마치 벌거숭이 원시인이 설원에서, 화산 앞에서, 초원에서 싸우듯, 본능적으로 살인의 기술을 펼쳤다.

'뻐걱.'

황제의 어깨가 부서지고, 입가에 피가 흘렀다.

'펑!'

우쥬는 다시 한번 뒤로 날아갔다. 그는 상상을 초월하는 계산 능력으로 황제의 공격을 예상했지만, 그의 신체 능력이 시간을 뛰어넘은 듯한 황제의 주먹을 피하지는 못했다.

이번에 우쥬는 쓰러지지 않았다. 그는 몸을 휘어진 활처럼 잔뜩 웅크린 채 뒤로 미끄러지듯이 물러갔다. 차가운 바람이 그의 옷깃을 스치며 무서운 소리를 냈고, 바닥에 발이 닿고도 10여 장이나 뒤로 미끌어졌다.

하지만 쓰러지지 않았다. 단지 뒤틀려 버린 왼쪽 다리 때문에 곧 바닥에 주저 앉을 것만 같았다. 우쥬의 상황이 이전보다 더 나은 듯 보였지만, 황제의 얼굴에는 이전보다 더 강한 자신감이 차올라 있었다.

우쥬는 고개를 숙여 자신의 배를 바라보며, 한참 동안 침묵했다.

우쥬의 숙여진 머리가, 불길한 결말을 암시하는 듯 보였다.

황제의 주먹이 그의 복부를 때리기 전, 우쥬는 자신의 손으로 배를 막았다. 그래서 황제의 주먹은 우쥬의 손을 먼저 쳤지만, 그 폭발적인 힘의 반동으로 결국 우쥬의 복부를 공격한 것이다.

우쥬의 신체는 마치 강인한 철과 같았다. 그럼에도 황제의 주먹은 마치 천신(天神)의 망치라도 되는 듯 그의 복부를 강하게 가격했다. 그렇게 우쥬의 손은 자신의 배에 깊이 박혀 버렸다!

우쥬는 반대편 손을 들어 박혀 있는 손을 떼어냈다. 피를 흘리지 않는 살점들이 찢기며 몸에서 떨어져 나왔다.

경국 황제의 첫 주먹은 우쥬의 가슴으로 향했지만, 다음 주먹은 복부로 향했다. 황제에게 신묘 사자(使者)의 급소는 더 이상 비밀이 아니었다. 하지만 우쥬는 그 사실에 멍해졌고, 추위에 떨고 있는 관전자들을 공포에 휩싸이게 만들었다.

우쥬가, 다시, 걸었다.

쇠막대기로 곧 무너질 것 같은 왼발을 지탱하며 태극전을 향해 한 걸음을 내디뎠다.

'휘청.'

시체를 밟고 하마터면 미끌어질 뻔했다. 넘어지지는 않았지만, 가슴에 부러진 뼈부터 시작된 통증이 온몸에 거미줄처럼 뻗어갔다. 우쥬의 몸이 떨리며 살짝 기울었다. 그의 몸은 당장이라도 무수한 조각들로 부서질 것처럼 무너지고 있었다.

하지만 그는, 걸었다. 쇠막대기에서 손을 떼지도 않았다.

한 걸음조차 힘겨웠지만, 우쥬는 멈추지 않고 황제에게 향했다.

황제는 자신이 몇 번 주먹을 내질렀는지, 몇 번 피를 토했는지 기억도 하지 못했다. 한 발짝도 물러서지 않고, 마치 꼭두각시처럼 돌계단에 서서 기계적으로 주먹을 뻗었다.

우쥬도 몇 번 쓰러졌는지, 몇 번 일어났는지 몰랐다. 황제는 왜 우쥬가 몇 번 쓰러지고도 다시 일어나는지, 우쥬는 스스로에게 죽음의 그림자가 드리우는 것을 모르는지, 생명체라면 왜 죽음을 두려워하지 않는지 이해할 수 없었다.

하지만 가장 이해가 되지 않는 것은, 우쥬의 동작이 명확하게 느려지고 있는데, 자신의 몸에 아직까지도 공격을 가할 수 있다는 점이었다.

'짐이 진정 늙었는가……꺼져가는 등불이란 말인가…….'

아니다, 그럴 수 없다, 그래서는 안 된다.

황제의 차가운 눈동자에 불꽃이 다시 활활 타올랐다.

하지만 그 불길은 곧 피곤함으로 물들었다.

황제는 실제로 너무 피곤했다. 즉위한 지 얼마되지 않아 태평별원 사건을 준비했고, 징두 피의 달을 거쳤고, 대동산에서 두 괴물 늙은 이를 죽였고, 판시엔이 징두에서 친씨 가문을 멸했다. 그리고 얼마전 온몸으로 검은 상자를 유인해냈고, 오늘 그 마지막인 우쥬까지 왔다.

권모술수가 넘쳐나는 세상에서 오랜 시간 같은 장면들이 반복되는 것 같았다. 마치 오늘 우쥬의 모습처럼.

하지만 황제는 아직 지칠 수 없었다. 아직 할 일이 많이 남아 있었다. 천하 통일의 대업을 목전에 둔 지금, 마지막 남은 강적 하나로 모든 것을 놓을 수는 없었다.

황제는 끊임없이 입가에 흐르는 피를 천천히 닦았을 때, 문득 몸이 너무 춥다는 생각이 들었다. 1년 전 중상을 입고 난 후 완벽하게 회복하지 못하였다. 그도 가끔 추위와 바람을 피해 푹신푹신한 침대에 누워 강남에서 가져온 따뜻한 이불을 덮고 있기도 했다……그도 따뜻한 느낌을 좋아했다. 지금 추운 느낌이 싫었다. 힘이 빠졌고,

피가 흐르고, 그의 따뜻한 체내의 온기가 피와 함께 빠져나가는 느낌이 싫었다.

황제는 곧 무너져 내릴 것 같은 우쥬가 다시 한번 일어나는 것을 보고 두 눈을 번뜩였다. 나이든 얼굴은 수척했고, 창백했지만, 그 눈빛만은 더없이 반짝거렸다.

그리고 공허해졌다.

'휘익!'

황제가 두 팔을 휘둘렀다. 그리고 날아올랐다!

비는 그쳤고, 먹구름도 모두 하얗게 변했다. 황궁은 비로 씻겨져 공기는 더없이 청명했다. 그때 태극전 앞에서 명황색 그림자가 하늘을 향해 솟구쳤다. 맑은 하늘에 명황색 용포를 따라 솟아오른 빗방울은 아름다운 잔상을 남기고 있었다.

'웅웅웅웅웅……'

황금색 용 한 마리가 황궁의 하늘에서 천지를 울렸다.

우쥬는 멈추었고, 솟구친 용은 용포에 남은 빗방울과 천지에서 솟아오른 먼지들과 함께 우쥬를 향해 강력한 공세를 취하였다.

'펑!'

절세 강자 둘을 제외하고는 빗방울과 먼지의 장막 안에서 무슨 일이 일어났는지 알아 차리지 못하였다. 용의 울음소리는 사라지고, 공포의 죽은 듯한 침묵 후, 마침내 천둥이 치듯 천지가 울렸다.

'펑펑펑펑펑!'

우쥬가, 드디어, 무너졌다.

몇 번의 주먹과 몇 번의 손가락 공격을 받았는지 아무도 몰랐다.

그가 황제 앞에 쓰러졌다.

고귀하던 머리는 침묵하며 힘없이 축 늘어졌고, 황제의 몸 앞으로 고꾸라졌다. 그가 끝까지 놓지 않았던 쇠막대기가, 마침내 그의 손에서 떨어져 나갔다.

'딩딩딩딩딩……'

쇠막대기가 떨리는 맑은 소리가 은은하게 울려 퍼졌다. 하지만 이상하게 그의 쓰러진 몸 옆에 쇠막대기는 없었다. 황제는 고개를 살짝 숙여 자신의 배 안에 깊숙이 박혀 미세하게 진동하고 있는 쇠막대기를 무심히 바라보았다. 황제의 복부에서 솟아나온 선혈은 쇠막대기를 타고 흘러내려, 그 끝 부분에서 지금까지 그것을 잡고 있던 우쥬의 손바닥으로 '뚝뚝' 떨어지고 있었다.

우쥬의 손바닥에 아름다운 핏빛 복숭아 꽃이 하나둘 피어났다.

황제는 마른 입술, 창백한 얼굴, 빛을 잃은 눈동자를 하고 무심하게 쇠막대기를 바라보았다. 그리고 끝을 알 수 없는 피곤함과 귀찮음을 느끼며 쇠막대기를 뽑으려 했다. 우쥬를 드디어 끝냈다는 자랑스러움도 잠시, 피곤함 때문인지 입 안에서 피 비린 맛이 느껴졌다.

판시엔은 아직도 나타나지 않았다. 그는 우쥬가 폐인이 되어 가는 마지막 순간까지 손가락 하나 까닥하지 않고 있었다. 황제는 어쩔 수 없이 그를, 이 세상에서 가장 쓸모없다 생각했던 아들 녀석을 인정해야 할 것 같았다.

그는 황제 자신처럼 점점 냉혹하고 냉정해지고 있었다.

동시에 황제는 아주 옅은 실망과 함께 불길한 느낌을 받았다.

군주(君主)의 피가 흘러내렸다. 입가에서, 배에서……끝없이 느껴지는 추위에 침대 위의 따뜻한 이불이 떠올랐다. 어서방에서의 그 여자가 떠올랐다. 하지만 다시 냉정하게 배를 찌른 쇠막대기를 붙잡고 천천히 밖으로 뽑아냈다.

칼은 찔릴 때보다, 그 칼을 뽑아낼 때 가장 고통스럽다.

인생을 뜻하기도 했고, 지금 상황을 정확히 대변하고 있었다.

쇠막대기를 다 뽑아냈을 때, 마치 가면 아래 오랜 시간 감춰왔던 흉터가 들춰지듯, 오랜 시간 동안 만난 사람들이 하나둘 떠올랐다. 그의 얼굴은 더 창백해져갔고, 마치 죽어가는 것처럼 보였다.

그 아픔에서 달아나고 싶었다.

그때, 맑은 공기의 파동에 굴절이 생기며 일그러졌다.

'펑!'

피가 하늘에 흩뿌려졌다.

뼈와 살점이 굴절되며 분리되었고, 인체 구조에서 도저히 나타날 수 없는 형상이 만들어졌다. 이상한 각도로 휘어진 황제의 몸은, 마치 우쥬의 틀어진 왼쪽 다리처럼 보였다.

피와 살점이 황제의 몸에서 분리되었고, 그의 왼팔이 신비한 힘에 의해 떨어져 나가 하늘에 휘날렸다.

맑은 총소리가, 슬픈 노랫가락처럼 황궁에 울려 퍼졌다.

수십 년 동안 침묵을 유지하던 총소리가 다시 황궁 '안'에서 울렸다. 그리고 1년을 침묵했던 판시엔이 드디어 황제 앞에 모습을 드러냈다. 자신이 다치는 것보다 더 큰 고통을 참고 있었다.

이 한 순간을 위해.

이 생에서 20년간의 수련, 초원에서의 싸움, 북제 설궁에서 다진 의지, 큰 나무 밑에서의 깨달음, 설원에서의 사색, 천지 원기와의 소통, 생사의 갈림길, 약함과 강함의 충돌, 탐욕과 증오로 얼룩진 삶, 가을비 아래의 아픔이 모두 한가지 감각으로 녹아 판시엔의 몸 안에서 폭발했다.

암궁 화살도, 비수도, 독무도, 잔재주도 없고, 대벽관도 북위 천자의 검도 없고, 평생 의지한 운에 기대지도 않았다. 판시엔은 모든 것을 버리고, 그저 한 점 바람, 한 줄기 빛으로 변해, 가장 짧은 시간에 자신의 모든 진기를 손가락 하나와 손바닥으로 흘려보냈다.

혼탁한 진기는 이미 그의 몸 속 모든 경맥을 끊어 버릴 정도로 사나왔지만, 그는 결연한 눈빛으로, 능력의 한계치를 넘어 황제를 향해 달려들었다.

속세의 모든 먼지들을 자르듯, 가을 하늘에 차가운 빛이 번쩍였다.

진기는 몸 밖으로 뿜어지지 않았고, 오롯이 그의 손가락 끝에 흘려 보내져, 금석처럼 응집되어 황제의 어깨를 찔렀다.

체내의 모든 진기는 다시 손바닥으로 모여 동해 바닷바람처럼, 황제의 옥산(玉山)을 휘감고, 그 어떤 흔적도 없이 황제의 가슴으로 스며들었다.

한번의 자름, 하나의 손가락, 한 손바닥.

과거의 모든 시간을 자르고, 생사의 갈림길을 가리키며, 군신(君臣)과 부자(父子)의 모든 관계를 손바닥 하나로 갈랐다!

판시엔은 이렇게 강한 적이 없었고, 황제는 이렇게 약한 적이 없었다. 부자(父子)는 한 순간도 서로 눈을 마주치지 못하고, 태극전 앞에서 두 그림자로 변해 생사의 순간을 앞에 두고 비로소 한 몸이 되었다.

공중에서 수많은 명황색 용포 조각이 흩날렸고, 무겁고 기괴한 소리가 보는 이들의 심장을 내려앉게 만들었지만, 움직임이 너무 빨라 둘의 잔상조차 제대로 보이지 않았다. 한 줄기 빛으로 변한 판시엔은 황제의 몸을 중심으로 돌고 있었고, 눈에 보이지 않는 공격이 수십 수백 번 오고 갔다.

두 그림자 밑의 땅에 고여 있던 빗물이, 순간 물길이 트이는 것처럼 양쪽으로 갈라졌고, 공중에서 대치하던 황제와 판시엔이 태극전 정면에서 동북쪽 방향으로 번개처럼 날아갔다.

'쾅!'

명황색 그림자가 태극전 동북쪽 외진 궁문으로 날아가 거세게 충돌했고, 부서진 나무 파편들은 화살처럼 사방으로 튀어 올랐고, 명황색 그림자는 나무 궁문 뒤의 원형 돌문도 깨부수며, 수많은 돌조각들이 주홍색 성벽에 그대로 박혀 버렸다.

황제의 잔상과 함께 날아가는 나무 조각들은 마치 영혼을 쫓는 화살 같았고, 그 뒤를 쫓던 판시엔은 그 화살을 쫓는 그림자 같았다.

판시엔이 천천히 속도를 줄이고 그 모습을 드러냈다.

'딩딩딩딩딩……'

황제는 마지막 황동으로 만들어진 물독에 부딪혀 쓰러졌다. 그리고 짧은 비명 소리와 함께 황제의 하얀 손이 불쑥 튀어나왔다. 여전히 피 한 방울 묻지 않은 황제의 하얀 손이 황동 물독 옆으로 번개처럼 나와 부드러운 목 하나를 움켜 쥐었다.

궁녀의 목.

"푸!"

황제는 황동 항아리에 맥없이 몸을 기댄 채 선혈을 뿜었다. 그의 얼굴에는 기괴한 웃음이 번졌고, 그의 한쪽 팔은 이미 잘려 피가 철철 흐르고 있었다. 그리고 명황색 용포에는 손가락 구멍 네 개와 발자국 셋이 찍혀 있어, 황금빛 용포 뒤에 숨은 용을 한층 더 볼품없게 만들었다.

판시엔은 얼굴을 가리고 있던 두 손을 내려놓았다. 몸에 박힌 나무 부스러기 탓에 옷 밖으로 피가 배어 나왔고, 연신 나오는 심한 기침을 멈추지 못했다.

판시엔은 일격에 모든 생명을 걸었다. 하지만 그 공격은 억지로 멈추어졌다. 급격한 진기 변화에 이미 몸 안의 경맥은 다 망가졌고, 사나운 진기가 자신의 통제를 벗어나 온몸을 찢고 있는 느낌이 들었다. 더 이상 공격하는 것은 무리였다.

황제의 상태는 판시엔보다 더 좋지 않았다. 죽음이 가까이 있음을 직감했다. 하지만 황제는 기괴한 미소를 띠고 있었고, 판시엔은 황제를 보고 기뻐하기는커녕 기침만 반복하며 그를 망연자실한 표정으로 바라보았다.

사실 판시엔은 눈앞의 상황들이 다 가짜처럼 느껴졌다.

올라갈 수 없던 설산처럼 차갑고 강하던 황제가 쓰러지다니.

'황제의 얼굴이 언제부터 저렇게 초췌했지?'

"폐하, 승복하시지요."

판시엔은 소매로 입가의 피를 닦으며 처음으로 입을 열었다.

사실 의미가 없는 말이었다. 이미 황제의 몸에는 상처가 가득했고, 사라진 왼팔과 복부의 구멍에서 선혈이 분수처럼 솟구치고 있었다.

황제의 말이 옳았다.

세상에 신(神)은 없다. 우주도 아니고, 황제도 아니었다.

하지만 황제의 얼굴에 번진 차가운 미소는 사라지지 않았다. 그는 여전히 궁녀의 목을 움켜쥐고 있었고, 궁녀의 손에는 여전히 총이 들려져 있었다.

황제는 판시엔을 힐끔 봤지만 그의 말에 답을 하지는 않았다. 대신 기침을 하고 피를 몇 번 토한 후 곁에 있는 판뤄뤄에게 쉰 목소리로 말했다.

"짐이 말했듯이, 좋은 황제가 되는 것은 쉽지 않다……불필요한 감정은 내려놓아야 하고, 마음이 약해져서는 더더욱 안 된다……뤄뤄야, 네가 오늘 마지막 순간에 마음이 약해진 것이, 너의 치명적인 실수였다."

뤄뤄는 애써 평온한 표정을 유지하려 했지만, 그녀의 마음은 표정처럼 평온하지 않았다. 뤄뤄의 차가운 미간이 살짝 일그러졌다.

작년 가을부터 황제에 의해 궁에 연금된 후, 줄곧 고독한 왕을 지켰다. 그녀는 하루하루, 아니 하루에도 몇 번씩 상주문을 보는 황제의 고독한 모습을 보았고, 병상에서 들려오는 기침 소리를 너무 많이 들었다. 그의 노쇠한 얼굴에 깊어지는 주름을 너무 오래 보았다.

1년 전 겨울 눈보라가 치던 날, 적성루에서 조준경에 비친 황제의 모습을 볼 때에는 황제의 모습이 '실질적'이지 않았다. 하지만 오늘 궁문 틈으로 본 황제의 모습은, 수척하고 초췌한 황제의 모습은, 너무나도 익숙한 모습은 '진짜'였다.

그래서 마지막 순간, 급소 대신 팔을 향해 불꽃을 내뿜었다.

황제의 말이 맞았다. 그녀는 그 찰나의 순간, 마음이 약해졌다.

"천이 이 계집은 부단히 짐의 마음을 돌리려 했고, 네가 안쯔를 좋아한다는 것은 짐이 이미 알고 있었다. 허나, 짐은 그 모두를 모른 체하였다. 너희들은 생각해 본 적이 있느냐. 1년 동안 너희들이 짐을 약하게 한 것인지, 너희들이 짐에 의해 약해진 것인지."

황제는 스스로 지혈을 하지도, 태감이나 태의를 부르지도 않았다. 그는 자신의 상처는 신경도 쓰지 않는 듯, 그저 조롱의 웃음만 짓고 있었다. 황제는 마지막 순간까지 끈을 놓지 않은 것이다. 패배한 듯 보였지만, 실제로는 마지막 패퇴의 순간에 정확히 물러설 길을 찾았고, 궁문 뒤에서 총을 든 궁녀를 찾아내 제압했다.

"폐하, 그녀의 생명으로 절 위협하려 시도하지 마십시오."

"네놈이 짐의 말을 협박이라 느끼기나 하느냐."

황제의 조롱 섞인 말에 판시엔은 잠시 침묵했고, 이내 고개를 가로 저으려 대답했다.

"당신이 죽으면, 내가 따라 죽을게."

판뤄뤄의 얼굴이 창백하게 변하며 멈칫했지만 이내 입을 열었다.

"동생도 죽는 거 두렵지 않아."

"죽음의 공포를 이겨낸다는 것은, 확실히 대단한 일이지."

황제는 판시엔의 눈을 보며 가볍게 웃었다.

"네 얼굴은 네 애미를 닮았는데, 너의 그 입술은 짐을 닮아 무정하기 그지없네. 역시 짐의 아들이 맞아."

황제는 멈칫하다 다시 말을 이었다.

"짐은, 평생 동안, 한번도, 패배한 적이 없다."

판시엔은 이번 생에서 누구도 따라올 수 없는 냉정함과 냉혹함을 유지했는데, 지금 이 순간에 황제의 그 말을 듣고 왠지 모르게 속이 울렁거리기 시작했다. 그는 텅 빈 공간에서, 차디찬 목소리로, 황제를 향해 외쳤다.

"그만!"

황제는 일그러진 아들의 얼굴을 냉소적인 표정으로 바라보았다. 판시엔의 두려움과 흐트러짐, 그리고 어디서 오는지 모르는 분노를 모두 꿰뚫어보고 있는 듯 보였다.

광활한 궁 안에 네 사람만 서 있었다. 판시엔은 주저앉아 있는 우쥬 옆에 붙어 있었고, 서로의 거리는 아주 짧았지만, 황제가 판뤄뤄에게 더 가까이 있었기에, 판시엔은 감히 어떤 시도를 할 생각도 하지 않았다.

"짐은 한번도 패한 적이 없다."

황제는 아들과 우쥬를 보며 다시 한번 반복했다.

"하지만 느껴지는구나……죽음이 가까이 왔어."

승패와 죽음은 다른 개념이었다. 승패는 인간 싸움의 결과였고, 생사는 하늘의 뜻이었다. 군왕의 패배는 죽음으로 귀결되지만, 군왕의 죽음이 패배를 의미하지는 않았다.

황제에게 이미 죽음의 그림자가 드리워지고 있었지만, 그는 패배하지 않았다. 왜냐하면, 그 죽음의 그림자는 오래 전부터 자신에게 드리워지고 있었기 때문이다.

세상에 진정한 왕도(王道)는 없다. 황제의 몸은 포악한 진기로 그동안 쌓여온 피로감에 휩싸여 있었다. 그리고 몇 번의 중상이, 정신적 충격이 생기를 파괴하고 있었다. 그리고 그를 노쇠하게 만들었다. 황제의 움푹 파인 두 눈동자가 판시엔을 직시했다.

"짐이 죽더라도, 너 이 반역자는 죽여야겠다."

황제는 기침을 했고, 기침 소리에는 울분이 가득했다.

"리씨의 강산은 통일이 되어야 한다. 네가 죽기만 한다면, 짐의 나머지 두 아들 중에 누가 황위에 오르더라도, 천하는 결국 경국의 것이 될 것이다."

황제는 판시엔을 노려보다, 순간적으로 자신이 생각한 것만큼 판시엔에 대한 살의가 강하지 않다는 것을 깨달았다. 그 이유는 황제 자신도 몰랐지만, 어쩌면 그가 가진 살의의 진원지가 판시엔의 배신에 대한 사적인 분노일 뿐, 경국의 미래를 위한 것이 아니었기 때문이 아닐까.

무정한 군주가, 실망으로 분노했고, 감정으로 아파했다.

그 또한 한 명의 범인(凡人)일 뿐.

황제는 갑자기 이대로 죽으면 너무 고독하다는 생각이 들었다. 먼저 황천(黃泉)에서 기다리고 있을 친지들, 쳥치엔, 쳥저, 황후는 차가운 눈으로 자신을 바라보고 있는지. 모후는 안녕하신지. 그 여인은 죽은 후에도 여전히 온화하지만, 소원하기 그지없는 눈빛으로 자신을 바라보고 있는지.

쓰러져 가는 황제에게 외로움이 휘몰아쳐 왔다. 인생 마지막 싸움에서 자신이 마주하고 있는 것은 여전히 그녀의 총이고, 그녀의 호위 무사고, 그녀의 아들이었다.

평생을 벗어나려 했지만, 마지막까지 그녀와 싸우고 있었다.

황제의 얼굴에 슬픔이 가득찼다.

'짐은 이렇게 그녀의 손에 죽을 운명이었던 것인가.'

황제는 부르르 몸을 떨었다. 그리고 뤄뤄의 손에 들려 있던 총을 뺏었다. 손마디에 힘을 주자, 그의 몸에 있던 마지막 진기가 바다처럼 뿜어져 나와 총구를 일그러뜨렸다. 순간 진기가 통제가 되지 않아 부상은 더욱 심해졌지만, 그는 무심하게 발 밑에 던져진 쇠붙이를 바라보며 그 여인을 떠올리고 있었다.

"우쥬가 인간 세상에 발을 들여놓지 않으면 얼마나 좋았겠나."

"삼촌은 이미 많은 일을 잊었어요."

"그래도 일어날 일은 언젠가는 일어나지. 그도 언젠가는 기억을 되찾을 터. 언젠가는 짐을 찾아왔을 것이다."

황제는 일어서려 하지만 결국 일어나지 못하는 어린아이 같은 우쥬를 보며 이어 말했다.

"우쥬, 무언가를 잊을 수 있다는 건……행복이야."

그 무엇보다 강했던 인물이 수다스러워지기 시작했다는 것이, 그가 늙었다는 확실한 증거인 것일까. 아니면 무수한 지난 일들이 그의 머릿속에 주마등처럼 지나가는 것일까.

움푹 파인 황제의 눈에 빛이 점점 사라졌다.

"네가 이긴 것이 아니다. 결국 네 어미가 이긴 것이다."

그는 조롱하듯 판시엔을 보고 말했다.

"북제 황제의 씨도 네 것이니, 결국 이 천하는 리씨의 세상이 되는 것이다."

황제의 입가에 번진 미소에 조롱의 의미가 더욱 짙어졌다.

"네 어미는 역사의 흐름을 바꾸려고 했지만, 넌 역사의 흐름을 막으려 하다니, 참으로 거만하고 순진하구나."

판시엔은 한참 침묵한 후 대답했다.

"역사의 흐름에서 당신이나 나나, 모두 눈에 띄지 않는 물방울 같은 존재일 뿐이야."

"아니다. 짐은, 역사에 한 장으로 남을 것이다."

판시엔은 말을 아꼈다. 그리고 지금 자신의 무력함을 느끼는 동시에 황제에 대한 경외감이 들었다. 황제의 죽기 전 일격으로, 자신이 우쥬 삼촌과 여동생, 심지어 자신의 목숨까지 지킬 수 있을지도 확신이 없었다.

황제가 어렵게 고개를 들어, 성벽 너머의 푸른 하늘을 바라보았다. 그곳에 마치 그가 원하는 무엇이 보이는 것 같았다. 그리고 뭐라도 떠올랐는지, 하나밖에 없는 손을 천천히 내밀어 무엇인가 잡는 모양새를 취했다. 눈동자의 빛은 점점 사라지고 있었고, 그는 애써 무언가를 떠올리려 하고 있었다.

황제는 누구보다 자신의 몸 상태를 잘 알고 있었다. 처음으로 상자의 공격을 받은 그 겨울날부터, 이미 오늘을 예견하고 있었다. 속죄가 아닌, 운명이었다. 그럼에도 왜 이렇게 분한 것인지 스스로 납득이 안 되어 끊임없이 자신에게 질문했다.

소년일 때 볼품없는 청왕 저택에 숨어 지냈고, 청년일 때 친구들과 함께 세상을 누비며 견식을 넓혔다. 장성하고 나서 말을 타고 초원과 전쟁터를 달렸고, 검으로 더 큰 천하를 가지려고 했다.

그래서 역사에 이름을 남기고자 하였다.

하지만 이 모든 것을 이제는 멈춰야 했다.

'아직 이루지 못한 일들이 많은데…….'

그가 만약 그의 인생을 가로 막았던 예칭메이나 우쥬, 판시엔이 이 세상에 속하지 않는 영혼을 가진 '사람'임을 알았다면, 그는 또 다른 감상을 가졌을 것인가.

그는 그저 생각했다.

만약 그 여인이 없었더라면, 우쥬도 안쯔도 없었다. 그렇다면 내 고도 없고 그에게 도움을 줬던 사람들도 없었을 것이다.

'내가 자력으로 천하의 강산을 차지할 수 있었을 것인가…….'

그는 다시 생각했다.

'아니다. 난 이뤘을 것이다. 무공이 없으면 또 어떤가. 대종사는 원래 존재해서는 안 되는 괴물들일 뿐…….'

그는 의문이 들었다.

'단지……만약은 없다지만……만약에 예칭메이가 없었다면, 짐의 인생에서 그 순간이 없었다면……진정 행복한 순간이 있었을까?'

황제는 생명이 꺼져가는 것조차 잊어버린 채 그 한 가지 궁금증에 빠져들고 있었다. 황제는 이제서야 그가 과거 수십 년 동안 외면해왔던 문제를 직면하고 있었다.

시간이 얼마나 흘렀을까. 그의 눈은 평온을 되찾았고, 죽어가는 군왕(君王)은 여전히 위엄과 신념, 의지를 가진 채 판시엔과 우쥬를 바라보았다. 마치 삶의 마지막 광채로 상대방의 생명을 불태워 버리려는 듯.

침묵, 또 침묵, 또 긴 침묵.

황제가 갑자기 웃음을 터뜨렸다.

"짐이 상자가 무엇인지는 알았다. 허나, 여전히 해결되지 않은 궁금증이 있구나."

그는 우쥬의 '눈'을 똑바로 바라보았다.

"짐은 검은 천 뒤에 무엇이 숨겨져 있는지 알고 싶다."

'휙!'

황제의 번개 같은 손이 공기를 가르며 우쥬의 얼굴을 향했다. 판시엔은 황제의 마지막 일격에 당하지 않았지만, 낙엽처럼 무력하게 서서 그의 우쥬를 향한 공격을 막을 수 없었다.

황제는 손을 뻗었고, 우쥬는 맹렬히 목을 뒤로 뺐다.

검은 천은 떨어졌고, 시간은……그 순간에 멈추었다.

검은 천이 바람에 유유히 나부끼며 땅에 떨어졌다.

감사원 창의 검은 천은 황궁에 반사된 따가운 빛을 가렸고, 우쥬 눈의 검은 천은 하늘을 가리고 있었다. 이 검은 천은 영원히 풀리지 않을 것처럼, 몇 백 년, 몇 천 년, 몇 만 년을 그렇게 가리고 있었다.

검은 천이 떨어졌고, 검은 천 아래는……무지개가 있었다.

우쥬의 눈망울 사이로 무지개가 솟아올랐고, 그 맑고 영롱한 두 눈에서 무지개 빛이 뿜어져 나와, 명황색 그림자를 꿰뚫고 뻗어 나가며 황궁 안 광장을 순식간에 밝게 비췄다.

무지개는 믿을 수 없는 표정을 한 황제의 몸을 관통해, 태극전 지붕에 닿아 한 마리의 불을 내뿜는 용처럼 변했고, 황궁 전체에 갑자기 불길이 치솟았다!

찰나의 순간. 황제가 검은 천을 잡는 찰나의 순간, 한 마디가 그의 머릿속으로 스쳤다.

'원래 이런 것이었군. 그럼 또 어떤가…….'

최강자는 마지막 순간에도 강인한 모습이었다. 그의 그림자는 불 속에서도 몸을 곧게 세우고, 비록 팔은 하나밖에 없었지만, 따뜻한 무지개 빛 아래에서 강하고, 또 고독하게 서 있었다.

하늘에서 재가 날려 떨어졌고, 태극전 앞 광장의 피바다를 가렸다.

이와 함께 황제가 마지막으로 바라보던 동쪽 하늘 너머에, 무슨 아름다운 일이라도 생길 것 같은 느낌이 들던 그곳에, 마침내 비 온 뒤 뜬 무지개가 인간 세상을 굽어보고 있었다.

밤이 되자 태극전에 타오르던 불이 꺼졌다. 아침에 내린 큰 비로 대지가 습기를 머금고 있어서 불이 황궁 전체를 잿더미로 만들지는 않았다. 폐쇄되었던 황성 정문은 무지개가 나타난 지 얼마되지 않아 조정의 군대에 의해 뚫려 경국 황제의 암살 소식이 만천하에 퍼지게 되었다. 다만, 황제의 유해는 어디에서도 찾을 수 없었다.

황제를 암살한 이는 북제의 자객이 아니라, 경국 역사상 가장 악랄한 대역죄인, 최악의 악당 판시엔이었다. 만약 후 대학사와 예중이 나서 징두의 비통한, 그리고 분노하는 관원과 백성들을 빠르게 통제하지 않으면, 판씨 저택과 류씨 국공 집안의 저택은 이미 불타 하얀 재가 되어 버렸을 것이다. 그리고 위기의 순간에 용의에 오른 3황자의 강력한 통제가 징두의 정세를 빠르게 안정시켜 나갔다. 다만, 감사원을 비롯한 어둠의 세력들이 어떤 일을 했는지 아는 사람은 없었다.

이때, 조정의 수배를 받은 판시엔은 아무도 예상하지 못하는 곳에 있었다. 그는 여전히 황궁 안에 머물렀다. 판시엔은 황성의 차가운 밤 하늘 아래 태극전으로부터 시선을 거두었다. 오늘 태극전은 형체를 알아볼 수 없게 타버렸지만, 작은 전각은 그보다 훨씬 전에 자신에 의해 재로 변했다. 그는 무릎보다 살짝 더 올라오는 잡초들이 무성한 폐허에서 조용히 고개를 숙였다.

'난 왜 여기로 온 걸까? 엄마에게 오늘 일을 말해주기 위해?'

발걸음 소리가 들렸다. 예상 외의 인물이었다.

"폐하께서 남기신 것입니다."

판시엔은 얼떨떨한 표정으로 야오 태감이 건네는 상자를 건네받았다.

'황제가 나에게 무엇인가 남겼다? 어째서? 그리고 황제는 오늘 자신의 마지막을 알고 있었던 것인가?'

상자를 열자, 그 안에는 하얀 명주천과 얇은 서신이 있었다. 판시엔은 보자마자 무엇인지 알아보았다. 처음 열쇠를 훔칠 때 태후의 비밀 상자에 같이 있었던 물건들. 4년 전, 징두 모반 사건 때 이 두 가지 물건을 다시 찾으려 했지만 함광전에서 이미 사라진 상태였다.

'황제가 다른 곳으로 옮긴 것이었군…….'

판시엔은 손끝으로 명주천의 표면을 쓰다듬으며 밀봉되지 않은 서신을 열어 자세히 읽었다. 처음엔 점점 미간이 찌푸려지다, 마지막에서는 평온함을 찾았다.

예칭메이가 황제에게 쓴 편지. 편지의 내용을 다 읽고 나서야 명주천의 원래 쓰임을 알았다. 태후가 예칭메이에게 주었던 자결용 천. 엄마는 태평별원에서 그 명을 받고도, 건드리지도 않고 그대로 태후의 침대 머리맡에 돌려보낸 것이었다.

'그건 우쥬 삼촌이 했겠지? 태후가 부들부들 떨었을 모습이 눈에 선하네…….'

서신에는 특별한 내용이 없었다. 오히려 장난스러운 말투로 그 일에 대해 불만을 표출하고 있었고, 그 외에는 집안일이나 우쥬 이야기, 판지엔이 기루에서 어떻게 지내고 있다는 등 일상적인 내용이 대부분이었다.

얇은 두 장으로 된 서신. 판시엔은 점점 이해할 수 없었다.

'왜 황제는 마지막에 이 편지를 나에게 남겼지? 나의 생각이 틀렸던 것인가? 명주천도, 서신도 그리고 열쇠도 사실은 황제가 함광전에 가져다 둔 것이었나? 태후가 몰래 숨기고 있었던 것이 아닌가?'

판시엔은 고개를 저었다. 지금은 그 누구도 답을 알 수가 없는 문제였다. 그리고 더 이상 추억에 잠기고 싶지 않았다. 그때, 두 번째 종이 뒤에 있는 필적을 발견했다. 강하고 힘이 있는 글은, 최대한 감정을 억누르고 쓴 듯 보였다. 황제의 필적.

판시엔은 자세히 오랜 시간을 본 후, 가볍게 탄식을 하고 무의식적으로 없애 버리려 하다 마음을 고쳐먹고 다시 품 안에 넣었다.

'짐은 틀리지 않았다.'

여전히 이상하리만큼 오만하게 느껴지는 선포. 오래전 사라진 '그녀'가 아닌 황제 자신에게 하는 말처럼 느껴졌다. 그것을 판단할 수 있는 사람이 있을까. 역사에서 평가할 수 있을까. 이후 쓰여질 역사서에서도 황제의 이번 일생의 모든 공과(功過)가 정확히 기술될 수 있을까.

황제가 죽었다. 하지만 판시엔은 지금 이 순간까지도 마음의 한기가 사라지지 않았고, 심지어 그가 죽었다는 사실이 믿기지 않았다. 천하에서 가장 강대했던 그 남자가, 절대 자신이 이기지 못할 것 같은 그 남자가, 그냥 이렇게 죽었다? 복수를 마쳤지만 기쁨도 없었고, 울지 못할 슬픔이 가득했다. 그래서 그는 온몸이 마비된 것처럼 서서, 차가운 바람을 맞는 것 외에는 할 수 있는 일이 없었다.

서신에서도 알 수 있었지만, 이 세상에서 진정한, 정정당당한, 광명정대한 왕도(王道)는 없다. 황제 자신도 이미 1년 전부터 버틸 수가 없었고, 예칭메이의 바람대로 모든 사람들이 스스로의 세계에서 왕(王)이 된다하더라도, 그것을 왕도(王道)라 부를 수 없을 것이다.

판시엔, 그리고 그가 지켜왔던 신념들은 더욱 왕도가 아니다. 판시엔이 원했던 것은 그저 '마음의 평온'이었다. 오늘 일은 개인적인 복수였을 뿐, 옳고 그름의 문제는 아니었다. 인류는 본래 '옳음'을 추구하는 동물이 아니고, 더욱이 '옳음'이 '정의(正義)'도 아니다. 왜냐하면 '정의'는 각자의 입장에 따라 달라지는 것이기 때문이다.

그는 갑자기 옌빙윈에게 넘겨준, 징왕이 소중하게 보관하고 있던 예칭메이의 서신들이 떠올랐다. 그 서신들에서 예칭메이는 황제에게 항상 '천하'와 '백성'에 대해서 이야기했다. 지금 이 서신처럼 일상적인 이야기를 적은 서신은 없었다.

'그래서 황제가 이 편지를 아꼈던 것은 아닐까?'

판시엔의 입가에 저도 모르게 쓴웃음이 지어졌다. 황제와 예칭메이는 지금의 세상에 바람을 불러 일으킨 대인물들이었다. 하지만 그 두 사람이 마주친 것이 그렇게 행복한 일은 아니었다. 황제는 예칭메이를 만나 '고통'을 얻었고, 예칭메이는 황제를 만나 '슬픔'을 얻었다.

판시엔은 재로 변해버린 작은 목조 전각의 흔적들을 보며 망연자실한 표정을 지었다. 아직까지도 예칭메이가 어디 묻혔는지 몰랐다. 한 폭의 그림 속에 존재했던 여인도 이미 재가 되어 사라졌다. 그리고 황제도 재가 되어 바람에 날아갔다.

'어느 시간, 어느 공간에서 그들이 다시 만날 수 있을까?'

판시엔은 생각에 빠져 한참 동안 서 있다, 마침내 밤 하늘을 뒤로 하고 태극전으로 발걸음을 옮겼다. 황궁을 나가려 하는 것이다.

지금도 황궁 곳곳에는 등불이 켜져 있다. 어서방에서는 풋풋한, 어찌 보면 설익은 목소리가 들려온다. 판시엔은 그곳에 있는, 얼굴은 슬픔으로 가득 차 있지만, 실제로 속으로는 각자의 생각을 가지고 있는, 조정에 새롭게 자리잡은 대신들을 보며, 저도 모르게 생각이 많아졌다.

마지막 장

아주 아주 오랜 시간이 지난 후, 어느 해 봄.

아름다운 항저우에, 젊은 공자(公子) 하나가 푸른빛이 흐르는 말을 타고 있었다. 뒤에 따르는 많은 하인들과 호위들의 숫자가 그의 위세를 대변해 주고 있었다. 이 젊은 공자는 시후 호수로 향했고, 가끔씩 앞을 가리는 버드나무 가지를 가볍게 옆으로 밀어내며 얼굴 가득 웃음을 짓고 있었다.

단아하고 고귀한 느낌을 풍겼지만, 동시에 형용할 수 없는 자유분방함도 느껴졌다.

호수 위에는 가끔 배가 지나다녔지만, 풍문처럼 배 위에서 아름다운 여인들이 소매를 흔들고 있지는 않았다. 공자 옆에 집사처럼 보이는 남자가 쉰 목소리로 웃으며 말했다.

"시후 호수에는 미인이 많다 들었는데, 어찌 한 명도 보이지 않는 것인지 모르겠습니다."

말 위에 있던 공자가 미간을 살짝 찌푸리자, 다른 말 위에 있던 고수처럼 보이는 자가 냉랭하게 말했다.

"포월루가 천하 곳곳에 있는데, 시후 호수에 여자를 낚으려는 자가 아직도 있겠는가."

숨길 수 없는 한기가 그의 말투에 가득 서려 있었다.

지금의 경국은 천하에서 가장 강한 나라이다. 징두의 감사원은 개편되었고, 심지어 원장직도 사라졌지만, 황제는 관원들의 감찰을 더 강화했다. 국고가 늘어나면서, 관원들의 봉록도 올려주었다. 그럼에도 불구하고 부정부패를 완전히 뿌리 뽑을 수는 없었지만, 어느 누구도 감히 시후 호수 전체를 차지하여 풍류를 즐기려 하지는 못했다.

수년 전 경국 황제가 북벌을 시작하며 천하통일을 목표로 한 전쟁이 일어났을 때, 징두 경국 황궁에서는 경천동지할 사건이 발생했다. 대역죄인 판시엔이 황제 암살 시도를 했고, 황제는 불행히도 살아남지 못했다. 천하가 경악했고, 경국 전체가 흔들렸다. 난징성 앞까지 진격했던 경국의 철기병들은 눈앞의 먹이를 놓친 듯 아쉬워하며 철수했지만, 그래도 이후에 제법 큰 북제 땅 일부분을 정복할 수 있었다.

이상한 것은, 새로 즉위한 황제가, 경국이 안정을 되찾은 이후로도 더 이상 북벌을 하지 않고 있다는 것. 이대로 계속 미뤄질 듯한 느낌이 들었다. 북제는 전란을 겪었지만 북제 황제의 강력한 통치 아래 나날이 성장해서 국력도 많이 회복하였다. 이 상황이 지속된다면, 경국이 다시 북벌을 진행하기 힘들 수도 있을 듯 보였다.

하지만 더 이상한 것은, 경국의 황제를 암살한, 자신의 친아버지를 죽인 판시엔에 대해 아무런 처벌이 내려지지 않았다는 점이었다. 아무리 그가 지금 황제와 형제이자 스승의 연이 있다지만, 어찌 아버지를 죽인 불효자를 그렇게 쉽게 용서할 수 있겠는가.

그리고 경국 조정에서 그 일을 북제, 동이성과도 연관짓지 않았다. 예전의 황제라면 그 일을 빌미로 삼아 북벌을 진행했을 터. 하지만 북제와 동이성의 이름은, 그 사건에서 한번도 거론되지 않았다.

푸른 말을 타고 있는 젊은 공자가, 지금의 경국 황제인지 알아보는 사람은 없었다. 그러니 그 곁에 있는 고수가, 경국 최고의 고수이자 추밀원 부사(副使) 예완이라는 것도 알 수 없었다.

현재 경국 황제는 선황(先皇)과 이 귀비 소생의 3황자 리청핑.

"10년 전에, 경력 6년이었던가, 짐은 강남에서 1년 동안 머물렀었다. 수저우에도 오래 있었지만, 항저우 시후 호수 옆의 장원에서도 꽤 오랜 시간을 보냈다. 지금 생각해보니, 그때가 짐의 인생에서 가장 행복했던 시간인 것 같구나."

"폐하께서는 천하를 어깨에 지고 계시니, 어렸을 때처럼 자유로우실 수는 없을 것입니다."

리청핑은 예완의 대답을 듣고 웃었다. 황제는 예완이 보여주는 충정과 그의 우직함을 높이 평가했다. 다만, 예완이 한때 황제의 무도 스승인 적도 있었지만, 지금까지도 황제는 오랫동안 얼굴을 보지 못한 '그 한 사람'만을 진정한 스승이라 여기고 있었다.

황제 일행은 맑은 시후 호수를 따라 천천히 산을 끼고 돌아가, 회색 담과 검은 처마로 꾸며진, 대나무 숲 바람이 솔솔 스며드는 저택에 도착했다.

"오랫동안 오지 않았는데, 이 저택은 하나도 변하지 않았구나."

리청핑은 말에서 내려 옷매무새를 정리한 후, 황제를 맞이하기 위해 이미 열려 있는 저택 문 안으로 성큼성큼 걸어 들어갔다. 배산임

수로 지어진 저택에는 호수의 온화한 바람이 숲을 지나 들어오고 있었고, 그 바람은 뒤편 서재에서 들려오는 말소리마저 부드럽게 만들어 주고 있었다.

"스승님, 짐에게 보내준 암중의 지지……."

"스승님, 짐이 이해가 안 되는 것은……."

"스승님……."

리청핑이 스승이라 부르는 사람은 오랫동안 대답을 하지 않았고, 한참 뒤에야 가벼운 목소리가 들려왔다.

"폐하께서 오셨으니, 시후 호수에서 휴식을 취하다 가시지요. 강남은 풍경도 좋고, 기후도 좋아요."

리청핑은 약간 원망이 섞인 목소리로 말했다.

"스승님, 짐은……지금 일국(一國)의 천자(天子)이네."

"폐하, 그것은 저도 알지요. 하지만……저도 이제 경국의 신하는 아니잖아요."

"내고에 관한 일은, 경국 조정에 어떤 해명이 필요할 듯하네. 지금 감사원이 '그 마을'의 위치를 찾고 있고, 짐도 황제로서 그 일을 계속 모른 체 할 수 없네."

"폐하, 만약 누구라도 그 일에 대해 분노하고 있다면, 직접 저를 찾아오라 하세요. 저는 언제든지 그 사람에게 내고의 '성(姓)씨'가 무엇인지 알려줄 수 있어요."

대화는 거기까지였다. 서재에는 정원 방향으로 난 유리창이 있었고, 판시엔은 그 창 아래에 앉아 시선을 리청핑의 얼굴에서 정원의 복숭아 꽃으로 옮겼다.

이미 몇 년이 지났다. 판시엔도 몇 년 동안 천하에서 사라졌고, 그는 이미 골목의 찻집에서도 잊혀지고 있었다. 그렇게 경국의 시선(詩仙), 권신(權臣), 그리고 대역죄인은 사람들의 기억에서 희미해져갔다.

리청핑은 스승을 힐끔 보고 손에 든 찻잔을 천천히 들어올려 가볍게 한모금 마셨다. 일부러 눈가에 서린 근심을 숨기지 않았다. 그의 곁에 서 있던 예완도 그의 성격처럼 표정을 숨기지 않았다. 몇 년만에 보는 판시엔이었지만, 그가 지금도 천하에서 가장 윤택한 삶을 살고 있다는 사실은 여전히 받아들이기 힘들었다.

"판 대인, 폐하 앞에서는 신하의 본분을 지켜주십시오."

판시엔은 고개를 돌려 그를 힐끔 보고 웃었다. 하지만 아무 말도 하지 않았다. 예완의 자신에 대한 적대감을 이해하고 있었기 때문이다. 사실 경국에 충성하는 모든 대신들이 가진 적대감이었고, 그것을 잠재우기 위해 조정은 판씨 집안 일가의 재산을 몰수하고 징왕 집안에 그 관리를 맡겼다. 그리고 판씨 일가는 징두를 떠났다. 류씨 국공 집안은 지금 태후 집안이니 문제될 일은 없었다.

판시엔은 온화한 표정으로, 하지만 진지하게 말했다.

"폐하를 뵌 지도 오래되었는데, 아무리 정사에 바쁘시다지만, 이틀 정도 더 머물다 가시지요."

판시엔은 기본적으로 예완을 전혀 개의치 않았다. 고집이기도 했고, 자신감이기도 했다. 리청핑은 씁쓸하게 웃으며 대답했다.

"그것도 좋네. 천 누이와 조카들도 보고싶구나."

"슈닝과 량은 스스를 따라 글씨 연습을 하고 있어요. 폐하께서 먼저 그리로 가시지요. 저도 옷만 갈아입고 따라갈게요. 요즘 매일 늦잠을 자서, 사실 방금 일어났어요."

황제 리청핑과 경국 명장 예완은 '평범한 손님'처럼 서재를 나섰다. 판시엔 대신 시후 호숫가 판씨 저택 집사가 그들을 안내했지만, 그 둘도 별로 분노하지 않았다. 수려한 외모의 집사는 왠지 모르게 호감이 갔다. 얼굴에 여드름 자국 몇 개가 옥의 티였지만, 그의 온화한 미소가 그마저 가려주었다.

리청핑은 어딘지 모르게 익숙한 느낌이 드는 집사의 뒷모습을 물끄러미 바라보았다. 게다가 그 집사의 응대는 황궁의 예절과 매우 비슷했다.

"홍쥬?"

집사는 몸이 살짝 굳는 듯했지만 곧바로 몸을 돌려 예를 올렸다.

"네, 폐하."

"스승님이 징두를 떠날 때, 짐에게 오직 너만 요구했었지. 당시 짐은 그 이유를 몰랐는데, 스승님과 같이 있을 줄은 생각지도 못했구나."

황제의 마음속에 무수한 생각이 들었지만, 이내 손을 '휘휘' 저으며 하던 길안내를 계속하라고 일렀다.

편안한 차림의 경국 황제는 시후 호수변에 오래 머물지 않았다. 3일 동안 판시엔과 쓸모 없는 대화를 두 번 정도 나눈 후, 예완과 함께 판씨 항저우 장원을 떠나 수저우로 향했다.

천하에서 판시엔이 그곳에 은거하고 있다는 사실을 알고 있는 자는 몇 없었다. 그중 하나가 강남 총독 쉐칭이었다. 리청핑이 황제가 된 후 각 로(路) 총독의 교체가 대거 이루어졌지만, 쉐칭은 유임되었다. 강남로가 경국에서 가장 중요한 지방인 이유도 있었지만, 판시엔을 견제하기 위함도 있었다.

"처음에 '스승님'이 홍쥬를 데려간다 했을 때, 홍쥬의 미래가 걱정되어 가슴이 아팠는데, 이제 와서 보니 홍쥬가 원래 '그'의 사람이었다니……."

호칭이 스승님에서 '그'로 바뀐 것을 보니, 홍쥬의 본래 신분이 일국의 군주(君主)에게 상당한 불안과 분노를 안겨준 듯 보였다.

"궁에 이렇게 많은 사람들을 숨겨 놨을 줄이야……어쩐지 궁에 그렇게 쉽게 잠입한다 했더니……부황께서 그에게 패한 것도 우연이 아니네."

예완은 옆에서 침묵하며 들었다. 그는 원래 판시엔 세력에 대한 철저한 처벌을 황제에게 간청하고 싶었지만, 그의 천하에 대한 영향력으로 볼 때 불가능하다 생각하며 저도 모르게 미간을 찌푸렸다.

"짐은 네 마음을 안다. 허나, 어린 시절부터 스승님이 어떤 성격인지 짐이 잘 알고 있고, 모후도 다른 생각을 허락하지 않으실 것이다."

리청핑이 판시엔에게 가지는 감정은 두려움, 감사함, 꺼림칙함, 경외 등 복잡했다. 하지만 사실 스승이 사고나 안 치면 다행이라 생각하는 마음이 컸다. 그나마 다행인 것은 백성들은 판시엔에게 악의나 분노를 가지고 있지 않다는 점이었다. 오히려 백성들은 의자, 책상 그리고 집안 곳곳에 항(杭)자를 새겨 놓고 있었다.

항(杭)저우회의 항(杭).

시후 호수변 생활은 아늑했다. 몇 년 동안 이렇게 지냈다. 소란이라 해 봐야 오늘 황제의 방문 정도였다. 그는 오늘 '소란'을 맞아, 리청핑이 떠난 아침에 신선한 이슬을 맞으며 정원을 산책하고 있었다.

자녀들은 제법 커서 스스와 함께 '글자'를 배우기 시작했다. 오밀조밀한 글씨는 귀여웠지만, 아이들이 아침 일찍 일어나야 하는 것에 마음이 아팠다. 린완알이 그의 뒤에서 걸어와 얇은 외투를 그에게 걸쳐줬다.

"공기가 차가워."

"어제 언제까지 마작을 했어?"

판시엔은 그녀를 힐끔 보며 웃으며 말했다. 스스는 아이들의 공부를 책임지고 있었지만, 완알은 가끔 항저우회 장부를 보는 일 외에는 딱히 할 일이 없었다.

"집안사람들이 너무 못해서, 일찍 끝났어."

완알은 여전히 아름다웠고, 햇살처럼 따뜻했다.

"스져가 돌아오면, 자기가 그 말도 못할 텐데."

"참, 스져 말이 나와서 그런데, 어제 아버님께서 어장(魚腸)으로부터 말을 전해오셨어. 자기가 폐하와 대화 중이어서 말을 못했네."

"무슨 일이야?"

"별일 아니야. 조만간 딴저우에 한번 들르라고. 할머니께서도 보고싶다 하시고, 스져도 곧 샹징으로 돌아간다고. 항저우에 들를 시간이 없다네."

"그럼 그냥 샹징으로 가라 그래. 스져 그놈……난 원래 셋째가 황위에 오르면 그놈이 호부 상서가 되어 셋째를 보좌할 수 있을지 알았는데, 지금은 내 동생이라는 이유로 징두에는 얼굴도 못 내밀고 있으니……."

"이제 그런 일은 신경 안 써도 되잖아? 참, 그리고 아버님께서 십가촌은 어떻게 할 거냐고 물어보셨다고도 하던데."

"계획대로 천천히 해 나가면 되지 뭐."

판시엔은 조금은 진지하게 말을 이었다.

"조정에서 알았으니, 더 이상 숨길 것도 없지. 셋째는 어렸을 때부터 속을 알기 쉽지 않았는데, 지금도 확실하게 말을 안 하니, 나도 뭐라 말하기가 힘드네."

"말이 나왔으니 그런데, 며칠 동안 자기가 폐하를 대하는 태도가 좀 그랬어. 예완 표정도 계속 굳어있고……물론 일반적인 군신(君臣) 관계는 아니지만, 폐하의 체면도 좀 차려드려."

판시엔은 '하하' 웃으며 완알의 머리카락을 부드럽게 쓰다듬었다.

"난 평생 동안 비굴하게 살지 않았어. 그러니 지금 황제라고 다르게 대할 수 없지."

사실 지금 그가 황제 앞에서 무릎을 꿇으면, 황제가 더 의심할 터.

"셋째도 이미 성인이니, 자신의 생각이 있겠지."

판시엔은 완알과 함께 대나무 숲 안쪽에 있는 하얀 돌이 쌓여진 곳으로 걸어갔고 복잡한 심경의 미소를 지으며 이어 말했다.

"작년에 다이 공공을 쫓아 낸 것이 나 때문은 아니지만, 그래도 그의 목숨을 살려준 것은 셋째가 나의 면을 생각한 거야. 다만, 호우지챵을 중용했다는데……."

판시엔은 하얀 돌 앞에 발걸음을 멈추었다.

"그러면 안 되는데."

짧은 말이었지만, 강한 힘이 느껴졌다.

"왕치니엔은 은퇴했지만, 덩즈위에가 아직 징두에 있으니, 그가 아마 잘 처리하겠지."

"조정의 일은 간섭하고 싶지 않다며? 이번에 왜 갑자기……폐하께서 노하시지 않을까?"

"지챵 일은 폐하께서 날 시험하는 거야. 조정 일은 내가 원래 관여할 자격도 없지만, 황제가 내 인내의 한계선을 시험해 보려는 의도라면, 내가 분명히 보여 주어도 되겠지. 내가 자기보다 셋째를 더 잘 이해하고 있을 거야. 리(李)씨 집안 인간들은 단순한 사람이 하나도 없어."

판시엔은 이 말과 함께 고개를 돌려 쌓여 있는 하얀 돌을 바라보았다. 이곳은 무덤, 쳔핑핑의 무덤이었다.

선황 이후에 판시엔과 대적할 수 있는 인물은 천하에 없었다. 설령 지금의 경국 황제 리쳥핑이라 하더라도. 판시엔의 손에 천하 제1의 전장이 있고, 9품 강자 검려 제자 여덟이 있고, 내고 안에도 무수한 밀정과 측근들이 있으며, 샤치페이의 밍씨 집안도 경국 최대의 황실 상인이었고, 판스져는 북제 제1의 거상이었으며, 북제 어린 공주는 판시엔의 친딸이었고, 닝 재인은 화친왕비, 마쉬쉬, 왕퉁알과 함께 동이성으로 거처를 옮겼고……재작년에 대황자가 징두로 가서 황제를 만났고, 동이성은 여전히 경국에 귀속되어 있는 등 모든 것은 일상처럼 편안하게 보였지만, 사실상 지금의 동이성은 대황자와 판시엔이 공동으로 통치하는 독립적인 왕국(王國)과 다름없었다.

왕퉁알이 대황자와 함께 동이성으로 옮기면서, 그녀의 부친 왕즈쿤은 옌징 대도독 자리에서 내려왔고, 예중 원수(元帥)는 그림자에게 중상을 당한 후 한동안 선황의 죽음을 슬퍼하며 조정을 안정시키는데 힘을 쓰고 은퇴했다. 그 자리를 예완과 같은 젊은이들이 채워갔지만, 적어도 당분간은 그 많은 인원들이 안정적으로 자리잡기는 힘들어 보였다.

하지만 판시엔과 그의 심복들은 천하에 그들만의 '그물망'을 만들었고, 어느 누구도 쉽게 그 한 조각이라도 건드리지 못하는 상황이었다. 천하의 모든 사람들이 그의 '강대함', '무정함'을 알고 있었기 때문이다.

그래서 지금의 천하는……매우 태평했다.

판시엔은 쳔핑핑의 무덤을, 이슬을 맞은 백옥석을 묵묵히 바라봤다. 어제 셋째가 옛날 일들을 꺼내지 않았다면, 오늘 이곳에 오지 않았을 것이다. 오늘날 판시엔은 매우 행복하게 지냈고, 그의 가족, 친구, 심복들도 모두 잘 지내고 있었다. 재밌는 것은, 스챤리와 상운이 결혼했다. 동시에 상운을 흠모하던, 일전에 판시엔에게 한방 맞은 적 있는 건장한 청년은 행방불명되었다.

여러 '우여곡절'은 있지만, 어쨌든 모든 문제들이 아름답게, 완벽하게 다 해결된 것 같았다. 하지만 그럴수록 무덤 속의 쳔핑핑은 더욱 외로울 것 같다고 느껴졌고, 하얀 옥석이 그 늙은이의 타고난 어둠의 그림자를 완벽하게 가리고 있었지만, 판시엔의 마음을 조금도 따뜻하게 만들어 주지는 못했다.

천핑핑의 묘에는 비석을 따로 세우지 않았다.

옆에 있는, 원래 산에 있던 돌에, 짧막한 문구 하나만 적었다.

'딴저우 하늘 아래에서 고독한 돛단배에 잎사귀(葉) 하나가 내려 앉았다. 세상에 없던 나라를 꿈꾸고, 천하에 걱정하지 않은 백성이 없었다. 흑기병과 함께 3천 리를 달린 지 20여 년. 이미 머리는 하얗게 새어 버렸다. 쓸쓸한 가을 초췌하게 나이든 늙은이가 영웅의 한가함을 기다려 주지는 않는구나.'

판시엔은 지금 자신의 초연한 삶, 절름발이 늙은이가 죽은 후의 평온함을 다시 한번 실감했다. 그는 이 문구를 볼 때마다, 그 당시의 많은 일들이 주마등처럼 스쳐갔다.

당시 진정으로 황제를 무너뜨린 것은, 황궁에 피어올랐던 무지개도, 자신의 일격도 아니었다. 절름발이 늙은이가 평생을 참아 왔던 인내심, 그리고 그 늙은이의 황제에 대한 마지막 배반이었다.

그 한 번의 일격이, 황제의 오래된, 추악한 상처를 드러냈고, 황제를 신의 반열에서 내려오게 하며 범인(凡人)으로 만들었다.

그렇게 다음 사람에게 많은 기회를 주게 된 것이다.

판시엔은 한참 동안 침묵하다, 대나무 숲에 있는 노란색 작은 꽃을 꺾어, 천핑핑의 무덤 위에 가볍게 올린 후, 몸을 돌려 그곳을 떠났다.

시후 호숫가에서의 삶은 한가로웠고, 특별할 만한 것은 없었다. 다만, 판시엔의 유일한 불만은 자신의 주위 사람들을 위해서 당장 이곳을 떠날 수 없다는 것이었다. 대륙을 떠나 바다 건너 서방의 먼 곳을 찾아 나가고 싶은 염원은 단시간 내에 실현될 수 없을 것 같았다.

특별한 일이 하나 있었다. 판우지우가, 2황자의 심복 중 유일하게 살아남은 그가 판시엔 암살 시도를 한 일. 선황이 죽은 후 감사원이 그를 잡아들였지만, 판시엔의 뜻에 따라 풀어주었다. 그런 그가, 다시 판시엔을 암살하려 시도했다.

물론, 판시엔이 죽지도, 판시엔이 그를 죽이지도 않았다. 인생이 무료한 탓인지, 판시엔은 이런 재미도 나름 나쁘지 않다고 생각하기로 했다.

시후 호숫가의 판씨 장원에는 미인들이 춤을 추고 노래를 부르고 있었다. 판씨 집안 사람들은 정원에 흩어져 간식을 먹으며 이야기하고, 그녀들의 춤과 노래를 즐기고 있다. 진원의 미녀 중 나이가 많은 여인들은 감사원에서 물러난 이들과 혼인을 하기도 했는데, 열여섯 정도 되는 풋풋한 미녀들은 여전히 이곳에 남아 놀고 싶어했다.

다만, 지금 노래를 부르는 이는 상운의 여동생이었는데, 항상 쳔핑핑을 위해 노래를 부르던 그녀는, 나이가 좀 있었지만, 항상 슬픔에 잠겨 있으며 시집도 가지 않고 이곳에 남았고, 가끔씩 꽃과 달도 놀랄 만한 노래를 지으며 살아가고 있었다.

"경력 4년 봄, 텅즈징이 길가에 앉아, 허공에 동그라미를 몇 번이나 그려보고 있었네. 그가 말은 안 했지만, 그의 마음은 불편하기 그지없네. 저 백작 저택에 있는 도련님은 어떤 낯짝을 하고 있을까……."

노래가 울려 퍼지고, 판시엔 옆에 있던 스스가 마시던 차를 뿜었다. 완알은 웃음이 터져 판시엔의 어깨를 토닥거렸고, 속으로 이런 대범한 시를 쓸 수 있는 사람은 천하에서 그녀밖에 없다고 생각했다.

텅즈징과 그의 일가족은 대문 옆 구석진 곳에서 난처한 표정을 지었고, 판시엔은 그를 힐끔 쳐다보며 매우 즐거워했다. 텅즈징은 판시엔의 권유에도 불구하고 관직 사회에 나가지 않고 이곳에 남아 있기로 한 것이었다.

상운의 여동생은 이 모든 것을 전혀 개의치 않는 것 같았다. 그녀는 어느 때보다도 진지하게, 한 사람의 일생을, 처음부터 끝까지, 하지만 슬픈 목소리로 부르고 있었다.

봄, 봄이 다가왔다.

딴저우성 밖 절벽에서, 판시엔은 슈닝의 고사리 같은 손을 잡고 바다를 바라보았다. 슈닝은 걱정 가득한 아버지를 보며 물었다.

"아빠는 이모의 노래를 별로 좋아하지 않는 것 같아 보이던데, 제가 노래 하나 들려 드릴까요?"

"좋아. 그럼 '무지개' 불러주렴. 아빠가 가르쳐 준 거."

"서양 글자는 너무 어려워요. 큰아빠가 동이성에서 스승님을 찾아준다 그러셨는데, 아직도 못 찾았어요."

"그럼 됐어."

판시엔은 딸을 보며 웃었지만, 갑자기 딴저우에서 어린 시절을 함께 했던 여자 아이, 황제가 마지막에 언급했던 말 등이 떠오르며, 지금 어디 있는지 모르는 여동생 뤄뤄가 걱정되었다.

"따라오지 마."

서리같이 차가운 얼굴을 한 판씨 아가씨는 약재와 치료 도구들이 든 상자를 메고 산속을 걷고 있었다. 영락없이 의원 같은 그녀 뒤를 부랑자 같은 리홍청이 따라가고 있었다.

"로우쟈가 벌써 둘째를 낳았다는데, 삼촌으로서 집에 가 보지도 않으니……그리고 지금 징왕 어르신이 외손주를 보면서 무슨 걱정을 하는지 모르는 거예요?"

리홍청은 머리 위의 밀짚모자를 벗어 부채질을 하며, 나무 옆에 서 있는 판뤄뤄를 보며 웃었다.

"아버지가 아이를 보고 싶으면 직접 하나 더 나으시라 그래. 난 그럴 시간이 없어."

"언제까지 따라오실 건데요?"

판뤄뤄는 입술을 꽉 다물고 다소 화난 표정으로 물었다. 징왕 세자 리훙칭은, 자신보다 더 지쳐 보이는 수척한 말을 끌고, 태연하게 웃으며 말했다.

"이미 5년을 따라다녔는데, 5년 더 따라다니는 게 대수인가?"

판뤄뤄는 삿갓 아래로 면사포를 다시 내리며 산 아래로 향했다. 가끔씩 그녀의 마음 속에, 이놈이 따라다니는 것도 이제 습관처럼 되어 버렸으니, 계속 따라다니게 하는 것도 나쁘지 않다는 생각이 들곤 했다.

슈닝의 손을 잡은 판시엔의 손가락 사이로 부드러운 팔찌가 만져지자 저도 모르게 고개를 숙였다. 하이탕이 슈닝에게 준 선물.

"뒈뒈 이모는 언제 절 보러 와요?"

또래보다 성숙한 슈닝이었다. 슈닝은 아버지의 생각을 짐작하고 먼저 질문을 하였다. 판시엔이 웃으며 대답했다.

"초원에 있다 지치면 오지 않을까?"

하이탕은 초원으로 들어갔다. 언제 돌아올 지 기약도 없었다. 그리고 북제 황제와 홍도우판 그리고 스리리가 어떻게 되었는지도 몰랐다. 홍도우판이 정식 공주로 봉해졌다는 소식이 들려왔지만, 북제의 구체적인 사정은 그도 몰랐다.

'설마 날 한번 더 찾아와 내 씨를 빌리자 하는 건 아니겠지?'

"슈닝, 샹징에 구경 가 보고 싶지 않아? 샹징에 갔다가, 초원에도 한번 가 보자. 그리고 좀 더 크면 바다 밖으로도 나가고."

"진짜?"

슈닝은 너무 기뻐하며 소리를 질렀다.

그때, 판시엔의 시선이 바다 위로 옮겨졌다. 기다리던 배 한 척이 다가오고 있었기 때문이다. 희미하게 보이는 갑판 위에 서 있는 한 사람의 손에는, 푸른 깃발이 들려져 있어 더없이 호탕한 기운이 느껴졌다.

왕13랑이 왔다. 판시엔은 형용할 수 없는 감동이 밀려오며 저도 모르게 눈시울이 붉어졌다. 왕13랑이 북쪽에서 돌아왔다는 의미는, 대동산에서 상처를 치료하고 있는 우쥬 삼촌이 돌아올 날도 멀지 않았다는 것이었기 때문이다.

판시엔은 정말 삼촌의 눈을 가린 검은 천이 그리웠다.

딸 앞에서 눈동자의 슬픔을 보이지 않기 위해 판시엔은 딴저우성 방향으로 시선을 돌렸다. 그곳에서 지내던 시간, 그곳을 떠난 후의 시간들이 주마등처럼 지나갔다.

둥알은 더 이상 딴저우에서 두부를 팔지 않았지만, 큰보배는 딴저우 판씨 저택 앞에서 여인들의 두부 같은 엉덩이를 보고 있었다. 잡화점의 문은 여전히 닫혀 있었고, 판씨 저택에는 짠 바닷바람에 옷을 말리고 있지 않았고, 더 이상 비가 오니 빨래를 걷어야 한다고 소리치는 사람도 없었다. 왜냐하면, 지금 비가 내리지 않으니.

많은 사람들은 떠났고, 또 많은 사람들이 남았다.

많은 것들이 변했지만, 또 많은 것들은 그대로였다.

판시엔은 앉아서 딸아이를 품에 안았다. 슈닝은 아버지의 품 안에서 점점 다가오는 배를 보며 물었다.

"아빠, 친할머니는 어떠 분이셨어?"

판시엔은 기분이 좀 이상했다. 그의 마음속에 예칭메이는 여전히 얼음같이 차가운, 신묘에서 걸어 나온 '선녀' 같은 사람이었다. 소녀 예칭메이가, 어느새 할머니가 되어 있었던 것이다.

"할머니는⋯⋯하늘에서 몰래 내려온 선녀님이었어. 그런데 인간 세상에 염증을 느끼고 지쳐서 하늘로 돌아갔어."

"거짓말. 다른 사람들이 아빠 보고도 시선(詩仙)이라 부르던데? 아빠는 왜 하늘 나라로 안 돌아가는데?"

"그건 아빠와 할머니의 생각이 달라서 그런 것 같아. 아빠는 별로 쓸모 없는 사람이라, 어딜 가나 별 차이가 없거든."

바닷바람이 그의 얼굴을 스쳤고, 그가 지으려던 수줍은 미소를 흩어지게 만들었다. 그는 잠시 침묵하다 다시 가벼운 목소리로 입을 열었다.

"아빠가 생각하는 삶은⋯⋯기왕 사는 거, 편안하게 살자. 뭐 이런 거야."

아빠와 딸이, 서로를 바라보며 '피식' 웃었다.

바다를 곁에 두고, 봄의 따스함이 꽃을 피웠다.

〈경여년〉에 대하여

- 원작자 마오니(猫膩, 묘니)

· 작가 후기(2009년)
· 경여년 한국 소설책 출간에 부쳐(2021년)

작가 후기(2009년)

봄의 따스함이 꽃을 피우던 기억

2006년쯤 이야기를 하나 떠올렸다. 사생아에 대한 이야기. 그 뒤로 사생아의 아버지는 떠올렸는데, 어머니는 어떻게 해야 할지 고민이 됐었다. 그 이야기 안에서 처음에, 어머니는 아이가 네 살일 때 화재로 죽었다. 가련하지만, 존경스러운 어머니의 표본 같은 느낌.

하지만 같은 세상의 사람으로서, 나는 그 어머니에 대한 처우가 불공평하다 생각했다. 왜 여성은 우수한데도 그런 처우를 받아야 할까? 그래서 나는 이야기를 바꾸었다. 적어도 그 어머니에 대해서는 바꿔 쓰고 싶었다.

〈주작기〉를 다 쓰고, 2007년 4월 말쯤 〈경여년〉을 쓰기 시작했다.

후기의 시작을 이렇게 쓴 건, 이 이야기가 예칭메이에서 시작된 것이 아니라고 말하고 싶었기 때문이다. 가장 먼저 떠올린 것이 사생아였고, 그것은 고민하지 않고 '떠올랐다'. 그렇게 이야기가 시작되었고 그 사생아가 주인공이 되었다.

난 판시엔을, 판시엔의 모든 것을 특별히 좋아하지는 않는다. 그 이유는 뒤에 쓰기로 하고, 지금은 경여년을 쓴 2년의 시간에 대해 먼저 말하고 싶다.

2년은 확실히 짧지 않았다. 내 인생에서 '한 부분'을 점유한다고 말해도 될 시간이다. 이 글을 계속 보고 있던 독자(경여년은 웹소설 연재물이었음) 모두에게도 비슷한 존재가 아니었을까 생각해 본다. 경여년은 마치 매일 집안일을 도와주는 '보모' 같은 존재가 아니었을까. 제법 준수하게 생긴 보모가 항상 나를 보고, 나와 이야기하고, 나와 함께 시간을 보냈지만, 손을 뻗어 만질 수는 없는 보모.

그 보모가 그릇을 깨뜨리고, 세탁기를 망가뜨리고, 나의 기분을 나쁘게 만들었을 때, 나는 진지하게 혼을 내거나 욕을 할 수도 있었다. 물론 일을 잘한다고 칭찬하는 시간이 더 많았을 것이다. 보모가 예쁘거나 준수하게 생겼다고 생각하는 이유는, 내가 성장하며 머릿속에 있는 보모를 좋아하게 되는 것과 비슷할 것이다.

함께 시간을 보낼 수 있는 것, 그것이 소설의 큰 역할이 아닐까 생각한다. 예쁜 보모처럼 눈앞에 계속 있어주는 것만으로도 충분한. 경여년 안에 어떤 대의나 뜻, 인생의 깨달음이 담겨 있지 않은 것처럼. 나는 그냥 '이야기'를 쓰고 싶었고, 모두에게 함께 시간을 보낼 만한 소설을 보여주고 싶었다.

오랫동안 함께하다 보니, 자연스럽게 감정이 생겼다.

2007년 4월 말부터 이 이야기를 쓰기 시작하고, 5월부터 정식으로 글을 올리기 시작했다. 계약해서 순조롭게 돈을 벌기 시작했고, 이후 십몇 개월 동안 많은 일이 일어났었다.

매번의 마감, 소설 순위 경쟁 등은 잊을 수 없다. 평생 이렇게 피곤한 적이 없었다 느낄 정도로. 하지만 이제 와서 생각해 보니, 글도 많이 안 썼는데, 그냥 스트레스가 심했던 것 같다. 멀리서 친한 친구가 와서 도와주고, 내가 필사적으로 글을 쓰고, 그 원고가 게재되고……와, 진짜 나에게는 일종의 변태적인 성취 같은 거?

소설은 개연성과 논리가 중요하다 할 수 있는데, 나는 사실 그게 한번도 제일 중요하다고 생각해 본 적이 없었다. 가장 중요한 것은 독자들을 기쁘게 하는 것이고, 또 내가 기뻐야 한다는 것이다. 이 글을 쓰기 시작한 첫날부터 내가 그렇게 말했다. 솔직히 내 마음에 안 드는 문장들도 있었다. 그때는 스트레스가 정말 심했다. 하지만 더 중요한 것은, 내가 좋아하는 문장들도 '있다'는 사실이다. 이 부분은 처음 이 글을 쓸 때부터 명백히 밝힌 것이고, 끝까지 그래 왔다. 때로는 히스테릭한 부분도 있는데, 예를 들면 내가 시를 인용하는 것? 그건 항상 나 자신에게 '독' 같은 존재였는데, 그래도 내가 취할 수 있는 장점이 있는데 왜 사용하지 않으리요. 이것이 나의 일관된 생각이었다.

내가 쓴 글은 호불보가 심하다. 야망이 없는 글이라고 욕하는 사람도 많고, 실제 나도 허영심을 억누르느라 피를 토했다. 근데 정말 수십 년 뒤에, 이 세상에 없는 아름다운 글들을 관에 들고 들어가는 것만이 진정한 멋인가?

처음부터 독자의 반응은 뜨거웠다. 월 순위에서 3등을 하고, 평균 6000위안 정도의 상금을 얻었다. 처음 받았을 때, 기분이 정말 죽였다. 무엇보다 나와 취향이 비슷한 사람이 많다는 것을 알아 기분이 좋았다.

그 뒤로 마음이 좀 편해질 줄 알았는데, 사실 당시 난 상을 받을 거라는 생각도 못하고 있었기에, 그런데 2007년 7월에 〈주작기〉로 상을 받게 되어 베이징으로 가야했다. 당시 난 책 하나 사 볼 돈도 없어서, 며칠이나 일정을 비울 형편도 안 되었는데, 다행히 미리 써 놓은 〈경여년〉 원고가 있어서 그것으로 버틸 수는 있었다.

당시 예쁜 친구가 나 대신 업로드 하는 것을 도와줬는데, 미인은 원래 게으른 법. 장의 제목도 안 지어주고……베이징에서는 너무 바빠서 글은 하나도 못 썼지만, 그래도 새로운 친구들을 사귈 수 있어 그나마 위안으로 삼았던.

베이징에서 돌아오니, 다시 행복 끝 불행 시작. 미리 써 놓은 원고도 다 소진했고. 그래서 다시 하루 쓰고 하루 올리고. 그게 게으른 나에게 더 어울리기도.

그래도 7월에는 대체로 안정적으로 연재를 했다. 3천 자를 올린 적도 있었고, 대략 4, 5일에 7, 8, 9천 자 정도 써냈다. 급한 사람도 별로 없었으니, 나도 그렇게 급하지 않았었고, 컨디션이 좋으면 더 쓰고, 아니면 좀 적게 쓰고……그래도 연재가 중단된 적은 없으니, 그것만으로도 잘했다 생각한다.

그 뒤로 뭔가를 깨닫고, 월 구독형을 신청했다. 첫 번째 그 구독을 하고자 하는 독자들의 마음을 무시할 수 없었고, 두 번째 내가 생각보다 부지런했고, 글도 나쁘지 않았다. 세 번째로 내가 그렇게 한다 했을 때, 독자들이 진짜 좋아해 줬다. 심지어 순위에 올라 상금까지 받았다.

2008년 1월 광저우에서 비행기가 눈 때문에 연착하는 바람에 처음으로 마감 시간을 지키지 못했다. 첫날 밤처럼 아픈 기억이다.

이야기가 삼천포로 빠졌는데, 이해해 줬으면 좋겠다. 원래 내 글에 쓸데없는 말이 많다는 건 알고 있지 않나.

여하튼 2008년 설에 본가로 갔고, 10일 동안 휴가를 얻었다. 강남 스토리가 끝났기 때문에, 본가에서는 글을 쓰지 않았다. 사실 나의 본가는 인터넷은커녕 TV도 없는 곳이다. 그렇게 그렇게 2008년은 지나갔고, 월 구독형을 선택하면서 스트레스는 더 많이 받았지만, 매달 6위, 3위 등 순위가 괜찮았다. 모두 독자분들 덕택이다.

2008년 7월 상하이에서 연회가 있었다. 그때, 업로드도 적게 하고, 심지어 긴장된 대동산 사건을 쓸 때였는데……그러다 보니 댓글이 난리가 났다. 그래서 그 달만큼은 무료로 연재하면서 독자분들의 마음을 달랬지만, 그렇다고 덮을 수 있는가……아후…….

그렇게 때로는 기계적으로, 때로는 감탄하고 흥분하면서, 또 분노하면서 올해(2009년) 2월 24일과 25일 경계선의 시간에서 경여년을 완결했다.

2년이라는 시간은 너무 길었다. 딴저우에서 시작해서 아휴……3백만 자가 넘는 글……그래도 어쨌든 끝까지 완결된 글을 쓸 수 있었던 것을 자랑스럽게 생각한다.

문제는 일정 때문에 내가 지쳐 버렸다는 것이다. 세세한 부분을 신경 써야 했고, 버린 글들도 많았다. 아까운 글들도 많았다. 그리고 내가 이 정도로 부지런한 인간이라는 것을 처음 알았다. 예전에 선생님이 머리가 아무리 좋아도 노력하는 것만 못하다고 했는데, 정말 그런 것 같다. 준비 작업도 많이 하고, 기록도 많이 했고, 물론 그것을 다 활용하지는 못했지만, 그래도 그런 자세가 중요하다고 생각한다.

경국 황제가 대동산에서 한 말을 인용하고 싶다.

'내가 평생 이렇게 위대했던 적이 없다.'

〈주작기〉를 완결했을 당시처럼 피로함과 공허함이 몰려올 줄 알았는데, 지금은 사실 그저 피곤하다. 그래도 평온한 기쁨 같은 것이 있다.

글을 쓴 시간은 대충 이랬다. 이렇게 긴 말로도 나의 피곤함을 다 담지 못하는 게 분하지만, 더 이야기하지는 않겠다.

경여년 책에 대해 말하려 한다. 인물들, 그들의 감정들 그리고 내가 그 인물에 가지고 있는 감정들. 그냥 생각나는 대로 이야기하는 것이고, 내가 떠올리지 못하는 인물이 있더라도, 할 수 없다.

병원에 누워있었던 젊은 환자 판센. 대학 졸업을 못했고, 총각이고, 곧 죽는다. 그가 경여년 주인공의 전생이다. 그에 대해 많은 글을 쓰지는 않았고, 처음 구상할 때에는 학생회장 타이틀도 주려고 했는데, 결국 쓰지 않았다.

주인공은 판시엔, 자(字)는 안쯔. 기왕 사는 거, 마음 편하게 사는 남자다. 경여년의 마지막 말이 곧 판시엔의 인생이다. 그의 어머니와는 다른 인생.

내가 보기에, 전생이 현생에 영향을 주지는 못했다. 다른 세상에 도착했으면, 처음부터 시작해야 하는 거 아닌가. 우리들과 비슷한 거다. 두 번 산다고 반드시 철학자나 혁명가가 될 수 없다고 생각한다. 여전히 모래알같이 작은 존재이고, 때때로 비열하기도 한 너와 나 같은 그런 존재이다. 최대한 평범하고 편안하게 살아가려고 노력하는.

나는 판시엔을 별로 좋아하지 않는다고 말했었다. 최소한 이 책에 나온 다른 캐릭터와 비교해서 맘에 들지 않는다. 사실 이유가 거창하지는 않는데, 판시엔이 환생했다는 점만 빼면, 그는 그저 너와 나 같은 평범한 사람이기 때문이다.

평온한 삶을 추구하고, 죽음을 두려워하고, 교육을 받아 생긴 도덕 관념 정도 있는 사람. 허영심도 있고, 여자도 좋아하고, 사랑을 추구하는 나이가 지났다고 생각하면서도 사랑을 믿는 사람. 결국 자신도 바꾸지 못한다 생각하고, 또 바꾸지도 못했고, 정해진 방향대로, 운명으로 받아들이고 살아가는 사람.

하지만 대부분의 평범한 사람, 특히 인터넷 세대에 태어난 사람들은 그와 비슷하다고 생각한다. 물론 이 글을 읽는 어떤 분들은 그런 사람이 아닐 수도 있을 것이다. 그 분들에게는 죄송하다. 그래도 난 자신이 대단하다고 내세우는 사람들의 태도를 싫어하고, 또 난 판시엔 같은 사람들에게 더 익숙하다.

물론, 경여년에도 '이상주의자'들이 있다. 그들 앞에서 판시엔이 제아무리 준수하게 생기고, 하얀 옷을 입어 검은 기운을 지우려 하고, 피를 토할 정도로 시를 읊어도 그가 발하는 빛이 바랠 수밖에 없다. 하지만 난 이상주의자가 아니기에, 판시엔의 인생 태도에 문제가 있다고 생각하지 않는다. 특히 주위를 챙기는 것에 있어서.

그럼에도 불구하고 난 이상주의자들을 '존경'한다. 다만 내가 그렇게 되지 못할 뿐이다. 그러니 내가 판시엔을 이해는 하지만, '존경'하지는 않는다.

판시엔은 이 글을 쓰는 '나', 또는 이 글을 읽는 '너'이다. 이 글을 읽는 누구나, 세상을 초월하는 운을 가진다면, 또 다른 판시엔이 될 수도 있다.

다행히 판시엔은 나중에 성장해서 많은 사람들이 좋아하는 모습이 되었다. 다만 내가 쓴 글이 좀 딱딱했다. 많은 시간과 글을 판시엔의 성장에 투자할 수 없어 안타깝다. 가능했다면, 이전에 없던 열정적인 교수로 만들 수도 있었을 것이다.

판시엔이 세상을 대하는 이념의 옳고 그름을 굳이 토론하고 싶은 생각은 없다. 앞으로 5백 년을 바라볼 필요도 없고, 그저 눈앞의 일에 대해서 자기만의 가치관을 가지고 있으면 충분하다 생각했기 때문이다. 그리고 서산의 동굴에서 죽어가는 샤오은을 보며 판시엔은 이 세상에 대한 자신의 귀속감을 확인했다. 그럼 된 것이다.

판시엔이 우유부단한 사람은 아니었다. 모든 사람들을 돌보고 배려하기를 원했다. 그의 최고 장점은 부지런함과 생존에 대한 집착이었는데, 가장 평범해 보이지만, 가장 박수 칠 만한 장점이다.

판시엔의 감정적인 면은 좀 엉망진창이다. 내가 그렇게 쓴 탓이다. 판시엔 같은 남자가 경국 같은 사회에 풀리게 되면, 12살에 여자와 친해지고, 13살에 여자에게 사기치고, 14살에 여자를 얻는 게 정상이라 생각했다.

그런 후 천하를 휘두르고, 부를 얻고, 처와 첩을 거느리고, 혼자 착한 척하게 되었다.

여성 독자가 듣기에 좋은 이야기는 아니다. 여성 독자들이 듣기 좋게 하려면, 천하의 가련한 여인들을 구하고, 어려운 사람들을 도와주고, 혁명의 길에서 대의를 구하고, 그 길에서 자신의 인생관과 맞는 사람과 생을 같이 한다 이런 거 아니었을까. 이 모든 것은 내 잘못이다. 난 정말 예쁜 여자를 좋아한다. 그리고 사랑을 믿는다. 그래서 판시엔이 경묘로 들어가게 해서, 닭다리를 뜯어먹는 예쁜 여자를 만나게 했다. 사랑을 믿었고, 완알이라는 여자를 놓치게 만들 수 없었다.

난 새로운 사람도 좋다. 지금은 여러 여자를 만날 수 없는 사회인데, 소설에서만큼은 그렇게 하고 싶었다. 현실에서 안 되는 일을 소설에서 쓰고 싶었던 것이고, 어둠의 황제 같은 것도 되어 보고 싶었다. 이것 또한 나의 잘못이다.

하지만 판시엔은 순정남도 원했다. 두 가지 경지를 다 이루고 싶었던 것이다. 플레이보이가 노년에 러브레터를 읽고 눈물을 흘릴 수도 있는 거 아닌가?

그래도 판시엔이 장무기보다는 낫지 않나 싶다. 온갖 사회 규율에 얽매여 살아가는 사람들보다는 훨씬 낫고. 그러니 판시엔이 날 원망하지는 않을 것이다.

판시엔이 남자를 대함에 있어 특별한 감정은 없다. 다만 그는 부모에 대한 감정을 그리워했고, 예칭메이가 그와 나이 차이가 얼마 없어도, 황제가 좋은 아버지가 아니었어도, 판지엔이 의붓아버지였어도, 쳔핑핑이 아들을 낳을 수 없어도, 우쮸는 쳔핑핑과 같은 처지였어도, 판시엔은 결국 그들에게 나름대로 감정을 가졌다.

누군가 나에게 잘해 준다면, 감정은 저절로 생기는 것이다.

경국 황제와 판시엔 사이의 감정을 두고 말이 많은 것 같다. 하지만 난 남자들 사이의 감정은 결국 시간이 좌우한다고 생각한다. 판시엔같이 수줍은 척 미소를 지을 수 있는 가식적인 사람도, 누군가를 많이 보고, 많이 듣고, 많이 알게 되면, 그 사람에게 정이 들 것이다.

사실 경국 황제가 다른 아들들에 비해서 판시엔에게 잘해 주었다. 판시엔은 정말 연기를 잘했고, 현공 사당 사건에서 위대한 황제를 정말 속였고, 또 한편으로 황제의 마음속에 죄책감을 안겨줬다.

물론 황제의 위치에 있는 아버지를 두고 하는 말이지, 일반적인 아버지와 비교할 일은 아니다.

판시엔이 예칭메이에게 가지는 감정은 복잡하다. 하지만 이는 글 안에서 많이 서술했기에, 이곳에서 다른 언급은 않겠다.

판시엔에 대해서 더 이야기하고 싶은 것은 없다. 그의 능력은? 남자 주인공이었으니 당연히 나쁘지 않았다.

우쥬. 귀여운 인형, 냉혹한 미남, 눈에 검은 천은 두른 청년, 마음속에 무지개를 품고 있는 젊은이. 난 우쥬가 좋다. 하지만 우쥬를 너무 칭찬하면 지옥에 가지 않을까. 그의 마음속에 있는 무지개는, 천년설 안에서 이유를 알 수 없이 튀어나온 예칭메이의 영혼이 그에게 준 영향 때문이다.

우쥬가 예칭메이에게 감정은 없었다. 냉정한 약속을 한 것일 뿐.

우쥬는 예칭메이에게 감정이 깊었다. 그녀는 우쥬의 전부였으니.

우쥬의 이야기는 여기까지. 원래 그에 대한 이야기는 많지 않았고, 또 왕13랑이 신묘에서 구해온 재료로 '치료'를 잘 해 앞으로 5백은 더 살 수 있으니까.

첸핑핑. 자신의 턱 밑에 가짜 수염을 붙인 태감 천우챵, 반평생을 바퀴의자에 앉아 있는 절름발이, 약간 추위를 타서 양모 담요를 항상 무릎에 덮는 수척한 늙은이, 검은 밀실의 창문을 검은 천으로 가린 감사원장.

그에 대해 할 이야기가 많지는 않지만, 난 남자 캐릭터 중에 우쥬와 첸핑핑을 가장 좋아한다. 멋있으니까, 동경한다. 첸핑핑은 사마천의 사기(史記)에서 제일 멋진 인물 중 하나인 첸핑(陳平, 진평)의 이름에서 따온 것이다. 그가 왜 멋진가? 그걸 누가 알겠는가.

첸핑핑은 진짜 멋지다. 난 이 늙은이가 나오는 장면을 가장 좋아한다. 작은 노란 꽃이고, 바퀴의자이고, 말라버린 귤 껍질 아래 붉은 심지이기도 하다.

첸핑핑은, 이상주의자다. 그렇다. 비록 그의 '이상'이 무엇인지는 좀 모호하지만, 어쨌든 말은 잘한다. 좋은 일을 하는 것은 어렵지 않지만, 평생 하는 것은 어렵고, 계략을 한번 꾸미기는 쉽지만, 평생에 걸쳐 꾸미는 것은 어렵다. 제일 대단한 것은, 그럼에도 불구하고 그의 마음에는 항상 밝은 빛으로 가득 차 있었다는 점.

그 빛은, 누군가를 기억하고, 누군가와의 약속을 기억했다는 것. 판시엔이라는 현대에서 날아온 인간보다 노비 하나가 더욱더 그 여인의 이상을 지키고 싶어했다.

다른 사람의 이상(理想)을 평생 지키는 것.

그것이 곧 이상주의(理想主義)다.

첸핑핑에 대한 묘사에 대해서, 난 아무런 아쉬움이 없다. 매우 심혈을 기울여 썼기 때문에, 내 능력의 상한선에 다다랐다. 다만, 내가 그에게 미안한 것은, 내가 처음부터 그의 결말에 대해서 정해놓았다는 점. 다른 어떤 생각도 없이, 단지 존경하는 마음으로, 그의 소망을 완성해 주었다.

검은 바퀴의자는, 내가 어렸을 때 〈고독한 늑대〉라는 영화를 보았는데, 그 영화에서 나왔던 휠체어에 대한 인상이 너무 강해, 첸핑핑에게 직접 사용하게 하고 싶었다. 그가 마지막에 남긴 말도, 이 글을 처음 쓸 때부터 생각했었는데, 그 생각을 1년이나 유지해서 결국 썼다. 그 이유는 내시인 노비 '태감'도 총이 있고, 다른 남자들보다 더

멋있을 수 있다는 것을 보여주고 싶었기 때문이다.

그 결말에 대해서는 정말 계속해서 말하고 싶은 욕구가 치미는데, 그 기분을 모든 사람들에게 이해시켜 주고 싶기 때문이다.

천핑핑이 지옥에서도 미녀들에 둘러싸여 있었으면 좋겠다. 왜냐하면 천국에는 못 갔을 테니까.

호부 상서 판지엔. 그에게는 미안한 게 많다. 글도 짧았고, 사실 그의 마음을 이해하지 못했다. 그래도 린뤄푸보다는 낫다. 사실 그는 화류계에서 놀아나는 캐릭터가 어울리고, 천핑핑보다는 더욱 '신하'에 어울린다. 그러니 힘들었을 것이다. 관직을 사퇴해야 하고, 사랑하는 조국을 그저 지켜봐야 했고. 판시엔 때문에 하고 싶지 않은 일을 많이 했다.

판지엔이 예칭메이에게 감정이 있었는지는 누가 알겠는가. 나도 모르겠다. 사실 글을 쓰는 동안 생각해 본 적이 없다. 하지만 아무 감정도 없었다 하면 거짓말 아닐까. 남녀간의 감정인지, 남매의 감정인지는 모르겠다. 하지만 판씨 일족이 예칭메이 대신 판시엔의 유일한 혈맥이 되어 주었으니, 판시엔이 판씨가 된 것은 그에 대한 일종의 보상 같은 것이었다.

다만 난 판 상서의 판시엔에 대한 태도를 생각해 본 적이 있다. 사실……판지엔은 만약 황제가 판시엔을 리씨로 만들어 버렸으면, 판뤄뤄를 판시엔에게 시집보내려 하지 않았을까. 어렸을 때에도 뤄뤄를 딴저우에 보냈다는 것을 잊으면 안 된다.

안타깝게도 판시엔은 결국 판씨가 되었다. 어떤 중년 남자들의 망상 중 하나는, 자신의 자녀를 자신이 흠모했던 여자의 자식과 결혼키는 것이다.

징왕 세자 리훙청. 리훙청은 내가 좋아한다. 말하다 보니 지금까지 말한 남자 캐릭터들은 다 좋아한다 했는데, 판시엔에게 너무 '불공평'한 것 같기도 하다. 아들 같아서 그런가?

내가 리훙청을 좋아하는 이유는 간단하다. 2황자 편에 선 것은 '우정' 때문이다. 순수하지 않은가. 그리고 그는 리씨 황족 중 유일하게 음침하지 않다. 그는 판뤄뤄를 쫓아다닌다. 남자들이 꼭 배워야하는 끈기가 있다. 뤄뤄가 누구와 관계를 맺었으면 좋겠다고 생각했던 사람들은, 마음껏 상상의 나래를 펼치면 된다. 어차피 열린 결말이다. 난 누구에게도 원망을 사지 않는 결말을 원했다.

태자, 2황자, 대황자는 특별히 이야기하지 않겠다. 다만 태자는 좀 불쌍하다. 운도 나빴고, 아버지는 변태고, 기준이 너무 높다. 둘째는 고생을 많이 했지만, 마지막엔 웃음거리가 되어 버렸다. 둘 다 더 나은 것은 없었고, 사실 비슷한 두 젊은이였는데, 궤적이 다르다 보니, 인생이 달라졌을 뿐이다.

대황자는 동이성에서 닝 재인에게 효도하고, 북제 공주, 왕통알, 마쉬쉬 이 만만치 않은 세 여자의 관계를 잘 조율하길 기도한다. 다만, 난 그런 것은 헛된 희망에 가깝다고 본다. 그렇다고 판시엔이 계속 해줄 수도 없지 않은가.

옌빙윈. 어려운 인물이었기에 말하기가 쉽지 않다. 하얀 옷을 입은 공자, 이것 외에는 정말 말하기 힘들다.

왕치니엔은 말하기가 훨씬 낫다. 그는 정말 말을 잘하는데, 그 능력을 완전히 발휘하게 하지 못해서 미안하다. 300만 자가 길어 보이지만, 그만큼 사람도, 이야기도 많았기 때문이다. 그래도 판시엔이 가장 신뢰하는 심복, 왕치니엔 조직의 수장이었으니 이미 엄청난 영광을 얻은 것 아닐까.

또, 열쇠, 상자, 그 외에도 많은 것을, 심지어 천핑핑도 모르고 있는 비밀을 그가 알고 있었다. 그는 잠도 거의 자지 않았고, 이전에 3국을 돌아다니는 도적이었으니 얼마나 즐거운 삶을 살았겠는가.

경국 황제를 제외한 대종사 셋은 뭐 설명할 방법이 없다.

황제가 그들이 이 세상에 존재해서는 안되는 괴물이라 한 말은 정확하다. 그들은 중생 위에 군림했고, 중생은 그들을 반드시 올려다보아야 한다. 중생의 목이 쉽게 아파질 것이다.

쿠허가 북제의 국사가 아니었다면, 스구지엔에게 동이성이라는 부담이 없었다면, 예류원의 성격이 괴팍하지 않았다면, 그들이 천하에서 무슨 일을 하고 다녔을지 생각만으로도 끔찍하다. 중생의 생사는 생각도 안 하지 않았을까?

난 상대적으로 스구지엔을 더 좋아했다. 왜? 더 많이 썼으니까. 오랜 시간을 함께한 느낌……또 판시엔에게 미안하다. 그는 예외다.

마지막으로 왕13랑? 그도 예링알이 있으니 방해하지 않는 것이 낫다. 주변에 주성치 같은 사람도 없으니 그 스스로는 외롭고, 예링알이 임청하보다 아름답지는 않지만, 그래도 그녀가 있지 않은가. 남녀간의 사랑은 신비하고 아름다운 것.

아참, 그림자 형. 그림자는 그림자다. 항상 우리 뒤에 따라다니며, 지금 나의 컴퓨터 화면을 같이 보고 있을지도 모른다.

이제는 여자 이야기를 해보자. 먼저 판시엔의 여자? 모두가 그의 여자는 아니지만, 나의 구상에선 모두 그에게 어느 정도 위치가 있다.

경여년에서 사람들에게 깊은 인상을 심어줄 수 있는 여자 캐릭터는 많지 않다. 원래 전쟁, 음모, 원한 이런 것들은 여자들을 떠나게 만든다. 그래서 떠날 필요가 없는 여자들만 계속 우리 앞에 나타났다.

린완알. 판시엔의 아내, 장 공주와 린 재상의 사생아, 경국 황제가 사랑하는 조카, 아명은 이쳔이고 볼에는 젖살이 남아 있다. 대만의 배우겸 가수 린이첸(林依晨, 임의신)을 모티브로 삼았다. 내가 경여년을 쓰기 시작했을 때, 난 그녀에 미쳐있었다. 주작기를 시작할 때 내가 중국 가수 쟝량잉을 좋아해서 그녀를 모티브로 여 주인공을 만들었던 것과 같은 이치이다.

하지만 제발 그것으로 나를 비난하지 말아주세요!

난 중년의 남성이 예능에 관심이 많고, TV에 나오는 여자 연예인들을 좋아하는 것이, 그가 그래도 괜찮은 축에 속한다는 것의 증거라고 믿고 있다. 예를 들어……나르시시즘에 빠진 나?

린완알은 내가 좋아하는 여성상이다.

좋아하기 때문에 신경을 썼다. 경묘에서의 첫 만남도 내가 진지하게 생각했고, 내가 좋아하는 장면 중 하나다. 난 경여년을 로맨스 소설로 바꿀 의향이 있었을 정도로, 난 이 캐릭터를 정말 사랑했다. 하지만 이후의 평과 실적 때문에 그녀의 출현은 점점 줄어들었고, 존재감도 적어졌다. 경여년 소설에서 그녀의 위치 설정이 좀 애매했다. 그래서 그녀는 그저 피동적으로 움직여야만 했다.

슬픈 일이었다. 그 누구도 아무것도 바꿀 수 없었다. 강남에 내려갔을 때, 린완알의 존재감을 위해서 노력해 보았지만, 또 실패했고, 그때엔 정말 기분이 좋지 않았다.

그래서 높으신 분에게 불만을 토로했지만, 높으신 분은 내가 완알에게 아첨한다 정도로 생각하셨다.

그래서 난 완알에게 부채가 많다.

허리를 숙여 공손히 사죄드립니다.

바다를 보던 기억

내 친구의 ID가 '칭샹 뒤뒤'였다. 그리고 항상 댓글을 남겨 주던 친구의 ID가 '하이탕'이었다. 그렇게 하이탕 뒤뒤가 탄생했다. 이 이름은 촌스럽지 않다. 날 칭찬하는 게 아니라, 친구에게 밉보이고 싶지 않다. 하이탕을 쓸 때 난 그녀를 최대한 세속적으로 만들고 싶었다. 난 속세를 벗어난 선녀를 너무 싫어한다.

꽃무늬 옷에 꽃바구니, 빨간색과 녹색……시골 처녀 같지만, 실제 시골 처녀는 아니다. 그리고 하이탕은 걷는 게 귀여워, 이 모든 게 어울렸다.

왜 난 시골 처녀를 좋아하게 되었나. 이건 또 다른 일을 언급해야 한다. 난 한국 드라마를 좋아하는데, 예를 들면 〈가을 동화〉, 요즘에는 글을 쓰느라 바빠 잘 보지는 못하지만, 한예슬 주연의 〈환상의 커플〉이라는 드라마를 재밌게 봤고, 추천하고 싶다.

그 드라마에서 한예슬은 기억을 잃고 남자 주인공 집에 같이 살며 시골 아가씨로 변한다. 햇빛 아래에서 촌스러운 복장으로 시골길을 걸으며 짜장면을 소재로 이야기하는 모습이 너무 사랑스러워 보였다. 막걸리를 먹고 취한 모습, 촌장 댁 바보 아가씨와 같이 노는 모습도 사랑스러웠다.

그렇게 하이탕을 시골 아가씨로 만들게 되었다.

아참, 큰보배가 있었다. 귀여운 큰보배를 잊다니. 하지만 사실 상관없다. 그는 어차피 만두와 판시엔, 딴저우성의 아가씨들만 기억할 것이다.

쟌도우도우와 스리리는 나의 최악의 작명 센스를 증명해주고 있다. 판시엔과 스리리는 기방에서 첫날 밤을 보내지 않았다. 판시엔을 고상하게 만들 의도는 아니었고, 그 시대에 콘돔은 없었고, 예칭메이가 발명하려 해도 소재가 없었을 테니, 그 상황에서 머리가 돌아가는, 시대를 넘어온 판시엔 같은 인간은, 기방에서 멋대로 몸을 주지 않았을 거라 생각했다.

이 기회에 여러분들에게, 특히 여성 독자들에게 말하고 싶다.

안전이 제일 중요하다.

쟌도우도우는 재밌고 능력 있는 캐릭터. 능력은 말할 수 있어도, 재미는? 뭐 상관없다. 북제 황제가 재밌는지 알 수 있는 사람은 어차피 몇 없다.

스스는? 자신이 행복하다 생각하면, 행복한 것이다. 그녀의 행복은 매우 주관적이다. 그래서 쓸 기회가 없었다. 그것은 그녀의 문제지 나의 문제가 아니다.

동알. 판시엔에게 속하지 않지만 판시엔의 여인에 들어가는 여자. 판시엔에 빙의해서 생각해 본다면, 젊은이의 영혼이 아이의 몸으로 들어가 옆의 여자들이 성장하는 모습을 본다……음……판시엔은 동알에게 특별한 감정을 가진다. 나라도 그랬을 것 같다.

순핀알은 말하지 않을 것이다. 그녀가 판시엔과 여행하고 놀고 이런 것을 쓰려 했는데, 이야기가 늘어질 것 같아 쓰지 못했다. 그리고 샹징에서 어떤 아가씨에 대해 쓰고 싶었는데, 분량상 쓰지 못했다. 나중에 북제의 미래에 대해서 다시 써 봐야겠다.

북제의 '그 아가씨'는 원래 설정상, 판시엔이 샹징에서 경국으로 연락할 때 쓰는 밀정이었다. 북제 금의위에게 추격당할 때 나타났어야 했다. 판시엔이 다리 위에서 분장을 지우고 그 흔적을 강물에 던지던 장면이 기억나는가? 원래는 판시엔이 그 아가씨 집을 들어갔다 나온 후 장면이었다.

지금도 쓸 수 있고, 재밌는 캐릭터였는데, 판시엔이 그 뒤로 샹징에 갈 기회가 없어서 등장하지 못했다.

클라이막스.

장 공주 리윈루이. 음, 그 중요한 인물은 결말이 좋지 않았다. 세상 물정을 다 알고, 인생의 이치를 깨쳤던 여자가, 정말 죽었다. 설령 삐뚤어진 감정이었더라도, 그 살상력은 엄청났다.

모두가 기대하던 그 인물, 예칭메이. 그녀의 이야기는 글 속에 많이 없다. 왜냐하면 그녀는 이미 죽은 사람이니까. 그녀가 아름다웠다지만, 후세에 의해 선녀급으로 올라갔다. 그녀는 정말 그렇게 예뻤을까? 그림에 있는 그녀도 옆모습뿐이다. 그녀는 소위 틀에 박힌 여주인공의 모습인가? 아니다. 왜? 간단하다. 내가 그녀를 정확히 서술하지 않았으니.

난 단지 그녀의 동기 그리고 성과만 언급했다.

그녀의 동기는 숭고했고, 결과는 풍성했다. 징두라는 좁은 범위라 생각할 수 있지만 어쨌든 많은 사람들에게 영향을 주고, 많은 사람들을 변화시켰다.

예칭메이는 왕녀(王女) 같은 군주(君主)의 모습이 아니다.

과정을 쓰지 않았으니, 과정은 아름다웠을 것이다.

동기와 결과가 좋았으니, 그녀는 좋은 사람일 것이다.

표현은 좀 집요했는데, 그럴 수밖에 없었다. 나는 '이상'이 빛났으면 좋겠다. 현실을 앞에 두고 이상에 충실하는 것은 힘든 일이다. 하지만 현실 앞에서도, 이상을 꿈꿀 수 있는 권리는 누구에게나 있다.

'네가 어디 있는지, 안 본 지 얼마나 오래되었는지, 원래 내 가슴

속에 살고 있는지, 숨결이 느껴지지 않아, 되돌아보면 네가 보여 설레어……'

이건 노래 가사이지만, 비 오는 날 밤 판시엔, 방 안에서 미소 짓는 우쥬, 바퀴의자에 앉은 첸핑핑, 서재에 작은 그림을 그려 놓은 판지엔, 작은 전각 그림 앞에 서 있는 황제, 그리고 또 많은 사람들이 예칭메이에 대해 할 수 있는 말이다.

'우리는 적지 않은 이득을 얻었다. 전 세계가 그의 가르침에 감사한다. 그에게 속한 것들이 세상 곳곳에 광범위하게 뿌려졌다. 그는 마치 떨어지는 혜성처럼 빛을 뿜어냈고, 무한한 빛들이 그의 빛과 영원히 결합했다.'

괴테의 시라고 하던데, 어쨌든 난 아인슈타인에게 주는 추모의 시 같은 것이라 알고 있다. 경국 백성들이 예칭메이에게 줬다고 하면 손발이 오그라들긴 하지만, 내가 쓴 이야기니 어떻게 써도 상관없지 않은가.

예칭메이는 누굴 사랑했을까.

많은 이들이 관심을 가지는 이야기였다. 우쥬는 윌리엄스 황태자가 아니고, 예칭메이가 그의 손녀도 아니고……이런 관계는 뭐라고 정의할 수 있을까. 아마도 서로가 서로에게 생명과 믿음을 주는, 말이 필요 없고, 서로를 가장 잘 이해하고, 서로가 서로를 필요로 하는. 예칭메이도 유일했고, 우쥬도 유일했고, 그들이 함께 있을 때에만 서로는 외롭지 않았고.

예칭메이는 경국 황제를 사랑했을까? 사랑하지 않을 이유가 있나? 천하를 마음에 품고, 잘생기고, 실력도 있는, 심지어 매일 그녀를 위해 담을 몰래 넘어다니는 청왕 세자를 사랑하지 않을 이유가 있을까?

사랑하지 않았다면 어떻게 판시엔이 생겼을까? 서신에 쓴 것처럼 씨내리? 아니면 예칭메이가 부끄러움을 가리기 위해 그런 것은 아닐까?

우쥬는 질투한 것인가? 그렇지 않다면 황제를 그렇게까지 증오할 필요는 없지 않았을까? 단, 이것은 순전히 나의 추측일 뿐이다. 하하.

진짜 마지막. 경국 황제.

모든 남자와 여자에 대해서 말했다. 그러니 이제 그들과 다른 인종 황제에 대해서 말할 차례. 경국 황제는 사람이 아니고, 모든 황제는 사람이 아니다. 권력의 표상이며, 용의, 칼, 옥쇄에 불과하다.

경국 황제는 이름이 없다. 난 본래 작명 센스도 없고, 작명을 귀찮아 한다. 하지만 경국 황제가 이름이 없는 것은 고의다. 황제에게는 이름이 필요 없다.

앞서 예칭메이가 황제를 사랑할 수도 있지 않았을까라고 한 말에 많은 사람들이 분노할 것 같다. 이렇게 흉악하고 야비한 놈이 어떻게 사랑받을 자격이 있는 것인가. 예칭메이가 그 정도로 멍청할 것 같은가 등등. 하지만 그때에는 그가 황제도 아니었다. 좋은 척하며 여자에게 다가간 남자가 나빠질 수도 있다. 나는 개인적으로는 증오하지도 않고, 가끔 마음에 들 때도 있다.

그 또한 이상주의자였다.

하지만 난 황위(皇位)에 대해서는 무한한 혐오를 가지고 있다.

황궁에 들어가 용의에 앉는다. 차리리 아둔한 군주는 나을 수 있다. 경국 황제 같은 군주는 어떻게 해야 하는가.

할 말이 없다. 사리에 밝고 냉정하고, 인간 세상에 가장 오래 숨어 있던 대종사. 그 어떤 단어로도 설명할 수 없다. 그냥 인간이 아니다라고 밖에 설명이 안 된다.

어디 서평에서 어떤 친구가 말한 것이 떠올랐다.

'결점 없는 친구는 사귀면 안된다' 뭐 그런 이야기였다.

어떤 친구는 나에게 성격이 음침하냐 물어본 적이 있다. 그래서 경여년을 다소 어둡게 쓴 것 아니냐고. 그 질문에 난 이렇게 대답했다. 나처럼 밝은 사람이 쓰지 않았다면, 더 더럽고, 더 피비린내 났을 거라고. 황권은 그런 것이라고.

경국 황제가 용의에 앉고, 그것을 즐겼으니 뭐 할 말이 없다.

난 한번도 명군(明君)을 숭배한 적이 없다. 당 태종 이세민(李世民)도 마찬가지다. 존경받아야 할 역사적 인물이었을 수도 있지만, 우리는 현대인 아닌가? 그래서 황제에 대한 이야기는 여기까지.

경여년 제작 과정, 캐릭터에 대한 설명은 충분한 것 같다. 내가 댓글과 서평에 대해 이야기를 많이 한 것을 보면, 내가 정말 독자의 이야기에 귀를 기울였다는 것을 알 수 있다.

그렇다. 난 지금 아부하고 있는 것이다.

독자의 도움이 없었더라도, 내가 이 이야기를 완성할 수 있었을 것이다. 다만, 지금보다 훌륭한 작품이 되지 못했을 것이다. 서평, 댓글, 사적인 아이디어 제공 등등 나의 부족함을 채워준 독자들에게 감사의 말밖에 나오지 않았다. 이름까지는 적지 않겠다.

나는 책을 쓰는 일을 아주 큰 일로 생각한다. 평생 이렇게 좋아하는 일을 찾기 힘들 것이다. 그것을 계속하기 위해서 이 책의 마무리는 나에게 매우 중요했다. 이것은 한때 들였던 노력과 시간을 대변한다.

하지만 내가 중요하게 생각한 것이 이 세상에서 별로 중요하지 않는 일이었다. 인터넷 소설이 아무리 좋아도 결국 잊혀지는 것 같았다. 끝까지 기억에 남는 소설 하나 없다는 것, 별로 기분 좋은 일이 아니다.

그렇다 우리가 쓴 것은 여러 명칭으로 불리운다. 패스트푸드 소설, 인터넷 소설……별거 아닐 수도 있다. 내가 쓰는 소설을 나는 통속 소설, 상업 소설이라고 부르고 있다.

깊지 않을 수 있고, 심오하지 않을 수 있다. 하지만 독자가 편하게 시간을 보낼 수 있도록 해 준다. 그것이 통속 소설의 의의다. 나보다 잘 쓰는 소설가는 많다. 대종마, 김용 등등. 하지만 어쨌든 그 뿌리는 같고, 우리들은 모두 강호에 있다고 생각한다.

중국 소설사에도 우리 같은 사람이 많았다.

심지어 그들은 때때로 밥벌이도 못하였다.

작년 7월 상하이 어떤 협회 주관 회의에서 내가 고민하던 이 문제에 대한 논의를 들었는데, 통속 소설의 유래는 아주 오래되었고, 영원히 사라지지 않을 것이라는 말을 들었다. 그럼 최소한 내가 죽을 때까지 이런 것들을 쓸 수는 있다.

그런데 굶어 죽지는 않을까?

오! 이건 분노는 아니고, 그 문제를 생각하는 것뿐이다. 그리고 내가 쓴 글들이 모든 사람에게 정말 잊혀진다는 느낌이 너무 싫을 뿐이다.

이렇게 긴 후기를 쓰는 이유는, 이 소설이 내 기억에도 남고, 또 다른 사람들에게 기억되길 바라기 때문이다. 난 주작기, 경여년이 좋으니까. 물론 그래도 만약 독자들이 잊는다면……그래도 괜찮다. 어쨌든 난 계속 글을 쓸 것이고, 또 후기를 써서 알릴 테니까. 하하.

마지막으로. 난 판시엔이 좋다.

왜냐하면 그는 '우리들'이기 때문이다.

여기까지 후기를 읽었다면 분명 골수팬이다.

경여년이라는 책 이름의 뜻은 여러가지다. 글을 시작할 때쯤 친구들에게는 말했었다. 우선 운 좋게 얻게 된 인생 '여년'을 '경'축한다는 뜻이다. 그리고 '경'나라에서 '여년'을 보낸다는 뜻도 있고, 경국 황제의 '경'국이 말기에 이르러 '여년'에 진입했다는 뜻도 있다. 그리고 하나 더 있다. 2007년 5월에 독자들에게 말하지 않겠다고 한 뜻이다.

사실 별것은 아닌데, '그분'이 다칭(大慶, 대'경', 지역이름)에 있으니, 나도 다칭에 가서, '여년'을 같이 보내고 싶다.

하이즈(海子, 해자, 1964-1989)의 시 한 편으로 끝맺고 싶다.

내일부터, 행복한 사람이 되길

말에게 먹이를 주고, 땔감을 마련하고, 세계를 여행하며

내일부터, 음식과 채소에 신경 쓰길

바다가 보이고, 따뜻한 봄에 꽃이 피어나는 나의 집

내일부터, 모든 지인에게 연락해서

나의 행복을 알릴 거야

행복의 강렬함이 나에게 알려준 것을

난 모든 사람들에게 알려줄 거야

모든 산과 강에 따뜻한 이름을 지어 주고

낯선이에게도, 나는 행복을 빌어줄 거야

너의 찬란한 미래에 축복을

너의 연인과 가정을 이루길

티끌 같은 세상에 행복해지길

나는 바다를 보며 따스함이 꽃을 피우길 원한다

아래는 가상 설정이고, 마지막으로 나의 감정을 정리하고 만족시키기 위한 것뿐이다.

"예씨, 이제 네 눈은 다 나았어."

"응?"

"그 병상에 있던 사람은 죽었다네."

"불쌍해."

"맞아, 듣기로는 마지막 죽을 때 혼자 울기만 했다네. 그래도 다행히 눈은 괜찮았었나봐."

어느 해. 설산의 신묘. 고운 모피 저고리를 입은 꼬마 아가씨가, 옆에 검은 천으로 눈을 가린 젊은이를 물끄러미 보며 말했다.

"쥬쥬, 넌 왜 이렇게 쿨해?"

그 해. 시체 더미에서 살아남은 샤오은과 쿠허는 눈물을 흘리며 흑청색 신묘 앞으로 기어올라갔다. 그리고 신묘에서 꼬마 아가씨가 뛰어나왔다.

같은 해. 검은 천으로 눈을 가린 젊은이는 등불이 비치는 천막을 내려다보았고, 꼬마 아가씨는 그 천막에서 눈보라를 바라보았다. 두 사람은 눈이 마주쳤고, 다시 떨어질 수 없었다. 꼬마 아가씨가 젊은이에게 따라가자고 했고, 젊은이는 거절했기에, 꼬마 아가씨가 다시 그를 따라 신묘로 들어갔다.

그로부터 1년 후. 꼬마 아가씨는 드디어 젊은이를 데리고 차가운 신묘를 떠났고, 젊은이의 손에는 무거운 상자가 들려 있었다.

그해. 꼬마 아가씨와 젊은이는 북위를 돌아다니며 많은 사람을 죽였고, 동이성으로 와서 크고 푸른 나무 아래에서 온 마음을 다해 개미를 죽이는 백치를 보았다.

어느 해. 소녀가 된 꼬마 아가씨. 소녀와 젊은이는 배를 타고 구불구불한 해안선을 따라 여행하다 딴저우 항에 도착했다. 부두에 서 있던 젊은이 하나가 바다에서 온 소녀를 넋을 놓고 보다 하마터면 바다로 떨어질 뻔했다. 평생 이렇게 행복한 적도, 이렇게 낭패였던 적도 없다.

또 어느 해. 소녀와 맹인 젊은이는, 딴저우에서 만난 젊은이와 동료들의 초청을 받아 경국 징두를 들어갔다. 징두 성문을 들어가다 검은색 상자의 검문검색을 거부한 사유로, 경국 역사상 최연소 징두 수비군 통령 예중과 싸웠다. 맹인 젊은이는 성문에 예중의 몸을 고정시켰고, 소녀는 예중을 돼지 대가리가 되도록 팼다. 그 후, 예중의 숙부 예류원은 맹인 젊은이와 겨루었고, 예류원은 그 이후로 검(劍)을 사용하지 않았다.

그해. 소녀는 쳥왕 저택에서 고뇌하는 태감을 보며 말했다.

"우챵보다는 핑핑이 듣기 좋지? 다만, 내가 고민인 건, 우리는 자매야? 아님 뭐라고 해야 하지?"

어느 해. 스난 백작은 더 이상 기방에 가지 않았고 혼사를 올렸다. 쳥왕의 세자는 매일같이 징두 밖 태평별원으로 달려갔고, 쳥왕의 딸은 속으로 생각했다.

'예 언니는 어떻게 그렇게 예쁠까?'

어느 해. 강남 3대 공장이 만들어지고, 취엔저우항이 개항하며 수군이 창설되었다. 소녀는 바닷가 암초 바위에 앉아 바다의 파도를 보던 중, 무의식적으로 총알을 바다에 던지며 누군가를 그리워했다. 그리고 옆에 있는 병사 하나와 웃으며 말을 주고받았다.

그 뒤로 몇 년간, 친왕 둘이 '하늘의 번개'를 맞아 죽고, 태자가 된 그 젊은이는 여전히 매일 태평별원에 가서 담을 기어오르고, 또 그러다 맹인 젊은이에게 들켜 담에서 맞아 떨어지기를 반복했다.

쳔우챵이 본명인 그 태감이 가짜 수염을 붙이기 시작한 것은, 그가 자매라는 소리를 듣기 싫었기 때문일 것이다.

아침햇살처럼 활기가 넘쳤던 경국은 북벌에 실패했지만, 그 실패로부터 자신감을 얻기 시작했다.

수염을 붙인 쳰핑핑은 흑기병을 거느리고 3천 리를 급습하여 누군가를 구하고, 또 누군가를 붙잡았고, 그 대가로 자신의 두 다리를 잃어 반평생 바퀴의자에 앉아 지낼 신세가 되었다.

그러던 어느 해, 소녀는 사내 아이를 낳은 후 허약한 몸이었지만, 만족스럽게 두 눈을 꼭 감고 있는 아들을 바라보았다. 아이의 아버지는 경국 서쪽 변방 초원에 있었고, 검은 천으로 눈을 가린 젊은이는 침대 옆에서 그녀를 부드럽게 바라보았다. 그러나 갑자기 무엇인가를 느끼고 소리 없이 태평별원을 떠났다.

그해. 누군가는 떠나고, 그 아기는 눈을 떴고, 자신의 하얀 두 손과, 자신을 등에 메고 있는 맹인 젊은이와, 그 뒤에 바퀴의자를 타고 있는 노인을 보았다.

또 어느 해. 점점 성장한 아이 하나가 딴저우 저택 지붕에서 소리쳤다.

"천둥 번개다! 비 온다! 빨리 옷 걷어!"

경여년 한국 소설책 출간에 부쳐(2021년)

예류원이 배를 타고 동이성에서 바다 먼 곳으로 떠날 때, 무슨 생각을 했을까요?

제가 처음 이 이야기를 썼을 때, 무슨 생각을 했을까요?

〈경여년〉은 14년 전에 썼습니다.

그때가 지금 세상보다 더 자유로웠던 것 같습니다. 또는, 시간이라는 필터를 거치다 보니, 기억에 장밋빛이 씌워진 것 같기도 하고. 저는 십여 년이 지난 지금, 황해 너머에 있는 한국 독자들이 이 이야기를 읽고 어떤 느낌을 가질지 모르겠습니다.

루쉰은 인류가 슬픔과 기쁨을 서로 나눌 수 없다 했습니다. 하지만 심지어 바벨탑도 위대한 번역자들에 의해 형체도 없이 해체되어 버린 지금, 전 인류의 감정은 소통될 수 있다고 생각합니다.

〈경여년〉의 어떤 장면, 어떤 생각들이 우리들 서로를 연결시킬 수 있길 바랍니다.

제가 이야기에서 말하고 싶었던 본질은, 누가 인생에서 어떤 형편에 처해 있더라도, 그들의 삶은 더없이 풍성해져야 한다는 것입니다.

제가 다른 이야기의 결말에 쓴 문구로 마무리 짓고 싶습니다.

"생명아, 이토록 아름다운 생명아, 나에게 잠시 머물고 가지 않으렴."

독자분들 모두, 남은 '여생'을 아름답게 보낼 방법을 찾을 수 있길 바랍니다.

2021. 2

경여년 : 오래된 신세계 하-2

1판 1쇄 2021년 3월 10일
1판 2쇄 2024년 9월 1일

지은이 묘니(猫膩)
옮긴이 이기용
디자인 황종엽

펴낸 곳 사이웍스
협력 후난만일문화유한회사(湖南万一文化有限公司)
브랜드 이연
등록 2020년 7월 27일 제 2020-000154 호
주소 서울특별시 마포구 월드컵북로1길 52, 3층
이메일 wonnyculture@gmail.com

ISBN 979-11-971791-6-7
　　　979-11-971791-0-5(세트)

'이연은 사이웍스의 중국장르문학 브랜드입니다.'